Verschlungene Wege

NORA
ROBERTS

Verschlungene Wege

ROMAN

Aus dem Amerikanischen
von Christiane Burkhardt

Weltbild

Die amerikanische Originalausgabe erschien 2006 unter dem Titel
Angels Fall bei G.P. Putnam's Sons, The Penguin Group, New York

Besuchen Sie uns im Internet:
www.weltbild.de

Genehmigte Lizenzausgabe für Verlagsgruppe Weltbild GmbH,
Steinerne Furt, 86167 Augsburg

Übersetzung: Christiane Burkhardt
Umschlaggestaltung: Atelier Seidel, Teising
Umschlagmotiv: Mauritius Images, Mittenwald (© mauritius images/Nonstock)
Gesamtherstellung: Bagel Roto-Offset GmbH & Co.KG, Schleinitz
Printed in the EU

ISBN 978-3-8289-8866-8

2010 2009 2008 2007
Die letzte Jahreszahl gibt die aktuelle Lizenzausgabe an.

Für meine Mutter

wegweiser

Überall ist nirgends.

SENECA

I

Reece Gilmore fuhr mit ihrem qualmenden, überhitzten Chevy Cavalier durch das bergige Gelände von Angel's Fist. Sie besaß noch hundertdreiundvierzig Dollar und ein paar Zerquetschte. Das dürfte gerade noch reichen, um den Wagen reparieren zu lassen und ihn und sich mit neuer Energie zu versorgen. Wenn sie Glück hatte und der Chevy nicht ernsthaft kaputt war, blieb ihr gerade noch genügend Geld übrig, um sich ein Zimmer zu nehmen.

Aber dann wäre sie auf jeden Fall pleite.

Sie nahm den Dampf, der unter der Motorhaube hervorqualmte, als Zeichen, dass es höchste Zeit war, ihre Reise zu unterbrechen und sich einen Job zu suchen.

Was soll's, kein Problem, redete sie sich ein. Der kleine Ort in Wyoming, der sich an das kalte, blaue Gewässer eines Sees schmiegte, war so gut wie jeder andere. Vielleicht sogar besser. Er engte sie nicht ein mit seinem endlosen Himmel, in den die schneebedeckten Gipfel der Tetons hineinragten wie kühl-distanzierte Götter.

Sie war vor Tagesanbruch losgefahren und seit mehreren Stunden schon hatte sie sich bereits ziellos durch die Anselm-Adams-Postkartenlandschaft geschlängelt. Sie hatte Coy passiert, war durch Dubois gefahren – und obwohl sie mit dem Gedanken gespielt hatte, einen Abstecher nach Jackson Hole zu machen, war sie nach Süden abgebogen.

Irgendetwas musste sie ausgerechnet hier hingeführt haben. Während der letzten acht Monate hatte sie sich vorwiegend von Schildern und ihrem Instinkt leiten lassen. *Vorsicht*

Kurve, Rutschgefahr bei Nässe. Nett, dass sich jemand die Mühe machte, solche Warnschilder aufzustellen.

Wenn das Sonnenlicht auf eine bestimmte Weise auf eine Nebenstraße schien oder eine Wetterfahne nach Süden zeigte, interpretierte sie das ebenfalls als Hinweis.

Gefiel ihr das Sonnenlicht oder die Wetterfahne, fuhr sie in die entsprechende Richtung, bis sie einen Ort fand, der zu diesem Zeitpunkt gerade richtig erschien. Dort blieb sie ein paar Wochen oder, wie in South Dakota, einige Monate. Sie suchte sich irgendeinen Job, sah sich die Gegend an und zog weiter, sobald sie Hinweise oder ihr Instinkt veranlassten, eine neue Richtung einzuschlagen.

Diese Lebensweise gab ihr ein Gefühl von Freiheit und führte dazu, dass die Angst, die zu ihrem ständigen Begleiter geworden war, ein wenig nachließ, was deutlich häufiger der Fall war. Die letzten Monate, in denen sie ganz auf sich selbst gestellt war, hatten ihr mehr geholfen als ein geschlagenes Jahr Therapie.

Doch wenn sie ehrlich war, hatte ihr die Therapie überhaupt erst dazu verholfen, wieder mit sich klarzukommen. Und zwar Tag für Tag aufs Neue, Nacht für Nacht. Und die vielen Stunden, die dazwischenlagen.

Und hier, in der geballten Faust von Angel's Fist, wartete ein weiterer Neuanfang auf sie.

Zumindest konnte sie hier ein paar Tage den See und die Berge genießen und genügend Geld verdienen, um ihre Weiterfahrt zu sichern. Ein Ort wie dieser, der laut Ortsschild sechshundertzweiunddreißig Einwohner hatte, lebte sicherlich hauptsächlich vom Tourismus, von der schönen Landschaft und dem nahegelegenen Nationalpark.

Ein Hotel gab es hier bestimmt, wahrscheinlich noch ein paar *Bed & Breakfasts* und unter Umständen eine Ferienranch im näheren Umkreis. Es könnte Spaß machen, auf einer Ferienranch zu arbeiten. Dort wurde immer jemand für Botengänge, Aufräum- und Putzarbeiten gebraucht – vor allem jetzt, wo das Frühlingstauwetter den Winter endlich zu vertreiben schien.

Doch da ihr Wagen mittlerweile noch heftigere, verzweifelte Rauchsignale von sich gab, brauchte sie zuallererst einmal einen Automechaniker.

Sie tuckerte die Straße entlang, die sich wie ein Band um den lang gestreckten, breiten See wand. Im Schatten bildeten Schneereste schmutzig weiße Pfützen. Die Bäume hatten immer noch keine Blätter, aber es waren bereits einige Boote auf dem Wasser. Sie konnte ein paar Männer mit Windjacken und Baseballkappen in einem weißen Kanu erkennen, die durch die sich im Wasser spiegelnden Berge paddelten. Das Bild war so klar, dass sie hochblickte und beinahe erwartete, dass sich auch das Kanu in den Bergen spiegelte.

Auf der anderen Seite des Sees konnte sie das Ortszentrum ausmachen: ein Souvenirladen, eine kleine Galerie. Sie erkannte eine Bank und eine Post. Das Büro des Sheriffs.

Sie verließ den See und brachte ihren ächzenden Wagen vor einer Art großen Scheune zum Stehen, in der ein Gemischtwarenladen untergebracht war. Davor saßen ein paar Männer in Flanellhemden auf wetterfesten Stühlen, von denen man eine schöne Aussicht auf den See hatte.

Sie nickten ihr zu, als sie den Motor abstellte und ausstieg. Der am weitesten rechts saß, tippte sich an den Schirm seiner blauen Baseballkappe, auf der der Name des Ladens stand: *Mac's Mercantile and Grocery*.

»Sieht ganz so aus, als hätten Sie Schwierigkeiten, Lady.«

»Und ob. Wissen Sie, wer mir da weiterhelfen kann?«

Der Mann stemmte die Hände auf die Oberschenkel und erhob sich von seinem Stuhl. Er war kräftig gebaut, hatte braune Augen und freundliche Lachfältchen in seinem verwitterten Gesicht. Er sprach langsam und gedehnt.

»Warum öffnen wir nicht einfach die Motorhaube und sehen mal nach?«

»Das wäre nett.« Nachdem sie den Hebel gedrückt hatte, klappte er die Motorhaube hoch und trat wegen des Qualms gleich einen Schritt zurück. Irgendwie fand Reece das Ganze eher peinlich als beängstigend. »Das hat vor ungefähr zehn Kilometern angefangen. Ich hab nicht genau darauf geachtet, weil ich nur Augen für die Landschaft hatte.«

»Wundert mich nicht. Wollen Sie in den Nationalpark?«

»Das hatte ich ursprünglich vor. Oder so was in der Art.« Aber sicher war sie sich da nicht. Im Grunde war sie sich bei nichts wirklich sicher, dachte sie. Sie versuchte sich wieder auf das Hier und Jetzt zu konzentrieren, anstatt in Gedanken zurück- oder vorauszueilen. »Aber ich fürchte, mein Wagen hatte andere Pläne.«

Sein Freund trat neben ihn, und die beiden Männer sahen unter die Motorhaube, wie das nur Männer können. Mit wissendem Blick und gerunzelter Stirn. Sie tat es ihnen gleich, auch wenn ihr klar war, wie lächerlich das wirken musste. Eine Frau, die einen Blick unter die Motorhaube wirft, ist wie ein Wesen von einem anderen Planeten.

»Der Kühlerschlauch ist kaputt«, sagte er. »Den werden Sie wohl ersetzen müssen.«

Das klang zum Glück recht harmlos, nach keiner teuren Reparatur.

»Gibt es hier irgendwo eine Werkstatt, die das für mich erledigen kann?«

»Lynt wird Ihnen das reparieren. Wenn Sie mögen, ruf ich schnell dort für Sie an.«

»Sie sind meine Rettung.« Sie schenkte ihm ein Lächeln und

gab ihm die Hand – was ihr bei Fremden noch am leichtesten fiel. »Ich bin Reece, Reece Gilmore.«

»Mac Drubber. Und das hier ist Carl Sampson.«

»Sie stammen von der Ostküste, stimmt's?«, fragte Carl. Er sah aus wie ein gut erhaltener Mittfünfziger und hatte eine Spur indianisches Blut in sich.

»Ja. Aus der Nähe von Boston. Vielen Dank für Ihre Hilfe.«

»Ist doch nur ein Anruf«, sagte Mac. »Sie können sich hier aufwärmen oder einen Spaziergang machen. Es kann eine Weile dauern, bis Lynt auftaucht.«

»Ich würde gern einen kurzen Spaziergang machen, wenn Sie nichts dagegen haben. Vielleicht wissen Sie ja eine nette Unterkunft für mich. Nichts Besonderes.«

»Weiter unten liegt das Lakeview Hotel. Das Teton House auf der anderen Seite des Sees ist gemütlicher. Mehr so was wie ein *Bed & Breakfast*. Und dann gibt es noch Ferienhäuser am See oder außerhalb des Orts, die man wochen- oder monatsweise mieten kann.«

Sie dachte nicht mehr in Monaten. Ein Tag, das war schon Herausforderung genug. Und gemütlich klang ihr zu privat. »Vielleicht schau ich mir mal das Hotel an.«

»Das ist ein ganz schönes Stück zu Fuß. Ich könnte Sie fahren.«

»Ich saß schon den ganzen Tag im Auto. Ein Spaziergang wird mir gut tun. Trotzdem – vielen Dank, Mr. Drubber.«

»Ganz wie Sie wollen.« Er blieb noch eine Weile stehen, während sie den Bürgersteig entlanglief. »Ein hübsches Ding«, bemerkte er.

»An der ist doch nichts dran.« Carl schüttelte den Kopf. »Heutzutage hungern sich die Frauen alle Kurven weg.«

Sie hatte sich nicht heruntergehungert, sondern versuchte im Gegenteil zuzunehmen, was sie während der letzten Jahre abgenommen hatte. Sie war einmal fit und schlank gewesen, danach einfach nur dürr. Jetzt konnte man sie immerhin als so was wie schlaksig bezeichnen. Zu viele Ecken und Kanten, zu viele Knochen. Wenn sie sich auszog, kam ihr ihr Körper jedes Mal fremd vor.

Sie selbst hielt sich nicht für ein *hübsches Ding*. Nicht mehr. Früher hatte sie sich durchaus für hübsch gehalten – für schick und sexy, wenn sie es darauf anlegte. Aber jetzt war ihr Gesicht viel zu hart und hohlwangig. Die schlaflosen Nächte wurden weniger, aber wenn sie zurückkehrten, hinterließen sie tiefe Augenringe und verliehen ihr einen fahlen, grauen Teint.

Sie wollte endlich wieder sie selbst sein.

Sie ließ sich treiben, ihre ausgelatschten Turnschuhe machten so gut wie kein Geräusch auf dem Bürgersteig. Sie hatte gelernt, langsam zu gehen, sich zur Ruhe zu mahnen und die Dinge so zu nehmen, wie sie kamen. Sie bemühte sich, jeden Moment zu genießen.

Eine kühle Brise streifte ihr Gesicht, wehte durch ihr langes braunes Haar, das sie zu einem Pferdeschwanz zusammengebunden hatte. Das fühlte sich gut an und roch auch so: frisch und sauber. Ihr gefiel das harte Licht, das sich über die Tetons ergoss und auf dem Wasser glitzerte.

Durch die nackten Weiden- und Pappelzweige konnte sie einige der Ferienhäuser erkennen, die Mac erwähnt hatte. Sie duckten sich hinter den Bäumen: Holzbalken, Glas, breite Veranden und mit Sicherheit eine fantastische Aussicht.

Es wäre schön, auf einer dieser Veranden zu sitzen und den See und die Berge zu betrachten, zu sehen, welche Tiere hier in den Sümpfen lebten, aus denen das Schilf aufragte. Es wäre schön, diese Weite zu genießen, diese Stille.

Irgendwann einmal, dachte sie. Aber nicht heute.

Sie entdeckte grüne Narzissensprosse in einem halben Whiskeyfass neben der Eingangstür zu einem Restaurant. Die zitterten zwar ein wenig in der kalten Brise, kündigten aber nichtsdestotrotz den Frühling an. Frühling heißt Neubeginn. Vielleicht würde er ihr ja auch zu einem Neubeginn verhelfen.

Sie blieb stehen, um die zarten Sprosse zu bewundern. Es war tröstlich zu erleben, wie nach einem langen Winter die Natur wieder erblühte. Schon bald würde es weitere Frühlingsboten geben. In ihrem Reiseführer war von unendlich vielen Wildblumen auf den Salbeiwiesen die Rede gewesen und von weiteren entlang der Seen und Tümpel.

Sie war bereit, ebenfalls aufzublühen.

Dann fasste sie das große Panoramafenster des Restaurants ins Auge. Eher ein Diner als ein Restaurant, erkannte sie. Ein Tresen, Zweier- und Vierertische, Nischen, alles in einem verblassten Rotweiß. In der Vitrine standen Torten und Kuchen, und die Küche war einsehbar. Mehrere Kellnerinnen eilten mit Tabletts und Kaffeekannen hin und her.

Mittagsbetrieb. Sie hatte völlig vergessen, etwas zu essen. Sobald sie sich das Hotel angesehen hätte, würde sie ...

Dann sah sie den handgeschriebenen Zettel im Fenster:

Koch gesucht

Bitte im Restaurant nachfragen

Wegweiser, dachte sie erneut, obwohl sie instinktiv einen Schritt zurückgemacht hatte. Sie blieb, wo sie war, und musterte das Lokal sorgfältig durch die Scheibe. Eine offene Küche, sagte sie sich, das war wichtig. Diner-Essen – etwas, das sie im Schlaf zubereiten konnte. Zumindest früher einmal hatte sie das gekonnt.

Das Hotel suchte bestimmt Personal, jetzt, wo die Feriensaison begann. Oder vielleicht brauchte Mr. Drubber eine Aushilfe für seinen Laden.

Aber der Zettel hing direkt vor ihrer Nase, ihr Auto hatte ausgerechnet diesen Ort angesteuert, ihre Schritte hatten sie bis hierher geführt, wo die Narzissen beim ersten Hauch von Frühling aus dem Matsch sprossen.

Sie lief zum Restauranteingang zurück, holte tief Luft und öffnete die Tür.

Gebratene Zwiebeln, gegrilltes Fleisch – vermutlich Wild –, starker Kaffee, eine Jukebox mit Countrymusic, Geschnatter an den Tischen.

Saubere rote Böden, ein weiß gescheuerter Tresen. Die wenigen noch freien Tische waren fürs Mittagessen eingedeckt. Fotos, die gar nicht mal so schlecht waren, zierten die Wände. Schwarz-Weiß-Aufnahmen des Sees, das klare Wasser und die Berge zu jeder Jahreszeit.

Sie rang immer noch um Fassung, nahm ihren ganzen Mut zusammen, als eine der Kellnerinnen vorbeirauschte. »Guten Tag. Wenn Sie hier zu Mittag essen wollen, dürfen Sie gern an einem der Tische oder am Tresen Platz nehmen.«

»Ehrlich gesagt würde ich gern mit dem Besitzer oder der Besitzerin sprechen. Wegen des Zettels im Fenster. Koch gesucht.«

Die Kellnerin blieb stehen, das Tablett immer noch in der Hand. »Sind Sie Köchin?«

Früher einmal hätte Reece auf diese Berufsbezeichnung empfindlich reagiert – selbstverständlich, ohne aus der Rolle zu fallen, aber trotzdem. »Ja.«

»Das ist praktisch, weil Joanie den letzten Koch vor ein paar Tagen gefeuert hat.« Die Kellnerin führte eine Hand an die Lippen und tat, als trinke sie.

»Verstehe.«

»Er bekam den Job im Februar, als er bei uns im Ort nach Arbeit suchte. Angeblich hatte er zu Jesus gefunden und wollte die Frohe Botschaft verkünden.« Sie legte den Kopf schräg und strahlte Reece aus ihrem hübschen Gesicht an. »Das hat er dann auch, aber er war wie ein Jünger auf Crack. Sein Gelaber war unerträglich. Und dann fand er auch noch zum Alkohol, das war's dann. Tja. Warum setzt du dich nicht direkt an den Tresen. Ich seh mal nach, ob Joanie einen Moment aus der Küche kommen kann. Wie wär's mit einem Kaffee?«

»Tee, wenn's geht.«

»Kommt sofort.«

Sie musste den Job ja nicht nehmen, beruhigte sich Reece, während sie auf den verchromten, mit Leder bezogenen Hocker glitt und sich die feuchten Hände an ihrer Jeans abtrocknete. Selbst wenn sie das Angebot bekam, konnte sie immer noch Nein sagen. Sie konnte weiterhin als Zimmermädchen in Hotels arbeiten oder sich nach einer Ferienranch umsehen.

Die Jukebox wechselte die Platte, und Shania Twain verkündete begeistert: *»I Feel Like a Woman!«*

Die Kellnerin klopfte einer kleinen, robusten Frau am Grill auf die Schulter und beugte sich zu ihr. Kurz darauf drehte sich die Frau um, fing Reeces Blick auf und nickte ihr zu. Die Kellnerin kehrte mit einer weißen, mit heißem Wasser gefüllten Tasse zum Tresen zurück, auf deren Untertasse ein Lipton-Teebeutel lag.

»Joanie kommt gleich. Möchtest du was zu Mittag essen? Heute gibt's Hackbraten. Mit Kartoffelbrei, grünen Bohnen und Brot.«

»Nein, danke, der Tee reicht mir.« Mehr würde sie sowieso nicht hinunterbekommen, weil ihr vor lauter Nervosität ganz schlecht war. Panik drohte erneut von ihr Besitz zu ergreifen, sie spürte schon dieses beklemmende Gefühl in der Brust.

Ich sollte einfach gehen, dachte Reece. Jetzt sofort, zurück zum Wagen und schauen, dass der Kühlerschlauch ausgetauscht wird. Zum Teufel mit den Wegweisern!

Joanie hatte ihr blondes Haar nachlässig hochgesteckt und sich eine weiße, fettbespritzte Metzgerschürze um die Taille gebunden. Dazu trug sie knöchelhohe rote Converse. Während sie aus der Küche kam, wischte sie sich die Hände an einem Geschirrtuch ab. Sie musterte Reece mit einem stählernen Blick, ihre Augen waren eher grau als blau.

»Kannst du kochen?« Ein Raucherhusten ließ die barsche Frage merkwürdig sinnlich klingen.

»Ja.«

»Hauptberuflich oder einfach nur, um was in den Magen zu kriegen?«

»Dasselbe habe ich daheim in Boston gemacht – hauptberuflich.« Nervös riss Reece die Teebeutelverpackung auf. Joanie hatte volle Lippen, fast schon einen Amorbogen, die mit ihrem kühlen Blick kontrastierten. Außerdem bemerkte Reece eine alte, verblasste Narbe, die von ihrem linken Ohr den Kiefer entlang bis zum Kinn führte.

»Boston.« Wie abwesend stopfte Joanie das Geschirrtuch unter das Schürzenband. »Nicht gerade der nächste Weg.«

»Nein.«

»Weiß nicht, ob ich eine Köchin von der Ostküste will, die keine fünf Minuten stillhalten kann.«

Reece war erst einmal sprachlos. Dann sagte sie mit einem ironischen Lächeln: »Ich weiß, dass ich schrecklich nervös sein kann.«

»Was willst du hier?«

»Ich bin unterwegs. Mein Auto ist kaputt gegangen. Ich brauche einen Job.«

»Irgendwelche Referenzen?«

Ihr Herz zog sich zusammen, ballte sich schmerzhaft zu einem klebrigen Klumpen. »Ich kann welche besorgen.«

Joanie rümpfte die Nase und deutete missbilligend in Richtung Küche. »Ab mit dir in die Schürze. Die nächste Bestellung ist ein Steaksandwich, medium, mit gebratenen Zwiebeln, Pilzen, Pommes und Krautsalat. Wenn Dick nicht tot umfällt, nachdem er dein Essen intus hat, hast du den Job.«

»In Ordnung.« Reece erhob sich von ihrem Barhocker, bemühte sich, langsam und gleichmäßig weiterzuatmen, und ging durch die Schwingtüren am Ende des Tresens.

Im Gegensatz zu Joanie hatte sie gar nicht bemerkt, dass sie die Teebeutelverpackung in lauter kleine Fetzen zerrissen hatte.

Die Ausstattung war schlicht, aber effizient. Ein großer Grill, ein Profiherd, Kühlschrank, Gefriertruhe. Stauraum, Spülen, Arbeitsflächen, eine Doppelfritteuse, Dampfabzug. Während sie sich eine Schürze umband, stellte ihr Joanie die benötigten Zutaten hin.

»Danke.« Reece schrubbte sich die Hände und ging an die Arbeit. Bloß nicht nachdenken, ermahnte sie sich. Locker bleiben. Sie brutzelte das Steak auf dem Grill, während sie Zwiebeln und Pilze klein hackte. Sie gab die vorgeschnittenen Kartoffeln in den Korb der Fritteuse und stellte die Uhr.

Ihre Hände zitterten nicht, und obwohl sie einen Druck in der Brust spürte, sah sie sich nicht um, ob die Wände bereits näher gerückt waren.

Sie lauschte auf die Musik der Jukebox, des Grills, der Fritteuse.

Joanie knallte ihr die nächste Bestellung hin. »Einmal Bohnensuppe – die ist in dem Topf hier –, dazu gehören Cracker.«

Reece nickte nur, warf die Pilze und Zwiebeln auf den Grill und machte währenddessen die zweite Bestellung zurecht.

»Nächste Bestellung!«, rief Joanie und warf ihr einen neuen Zettel hin.

»Ein Reuben-Sandwich, ein Club-Sandwich, zwei Beilagensalate.«

Reece arbeitete eine Bestellung nach der anderen ab, ließ einfach alles auf sich zukommen. Die Atmosphäre, die Gerichte mochten anders sein, aber der Rhythmus war derselbe. Immer schön weitermachen, immer in Bewegung bleiben.

Sie richtete die erste Bestellung an und drehte sich um, damit Joanie sie begutachten konnte.

»Ab damit«, befahl die. »Los, die nächste Bestellung. Wenn wir in der nächsten halben Stunde nicht den Arzt rufen müssen, bist du eingestellt. Über deinen Verdienst und die Schichten reden wir später.«

»Ich muss ...«

»Mach die nächste Bestellung«, schnitt ihr Joanie das Wort ab. »Ich geh eine rauchen.«

Reece arbeitete weitere anderthalb Stunden, bis es etwas ruhiger wurde, sie dem heißen Herd den Rücken zukehren und eine Flasche Wasser in sich hineinkippen konnte. Als sie sich wieder umdrehte, saß Joanie am Tresen und trank Kaffee.

»Keiner ist tot umgefallen«, sagte sie.

»Puh. Geht es hier immer so zu?«

»Ein typischer Samstagmittag. Der Laden läuft gut. Für den Anfang bekommst du acht Dollar die Stunde. Wenn du mir die nächsten zwei Wochen keine Schande machst, leg ich noch einen obendrauf. Außer uns arbeitet noch eine Halbtagskraft am Grill, sieben Tage die Woche. Du bekommst mehr oder weniger zwei freie Tage. Den Schichtplan mach ich eine Woche im Voraus. Geöffnet wird um halb sieben, das heißt, deine erste Schicht beginnt um sechs. Es gibt den ganzen Tag Frühstück, Mittagessen von elf bis ultimo, Abendessen von fünf bis zehn.

Wenn du eine Vierzigstundenwoche willst, lässt sich das einrichten. Ich bezahle keine Überstunden. Falls du am Grill festsitzt und länger bleiben musst, ziehen wir das von deinen Stunden in der nächsten Woche ab. Irgendwelche Einwände?«

»Nein.«

»Wenn du während der Arbeit trinkst, fliegst du auf der Stelle raus.«

»Verstehe.«

»Du kannst so viel Kaffee, Wasser oder Tee trinken, wie du willst. Alkoholfreie Getränke musst du zahlen. Dasselbe gilt fürs Essen. Hier gibt's keine Gratismahlzeiten. So wie's aussieht, wirst du mir ohnehin nicht die Haare vom Kopf fressen, sobald ich mich umdrehe. Dürr, wie du bist.«

»Stimmt.«

»Wer die letzte Schicht hat, macht Grill und Herd sauber und schließt den Laden ab.«

»Das kann ich auf keinen Fall machen«, unterbrach sie Reece. »Den Laden kann ich nicht für Sie zumachen. Ich kann morgens aufmachen, und ich übernehme jede Schicht. Ich arbeite sogar Doppelschichten, wenn's sein muss, oder halbe Schichten. Ich bin flexibel und habe auch nichts dagegen, mehr als vierzig Stunden die Woche zu arbeiten. Aber den Laden kann ich nicht für Sie schließen, tut mir leid.«

Joanie hob die Brauen und trank ihren Kaffee aus. »Angst vor der Dunkelheit?«

»Stimmt genau. Wenn das Schließen des Lokals zum Job gehört, muss ich mir was anderes suchen.«

»Das kriegen wir schon hin. Wir müssen noch ein paar amtliche Formulare ausfüllen, aber das kann warten. Dein Auto ist bereits repariert und steht vor Macs Laden.« Joanie lächelte. »Hier spricht sich alles rum, und ich hab mein Ohr direkt an der Quelle. Wenn du was zu Wohnen brauchst: Ich hab ein

Apartment über dem Diner, das ich dir vermieten kann. Nichts Großartiges, aber es hat eine schöne Aussicht und ist sauber.«

»Danke, aber fürs Erste geh ich ins Hotel. Wir sollten es erst mal ein paar Wochen miteinander probieren und sehen, wie's läuft.«

»Fernweh.«

»So was Ähnliches.«

»Ganz wie du willst.« Joanie stand schulterzuckend auf und ging mit ihrer Kaffeetasse auf die Schwingtüren zu. »Geh los und hol dein Auto, such dir eine Unterkunft. Um vier bist du zurück.«

Leicht benommen ging Reece hinaus. Sie hatte wieder in einer Küche gearbeitet, und zwar ohne Probleme. Sie hatte sich wohl gefühlt. Nachdem sie das geschafft hatte, war ihr ein wenig schwindlig, aber das war schließlich ganz normal – oder etwa nicht? Immerhin hatte sie einfach so aus dem Stand einen Job gefunden, einen Job, den sie noch dazu gelernt hatte. Einen Job, den sie seit gut zwei Jahren nicht mehr hatte ausüben können.

Mit dem Rückweg zum Auto ließ sie sich bewusst Zeit, um das Ganze erst einmal zu verdauen.

Als sie den Gemischtwarenladen betrat, befestigte Mac gerade ein Werbeplakat mit Sonderangeboten an der Ladentheke, direkt gegenüber der Tür. Alles war genau so, wie sie es sich vorgestellt hatte. Hier gab es ein bisschen was von allem – Kühlboxen für Fleisch und Gemüse, Regale mit Lebensmitteln, eine Abteilung mit Werkzeug, Haushaltsgeräten, Angelbedarf, Munition.

Ein paar Liter Milch und eine Schachtel Kugeln gefällig? In diesem Fall war man hier goldrichtig.

Als Mac fertig war, näherte sie sich der Ladentheke.

»Jetzt dürfte Ihr Auto wieder funktionieren«, meinte Mac.

»Hab schon gehört, danke noch mal. Wie zahle ich?«

»Lynt hat eine Rechnung für Sie dagelassen. Wenn Sie den Betrag überweisen wollen, können Sie bei der Werkstatt vorbeifahren. Aber wenn Sie bar zahlen, können Sie das auch bei mir. Ich seh ihn nachher sowieso.«

»Bar ist gut.« Sie nahm die Rechnung und stellte erleichtert fest, dass der Betrag niedriger war als gedacht. Sie hörte, wie sich ein paar Leute weiter hinter im Laden unterhielten, und vernahm das Piepen einer weiteren Registrierkasse. »Ich habe einen Job.«

Er legte den Kopf schräg, während sie ihren Geldbeutel hervorzog. »Ach, ja? Das ging aber schnell!«

»Im Diner. Ich weiß nicht mal, wie es heißt«, fiel ihr plötzlich auf.

»Sie meinen sicher das Angel Food. Wir sagen einfach Joanie's.«

»Im Joanie's also. Ich hoffe, Sie kommen mal vorbei. Ich kann nämlich sehr gut kochen.«

»Das glaube ich Ihnen gern. Hier ist Ihr Wechselgeld.«

»Danke. Danke für alles. Ich werd mir jetzt ein Zimmer suchen und dann wieder zur Arbeit gehen.«

»Wenn Sie immer noch an dem Hotel interessiert sind, sagen Sie Brenda, der Empfangsdame, dass sie zur Monatsmiete wohnen wollen. Sagen Sie ihr, dass Sie im Joanie's arbeiten.«

»Mach ich.« Sie hätte am liebsten eine Anzeige in der Regionalzeitung geschaltet: »Danke, Mr. Drubber.«

Das Hotel war ein fünfstöckiges, hellgelbes Gebäude mit Stuckverzierungen und Blick auf den See. Dazu gehörte ein kleiner Gemischtwarenladen, ein winziger Kaffee-und-Muffins-Stand sowie ein gemütlicher, mit Leinentischwäsche eingedeckter Speisesaal.

Sie erfuhr, dass es gegen eine geringe Tagesgebühr einen

Internetanschluss gab, Zimmerservice von sieben bis dreiundzwanzig Uhr und einen Self-Service-Waschraum im Keller.

Reece handelte einen Wochentarif für ein Einzelzimmer im dritten Stock aus – eine Woche war mehr als ausreichend. Jedes Stockwerk, das tiefer lag, hätte ihr schlaflose Nächte bereitet, während sie sich bei einem Zimmer in den oberen Stockwerken wie in der Falle gefühlt hätte.

Jetzt, wo in ihrem Geldbeutel wirklich gähnende Leere herrschte, schleppte sie ihren Matchbeutel samt dem Laptop lieber die drei Stockwerke nach oben, als den Lift zu nehmen.

Die Aussicht war ihren Preis wert. Sie öffnete sofort die Fenster, stand einfach nur da und sah auf das glitzernde Wasser, die vorbeiziehenden Boote und die vor ihr aufragenden Berge, die diesen kleinen Teil des Tals einschlossen.

Genau das Richtige für heute, beschloss sie. Mal sehen, ob das für morgen auch noch galt. Sie wandte sich um und bemerkte die Tür, die ihr Zimmer mit dem Nachbarzimmer verband. Sie prüfte, ob sie verschlossen war, und zog, schob und zerrte die Kommode davor.

Danach ging es ihr entschieden besser.

Sie würde gar nicht groß auspacken, nur das Nötigste. Die Reisekerze, ein paar Toilettenartikel, das Handyaufladegerät. Da das Bad kaum größer als ein Schrank war, ließ sie beim Duschen die Tür auf. Während das Wasser lief, sagte sie das Einmaleins vor sich her, um sich zu beruhigen. Mit hastigen Bewegungen schlüpfte sie in ihre frische Kleidung.

Ein neuer Job, dachte sie und nahm sich ausgiebig Zeit, die Haare zu fönen und sich ein wenig zu schminken. Heute, fand sie, sah sie schon nicht mehr ganz so blass und hohlwangig aus.

Nach einem kurzen Blick auf die Uhr machte sie ihren Laptop an, öffnete ihren Tagebuchordner und schrieb einen neuen Eintrag.

Angel's Fist, Wyoming
15. April

Ich habe gekocht. Seit heute arbeite ich als Köchin in einem kleinen Diner-Restaurant, hier in diesem hübschen Ferienort mit seinem großen, blauen See. In Gedanken lasse ich inmitten von Luftschlangen und Ballons die Champagnerkorken knallen.

Ich komme mir vor, als hätte ich einen Berg bezwungen. So als hätte ich die steilen Gipfel überwunden, die diesen Ort umgeben. Ich bin noch nicht ganz oben, sondern befinde mich auf einem Felsplateau. Doch das ist stabil und groß genug, um dort kurz zu verschnaufen, bevor ich mit meinem Aufstieg fortfahre.

Ich arbeite für eine Frau namens Joanie. Sie ist klein, robust und auf eine seltsame Art attraktiv. Sie ist taff, aber das ist gut so. Ich will nicht, dass man mich verhätschelt. Das würde mich ersticken, mir die Luft zum Atmen nehmen, wie beim Erwachen aus einem meiner Albträume. Hier bekomme ich endlich wieder Luft und kann bleiben, bis es Zeit wird, weiterzuziehen.

Ich besitze nicht mal mehr zehn Dollar, aber was soll's. Dafür habe ich mir für eine Woche ein Zimmer mit bester Aussicht auf den See und die Tetons gemietet. Ich habe einen Job und einen neuen Kühlerschlauch.

Das Mittagessen hab ich ausgelassen, und das ist in der Tat ein Rückschritt. Aber selbst das geht in Ordnung. Ich war viel zu sehr mit Kochen beschäftigt, um etwas zu essen, werd's aber wieder gutmachen. Der 15. April ist ein guter Tag. Aber jetzt muss ich zur Arbeit.

Sie fuhr den Computer herunter, steckte ihr Handy, ihre Schlüssel, den Führerschein und die drei Dollar ein, die ihr noch geblieben waren. Dann schnappte sie sich ihre Jacke und hastete zur Tür.

Bevor sie sie öffnete, sah Reece durch den Spion und kontrollierte den leeren Flur. Sie überprüfte das Schloss zweimal, verfluchte sich und kontrollierte es noch ein drittes Mal, bevor sie zu ihrem Gepäck zurücklief und ein Stück Tesafilm holte. Sie klebte es über die Zimmertür, und zwar unterhalb des normalen Blickfelds, bevor sie auf die Treppe zumarschierte.

Im Laufschritt eilte sie hinunter und zählte dabei die Stufen. Sie überlegte kurz und ließ ihren Wagen stehen. Wenn sie zu Fuß ging, konnte sie Benzin sparen, obwohl es bereits dunkel sein würde, wenn ihre Schicht vorbei war.

Nur ein paar Blocks, mehr nicht. Trotzdem spielte sie nervös an ihrem Schlüsselbund mit dem Handalarm herum.

Vielleicht sollte sie doch noch mal umkehren und das Auto nehmen, für alle Fälle. Quatsch, redete sie sich ein. Sie war schließlich so gut wie da. Denk an jetzt und nicht an später. Als ihr die Nerven durchzugehen drohten, stellte sie sich vor, dass sie gleich am Grill stehen würde. Sie dachte an die grelle Küchenbeleuchtung, die Musik aus der Jukebox, das Stimmengewirr an den Tischen. An all die vertrauten Geräusche, Gerüche und Bewegungen.

Ihre Handflächen waren vielleicht ein wenig feucht, als sie die Tür zum Joanie's aufstieß – trotzdem, sie hatte es geschafft und betrat das Lokal.

Da entdeckte sie auch schon dieselbe Kellnerin, mit der sie während der Mittagsschicht gesprochen hatte. Die winkte sie näher und sagte: »Joanie ist hinten im Vorratsraum und hat gesagt, ich soll dich kurz einweisen. Wir haben gerade eine kleine Verschnaufpause, bevor die ersten Gäste kommen. Ich heiße übrigens Linda-Gail.«

»Reece.«

»Vorab eine kleine Warnung: Joanie kann es nicht ausstehen, wenn man untätig herumsteht. Wenn sie dich dabei erwischt, wird sie zur Furie.« Sie grinste, sodass ihre blauen Augen funkelten und sie tiefe Grübchen in beiden Wangen bekam. Sie besaß glattes, weizenblondes Haar, das sie zu französischen Zöpfen geflochten hatte.

Sie trug Jeans, eine rote Bluse mit weißen Ziernähten und lange silber-türkise Ohrringe. Für Reece sah sie aus wie ein echtes Westerngirl.

»Ich arbeite gern.«

»Na, umso besser. Es ist Samstagabend, und da ist ganz schön was los hier. Heute sind noch zwei weitere Kellnerinnen da – Bebe und Juanita. Matt räumt die Tische ab, und Pete ist der Tellerwäscher. Du bist mit Joanie in der Küche – sie wird dich nicht aus den Augen lassen. Wenn du eine Pause brauchst, sagst du ihr Bescheid und nimmst sie. Im Hinterzimmer gibt es eine Garderobe für deinen Mantel und deine Handtasche. Keine Handtasche?«

»Nö, ich hab keine mitgenommen.«

»Meine Güte, ohne meine Handtasche könnte ich nicht einen Schritt vor die Tür machen. Komm mit, ich zeig dir alles. Die Formulare, die du ausfüllen musst, liegen im Hinterzimmer. Ich nehme an, du kennst die Arbeit – so wie du dich da heute Morgen reingestürzt hast.«

»Und ob.«

»Die Toiletten. Wir machen abwechselnd sauber. Bist du das Vergnügen hast, bleiben dir noch ein paar Wochen Zeit.«

»Ich kann's kaum erwarten.«

Linda-Gail grinste. »Hast du Verwandte hier?«

»Nein. Ich komm von der Ostküste.« Sie hatte keine Lust, darüber zu reden oder auch nur daran zu denken. »Wer macht die Getränke?«

»Die Bedienungen. Wenn wir total im Stress sind, darfst du auch zapfen. Wir servieren auch Wein und Bier. Aber wer trinken will, geht eher rüber ins Clancy's. Das war's im Großen und Ganzen. Wenn du sonst noch was wissen willst – sag einfach Bescheid. Ich muss eindecken, sonst bekomm ich Ärger mit Joanie. Willkommen an Bord.«

»Danke.«

Reece ging in die Küche und band sich eine Schürze um.

Ein stabiles, großes Felsplateau, sagte sie sich. Ein guter Ort, um kurz zu verschnaufen, bevor es Zeit war weiterzuziehen.

2

Linda-Gail hatte Recht, es war in der Tat viel los. Einheimische, Touristen, Wanderer und eine Gruppe vom nahegelegenen Campingplatz, die sich eine Mahlzeit im Warmen wünschte. Joanie und sie wechselten kaum ein Wort, während die Fritteusen dampften und der Grill fauchte.

Irgendwann setzte Joanie Reece eine Schale vor die Nase.

»Iss das.«

»Oh danke, aber ...«

»Hast du was gegen meine Suppe?«

»Nein.«

»Dann setz dich an den Tresen und iss. Im Moment ist es gerade etwas ruhiger, und du hast eine Pause verdient. Ich setz sie dir auf die Rechnung.«

»Gut, danke.« Jetzt, wo sie zum ersten Mal ans Essen statt an die Zubereitung dachte, merkte sie plötzlich, was für einen Riesenhunger sie hatte. Ein gutes Zeichen, beschloss Reece, und setzte sich an das eine Ende des Tresens.

Auf diese Weise konnte sie das ganze Diner und die Tür im Blick behalten.

Linda-Gail schob ihr einen Teller mit Sauerteigbrot und Butter hin. »Joanie sagt, du brauchst Kohlenhydrate. Möchtest du einen Tee dazu?«

»Gern. Aber ich kann ihn mir auch selbst holen.«

»Jetzt bin ich dran. Du bist ganz schön flott«, fügte sie hinzu, als sie mit einer Tasse zurückkehrte. Nach einem vorsichtigen Blick über ihre Schulter beugte sie sich grinsend vor. »Flotter als Joanie. Und du richtest das Essen sehr hübsch an. Einigen Gästen ist das schon aufgefallen.«

»Oh.« Sie brauchte weder Komplimente noch unerwünschte Aufmerksamkeit. Nur ein Gehalt. »Ich hatte nicht die Absicht, irgendetwas zu verändern.«

»Niemand hat sich beschwert.« Linda-Gail warf den Kopf zurück und lächelte, sodass ihre Grübchen zum Vorschein kamen. »Du bist ganz schön empfindlich, was?«

»Kann schon sein.« Reece löffelte ihre Suppe, die angenehm scharf war. »Kein Wunder, dass es hier so zugeht. Diese Suppe kann locker mit einer aus dem Fünf-Sterne-Restaurant konkurrieren.«

Linda-Gail warf wieder einen kurzen Blick in die Küche, um sich zu vergewissern, dass Joanie beschäftigt war. »Einige hier haben gewettet. Bebe denkt, dass du Probleme mit dem Gesetz hast – wahrscheinlich, weil sie den ganzen Tag fernsieht.

Juanita glaubt, du seist auf der Flucht vor deinem gewalttätigen Ehemann. Und Matthew, der gerade mal siebzehn ist, denkt nur an Sex. Ich persönlich glaube ja, dass dir jemand an der Ostküste das Herz gebrochen hat. Und, wer von uns hat den Nagel auf den Kopf getroffen?«

»Keiner, ich muss euch enttäuschen.« Die Vorstellung, dass die anderen über sie tratschten, war ihr unangenehm. Aber dann fiel ihr wieder ein, dass sich in jedem Restaurant kleine Dramen abspielen und viel geklatscht wird. »Ich weiß bloß nicht, was ich mit mir anfangen soll, und bin eine Weile unterwegs.«

»Stille Wasser sind tief«, sagte Linda-Gail und schüttelte den Kopf. »Meiner Meinung nach hast du unglaublichen Liebeskummer. Apropos: Da kommt der absolute Herzensbrecher – groß, dunkelhaarig und gut aussehend.«

Groß stimmte, dachte Reece, die Linda-Gails Blick folgte. Bestimmt an die 1 Meter 85. Dunkel passte auch, bei dem zerstrubbelten rabenschwarzen Haar und dem olivbraunen Teint. Aber gut aussehend?

Für sie war das gleichbedeutend mit geschniegelt oder elegant, aber der hier war weder das eine noch das andere. Sein Dreitagebart in dem markanten Gesicht verlieh ihm etwas Raubeiniges, Schroffes, was zu dem harten Zug um Mund und Augen passte, die sofort das ganze Lokal abcheckten. Die abgenutzte Lederjacke, die verwaschenen Jeans und die abgetretenen Stiefel waren das Gegenteil von elegant.

Kein Cowboytyp, entschied sie, aber einer, der draußen in der Wildnis gut zurechtzukommen schien. Er war muskulös und wirkte irgendwie verwegen.

»Das ist Brody«, sagte Lina-Gail mit gedämpfter Stimme. »Ein Schriftsteller.«

»Ach ja?« Sie entspannte sich ein wenig. So, wie er sich benahm und den ganzen Raum auf einen Blick erfasste, hatte sie ihn eher für einen Polizisten gehalten. Ein Schriftsteller gefiel ihr da wesentlich besser. Das war beruhigender. »Was schreibt er für Bücher?«

»Er arbeitet für Zeitschriften und so und hat bereits *drei* Bücher veröffentlicht. Krimis. Das passt zu ihm: Der Mann ist mir ein Rätsel.«

Sie warf das Haar zurück und beobachtete aus dem Augenwinkel, wie Brody eine der Nischen ansteuerte. »Angeblich hat er mal für eine große Zeitung in Chicago gearbeitet und ist dann gefeuert worden. Er hat ein Blockhaus auf der anderen Seite des Sees gemietet und bleibt überwiegend für sich. Aber er kommt dreimal die Woche zum Abendessen her und gibt zwanzig Prozent Trinkgeld.«

Sie drehte sich wieder zu Reece um. »Wie seh ich aus?«

»Super.«

»Irgendwann werde ich herausfinden, wie ich ihn in mich verliebt machen kann, nur so aus Neugier. Doch bis es so weit ist, geb ich mich mit den zwanzig Prozent zufrieden.«

Linda-Gail ging zu der Nische und zog den Bestellblock aus ihrer Tasche. Von ihrem Platz aus konnte Reece hören, wie sie ihn fröhlich begrüßte.

»Alles in Ordnung, Brody? Was darf's denn heute sein?«

Während sie aß, sah Reece der Kellnerin beim Flirten zu. Der Mann namens Brody bestellte, ohne einen Blick auf die Speisekarte zu werfen. Als sich Linda-Gail umdrehte, warf sie Reece einen übertrieben verzückten Blick zu, woraufhin diese ihre Lippen unwillkürlich schürzte. In diesem Moment sah ihr Brody mitten ins Gesicht.

Der forschende Blick sorgte dafür, dass sich Reeces Magen zusammenzog. Obwohl sie seinem Blick sofort auswich, konnte sie spüren, wie sein Blick weiterhin auf ihr ruhte und sie fast schon unverschämt durchbohrte. Zum ersten Mal, seit sie die Schicht angetreten hatte, fühlte sie sich ungeschützt und verletzlich.

Sie sprang von ihrem Hocker auf und stellte ihr Geschirr zusammen. Sie widerstand dem Drang, sich noch einmal umzusehen, und trug es zurück in die Küche.

Er bestellte die Elchkoteletts und vertrieb sich die Wartezeit mit einer Flasche Coors-Bier und einem Taschenbuch. Irgendjemand hatte die Jukebox bedient und Emmylou Harris gewählt, deren Stimme Brody nicht mehr aus dem Kopf ging.

Er machte sich Gedanken über die Braunhaarige und diesen Ausdruck in ihren Augen.

Der Begriff »tharn«, hypnotisiert vor Angst, den Richard Adams in seinem Roman *Unten am Fluss* geprägt hatte, fiel ihm ein. Ein schönes Wort, dachte er, das gut zu der neuen Köchin und ihrem plötzlichen Erstarren passte.

So wie er Joanie Parks kannte, hätte die Braunhaarige den Job nicht bekommen, wenn sie nichts draufhätte. Seiner Meinung nach verbarg sich hinter Joanies rauer Schale ein weicher Kern, aber diese Schale war dick und stachelig und tolerierte keine Nulpen.

Natürlich bräuchte er nur die kleine Blondine fragen, um alles über die Neue zu erfahren. Aber dann würde sich herumsprechen, dass er gefragt hatte, und die anderen würden ihn nerven, würden wissen wollen, was er wusste. Er wusste ganz genau, wie so was in Orten wie Angel's Fist funktioniert, wie sehr dort getratscht wird.

Wenn er nicht fragte, würde er sich einfach nur etwas länger gedulden müssen, um über sie Bescheid zu wissen. Es würde Gerüchte geben, Kommentare, Spekulationen. Er hatte eine gute Antenne für so was, wenn er es drauf anlegte.

Sie hatte etwas sehr Zerbrechliches an sich, das sich hinter einer unglaublichen Sprödigkeit verbarg. Er fragte sich nur, warum.

Von seinem Platz aus konnte er sehen, dass er in einem Punkt schon mal richtig lag: Sie konnte wirklich was. Sie war ständig in Bewegung, ganz Profiköchin, und schien über ein zweites Paar Hände zu verfügen.

Das war vielleicht ihr erster Job in dieser Küche hier, aber bestimmt nicht ihr erster in einer Restaurantküche. Da er sie vorerst interessanter fand als sein Buch, beobachtete er sie bei der Arbeit und trank sein Bier.

Sie war keine Verwandte von irgendjemandem aus dem Ort, dachte er. Hätte irgendeine verloren geglaubte Tochter, Schwester, Nichte oder dritte Cousine zweiten Grades ihren Besuch angekündigt – er wüsste schon davon. Und wie eine Herumtreiberin sah sie auch nicht aus. Eher wie eine Marathonläuferin, fand er. Wegen der Vorsicht, der Bereitschaft, das Tempo falls nötig noch zu beschleunigen, die er in ihren Augen gesehen hatte.

Als sie ein fertiges Gericht in die Durchreiche stellte, wanderte ihr Blick in seine Richtung – doch gleich darauf schaute sie schon wieder weg. Doch bevor sie sich wieder dem Grill zuwandte, ging die Tür auf, und sie begann derart unerwartet zu strahlen, dass Brody wie geblendet war. Sie wirkte wie ausgewechselt, heiterer, gelöster, und er sah, dass sich hinter der Fassade zerbrechlicher Schönheit noch mehr zu verbergen schien.

Als er nachsah, wer dieses Strahlen auf ihr Gesicht gezaubert hatte, entdeckte er Mac Drubber, der ihr freundlich zuwinkte.

Vielleicht hatte er sich ja getäuscht und sie war doch mit einem Einheimischen verwandt.

Mac setzte sich in die Nische gegenüber. »Wie läuft's denn so?«

»Ich kann nicht klagen.«

»Ich hab einen Mordshunger auf irgendwas, was ich mir nicht selbst kochen muss. Was kannst du mir heute empfehlen?« Er machte eine kurze Pause, zog die Augenbrauen hoch und sagte: »Von der neuen Köchin mal abgesehen?«

»Ich hab die Koteletts bestellt. Du kommst doch sonst nie Samstagabends hier her, Mac. Du bist ein Gewohnheitstier und das bedeutet Mittwoch, wenn Spaghetti-Tag ist.«

»Ich hatte einfach keine Lust, mir eine Dose aufzumachen. Außerdem wollte ich sehen, wie das Mädel sich hier macht. Die kam heute mit einem kaputten Kühlerschlauch angetuckert.«

Man musste höchstens fünf Minuten lang warten, dachte Brody, und schon wusste man über alles Bescheid. »Ach ja?«

»Und jetzt arbeitet sie hier. So wie die strahlt, könnte man meinen, sie hätte das große Los gezogen. Sie stammt von der Ostküste. Boston. Sie hat sich im Hotel eingemietet und heißt Reece Gilmore.«

Er hielt kurz inne, als Linda-Gail mit Brodys Essen ankam.

»Hallo, Mr. Drubber. Wie geht's? Was darf ich Ihnen heute Abend bringen?«

Mac beugte sich vor, um Brodys Teller näher in Augenschein zu nehmen. »Das sieht verdammt gut aus.«

»Die neue Köchin ist wirklich prima. Sagen Sie mir Bescheid, wie Ihnen die Koteletts schmecken, Brody. Darf ich Ihnen noch etwas bringen?«

»Noch ein Bier.«

»Kommt sofort. Mr. Drubber?«

»Ich nehm eine Cola, Schätzchen, und dasselbe, was mein Freund da gerade isst. Diese Koteletts sehen wirklich passabel aus.«

Und ob, dachte Brody, außerdem gab es dazu noch eine großzügige Portion Kartoffelgratin und Limabohnen. Das Essen war liebevoll auf dem schlichten weißen Teller arrangiert worden – im Gegensatz zu den willkürlich aufgetürmten Essensbergen, die Joanie sonst servierte.

»Ich hab dich neulich mit dem Boot draußen gesehen«, bemerkte Mac. »Irgendwas gefangen?«

»Ich war nicht angeln.« Er schnitt ein Stück von dem Kotelett ab und probierte.

»Das ist auch so was Merkwürdiges an dir, Brody. Du fährst ab und an auf den See raus, aber du angelst nicht. Du gehst ab und an in die Wälder, aber du jagst nicht.«

»Wen ich was fangen oder schießen würde, müsste ich es zubereiten.«

»Stimmt. Na und?«

»Schmeckt gut.« Brody schnitt ein weiteres Stück Fleisch ab. »Verdammt gut.«

Da Mac Drubber zu den wenigen gehörte, mit denen Brody gern mal einen Abend verbrachte, ließ er sich Zeit mit seinem Kaffee, während Mac noch sein Essen in sich hineinschaufelte. »Die Bohnen schmecken anders. Aufregender. Ich würde sogar sagen, besser. Aber wenn du das weitererzählst und Joanie davon erfährt, werde ich dich einen stinkenden Lügner nennen.«

»Sie wohnt im Hotel, wahrscheinlich wird sie nicht lange bleiben.«

»Sie hat sich für eine Woche eingemietet.« Mac wusste immer ganz genau, was im Ort los war. Ihm gehörte nicht nur der Gemischtwarenladen, sondern er war auch Bürgermeister. Klatsch, so fand er, gehörte einfach zu seinem Job. »Wenn du mich fragst, Brody, das Mädchen hat nicht sehr viel Geld.« Er zeigte mit der Gabel auf Brody, bevor er sie in die letzte Bohne bohrte. »Sie hat den Kühlerschlauch bar bezahlt und das Hotel auch, wie ich gehört habe.«

Keine Kreditkarten, grübelte Brody und fragte sich, ob die Frau irgendwie untergetaucht war. »Vielleicht will sie keine Spuren hinterlassen.«

»Du bist vielleicht misstrauisch.« Mac zerrte das letzte bisschen Fleisch vom Knochen. »Und wenn, gibt es bestimmt Gründe dafür. Sie hat ein ehrliches Gesicht.«

»Und du hast eine romantische Ader. Apropos ...« Brody wies mit dem Kinn zur Tür.

Der Mann, der jetzt hereinkam, trug eine Levi's und ein Baumwollhemd unter einer schwarzen Wachstuchjacke. Schlangenlederstiefel, ein Sam-Brown-Gürtel und ein steingrauer Stetson vervollständigten das Bild: ein Cowboy, wie er im Buche steht.

Sandfarbenes, sonnengebleichtes Haar quoll unter seinem Hut hervor. Er hatte ein ebenmäßiges, harmonisches Gesicht, ein leicht gespaltenes Kinn und hellblaue Augen, die er, wie jeder hier wusste, erfolgreich bei der Damenwelt einsetzte.

Er stolzierte zum Tresen – denn anders konnte man diesen selbstbewusst-wiegenden Gang kaum nennen – und nahm auf einem der Barhocker Platz.

»Lo schaut vorbei, um zu sehen, ob sich die Neue für ihn lohnt.« Mac schüttelte den Kopf und tunkte seine letzten Kartoffeln in die Soße. »Trotzdem, man muss ihn einfach mögen. Er ist wirklich ein netter Kerl. Aber ich hoffe, sie hat mehr Verstand.«

Mit das Unterhaltsamste, was Brody im letzten Jahr in und um Angel's Fist erlebt hatte, war, dabei zuzusehen, wie Lo eine Frau nach der anderen flachlegte. »Ich wette mit dir um zehn Dollar, dass er ihr so lange Komplimente macht, bis er eine weitere Kerbe in seinen Bettpfosten ritzen kann – und zwar noch vor Ablauf dieser Woche.«

Macs Brauen zogen sich missbilligend zusammen. »So redet man nicht über ein derart nettes Mädchen.«

»Du kennst sie doch noch gar nicht lange genug, um zu wissen, ob sie ein nettes Mädchen ist.«

»Für mich ist sie das. Deshalb nehme ich die Wette an und halte dagegen, damit du bluten musst.«

Brody lachte kurz auf. Mac trank nicht, Mac rauchte nicht und wenn er Frauen nachstellte, dann irgendwo, wo man nichts davon mitbekam. Für Brody war Macs leicht prüde Art Teil seines Charmes.

»Es ist bloß Sex, Mac.« Sein Grinsen wurde breiter, als er sah, wie Macs Ohrläppchen knallrot wurden. »Du weißt doch noch, was Sex ist, oder Mac?«

»Ich kann mich vage daran erinnern.«

In der Küche stellte Joanie einen Apple Pie auf die Arbeitsfläche. »Mach ’ne Pause«, befahl sie Reece. »Iss ein Stück Pie.«

»Ich hab eigentlich gar keinen Hunger, außerdem muss ich noch ...«

»Ich hab dich nicht gefragt, ob du Hunger hast. Iss den Pie. Der ist gratis. Es ist das letzte Stück, das schmeckt morgen sowieso nicht mehr. Siehst du den, der sich da gerade an den Tresen gesetzt hat?«

»Der, der aussieht, als ob er draußen sein Pferd angebunden hat?«

»Das ist William Butler, den hier alle nur Lo nennen. Eine Abkürzung für Lothario. Den Spitznamen bekam er als Teenager, weil er den Ehrgeiz entwickelte, jede Frau im Umkreis von hundert Kilometern ins Bett zu bekommen.«

»Verstehe.«

»Samstagabends hat Lo normalerweise ein heißes Date. Oder er hängt mit seinen Freunden im Clancy’s ab, um zu sehen, welches Zicklein sich diesmal einfangen lässt. Er ist nur gekommen, um dich in Augenschein zu nehmen.«

Da ihr anscheinend nichts anderes übrig blieb, begann Reece, den Pie zu essen. »Viel gibt’s da nicht zu sehen.«

»Egal, du bist neu hier, du bist eine Frau, du bist jung und, so wie’s aussieht, ungebunden. Denn eines muss man ihm lassen: Lo macht sich nicht an verheiratete Frauen ran. Siehst du, jetzt flirtet er gerade mit Juanita, die er letzten Winter ein paar Wochen lang wie wahnsinnig gevögelt hat, bis er auf ein paar Schneehäschen aufmerksam wurde, die zum Wintersport hier waren.«

Joanie griff nach dem Riesenbecher Kaffee, der immer in ihrer Nähe stand. »Der Junge hat wirklich Charme. Ich kenne keine Frau, die es ihm übel genommen hat, dass er anschließend seinen Hosenlatz zuknöpft und einfach verschwindet.«

»Und das erzählen Sie mir, weil Sie denken, dass ich sein nächstes Opfer bin?«

»Nur, damit du Bescheid weißt.«

»Verstehe. Und keine Angst, ich bin nicht auf der Suche nach einem Mann. Weder für eine Affäre noch für was Ernstes. Und erst recht nicht nach einem, der seinen Schwanz als Wünschelrute benutzt.«

Joanie brach in heiseres Gelächter aus. »Wie schmeckt der Pie?«

»Gut. Sehr gut. Ich habe noch gar nicht nach den Kuchen hier gefragt. Macht ihr die selbst oder stammen die von einer örtlichen Bäckerei?«

»Ich backe selbst.«

»Ehrlich?«

»Jetzt denkst du bestimmt, dass ich das besser kann als kochen – womit du wahrscheinlich Recht hast. Und was ist mit dir?«

»Backen ist nicht gerade meine Stärke, aber ich kann Ihnen helfen, wenn's nötig ist.«

»Ich sag dir dann Bescheid.« Sie wendete ein paar Burger und ließ sie dann zusammen mit Fritten und Bohnen auf einen Teller gleiten. Joanie garnierte die Teller gerade mit eingelegten Gurken und Tomaten, als Lo in die Küche geschlendert kam.

»William.«

»Ma.« Er beugte sich vor und küsste sie auf den Scheitel, während Reece das Herz in die Hose rutschte.

Ma, dachte sie – und sie hatte gerade noch einen Witz über seinen Schwanz gemacht.

»Wie ich höre, bringst du den Laden hier etwas Vordermann.« Er schenkte Reece ein gewinnendes Lächeln, bevor er einen großen Schluck aus dem Bierglas nahm, das er mitgebracht hatte. »Meine Freunde nennen mich Lo.«

»Reece. Schön, dich kennen zu lernen. Ich mach das schon, Joanie.« Reece schnappte sich die Teller und stellte sie in die Durchreiche. Genervt bemerkte sie, dass zum ersten Mal an diesem Abend keine neuen Bestellungen auf sie warteten.

»Wir können die Küche langsam zumachen«, sagte ihr Joanie. »Du kannst ruhig schon heimgehen. Ich hab dich morgen früh für die erste Schicht eingetragen. Um sechs bist du wieder hier, und zwar pünktlich.«

»In Ordnung.« Sie band sich die Schürze los.

»Ich fahr dich zum Hotel.« Lo stellte sein halb volles Bierglas ab. »Damit du sicher nach Hause kommst.«

»Lass nur, ist nicht nötig.« Reece warf seiner Mutter einen Hilfe suchenden Blick zu, aber die hatte sich bereits umgedreht und machte die Fritteusen aus. »Es ist ja nicht weit. Ich hab keine Angst, außerdem geh ich gern ein paar Schritte.«

»Gut, dann begleite ich dich. Hast du einen Mantel?«

Wenn sie sein Angebot ablehnte, wäre das mehr als unhöflich. Aber wenn sie es annahm, bewegte sie sich auf sehr dünnem Eis. Sie würde übers Eis gehen müssen. Wortlos griff sie nach ihrer Jeansjacke. »Ich werde pünktlich um sechs da sein.«

Sie murmelte ein paar Abschiedsworte und ging zur Tür. Sie konnte spüren, wie ihr der Schriftsteller – Brody – ein Loch in den Rücken starrte. Was hatte der hier überhaupt noch zu suchen?

Lo hielt ihr die Tür auf und trat dann hinter ihr hinaus auf die Straße.

»Ganz schön frisch heute Abend. Fricrst du nicht?«

»Nein. Nach der Hitze in der Küche finde ich das eher angenehm.«

»Kann ich mir vorstellen. Ich hoffe, meine Mutter nimmt dich nicht zu hart ran?«

»Ich arbeite gern.«

»Du hattest heute Abend bestimmt gut zu tun. Wie wär's, wenn ich dich auf einen Drink einlade, damit du wieder ein bisschen runterkommst? Dann kannst du mir auch gleich deine Lebensgeschichte erzählen.«

»Danke, aber die ist keinen Drink wert. Außerdem hab ich morgen die erste Schicht.«

»Es soll ein schöner Tag werden.« Seine Stimme war genauso lässig wie sein Gang. »Wie wär's, wenn ich dich danach abhole? Dann zeig ich dir ein bisschen die Umgebung. Du wirst in ganz Angel's Fist keinen besseren Fremdenführer finden. Wenn du darauf bestehst, kann ich auch Referenzen vorlegen, dass ich ein Gentleman bin.«

Sein Lächeln war ansteckend, das musste sie zugeben. Und sein Blick war so verführerisch, als würde er sie bereits liebkosen. Andererseits war er der Sohn ihrer Chefin.

»Das ist wirklich nett von dir, aber da ich hier nur eine Hand voll Leute kenne – und auch die gerade erst einen Tag lang –, könnten diese Referenzen locker gefälscht sein. Deshalb lehne ich dein Angebot lieber ab und nutze den Tag, um mich hier ein bisschen einzugewöhnen.«

»Dann ein andermal.«

Als er ihren Arm nahm, zuckte sie zusammen, sodass er begütigend auf sie einredete, als sei sie ein scheuendes Pferd. »Ruhig, ganz ruhig, ich will nur, dass du dich entspannst. Man merkt schon an deinem schnellen Gang, dass du von der Ostküste stammst. Lass dir Zeit, schau mal nach oben. Das ist ein Anblick, was?«

Ihr Herz klopfte immer noch viel zu schnell, aber sie sah nach oben. Und da, über der gezackten Silhouette der Berge, stand ein strahlender Vollmond.

Sterne explodierten um ihn herum, als habe jemand eine Flinte mit Diamanten geladen und einfach drauflos geballert. Ihr Licht tauchte die Schneedecke auf den Gipfeln in ein unheimliches Blau, während die Felsspalten und -schluchten tiefschwarz verschattet waren.

Genau das entging ihr, dachte sie, wenn die Angst wieder von ihr Besitz ergriff und ihre Blicke zu Boden zwang. Obwohl sie in diesem Moment lieber allein gewesen wäre, war sie Lo doch dankbar dafür, dass er sie dazu gebracht hatte, stehen zu bleiben und nach oben zu schauen.

»Das ist schön. In dem Reiseführer, den ich gekauft habe, steht, die Berge seien majestätisch, was ich eigentlich nicht fand. Ich fand sie eher mächtig, zerklüftet. Aber jetzt sehen sie tatsächlich majestätisch aus.«

»Es gibt Plätze da oben, wo man selbst gewesen sein muss, um das beurteilen zu können. Plätze, die sich verändern, noch während man hinschaut. Wenn du zu dieser Jahreszeit aufsteigst und dich neben den Fluss stellst, kannst du die Felsen im Frühlingstauwasser krachen hören. Ich nehm dich mal auf einen Ausritt mit. Es gibt nichts Schöneres, als die Tetons vom Pferd aus zu bewundern.«

»Ich kann nicht reiten.«

»Ich bring's dir bei.«

Sie lief weiter. »Fremdenführer, Reitlehrer.«

»Genau das bin ich auch, neben meinem Job auf der Circle-K-Ferienranch, die etwa zwanzig Kilometer von hier entfernt liegt. Ich kann dem dortigen Koch sagen, dass er ein schönes Picknick für uns vorbereiten soll, und dir ein braves Reittier organisieren. Das wird ein Tag, den du so schnell nicht vergessen wirst!«

»Bestimmt.« Es würde ihr gefallen, die Felsen krachen zu hören, die Moränen und Bergwiesen zu sehen. Jetzt, bei diesem atemberaubenden Mondlicht, war sie drauf und dran, seinen Vorschlag anzunehmen.

»Ich denk drüber nach. Hier ist mein Hotel.«

»Ich begleite dich hinein.«

»Das brauchst du nicht. Ich bin ...«

»Meine Mutter hat mir beigebracht, dass man eine Dame immer bis vor die Tür bringen muss.«

Er nahm erneut lässig ihren Arm und hielt ihr die Eingangstür zum Hotel auf. Sie bemerkte, dass er nach Leder und Kiefern roch.

»Abend, Tom«, rief er dem Nachtportier zu.

»Lo. Ma'am.«

Reece sah ein belustigtes Funkeln in den Augen des Portiers. Als sich Lo zum Lift wandte, trat sie einen Schritt zurück. »Ich wohne im dritten Stock. Ich laufe lieber.«

»Du hast auch so'n Fitnesswahn, was? Sonst wärst du nicht so schlank.« Er änderte sanft die Richtung und hielt ihr die Tür zum Treppenhaus auf.

»Danke für die Mühe.« Sie befahl sich, nicht in Panik zu geraten, weil das Treppenhaus mit ihm an ihrer Seite plötzlich so viel enger wirkte. »Ich scheine hier wirklich in einem äußerst netten Ort gelandet zu sein.«

»Wyoming ist ein netter Bundesstaat. Wir sind nicht gerade viele, aber dafür sympathisch. Wie ich höre, kommst du aus Boston.«

»Ja.«

»Zum ersten Mal in der Gegend?«

»Stimmt genau.« Noch ein Treppenabsatz, und dann würde die Hotelzimmertür aufgehen.

»Machst du ein bisschen Urlaub und siehst dir das Land an?«

»Ja.«

»Ganz schön mutig, so mutterseelenallein.«

»Findest du?«

»Du scheinst abenteuerlustig zu sein.«

Normalerweise hätte sie jetzt laut gelacht, aber sie war nur erleichtert, als er ihr die Tür aufhielt und sie den Flur im dritten Stock betraten. »Hier ist mein Zimmer.« Sie fischte nach der Hotel-Key-Card und kontrollierte automatisch, ob der Tesafilm an ihrer Tür noch intakt war.

Noch bevor sie die Key-Card ins Schloss stecken konnte, nahm er sie ihr auch schon ab und öffnete die Tür. Anschließend gab er sie ihr wieder zurück. »Du hast ja alle Lichter angelassen«, bemerkte er. »Der Fernseher läuft auch.«

»Oh, das muss ich vorhin in der Eile wohl vergessen haben. Danke, Lo, fürs Heimbringen.«

»Es war mir ein Vergnügen. Bald wirst du auf einem Pferd sitzen, du wirst schon sehen.«

Sie rang sich ein Lächeln ab. »Ich werd drüber nachdenken. Danke noch mal. Gute Nacht.«

Sie schlüpfte durch die Tür und schloss sie. Betätigte den Riegel und hängte die Sicherheitskette vor. Sie setzte sich auf die türabgewandte Seite des Bettes. Von dort aus konnte sie aus dem Fenster sehen, auf die Weite da draußen, bis ihr Atem endlich wieder normal ging.

Etwas gefasster kehrte sie zurück, schaute durch den Spion, um zu kontrollieren, dass der Flur leer war, und schob einen Stuhl gegen die Zimmertür. Nachdem sie die Schlösser erneut überprüft und nachgesehen hatte, ob die Kommode vor der Tür zum anderen Zimmer auch stabil genug war, machte sie sich bettfertig. Sie stellte den Radiowecker auf fünf und zur Sicherheit auch noch ihren eigenen Reisewecker.

Sie schrieb in ihr Tagebuch und verhandelte mit sich selbst, wie viele Lichter sie während der Nacht brennen lassen durfte. Es war ihre erste Nacht an einem neuen Ort, also durfte sie sowohl die Nachttisch- als auch die Badezimmerlampe brennen lassen. Die im Bad zählte sowieso nicht. Das war eine reine Sicherheits- und Bequemlichkeitsmaßnahme. Sie könnte schließlich mitten in der Nacht aufs Klo müssen.

Sie holte ihre Taschenlampe aus dem Rucksack und legte sie neben das Bett. Es konnte einen Kurzschluss geben, verursacht durch einen Brand. Sie war schließlich nicht die Einzige im Hotel. Irgendjemand könnte beim Rauchen einschlafen, oder ein Kind könnte mit Streichhölzern spielen. Wer weiß.

Das ganze Gebäude könnte um drei Uhr früh in Flammen aufgehen. Das war durchaus möglich. Dann würde sie so schnell wie möglich ins Freie fliehen müssen. Die Taschenlampe neben dem Bett war eine reine Vorsichtsmaßnahme.

Das Kribbeln in ihrer Brust ließ sie sehnsüchtig an die Schlaftabletten in ihrem Waschbeutel denken. Doch die und die Antidepressiva gegen die Panikattacken waren einzig und allein für den Notfall bestimmt, ermahnte sie sich. Sie hatte schon seit Monaten keine Schlafmittel mehr genommen, und heute Abend war sie müde genug, um auch ohne einzuschlafen. Sollte es tatsächlich einen Kurzschluss geben, wäre sie viel zu groggy und langsam. Dann würde sie verbrennen oder an einer Rauchvergiftung sterben.

Bei dem Gedanken daran musste sie sich auf die Bettkante setzen. Sie stützte den Kopf in die Hände und verfluchte ihre lebhafte Fantasie.

»Hör auf damit, Reece. Hör sofort auf damit und geh ins Bett. Du musst morgen früh raus und solltest dich verhalten wie ein ganz normaler Mensch.«

Sie kontrollierte ein weiteres Mal alle Schlösser, bevor sie zu Bett ging. Sie lag regungslos da und hörte ihr Herz pochen, hörte auf die Geräusche aus dem Nebenzimmer, aus dem Flur und vor dem Fenster.

Sie befand sich in Sicherheit, redete sie sich ein. Sie war absolut sicher. Hier würde kein Feuer ausbrechen. Hier würde keine Bombe explodieren, niemand würde einbrechen, um sie hinterrücks im Schlaf umzubringen. Der Himmel würde ihr nicht auf den Kopf fallen.

Aber sie ließ den Fernseher leise weiterlaufen und ließ sich von dem alten Schwarzweißschinken in den Schlaf lullen.

Der Schmerz kam wie ein Schock. Er war derart heftig, dass sie nicht mal mehr schreien konnte. Ein schwarzer Amboss lastete schwer auf ihrem Brustkorb, sie saß in der Falle. Er quetschte ihre Lunge zusammen, sodass sie keine Luft mehr bekam, sich nicht mehr bewegen konnte. Ein Hammer schlug auf den Amboss, zertrümmerte ihren Schädel, ihren Brustkorb, hämmerte wie wild auf sie ein. Sie rang nach Luft, aber der Schmerz war zu viel für sie, und die Angst übertraf sogar noch ihren Schmerz.

Sie waren da draußen, draußen in der Dunkelheit. Sie konnte sie hören, hörte, wie das Glas splitterte, die Explosionen, und was noch viel schlimmer war, die Schreie.

Aber noch schlimmer als die Schreie war das Lachen.

Ginny? Ginny?

Nein, nein, nicht schreien, bleib so still wie möglich. Besser sie starb hier in der Dunkelheit, als dass man sie fand. Aber sie kamen näher, kamen, um sie zu holen. Sie konnte ein Wimmern nicht unterdrücken, konnte nicht verhindern, dass ihre Zähne laut aufeinanderschlugen.

Das plötzliche Licht blendete sie, und die hemmungslosen Schreie, die in ihrem Kopf explodierten, kamen ihr vor wie ein wildes Heulen.

»Da lebt noch eine.«

Sie schlug und trat erschöpft nach Händen, die nach ihr griffen.

Sie wachte schweißgebadet auf, spürte das Wimmern noch in der Kehle, als sie nach ihrer Taschenlampe griff und diese umklammerte wie eine Waffe.

War da jemand? Vor ihrer Tür? Vor dem Fenster? Sie saß zitternd und zähneklappernd da und lauschte auf ein Geräusch. Als eine Stunde später die Wecker gingen, saß sie senkrecht im Bett, die Taschenlampe noch in der Hand, während sämtliche Lichter im Zimmer brannten.

3

Nach dieser heftigen Panikattacke fiel es ihr schwer, sich der Küche und den Kollegen zu stellen, so zu tun, als sei sie völlig normal. Aber sie war nicht nur vollkommen pleite, sondern hatte auch versprochen zu kommen – pünktlich um sechs Uhr früh.

Die zweite Möglichkeit bestand darin, heimzufahren und sich zu verkriechen. Doch dann wären all die Monate mit winzigen Fortschritten völlig umsonst gewesen. Ein Anruf genügte, und man würde sie retten.

Aber dann wäre sie erledigt.

Sie versuchte sich ausschließlich auf das Nächstliegende zu konzentrieren. Dass sie es schaffte, sich anzuziehen, war bereits ein kleiner Sieg, und dass sie ihr Zimmer verließ, ein weiterer. Als sie dann auf die Straße trat und ihre Schritte zum Diner lenkte, fühlte sich das an wie ein kleiner, persönlicher

Triumph. Die Luft war kalt – der Winter war immer noch gegenwärtig, sodass sie ihren Atem in der Morgendämmerung sehen konnte. Die Berge waren dunkel, ihre mächtige Silhouette hob sich vom Himmel ab – jetzt, wo der große Mond hinter ihren Gipfeln verschwunden war. Unten erstreckte sich ein langes Nebelband. Dunstschleier stiegen vom See auf und waberten um die kahlen Bäume wie Feenflügel.

In der kühlen Dunkelheit wirkte alles so still, so perfekt und harmonisch. Doch als irgendetwas aus diesem Nebel schlüpfte, zog sich ihr Herz kurz zusammen. Dann beruhigte es sich wieder, denn sie sah, dass es sich um ein Tier handelte.

Ein Elch, ein Rothirsch oder ein Reh – aus dieser Entfernung war das unmöglich zu erkennen. Das Tier schien zu schweben, während es sich von Nebelschwaden umgeben dem See näherte.

Als es den Kopf senkte, um zu trinken, hörte Reece die ersten Vögel singen. Am liebsten hätte sie sich hingesetzt, gleich hier auf den Bürgersteig, hätte die Einsamkeit und Stille genossen und den Sonnenaufgang beobachtet.

Derart getröstet lief sie weiter. Gleich würde sie sich der Küche, den Menschen und all den Fragen stellen müssen, die einem als Neuling überall gestellt werden. Sie durfte auf keinen Fall zu spät kommen oder nervös sein. Sie hatte weiß Gott nicht vor, noch mehr Aufmerksamkeit auf sich zu ziehen als ohnehin schon.

Ruhig, ganz ruhig, befahl sie sich. Konzentrier dich. Zu diesem Zweck begann sie im Stillen ein Gedicht aufzusagen und konzentrierte sich auf den Rhythmus der Worte, bis sie merkte, dass sie laut vor sich hinredete. Sie zuckte zusammen. Aber es war niemand da, der sie hören konnte, beruhigte sie sich. Auf diese Weise schaffte sie es bis zum Eingang von Angel's Food.

Drinnen brannte helles Licht, sodass ein Teil der Anspannung von ihr abfiel. Es wurde schon gearbeitet – Joanie war in der Küche zugange. Schlief diese Frau eigentlich auch irgendwann mal?

Jetzt würde sie klopfen müssen, ermahnte sich Reece, klopfen, lächeln, winken. Wenn sie das erst einmal geschafft und das Lokal betreten hätte, würde sie ihre Angst in Arbeit ertränken.

Aber ihr Arm fühlte sich bleischwer an und ließ sich einfach nicht bewegen. Ihre Finger waren so steif und kalt, dass sie sich zu Fäusten ballten. Sie blieb, wo sie war, und fühlte sich dämlich, nutzlos, hilflos.

»Hast du Schwierigkeiten mit der Tür?«

Reece zuckte zusammen und fuhr herum. Da stand Linda-Gail und schlug die Autotür eines stabilen Kleinwagens zu.

»Nein. Nein, ich war bloß ...«

»In Gedanken? Sieht nicht so aus, als ob du heute besonders viel geschlafen hättest.«

»Wahrscheinlich ja. Wahrscheinlich nicht.«

Die ohnehin schon kalte Luft wurde immer schneidender, je näher Linda-Gail kam. Die hellblauen Augen, die Reece am Vortag noch so freundlich erschienen waren, wirkten distanziert, herablassend. »Bin ich zu spät dran?«

»Ich wundere mich eher, dass du überhaupt hier auftauchst, nach der Nacht, die du hinter dir hast.«

Reece musste wieder daran denken, wie sie, die Taschenlampe fest umklammert, im Bett gelegen und gelauscht hatte. »Woher weißt du ...«

»Lo ist berühmt für seine Ausdauer.«

»Lo? Ich habe nicht ... Uff!« Dem Schreck folgte Belustigung. »Nein, wir haben nicht ... da war nichts. Meine Güte, Linda-Gail, ich kenn ihn gerade mal zehn Minuten. Ich muss einen

Typen schon mindestens eine Stunde lang kennen, bis ich seine Ausdauer austeste.«

Linda-Gail ließ die Hand sinken, mit der sie soeben die Tür hatte aufstoßen wollen, zog die Augen zu schmalen Schlitzen zusammen und musterte Reece. »Du bist nicht mit Lo ins Bett?«

»Nein.« Mit so etwas konnte sie umgehen. »Hab ich damit gegen irgendein geheimes Gesetz verstoßen? Werde ich jetzt gefeuert oder verhaftet? Wenn es zum Job gehört, eine Schlampe zu sein, hätte ich das von vorneherein wissen müssen – und wenn das so ist, hätte ich auch gern mehr als acht Dollar die Stunde.«

»Diese Vertragsklausel beruht einzig und allein auf Freiwilligkeit. Tut mir leid.« Urplötzlich waren auch die Grübchen wieder da. »Tut mir wirklich leid, ich hätte keine falschen Schlussfolgerungen ziehen und dich so angreifen dürfen, bloß weil ihr gleichzeitig gegangen seid.«

»Er hat mich zum Hotel begleitet und wollte mich noch auf einen Drink einladen, was ich abgelehnt habe. Dann bot er an, mir die Umgebung zu zeigen, die ich genauso gut selbst erkunden kann. Zum Schluss hat er mir noch einen Ausritt vorgeschlagen. Ich reite nicht, aber das mit dem Reiten könnte mich interessieren. Was sein Aussehen betrifft, bekommt er von mir die Bestnote, auch in puncto Benehmen und Manieren. Ich wusste gar nicht, dass da was zwischen euch läuft.«

»Was läuft? Zwischen mir und Lo?« Linda-Gail lachte verächtlich auf. »Da läuft nichts. Ich bin wahrscheinlich die einzige Frau unter fünfzig im Umkreis von hundert Kilometern, die noch nicht mit ihm geschlafen hat. Schlampe bleibt Schlampe – egal, ob es sich dabei um einen Mann oder eine Frau handelt.«

Sie zuckte die Achseln und musterte noch einmal eingehend Reeces Gesicht. »Wie dem auch sei, du siehst wirklich fertig aus.«

»Ich hab einfach schlecht geschlafen, sonst nichts. Die erste Nacht an einem neuen Ort, und dann noch ein neuer Job. Das sind die Nerven.«

»Keine Sorge«, meinte Linda-Gail und machte die Tür auf. »Wir beißen nicht.«

»Ich hab mich schon gefragt, ob ihr den ganzen Tag draußen rumstehen wollt. Ich werdet hier nicht fürs Quatschen bezahlt.«

»Meine Güte, Joanie, es ist fünf nach sechs. Das kannst du mir gern vom Lohn abziehen. Apropos Lohn – hier ist dein Anteil am Trinkgeld, Reece.«

»Mein Anteil? Ich hab doch gar nicht gekellnert.«

Linda-Gail steckte Reece einen Umschlag zu. »Das ist bei uns so üblich, der Koch bekommt zehn Prozent aller Trinkgelder. Wir kriegen das Trinkgeld zwar fürs Kellnern, aber wenn das Essen nicht schmeckt, ist es nicht ansatzweise so viel.«

»Danke.« Jetzt war sie wenigstens nicht mehr vollkommen pleite, dachte Reece, während sie den Umschlag in ihre Tasche steckte.

»Gib's nicht gleich wieder aus.«

»Seid ihr jetzt endlich fertig?« Joanie stützte sich mit verschränkten Armen auf den Tresen. »Deck fürs Frühstück ein, Linda-Gail. Und du, Reece, meinst du, du kannst deinen mageren Hintern in die Küche bewegen und anfangen zu arbeiten?«

»Jawoll, Ma'am. Ach so, und nur damit Sie's wissen«, sagte sie, während sie um den Tresen herumging, um sich eine Schürze zu nehmen. »Ihr Sohn ist äußerst charmant, aber ich hab die Nacht allein verbracht.«

»Der Junge lässt nach.«

»Das würde ich so nicht sagen. Trotzdem habe ich vor, auch weiterhin allein zu schlafen, solange ich in Angel's Fist bin.«

Joanie stellte eine Schüssel mit Pfannkuchenteig auf die Seite. »Wieso, hast du was gegen Sex?«

»Nein, im Gegenteil.« Reece ging zur Spüle, um sich die Hände zu waschen. »Sex steht momentan nur nicht sehr weit oben auf meiner Liste.«

»Das muss aber eine armselige Liste sein. Weißt du, wie man *Huevos Rancheros* macht?«

»Kein Problem.«

»Die sind bei uns sonntags sehr beliebt. Genauso wie Pfannkuchen. Dann leg mal los und brate Speck und Würstchen. Gleich kommen die ersten Gäste.«

Kurz vor Mittag drückte ihr Joanie einen Teller mit einem Stapel Tortillas, Rührei und Speck in die Hand. »Los, nimm das, und geh damit ins Hinterzimmer. Setz dich und iss.«

»Das reicht locker für zwei Personen!«

»Ja, und beide sind magersüchtig.«

»Ich bin nicht magersüchtig.« Sie stach mit der Gabel in das Rührei, um ihren Worten Nachdruck zu verleihen.

»Geh nach hinten in mein Büro und setz dich hin. Du hast zwanzig Minuten.«

Sie kannte das Büro, das diesen Namen allerdings kaum verdiente.

»Hören Sie, ich habe ein Problem mit engen Räumen.«

»Angst vor der Dunkelheit und noch dazu klaustrophobisch. Du bist ja das reinste Nervenbündel. Dann setz dich eben an den Tresen. Du hast immer noch zwanzig Minuten.«

Sie gehorchte und setzte sich an das eine Ende des Tresens. Kurz darauf stellte ihr Linda-Gail eine Tasse Tee hin und zwinkerte ihr zu.

»Hallo, Doc.« Linda-Gail wischte über den Tresen und schenkte dem Mann, der sich gerade auf den Hocker neben Reece gleiten ließ, ein freundliches Lächeln.

»So wie immer?«

»Das Sonntags-Cholesterol-Spezial, Linda-Gail. Das ist meine Form von Abenteuer.«

»Sollst du haben. Joanie«, rief sie, ohne die Bestellung zu bonnieren, »der Doc ist hier! Doc, das ist Reece, unsere neue Köchin. Reece, darf ich vorstellen? Doc Wallace. Er behandelt jedes deiner Wehwehchen. Aber lass dich ja nie von ihm zum Poker überreden. Da zieht er dich über den Tisch.«

»Na hör mal, wie soll ich denn die Neuankömmlinge ausnehmen, wenn du solche Sachen über mich verbreitest.« Er rutschte auf seinem Hocker herum und nickte Reece freundlich zu. »Ich hab schon gehört, dass Joanie jemand Neues in der Küche hat. Und, wie läuft es so für Sie?«

»So weit ganz gut.« Sie zwang sich daran zu denken, dass er keinen weißen Kittel trug und nicht mit der Spritze auf sie losging. »Ich mag die Arbeit.«

»Bei Joanie's gibt's das beste Sonntagsfrühstück in ganz Wyoming. Das Hotel wirbt zwar mit einem großen Frühstücksbüfett für Touristen, aber wer sich auskennt, trägt sein Geld hierher.« Er lehnte sich mit dem Kaffee zurück, den Linda-Gail vor ihn hingestellt hatte. »Essen Sie nur weiter, solange es heiß ist.«

Anstatt nur draufzustarren, als sei das Essen ein Rätsel, das erst noch gelöst werden muss, dachte er. Er praktizierte jetzt schon seit fast dreißig Jahren hier. Er war als junger Mann hergekommen und hatte sich auf eine Zeitungsanzeige des Stadtrats gemeldet. Genau das erzählte er Reece, die mit ihrem Essen spielte.

»Auf der Suche nach Abenteuern«, sagte er mit einem leicht westlichen Einschlag. »Ich hab mich auf Anhieb in den Ort hier verliebt, insbesondere in ein hübsches, braunäugiges Mädchen namens Susan. Wir haben hier drei Kinder großgezogen.

Der Älteste ist selbst Arzt geworden – Assistenzart in Cheyenne. Die Mittlere, unsere Annie, hat einen Kerl geheiratet, der für *National Geographic* fotografiert. Sie sind bis nach Washington, D.C., gezogen. Dort hab ich einen Enkel. Der Jüngste lebt in Kalifornien und studiert Philosophie. Keine Ahnung, was er da treibt, aber bitte, ganz wie er will. Vor zwei Jahren habe ich meine Susan an den Brustkrebs verloren.«

»Das tut mir sehr leid.«

»Das ist hart, wirklich hart.« Er betrachtete seinen Ehering. »Ich suche immer noch nach ihr, wenn ich morgens aufwache. Hoffe jedes Mal wieder, sie neben mir im Bett liegen zu sehen. Ich fürchte, das wird nie anders werden.«

»Hier, Doc, bitte schön.« Linda-Gail stellte einen Teller vor ihn hin, und beide lachten, als Reece entsetzt darauf starrte. »Er wird das restlos aufessen«, sagte Linda-Gail, bevor sie weitersauste.

Darauf lagen ein Stapel Pfannkuchen, ein Omelett, eine dicke Scheibe Schinken, eine großzügige Portion Pommes und drei Würstchen.

»Sie können das unmöglich alles essen.«

»Von mir kannst du noch was lernen, Kleine. Und jetzt pass auf.«

Er wirkte recht fit, fand Reece, in seinem schlichten Hemd und der warmen Strickjacke. Wie jemand, der sich gesund ernährte und ausreichend Sport trieb. Er hatte ein rotes, schmales Gesicht und aufgeweckte, haselnussbraune Augen hinter dem Drahtgestell seiner Brille.

Und trotzdem fiel er über sein enormes Frühstück her wie ein Fernfahrer.

»Haben Sie Familie an der Ostküste?«, fragte er.

»Ja, meine Großmutter lebt in Boston.«

»Haben Sie das Kochen von ihr gelernt?«

Sie konnte die Augen nicht von seinem Teller abwenden und staunte, wie schnell das Essen verschwand. »Ja, am Anfang schon. Dann habe ich das *New England Culinary Institute* in Vermont besucht und war anschließend ein Jahr in Paris auf der *Cordon Bleu.*«

»Culinary Institute.« Der Doc hob die Brauen. »Und dann noch Paris. Schick, schick.«

»Wie bitte?« In dem Moment fiel ihr auf, dass sie in zwei Minuten mehr von sich preisgegeben hatte als sonst in zwei Wochen. »Vor allem ganz schön anstrengend. Am besten, ich mach mich mal wieder an die Arbeit. War schön, Sie kennen gelernt zu haben.«

Reece machte noch die Mittagsschicht. Jetzt, wo sie den Nachmittag und Abend noch vor sich hatte, beschloss sie, einen langen Spaziergang zu machen. Sie könnte um den See herumlaufen und ein paar der Wälder und Flüsse erkunden. Sie könnte Fotos knipsen und sie ihrer Großmutter schicken. Die Bewegung an der frischen Luft würde sie müde machen.

Sie schlüpfte in ihre Wanderstiefel und packte ihren Rucksack exakt so, wie es der Wanderführer für Ausflüge unter zehn Kilometern empfahl. Draußen fand sie einen Fleck in Seenähe, wo sie sich hinsetzen und die Prospekte aus dem Hotel durchlesen konnte.

Wann immer es ging, wollte sie die Zeit nutzen, die Umgebung zu erkunden, den Nationalpark und vielleicht noch ein wenig das Hinterland. Draußen im Freien fühlte sie sich wohler, da war sie nicht so eingeengt.

Sobald sie ihren ersten freien Tag hatte, würde sie einen der einfacheren Wanderwege nehmen und den Berg hochlaufen, um den Fluss zu sehen. Für heute sollte sie lieber mit dem Ausflug loslegen, den ihr Reiseführer vorschlug, und die Wanderstiefel einlaufen.

Sie marschierte gemächlich los. Das war einer der Vorteile ihres jetzigen Lebens. Sie hatte so gut wie keine Eile. Sie konnte sich so viel Zeit nehmen, wie sie wollte, und die Dinge in ihrem eigenen Tempo erledigen. Etwas, das sie sich früher nur selten gegönnt hatte. In den letzten acht Monaten hatte sie mehr gesehen und getan als in all den 28 Jahren davor. Sie mochte ein wenig verrückt sein und mit Sicherheit neurotisch und paranoid, aber es gab Dinge, die sie wieder in den Griff bekommen hatte, Teile von ihr, die wieder genesen waren.

Trotzdem würde sie nie mehr so sein wie früher – eine hektische, ehrgeizige Städterin. Aber sie konnte der neuen Reece durchaus etwas abgewinnen. Heute achtete sie viel mehr auf Details, die sie früher nicht einmal wahrgenommen hatte. Auf das Spiel von Licht und Schatten, das Plätschern des Wassers, darauf, wie sich der schwammige, tauende Boden unter ihren Füßen anfühlte.

Sie konnte jeden Moment stehen bleiben und zusehen, wie ein Reiher vom See aufflog, leise wie eine Wolke. Sie konnte zusehen, wie sich das Wasser auf dem See kräuselte, wie es konzentrische Ringe beschrieb, die sich immer weiter ausbreiteten, bis sie die Spitze eines Paddels erreichten, das ein Junge in einem roten Kajak durchs Wasser zog.

Ihr fiel der Fotoapparat erst wieder ein, als der Reiher bereits aufgeflogen war, aber dafür fotografierte sie den Jungen und sein rotes Boot, das blaue Wasser und darin die atemberaubende Spiegelung der Berge.

Sie nahm sich vor, kleine Texte zu jedem Foto zu verfassen, und setzte ihre Wanderung fort. Auf diese Weise gab sie ihrer Großmutter das Gefühl, mit dabei zu sein. Reece wusste, dass man sich zu Hause in Boston Sorgen um sie machte. Aber sie konnte nicht mehr tun, als lange E-Mails zu schicken, ab und an anzurufen und ihre Großmutter wissen zu lassen, wo sie war und wie es ihr ging.

Was Letzteres anbelangte, war sie nicht immer aufrichtig.

Um den See lagen vereinzelt Häuser und Blockhütten, und irgendjemand grillte an diesem Sonntag im Freien. Ein idealer Tag für gegrilltes Huhn, Kartoffelsalat, marinierte Gemüsespießchen, literweise Eistee, kaltes Bier.

Ein Hund schwamm in den See hinaus, einem blauen Ball hinterher, während ein Mädchen lachend am Ufer stand und ihn anfeuerte. Nachdem er den Ball erwischt hatte und zum Ufer zurückgepaddelt war, schüttelte er sich wie wild und bespritze das Mädchen mit Wassertropfen, die die Sonne aufblitzen ließ wie Diamanten.

Der Hund bellte ganz außer sich vor Freude, als das Mädchen den Ball erneut warf, und sprang ins Wasser, woraufhin das Spiel von vorn begann.

Reece holte ihre Wasserflasche heraus und nippte daran, während sie sich vom Ufer entfernte und zwischen dem Feuerdorn spazieren ging.

Vielleicht würde sie ein Reh entdecken oder einen Rothirsch, wenn sie nicht allzu viel Lärm machte. Vielleicht sogar einen Elch – zum Beispiel den von heute Morgen. Auf die Bären, die laut Urlaubsprospekt und Reiseführer in den hiesigen Wäldern lebten, konnte sie getrost verzichten, auch wenn es hieß, dass die meisten äußerst menschenscheu waren.

Denn bei ihrem Glück hätte der Bär bestimmt schlechte Laune und würde sie nur zu gern an ihr auslassen.

Sie beschloss, vorsichtig zu sein und sich nicht zu weit vorzuwagen. Obwohl sie ihren Kompass dabeihatte, würde sie den Wanderweg nicht verlassen.

Hier war es ein ganzes Stück kühler, fiel ihr auf. Die Sonne reichte nicht bis zu den Schneeresten, und das Wasser des kleinen Bachs, auf den sie gestoßen war, musste sich seinen Weg gegen und über die Eisschollen erkämpfen.

Sie folgte dem Bach, lauschte seinem Plätschern, während er weiter taute. Als sie auf Tierspuren und Exkremente stieß, wurde sie ganz aufgeregt. Was waren das für Spuren, was war das für ein Kot? Neugierig holte sie ihren Wanderführer hervor.

Ein Rascheln ließ sie erstarren und sich suchend umschauen. Keine Ahnung, wer sich mehr erschreckt hatte – Reece oder der Grauhirsch –, aber einen Moment lang stockte beiden der Atem, und sie starrten sich unverwandt an.

Ich muss gegen den Wind gelaufen sein, dachte sie, oder wie sagt man da? Während sie langsam nach ihrem Fotoapparat griff, nahm sie sich vor, die korrekte Wendung nachzuschlagen. Ihr gelang eine Frontalaufnahme, doch dann machte sie den Fehler, entzückt aufzulachen. Das reichte, um den Hirsch sofort in die Flucht zu schlagen.

»Ich weiß genau, wie du dich fühlst«, murmelte sie und beobachtete, wie er vor dem menschlichen Kontakt floh. »Die Welt ist voller Furcht erregender Dinge.«

Sie steckte den kleinen Fotoapparat wieder in ihre Tasche, als ihr auffiel, dass sie weder Hundegebell noch Straßenlärm hörte. Nur den Wind in den Baumkronen wie ein leises Meeresrauschen und das Plätschern des Bachs.

»Vielleicht sollte ich in einem Wald wohnen. Mir ein kleines, abgelegenes Blockhaus suchen und Gemüse anbauen. Ich könnte Vegetarierin werden«, überlegte sie, während sie über den schmalen Bach hüpfte. »Na gut, das wahrscheinlich weniger. Ich könnte angeln lernen. Ich könnte mir einen Pick-up kaufen und einmal im Monat zum Einkaufen in den Ort fahren.«

Sie malte sich dieses Leben detailliert aus. Irgendwo in Wassernähe und nicht zu tief in den Bergen. In einem Haus mit vielen vielen Fenstern, sodass man das Gefühl hatte, fast im Freien zu leben.

»Ich könnte mich selbstständig machen. Ich könnte den ganzen Tag kochen und meine Produkte anschließend verkaufen. Zum Beispiel übers Internet. Dazu bräuchte ich nicht mal das Haus zu verlassen. Fehlt nur noch, dass ich jetzt auch noch an Agoraphobie leide.«

Nein, sie würde im Wald wohnen – das gefiel ihr –, aber in der Stadt arbeiten. Vielleicht sogar hier, dann könnte sie weiterhin für Joanie kochen.

»Warte noch ein paar Wochen, das ist besser. Wart ab, wie es läuft. Aber aus dem Hotel musst du raus, so viel steht fest. Das geht nicht mehr lange gut. Aber wo soll ich dann hin? Vielleicht kann ich ja ...«

Ihr entfuhr ein Schrei, sie stolperte und landete beinahe auf dem Hintern.

Es war eine Sache, einem Grauhirsch über den Weg zu laufen, aber eine ganz andere, einen Mann in einer Hängematte vor sich zu sehen, der ein aufgeklapptes Taschenbuch auf der Brust liegen hatte.

Brody hatte sie kommen hören – was bei ihren Selbstgesprächen auch nicht weiter schwer war. Er hatte angenommen, dass sie in Richtung See abbiegen würde, doch stattdessen war sie schnurstracks auf seine Hängematte zugelaufen, den Blick auf ihre niegelnagelneuen Wanderschuhe geheftet. Also hatte er sein Buch sinken lassen und sie beobachtet.

Eine Großstädterin, die sich in der Wildnis verirrt hat, dachte er. Mit einem Rucksack, Wanderschuhen und Jeans – wenigstens Letztere wiesen Gebrauchsspuren auf. Und mit einer Wasserflasche.

War das ein Handy, das da aus ihrer Tasche ragte? Wen um alles in der Welt wollte sie von hier aus anrufen?

Sie hatte das Haar zum Pferdeschwanz gebunden, der hinten aus ihrer Baseballkappe hervorlugte. In ihrem blassen Gesicht wirkten ihre dunkelbraunen Augen noch größer.

»Verlaufen?«

»Nein. Ja. Nein.« Sie sah sich um, als käme sie von einem anderen Planeten. »Ich bin einfach nur spazieren gegangen und hab gar nicht gemerkt, dass ich Privatgrund betreten habe.«

»Tja. Wollen Sie einen Moment warten, bis ich mein Gewehr geholt habe?«

»Ungern. Hm, ich vermute, das ist Ihr Haus.«

»Sie haben richtig vermutet.«

»Es ist hübsch.« Sie betrachtete es einen Moment – ein schlichtes Blockhaus mit einer lang geschwungenen Veranda, einem einzelnen Stuhl und einem Einpersonentisch.

»Sehr privat«, fügte sie hinzu. »Tut mir leid.«

»Mir nicht. Ich mag das.«

»Ich meine – Sie wissen ganz genau, wie ich das gemeint habe.« Sie holte tief Luft und spielte mit dem Verschluss ihrer Wasserflasche. Mit Fremden tat sie sich leichter. Es waren die mitleidigen, besorgten Blicke ihrer Freunde, die sie nicht mehr ertragen konnte.

»Schon wieder. Sie starren mich an. Das ist unhöflich.«

Er hob eine Braue. Sie hatte diese Fähigkeit immer bewundert. Ganz so, als ob die einzelne Braue über eine unabhängige Muskelgruppe verfügte. Dann bückte er sich und öffnete unbeeindruckt eine Flasche Bier. »Wer sagt das? Wer bestimmt, was in welcher Kultur unhöflich ist? Die Gesellschaft zur Vorbeugung von Unhöflichkeit? Ich dachte, die gibt's gar nicht mehr.«

»Oh doch, von einer breiten Öffentlichkeit unbemerkt ist sie nach wie vor aktiv.«

»Mein Urgroßvater war Mitglied, aber das hat uns nur sehr am Rande interessiert, da er ein absolutes Arschloch war.«

»Nun, solche Leute gibt es in jeder Familie oder Gemeinschaft. Am besten, ich lasse Sie in aller Ruhe weiterlesen.«

Sie machte einen Schritt zurück, während er überlegte, ob er ihr ein Bier anbieten sollte. Da es sich dabei um eine noch nie da gewesene Geste handelte, hatte er sich bereits dagegen entschieden, als ein lauter Knall die Luft zerriss.

Sie warf sich in den Matsch und hob die Arme schützend über den Kopf wie ein Soldat im Schützengraben.

Seine erste Reaktion war Belustigung. Typisch Städterin. Aber als er sah, dass sie völlig reg- und lautlos liegen blieb, begriff er, dass mehr dahinter steckte. Er schwang die Beine aus der Hängematte und ging vor ihr in die Hocke.

»Eine Fehlzündung«, sagte er leichthin. »Von Carl Sampsons Lieferwagen. Die reinste Rostlaube.«

»Eine Fehlzündung.«

Er hörte, wie sie das Wort immer wieder vor sich hinmurmelte, während sie am ganzen Körper zitterte.

»Ganz genau.« Er legte eine Hand auf ihren Arm, um sie zu beruhigen, doch sie verspannte sich.

»Bitte nicht. Fassen Sie mich nicht an. Fassen Sie mich nicht an! Bitte. Ich brauch nur eine Minute.«

»Ganz wie Sie wollen.« Er stand auf, um die Wasserflasche aufzuheben, die in hohem Bogen durch die Luft geflogen war, als sie sich zu Boden geworfen hatte. »Möchten Sie einen Schluck? Von Ihrem Wasser?«

»Ja, danke.« Sie nahm die Flasche, aber ihre Finger zitterten so sehr, dass sie den Verschluss nicht aufbekam. Wortlos nahm Brody sie ihr ab, schraubte die Kappe ab und reichte sie ihr erneut.

»Alles in Ordnung. Ich hab mich bloß erschreckt.«

Und wie!, dachte er.

»Ich dachte, das war ein Schuss.«

»So einen werden Sie hier auch öfter hören. Jetzt ist zwar keine Jagdsaison, aber die Leute hier lieben das Zielscheibenschießen. Wir sind hier nicht umsonst im Wilden Westen.«

»Ach so, ja klar. Ich werd mich dran gewöhnen.«

»Wenn Sie durch die Wälder und Hügel streifen, sollten Sie grelle Kleidung tragen. Irgendwas Rotes oder Orangefarbenes.«

»Stimmt. Da haben Sie Recht. Ich werd nächstes Mal drauf achten.«

Ihr Gesicht hatte wieder etwas Farbe bekommen, aber nur weil sie sich schämte, vermutete Brody. Selbst als sie aufstand, ging ihr Atem noch stoßweise. Sie machte einen halbherzigen Versuch, sich vom Matsch zu befreien.

»Das war der letzte Teil unseres Ausflugsprogramms. Wir wünschen Ihnen noch einen schönen Tag.«

»Worauf Sie sich verlassen können.« Ein netter Mann hätte sie jetzt dazu gedrängt, sich hinzusetzen oder ihr angeboten, sie in den Ort zu begleiten. Aber er war nun mal kein netter Mann.

Sie lief weiter, wurde langsamer und sah sich noch einmal um.

»Ich heiße übrigens Reece.«

»Ich weiß.«

»Oh, na ja dann. Man sieht sich.«

Das wird sich wohl kaum vermeiden lassen, dachte Brody, selbst dann nicht, wenn sie so schnell drauflos marschierte wie jetzt und die Augen auf den Boden gerichtet hatte. Irgendwie unheimlich, diese Frau. Und dann dieser gehetzte Rehblick. Aber hübsch war sie schon. Und wenn sie noch fünf Kilo mehr wiegen würde, könnte sie gut und gern als sexy durchgehen.

Aber es war das Unheimliche, das ihn an ihr reizte. Er fand es immer spannend, herauszufinden, wie jemand tickte. Und was Reece Gilmore anbelangte, erinnerte ihn dieses Ticken verdammt an eine Zeitbombe.

Reece ließ ihren Blick über den See schweifen – über die gekräuselte Wasseroberfläche, die Schwäne und Boote. Sie hatte noch ein ganz schönes Stück vor sich, aber das gab ihr genügend Zeit, sich wieder zu beruhigen und die Scham aus ihren Gedanken zu verbannen. Eine Migräne kündigte sich an, aber damit konnte sie leben. Wenn die Kopfschmerzen nicht bald nachließen, würde sie eine Tablette einnehmen, sobald sie wieder im Hotel war.

Ihr Magen hatte sich auch zusammengezogen, aber es war auszuhalten. Sie hatte sich nicht übergeben müssen, was der ohnehin schon demütigenden Situation den Rest gegeben hätte.

Warum hatte sie nicht allein im Wald unterwegs sein können, als es zu dieser dämlichen Fehlzündung kam? Aber dann läge sie vielleicht jetzt noch dort, wimmernd und hilflos.

Brody war wenigstens sachlich geblieben. Hier ist dein Wasser, reiß dich zusammen. Damit konnte sie wesentlich besser umgehen als mit all dem besorgten Hätscheln und Tätscheln.

Da die Sonne sie blendete, suchte sie in ihrem Rucksack nach der Sonnenbrille. Sie zwang sich, hoch erhobenen Hauptes in einem normalen Tempo weiterzulaufen. Sie schaffte es sogar, einem Paar zuzulächeln, das genau wie sie um den See wanderte, und hob grüßend die Hand, als ihr ein Autofahrer begegnete, als sie endlich, *endlich* die Hauptstraße erreichte.

Das Mädchen von neulich – dessen Name Reece aufgrund ihrer Kopfschmerzen einfach nicht einfallen wollte – saß wieder an der Rezeption. Sie lächelte Reece an und fragte, wie es ihr ginge und ob sie ihre Wanderung genossen habe. Reece antwortete ihr mechanisch, aber ihre Worte klangen blechern und falsch.

Sie wollte nur noch auf ihr Zimmer.

Sie lief die Treppen hoch, fand ihre Key-Card, betrat das Zimmer und lehnte sich erschöpft mit dem Rücken gegen die Tür.

Sie überprüfte die Schlösser, nahm ihre Tablette und rollte sich vollständig bekleidet auf dem Bett zusammen. Die Sonnenbrille hatte sie auch noch auf.

Sie schloss die Augen und überließ sich ihrer Erschöpfung, denn es war sehr anstrengend, den Anschein von Normalität zu wahren.

4

Ein Frühlingssturm brachte zweieinhalb Meter Neuschnee und verwandelte den See in eine frostig-graue Scheibe. Ein paar Einheimische fuhren mit dem Schneepflug darüber, während sich die Kinder, die in ihren Wintersachen wie formlose Stummel aussahen, einen Spaß draus machten, am Ufer Schneemänner zu bauen.

Der breitschultrige, wettergegerbte Lynt unterbrach mehrmals den Schneeräumdienst, um seine Thermoskanne mit Joanies Kaffee aufzufüllen und über den Sturm zu klagen.

Reece hatte ihn auf ihrem morgendlichen Weg zur Arbeit ebenfalls zu spüren bekommen. Er peitschte wütend den Canyon hinunter und über den See, brachte Schnee mit und ließ einen bis aufs Mark frieren. Er schlug gegen die Fenster und heulte mordlustig auf.

Als der Strom ausfiel, warf sich Joanie ihren Mantel über, schlüpfte in ihre Stiefel und schleppte sich höchstpersönlich nach draußen, um den Generator anzuwerfen.

Der heulte mit dem Wind und Lynts Schneepflug um die Wette, bis sich Reece fragte, wie die Leute das hier bloß aushalten konnten.

Es hielt sie zumindest nicht davon ab, hereinzukommen. Lynt ließ den Pflug stehen, um eine Riesenschüssel Rindereintopf zu essen. Carl Sampson kam mit geröteten Wangen hereingeschneit, um Lynt Gesellschaft zu leisten, einen Hackbraten zu verschlingen und anschließend noch zwei Stücke Heidelbeerkuchen.

Andere kamen und gingen. Wieder andere kamen und blieben. Sie alle sehnten sich nach etwas zu essen und nach ein wenig Gesellschaft. Nach menschlicher Wärme und etwas Warmem im Magen, um sich zu vergewissern, dass sie nicht allein waren. Während Reece grillte, briet, kochte und schnippelte, empfand auch sie das Geplapper um sie herum als beruhigend.

Aber sobald ihre Schicht zu Ende war, würde es kein Geplapper und keine menschliche Wärme mehr geben. Sie musste an ihr Hotelzimmer denken und nutzte ihre Pause, um sich bis zum Gemischtwarenladen durchzukämpfen und neue Batterien für ihre Taschenlampe zu kaufen. Für alle Fälle.

»Das letzte Aufbäumen des Winters«, meinte Mac, während er sie für sie einpackte. »Ich werd welche nachbestellen müssen, die gehen weg wie nichts. Bald gehen mir auch Brot, Eier und Milch aus. Warum decken sich die Leute immer mit Brot, Eiern und Milch ein, wenn es stürmt?«

»Wahrscheinlich, weil sie French Toast machen wollen.«

Er lachte kurz und rau auf. »Wer weiß, vielleicht wollen sie das tatsächlich. Und wie geht's Ihnen so im Joanie's? Ich hab's gar nicht mehr dahin geschafft seit diesem Wetter. Dabei schau ich gern bei allen vorbei, die noch geöffnet haben, wenn wir so zugeschneit werden. Als Bürgermeister halte ich das für meine Pflicht.«

»Der Generator funktioniert, wir haben also durchaus noch geöffnet. Genau wie Sie.«

»Ja, ich schließe den Laden nur äußerst ungern. Lynt kommt mit dem Schneeräumen einigermaßen nach, und die Stromleitungen dürften in ein paar Stunden auch wieder funktionieren. Ich habe mich schon schlau gemacht. Außerdem ist er schon wieder am Abflauen. Der Sturm, meine ich.«

Reece warf einen Blick aus dem Fenster. »Wirklich?«

»Sobald der Strom wieder da ist, hat der Sturm ein Ende. Warten Sie's ab. Das Einzige, was er uns eingebrockt hat, ist, dass das Dach von Clancys Lagerhalle eingestürzt ist. Aber daran ist er selbst schuld. Es hätte längst repariert werden müssen und er hat den Schnee nicht rechtzeitig runtergeschaufelt. Sagen Sie Joanie, dass ich so bald wie möglich vorbeikomme und nach dem Rechten sehe.«

Eine gute Stunde später hatte sich Macs Vorhersage bewahrheitet. Der Sturm beruhigte sich so weit, dass nur noch ein gereiztes Murmeln zu hören war. Es verging keine weitere Stunde, als auch die Jukebox – die Joanie bewusst nicht an den Generator angeschlossen hatte – wieder aufheulte, kurz stockte, um dann Dolly Parton zu Gehör zu bringen.

Und noch lange, nachdem die heftigen Schneefälle und der wilde Sturm abgezogen waren, sah Reece die düsteren Wolken über den Bergen hängen. Sie ließen sie noch grimmiger wirken und verliehen ihnen etwas Kaltes, Unnahbares.

So gesehen war sie dankbar, in ihr warmes Hotelzimmer zurück zu können, um sie von dort aus zu beobachten.

Sie kochte Unmengen von Eintopf nach Joanies Rezepten,

grillte kiloweise Fleisch, Geflügel und Fisch. Am Ende jeder Schicht zählte sie ihr Trinkgeld und steckte es in einen Briefumschlag, den sie in ihrem Matchbeutel aufbewahrte.

Irgendwann während des Tages oder Abends stellte ihr Joanie regelmäßig einen Teller Essen vor die Nase. Reece aß dann in einer Ecke der Küche, während das Fleisch auf dem Grill zischte, die Jukebox lief und Leute am Tresen saßen und tratschten.

Drei Tage nach dem Sturm teilte sie gerade Eintopf aus, als Lo in die Küche stolziert kam. Er zog eine richtige kleine Show ab, als er den Duft einsog. »Hier riecht aber etwas köstlich!«

»Tortilla-Suppe.« Sie hatte Joanie endlich überreden können, eines von ihren Rezepten kochen zu dürfen. »Und die schmeckt auch köstlich. Möchtest du eine Schale?«

»Ich meinte eigentlich dich, aber zu so einer Suppe sag ich auch nicht Nein.«

Sie reichte ihm die Schale, die sie gerade gefüllt hatte, und griff nach einer weiteren. Er stellte sich hinter sie und griff ebenfalls nach oben. Ein echter Klassiker, dachte Reece, genauso wie ihr instinktives Ausweichmanöver. »Ich hab sie schon. Deine Mutter ist hinten im Büro, falls du sie sprechen willst.«

»Ich schau kurz bei ihr vorbei, bevor ich wieder gehe. Ich bin eigentlich deinetwegen hier.«

»Ach ja?« Sie füllte die nächste Schale und streute ein wenig geriebenen Käse und frittierte Tortillastreifen darüber. Sie dachte wehmütig, wie viel besser die Suppe mit frischem Koriander schmecken würde, während sie alles mit einem Stück Baguette und zwei Portionen Butter auf einem Teller anrichtete. Sie wirbelte herum und stellte ihn in die Durchreiche. »Suppe ist fertig!«, rief sie und griff nach der nächsten Bestellung.

Vielleicht konnte sie Joanie überreden, Koriander anzuschaffen und ein paar weitere frische Kräuter. Etwas getrocknete Tomaten und Rucola. Wenn sie doch nur ...

»Hey, wo willst du hin?«, fragte Lo. »Kann ich auch mitkommen?«

»Wie bitte? Entschuldige, hast du was gesagt?«

Er wirkte ein wenig verstimmt oder besser gesagt überrascht. Wahrscheinlich war er es nicht gewohnt, von einer Frau übersehen zu werden, dachte Reece. Aber er war der Sohn der Chefin, ermahnte sie sich und schickte sofort ein Lächeln hinterher. »Ich vergesse alles um mich herum, wenn ich koche.«

»Sieht ganz so aus. Trotzdem, heute ist es eigentlich verhältnismäßig ruhig.«

»Es reicht.« Sie holte die Zutaten für einen Bacon-Cheeseburger und ein Chicken-Sandwich hervor und blieb ständig in Bewegung, um die zwei bestellten Portionen Pommes fertig zu machen.

»Hmmmm, und ob das gut schmeckt!« Er aß noch mehr von der Suppe.

»Danke. Vergiss nicht, das auch der Chefin zu sagen.«

»Und ob ich das tun werde. Hey, Reece, ich hab mir den Schichtplan angesehen. Du hast heute Abend frei.«

»Hm-hm.« Sie nickte Pete zu, als der Tellerwäscher mit seinem Bantamgewicht aus seiner Pause zurückkam.

»Ich dachte, du hättest vielleicht Lust, ins Kino zu gehen.«

»Ich wusste gar nicht, dass es im Ort ein Kino gibt.«

»Gibt es auch nicht. Ich besitze die beste DVD-Sammlung von ganz West-Wyoming. Und mach auch gern eine Riesenschüssel Popcorn dazu.«

»Das kann ich mir denken.« Er ist der Sohn der Chefin, ermahnte sich Reece erneut. Versuch, ihm eine freundliche Abfuhr zu erteilen.

»Das ist wirklich nett von dir, Lo, aber ich muss heute Abend noch einiges erledigen. Möchtest du Baguette zu deiner Suppe?«

»Von mir aus.« Er rückte ein wenig näher, gerade so weit, dass er sie nicht hinter dem Grill einzwängte. »Weißt du, Süße, du brichst mir das Herz, wenn du mir ständig eine Abfuhr erteilst.«

»Das möchte ich doch stark bezweifeln.« Sie blieb locker, während sie die Grillbestellungen abarbeitete und ihm ein Baguette sowie einen Teller holte. »Besser, du kommst dem Grill hier nicht zu nahe«, warnte sie ihn. »Du bekommst sonst Fettspritzer ab.«

Doch anstatt den Teller, wie erhofft, mit hinaus ins Restaurant zu nehmen, lehnte er sich einfach gegen die Arbeitsfläche. »Ich hab ein sehr empfindliches Herz.«

»Dann solltest du lieber die Finger von mir lassen«, verkündete sie. »Ich trample nämlich nur darauf herum. Die Blutspur, die ich hinterlassen habe, reicht bis Boston. Es ist wie eine Sucht.«

»Vielleicht kann ich dich heilen?«

Sie musterte ihn kurz. Zu gut aussehend, zu selbstgefällig. Früher hätte es ihr vielleicht gefallen, von ihm begehrt zu werden, und unter Umständen wäre sie sogar schwach geworden. Aber jetzt hatte sie einfach keine Kraft mehr für solche Spielchen. »Willst du die Wahrheit wissen?«

»Wird es wehtun?«

Sie musste lachen. »Ich mag dich. Und ich würd dich gern weiterhin mögen. Du bist der Sohn meiner Chefin und somit so etwas wie mein Chef. Ich pflege nicht mit meinem Chef ins Bett zu gehen, also werde ich auch nicht mit dir ins Bett gehen. Aber ich weiß dein Angebot durchaus zu schätzen.«

»Ich hab dich doch noch gar nicht gefragt, ob du mit mir ins Bett gehen willst«, gab er zurück.

»Ich spar uns nur Zeit.«

Er löffelte nachdenklich die Suppe aus. Genauso sah auch sein Lächeln aus – nachdenklich. »Wetten, du änderst deine Meinung, wenn du mir auch nur eine klitzekleine Chance gibst?«

»Deshalb bekommst du ja erst gar keine.«

»Vielleicht wirst du ja gefeuert. Oder meine Ma enterbt mich.«

Als die Fritteuse brodelte, hängte sie die Körbe mit den Kartoffelschnitzen hinein und bereitete Sandwiches zu. »Ich kann es mir nicht leisten, gefeuert zu werden, und deine Mutter liebt dich.«

Sie machte die Bestellungen fertig und stellte sie in die Durchreiche. »Und jetzt geh raus, setzt dich an den Tresen, und iss deine Suppe auf. Du bist mir im Weg.«

Er grinste sie an. »Ich habe eine Schwäche für dominante Frauen.«

Aber als sie die nächste Bestellung abarbeitete, schlenderte er nach draußen.

»Er wird's noch öfter versuchen«, sagte Pete, der an der Spüle stand. Obwohl er bereits seit acht Jahren in Wyoming lebte, hörte man ihm immer noch deutlich an, dass er aus der Bronx stammte. »Er kann einfach nicht anders.«

Sie fühlte sich irgendwie bedrängt und gereizt. »Vielleicht hätte ich ihm sagen sollen, dass ich verheiratet bin oder lesbisch.«

»Dafür dürfte es jetzt zu spät sein.« Pete grinste sie an und entblößte dabei eine Riesenlücke zwischen den Schneidezähnen.

Sie musste lachen. »Warum bin ich bloß nicht früher daraufgekommen?«

»Auf so was kommt niemand. Deshalb hätte es bestimmt funktioniert.«

Joanie kam herein, steckte einen Scheck in Petes Schürzentasche und überreichte Reece den anderen. »Zahltag.«

»Danke.« Reece traf eine spontane Entscheidung. »Ich wollte fragen, ob Sie mir bei Gelegenheit mal das Apartment im ersten Stock zeigen könnten. Das heißt, falls es immer noch frei ist.«

»Soweit ich weiß, ist noch niemand dort eingezogen. Ab in mein Büro.«

»Ich muss erst noch ...«

»Tu, was ich dir sage«, meinte Joanie und stürmte hinaus.

Reece blieb nichts anderes übrig, als ihr zu folgen. Im Büro öffnete Joanie einen flachen Wandschrank, dessen Rückwand mit einem Poster geschmückt war, das einen Cowboy auf einem bockenden Pferd zeigte. An den Haken darin hingen unzählige Schlüssel mit Anhänger. Sie nahm einen heraus und reichte ihn Reece. »Geh rauf und sieh es dir an.«

»Bis zu meiner Pause dauert es noch ein bisschen.«

Joanie stemmte eine Hand in die Hüfte: »Wenn ich sage, dass es so weit ist, Mädchen, dann ist es so weit. Geh rauf. Über die Hintertreppe.«

»Einverstanden. Ich bin in zehn Minuten wieder zurück.«

Obwohl der Schnee bald schmelzen würde, war es immer noch so kalt, dass sie einen Mantel brauchte. Sie war dankbar, dass sie einen anhatte, als sie die wacklige Treppe hochlief und die Tür aufschloss. Joanie war sparsam genug, den ersten Stock nicht zu beheizen.

Sie sah, dass es sich im Grunde um ein Zimmer mit einer Nische handelte, in der ein gusseisernes Bett stand. Darüber hinaus gab es eine kleine Kochnische auf der Seite, die zur Straße hinausging. Die Eichendielen wiesen ein paar Kratzer auf, und die Wände waren in einem nüchternen Beige gestrichen.

Es gab ein Bad, das nur eine Idee größer war als das in ihrem Hotel, mit einem weißen Waschbecken und einer alten, gusseisernen Wanne auf Löwenfüßen. Rostflecken zierten Abfluss und Überlaufloch. Der Spiegel über dem Waschbecken wies Flecken auf, die Fliesen waren in einem nüchternen Weiß gehalten und hatten schwarze Ränder.

Im Wohnzimmer standen ein durchgesessenes Sofa mit Stoffüberwurf, ein einzelner verschossener blauer Sessel und ein paar Tische mit Lampen, die eindeutig vom Flohmarkt stammten.

Sie lächelte, bevor sie ans Fenster trat. Es gab drei davon, die auf die Berge hinausgingen und die ganze Welt ins Zimmer zu holen schienen. Sie konnte den Himmel sehen, wo blaue Streifen gegen das langweilige Weiß ankämpften, und der blaue See hob sich angenehm von dem ihn umgebenden Grau ab.

Die Schneeschieber verschmolzen zu deformierten Hobbits, die sich auf den winterbraunen Wiesen verteilten. Die Weiden bestanden aus hässlich verkrümmten Ästen, und die Pappeln zitterten. Schatten zogen über die schneebedeckten Gipfel hinweg, während sich Wolken zusammenballten und wieder teilten. Sie glaubte, ein schwaches Glitzern zu erkennen, das von einem Bergsee stammen konnte.

Der Ort mit seinen matschigen Straßen, den strahlend weißen Erkern und rustikalen Blockhäusern erstreckte sich unter ihr. Aus ihrer Warte fühlte sie sich wie ein Teil davon, sicher, aber doch distanziert.

»Hier könnte ich glücklich werden«, murmelte sie. »Hier könnte es mir gut gehen.«

Sie würde ein paar Anschaffungen machen müssen. Handtücher, Bettwäsche, Küchenzubehör, Putzmittel. Sie dachte an den Gehaltsscheck in ihrer Tasche, an das Trinkgeld, das sie zur Seite gelegt hatte. Fürs Nötigste dürfte es reichen. Es könnte

Spaß machen. Zum ersten Mal seit einem Jahr würde sie wieder etwas für sich kaufen.

Ein großer Schritt, dachte sie, nur um sich gleich darauf wieder zu hinterfragen. Ein zu großer Schritt? Kam dieser Schritt zu schnell für sie? Eine Wohnung mieten, Bettwäsche kaufen. Was, wenn sie hier wegmusste? Was, wenn sie entlassen würde? Was, wenn ...

»Meine Güte, was stell ich mich bloß an«, murmelte sie. »Was, wenn, was, wenn. Kommt Zeit, kommt Rat. Auf den Moment kommt es an. Und im Moment würde ich gern hier wohnen.«

Noch während sie das dachte, schoben sich die Wolken auseinander und ließen die Sonne durch.

Dieses Zeichen musste reichen. Sie würde es hier versuchen, solange es gut ging.

Sie hörte Schritte auf der Treppe und bekam es sofort mit der Angst zu tun. Mit der einen Hand griff sie in ihre Hosentasche und umklammerte den Handalarm, mit der anderen schnappte sie sich eine der Kitschlampen.

Als Joanie die Tür aufmachte, stellte Reece die Lampe wieder ab, so als hätte sie sie soeben betrachtet.

»Ein scheußliches Ding, aber es funktioniert«, sagte Joanie und beließ es dabei.

»Tut mir leid, ich bin länger geblieben, als ich dachte. Ich komm gleich runter.«

»Nur keine Eile. Es ist gerade recht ruhig, und Beck steht hinterm Grill. Solange nicht allzu Kompliziertes bestellt wird, kommt er zurecht. Willst du die Wohnung oder nicht?«

»Ja, wenn ich sie mir leisten kann. Sie haben nie gesagt, was Sie ...«

Mit ihren kurzen Ärmeln, ihrer fleckigen Schürze und den dicken Turnschuhen lief Joanie kurz durchs Zimmer. Dann nannte sie einen Betrag, der etwas unter der Hotelmiete lag.

»Strom und Heizung inklusive – außer ich stelle fest, dass du's übertreibst. Wenn du ein Telefon willst, musst du dich selbst darum kümmern. Dasselbe gilt für den Fall, dass du die Wände streichen willst. Ich will keinen Lärm hier oben während der Öffnungszeiten.«

»Ich bin ein ruhiger Typ. Ich würde gern wöchentlich zahlen. Ich leg mich nicht gern fest.«

»Das ist mir egal, solange die Miete pünktlich kommt. Wenn du willst, kannst du heute noch einziehen.«

»Morgen. Ich muss erst noch ein paar Dinge besorgen.«

»Ganz wie du willst. Die Einrichtung hier ist ja ziemlich spärlich.« Joanies Adleraugen sahen sich im Raum um. »Ich hab bestimmt noch ein paar Sachen, die ich dir überlassen kann. Wenn du jemanden zum Umziehen brauchst, werden dir Pete und Beck gern helfen.«

»Ich weiß das sehr zu schätzen. Wirklich.«

»Mit dem Bezahlen machen wir's so, wie du's gesagt hast. Deine Gehaltserhöhung steht kurz bevor.«

»Danke.«

»Du brauchst dich nicht für Sachen zu bedanken, die wir von vorneherein vereinbart haben. Du erledigst deinen Job und machst keinen Ärger. Du stellst nicht mal Fragen. Entweder, weil du gerade nicht da warst, als der liebe Gott jedem seine Portion Neugier mitgegeben hat, oder weil du selbst nicht gern Fragen gestellt bekommst.«

»Ist das eine Frage oder eine Feststellung?«

»Aber blöd bist du nicht.« Joanies Hand klopfte auf ihre Schürzentasche, wo sie stets eine Packung Zigaretten aufbewahrte. »Eines weiß ich genau: Du hast Probleme. Das sieht jeder, der Augen im Kopf hat. Ob du sie bewältigst oder nicht, geht mich nichts an. Hauptsache, sie beeinträchtigen deinen Job nicht, verstanden? Du kannst zupacken und bist die beste

Köchin, die ich je hinter dem Grill stehen hatte. Und davon will ich profitieren. Ich hoffe nur, du haust nicht eines Abends ab und lässt mich sitzen. Ich mach mich nur ungern von anderen abhängig. Da wird man fast immer enttäuscht. Aber ich will was von dir. Dafür bekommst du pünktlich deinen Lohn und einen fairen Mietpreis. Du bekommst deine freien Tage, und wenn du in ein paar Monaten immer noch hier bist, werde ich dein Gehalt noch mal erhöhen.«

»Ich werd Sie nicht sitzen lassen. Wenn ich weg muss, sag ich rechtzeitig Bescheid.«

»Gut. Und jetzt werd ich dich mal was fragen, und ich merke genau, wenn du lügst. Hast du Probleme mit dem Gesetz?«

»Nein.« Reece fuhr sich mit den Fingern durchs Haar und lachte kurz auf. »Um Gottes willen, nein.«

»Das hab ich auch nicht anders erwartet, aber wenn du's genau wissen willst: Es gibt hier ein paar Leute, die genau das vermuten. Die Leute hier lieben es zu tratschen, um sich die Zeit zu vertreiben.« Sie schwieg einen Moment. »Wenn du mir nicht sagen willst, was mit dir los ist, ist das deine Sache. Aber falls mal jemand vorbeikommt, der dich sucht, könnte es hilfreich sein zu wissen, ob er dich finden soll oder ob ich ihn lieber weiterschicke.«

»Niemand wird nach mir suchen. Es gibt nur meine Großmutter, und die weiß, wo ich bin. Ich laufe vor niemandem davon.« Außer vielleicht vor mir selbst, dachte sie.

»Dann ist ja alles bestens. Den Schlüssel hast du. Es gibt noch einen Ersatzschlüssel im Büro. Doch keine Angst, ich komme nicht hier hoch und stecke meine Nase in deine Angelegenheiten, weil du hier eingezogen bist. Aber wenn du mit der Miete in Verzug kommst, werd ich dir das Geld vom Gehalt abziehen, da kenn ich kein Pardon. Ich habe schon genug Ausreden gehört.«

»Wenn Sie mir meinen Gehaltsscheck in bar auszahlen, kann ich Ihnen das Geld für die erste Woche gleich geben.«

»Da spricht nichts dagegen. Und noch etwas: Ich kann ab und an etwas Hilfe beim Backen gebrauchen. Dann würd ich gern auf dich zurückgreifen. Ich backe immer in meiner eigenen Küche.«

»Kein Problem.«

»Ich werd's in deinen Schichtplan eintragen. So, und jetzt lass uns wieder runtergehen, bevor Beck noch jemanden vergiftet.«

Mit ihrem restlichen Gehalt und einem Teil des Trinkgelds eilte Reece in den Gemischtwarenladen. Nur das Nötigste, ermahnte sie sich. Sie war hier schließlich nicht in der Newberry Street, außerdem konnte sie sich keinen Luxus leisten.

Trotzdem gab es ihr einen regelrechten Kick, sich endlich mal mehr zu gönnen als ein Paar neue Socken oder neue Jeans. Die Vorfreude beschleunigte ihre Schritte, bis sie spürte, wie ihre Wangen eine schöne, gesunde Farbe annahmen.

Sie stürmte in den Laden, während die Klingel über der Tür ertönte. Es waren noch andere Kunden da, manche von ihnen kannte sie aus dem Diner. Ein Steaksandwich mit einer Extraportion Zwiebeln für den Mann in der karierten Jacke in der Eisenwarenabteilung. Und die Frau und ihr kleiner Sohn, die sich bei den Lebensmitteln umsahen? Gebratenes Huhn für ihn, Krautsalat für sie.

Sie entdeckte eine Vierergruppe von Campern. Sie deckten sich mit Lebensmitteln ein, die sie in einen der Einkaufswagen stapelten.

Reece gab Mac Drubber ein Zeichen und fühlte sich durch sein freundliches Nicken irgendwie getröstet. Es tat gut, vertraute Gesichter zu sehen und anderen ebenfalls vertraut zu sein. Alles war easy und ganz normal. Hier stand sie also und sah sich eingeschweißte Bettwäsche an. Die schlichte weiße schied sofort aus, die erinnerte sie viel zu sehr an Krankenhausbettwäsche. Vielleicht die hellblaue mit dem kleinen Veilchenmuster und dazu ein dunkelblaues Laken. Und die Handtücher in Dottergelb, um das Bad etwas freundlicher zu gestalten.

Sie schleppte den ersten Stapel zur Theke.

»Sie haben also eine nette Bleibe gefunden?«

»Ja. Das Apartment über dem Joanie's«, erklärte sie Mac.

»Das ist ja prima. Wollen Sie anschreiben?«

Im Moment klang das mehr als verlockend. Sie könnte alles mitnehmen, was sie brauchte, und außerdem noch ein paar Sachen, die sie gern hätte, und erst später bezahlen. Aber das wäre ein Verstoß gegen die strengen Regeln, nach denen sie seit über acht Monaten lebte.

»Nicht nötig, heute ist Zahltag. Ich brauch nur ein paar Sachen für die Küche, das reicht mir vorerst.«

Sie überschlug im Kopf, was das wohl alles kosten würde, und überlegte, was sie unbedingt brauchte und was nicht. Eine gute gusseiserne Kasserolle, einen anständigen Kochtopf. Das Kochgeschirr, das sie einst besessen hatte, konnte sie sich jetzt nicht mehr leisten, aber sie kam auch so zurecht.

Doch selbst während sie rechnete und ihre Einkaufsliste korrigierte, sah sie sich jedes Mal nervös um, sobald die Ladenglocke klingelte.

Deshalb sah sie auch, dass Brody hereinkam. Ihr fiel auf, dass er dieselbe alte Lederjacke und dieselben abgelaufenen Stiefel trug. Er sah aus, als hätte er sich vor ein paar Tagen das letzte Mal rasiert. Doch dieser Ausdruck in seinen Augen – nach dem Motto: Mir kann keiner was – war immer noch da, als er sie kurz musterte, bevor er in der Lebensmittelabteilung verschwand.

Zum Glück war sie bereits dort gewesen und hatte sich mit Vorräten eingedeckt.

Sie schob ihren Wagen vor zur Theke. »Das dürfte genügen, Mr. Drubber.«

»Ich mache Ihnen die Rechnung fertig. Den Teekessel schenk ich Ihnen. Zur Wohnungseinweihung.«

»Oh, das ist doch nicht nötig.«

»In meinem Laden bestimme immer noch ich.« Er hob mahnend den Zeigefinger. »Kommen Sie mal kurz her, Brody.«

»Kein Problem.« Brody stellte einen Viertelliter Milch, eine Schachtel Cornflakes und ein Pfund Kaffee auf die Theke. Er nickte Reece zu.

»Wie läuft's?«

»Gut, danke.«

»Reece zieht in das Apartment über dem Joanie's.«

»Ach ja?«

»Sobald ich das hier zusammengerechnet und verpackt habe, helfen Sie ihr, das rüberzutragen, Brody.«

»Nein, nein, das ist nicht nötig. Ich schaff das schon.«

»Sie können das Zeug unmöglich allein transportieren«, beharrte Mac. »Sie haben doch den Wagen draußen stehen, stimmt's, Brody?«

Ein Lächeln umspielte seine Lippen, so als amüsiere ihn die Situation. »Klar.«

»Außerdem wollten Sie doch sowieso im Joanie's zu Abend essen, oder?«

»Genau das hatte ich vor.«

»Sehen Sie, es macht überhaupt keine Umstände. Zahlen Sie bar oder mit Karte, Schätzchen?«

»Bar. Ich zahle bar.« Wenn man den Teekessel abzog, hatte sie gerade noch genügend Geld übrig, um die Einkäufe zu bezahlen.

»Meine darfst du anschreiben, Mac.« Brody stapelte seine Einkäufe auf einen der Kartons, die Mac bereits gepackt hatte, und hob ihn hoch. Bevor alles verpackt war, kehrte Brody schon zurück, um den zweiten Karton zu holen.

Reece fühlte sich wie in der Falle und griff nach dem letzten Karton. »Danke, Mr. Drubber.«

»Viel Spaß mit der neuen Wohnung«, rief er ihr hinterher, als sie Brody zur Tür folgte.

»Sie müssen das wirklich nicht, ehrlich«, hob sie sofort an, kaum dass sie draußen waren. »Er hat Sie ja regelrecht dazu verdonnert.«

»Oh ja.« Brody stellte den zweiten Karton in den Fußraum vor der Rückbank seines schwarzen Yukon, drehte sich um und wollte nach dem greifen, den Reece auf dem Arm hatte. Doch die wollte ihn partout nicht hergeben.

»Wirklich, Sie müssen nicht. Ich schaff das schon allein.«

»Ich weiß, dass ich nicht muss, und nein, Sie schaffen das nicht allein. Am besten, wir tun uns beide den Gefallen und sehen zu, dass wir die Sache hinter uns bringen.« Er entwand ihr den Karton und lud ihn ein. »Kommen Sie.«

»Ich möchte nicht ...«

»Jetzt stellen Sie sich nicht so an. Ich hab schließlich Ihre Sachen«, fuhr er fort und ging um den Wagen herum. »Sie können einsteigen und mitfahren, oder Sie können laufen.«

Sie wäre lieber gelaufen, aber das hätte erst recht einen komischen Eindruck gemacht. Sie stieg ein und knallte gereizt die Tür zu. Ohne auf ihn Rücksicht zu nehmen, öffnete sie das Wagenfenster, um sich nicht ganz so eingeengt zu fühlen.

Er schwieg, und da gerade die Red Hot Chili Peppers aus dem Radio dröhnten, blieb es ihr während der kurzen Fahrt erspart, Smalltalk machen zu müssen.

Er hielt in zweiter Reihe und stieg aus, um von seiner Seite einen Karton herauszuholen, während sie selbst auch zugriff. »Der Eingang befindet sich im Hinterhof«, sagte sie kurz angebunden und staunte über ihre eigene Kaltschnäuzigkeit. Sie konnte sich nicht erinnern, wann sie das letzte Mal auf jemand anders als sich selbst wütend gewesen war.

Sie musste große Schritte machen, um mit ihm mithalten zu können, und obwohl sie ihn auf der Treppe überholte, musste sie den Karton gegen die Wand stemmen, um den Schlüssel hervorzukramen.

Brody balancierte den Karton einfach auf einem Arm, nahm ihr den Schlüssel ab und schloss auf.

Wieder spürte sie Ärger in sich aufsteigen. Das war jetzt *ihre* Wohnung. Nur sie durfte bestimmen, wen sie hereinlassen wollte und wen nicht. Und er lief hier einfach quer durchs Zimmer und ließ den Karton mit ihren kostbaren Einkäufen auf die Küchentheke plumpsen.

Gleich darauf war er wortlos wieder zu Tür hinaus. Reece stellte keuchend ihren Karton ab. Sie sauste hinaus, um ihm den letzten Karton abzunehmen.

Aber er war schon wieder auf dem Rückmarsch.

»Von hier aus kann ich ihn selbst tragen.« Ein Windstoß blies ihr das Haar ins Gesicht. Sie strich es genervt zurück. »Danke.«

»Ich hab ihn schon. Was zum Teufel ist da drin? Ziegelsteine?«

»Das wird die gusseiserne Kasserolle sein und das Putzzeug. Ich kann ihn wirklich selbst nehmen.«

Er ignorierte sie einfach und lief die Treppe hoch. »Warum haben Sie abgeschlossen, wo wir doch gleich wieder zurückgehen?«

»Aus Gewohnheit.« Sie drehte den Schlüssel im Schloss, aber bevor sie zur Seite treten und den Karton entgegennehmen konnte, drückte er die Tür auf und brachte ihn selbst hinein.

»Tja, danke.« Sie stand neben der offenen Tür, wohl wissend, wie unhöflich das war, zumal jetzt auch noch kalte Luft hereinströmte. »Danke für Ihre Mühe.«

»Hm-hm.« Er sah sich um, die Hände in den Hosentaschen. Was für ein kleines, deprimierendes Loch, dachte er – von der Aussicht einmal abgesehen. Die Aussicht machte vieles wieder wett. Und es war sauber, dafür schien Joanie gesorgt zu haben. Auch wenn das Apartment lange leer gestanden hatte: Staub und Spinnweben waren in regelmäßigen Abständen entfernt worden.

»Die Wohnung könnte auch mal wieder einen neuen Anstrich vertragen«, sagte er.

»Wahrscheinlich haben Sie Recht.«

»Und heizen wär auch nicht schlecht. Sie frieren sich hier noch einen Ast, dünn wie Sie sind.«

»Bevor ich morgen einziehe, brauch ich die Heizung nicht aufzudrehen. Ich will Sie nicht aufhalten.«

Er drehte sich um und musterte sie. »Ihnen ist doch völlig egal, ob Sie mich aufhalten. Sie wollen mich hier schlicht und einfach raus haben.«

»Ganz genau. Auf Wiedersehen.«

Zum ersten Mal schenkte er ihr ein kurzes, aufrichtiges Lächeln. »Ich mag es, wenn Sie aufmüpfig werden. Und, was steht heute auf der Karte?«

»Backhuhn, Petersilienkartoffeln, Erbsen und Karotten.«

»Klingt gut.« Er schritt zur Tür und blieb direkt vor ihr stehen. Er spürte förmlich, wie sie erstarrte. »Man sieht sich.«

Kaum, dass er hinaus war, wurde die Tür zugemacht, und er hatte die erste Treppenstufe gerade genommen, als er auch schon den Schlüssel im Schloss hörte. Er ging um das Gebäude herum, und als er vor der Fassade stand, sah er kurz hoch, um seine Neugier zu befriedigen. Sie stand am mittleren Fenster und sah auf den See hinaus. Schlank wie eine Weide, dachte er, mit ihrem windzerzausten Haar und den dunklen, geheimnisvollen Augen. Sie wirkte wie ein gerahmtes Gemälde und weniger wie ein Mensch aus Fleisch und Blut. Er fragte sich, wo der Rest von ihr geblieben war. Und was sie zu diesem Schatten ihrer selbst gemacht hatte.

Das Tauwetter verhieß Matsch. Die Wege und Pfade wurden weich und rutschig, und die verdreckten Schuhe hinterließen Spuren auf dem Asphalt. Um Joanie nicht zu verärgern, streiften sich die Einheimischen den schlimmsten Dreck ab, bevor sie hereinkamen. Touristen, die schon bald die Parks, Campingplätze und Ferienhäuser bevölkern würden, waren noch rar. Aber ein paar kamen wegen des Sees und des Flusses. Paddelten mit ihren Kanus und Kajaks über das kalte Wasser und zwischen den Canyons hindurch, die von ihrem Echo widerhallten.

Angel's Fist verschnaufte kurz zwischen den Besucheranstürmen in Winter und Sommer.

Kurz nach Sonnenaufgang, als der Himmel rosa aufflammte, bog Reece in eine der schmalen, holprigen Straßen auf der anderen Seeseite ein. Fast schon ein Trampelpfad und keine Straße, dachte sie, während sie das Steuer herumriss und ihre Fahrt verlangsamte, um einer Pfütze auszuweichen.

Als plötzlich ein Elch ihren Weg kreuzte, stieß sie nicht nur einen entzückten Schrei aus, sondern schickte auch gleich ein kleines Dankgebet zum Himmel, dafür, dass sie nur im Schritttempo unterwegs war.

Sie war bereit, auch ein paar Hosiannas zu singen, wenn sie sich bloß nicht verfahren hatte.

Sie sollte um sieben Uhr bei Joanie sein, und obwohl sie doppelt so viel Zeit wie nötig einkalkuliert hatte, befürchtete sie, zu spät zu kommen. Oder sich plötzlich auf dem Weg nach Utah wiederzufinden.

Da sie sich darauf gefreut hatte, den Vormittag mit Kuchenbacken zu verbringen, hatte sie kein Interesse daran, in Utah zu landen.

Sie kam an einer Gruppe Purpurweiden vorbei, die ihr Joanie beschrieben hatte. Zumindest hielt sie sie für Purpurweiden. Dann entdeckte sie einen Lichtschein.

»Nach den Purpurweiden hältst du dich links und dann ... ja!«

Sie sah Joanies alten Ford-Pick-up, jubelte innerlich und hielt an.

Keine Ahnung, was sie eigentlich erwartet hatte. Ein rustikales kleines Blockhaus vielleicht. Einen kleinen Western-Bungalow. Beides hätte ihrer Meinung nach gut zu ihrer scharfzüngigen, ungeduldigen Chefin gepasst.

Aber mit dem stilvollen, geräumigen Haus aus Holz und Glas, der großzügigen Veranda, die über den Sumpf hinausragte und sich zu einer Waldlichtung hin öffnete, hatte sie nicht gerechnet.

Genauso wenig mit den Unmengen an bunten Stiefmütterchen auf den Fensterbänken. Sie dachte: das reinste Hexenhaus, obwohl es eher nüchtern gehalten war und ganz und gar nichts Verspieltes hatte. Aber seine versteckte Lage mitten im Wald verlieh ihm etwas Unwirkliches.

Entzückt folgte sie der weiteren Wegeschreibung, parkte und stieg dann aus dem Wagen, um zur Gebäuderückseite zu gehen.

Fenster, wohin man sah. Großzügige Panoramafenster, die eine gute Aussicht auf die Berge, das Sumpfland, den See und den Ort boten. Noch mehr Töpfe mit Stiefmütterchen und wieder andere mit Rankhilfen, aus denen bald Narzissen, Tulpen und Hyazinthen sprießen würden, sobald das Wetter wärmer würde.

Die Sonne spiegelte sich in den Fenstern. Durch eines der Küchenfenster konnte sie Joanie erkennen, die ein Sweatshirt trug, dessen Ärmel sie hochgeschoben hatte, und die bereits irgendetwas in einer Schüssel verrührte.

Reece ging um das Gebäude herum zur Tür und klopfte.

»Es ist offen!«

Dass nicht abgeschlossen war, ließ Reece instinktiv zusammenzucken. Was, wenn sie ein Verrückter mit Baseballschläger wäre? Sollte man als Frau nicht gewisse Vorkehrungen treffen, und erst recht, wenn man allein lebte? Sie betrat einen kleinen Waschraum, in dem eine alte Flanelljacke und ein formloser brauner Hut an Garderobehaken hingen. Ein paar alte Gummistiefel standen griffbereit neben der Tür.

»Wenn du Matsch an den Schuhen hast, zieh sie bitte aus, bevor du meine Küche betrittst.«

Reece sah nach, ließ schuldbewusst die Schultern hängen und zog die Schuhe aus.

Schon das Haus war die reinste Offenbarung gewesen, doch die Küche stellte alles in den Schatten.

Sie war geräumig, hell, besaß eine riesige, stabile Arbeitsfläche in Bronze- und Kupfertönen. Wahnsinn, ein Doppelherd, dachte sie, sogar mit Umluft, und ein Kühlschrank mit integrierter Gefriertruhe. Reece war aufgeregt und fühlte sich fast wie eine Frau, die kurz davorsteht, Sex mit einem Adonis zu haben. Ihr lief das Wasser im Mund zusammen, als sie den Luxusherd und zu allem Überfluss auch noch einen Berkel-Mixer erspähte.

Ihr kamen fast die Tränen.

Die Küche war nicht nur technisch auf dem neuesten Stand, sondern strahlte auch noch Charme aus. Blumenzwiebeln blühten in kleinen Glasvasen auf der Fensterbank, interessante Zweige und Gräser ragten aus einer Wurzelholzvase. In einem kleinen Ofen knisterte ein gemütliches Feuer. Und es duftete nach frischem Brot und Zimt.

»Na?« Joanie stellte die Schüssel, die sie gerade noch in der Hand gehabt hatte, auf der Arbeitsfläche ab. »Willst du weiter untätig rumstehen und gaffen, oder schnappst du dir eine Schürze und machst dich an die Arbeit?«

»Zuerst einmal möchte ich niederknien.«

Joanies hübscher Mund verzog sich zu einem Lächeln. Dann gab sie es auf und grinste. »Cool, was?«

»Fantastisch. Ich bin begeistert. Ich dachte, wir würden ...« Sie hielt inne und räusperte sich.

»Mit irgendeinem ollen Ofen backen und auf einer Mini-Arbeitsfläche herumwerkeln?«, schnaubte Joanie und ging zu einem Edelstahlkaffeeautomaten hinüber. »Hier wohne ich, und dort, wo ich wohne, hab ich es gern gemütlich und stilvoll.«

»Das kann man wohl sagen. Darf ich bei Ihnen einziehen?«

Joanie schnaubte erneut. »Ich weiß meine Privatsphäre durchaus zu schätzen. Ich hab das letzte Haus auf dieser Seite des Orts. Zwischen mir und den Mardsons liegt fast eine gute Viertelmeile. Rick und Debbie haben drei Kinder. Die Kleine spielt mit ihrem Hund am See, sooft sie kann.«

»Ja.« Reece musste sofort an das kleine Mädchen denken, das den Ball für den Hund geworfen hatte, damit er ihn aus dem See apportieren konnte. »Ich bin ihr schon ein paarmal begegnet.«

»Nette Kinder. Auf der anderen Seite – wenn auch in gehörigem Abstand – wohnt Dick, der alte Glatzkopf«, sagte sie liebevoll. »Der, an dem ich dich hab üben lassen, als du neu in mein

Lokal kamst. Er macht gern einen auf harter Macker, während er in Wahrheit superschwul ist, falls dir das noch nicht aufgefallen sein sollte.«

»Das ist mir nicht entgangen.«

»Und dahinter liegt das Blockhaus, das Boyd benutzt. Es gibt noch ein paar davon, aber die meisten sind Wochenendhäuser. Wir haben's also schön ruhig hier.«

»Die Gegend ist wirklich schön. Ich bin sogar einem Elch begegnet. Fast hätte ich ihn über den Haufen gefahren.«

»Solange sie mir nicht die Bude einrennen ... Ich hab nichts gegen Elche oder anderes Wild. Außer, sie machen sich über meine Blumen her.«

Joanie musterte Reece einen Moment, griff nach einem Geschirrtuch und wischte sich die Hände ab. »Ich mach mir eine Tasse Kaffee und geh eine rauchen. Das Wasser kocht schon. Los, mach dir einen Tee. Wir werden die nächsten drei Stunden schwer beschäftigt sein, und wenn wir erst mal angefangen haben, mag ich nicht groß rumquatschen. Also lass uns das lieber gleich erledigen.«

»Okay.«

Joanie griff nach einer Zigarette und steckte sie sich an. Sie lehnte sich gegen die Küchentheke und blies eine Rauchwolke in die Luft. »Du fragst dich bestimmt, was ich an so einem Ort verloren habe.«

»Es ist wunderschön hier.«

»Mir gehört das Haus jetzt seit fast zwanzig Jahren. Immer, wenn ich etwas Zeit hatte, habe ich daran herumgewerkelt.« Sie schwieg, nippte an ihrem Kaffee und schlug ihre in grauen Wollsocken steckenden Füße übereinander. »Jetzt sieht es ungefähr so aus, wie ich es mir immer vorgestellt habe.«

Reece nahm den Wasserkessel. »Sie haben wirklich Geschmack.«

»Und deshalb fragst du dich, warum mein Lokal nicht auch etwas schicker ist. Das kann ich dir sagen«, fuhr sie fort, bevor Reece den Mund öffnen könnte. »Die Leute kommen nach Angel's Fist, weil sie es dort gemütlich haben wollen. Sie möchten gut essen, und das schnell und preiswert. Und genau das sah ich vor mir, als ich mein Lokal vor fast zwanzig Jahren aufgemacht habe.«

»Der Laden läuft gut.«

»Und ob der gut läuft. Ich bin hergekommen, weil ich selbstständig sein und meinem Jungen ein gutes, anständiges Leben bieten wollte. Ich hatte einen schweren Fehler gemacht und einen Mann geheiratet, der nichts draufhatte, außer gut auszusehen. Ansonsten war er weder für mich noch für meinen Jungen der Richtige.«

Reece nippte vorsichtig am Tee, den sie sich gemacht hatte. »Sie sind prima ohne ihn zurechtgekommen.«

»Wenn wir zusammengeblieben wären, wäre jetzt einer von uns tot.« Joanie zuckte die Achseln und nahm einen weiteren Zug von ihrer Zigarette. »Nur gut, dass ich auf und davon bin. Ich hatte etwas gespart, ein hübsches Sümmchen.« Sie verzog ihre Lippen zu einer Mischung aus einem Lächeln und einem höhnischen Grinsen. »Ich war zwar blöd genug, ihn zu heiraten, aber nicht so blöd, mein eigenes Konto aufzugeben – das ich ihm übrigens verheimlicht hatte. Ich habe geschuftet wie ein Tier, seit ich sechzehn bin. Ich hab gekellnert, in einem Imbiss gearbeitet. Ich hab die Abendschule besucht und Restaurantmanagement studiert.«

»Gar nicht dumm. Das volle Programm.«

»Als ich den Kerl los war, beschloss ich, mich ins Zeug zu legen, für mich und für meinen Jungen. Und für sonst niemanden. Und so bin ich hier gelandet. Ich hab einen Job als Köchin angenommen, in einem Lokal, das damals noch The Chuckwagon hieß.«

»Ihr Laden? Das Joanie's hieß mal The Chuckwagon?«

»Fettige Hamburger und totgebratene Steaks. Aber es dauerte keine vier Monate, und der Laden gehörte mir. Der Eigentümer war ein Idiot und so gut wie pleite. Er hat mir das Lokal zu einem Schnäppchenpreis verkauft, um seinen Arsch zu retten. Und als ich ihn richtig runtergehandelt hatte, war da nicht mehr viel zu retten.« Ein zufriedenes Grinsen erschien auf ihrem Gesicht. »Ich hab das erste Jahr oben drüber gewohnt, zusammen mit William, genau dort, wo du jetzt wohnst.«

Reece versuchte sich eine Frau und ein kleines Kind in der winzigen Wohnung vorzustellen. »Das war bestimmt hart«, murmelte sie und ließ Joanie nicht aus den Augen. »Ich meine, sich selbstständig zu machen, ein Kind großzuziehen – und das alles ganz allein.«

»Das geht schon, wenn man Rückgrat hat und ein Ziel vor Augen. Ich hatte beides. Ich hab dieses Grundstück gekauft und ein kleines Haus draufgebaut. Zwei Zimmer, Küche, Bad, wobei die Küche halb so groß war wie diese hier. Aber für mich war es der reinste Palast, nachdem ich mich so lange mit einem Achtjährigen in dieses Apartment hatte quetschen müssen. Ich bekam, was ich wollte, denn wenn es sein muss, kann ich ganz schön stur sein. Mit anderen Worten: fast immer. Aber ich weiß noch sehr gut, was es heißt, seine Siebensachen zu packen, sein altes Leben hinter sich zu lassen – und sei es auch noch so mies –, um wieder ganz von vorn anzufangen.«

Joanie zuckte kurz die Achseln und trank noch einen Schluck Kaffee. »Wenn ich dich so sehe, kommt das alles wieder hoch.«

Vielleicht hatte sie Recht. Vielleicht hatte sie wirklich eine Ahnung davon, was es bedeutete, um drei Uhr früh aufzuwachen und vor lauter Angst nicht wieder einschlafen zu können. Stoßgebete zum Himmel zu schicken. »Woran haben

Sie gemerkt, dass Sie hier goldrichtig waren? Dass das Ihr Lokal war?«

»Ich hab gar nichts gemerkt.« Joanie drückte energisch ihre Zigarette aus und trank den letzten Rest Kaffee. »Für mich war es überall besser als da, wo ich herkam. Und eines Tages bin ich aufgewacht, und der Laden gehörte mir. Von da an habe ich nie mehr zurückgeschaut.«

Reece stellte ihre Tasse ab. »Sie fragen sich bestimmt, warum jemand mit meiner Ausbildung hinterm Grill steht. Sie fragen sich, warum ich mein altes Leben hinter mir gelassen hab und hier gelandet bin.«

»Ich hab in der Tat drüber nachgedacht.«

Das war die Frau, die ihr einen Job gegeben hatte, dachte Reece. Die ihr geholfen hatte, eine Wohnung zu finden. Die ihr auf ihre eigene, unverblümte Art ihre Hilfe anbot. »Ich will kein Geheimnis draus machen, kann aber nicht ins Detail gehen. Es tut einfach noch zu weh. Kein Mann oder Ehemann hat mich dazu gebracht, alles hinter mir zu lassen. Es war ein ... Ereignis. Ich habe eine Erfahrung gemacht, die mich körperlich wie seelisch zerstört hat.«

Sie suchte Joanies Blick, sah in ihre energischen, stahlgrauen Augen. Sie zeigten keinerlei Mitleid. Sie konnte sich selbst kaum erklären, wie sehr ihr das half, durchzuhalten.

»Und als ich begriffen hab, dass diese Wunden nie mehr heilen werden, wenn ich dableibe, bin ich weg. Meine Großmutter hatte schon so gut wie ihr Leben aufgegeben, um sich um mich zu kümmern. Ich konnte das einfach nicht mehr länger mitansehen. Eines Tages bin ich einfach in mein Auto gestiegen und losgefahren. Ich hab sie angerufen, meine Großmutter, meine ich, und versucht, ihr klarzumachen, dass es mir gut geht. Dass ich mich besser fühle und eine Weile allein sein will.«

»Und? Hat sie's dir abgenommen?«

»Nicht wirklich, aber sie konnte mich nicht aufhalten. In den letzten Monaten hat sie sich dran gewöhnt. Sie betrachtet es als eine Art Abenteuerurlaub. Es fällt mir nicht schwer, sie in dem Glauben zu lassen, wenn ich ihr E-Mails schreibe oder sie anrufe. Und manchmal ist es das ja auch wirklich. Ein Abenteuer.«

Sie drehte sich um und griff nach einer Schürze, die neben dem Flur an einem Haken hing.

»Wie dem auch sei, es geht mir besser als vorher. Im Moment gefällt es mir hier ganz gut. Und das muss genügen.«

»Dann wollen wir es dabei belassen. Fürs Erste zumindest. Ich möchte, dass du ein Paar Pasteten bäckst. Und wenn du das hinkriegst, sehen wir weiter.«

5

Da nur wenige Gäste da waren, bediente Linda-Gail vom Tresen aus. Sie stellte einen Apple Pie vor Lo hin, der sich Kaffee nachschenkte. »Du warst aber in den letzten Wochen oft da.«

»Der Kaffee ist gut, und der Pie noch besser.« Er spießte ein großes Stück auf seine Gabel und grinste dann. »Und die Aussicht ist auch nicht schlecht.«

Linda-Gail warf einen Blick über ihre Schulter und sah Reece hinter dem Grill stehen. »Wie ich höre, hast du versagt, mein Lieber.«

»Ich hab doch gerade erst angefangen.« Er probierte den Pie. Niemand konnte so gut Apple Pie backen wie seine Ma. »Hast du was über sie rausgefunden?«

»Ich fürchte, das geht nur sie selbst was an.«

Er prustete los. »Ach komm schon, Linda-Gail.«

Sie tat ihr Bestes, andererseits steckten Lo und sie schon die Köpfe zusammen, seit sie ganz klein waren. Im Grund klatschte sie mit niemandem lieber als mit Lo.

»Sie bleibt für sich, ist sich für keine Arbeit zu fein, kommt pünktlich und bleibt bis zum Schluss beziehungsweise bis Joanie sie heimschickt.« Linda-Gail lehnte sich achselzuckend gegen den Tresen. »Sie bekommt keine Post, soweit ich weiß. Aber sie hat sich ein Telefon installieren lassen, oben, in ihrem Apartment. Und ...«

Er beugte sich vor, sodass sich ihre Gesichter beinahe berührten. »Erzähl weiter.«

»Na ja, Brenda vom Hotel hat mir erzählt, dass Reece während ihres Aufenthalts dort die Kommode vor die Tür zum Nebenzimmer geschoben hat. Wenn du mich fragst, hat sie vor irgendetwas Angst oder vor irgendjemandem. Sie hat noch keine Kreditkarte benutzt, kein einziges Mal, und sie hat vom Hotel aus nicht telefoniert, sondern sich nur mit ihrem Computer einmal pro Tag ins Internet eingewählt. Im Hotel gibt es einen Highspeed-Zugang, aber der kostet zehn Dollar pro Tag, also kommt das Einwählen billiger. Mehr weiß ich nicht.«

»Hört sich ganz danach an, als ob sie ein bisschen Abwechslung gebrauchen könnte.«

»Na, was das bedeutet, kann ich mir lebhaft vorstellen«, sagte Linda-Gail gereizt. Sie trat einen Schritt zurück und ärgerte sich, dass sie wieder einer alten Gewohnheit nachgegeben hatte. »Ich kann dir sagen, was sie auf keinen Fall gebrauchen kann. Sie braucht keinen notgeilen Idioten, der partout bei ihr landen will. Wenn überhaupt, braucht sie einen Freund.«

»Ich bin doch nicht schlecht als Freund. Wir beide sind doch auch befreundet.«

»Ach ja, sind wir das?«

Sein Blick wurde weich. Er streckte ihr seine Hand entgegen und sagte: »Linda-Gail ...«

Aber sie wich seinem Blick aus, zog sich zurück und setzte ihr professionelles Kellnerinnenlächeln auf. »Hey, Sheriff.«

»Linda-Gail. Lo.« Sheriff Richard Mardson ließ sich auf einen der Hocker gleiten. Er war ein großer Mann mit langen Armen und einem lässigen Gang. Er sorgte nach Möglichkeit im Guten für Recht und Ordnung, konnte aber auch hart durchgreifen, wenn es sein musste.

Er trank seinen Kaffee schwach und süß und griff bereits nach dem Zucker, als ihm Linda-Gail einschenkte. »Na, kabbelt ihr euch schon wieder?«

»Wir unterhalten uns bloß«, beruhigte ihn Lo. »Über Mas neue Köchin.«

»Die weiß wirklich, wie man einen Grill bedient. Linda-Gail, warum sagst du ihr nicht, sie soll mir ein paniertes Putenschnitzel machen?« Er goss seinen Kaffee zur Hälfte mit Milch auf. Er hatte hellblaue Augen, einen blonden Bürstenschnitt, und sein markantes Kinn war glatt rasiert. Seine Frau, mit der er seit vierzehn Jahren verheiratet war, hatte ihm ständig damit in den Ohren gelegen, sich den Bart abzurasieren, den er sich über den Winter hatte stehen lassen.

»Na, hast du ein Auge auf die dünne Kleine geworfen, Lo?«

»Ich tu mein Bestes.«

Rick schüttelte den Kopf. »Du solltest dir eine nette Frau suchen und 'ne Familie gründen.«

»Sobald sich was ergibt, gern. Die neue Köchin hat so was Geheimnisvolles.« Er wandte sich dem Sheriff zu, in der Absicht, ein Schwätzchen mit ihm zu halten. »Es gibt Leute, die glauben, sie sei auf der Flucht.«

»Aber nicht auf der Flucht vor dem Gesetz. Ich bin schließlich nicht untätig geblieben«, sagte Rick, als Lo fragend die

Brauen hob. »Sie wird keines Verbrechens beschuldigt, und es liegt auch kein Haftbefehl gegen sie vor. Außerdem kann sie verdammt gute Steaks braten.«

»Wahrscheinlich wissen Sie schon, dass sie jetzt im ersten Stock wohnt. Linda-Gail hat mir gerade erzählt, dass sie von Brenda gehört hat, Reece habe während ihres Hotelaufenthalts die Kommode vor die Tür zum Nebenzimmer geschoben. Die Frau scheint vor irgendwas Angst zu haben.«

»Vielleicht hat sie gute Gründe dafür.« Er ließ den Blick in die Küche schweifen. »Wahrscheinlich hat sie ihren Mann oder Freund verlassen, der sie regelmäßig verprügelt hat.«

»Ich hab das nie verstanden. Ein Mann, der seine Frau schlägt, ist doch kein Mann.«

Rick nahm einen Schluck Kaffee. »Es gibt alle möglichen Arten von Männern.«

Nachdem sie mit ihrer Schicht fertig war, zog sich Reece mit ihrem Tagebuch in ihre Wohnung zurück. Sie hatte die Heizung auf bescheidene achtzehn Grad gestellt, trug einen Pullover und zwei Paar Socken übereinander. Das, was sie bei der Heizung einsparte, ging für das Licht drauf, das sie Tag und Nacht brennen ließ.

Sie war müde, aber es war eine angenehme Müdigkeit. Sie fühlte sich wohl in dem Apartment, sicher und nicht beengt, außerdem war es sauber. Jetzt, wo sie einen der beiden Hocker, die ihr Joanie für den Essplatz überlassen hatte, unter die Türklinke gestellt hatte, fühlte sie sich noch sicherer.

Heute war's wieder ziemlich ruhig. Es sind fast nur Einheimische gekommen. Zum Skifahren oder Snowboarden ist es bereits zu spät, obwohl manche Gebirgspässe erst in ein paar Wochen wieder befahrbar sein sollen. Schon komisch, dass da oben noch meterweise Schnee liegt, während hier unten überall Matsch und braunes Gras zu sehen ist.

Die Leute sind seltsam. Glauben die ernsthaft, ich merke nicht, wie sie über mich reden? Aber vielleicht finden sie das ja normal, vor allem hier, an so einem kleinen Ort. Wenn ich am Grill oder hinterm Herd stehe, wird mir ganz heiß von ihren neugierigen Blicken.

Die sind alle unglaublich neugierig, trauen sich aber nicht, mich persönlich anzusprechen. Das wäre wahrscheinlich unhöflich, also drucksen sie herum.

Morgen habe ich frei. Einen ganzen Tag lang. An meinem letzten freien Tag war ich dermaßen beschäftigt, aufzuräumen und alles einzurichten, dass er im Nu verflogen ist. Aber als ich diesmal auf meinen Schichtplan geschaut habe, bin ich richtig erschrocken. Wie soll ich bloß einen Tag und eine ganze Nacht rumbringen, ohne mich mit Arbeit abzulenken?

Doch dann hab ich beschlossen, den Canyon hochzuwandern, wie ich es mir ohnehin schon vorgenommen hatte. Ich werd eine der einfachen Routen nehmen und so weit gehen, wie ich komme. Ich möchte mir den Fluss ansehen. Vielleicht klappern die Felsen ja immer noch, so wie Lo mir das erzählt hat. Ich will das Wildwasser sehen, die Moränen, die Bergwiesen und das Sumpfland. Vielleicht raftet ja jemand auf dem Fluss. Ich werd mir ein Lunchpaket mitnehmen und mir Zeit lassen.

Es ist ganz schön weit von der Back Bay bis zum Snake River.

Die Küche war hell erleuchtet, und Reece summte zu einem Song von Sheryl Crowe, während sie den Ofen reinigte. Die Küche hatte jetzt offiziell geschlossen.

Es war ihr letzter Abend im Maneo's – und für sie das Ende einer Ära –, weshalb sie ihren Arbeitsplatz auf Hochglanz poliert hinterlassen wollte.

Sie würde eine ganze Woche frei haben, und dann – dann – würde sie ihren Traumjob als Chefköchin im Oasis antreten. Chefköchin, dachte sie, und vollführte einen kleinen Freudentanz, Chefköchin eines der heißesten Trend-Restaurants von Boston. Sie würde fünfzehn Leute unter sich haben, ihre eigenen Gerichte kreieren und sich mit den Besten der Branche messen können.

Die Arbeitszeiten würden mörderisch sein, und der Erfolgsdruck wäre enorm.

Sie konnte es kaum erwarten.

Sie hatte Marco selbst eingearbeitet, und zusammen mit Tony Maneo würden sie das prima hinkriegen. Sie wusste, dass sich Tony und seine Frau Lisa für sie freuten. Und da ihre Beiköchin Donna mal wieder den Mund nicht hatte halten können, hatte sie sogar den Verdacht, dass sie gerade eine Party für sie organisierten, um ihre neue Position zu feiern und sich von ihr zu verabschieden.

Bestimmt hatte Tony gerade die letzten Gäste zur Tür begleitet – bis auf eine Hand voll Stammgäste, die man zu ihrer Abschiedsparty eingeladen hatte.

Sie würde das Lokal vermissen, die Leute, die dort arbeiteten, aber für sie war es Zeit, sich weiterzuentwickeln. Sie hatte hart dafür gearbeitet, gepaukt und Pläne geschmiedet, und jetzt würde ihr Traum endlich wahr werden.

Sie trat einen Schritt zurück, um den Ofen zu begutachten, nickte zufrieden und brachte die Putzmittel in die kleine Abstellkammer.

Sie hörte das Geräusch einer zersplitternden Scheibe im Restaurant und riss die Augen auf. Aber die Schreie, die dann folgten, ließen sie herumfahren. Als sie Schüsse hörte, erstarrte sie. Sie wollte gerade ihr Handy aus der Tasche ziehen, als die Tür aufschwang. Sie nahm eine verschwommene Bewegung wahr, Panik ergriff sie. Sie sah die Waffe, sah nur noch die Waffe. So schwarz, so groß.

Dann flog sie nach hinten in die Abstellkammer, während sich ein heißer, unbeschreiblicher Schmerz in ihrer Brust ausbreitete.

Der Schrei, der Reece damals in der Kehle stecken geblieben war, entwand sich ihrer Brust. Sie hatte sich auf dem Bett zusammengekrümmt und presste eine Hand auf ihre Brust. Sie konnte ihn spüren, den Schmerz, dort, wo die Kugel sie getroffen hatte. Das Brennen, den Schock. Aber als sie ihre Hand betrachtete, war da nirgendwo Blut, und als sie sich über die Haut strich, war da nur die Narbe.

»Alles ist in Ordnung. Ich bin unversehrt. Es ist nur ein böser, Traum, das ist alles.« Trotzdem zitterte sie am ganzen Körper, während sie nach ihrer Taschenlampe griff, aufstand und Tür und Fenster überprüfte.

Niemand war da, keine Menschenseele, weder auf der Straße noch am See. Die Blockhütten und Häuser waren dunkel. Niemand kam, um das zu vollenden, was zwei Jahre zuvor unvollendet geblieben war. Es war ihnen egal, ob sie lebte, und selbst wenn nicht, hatten sie keine Ahnung, wo sie jetzt wohnte.

Sie lebte – aus purem Zufall, aus purem Glück, dachte sie, während sie mit den Fingerspitzen über die Narbe fuhr, die die Kugel hinterlassen hatte.

Sie lebte, und ein neuer Tag brach gerade an. Und da ... ein Elch, der an den See kam, um zu trinken.

»Das sieht man wirklich nicht alle Tage«, murmelte sie. »Nicht in Boston – nicht, wenn man jede Minute nur an seine Karriere, sein berufliches Fortkommen denkt. Dann sieht man nicht, wie die Sonne im Osten aufgeht und wie ein Elch mit knubbeligen Knien aus dem Wald tritt, um zu trinken.«

Sie bemerkte, dass Nebel vom Boden aufstieg, hauchdünn wie Gaze, während der See so ruhig dalag wie ein Spiegel. In diesem Moment ging in Brodys Blockhaus das Licht an. Vielleicht kann er auch nicht schlafen. Vielleicht steht er früh auf, um zu schreiben, damit er am Nachmittag in seiner Hängematte liegen und lesen kann.

Das Licht zu sehen und zu wissen, dass noch jemand außer ihr wach war, war irgendwie tröstlich.

Sie hatte wieder diesen Traum gehabt – größtenteils zumindest –, aber sie hatte keinen Nervenzusammenbruch bekommen. Und das war immerhin ein Fortschritt, oder etwa nicht? Und jemand auf der anderen Seeseite hatte gerade das Licht angemacht. Vielleicht sah er jetzt auch aus dem Fenster, genau wie sie, und entdeckte, dass Licht in ihrem Fenster brannte. Auf diese verquere Weise sahen sie sich gemeinsam den Sonnenaufgang an.

Sie blieb stehen, beobachtete, wie das Licht im Osten immer stärker wurde, den Himmel rosagolden aufleuchten ließ und sich dann auf der spiegelglatten Wasseroberfläche ausbreitete, bis der See glomm wie ein ruhiges Feuer.

Nachdem sie ihren Rucksack wie vom Wanderführer empfohlen gepackt hatte, schien er fünfzig Kilo zu wiegen. Die Route betrug gerade mal acht Kilometer, aber sie ging lieber auf Nummer Sicher und richtete sich nach den Empfehlungen für Wanderungen über zehn Kilometer.

Vielleicht hatte sie ja Lust, weiter zu gehen oder einen Umweg zu machen ... Wie dem auch sei, der Rucksack war gepackt, und sie hatte nicht vor, ihn noch mal auszupacken. Sie erinnerte sich daran, dass sie jederzeit anhalten konnte, um den Rucksack abzusetzen und sich auszuruhen. Es war ein schöner klarer Tag – und sie würde ihn voll und ganz auskosten.

Sie hatte erst wenige Meter zurückgelegt, als sie gegrüßt wurde.

»Na, unterwegs zu einer kleinen Erkundungstour?«, sagte Mac. Er trug eines seiner Lieblingsflanellhemden, das er in die Jeans gestopft hatte, und ein tief ins Gesicht gezogenes Baseballkäppi.

»Ich dachte, ich wander ein bisschen auf dem Little Angel Trail.«

Er zog die Brauen zusammen. »Ganz allein?«

»Es ist eine leichte Route – zumindest steht das so in meinem Wanderführer. Das Wetter ist schön, und ich möchte gern den Fluss sehen. Ich hab eine Karte dabei«, fuhr sie fort, »einen Kompass, genügend Wasser und alles, was ich laut Wanderführer brauche.« Sie lächelte. »Und das ist mehr, als ich je benötigen werde, wirklich.«

»Der Weg ist noch schlammig. Und ich wette, im Wanderführer steht auch, dass man möglichst zu zweit gehen sollte – oder noch besser in der Gruppe.«

Womit er natürlich Recht hatte, aber sie mochte nun mal keine Gruppen. Allein fühlte sie sich wohler. »Ich geh nicht weit. Außerdem bin ich schon ein bisschen in den Smokies gewandert und in den Black Hills. Machen Sie sich um mich keine Sorgen, Mr. Drubber.«

»Ich hab mir heute ebenfalls ein paar Stunden freigenommen – Leo steht hinter der Ladentheke, und die Lebensmittelabteilung ist auch besetzt. Ich könnte eine Stunde mit Ihnen mitwandern.«

»Das ist nicht nötig, außerdem haben Sie bestimmt schon etwas anderes vor. Wirklich, machen Sie sich um mich keine Sorgen. Ich geh nicht weit.«

»Wenn Sie bis heute Abend um sechs nicht wieder zurück sind, schick ich einen Suchtrupp los.«

»Um sechs werde ich nicht nur zurück sein, sondern schon längst ein heißes Fußbad genommen haben. Versprochen.«

Sie zog ihren Rucksack zurecht, umrundete den See und nahm den Wanderweg durch den Wald, bis der Canyon vor ihr aufragte.

Sie lief langsam, aber stetig und genoss die tanzenden Lichtpunkte, die durch das Blätterdach der Bäume fielen. Während sie die frische Luft auf ihrem Gesicht spürte, den Duft nach Tannen und erwachender Erde wahrnahm, verblasste ihr Albtraum zusehends.

Sie schwor sich, öfter wandern zu gehen. Andere Routen auszuwählen und diese an ihren freien Tagen – oder zumindest an jedem zweiten freien Tag – zu erkunden. Irgendwann würde sie auch in den Naturschutzpark fahren, bevor er im Sommer von den Touristenmassen überschwemmt würde. Die regelmäßige körperliche Bewegung würde ihr Appetit machen, und sie hätte bald wieder ihre alte Figur zurück.

Um auch etwas für ihre Seele zu tun, wollte sie lernen, wie man Wildblumen bestimmt, die im Sommer laut Wanderführer Wälder und Wege säumen. Das wäre ein Anreiz, länger hierzubleiben – vielleicht bis die Blütezeit begann.

Als sich der Weg gabelte, ließ sie die Schultern kreisen, um den Rucksack wieder in eine bequeme Position zu bringen, und nahm die Abzweigung, die zum Little Angel Canyon führte. Die Steigung war gering, aber stetig, während sie bei leichtem Nebel zwischen Koniferen hindurchschritt, in deren Wipfeln sie Vogelnester entdeckte. Riesige Felsbrocken lagen inmitten von Pfützen aus geschmolzenem Schnee, und dort, wo in wenigen Wochen jede Menge Wildblumen hervorsprießen würden, war es schlammig.

Reece kam sich beinahe vor wie auf einem anderen Planeten – inmitten all des blassen Grüns und Brauns.

Der Weg wurde steiler, ging erst sanft die Moräne hoch und dann durch eine Gruppe freistehender Fichten, bis er plötzlich in eine tiefe Schlucht hinabführte. Die Berge wurden spitzer, ihre schneebedeckten Gipfel funkelten in der Sonne. Als es noch steiler bergauf ging, achtete sie genau darauf, wo sie hintrat, und machte einen kleinen Schritt nach dem anderen.

Bloß keine Eile.

Während sie weiterwanderte, nahm sie die Bergwiesen in sich auf, die zerklüfteten Bergrücken und Schluchten, das kristallklare Wasser, das aus den Felsen sprudelte und in ebenso kristallklare Flüsse mündete.

Als sie die erste Meile hinter sich gebracht hatte, machte sie kurz Rast, um etwas zu trinken und die Umgebung auf sich einwirken zu lassen.

Im Südosten konnte sie den Angel Lake immer noch funkeln sehen. Der Nebel hatte sich gelichtet, weil ihn die Sonne, die am wolkenlosen Himmel stand, völlig zum Verdampfen gebracht hatte. Jetzt herrschte gerade reger Frühstücksbetrieb, dachte sie. Das Diner war von klapperndem Geschirr und buntem Stimmengewirr erfüllt, und in der Küche duftete es nach Speck und Kaffee, während hier im kühlen Nadelwald eine unbeschreibliche Stille herrschte.

Bis auf den leichten Wind, der in den Bäumen rauschte und im Schilf flüsterte, wo Enten ihren eigenen Geschäften nachgingen, war keinerlei Geräusch zu hören. Nur das anhaltende Klopfen eines Spechts in der Ferne, der gerade ebenfalls sein Frühstück einnahm.

Sie lief weiter; inzwischen war der Weg so steil, dass sie ihre Schenkelmuskeln spürte. Vor ihrer Verwundung, dachte Reece verärgert, hätte sie die Strecke joggen können.

Nicht, dass sie je wandern gegangen wäre, aber wo war

schon der Unterschied zwischen dem Cross-Trainer im Fitnesscenter und einer acht Kilometer langen Bergwanderung?

»Da liegen Welten dazwischen«, murmelte sie. »Trotzdem, ich schaffe das.«

Der Weg verlief quer durch die noch schlafenden Bergwiesen, die Steilhänge rauf und runter. Auf dem sonnigen Hang, auf dem sie eine Pause einlegte, um wieder zu Atem zu kommen, konnte sie einen kleinen sumpfigen Teich erkennen, wo aus dem Schilf ein Reiher aufflog, der einen Fisch im Schnabel hatte.

Sie bedauerte, dass sie ihren Fotoapparat nicht griffbereit hatte, und lief weiter, bis sie das erste Plätschern des Flusses hörte. Als sich der schlammige Weg erneut gabelte, blickte sie sehnsüchtig auf das kleine Schild des Big Angel Trails. Dieser Wanderweg wand sich den ganzen Canyon hinauf und erforderte nicht nur Ausdauer, sondern auch Kletterkenntnisse.

Sie besaß weder das eine noch das andere und musste zugeben, dass sie jetzt schon Muskelkater in den Beinen hatte und ihr die Füße wehtaten. Sie war gezwungen, erneut zu rasten und etwas zu trinken, und überlegte schon, ob sie sich bei ihrer ersten Wanderung einfach mit dem Blick auf das Sumpfland und die Wiesen zufriedengeben sollte. Sie könnte sich hier irgendwo auf einen Felsen setzen, etwas Sonne tanken und mit etwas Glück vielleicht sogar Wild beobachten. Doch das Plätschern des Flusses klang einfach zu verlockend. Sie war aufgebrochen, um den Little Angel Trail zu erwandern, und genau das würde sie jetzt auch tun.

Ihre Schultern schmerzten. Gut, sie hatte es mit ihrem Gepäck definitiv übertrieben. Aber die Hälfte hatte sie so gut wie geschafft, und selbst wenn sie so gemütlich weiterlief wie bisher, konnte sie ihr Ziel noch vor Mittag erreichen.

Sie durchquerte die Bergwiese und begann den schlammigen Hang zu erklimmen. Als sie es bis zur nächsten Erhebung geschafft hatte, konnte sie einen ersten Blick auf das lange, glitzernde Band des Flusses erhaschen.

Er grub sich unter fortwährendem Geglucker durch den Canyon. Hie und da säumten ihn Felsen und Geröll, so als hätte der Fluss sie ausgespuckt. Trotzdem floss er noch immer friedlich dahin, wand sich fast schon verträumt zwischen den steilen Klippen nach Westen.

Nun machte sie sich die Mühe und kramte ihren Fotoapparat hervor, obwohl sie wusste, dass ein Schnappschuss dieses Panorama niemals einfangen konnte. Ein Bild konnte die Geräusche, die Luft, die atemberaubenden Felsformationen unmöglich wiedergeben.

Dann entdeckte sie ein paar leuchtend blaue Kajaks und richtete erfreut die Kamera darauf, da sie die Größenverhältnisse verdeutlichen würden. Sie sah den Kajakern beim Paddeln zu, drehte sich im Kreis und hörte gedämpfte Stimmen, die zu Schreien wurden.

Irgendjemand bekam vermutlich gerade Unterricht. Sie nahm ihr Fernglas heraus, um sich die Sache näher anzusehen. Ein Mann und ein Junge, ein Jugendlicher, beschloss sie. Auf dem Gesicht des Jungen lag eine unglaubliche Konzentration und Begeisterung. Sie sah ihn grinsen, nicken, seine Lippen bewegten sich, als er seinem Begleiter etwas zurief. War das sein Lehrer?

Sie paddelten weiter, Seite an Seite, und folgten dem Fluss nach Westen.

Auf dem darübergelegenen Wanderweg hängte sich Reece ihr Fernglas um und folgte ihnen.

Die Höhe war Schwindel erregend. Während sich ihr Körper vorwärtsarbeitete, spürte sie, wie ihre Muskeln brannten, genoss das Abenteuer ohne jede Spur von Angst oder Besorgnis. Stattdessen fühlte sie sich seit langem endlich wieder wie ein ganz normaler Mensch. Klein, sterblich und voller Überraschungen. Sie brauchte bloß den Kopf in den Nacken zu legen, und die Welt gehörte ihr. Ihr und diesen Bergen, dachte sie, die blau in der Sonne funkelten.

Obwohl sie den kühlen Wind im Gesicht spürte, war ihr Rücken völlig verschwitzt vor lauter Anstrengung. Bei der nächsten Rast wollte sie ihre Jacke ausziehen und ordentlich was trinken.

Sie schleppte sich keuchend immer höher.

Und erstarrte schwankend, als sie Brody auf einem breiten Felsvorsprung entdeckte.

Er würdigte sie kaum eines Blickes. »Ach Sie sind das! Das hätte ich mir ja denken können. Sie machen genügend Lärm, um eine Lawine auszulösen.« Als sie ängstlich hochblickte, schüttelte er den Kopf. »Na gut. So schlimm ist es auch wieder nicht. Andererseits halten Sie auf diese Weise zumindest die Jäger fern. Die vierbeinigen, meine ich natürlich.«

Dass man hier Bären begegnen konnte, daran hatte sie gar nicht mehr gedacht. Aber noch weniger hatte sie erwartet, hier auf andere Menschen zu treffen.

»Was machen Sie denn hier oben?«

»Mich um meine eigenen Angelegenheiten kümmern.« Er nahm einen Schluck aus seiner Wasserflasche. »Und Sie? Außer hier langzutrampeln und Wanderlieder zu singen?«

»Ich hab nicht gesungen.« Oh Gott, hoffentlich nicht.

»Gut, Sie haben die Lieder nicht gesungen. Sie haben sie eher gekeucht.«

»Ich wandere. Ich habe meinen freien Tag.«

»Juhu!« Er griff nach dem Notebook, das er auf seinem Schoß balancierte. Weil sie sich so erschreckt hatte, brauchte sie ein, zwei Minuten, um wieder zu Atem zu kommen, bevor sie weiterkletterte. Aber das konnte sie mit etwas Konversation überspielen. »Schreiben Sie? Hier oben?«

»Ich recherchiere. Ich habe vor, hier jemanden umzubringen. Literarisch natürlich«, fügte er genüsslich hinzu, während die Röte, die ihr die Anstrengung in die Wangen getrieben hatte, langsam wieder verblasste. »Der Platz hier ist hervorragend dafür geeignet, vor allem zu dieser Jahreszeit. So früh wandert hier niemand – oder zumindest kaum jemand. Er lauert ihr auf und schubst sie runter.«

Brody beugte sich ein wenig vor und sah nach unten. Sie bemerkte neidisch, dass er seine Jacke bereits ausgezogen hatte. »Ein langer, böser Sturz. Ein schrecklicher Unfall, eine furchtbare Tragödie.«

Trotz allem wurde sie neugierig. »Warum hat er sie umgebracht?«

Er zuckte nur seine breiten Schultern, über denen sich ein Jeanshemd spannte. »In erster Linie deshalb, weil er Gelegenheit dazu hatte.«

»Ich hab Kajaker auf dem Fluss gesehen. Die könnten was mitbekommen haben.«

»Deshalb heißt es ja auch ›Roman‹. Kajaker«, murmelte er und kritzelte etwas auf seinen Block. »Vielleicht. Umso besser. Was würden sie mitbekommen? Einen Körper im freien Fall. Das Echo eines Schreis. Und dann ... flatsch!«

»Oh, verstehe. Ich lass Sie mal lieber allein.«

Da er anstelle einer Antwort nur abwesend grunzte, lief sie weiter. Ein bisschen ärgerte sie das schon. Er hatte einen schönen Rastplatz entdeckt, mit einer herrlichen Aussicht. *Ihren* Rastplatz, wenn sie zuerst gekommen wäre. Aber sie würde einen anderen finden, einen für sich ganz allein. Nur ein Stückchen weiter oben.

Trotzdem hielt sie deutlich Abstand zum Abgrund, als sie

weiterwanderte und versuchte die Vorstellung eines fallenden Körpers zu verdrängen, der auf die Felsen und das Wasser unter ihr zuflog.

Sie wusste, dass sie beinahe am Ende ihrer Kräfte war, als ihr das Herz im Brustkorb hämmerte. Sie blieb stehen, stützte sich keuchend auf die Schenkel, um wieder zu Atem zu kommen. Noch bevor sie entschieden hatte, ob das ihr Rastplatz war oder nicht, hörte sie den langen, eindringlichen Schrei eines Habichts. Als sie aufschaute, sah sie ihn nach Westen abdrehen.

Sie wollte ihm folgen, ihn als Wegweiser nehmen. Noch ein Bergrücken, beschloss sie, nur noch einen, dann würde sie ein schönes, einsames Plätzchen finden, ihr Lunchpaket auspacken und eine Stunde am Fluss genießen.

Die Plackerei wurde mit dem Anblick des Wildwassers belohnt. Es umtoste die Felsen, spritzte an ihnen hoch und ging dann in einen kurzen, schäumenden Wasserfall über. Sein Brausen erfüllte den Canyon und übertönte ihr begeistertes Lachen.

Sie hatte es doch noch geschafft.

Erleichtert setzte sie ihren Rucksack ab, bevor sie sich auf einem zerklüfteten Felsbrocken niederließ. Sie packte ihren Proviant aus und stürzte sich gierig darauf.

Sie fühlte sich wie im siebten Himmel. Entspannt und energiegeladen zugleich und überglücklich. Sie biss in einen überwältigend knackigen Apfel, während der Habicht erneut schrie und über sie hinwegflog.

Perfekt, dachte sie. Absolut perfekt.

Sie hob das Fernglas, um den Flug des Habichts zu verfolgen, und richtete es dann nach unten auf das mächtige Tosen des Flusses.

Erwartungsvoll suchte sie die Felsen, die Weidengruppen, Pappeln und Nadelbäume nach Wild ab. Vielleicht kam ein Bär zum Fischen her, oder aber sie entdeckte einen weiteren Elch, der etwas trinken wollte.

Sie wollte Biber sehen und Fischotter beim Spielen beobachten. Sie wollte nirgendwo lieber sein als hier, zwischen den steilen, sonnenbeschienenen Berggipfeln und dem tosenden Wasser unter ihr.

Wenn sie das felsige Ufer nicht so faszinierend gefunden hätte, hätte sie sie glatt übersehen.

Sie standen zwischen den Bäumen und Felsen. Ein Mann – zumindest nahm sie an, dass es ein Mann war –, der ihr den Rücken zugekehrt, und eine Frau, die die Hände in die Hüften gestemmt und ihr Gesicht dem Fluss zugewandt hatte.

Trotz des Fernglases waren sie so weit weg, dass sie sie nicht scharf sehen konnte, aber sie erkannte dunkle Haare unter einer roten Mütze, die auf eine ebenfalls rote Jacke fielen.

Reece fragte sich, was sie dort zu suchen hatten. Wahrscheinlich diskutierten sie darüber, wo sie ihr Zelt aufschlagen oder ihr Kanu zu Wasser lassen sollten. Aber als sie die Umgebung absuchte, sah sie keine Spur von einem Kanu oder Kajak. Dann hatten sie sicherlich vor zu zelten, auch wenn Reece nirgends eine entsprechende Ausrüstung entdecken konnte.

Achselzuckend richtete sie das Fernglas wieder auf die beiden. Sie kam sich aufdringlich vor, andererseits fand sie die Situation auch irgendwie aufregend. Die beiden konnten schließlich nicht wissen, dass sie hier oben auf der anderen Seite des Flusses saß und sie beobachtete, als seien sie ein paar Bärenjunge oder eine Herde Hirsche.

»Sie streiten«, murmelte sie. »Zumindest sieht es so aus.«

Die Art, wie die Frau dastand, hatte etwas deutlich Aggressives. Und als sie ihren Zeigefinger in seine Brust bohrte, pfiff Reece leise auf.

»Und ob du sauer bist. Ich wette, ein hübsches Hotel wär dir lieber gewesen – mit Bad und Zimmerservice. Und stattdessen hat er dich hier raufgeschleppt, um ein Zelt aufzuschlagen.«

Der Mann gestikulierte wie ein Schiedsrichter, der einen Spieler vom Platz verweist, und diesmal ohrfeigte ihn die Frau. »Autsch!« Reece zuckte zusammen und zwang sich, das Fernglas sinken zu lassen. Sie hatte kein Recht, den beiden nachzuspionieren. Aber sie konnte der Versuchung nicht widerstehen, die private Auseinandersetzung weiter zu beobachten, und richtete erneut das Fernglas auf die beiden.

Die Frau stieß den Mann mit beiden Händen vor die Brust und ohrfeigte ihn dann aufs Neue. Reece ließ das Fernglas sinken, da sie die hässliche Szene nicht mitansehen wollte.

Aber ihre Hand erstarrte, und ihr Herz setzte einen Schlag aus, als sie sah, wie der Mann ausholte. Sie konnte nicht genau erkennen, ob er ihr einen Boxhieb oder eine Ohrfeige verpasste, aber die Frau stürzte.

»Nein, nein, nicht«, murmelte sie. »Hört auf. Ihr müsst sofort damit aufhören. Hört endlich auf damit!«

Stattdessen rappelte sich die Frau wieder hoch und ging auf ihn los. Doch bevor sie ihren Schlag landen konnte, wurde sie erneut zurückgestoßen, rutschte auf dem schlammigen Grund aus und landete unsanft auf dem Boden.

Der Mann ging zu ihr, beugte sich über sie, während Reeces Herz gegen ihren Brustkorb hämmerte. Er streckte die Hand aus, wie um ihr aufzuhelfen, und die Frau stützte sich auf einen Ellbogen. Sie blutete am Mund, vielleicht auch aus der Nase, aber ihre Lippen bewegten sich schnell. Vermutlich schrie sie ihn an, dachte Reece. Hör auf, ihn anzuschreien, du machst es nur noch schlimmer.

Und es wurde schlimmer, sehr viel schlimmer, denn er setzte sich rittlings auf die Frau, riss den Kopf an ihren Haaren hoch und donnerte ihn gegen den Boden. Ohne zu merken, dass sie aufgesprungen war und sich die Kehle aus dem Hals schrie, starrte Reece in ihr Fernglas, während sich die Hände des Mannes um den Hals der Frau schlossen.

Stiefel schlugen gegen den Boden, der Körper zuckte und bog sich durch. Und als er schließlich erschlaffte, hörte man nichts außer dem Rauschen des Flusses und dem lauten Schluchzen, das sich Reeces Brust entrang.

Sie drehte sich um, stolperte, rutschte aus und fiel schmerzhaft auf die Knie. Dann rappelte sie sich wieder auf und rannte los.

Sie nahm ihre Umgebung nur noch unscharf wahr, als sie wie eine Wahnsinnige bergab rannte. Das Herz schlug ihr bis zum Hals, ein winziger, vor lauter Entsetzen zusammengekrampfter Ball, während sie den gewundenen Weg herabstolperte und rutschte. Das Gesicht der Frau in der roten Jacke wich einem anderen Gesicht, aus dem babyblaue Augen starrten.

Ginny. Aber das war nicht Ginny. Das war nicht Boston. Das war kein Traum. Trotzdem vermischte sich das alles in ihrem Kopf, während sie erneut die Schreie, das Gelächter, die Schüsse vernahm. Bis ihr Brustkorb wummerte und sich alles um sie herum zu drehen begann.

Sie rannte regelrecht in Brody hinein und wehrte sich heftig, als er sie packte.

»Hören Sie auf. Sind Sie denn völlig übergeschnappt? Wollen Sie sich umbringen?«, sagte er mit schneidender Stimme, während er sie gegen den Felsen drückte und auffing, als ihre Knie nachgaben. »Beruhigen Sie sich, Hysterie hilft hier auch nicht weiter. Was war denn los? Ein Bär?«

»Er hat sie umgebracht, er hat sie umgebracht. Ich hab's gesehen, ich hab's gesehen.« Weil er zufällig gerade da war, schmiegte sie sich an ihn und vergrub ihr Gesicht an seiner Schulter. »Ich hab's gesehen. Es war nicht Donna. Es war kein Traum. Er hat sie umgebracht, auf der anderen Seite des Flusses.«

»Ruhig weiteratmen.« Er löste sich von ihr, packte sie an den Schultern und suchte ihren Blick. »Atmen, hab ich gesagt! So, jetzt noch mal. Noch mal.«

»Okay, okay. In Ordnung.« Sie sog die Luft ein, atmete sie aus. »Bitte helfen Sie mir, bitte. Sie waren auf der anderen Seite vom Fluss, und ich hab sie gesehen, mit dem Ding hier.« Sie hob das Fernglas, wobei ihre Hand einfach nicht aufhören wollte zu zittern. »Er hat sie umgebracht, und ich hab's gesehen.«

»Zeigen Sie mir wo.«

Sie schloss die Augen. Diesmal wäre sie nicht allein, dachte sie. Es war jemand bei ihr, jemand, der helfen konnte. »Weiter oben. Ich weiß nicht, wie weit ich zurückgerannt bin, aber es ist weiter oben auf dem Weg.«

Sie wollte nicht zurück, wollte das Ganze nicht noch mal mitansehen müssen, aber er hatte sie am Arm gepackt und zog sie mit sich.

»Ich hab eine Rast gemacht, um etwas zu essen«, sagte sie schon etwas ruhiger. »Um das Wasser und die kleinen Wasserfälle zu beobachten. Ich hab einen Habicht gesehen.«

»Ja, ich auch.«

»Er war wunderschön. Ich hab mein Fernglas rausgeholt. Ich dachte, ich könnte vielleicht einen Bären oder einen Elch sehen. Ich hab schon einen Elch gesehen, heute früh, am See. Ich dachte ...« Sie redete irgendwas daher, versuchte sich zu erinnern. »Ich hab den Wald abgesucht, die Felsen und entdeckte zwei Menschen.«

»Wie sahen sie aus?«

»Ich ... ich konnte sie nicht gut erkennen.« Sie verschränkte die Arme vor der Brust. Sie hatte ihre Jacke ausgezogen und auf dem Felsen ausgebreitet, bei dem sie gerastet hatte. Um ein bisschen Sonne zu tanken.

Jetzt fror sie. Sie fror bis ins Mark.

»Aber sie hatte lange Haare. Dunkle Haare und eine rote Jacke mit einer passenden Mütze dazu. Sie trug eine Sonnenbrille. Er hatte mir den Rücken zugewandt.«

»Was hatte er an?«

»Hm. Eine dunkle Jacke und eine orangerote Kopfbedeckung. So eine Jägermütze. Er, ich glaube ... ja, ich glaube, er trug auch eine Sonnenbrille. Ich konnte sein Gesicht nicht erkennen. Da, da ist mein Rucksack. Ich hab alles stehen und liegen lassen und wollte nur weg. Da drüben, es war da drüben.« Sie zeigte hinüber, beschleunigte ihre Schritte. »Sie waren da drüben, vor den Bäumen. Jetzt sind sie weg, aber sie waren dort, dort unten. Ich hab sie gesehen. Ich muss mich setzen.«

Als sie sich auf dem Felsen niederließ, nahm er ihr wortlos das Fernglas ab, das noch um ihren Hals hing. Er richtete es nach unten. Er sah nichts, keine Menschenseele.

»Was genau haben Sie gesehen?«

»Sie haben sich gestritten. An der Art, wie sie dastand, konnte ich sehen, dass sie wütend war. Sie hatte die Hände in die Hüften gestemmt. Richtig aggressiv.« Sie musste schlucken, sich konzentrieren, da sie Angst hatte, sich übergeben zu müssen. Fröstelnd griff sie nach ihrer Jacke und zog sie an, wickelte sich fest darin ein. »Sie hat ihm eine Ohrfeige verpasst, dann hat sie ihn geschubst und ihn noch mal geohrfeigt. Er hat sie geschlagen, sie zu Boden geworfen, aber sie ist wieder aufgestanden und auf ihn losgegangen. Dann hat er erneut zugeschlagen. Ich sah Blut auf ihrem Gesicht. Ogottogott, ogottogott.«

Brody warf nur einen kurzen Blick in Reeces Richtung.

»Werden Sie bitte nicht wieder hysterisch. Erzählen Sie mir, was Sie noch gesehen haben.«

»Er hat sich auf sie gesetzt, sie bei den Haaren gepackt und ihren Kopf gegen den Boden geschlagen, glaub ich. Es sah aus, als würde er sie würgen.«

Reece sah alles wieder genau vor sich und hielt sich die Hand vor den Mund, damit ihr ja nicht schlecht wurde. »Er hat sie erwürgt. Erst schlugen ihre Füße noch gegen den Boden, dann regte sich nichts mehr. Ich bin gerannt. Ich hab geschrien, glaube ich, aber die Wasserfälle sind so laut, so laut ...«

»Die Stelle ist ziemlich weit weg von hier, sogar durch das Fernglas. Sind Sie sich Ihrer Sache wirklich ganz sicher?«

Sie sah auf, ihre Augen waren verquollen, sie war erschöpft. »Sind Sie jemals Zeuge eines Mordes gewesen?«

»Nein.«

Sie richtete sich auf und griff nach ihrem Rucksack. »Ich schon. Er hat sie irgendwohin gebracht, hat ihre Leiche versteckt, weggeschleift. Keine Ahnung. Aber er hat sie umgebracht, und er wird damit davonkommen. Wir müssen Hilfe holen.«

»Geben Sie mir Ihren Rucksack.«

»Ich kann meinen Rucksack selbst tragen.«

Er nahm ihn ihr ab und schenkte ihr einen mitleidigen Blick. »Tragen Sie meinen, der ist leichter.« Er setzte ihn ab und hielt ihn ihr hin. »Wir können gern noch weiter hier rumstehen und darüber diskutieren – wobei ich mich letzen Endes ohnehin durchsetzen werde. Aber dann verlieren wir Zeit.«

Sie setzte seinen Rucksack auf. Und natürlich hatte er Recht. Seiner war deutlich leichter. Sie hatte viel zu viel mitgenommen, aber sie hatte einfach auf Nummer Sicher gehen wollen.

»Das Handy! Was bin ich nur für eine dumme Kuh!«

»Kann schon sein«, sagte er, während sie in ihre Tasche griff. »Aber das Handy wird Ihnen hier auch nichts nützen. Kein Empfang.«

Im Laufen versuchte sie es trotzdem. »Vielleicht kommen wir irgendwo durch. Es dauert ewig, bis wir zurück sind. Sie sind bestimmt schneller. Sie sollten vorgehen.«

»Nein.«

»Aber ...«

»Wer wurde vor Ihren Augen ermordet?«

»Ich möchte nicht darüber reden. Wie lange dauert es, bis wir zurück sind?«

»So lange, wie wir eben brauchen. Und jetzt fangen Sie bitte nicht mit diesem Sind-wir-schon-da?-Mist an.«

Sie musste beinahe schon lachen. Er war so was von kratzbürstig und brüsk, dass ihre Angst verschwand. Er hatte Recht. Sie würden zurückkommen, wenn sie zurückkamen. Und dann würden sie tun, was getan werden musste.

So wie er ausschritt, würden sie nur halb so lange brauchen wie sie auf dem Hinweg. Vorausgesetzt, sie schaffte es, mit ihm Schritt zu halten.

»Reden Sie mit mir, tun Sie mir den Gefallen. Über irgendetwas anderes. Egal, was. Über Ihr Buch.«

»Nein. Ich rede nicht über meine Arbeit, bevor sie nicht abgeschlossen ist.«

»Typisch Künstler.«

»Nein, es ist einfach nur langweilig.«

»Ich werde mich nicht langweilen.«

Er warf ihr einen Blick zu. »Ich find's langweilig.«

»Oh.« Sie wollte Worte hören, seine, ihre, egal welche.

»Gut, warum ausgerechnet Angel's Fist?«

»Wahrscheinlich aus genau demselben Grund wie Sie. Ich brauchte Tapetenwechsel.«

»Weil man Sie in Chicago gefeuert hat.«

»Ich wurde nicht gefeuert.«

»Sie haben Ihrem Chef keine geklebt und sind deshalb aus der Redaktion der *Tribune* geflogen? Das hat man mir so erzählt.«

»Ich hab nur jemanden geohrfeigt, den man nicht mal als Kollegen bezeichnen kann, weil er mir Unterlagen geklaut hat. Und da ihm der Verleger – der zufällig der Onkel dieses Arschlochs war – mehr geglaubt hat als mir, habe ich gekündigt.«

»Um Bücher zu schreiben. Macht das Spaß?«

»Ich denke schon.«

»Ich wette, Sie haben das Arschloch gleich im ersten Roman umgebracht.«

Er warf ihr wieder einen Blick zu, nur dass er diesmal eindeutig amüsiert war. Was hatte er nur für interessante grüne Augen. »Sie haben Recht. Ich hab ihn mit einer Schaufel erschlagen. Das hat echt gut getan.«

»Ich hab früher auch gern Krimis gelesen. Aber seit ich ... kann ich das nicht mehr.« Sie ignorierte ihre schmerzenden Beine, während sie den Abstieg fortsetzten.

Sie musste jetzt anders auftreten. Das Gewicht nach vorn verlagern, zuerst die Ballen abrollen und dann die Fersen. So wie Brody.

»Vielleicht versuch ich's mal mit einem von Ihren.«

Er zuckte wieder achtlos die Schultern. »Es gibt schlechtere.«

6

Sie liefen schweigend weiter, über die Wiese, um den sumpfigen Teich herum. Sie hatte Enten gesehen, erinnerte Reece sich, und den Reiher. Und den armen, zum Tode verurteilten Fisch. Ihr Körper fühlte sich taub an, ihr wurde schwindelig.

»Brody?«

»Hier bin ich.«

»Begleiten Sie mich zur Polizei?«

Er blieb stehen, um etwas zu trinken, und bot ihr dann etwas aus seiner Flasche an. Sein Blick war kühl und ruhte auf ihrem Gesicht. Grüne Augen. Dunkelgrün wie Blätter im Spätsommer.

»Wir werden zu mir gehen und sie von dort aus benachrichtigen. Das geht schneller, als den ganzen See zu umrunden, bis wir im Ort sind.«

»Danke.«

Erleichtert und dankbar setzte Reece mechanisch einen Fuß vor den anderen in Richtung Angel's Fist.

Alles sah braun aus – die Hügel und Täler, die Wanderwege und Bergrücken. Zu braun, zu groß, zu ruhig. Kein Specht war zu hören, kein schreiender Habicht. Sie wollte nur noch nach Hause, Tür und Fenster verriegeln, dorthin, wo sie in Sicherheit war, während die Welt auf der anderen Seite der Scheibe blieb.

Um nicht die Nerven zu verlieren, ging sie in Gedanken alle möglichen Rezepte durch und stellte sich vor, wie sie die Zutaten abwog und die Gerichte zubereitete.

»Klingt gut«, bemerkte Brody und riss sie aus ihren Gedanken.

»Was?«

»Was auch immer Sie da gerade kochen.« Er tippte sich an die Schläfe. »Gegrillte Shrimps?«

Sie beschloss, dass es keinen Sinn hatte, sich deswegen zu schämen. Darüber war sie längst hinaus. »Marinierte gegrillte Shrimps. Mir ist gar nicht aufgefallen, dass ich Selbstgespräche geführt hab.« Sie sah stur geradeaus. »Das ist auch so ein Problem, das ich habe.«

»Ich kann darin kein Problem sehen, außer, dass ich jetzt Hunger habe und es hier in der Gegend nicht gerade oft Shrimps gibt.«

»Ich muss einfach an etwas anderes denken. An irgendetwas. Ich muss – ach, vergessen Sie's.« Ihre Brust wurde eng, und die Panikattacke drohte ihr die Kehle zuzuschnüren. Als ihr schwindelig wurde, beugte sie sich keuchend vor. »Ich krieg keine Luft mehr. Ich krieg einfach keine Luft mehr.«

»Und ob Sie Luft bekommen. Aber wenn Sie so weiteratmen, werden Sie bald hyperventilieren und in Ohnmacht fallen, also werden Sie das brav bleiben lassen. Ich habe nicht vor, Sie zurückzutragen, also vergessen Sie's.« Sein Ton war vollkommen sachlich und nüchtern, und das richtete sie wieder auf. Ihre Blicke trafen sich. »Hören Sie auf damit.«

»Gut.« Seine Pupillen waren goldgerändert, genauso wie seine Iris. Daher wahrscheinlich auch sein intensiver Blick.

»Kochen Sie die Shrimps zu Ende.«

»Die was?«

»Kochen Sie die Shrimps zu Ende.«

»Hm, ach so. Die Hälfte des Knoblauchöls in die Schüssel mit den Shrimps geben und vermengen. Das Ganze auf einer Platte mit Zitronenschnitzen und Lorbeerblättern anrichten und mit gegrilltem Ciabatta-Brot und dem Rest des Knoblauchöls servieren.«

»Sobald ich irgendwo ein paar Shrimps ergattern kann, können Sie sich revanchieren und mir dieses Gericht kochen.«

»Gern.«

»Was, bitte, ist Ciabatta-Brot?«

Sie wusste auch nicht, warum sie plötzlich lachen musste, aber während sie weiterliefen, bekam sie wieder einen klaren Kopf. »Eine Art italienisches Baguette. Es ist gut. Sie werden es mögen.«

»Wahrscheinlich. Haben Sie vor, das Joanie's ein bisschen aufzupeppen?«

»Nein. Es ist nicht mein Lokal.«

»Hatten Sie mal eines? Ein eigenes Restaurant? So wie Sie in der Küche hantieren, müssen Sie reichlich Übung haben«, setzte er nach, als sie schwieg.

»Ich hab in einem gearbeitet. Aber besessen hab ich noch keines. Das wollte ich nicht.«

»Warum? Ist das nicht der amerikanische Traum? Selbstständig zu sein?«

»Kochen ist eine Kunst. Als Restaurantbesitzer bleibt auch viel Geschäftliches an einem hängen. Ich wollte einfach nur ...« Fast hätte sie ›etwas kreieren‹ gesagt, fand aber, das klang zu geschwollen. »... kochen.«

»Wollte?«

»Will. Eines Tages vielleicht. Keine Ahnung, was ich will.« Aber sie wusste sehr wohl, was sie wollte, und als sie gemeinsam durch den kühlen Wald liefen, beschloss sie, es einfach auszusprechen. »Ich möchte bloß wieder normal werden und keine Angst mehr haben. Ich möchte die sein, die ich vor zwei Jahren war, und die ich nie mehr sein werde. Also versuche ich rauszufinden, wer ich für den Rest meines Lebens sein will.«

»Das ist aber ein ziemlich langer Zeitraum. Vielleicht sollten Sie erst mal herausfinden, wer Sie die nächsten Wochen sein wollen.«

Sie sah zu ihm hin und sofort wieder weg. »Vielleicht sollte ich es erst mal mit den nächsten paar Stunden versuchen.«

Er zuckte nur die Achseln und zog sein Handy hervor. Die Frau war das reinste Nervenbündel, aber nicht uninteressant. Es könnte sich lohnen, hinter ihre Fassade zu blicken. Er hielt sie nämlich für längst nicht so fragil, wie sie es selbst tat. Viele hätten den langen Rückweg nicht geschafft, nicht nach dem, was sie gesehen hatte.

»Hier müsste es wieder Empfang geben«, sagte er und drückte ein paar Tasten. »Ich bin's, Brody. Ich möchte den Sheriff sprechen. Nein. Jetzt sofort.«

Sie hätte ihm nicht widersprochen, dachte Reece. Er besaß Autorität, ganz einfach, weil er weder drängte noch irgendwie verzweifelt klang. Sie fragte sich, ob sie jemals wieder in der Lage wäre, über so eine Selbstbeherrschung, über so ein Selbstbewusstsein zu verfügen.

»Rick, ich bin mit Reece Gilmore unterwegs und noch ungefähr eine Viertelmeile von meinem Haus am Angel's Trail entfernt. Ich möchte, dass wir uns bei mir zu Hause treffen. Ja, es gibt Schwierigkeiten. Sie hat einen Mord beobachtet. Du hast richtig gehört. Alles Weitere wird sie dir selbst erzählen. Wir sind gleich da.«

Er legte auf und schob das Handy zurück in seine Tasche. »Ich möchte Ihnen einen guten Rat geben. Dabei hasse ich es – das Ratschläge-Erteilen genauso, wie welche erteilt zu bekommen.«

»Aber.«

»Aber. Sie müssen jetzt unbedingt die Ruhe bewahren. Wenn Sie wieder das Bedürfnis haben, hysterisch zu werden, zu heulen, zu schreien oder in Ohnmacht zu fallen, warten Sie bitte damit, bis Sie Ihre Aussage gemacht haben. Am besten so lange, bis Sie mein Haus verlassen haben, denn ich will nichts damit zu tun haben. Bleiben Sie sachlich, und bringen Sie's hinter sich.«

»Wenn ich anfange durchzudrehen – halten Sie mich dann davon ab?« Sie spürte seinen irritierten Blick, bevor sie ihm begegnete. »Ich meine, lenken Sie mich dann ab, indem Sie zum Beispiel eine Lampe umwerfen oder so was? Ich werde für alles aufkommen. Egal, was – Hauptsache, ich habe kurz Zeit, mich wieder zu sammeln.«

»Vielleicht.«

»Ich kann den See riechen. Man sieht ihn schon durch die Bäume schimmern. Ich fühle mich wohler, sobald ich Wasser sehe. Vielleicht sollte ich auf einer Insel leben, aber das ist mir dann wahrscheinlich wieder zu viel des Guten. Ich muss einfach mal eine Minute lang irgendwelchen Unsinn reden. Sie müssen ja nicht zuhören.«

»Ich habe Ohren«, erinnerte er sie und bog dann ab, um eine Abkürzung zu seinem Blockhaus zu nehmen.

Er näherte sich ihm von der Rückseite, wo es von Bäumen und Wüstenbeifuß umgeben war. Wahrscheinlich konnte er die Berge von jedem Fenster aus sehen.

»Es ist hübsch hier. Ein nettes Fleckchen.« Doch als er die Hintertür aufmachte, bekam sie einen ganz trockenen Mund. Er hatte nicht abgeschlossen. Jeder konnte einfach so eintreten.

Als sie ihm nicht hereinfolgte, drehte er sich um. »Wollen Sie draußen bleiben und dort mit Rick reden? Dem Sheriff?«

»Nein.« Sie nahm ihren ganzen Mut zusammen und trat hinter ihm über die Schwelle.

Folgte ihm in die Küche. Sie war klein, aber gut geplant. Er putzte wie ein Mann. Eine schreckliche Verallgemeinerung, dachte sie, aber die meisten Männer, die sie kannte und die nicht in ihrer Branche arbeiteten, putzten bloß die Arbeitsflächen. Und spülten das Geschirr. Schluss, aus, fertig.

Auf der steingrauen Küchentheke waren eine weiße Schüssel mit ein paar Äpfeln und einer überreifen Banane, eine Kaffeemaschine, ein Toaster, der mehr Jahre auf dem Buckel hatte als sie selbst, und ein Notizblock.

Brody ging sofort zur Kaffeemaschine, füllte sie mit Wasser und dosierte das Kaffeepulver, bevor er sich die Jacke auszog. Reece blieb, wo sie war, während er den Schalter der Maschine umlegte und aus einem Oberschrank drei weiße Steingutbecher holte.

»Hm, haben Sie auch Tee?«

Er warf ihr einen amüsierten Blick zu. »Aber klar doch. Mal sehen, wo ich den Wasserkocher hingetan habe.«

»Ich nehme an, das heißt nein. Ich trinke keinen Kaffee, der macht mich nervös. Noch nervöser«, fügte sie hinzu, als er fragend die Brauen hob.

»Wasser. Wasser geht auch. Schließen Sie die vordere Haustür nicht ab?«

»Abschließen ist hier vollkommen sinnlos. Wer reinwill, tritt einfach die Tür ein oder schlägt eine Scheibe ein.« Als er sah, dass sie ganz blass wurde, legte er den Kopf schräg. »Wie bitte? Sie wollen, dass ich in den Schrank und unters Bett schaue?«

Sie drehte sich wortlos um und setzte seinen Rucksack ab. »Ich wette, Sie hatten noch nie in Ihrem Leben Angst.«

Jetzt habe ich sie provoziert, dachte er, wobei ihm der beleidigte, wütende Ton in ihrer Stimme lieber war als dieses bange Zittern.

»Michael Myers.«

Verwirrt fuhr sie herum. »Wer? Shrek?«

»Meine Güte, das ist Mike Myers. Michael Myers. Der gruselige Typ mit der Maske. *Halloween?* Ich hab's auf Video gesehen, als ich zehn war, und hab mir fast in die Hosen gemacht vor lauter Angst. Danach wohnte Michael Myers noch jahrelang in meinem Schlafzimmerschrank.«

Ihre Schultern entspannten sich ein wenig, als sie sich aus ihrer Jacke schälte.

»Wie sind Sie ihn wieder losgeworden? Trat er nicht in einem Horrorfilm nach dem anderen auf?«

»Ich hab ein Mädchen in mein Zimmer geschmuggelt, als ich sechzehn war. Jennifer Ridgeway. So eine süße, kleine Rothaarige mit viel ... Energie. Nach ein paar Stunden mit ihr im Dunkeln hab ich kaum noch an Michael Myers denken müssen.«

»Sex als Exorzismus?«

»Bei mir hat's funktioniert.« Er ging zum Kühlschrank und nahm eine Flasche Wasser heraus. »Wenn Sie's ausprobieren wollen – Sie brauchen mir bloß Bescheid zu geben.«

»Ich werd auf Sie zurückkommen.« Reflexartig fing sie die Flasche auf, die er ihr zugeworfen hatte. Fast wäre sie ihr entglitten. Als es laut an der Tür klopfte, verspannten sich ihre Schultern erneut.

»Das wird der Sheriff sein. Michael Myers klopft nicht. Wollen wir das hier in der Küche erledigen?«

Sie blickte auf den kanaldeckelgroßen Küchentisch. »Hier ist gut.«

»Warten Sie kurz.«

Während er dem Sheriff öffnete, schraubte sie die Flasche auf und trank jede Menge von dem eiskalten Wasser. Sie hörte ein leises Murmeln, schwere Tritte von Männerstiefeln. Ruhig, ganz ruhig, redete sie sich gut zu. Red ruhig und deutlich und behalte einen klaren Kopf.

Rick kam herein und nickte ihr zu, ohne dass seine Augen auch nur das Geringste verrieten. »Reece. Wie ich höre, sind Sie in Schwierigkeiten.«

»Ja.«

»Dann wollen wir uns mal setzen, damit Sie mir alles in Ruhe berichten können.«

Sie nahm Platz und fing an zu erzählen, bemühte sich, jedes Detail wiederzugeben, ohne ins Stocken zu geraten oder etwas Relevantes zu vergessen.

Brody schenkte schweigend Kaffee aus und stellte einen der Becher vor Rick hin.

Während des Sprechens fuhr sie mit der Hand immer wieder die Wasserflasche auf und ab, während sich der Sheriff Notizen machte und sie beobachtete. Brody lehnte sich gegen die graue Küchentheke, trank Kaffee und sagte gar nichts.

»Gut. Meinen Sie, Sie könnten einen der beiden identifizieren?«

»Sie vielleicht. Aber nur vielleicht. Ihn hab ich nicht gesehen. Er stand mit dem Rücken zu mir und trug eine Mütze. Ich glaube, beide hatten Sonnenbrillen auf. Sie schon, am Anfang. Sie hatte braune Haare oder schwarze. Ich glaube eher braune. Langes, braunes Haar. Gewellt. Und sie trug eine rote Jacke und eine Kopfbedeckung. Eine Mütze.«

Rick drehte sich um und sah Brody an. »Was hast du gesehen?«

»Reece.« Brody ging zurück zu der Kaffeekanne und schenkte sich nach.

»Sie war ungefähr eine Viertelmeile weiter den Weg hoch, als sie Rast machte. Von da, wo ich mich befand, hätte ich den Ort des Geschehens nicht erkennen können, selbst, wenn ich in die Richtung geschaut hätte.«

Mardson kaute auf seiner Unterlippe. »Ihr wart nicht zusammen.«

»Nein. Wie Reece bereits sagte, kam sie an der Stelle vorbei, wo ich arbeitete. Wir wechselten ein paar Worte, und dann wanderte sie weiter. Ungefähr eine halbe Stunde später ging ich ihr nach, und sie rannte mich auf ihrem Rückweg geradezu über den Haufen. Sie erzählte mir, was passiert war, und ich lief bis zu der Stelle, wo sie gerastet hatte.«

»Konntest du dann irgendwas erkennen?«

»Nein. Wenn du die genaue Stelle sehen möchtest, hol ich eine Karte und zeig dir, wo's war.«

»Das wäre nett, Brody. Reece«, fuhr Rick fort, als Brody hinausging, »haben Sie irgendein Boot, ein Auto oder einen Transporter gesehen? Irgendwas in der Art?«

»Nein. Ich glaube, ich habe unbewusst danach Ausschau gehalten, konnte aber nichts dergleichen entdecken. Ich dachte, die wollen campen, aber ich hab keine Ausrüstung gesehen und auch kein Zelt. Nur die beiden. Ich hab gesehen, wie er sie erwürgt hat.«

»Erzählen Sie mir alles über ihn. Alles, was Ihnen einfällt«, ermutigte er sie. »Man weiß nie, was wieder hochkommt, an was man sich noch erinnert.«

»Ich hab nicht so drauf geachtet. Er war weiß, da bin ich mir ziemlich sicher. Ich hab seine Hände gesehen, aber er trug Handschuhe. Schwarze oder braune. Aber sein Profil ... Ich bin mir sicher, dass er ein Weißer war. Er könnte auch ein Latino oder Indianer gewesen sein. Aber das war alles so weit weg, selbst mit dem Fernglas. Außerdem war es am Anfang nur ein Wortwechsel. Dann hat sie ihn geschlagen. Zweimal. Nach dem zweiten Mal hat er sie geschubst oder geschlagen. Sie ist hingefallen. Es ging alles so schnell. Er trug eine schwarze Jacke. Eine dunkle Jacke und eine von diesen orangeroten Jagdmützen.«

»Gut, das ist ja schon mal was. Und seine Frisur?«

»An die kann ich mich kaum erinnern.« Sie musste sich schwer zusammenreißen, nicht zu zittern. Sie kannte das Prozedere. Die Fragen, die sie einfach nicht beantworten konnte. »Die war unter der Mütze verborgen und unter seiner Jacke, denke ich. Ich glaube nicht, dass er lange Haare hatte. Ich hab aufgeschrien, vielleicht sogar gebrüllt. Aber sie konnten mich nicht hören. Ich hatte meinen Fotoapparat im Rucksack, aber daran, ein Bild zu machen, hab ich nicht gedacht. Ich war wie gelähmt und dann bin ich weggerannt.«

»Dabei hätten Sie mit Ihrer Willenskraft doch locker in den Fluss springen, ihn schwimmend durchqueren und den Schuldigen zur Polizei schleppen können«, sagte Brody beiläufig, während er mit einer Karte des Gebiets zurückkam. Er breitete sie auf dem Tisch aus und zeigte mit dem Finger darauf. »Hier.«

»Bist du dir sicher?«

»Ja.«

»Na gut.« Rick nickte und erhob sich. »Ich mach mich sofort auf den Weg und seh mich nach Spuren um. Keine Sorge, Reece, wir werden uns darum kümmern. Ich meld mich bei Ihnen. In der Zwischenzeit überlegen Sie bitte, ob Ihnen noch etwas dazu einfällt. Es kommt auf jedes Detail an, auch wenn es Ihnen noch so unwichtig erscheint. Ich möchte es wissen. Alles in Ordnung?«

»Ja, ja, alles in Ordnung. Danke.«

Nachdem er Brody zugenickt hatte, griff Rick nach seiner Mütze und eilte hinaus.

»Tja.« Reece stieß einen langen Seufzer aus. »Meinen Sie ... er hat das Zeug dazu?«

»Ich wüsste nichts Gegenteiliges zu berichten. Normalerweise hat er es hier überwiegend mit Betrunkenen und Ruhestörungen zu tun, ein paar Ehekräche, Kinder, die Ladendiebstahl begehen, Schlägereien. Und die hat er im Griff. Und dann sind da noch die verunglückten Wanderer oder Segler, Bergsteiger, Verkehrsunfälle und so Zeug, wenn die Touristen kommen. So wie's aussieht, macht er seine Sache gut. Er ist ... engagiert – doch, so kann man es nennen.«

»Aber Mord. Mord ist was anderes.«

»Das kann schon sein, trotzdem: Er hat hier die Verantwortung. Und da die Sache außerhalb der Ortsgrenzen passiert ist, wird er die vom Landkreis oder Bundesstaat dazuholen müssen. Sie haben gesehen, was Sie gesehen haben, Sie haben Bericht erstattet und Ihre Zeugenaussage gemacht. Mehr können Sie nicht tun.«

»Nein, mehr kann ich wohl nicht tun.« Genau wie damals, dachte sie, mehr kann ich nicht tun. »Ich glaub', ich geh dann mal. Danke ... für alles«, sagte sie und erhob sich vom Tisch.

»Mehr kann ich leider auch nicht tun. Ich fahr Sie heim.«

»Machen Sie sich keine Umstände. Ich kann laufen.«

»Jetzt stellen Sie sich nicht so an.« Er schulterte ihren Rucksack und verließ die Küche in Richtung Haustür.

Reece griff verlegen nach ihrer Jacke und folgte ihm. Er ging sofort hinaus und ließ ihr nicht die Zeit, sich in Ruhe bei ihm umzusehen. So bekam sie nur einen flüchtigen Eindruck. Alles wirkte sehr schlicht und leicht unordentlich, so wie allein stehende Männer eben leben.

Keine Blumen, kein unnötiger Krimskrams, keine Kissen oder sonst irgendwas Dekoratives im Wohnzimmer, durch das sie gerade liefen. Ein Sofa, ein einzelner Sessel, ein paar Tische und ein steinerner Kamin, der das andere Ende des Zimmers beherrschte.

Erdtöne und klare Linien dominierten den schmucklosen Raum.

»Ich hab Ihnen den ganzen Tag verdorben«, hob sie an.

»Und ob Sie das haben. Steigen Sie ein.«

Sie blieb stehen und empfand eine Mischung aus Gekränktheit, Wut und Erschöpfung. Ihre Dankbarkeit war im Nu verflogen. »Was sind Sie nur für ein unhöflicher, unsensibler, beleidigender Mistkerl.«

Er lehnte sich gegen seinen Wagen. »Sonst noch was?«

»Eine Frau ist heute ermordet worden. Sie wurde erwürgt. Ist Ihnen das eigentlich klar? Sie hat gelebt, und jetzt ist sie tot, niemand konnte ihr helfen. Ich konnte ihr nicht helfen. Ich konnte bloß dastehen und zusehen. Ich konnte nichts tun, genau wie damals. Ich hab gesehen, wie er sie umgebracht hat, und Sie waren der Einzige, dem ich davon erzählen konnte. Anstatt entsetzt und mitfühlend zu sein, sind Sie einfach bloß ruppig, schnippisch und herablassend. Sie können mich mal! Da lauf ich lieber den ganzen Wanderweg noch mal, als mich zu Ihnen in Ihren blöden Angeber-Geländewagen zu setzen. Geben Sie mir meinen verdammten Rucksack zurück.«

Er blieb, wo er war, wirkte aber überhaupt nicht mehr gelangweilt.

»Na endlich! Ich hab mich schon gefragt, ob Sie auch so was wie Temperament besitzen. Geht es Ihnen jetzt besser?«

Sosehr sie sich auch dafür hasste, aber er hatte Recht. Sie ärgerte sich, dass sie seine Gefühllosigkeit derart provoziert hatte, dass sie einen Großteil ihrer Angst und Furcht losgeworden war. »Sie können mich mal!«

»Danke für die Einladung. Doch bis es so weit ist, sollten Sie lieber einsteigen. Sie haben einen Scheißtag hinter sich.« Er hielt ihr die Beifahrertür auf. »Und noch etwas: Männer können gar nicht schnippisch sein. Dazu sind wir rein körperlich gar nicht in der Lage. Kaltschnäuzig trifft es schon eher. Das nächste Mal sollten Sie dieses Wort verwenden. Das passt viel besser.«

»Sie sind wirklich anstrengend.« Trotzdem stieg sie zu ihm in den Wagen.

»Das passt auch.«

Er knallte die Tür zu und ging dann um den Wagen herum zur Fahrerseite. Nachdem er ihren Rucksack auf den Rücksitz geworfen hatte, setzte er sich hinters Steuer.

»Haben Sie irgendwelche Freunde in Chicago?«, fragte sie. »Oder gibt's da nur Leute, die Sie anstrengend und kaltschnäuzig finden?«

»Sowohl als auch, denke ich.«

»Sollten Journalisten nicht eigentlich ein gewinnendes Auftreten haben, damit sich die Leute ihnen anvertrauen?«

»Keine Ahnung. Schließlich bin ich kein Journalist mehr.«

»Aber Schriftsteller dürfen durchaus mürrische, exzentrische Einzelgänger sein.«

»Kann schon sein. Ich hätte nichts dagegen.«

»Das kann ich mir lebhaft vorstellen«, murmelte sie, woraufhin er lachen musste. Sein Lachen überraschte sie derart, dass sie zu ihm hinübersah. Er grinste immer noch, als sie den See umrundeten. »Soso, Sie Klappergestell. Dass Sie Rückgrat haben, wusste ich schon. Schön, dass Sie auch Zähne zeigen können.«

Doch als er vor dem Angel Food hielt und sie zu ihrem Fenster hochsah, spürte sie, wie ihr Rückgrat schlappmachte und ihre Zähne klapperten. Trotzdem stieg sie aus und wollte nach ihrem Rucksack greifen, den er von seiner Seite aus jedoch bereits aus dem Wagen geholt hatte.

Und so stand sie auf dem Bürgersteig, schwankend zwischen Stolz und Panik.

»Probleme?«

»Nein. Ja. Verdammt. Jetzt, wo Sie mich ohnehin schon hergefahren haben – würde es Ihnen da was ausmachen, mich kurz hochzubegleiten?«

»Um nachzusehen, ob Michael Myers auf Sie lauert?«

»So ähnlich. Sie dürfen Ihr Kompliment in Bezug auf mein Rückgrat, falls es denn eines war, gern wieder zurücknehmen.«

Er schulterte nur ihren Rucksack und folgte ihr um das Gebäude herum. Als sie ihren Schlüssel herausgefischt und die Tür aufgesperrt hatte, stieß er sie eigenhändig auf und ging ihr voran. Das senkte seinen Unsensibilitätsquotienten. Er hatte weder gegrinst noch eine blöde Bemerkung gemacht, sondern war einfach vorausgegangen.

»Was zum Teufel machen Sie hier drin?«

»Wie bitte?«

»Kein Fernseher«, erklärte er. »Keine Stereoanlage.«

»Ich bin gerade erst eingezogen, ehrlich. Ich verbringe nicht sehr viel Zeit hier.«

Er sah sich neugierig um, und sie ließ ihn gewähren. Viel gab es ohnehin nicht zu sehen.

Das sorgfältig gemachte Bett, das Sofa, die Barhocker. Aber ihm fiel auf, dass es irgendwie feminin roch. Trotzdem konnte er keinerlei Anzeichen für den typisch weiblichen Nestbautrieb entdecken. Nichts Dekoratives, Überflüssiges, keinerlei Souvenirs von ihren Reisen.

»Schöner Laptop.« Er berührte ihn kurz.

»Sie sagten, Sie hätten Hunger.«

Er sah von ihrem Computer auf und bemerkte, wie verloren sie in dem beinahe leeren Raum wirkte. »Hab ich das?«

»Vorhin. Denn wenn, könnte ich Ihnen was zu essen machen. Als Wiedergutmachung. Dann wären wir quitt.«

Sie sagte es ganz beiläufig, aber er hatte ein gutes Gespür für andere Menschen – und diese Frau wollte noch nicht allein sein. Er war ohnehin hungrig und wusste aus eigener Erfahrung, dass sie kochen konnte.

»Was denn?«

»Hm.« Sie fuhr sich durchs Haar und warf einen Blick auf die Kochzeile. Man sah ihr an, wie sie in Gedanken sämtliche Vorräte durchging. »Ich könnte was mit Huhn und Reis improvisieren. Zwanzig Minuten?«

»Prima. Haben Sie Bier da?«

»Nein, tut mir leid. Ich hab Wein.« Sie verschwand in der Kochnische. »Einen guten Weißen. Er ist kalt gestellt.«

»Einverstanden. Frieren Sie?«

»Wie bitte?«

»Denn wenn nicht, könnten Sie Ihre Jacke ausziehen.«

Sie holte erst den Wein aus dem Kühlschrank und einen Korkenzieher. Dann nahm sie zwei Hühnerbrüste ohne Haut aus dem winzigen Gefrierfach. Sie würde sie auftauen müssen, zumindest teilweise, in der winzigen Mikrowelle, aber das ließ sich nun mal nicht ändern.

Während sie ihre Jacke nahm und nach seiner griff, die er über einen Stuhl geworfen hatte, um sie aufs Bett zu legen, machte Brody den Wein auf.

»Ich hab bloß normale Wassergläser.« Sie drehte sich um und öffnete einen der Schränke. »Ehrlich gesagt war der Wein eher zum Kochen gedacht.«

»Sie servieren mir Kochwein. Na dann: *Prost Mahlzeit!*«

»Das ist ein guter Wein«, sagte sie leicht verärgert. »Ich koche nicht mit Wein, den ich nicht auch trinken würde. Es ist ein sehr guter Pinot Grigio. Ein *Zum Wohl!* wäre angebrachter.«

Er schenkte etwas davon in ein Glas ein, das sie ihm gab. Dann griff er über ihren Kopf hinweg nach einem zweiten und schenkte nochmals ein. Er probierte und nickte. »Wie ich sehe, verstehen Sie auch etwas von Wein. Wo haben Sie das Kochen gelernt?«

Sie wandte sich ab und machte sich an die Arbeit. »Überall ein bisschen.«

»Unter anderem in Paris.«

Sie holte eine Knoblauchzehe und eine Frühlingszwiebel heraus. »Warum fragen Sie, wenn Ihnen Doc Wallace sowieso schon alles erzählt hat?«

»Ehrlich gesagt, war es Mac, und der hat es wiederum vom Doc. So ist das nun mal in so einem kleinen Ort wie hier.«

»Verstehe.« Sie nahm einen Topf heraus, um Wasser für den Reis aufzusetzen.

Brody griff nach seinem Glas, setzte sich auf einen Hocker und sah ihr beim Kochen zu. Kompetent, dachte er. Gut organisiert und gleichzeitig kreativ. Die Nervosität, die sie sonst umgab, war wie weggeblasen, sobald sie in ihrem Element war.

Sie müsste nur ein bisschen mehr von dem essen, was sie da zubereitete, und mindestens fünf Kilo zulegen. Gewicht, das sie wahrscheinlich verloren hatte, als sie, aus welchen Gründen auch immer, aus Boston geflohen war.

Wieder fragte er sich, was für einen Mord sie wohl beobachtet hatte. Und warum. Unter welchen Umständen. Sie zauberte irgendetwas aus ein paar Crackern, Streichkäse und Oliven, die sie mit etwas bestreute, das wie Paprika aussah. Dann arrangierte sie es auf einem Teller vor ihm.

»Erster Gang.« Sie schenkte ihm die Andeutung eines Lächelns, bevor sie das Huhn klein schnitt und den Knoblauch zerdrückte.

Sie hatte kaum den Reis aufgesetzt, als er auch schon die Hälfte der Cracker vertilgt hatte, die wirklich lecker schmeckten. Es duftete stark nach Knoblauch. Während er gemütlich auf seinem Hocker saß, jonglierte sie drei Töpfe gleichzeitig – das Huhn, den Reis und noch einen, in dem sie Paprika, Pilze und kleine Brokkoliröschen andünstete.

»Wie kriegen Sie das bloß hin, dass alles zur gleichen Zeit fertig wird?«

Sie warf ihm einen kurzen Blick zu, ihr Gesicht war entspannt und leicht rosig von der Wärme. »Woher wissen Sie, wann ein Kapitel fertig ist und Sie mit dem nächsten anfangen müssen?«

»Wo Sie Recht haben, haben Sie Recht. Sie sehen gut aus, wenn Sie kochen.«

»Ich koche besser als ich aussehe.« Sie rüttelte an dem Topf mit dem Gemüse und bewegte die Kasserolle mit dem Huhn ruckartig hin und her.

Wie zum Beweis drehte sie die Flamme kleiner und begann das Essen auszugeben. Sie setzte ihm seinen Teller vor, woraufhin er eine Braue hochzog. »Zwanzig Minuten. Und es duftet deutlich besser als die Suppenkonserve, die ich heute Abend aufgemacht hätte.«

»Sie haben es sich verdient.« Sie tat sich selbst auf – und zwar eine deutlich kleinere Portion –, bevor sie um die Küchenzeile herumging und sich neben ihn setzte. Zum ersten Mal griff sie nach ihrem Weinglas.

Sie prostete ihm halb zu, halb nippte sie daran. »Und? Wie ist es?«

Er nahm einen ersten Bissen und lehnte sich zurück, so als müsse er sich erst ein Urteil bilden.

»Sie haben ein interessantes Gesicht«, hob er an. »Irgendwie faszinierend, vor allem wegen Ihrer großen dunklen Augen. Die können einen gefährlichen Sog auf einen ausüben, wenn man nicht aufpasst. Aber vielleicht«, fuhr er fort, während sie ein winziges bisschen vor ihm zurückwich, »kochen Sie tatsächlich besser als Sie aussehen.«

Das anerkennende Lächeln, das jetzt auf ihrem Gesicht erschien, belehrte ihn eines Besseren. Aber er aß weiter und genoss das Essen und ihre Gesellschaft mehr, als er erwartet hatte.

»Sie können sich vorstellen, worüber da unten gerade geredet wird?«, fragte er.

»Im Joanie's?«

»Ja genau. Die Leute sehen mein Auto vor der Tür, aber sie sehen mich nicht im Lokal. Irgendjemand macht eine Bemerkung, ein anderer sagt, ich hab ihn zu Reece hochgehen sehen, zu Joanies neuer Köchin. Er ist schon eine ganze Weile da oben.«

»Oh.« Sie atmete tief durch. »Na ja, was soll's.« Dann richtete sie sich auf. »Oder macht es Ihnen was aus? Wenn über Sie geredet wird?«

»Das ist mir vollkommen egal. Und Ihnen ist es auch egal, was die Leute über Sie denken oder reden?«

»Manchmal beschäftigt mich das schon, und zwar mehr, als es sollte. Und manchmal ist es mir vollkommen egal. Zum Beispiel ist es mir vollkommen egal, dass Sie Ihre Wette mit Mac Drubber verloren haben, weil ich nicht sofort mit Lo in die Kiste bin.«

Seine Augen funkelten amüsiert, während er weiteraß.

»Da hab ich Lo wohl überschätzt. Und Sie unterschätzt.«

»Sieht ganz so aus. Aber wenn die Leute jetzt denken, wir hätten was miteinander, hört Lo vielleicht endlich damit auf, mich zum Ausgehen überreden zu wollen.«

»Belästigt er Sie?«

»Nein, das nicht. Und es ist auch schon viel besser geworden, seit ich ein ernstes Wort mit ihm gesprochen habe. Aber schaden kann es nicht. So gesehen, bin ich Ihnen noch was schuldig.«

»Ich denke auch. Vielleicht noch so eine Einladung zum Abendessen?«

»Ich ... na ja, von mir aus.« Sie zog verwirrt die Brauen zusammen. »Wenn Sie darauf bestehen.«

»Wann haben Sie Ihren nächsten freien Abend?«

»Äh ...« Meine Güte, wie hatte sie sich nur in diese Situation bringen können? »Am Donnerstag. Da hab ich Frühschicht und ab drei Uhr nachmittags frei.«

»Fantastisch. Ich komm so gegen sieben. Passt Ihnen das?«

»Um sieben, in Ordnung. Klar. Und, gibt es irgendetwas, das Sie nicht essen? Wogegen Sie allergisch sind?«

»Solange Sie keine Innereien zubereiten und erwarten, dass ich sie hinunterwürge ...«

»Kein Kalbsbries, ich verstehe.«

Und jetzt? Ihr fiel beim besten Willen kein Gesprächsthema mehr ein, kein Smalltalk. Früher hatte sie so etwas gut gekonnt. Sie hatte es genossen, sich zu verabreden, mit einem Mann essen zu gehen, sich zu unterhalten, Spaß zu haben. Aber ihr Gehirn weigerte sich schlichtweg, ihr irgendetwas in der Art vorzuschlagen.

»Er kommt, wenn er kommt.«

Sie begegnete Brodys Blick. »Wenn ich so leicht durchschaubar bin, sollte ich mir lieber eine Sonnenbrille zulegen.«

»Es ist doch nur normal, dass Ihnen die Sache nicht mehr aus dem Kopf geht. Sie haben sie verdrängt, während sie gekocht haben.«

»Er muss sie inzwischen gefunden haben. Wer auch immer das getan hat – er kann sie nicht weit weggeschafft haben, und wenn er sie vergraben hat ...«

»Es wäre einfacher, sie mit ein paar Felsen zu beschweren und in den Fluss zu werfen.«

»Oh Gott! Vielen Dank für dieses albtraumhafte Bild, das mich nachher bestimmt noch im Schlaf verfolgen wird.«

»Natürlich wird die Leiche nicht unten bleiben, nicht bei der Strömung. Irgendwann wird sie wieder hochkommen. Irgendein Angler wird dann über sie stolpern oder ein Wanderer, ein Kajaker, ein Tourist aus Omaha, was immer Sie wollen. Irgendjemand wird eine hübsche Überraschung erleben, wenn er sie findet.«

»Würden Sie bitte damit aufhören.« Aber sie runzelte die Stirn. »Selbst, wenn er etwas Derartiges tun würde, würde er Spuren hinterlassen, irgendein Indiz. Blut – er hat ihren Kopf ziemlich fest gegen den Boden geschlagen – oder niedergetrampeltes Schilf oder ... Fußabdrücke. Oder etwa nicht?«

»Wahrscheinlich schon. Er hat nicht gemerkt, dass er beobachtet wurde, also warum sollte er dann seine Spuren verwischen? Wahrscheinlich war er viel zu sehr damit beschäftigt, die Leiche zu beseitigen und abzuhauen.«

»Ja. Der Sheriff wird bestimmt etwas finden.«

Sie sprang auf, als sie Schritte auf der Treppe hörte.

»Das wird er sein«, sagte Brody leichthin und rutschte vom Barhocker, um ihm aufzumachen.

7

»Brody.« Rick nahm seinen Hut ab, als er hereinkam. »Reece.« Sein Blick streifte die Küchentheke. »Tut mir leid, wenn ich Sie beim Abendessen störe.«

»Das macht nichts, wir haben bereits gegessen.« Obwohl ihre Knie zitterten, ließ sich Reece vom Hocker gleiten. »Haben Sie sie gefunden?«

»Darf ich mich setzen?«

Wie hatte sie nur das Ritual vergessen können, das jedes Mal gleich abläuft, wenn Cops vorbeikommen? Man musste sie hereinbitten, ihnen einen Stuhl anbieten, Kaffee. Sie hatte enorme Kaffeevorräte gehabt, damals. Für Freunde. Für die Polizei.

»Tut mir leid.«

Reece zeigte auf das Sofa. »Bitte. Kann ich Ihnen etwas anbieten?«

»Nein danke.« Nachdem er sich auf dem Sofa niedergelassen hatte, legte Rick seinen Hut auf den Schoß und wartete, bis sich Reece ebenfalls gesetzt hatte. Wie schon zuvor in seiner eigenen Blockhütte blieb Brody an die Küchentheke gelehnt stehen.

Sie wusste Bescheid, bevor Rick auch nur den Mund aufmachte – sie brauchte bloß sein Gesicht zu sehen. Sie hatte gelernt, die neutrale Miene der Polizei zu durchschauen.

»Ich habe nichts gefunden.«

Und trotzdem schüttelte sie den Kopf. »Aber ...«

»Immer mit der Ruhe«, unterbrach sie Rick. »Am besten, Sie erzählen mir noch mal, was Sie genau gesehen haben.«

»Oh Gott.« Reece schlug verzweifelt die Hände vors Gesicht, presste ihre Finger gegen die Lider und ließ die Hände schließlich in den Schoß sinken. Aber natürlich. Alles noch mal von vorn. Auch das gehörte zum Ritual. »Okay.«

Sie erzählte die ganze Geschichte noch einmal, alles, woran sie sich erinnern konnte. »Er muss die Leiche in den Fluss geworfen, sie begraben haben oder ...«

»Wir werden der Sache nachgehen. Sind Sie ganz sicher, was den Schauplatz des Verbrechens betrifft?« Er sah kurz zu Brody hinüber.

»Ich hab dir die Stelle auf der Karte gezeigt, wo es laut Reece passiert ist. Gleich neben den kleinen Wasserfällen.«

»Auf der anderen Seite des Flusses«, sagte Rick in einem Ton, der genauso neutral war wie seine Miene. »Bei der Entfernung können Sie sich leicht getäuscht haben. Und zwar beträchtlich.«

»Nein. Die Bäume, die Felsen. Das Wildwasser. Ich habe mich nicht getäuscht.«

»An der besagten Stelle waren keinerlei Kampfspuren zu sehen. Nicht das Geringste.«

»Er muss sie verwischt haben.«

»Kann sein.« Aber sie hörte den Zweifel in seiner Stimme, der sich in seinen neutralen Ton eingeschlichen hatte. »Ich werd morgen früh noch mal hingehen, bei Tageslicht. Brody? Vielleicht möchtest du mich ja begleiten, damit ich auch wirklich die richtige Stelle absuche. Bis dahin werde ich ein paar Anrufe erledigen, nachprüfen, ob irgendeine Touristin oder Einwohnerin vermisst wird.«

»Es gibt ein paar Ferienhäuser in der Gegend.« Brody griff nach dem Glas Wein, das er auf der Küchentheke abgestellt hatte.

»Die der näheren Umgebung hab ich alle schon überprüft. Ich besitze selbst welche und Joanie auch. Aber zur jetzigen Jahreszeit ist kaum noch was los. Ich habe niemanden angetroffen, und nichts weist darauf hin, dass sie derzeit belegt sind. Aber auch das werde ich noch mal überprüfen. Wir gehen der Sache auf den Grund, Reece, Sie brauchen sich keine Sorgen zu machen. Brody? Willst du morgen früh mit mir mitfahren?«

»Klar, kein Problem.«

»Ich kann kurz runtergehen und Joanie fragen, ob ich morgen Vormittag freibekomme. Dann könnte ich Sie begleiten«, hob Reece an.

»Brody war ja dabei. Einer reicht. Übrigens wäre ich Ihnen sehr dankbar, wenn Sie absolutes Stillschweigen über die Sache bewahren würden. Zumindest vorerst. Wir sollten erst mal gründliche Nachforschungen anstellen, bevor es Gerüchte gibt.« Rick erhob sich und nickte Brody zu. »Wie wär's, wenn ich dich morgen früh um halb acht abhole?«

»Ich werde da sein.«

»Versucht, den restlichen Abend zu genießen. Reece, vergessen Sie die Sache vorerst. Mehr können Sie nicht tun.«

»Nein. Mehr kann ich nicht tun.« Reece blieb sitzen, als Rick seinen Hut aufsetzte und hinausging.

»Er glaubt mir nicht.«

»Das hat er nicht gesagt.«

»Sie wissen ganz genau, dass ich Recht habe.« Hilflose Wut stieg in ihr auf. »Das haben Sie doch auch gemerkt.«

Brody stellte sein Weinglas ab und kam zu ihr herüber. »Warum sollte er Ihnen nicht glauben?«

»Weil er nichts gefunden hat. Weil es niemand außer mir gesehen hat. Weil ich erst seit ein paar Wochen hier wohne. Weil, weil.«

»Ich habe genau dieselben Informationen, und ich glaube Ihnen.«

Ihre Augen brannten. Am liebsten hätte sie ihr Gesicht an seine Brust gedrückt und ihren Tränen freien Lauf gelassen. Stattdessen blieb sie sitzen und verkrampfte die Hände in ihrem Schoß.

»Danke.«

»Ich werde jetzt nach Hause fahren. Und Sie sollten den Rat des Sheriffs befolgen und die Sache vorerst aus Ihren Gedanken verbannen. Nehmen Sie eine Schlaftablette und gehen Sie ins Bett.«

»Woher wollen Sie wissen, ob ich überhaupt Schlaftabletten dahabe?«

Seine Lippen verzogen sich zu einem winzigen Lächeln. »Nehmen Sie eine Ambien und schalten Sie ab. Ich sag Ihnen dann morgen Bescheid, wie's war.«

»Prima. Danke.« Sie stand auf, um ihn zur Tür zu bringen. »Gute Nacht.«

Zufrieden darüber, sie verärgert statt deprimiert zurückgelassen zu haben, marschierte er ohne ein weiteres Wort hinaus.

Sie schloss die Tür hinter ihm ab, kontrollierte, ob sie und die Fenster verschlossen waren. Aus alter Gewohnheit wollte sie gleich in die Küche gehen, um Teller und Töpfe zu spülen, drehte sich dann jedoch um und machte ihren Laptop an.

Sie würde alles aufschreiben, einfach alles, in ihr Tagebuch.

Während Reece vor ihrer Tastatur saß, schloss Rick die Tür zu seinem Büro auf und machte das Licht an. Er hängte Hut und Mantel an die Garderobe und ging dann in den kleinen Aufenthaltsraum, um sich eine Kanne Kaffee zu machen.

Während der Kaffee durchlief, rief er zu Hause an. Wie erwartet, nahm seine Tochter nach dem ersten Klingeln ab. »Hallo Daddy! Darf ich einen Minirock zum *Spring Fling* anziehen? Einen ganz normalen Minirock, *alle anderen* haben auch einen an. Bitte.«

Er drückte die Finger in die Augenhöhlen. Noch nicht einmal dreizehn, und schon mussten es Wimperntusche und Schulpartys sein. »Was sagt denn deine Mutter dazu?«

»Sie sagt, sie denkt drüber nach. Daddy ...«

»Dann werde ich auch drüber nachdenken. Gib mir deine Mutter, Schätzchen.«

»Kannst du nicht heimkommen? Dann können wir drüber *reden.*«

Das hatte ihm gerade noch gefehlt. »Ich muss heute bis spät arbeiten, aber wir können uns morgen darüber unterhalten. Und jetzt gib mir bitte deine Mama.«

»Mom! Daddy ist am Telefon. Er muss bis spät arbeiten, und wir werden uns morgen *ganz vernünftig* über meine Wimperntusche unterhalten.«

»Danke für den Hinweis.« Sie klang eher amüsiert als genervt – wie sie das bloß aushielt, wunderte sich Rick, als Debbie Mardson in den Hörer kicherte. »Ich hab gehofft, du wärst schon auf dem Heimweg.«

»Ich sitze hier noch eine Weile im Büro fest. Keine Ahnung, wie lange das noch dauert. Warum um alles in der Welt muss dieses Mädchen Wimperntusche auftragen? Sie hat deine Augen mit den längsten Wimpern von ganz Wyoming.« Er sah sie vor sich, den langen sanften Schwung ihrer Wimpern und die kornblumenblauen Augen dahinter.

»Aus denselben Gründen wie ich – zu dünne Wimpern. Außerdem gehört so was zur Grundausstattung jeder Frau.«

»Willst du es ihr erlauben?«

»Ich denk drüber nach.«

Er rieb sich den Nacken. Er war als Mann deutlich in der Minderheit. »Erst ging es nur um Lippenstift.«

»Um Gloss«, verbesserte ihn Debbie. »Um Lipgloss.«

»Egal. Und jetzt ist es Wimperntusche. Als Nächstes will sie ein Tattoo. Das hat uns gerade noch gefehlt.«

»Ich denke, das mit dem Tattoo können wir noch eine Weile verhindern. Rufst du mich an, wenn du losfährst? Dann kann ich dir dein Essen warm machen.«

»Es könnte spät werden. Ich hab mir ein Hackbraten-Sandwich vom Joanie's geholt, also mach dir wegen mir keine Mühe. Gib den Mädels einen Kuss von mir.«

»Wird gemacht. Und stress dich nicht zu sehr, damit du bald nach Hause kommen und mich küssen kannst.«

»Ich werd mich bemühen. Deb? Ich liebe dich.«

»Ich dich auch. Bye.«

Er saß noch eine Weile da, trank seinen Kaffee, aß sein Sandwich und dachte an seine Frau sowie an seine drei Töchter. Er wollte nicht, dass seine Kleine Make-up trug. Aber er wusste jetzt schon, dass sie ihn herumkriegen würde. Seine Älteste war genauso hartnäckig wie ihre Mutter.

Seufzend stopfte er die Papierserviette in die Take-away-Tüte und warf beides weg. Während er sich eine zweite Tasse Kaffee einschenkte, ging er Reeces Zeugenaussage im Kopf noch mal durch, ließ die Details und Zeitangaben erneut Revue passieren. Kopfschüttelnd gab er Milchpulver in seinen Kaffee und nahm ihn mit in sein Büro.

Er fuhr seinen Computer hoch. Es war an der Zeit, mehr über Reece Gilmore herauszufinden, als dass sie keine Vorstrafen hatte und aus Boston stammte.

Er verbrachte mehrere Stunden mit Recherchieren, Lesen, Telefonaten und Notizen. Anschließend besaß er eine ganze Akte über sie, die er nach kurzer Überlegung in der untersten Schublade seines Schreibtischs verschwinden ließ.

Es war schon spät, als er das Büro verließ, und er fragte sich, ob seine Frau wohl noch auf war.

Als er am Angel Food vorbeifuhr, bemerkte er, dass in der Wohnung im ersten Stock noch Licht brannte.

Um sieben Uhr früh, als Reece versuchte, sich auf die Zubereitung von Buttermilchpfannkuchen und Spiegeleiern zu konzentrieren, bewaffnete sich Brody mit einer Thermoskanne Kaffee und stieg zu Rick in den Wagen.

»Morgen. Danke, dass du mitfährst, Brody.«

»Kein Problem. Ich verbuche das unter Recherche.«

Rick lächelte kurz. »Wir scheinen es in der Tat mit einer Art Krimi zu tun zu haben. Wie viel Zeit, sagtest du, ist vergangen, nachdem Reece das Verbrechen beobachtet haben will und du mit ihr zu der Stelle zurück bist?«

»Ich weiß nicht, wie lange sie von da oben bis zu mir gebraucht hat. Sie ist gerannt, und ich war schon am Aufsteigen. Nicht mehr als zehn Minuten, würde ich sagen. Dann sind etwa fünf Minuten verstrichen, bis wir wieder dorthin aufgebrochen sind, und noch mal zehn, fünfzehn Minuten, bis wir dort waren.«

»Und in welcher Verfassung war sie, als du sie gesehen hast?«

»Na wie man es halt von einer Frau erwartet, die gerade mitansehen musste, wie eine andere Frau erwürgt wurde«, sagte Brody spürbar gereizt.

»Verstehe. Denk jetzt bitte nicht, dass ich schwer von Begriff bin, Brody. Aber ich muss die Sache auch aus einer anderen Perspektive betrachten. Ich möchte wissen, ob ihre Angaben logisch waren, ob sie klar bei Verstand war.«

»Nachdem ein paar Minuten vergangen waren, schon. Vor allem, wenn man bedenkt, dass sie keine Möglichkeit hatte, Hilfe zu holen, und zum ersten Mal auf diesem Weg unterwegs war. Dass sie allein war, geschockt, verängstigt und hilflos, als sie die Sache beobachtet hat.«

»Mit einem Fernglas, auf der anderen Seite des Snake River.« Rick hob die Hand. »Kann gut sein, dass es genau so gewesen ist, wie sie es behauptet. Aber ich kann auch die Fakten nicht ignorieren, die Tatsache, dass es keine Spuren gibt. Bist du dir absolut sicher, dass sie sich nicht geirrt hat? Vielleicht hat sie ein paar Leute streiten sehen, vielleicht sogar den Mann, der die Frau geschlagen hat.«

Brody hatte am Vorabend lange darüber nachgedacht. War jedes Detail Punkt für Punkt durchgegangen. Aber er erinnerte sich noch gut an ihr schweißbedecktes, blasses Gesicht, an ihre riesigen, glasigen, dunklen Augen.

Eine Frau reagiert nicht derart schockiert, wenn sie einen Streit zwischen Fremden beobachtet. »Ich glaube, dass ihre Schilderungen der Realität entsprechen. Dass das, was sie mir auf dem Wanderweg und dir dreimal während ihrer Zeugenaussage gesagt hat, absolut wahr ist. Sie hat sich dabei nie widersprochen, kein einziges Mal.«

Rick blies die Backen auf. »Da hast du auch wieder Recht. Habt ihr was miteinander?«

»Wie meinst du das?«

Rick lachte auf. »Ich mag dich, Brody. Du bist wirklich nicht blöd. Ich will wissen, ob was zwischen euch läuft.«

»Was macht das schon für einen Unterschied?«

»Bei einer Ermittlung kommt es auf jede Information an.«

»Warum fragst du nicht gleich, ob ich mit ihr schlafe?«

»Nun ja, ich wollte nicht allzu unhöflich sein«, sagte Rick mit einem unmerklichen Grinsen. »Aber gut: Schläfst du mit ihr?«

»Nein.«

»Verstehe«, entgegnete er.

»Und was, wenn ich Ja gesagt hätte?«

»Dann hätte ich diese Information berücksichtigt, wie sich das für einen gewissenhaften Gesetzeshüter gehört. Dein Privatleben geht mich nichts an, Brody. Ganz abgesehen davon, dass sich hier so was ohnehin gleich rumspricht. Es gibt nichts Interessanteres als Sex – und zwar unabhängig davon, ob man ihn selbst hat oder nur über andere redet, die welchen haben.«

»Ich habe lieber welchen, anstatt darüber zu reden.«

»Kann ich mir gut vorstellen.« Wieder ein unmerkliches Grinsen. »Da geht's mir auch nicht anders.«

Sie fuhren eine Weile schweigend weiter, bis Rick am Straßenrand hielt.

»Von hier aus kommt man am besten zu der Stelle am Fluss, die du mir auf der Karte gezeigt hast.«

Brody schulterte einen kleinen Rucksack. Selbst bei einer so kurzen Wanderung sollte man immer das Nötigste dabeihaben. Sie kämpften sich durch Wüstenbeifuß und Wald. Dort entdeckte Brody auf dem feuchten Boden Wild- und Bärenspuren – und etwas, das er für Ricks Stiefelabdrücke vom Vortag hielt.

»Es gibt keine menschlichen Fußspuren, die zum Fluss führen«, erklärte Rick. »Die hier sind meine von gestern. Natürlich könnten die beiden auch aus einer anderen Richtung gekommen sein, aber ich habe mich gründlich umgesehen. Eine Leiche muss schließlich beseitigt werden. Man kann sie in den

Fluss werfen – das wäre eine plausible, instinktive Panikreaktion.«

Er lief langsam und suchte Boden und Bäume ab. »Oder aber man vergräbt sie. Aber dann würde man jede Menge Spuren hinterlassen, Brody. Es bringt nichts, die Leiche erst weit wegzuschleifen. Und ein Grab auszuheben, ist anstrengender, als man denkt.«

Er stemmte die Hände in die Hüften, während ein Handballen träge auf dem Kolben seiner Dienstwaffe ruhte. »In diesem Fall müsste etwas zu sehen sein, außerdem würden die Wildtiere schnell Witterung aufnehmen. Überzeug dich selbst, es gibt keinerlei Anzeichen dafür, dass hier gestern jemand war. Deshalb frage ich dich noch mal: Kann es sein, dass du mir eine falsche Ortsangabe gegeben hast?«

»Nein.«

Sie liefen zwischen Zirbelkiefern, Heidelbeer- und Holunderbeersträuchern hindurch nach Nordwesten zum Fluss. Wie Brody bemerkte, war der Boden noch feucht vom Tau. Er hätte menschliche Fußspuren aufweisen müssen und nicht nur die von Wild und Mäusen. Obwohl er Tierfährten entdecken konnte, sah er keinerlei menschliche Fußabdrücke. Sie umrundeten ein Gesträuch, und Brody blieb stehen, um es sich genauer anzusehen. Er ging in die Hocke, hielt nach irgendwelchen Indizien Ausschau, während Rick wartete.

»Ich nehme an, das hast du gestern auch schon getan.«

»Stimmt«, bestätigte Rick. »Hier kann man im Sommer gut Beeren sammeln«, fügte er beiläufig hinzu. »Hier wachsen Heidelbeeren, Bärentrauben.« Er schwieg kurz und sah in die Richtung, aus der es bereits nach Fluss roch. »Brody, angenommen, hier hätte jemand eine Leiche verschwinden lassen wollen. Dann müsste er auch Spuren hinterlassen haben. Selbst die Tiere müssten mittlerweile Wind davon bekommen haben.«

»Ja, da hast du Recht.« Brody kam wieder hoch. »Das ist sogar einem Städter wie mir klar.«

Trotz der Umstände musste Rick grinsen. »Für einen Städter machst du dich ziemlich gut in unserer abgelegenen Gegend.«

»Wie lange muss ich denn noch hier leben, um das Städter-Image loszuwerden?«

»Vielleicht verblasst es ein wenig, wenn du schon zehn, fünfzehn Jahre unter der Erde liegst.«

»Das hätte ich mir denken können«, sagte Brody, als sie sich wieder in Bewegung setzten. »Allerdings bist du auch nicht hier geboren«, sagte er dann, »sondern ein Soldatenbalg.«

»Da sich meine Mutter noch vor meinem zwölften Geburtstag in Cheyenne niedergelassen hat, habe ich dir gegenüber einen entscheidenden Vorsprung. Ich kenn mich hier aus. Hör mal, die Wasserfälle.«

Ein tiefes Rauschen drang durch das Espenlaub, die Zitterpappeln und Purpurweiden. Die Sonne wurde stärker, bis Brody ihre Reflexe auf dem Wasser sah. Dahinter lag der Canyon und die Stelle hoch oben auf der anderen Seite, wo er mit Reece gewesen war.

»Dort hat sie gesessen, als sie den Mord beobachtet hat.«

Brody schirmte die Augen ab und zeigte über die Felsen.

Es war kühler hier, dachte Brody, kühler, so nah neben dem Wasser, während der Wind in den Bäumen seufzte. Aber doch sonnig genug, dass er seine Sonnenbrille aus dem Rucksack holte.

»Das ist aber gehörig weit weg, Brody.« Rick holte seinen Feldstecher hervor und richtete ihn auf den Punkt, den Brody ihm gewiesen hatte. »Das ist verdammt weit weg«, wiederholte er. »Außerdem blendet es ganz schön um diese Tageszeit. Die Sonne wird vom Wasser reflektiert.«

»Rick, wir haben uns doch immer ganz gut verstanden, während der letzten Jahre.«

»Ja, das stimmt.«

»Deshalb frage ich dich jetzt mal ganz direkt: Warum glaubst du ihr nicht?«

»Eins nach dem anderen: Sie ist da oben, sieht hier unten einen Mord, rennt den Weg zurück und begegnet dir. Und was macht der Kerl in der Zwischenzeit mit der Leiche? Wenn er sie in den Fluss geworfen hat, muss sie irgendwann wieder hochkommen. Und dürfte mittlerweile längst entdeckt worden sein. Viel Zeit blieb ihm nicht, die Leiche mit Steinen zu beschweren, dir zufolge vielleicht gerade mal eine halbe Stunde. Für so etwas braucht man Zeit – mehr, als ihr meiner Meinung nach benötigt habt, um wieder bis zu jener Stelle zurückzugehen.«

»Er kann sie hinter die Felsen da geschleift haben oder zwischen die Bäume. Das hätten wir von der anderen Flussseite aus unmöglich sehen können. Vielleicht ist er anschließend los und hat eine Schaufel geholt oder ein Seil. Keine Ahnung.«

Rick seufzte kurz auf. »Siehst du irgendeinen Hinweis, dass jemand hier rumgetrampelt ist, eine Leiche hinter sich hergeschleift und sie vergraben hat?«

»Nein, bisher nicht. Noch nicht.«

»Wir beide werden uns hier gründlich umsehen, genau wie ich gestern. Es gibt keinerlei Anzeichen dafür, dass hier jemand verscharrt worden ist. Er kann sie also nur weggeschleift oder fortgetragen haben, zu einem Auto oder einer Blockhütte. Das ist aber ganz schön weit, wenn man eine schwere Leiche mitschleppen muss und dabei keine einzige Spur hinterlässt.«

Er wandte sich wieder an Brody. »Du sagst, du bist dir ganz sicher, dass es hier gewesen sein muss. Und ich sage dir, dass ich hier nichts entdecken kann, was belegt, dass jemand hier gewesen ist, geschweige denn, dass hier jemand eine Frau zu Boden geschlagen und erwürgt hat.«

Seinen logischen Argumenten war nur wenig entgegenzusetzen. Trotzdem. »Er hat seine Spuren verwischt.«

»Vielleicht. Aber wann, bitte schön, soll das gewesen sein? Er hat sie also weggeschleift, sie außer Sichtweite gebracht und kam dann zurück, um seine Spuren zu verwischen – obwohl er gar nicht wissen konnte, bei dem Mord beobachtet worden zu sein.«

»Vorausgesetzt, er hat Reece nicht gesehen.«

Jetzt holte Rick seine eigene Sonnenbrille hervor, sah erst auf das Wasser und dann hoch zu dem Wanderweg. »Na gut, sagen wir, er hat sie gesehen. Er hat es geschafft, in der halben Stunde, die ihm noch blieb, von der Bildfläche zu verschwinden. Vielleicht hatte er dazu auch vierzig Minuten Zeit. Trotzdem, sehr überzeugend hört sich das für mich nicht an.«

»Glaubst du, sie lügt? Glaubst du, sie hat sich das Ganze einfach nur ausgedacht? Aber warum sollte sie?«

»Ich glaube nicht, dass sie lügt.« Rick schob seinen Hut in den Nacken und kratzte sich die Stirn. »So einfach ist das nicht, Brody. Als ich euch gestern erst bei dir und dann bei ihr gesehen habe, dachte ich, ihr hättet was miteinander. Ich dachte, du wüsstest Bescheid über sie.«

»Bescheid über was?«

»Lass uns unseren Rundgang hier beenden, dabei erzähl ich dir alles. Und ich gehe davon aus, dass du alles, was ich dir jetzt sage, für dich behältst. Vermutlich gehörst du zu den wenigen hier in der Gegend, die dazu überhaupt fähig sind.«

Während sie weitergingen, ließ Brody den Boden nicht aus den Augen und musterte das Niederholz. Er musste sich eingestehen, dass er Rick nur allzu gern eines Besseren belehrt hätte.

Mit anderen Worten: Ihm wäre lieber, eine Frau war tot, als dass sich eine andere geirrt hatte.

Aber er wusste einfach noch zu gut, wie verstört sie ausgesehen hatte, wie schwer es ihr gefallen war, während des langen Rückwegs nicht die Nerven zu verlieren. Und wie einsam und verloren sie in ihrem beinahe leeren Apartment gewirkt hatte.

»Ich hab Nachforschungen über sie angestellt.« Als Brody stehen blieb und die Augen zusammenzog, schüttelte Rick den Kopf. »Das gehört zu meinem Job. Jemand Neues kommt her und lässt sich bei uns nieder. Dann will ich wissen, ob derjenige sauber ist. Bei dir hab ich genau dasselbe gemacht.«

»Und, habe ich die Prüfung bestanden?«

»Habe ich dir gegenüber jemals auch nur ein Wort darüber verloren?« Er schwieg und wies mit dem Kinn nach links. »Das ist die Rückseite von einem von Joanies Ferienhäusern. Es ist das nächstgelegene, und wir haben etwa zehn Minuten gebraucht, um hierher zu kommen. Wir sind flott gelaufen und mussten keine Leiche mitschleppen. Mit einem Fahrzeug näher heranzukommen ist unmöglich. Außerdem müsste es sonst Reifenspuren geben.«

»Bist du rein und hast nachgesehen? In das Ferienhaus?«

»Nur weil ich eine Dienstmarke habe, heißt das noch lange nicht, dass ich fremden Besitz betreten darf. Aber ich habe mich umgesehen, durch die Fenster geschaut. Die Türen sind verschlossen. Ich bin auch zu den anderen beiden Häusern hier in der Nähe, von denen eines mir gehört. Darin habe ich nachgeschaut. Nichts.«

Sie liefen trotzdem weiter, erreichten das Ferienhaus, umrundeten es.

»Reece ist sauber, falls es dich interessiert«, fuhr Rick fort, während Brody durch eines der Fenster in die Blockhütte linste. »Aber sie war vor ein paar Jahren in etwas verwickelt.«

Brody trat einen Schritt zurück und wählte seine Worte mit äußerster Sorgfalt. »Verwickelt in was?«

»In ein Massaker in einem Restaurant, in dem sie in Boston gearbeitet hat. Sie war die einzige Überlebende. Sie wurde zweimal angeschossen.«

»Das ist ja furchtbar.«

»Ja. Man hat sie für tot gehalten und in einer Art Abstellkammer liegen lassen. Ich hab mir die Details von einem Cop aus Boston geben lassen, der den Fall bearbeitet hat. Sie war in der Küche, die anderen waren alle im Speisesaal. Sie hat Schreie gehört, Schüsse – soll noch versucht haben, nach ihrem Handy zu greifen. Einer der Männer kam rein und hat auf sie geschossen. An viel mehr kann oder konnte sie sich nicht erinnern. Sie konnte ihn nicht genau erkennen, flog rückwärts in die Abstellkammer und wurde dort liegen gelassen, bis sie die Cops ein paar Stunden später fanden. Der, mit dem ich gesprochen habe, meinte, sie hätte beinahe nicht überlebt. Nach der OP lag sie eine gute Woche im Koma, anschließend hatte sie Gedächtnislücken. Ihre geistige Verfassung war nicht viel besser als ihre körperliche.«

Nichts, was er sich vorgestellt hatte, reichte an diese Schilderungen heran. »Wie ist so was bloß möglich?«

»Was ich damit sagen will, ist, dass sie einen Nervenzusammenbruch hatte. Sie war ein paar Monate in der Psychiatrie. Sie konnte der Polizei einfach nicht genügend Details oder Beschreibungen liefern. Die Täter, die all diese Leute umgebracht haben, wurden nie gefasst. Und dann ist sie von der Bildfläche verschwunden. Der leitende Ermittler hat im ersten Jahr danach mehrfach Kontakt zu ihr aufgenommen. Als er es das letzte Mal versucht hat, war sie umgezogen, ohne eine neue Adresse zu hinterlassen. Sie hat Familie – eine Großmutter –, aber die konnte ihm auch nur sagen, dass Reece verschwunden sei und nicht vorhatte, zurückzukommen.«

Rick blieb stehen und ließ den Blick konzentriert über die Umgebung schweifen. Dann machte er kehrt und trat den Rückweg an. Ein Teichrohrsänger sang sein schnelles, schrilles Lied. »Ich kann mich sogar selbst noch vage daran erinnern – die Morde kamen in den überregionalen Nachrichten. Damals dachte ich noch, Gott sei Dank leben wir hier draußen und nicht in der Großstadt.«

»Klar, denn Waffen gibt es hier ja keine.«

Ricks Kiefermuskeln spannten sich an. »Die Leute hier legen eben Wert auf ihr verfassungsmäßig verbrieftes Recht, Waffen zu tragen. Und sie respektieren die Verfassung, wenn ich das einem Großstädter gegenüber noch mal in Erinnerung rufen darf.«

»Du hast das Wörtchen ›scheißliberal‹ vergessen.«

»Ich wollte höflich sein.«

»Aber ja doch«, sagte Brody milde, »du rechtsextremer Irrer, du.«

Rick lachte donnernd. »Keine Ahnung, wie ich es schaffe, mit einem derart elitären Großstadtmenschen befreundet zu sein.« Er legte den Kopf schräg. »Komisch, dass du gar nichts davon gehört hast, Brody. So als Großstadt-Reporter ...«

Brody dachte nach. Das Ganze war passiert, nachdem er die Zeitung verlassen hatte. Damals hatte er seine Wut erst einmal in der Sonne Arubas herausgeschwitzt. Er hatte so gut wie acht Wochen lang keine Zeitung gelesen und CNN boykottiert, rein aus Prinzip.

»Nachdem ich der *Tribune* den Rücken gekehrt hab, hab ich mir erst mal für ein paar Monate eine Auszeit gegönnt.«

»Und danach, nehme ich an, war das Medieninteresse bereits wieder verflogen. Es gibt schließlich immer wieder etwas Neues, mit dem man die Zuschauer bombardieren kann.«

»Laut Verfassung kommt das Recht auf Pressefreiheit vor dem Recht auf Waffenbesitz.«

»Leider kann ich da nur sagen, leider. Aber um wieder auf Reece zurückzukommen: Das ist ein ziemlicher Albtraum, den sie da erlebt hat. Und es wäre nicht verwunderlich, wenn sie sich noch nicht ganz davon erholt hätte.«

»Du meinst also, sie hat sich den Mord bloß eingebildet? Vergiss es, Rick.«

»Vielleicht ist sie ja eingeschlafen, für ein paar Minuten weggenickt und hat schlecht geträumt. Der Cop, der den Fall bearbeitet hat, meinte, sie sei anfällig für so was. Es ist ganz schön weit bis da oben für eine Anfängerin, und sie wird müde gewesen sein, als sie ihren Rastplatz erreicht hat. Vielleicht war ihr auch schwindelig. Laut Joanie isst das Mädchen kaum etwas, außer man setzt ihr einen Teller direkt vor die Nase. Darüber hinaus ist sie extrem ängstlich. Im Hotel hat sie die Kommode vor die Tür zum Nebenzimmer geschoben und sie während ihres gesamten Aufenthalts dort gelassen. Sie hat nie ausgepackt.«

»Sie mag übervorsichtig sein, aber verrückt ist sie nicht.«

»Moment mal, Brody, ich habe nie behauptet, dass sie verrückt ist. Aber ich halte es für wahrscheinlich, dass sie psychisch immer noch ein bisschen angeschlagen ist.« Er hob sofort entschuldigend die Hände. »Oder besser gesagt, ein bisschen labil ist. So seh ich das Ganze, denn viel mehr gibt es nun mal nicht zu sehen. Nicht, dass ich der Sache nicht weiter nachgehen werde, aber nach dem jetzigen Stand der Dinge habe ich nicht vor, die Bundesstaatspolizei einzuschalten. Für die gibt es hier nichts zu tun. Ich werde Nachforschungen anstellen, ob jemand vermisst wird, und sehen, ob die Beschreibung auf die Frau passt, die sie mir geschildert hat. Mehr kann ich nicht tun.«

»Und das willst du ihr genau so sagen? Dass du nicht mehr tun kannst?«

Rick nahm seinen Hut ab und fuhr sich mit den Fingern durchs Haar. »Siehst du, was ich hier sehe? Mit anderen Worten rein gar nichts? Wenn du noch Zeit hast, hätte ich gern, dass du mich zu den anderen Ferienhäusern begleitest, um sie zu kontrollieren.«

»Ich habe Zeit. Aber warum ich und nicht einer von deinen Leuten?«

»Du warst bei ihr.« Rick schob defensiv seinen Hut in den Nacken. »Wir werden dich als Nebenzeugen angeben.«

»Versuchst du hier gerade deinen Arsch zu retten, Rick?«

»Wenn du es so nennen willst«, sagte Rick ohne jeden Groll. »Hör zu, ich glaube, dass sie wirklich davon überzeugt ist, etwas gesehen zu haben. Aber es gibt keinerlei Beweise dafür. Meiner Meinung nach ist sie eingeschlafen und hatte einen Albtraum – ist doch durchaus möglich. Ich will es ihr wahrhaftig nicht noch schwerer machen, als sie es ohnehin schon hat, aber ich muss mich an die Fakten halten. Und Fakt ist, dass es hier keinerlei Anzeichen für ein Verbrechen gibt. Keinerlei Anzeichen dafür, dass hier überhaupt irgendjemand war, jedenfalls nicht innerhalb der letzten vierundzwanzig Stunden. Wir werden auf dem Rückweg noch einen kleinen Umweg machen und die anderen Ferienhäuser in der Gegend kontrollieren. Sobald wir auch nur das Geringste finden, werde ich sofort die Bundesstaatspolizei benachrichtigen und die Sache weiterverfolgen. Ansonsten kann ich nicht mehr tun, als ihre Aussage regelmäßig mit der Vermisstenliste abzugleichen.«

»Du glaubst ihr einfach nicht.«

»Bei dieser Beweislage, Brody?« Rick sah über den Fluss, hoch zu den Felsen. »Nein, nicht mit Sicherheit.«

Als der Frühstücksbetrieb vorbei war, begann Reece, die Tagessuppe vorzubereiten. Sie dünstete Bohnen, Schinkenwürfel, klein geschnittene Zwiebeln. Im Joanie's gab es keine frischen Kräuter, also musste sie sich wohl oder übel mit getrockneten behelfen.

Dabei würde das Ganze mit frischem Basilikum und Rosmarin wesentlich besser schmecken. Und frisch gemahlener schwarzer Pfeffer wäre auch eine erhebliche Verbesserung im Vergleich zu diesem verdammten grauen Pulver aus dem Glas im Regal. Und wie um alles in der Welt sollte sie bloß mit Knoblauchpulver kochen? Sie wünschte, sie hätte etwas Meersalz. Und konnte man hier um diese Jahreszeit nicht irgendwo Tomaten auftreiben, die nach etwas *schmeckten*?

»Immer was zu meckern, was?« Joanie lief zum Topf hinüber und roch daran. »Ich find's gut.«

Reece musste sich eingestehen, dass sie schon wieder Selbstgespräche geführt hatte. »Tut mir leid, ist schon in Ordnung. Ich hab bloß schlechte Laune.«

»Das hab ich bereits heute Morgen gemerkt, und jetzt durfte ich es auch mitanhören. Das ist nun mal kein Cordon-bleu-Restaurant hier. Wenn du was Exklusives willst, hättest du lieber Jackson Hole anpeilen sollen.«

»Ist schon gut. Es tut mir leid.«

»Es tut dir leid? Besitzt du denn gar kein Rückgrat?«

»Früher einmal. Das ist immer noch in Reparatur.«

Was auch immer der Grund für ihre schlechte Laune war, Reeces Blick und ihre unbeherrschten Bewegungen waren Besorgnis erregend. »Habe ich dir nicht gesagt, dass du die Suppe heute selbst bestimmen darfst?« Joanies Ton war bewusst forsch. »Wenn du was möchtest, was wir nicht haben, dann mach eine Liste. Ich kümmere mich dann um die Bestellung oder zieh sie zumindest in Erwägung. Aber wenn dir der Mumm fehlt, danach zu fragen, brauchst du dich anschließend nicht zu beschweren.«

»Okay.«

»Meersalz.« Joanie schnaubte verächtlich auf, durchquerte die Küche und schenkte sich eine Tasse Kaffee ein. Von ihrer jetzigen Warte aus konnte sie Reece eingehend mustern, ohne dass es zu sehr auffiel. Ihr fiel auf, dass das Mädchen ziemlich blass war und dunkle Ringe unter den Augen hatte.

»Sieht nicht so aus, als ob dir der freie Tag gut getan hätte.«

»Hat er auch nicht.«

»Mac sagt, du wärst den Little Angel Trail hochgewandert.«

»Ja.«

»Er hat dich mit Brody zurückkommen sehen.«

»Wir ... sind uns beim Wandern begegnet.«

Joanie nippte vorsichtig an ihrem Kaffee. »So wie deine Hände zittern, schneidest du dir eher deine Hand in Stücke statt diese Karotten da.«

Reece ließ das Messer sinken und drehte sich um. »Joanie, ich hab ...« Sie brach ab, als Brody ins Diner kam. »Darf ich meine Pause nehmen?«

Da ist irgendwas im Busch, dachte Joanie, als sie sah, wie Brody abwartend stehen blieb. Oder irgendetwas schiefgelaufen. »Na geh schon.«

Reece rannte zwar nicht um den Tresen herum, aber sie beeilte sich und ließ Brodys Gesicht dabei nicht aus den Augen. Ihr Herz klopfte zum Zerspringen. Und sie streckte die Hand nach ihm aus, obwohl sie noch zwei Schritte von seiner entfernt war.

»Habt ihr irgendwas ...«

»Lass uns rausgehen.«

Sie nickte nur, da er sie bereits zur Tür zog. »Habt ihr sie gefunden?«, wiederholte Reece. »Jetzt reden Sie doch schon. Weiß man, wer sie ist?«

Er lief weiter und hatte nach wie vor ihren Arm gepackt, bis sie um das Gebäude herumgegangen waren und am Fuß der Treppe zu Reeces Apartment standen.

»Wir haben rein gar nichts gefunden.«

»Aber ... er muss sie in den Fluss geworfen haben.« Sie hatte sich die Szene in der Nacht immer wieder vorgestellt. »Oh, Gott, er hat ihre Leiche in den Fluss geworfen.«

»Ich habe nicht gesagt, dass wir niemanden gefunden haben. Ich sagte, wir haben rein gar nichts gefunden.«

»Er muss sie ...« Sie bremste sich und atmete scharf ein. Danach wählte sie ihre Worte mit äußerster Sorgfalt. »Ich verstehe nicht.«

»Wir sind zu der von Ihnen bezeichneten Stelle gegangen, dahin, wo Sie sie angeblich gesehen haben. Wir haben das ganze Gebiet von dort bis zur Straße und wieder zurück abgesucht, in alle Richtungen. Wir sind zu den fünf nächstgelegenen Ferienhäusern gegangen. Sie sind leer, und nichts spricht dafür, dass sie bewohnt waren.«

Übelkeit erfasste sie. »Sie müssen ja nicht in einem Ferienhaus gewohnt haben.«

»Nein. Aber irgendwie müssen sie ja an die von Ihnen beschriebene Stelle gekommen sein. Doch es gab keinerlei Spuren, keinerlei Anhaltspunkte dafür.«

»Ihr wart am falschen Ort.«

»Nein, waren wir nicht.«

Sie schlug die Arme um ihren Körper, aber es war nicht der kühle Frühlingswind, der sie frösteln ließ. »Das kann einfach nicht sein. Sie waren da. Sie haben gestritten, sind handgreiflich geworden, er hat sie umgebracht. Ich hab's genau gesehen.«

»Das bezweifle ich ja auch gar nicht. Ich sage nur, dass es da draußen keinerlei Anhaltspunkte dafür gibt.«

»Er wird damit davonkommen. Er wird einfach weiterleben, als ob nichts geschehen wäre.« Reece ließ sich kraftlos auf die Treppe sinken. »Weil ich die Einzige bin, die ihn gesehen hat, aber ich habe nicht genug gesehen, konnte nichts tun.«

»Glauben Sie wirklich, alles dreht sich nur um Sie?«

Jetzt sah sie auf und schwankte zwischen Schock und Selbstmitleid. »Wie würden Sie sich jetzt an meiner Stelle fühlen? Wahrscheinlich würden Sie bloß die Achseln zucken. Na ja, ich hab getan, was ich tun konnte – am besten, ich trink ein Bier und leg mich in die Hängematte.«

»Für ein Bier ist es vielleicht noch ein bisschen zu früh. Der Sheriff wird die Vermisstenliste durchgehen. Er fährt zu dieser Ferienranch, klappert die *Bed & Breakfasts* ab sowie weitere, entlegenere Ferienwohnungen und Zeltplätze. Haben Sie vielleicht eine bessere Idee?«

»Es gehört nicht zu meinem Job, eine bessere Idee zu haben.«

»Zu meinem auch nicht.«

Sie erhob sich. »Warum hat er mir das nicht selbst gesagt? Weil er glaubt, dass ich gar nichts gesehen habe«, beantwortete sie ihre Frage, bevor er etwas sagen konnte. »Er glaubt, ich habe mir das alles bloß eingebildet.«

»Wenn Sie wissen wollen, was er denkt, müssen Sie ihn das schon selbst fragen. Ich kann nur sagen, was ich weiß.«

»Ich will selbst dort rausfahren, es mit eigenen Augen sehen.«

»Ganz wie Sie wollen.«

»Ich weiß nicht, wie man da hinkommt. Und auch wenn Sie der Letzte sind, den ich um einen gottverdammten Gefallen bitten möchte – Sie sind nun mal der Einzige, von dem ich mit

Sicherheit weiß, dass er die Frau nicht umgebracht hat. Außer Sie haben die Gabe zu fliegen. Ich hab um drei frei. Sie können mich hier abholen.«

»Ach ja?«

»Ja, das können Sie. Und das werden Sie auch. Denn die Sache lässt Sie genauso wenig los wie mich.« Sie griff in ihre Hosentasche, zog einen verblichenen, zerknitterten Zehndollarschein hervor, den sie ihm in die Hand drückte.

»Hier, bitte schön. Das dürfte die Benzinkosten decken.«

Sie ließ ihn einfach stehen und lief davon, während er halb amüsiert, halb verärgert auf den Zehndollarschein starrte.

8

Reece stellte die Flamme höher, um die Suppe zum Kochen zu bringen. Und da sie ebenfalls vor Wut kochte, beschloss sie, gleich eine Einkaufsliste mit unverzichtbaren Lebensmitteln anzufertigen.

Egal, ob Fünf-Sterne-Restaurant, Kleinstadt-Diner oder Privathaushalt: Nahrung bleibt Nahrung, warum sollte man sie also nicht perfekt zubereiten?

Sie erledigte ein paar Bestellungen für Gäste, die aus ihr unerfindlichen Gründen schon vor zwölf Uhr dringend einen Büffelburger wollten. Zwischen den Bestellungen machte sie sich daran, die Küche zu schrubben. Sie begann mit dem Inneren der Schränke.

Sie kniete gerade auf dem Boden und wischte den Bereich unter der Spüle aus, als Linda-Gail neben ihr in die Hocke ging. »Hast du vor, uns hier alle schlecht dastehen zu lassen?«

»Nein. Ich beschäftige mich nur.«

»Wenn du hier fertig bist, kannst du gern zu mir nach Hause kommen und dich dort weiterbeschäftigen. Bist du wütend auf Joanie?«

»Nein. Ich bin wütend auf die ganze Welt. Auf diese beschissene, kaputte Welt.«

Linda-Gail sah sich kurz um und senkte die Stimme. »Hast du deine Tage?«

»Nein.«

»Ich frag ja nur, weil ich ein, zwei Tage im Monat ebenfalls eine Stinkwut auf diese beschissene, kaputte Welt bekomme. Kann ich irgendwas für dich tun?«

»Kannst du die letzten vierundzwanzig Stunden einfach ungeschehen machen?«

»Ich fürchte nein.« Sie gab Reece einen liebevollen Klaps auf den Po. »Aber ich hab Schokolade in meiner Handtasche.«

Reece seufzte laut auf und ließ ihren Putzlappen in den Eimer mit dem Seifenwasser fallen. »Was für eine Schokolade?«

»Die kleinen Täfelchen in Goldfolie, die man in Hotels aufs Kopfkissen gelegt bekommt. Maria, das Zimmermädchen, ist meine Dealerin.«

Reece verzog das Gesicht zu einem gequälten Lächeln. »Die sind nicht schlecht. Danke, vielleicht ...«

»Reece.« Joanies kurz angebundener, sachlicher Ton sorgte dafür, dass Reeces Kopf wieder von unter der Spüle auftauchte. »Komm mal eine Minute mit in mein Büro.«

Reece und Linda-Gail sahen sich kurz an, wobei in Linda-Gails Augen tiefes Mitleid stand. Dann erhob sich Reece und folgte Joanie in das kleine Büro.

»Mach die Tür zu. Gerade hat mich mein Sohn angerufen. Der Sheriff war anscheinend draußen auf der Ranch und hat

Fragen gestellt. Er scheint nach einem Paar zu suchen beziehungsweise nach einer Frau, die eventuell vermisst wird. Lo bekam nicht allzu viel aus ihm heraus, aber er ist schließlich nicht blöd und kann zwei und zwei zusammenzählen.«

Sie drehte sich zu dem kleinen Bürofenster um und schob es hoch, bevor sie ihre Zigaretten aus der Schürzentasche holte. »Rick meint, irgendjemand hätte gesehen, wie der Frau was zugestoßen ist. Und dass dieser Jemand auf dem Little Angel Trail unterwegs war und etwas auf der anderen Seite des Flusses beobachtet haben will. Und da ich auch nicht ganz blöd bin, dachte ich, dieser Jemand könntest du sein.«

»Der Sheriff hat mich gebeten, nichts zu sagen, bis er Nachforschungen angestellt hat, aber da er sowieso nichts findet ... Ich habe gesehen, wie ein Mann eine Frau umgebracht hat. Ich habe gesehen, wie er sie erwürgt hat, aber ich war zu weit weg, um ihr zu helfen. Ich war zu weit weg, um auch nur das Geringste unternehmen zu können. Und jetzt finden sie keinerlei Anhaltspunkte dafür, so als sei nichts geschehen.«

Joanie stieß eine Rauchwolke aus. »Was für eine Frau?«

»Keine Ahnung. Ich habe sie nicht erkannt, ich konnte sie, oder besser ihr Gesicht, nicht so genau sehen. Und seines auch nicht. Aber ich hab gesehen, dass ...«

»Jetzt werd bitte nicht hysterisch.« Joanie blieb unverändert sachlich. »Setz dich, wenn's sein muss, aber werd nicht hysterisch.«

»Gut. Einverstanden.« Reece setzte sich zwar nicht, wischte sich aber mit den Handballen die Tränen aus dem Gesicht. »Ich hab die beiden gesehen, ich hab gesehen, was er ihr angetan hat. Ich bin die Einzige, die überhaupt was gesehen hat.«

Ihre Stiefel, die gegen den Boden schlugen.

Hohe Nike-Turnschuhe mit silbernem Logo vor der Abstellkammer.

Seine schwarze Jacke und die orangerote Jagdmütze.

Eine dunkelgraue Kapuze, eine große, schwarze Pistole.

»Ich bin die Einzige, die überhaupt was gesehen hat«, wiederholte sie. »Aber ich hab nicht genug gesehen.«

»Du hast gesagt, du wärst mit Brody dort gewesen.«

»Er war weiter unten. Er hat nichts gesehen. Er ist noch einmal mit mir hochgelaufen, aber es gab nichts mehr zu sehen.« Da sie das Gefühl hatte, in dem winzigen, schuhkartongroßen Raum keine Luft mehr zu bekommen, ging Reece zum Fenster. »Ich hab mir das schließlich nicht eingebildet.«

»Das behaupte ich auch gar nicht. Wenn du deswegen durcheinander bist, hättest du dir auch den Tag freinehmen können.«

»Ich hatte schon gestern frei, und Sie wissen, was passiert ist. Hat Lo was gesagt ... Gab es eine Frau, die auf der Ranch übernachtet hat?«

»Jeder, der dort ein Zimmer gebucht hat oder auf der Ranch arbeitet, ist wohlauf.«

»Verstehe.« Reece wusste nicht, ob sie erleichtert oder verzweifelt sein sollte, und schloss die Augen.

Nachdem sie kurz angeklopft hatte, steckte Linda-Gail ihren Kopf zur Tür herein. »Tut mir leid. Aber da draußen häufen sich die Bestellungen.«

»Sag ihnen, sie sollen sich gefälligst gedulden«, befahl Joanie und wartete, bis sie die Tür wieder geschlossen hatte. »Schaffst du es, die Schicht noch zu Ende zu machen?«

»Ja. Ich lenke mich lieber mit Arbeit ab.«

»Dann marsch in die Küche. Sieh zu, dass du was in den Magen bekommst, und vergiss, was dir Rick Mardson erzählt hat. Du kannst jederzeit zu mir kommen.«

»Danke. Ich fühle mich wie ein ausgewrungener Putzlappen.«

»Das wundert mich nicht. Aber jetzt, wo du dich etwas ausgesprochen hast, dürfte es dir schon etwas besser gehen. Du kannst mich übrigens duzen.«

»Danke. Darf ich dich mal was fragen? Ich hab Brody zwar auch schon gefragt, aber der ist mit Sheriff Mardson befreundet. Was hältst du eigentlich so von ihm? Vom Sheriff, meine ich.«

»So viel, dass ich ihn bereits zweimal gewählt habe, als er für das Amt des Bürgermeisters kandidiert hat. Ich kenn ihn und Debbie schon seit zig Jahren, seit die beiden aus Cheyenne hergezogen sind.«

»Ja, schon ...« Reece befeuchtete ihre Lippen. »Aber was seine Arbeit als Polizist anbelangt?«

»Er tut, was getan werden muss, ohne groß Aufhebens darum zu machen. Man sollte meinen, dass es an einem Ort wie dem hier nicht viel zu tun gibt. Aber ich kann dir sagen: Jeder hier in Angel's Fist besitzt eine Waffe. Die meisten mehr als eine. Rick achtet darauf, dass die Leute nur auf der Jagd oder beim Zielscheibenschießen davon Gebrauch machen. Er sorgt dafür, dass es hier schön friedlich bleibt, auch wenn wir von Touristen überrannt werden. Er macht einfach seinen Job.«

Man musste kein Hellseher sein, um zu merken, dass Reece nicht sonderlich überzeugt war.

»Und jetzt möchte ich dich mal was fragen«, fuhr Joanie fort. »Gibt es irgendetwas, das du in dieser Angelegenheit noch tun könntest?«

»Keine Ahnung.«

»Dann überlass alles Weitere Rick, geh zurück in die Küche, und mach deinen Job.«

»Gut. Wahrscheinlich hast du Recht. Und, Joanie ... Ich mach gerade diese Einkaufsliste und wollte nur sagen, dass es langfristig billiger kommt und auch praktischer ist, Knoblauchknollen zu kaufen statt Pulver.«

»Ich werd's mir merken.«

Die Suppe war der Hit, sodass es sinnlos war, sich den Kopf darüber zu zerbrechen, wie sie geschmeckt hätte, wenn alle gewünschten Zutaten vorrätig gewesen wären.

Damit war es nun ein für allemal vorbei – mit diesem ständigen Streben nach Perfektion. Hatte sie denn immer noch nicht gelernt, dass es vollkommen in Ordnung war, einfach nur über die Runden zu kommen? Niemand hier interessierte sich dafür, ob der Oregano frisch war oder schon seit einem halben Jahr in Plastikdosen im Regal lag.

So gesehen brauchte sie sich auch nicht dafür zu interessieren.

Ihre Aufgabe bestand darin, zu kochen, zu servieren und ihren Gehaltsscheck abzuholen. Langfristige Pläne waren hier völlig fehl am Platz. Wahrscheinlich war es ein Fehler gewesen, das Apartment im ersten Stock zu mieten. Sie war einfach noch nicht so weit, sich irgendwo niederzulassen. Sie sollte ins Hotel zurückziehen.

Am besten, sie packte ihre paar Habseligkeiten ins Auto und zog weiter.

Es gab nichts, was sie hier hielt. Nichts, was sie irgendwo hielt.

»Brody ist da«, rief ihr Linda-Gail zu. »Die nächsten Bestellungen warten schon. Er und der Doc wollen die Suppe.«

»Brody und der Arzt«, murmelte Reece. »Na prima!«

Sie würde ihnen eine Suppe machen, einverstanden. Alles kein Problem. Zornig füllte sie die Suppenschalen und servierte sie mit Baguette und Butter. Als sie vor Wut beinahe explodierte, brachte sie sie persönlich zu der Nische, in der die Männer saßen.

»Hier ist eure Suppe. Und als kleine Dreingabe möchte ich Folgendes klarstellen: Ich brauche weder eine ärztliche Untersuchung, noch möchte ich eine. Ich bin nicht krank. Mit meinen Augen ist alles in bester Ordnung. Ich bin da oben auf dem Wanderweg nicht eingeschlafen und habe geträumt, dass jemand eine Frau erwürgt hat.«

Sie sprach laut und deutlich und wurde aufgrund ihrer Wut derart aufbrausend, dass alle Gespräche um sie herum verstummten. Einen Moment lang hörte man nur noch Garth Brooks aus der Jukebox.

»Guten Appetit«, beendete Reece ihre Rede und marschierte zurück in die Küche.

Sie entledigte sich ihrer Schürze und griff nach ihrer Jacke. »Meine Schicht ist vorbei. Ich geh nach oben.«

»Bitte, nur zu.« Joanie wendete seelenruhig einen Burger auf dem Grill. »Morgen hast du von elf bis acht Dienst.«

»Ich kenne meinen Schichtplan.« Sie verließ das Diner durch den Hinterausgang und stampfte die Treppe hoch.

In ihrem Apartment suchte sie sofort nach den entsprechenden Karten und Reiseführern. Sie würde schon selbst bis zu der bewussten Stelle finden. Sie brauchte keinen Begleiter, sie brauchte keinen Mann, der sie beschwichtigte und bevormundete.

Sie klappte die Karte auf, doch sie entglitt ihren kraftlosen Fingern.

Die Karte war über und über mit gestrichelten roten Linien, Kringeln und Klecksen beschmiert. Der Wanderweg war dort, wo sie gestern gerastet hatte, mehrfach eingekringelt.

Sie war das nicht gewesen, sie nicht. Trotzdem betrachtete sie ihre Finger, so als erwarte sie, rote Tintenflecke daran zu sehen. Noch am Vortag war die Karte wie neu gewesen, und jetzt sah sie aus, als ob man sie ständig auf und zu gefaltet und wie verrückt darauf herumgekritzelt hätte.

Sie war das nicht gewesen. Sie konnte das unmöglich getan haben. Atemlos eilte sie zur Küchenschublade und riss sie auf.

Da, wo sie ihn hingelegt hatte, lag ihr roter Filzstift. Mit zitternden Fingern zog sie die Kappe ab und sah, dass seine Mine ganz stumpf und faserig war.

Aber vorher hatte er anders ausgesehen. Sie hatte ihn erst vor ein paar Tagen bei Mr. Drubber gekauft. Sorgfältig setzte sie die Kappe wieder auf und legte den Filzstift zurück in die Schublade. Dann drehte sie sich um, blieb mit dem Rücken zur Wand stehen und sah sich im ganzen Apartment um.

Alles war noch an Ort und Stelle. Sie hätte es bemerkt, wenn ein Buch auch nur einen Zentimeter verschoben worden wäre. Doch alles war genau so, wie sie es heute Morgen hinterlassen hatte. Als sie hinter sich abgeschlossen hatte.

Sie hatte zweimal abgeschlossen und anschließend noch mal kontrolliert. Vielleicht sogar dreimal.

Sie sah erneut auf die am Boden liegende Karte. War sie das gewesen? War sie in der Nacht irgendwann zwischen den Albträumen aufgestanden und hatte den Filzstift aus der Schublade geholt? Aber warum konnte sie sich dann nicht mehr daran erinnern?

Macht nichts, beruhigte sie sich und hob die Karte auf. Sie war außer sich gewesen, was unter den gegebenen Umständen mehr als normal war. Sie war völlig außer sich gewesen und hatte den Filzstift herausgeholt, um sicherzustellen, dass sie die Stelle nicht vergaß, wo der Mord stattgefunden hatte.

Deswegen war sie noch lange nicht verrückt.

Sie faltete die Karte wieder zusammen. Sie beschloss, sich einfach eine neue zu kaufen. Die hier würde sie wegwerfen – sie unter Joanies Müll verstecken – und sich dann eine neue kaufen. Es war bloß eine Karte, mehr nicht.

Aber als sie Schritte auf der Treppe hörte, stopfte sie sie hastig und schuldbewusst in ihre Hosentasche.

Ein kurzes Klopfen. Wenn sie das Geräusch richtig interpretierte, war ihr Besuch mehr als gereizt. Daher nahm sie an, dass Brody auf der anderen Seite der Tür stand.

Sie wartete kurz, bis sie sich wieder beruhigt hatte, und ging dann zur Tür, um aufzuschließen.

»Sind Sie so weit?«

»Ich habe meine Meinung geändert. Ich fahre allein hin.«

»Prima. Dann tun Sie das.« Aber er zwang sie, einen Schritt zurück zu machen, und knallte die Tür hinter sich zu. »Keine Ahnung, warum ich mir überhaupt die Mühe mache. Aber ich hab den Doc nicht mit ins Diner geschleift, damit er einen Blick auf Sie wirft. Warum sollte ich auch, verdammt noch mal? Er kommt nun mal gern zum Mittagessen her – was Ihnen, wenn Sie nicht blind oder blöd sind, mittlerweile selbst aufgefallen sein dürfte. Und wenn wir zufällig gleichzeitig da sind, kann es durchaus vorkommen, dass wir uns an einen Tisch setzen. So etwas nennt man Geselligkeit. Sind Sie jetzt endlich zufrieden?«

»Nein, nicht wirklich.«

»Gut, denn was ich Ihnen jetzt erzähle, wird Ihnen auch nicht gefallen. Rick hat ein paar Nachforschungen angestellt – was schlichtweg zu seinem Job gehört. Die Sache hat sich also schon rumgesprochen. Der Doc hat mich gefragt, was ich davon weiß. Ich hab noch gezögert, ob ich überhaupt etwas sagen soll – bis Sie die Suppe gebracht haben. Eine verdammt gute Suppe übrigens. Sie Wahnsinnige, Sie.«

»Ich war nicht umsonst drei Monate lang in der Psychiatrie. Sie dürfen mich gern als wahnsinnig bezeichnen, das macht mir nichts aus.«

»Vielleicht hätten Sie noch ein paar Wochen länger bleiben sollen.«

Sie wollte schon etwas sagen, besann sich jedoch eines Besseren. Anschließend ging sie zu ihrem Bett, setzte sich und lachte. Sie lachte auch noch, als sie ihr Haargummi aus den Haaren zog. »Warum empfinde ich so etwas als tröstlich? Warum ist so eine ruppige, unangebrachte Reaktion einfacher zu ertragen als all die mitleidigen Bemerkungen à la ›Du armes, armes Ding‹ oder ›Ist ja gut, ist ja gut, Liebes‹? Vielleicht bin ich wirklich wahnsinnig. Vielleicht habe ich einfach den Verstand verloren.«

»Vielleicht sollten Sie endlich damit aufhören, sich selbst zu bemitleiden.«

»Ich dachte, das hätte ich bereits. Oder vielleicht doch nicht? Leute, die es gut mit mir meinten und denen ich etwas bedeutete, kamen ständig mit neuen Ärzten und Therapeuten an.«

»Ich meine es weder gut mit Ihnen noch bedeuten Sie mir etwas.«

»Ich werd's mir merken.« Sie legte ihr Haargummi auf das kleine Tischchen neben dem Bett. »Wollen Sie immer noch mit mir da rausfahren?«

»Für mich ist der Tag ohnehin gelaufen.«

»Also gut.« Sie stand auf und griff nach ihrem Rucksack.

Er blieb neben der Tür stehen und sah zu, wie sie seinen Inhalt überprüfte. Den Reißverschluss zumachte. Ihn wieder aufmachte und nochmals nachsah. Wenn er sich nicht irrte, musste sie schwer mit sich kämpfen, ihn kein drittes Mal aufzumachen.

Als er die Tür öffnete, verließ sie die Wohnung und schloss ab. Dann blieb sie noch eine Weile davor stehen und starrte die Tür an.

»Na los, machen Sie schon. Kontrollieren Sie das Schloss. Sonst machen Sie sich nachher unnötig Sorgen.«

»Danke.« Sie kontrollierte es und warf ihm einen flüchtigen, entschuldigenden Blick zu. Nur um es erneut zu kontrollieren, bevor sie sich zwang, die Treppe hinunterzugehen.

»Das ist schon ein großer Fortschritt«, verkündete sie. »Früher hab ich zwanzig Minuten gebraucht, um einen Raum zu verlassen. Und das nur unter Valium.«

»Besser leben durch Chemie!«

»Wohl kaum. Diese Pillen machen mich ... wahnsinnig. Noch wahnsinniger, als ich Ihnen ohnehin schon vorkomme.« Bevor sie in seinen Wagen stieg, warf sie einen prüfenden Blick auf die Rückbank. »Eine Zeit lang hat es mir nichts ausgemacht, wahnsinnig zu sein. Aber jetzt möchte ich lieber alles in Ruhe durchdenken, anstatt eine Pille zu nehmen, die bewirkt, dass mir alles egal wird.«

Sie schnallte sich an, kontrollierte den Sicherheitsgurt. »Wollen Sie denn gar nicht wissen, warum ich in der Psychiatrie war?«

»Wollen Sie mir jetzt etwa Ihre ganze Lebensgeschichte erzählen?«

»Nein. Aber nachdem ich Sie schon so weit mit hineingezogen habe, sollten Sie wenigstens einen Teil davon kennen.«

Er verließ den Bordstein, lenkte den Wagen um den See und stadtauswärts. »Einen Teil kenne ich schon. Wie gesagt, der Sheriff hat Nachforschungen über Sie angestellt.«

»Er ...« Sie verstummte und zwang sich, erst in Ruhe darüber nachzudenken. »Das ist bloß logisch, nehme ich an. Niemand hier kennt mich, und plötzlich schreie ich ›Mord!‹«

»Wurde der Kerl je gefasst, der auf Sie geschossen hat?«

»Nein.« Sie hob reflexartig die Hand und fuhr sich geistesabwesend über den Ausschnitt. »Einer wurde angeblich identifiziert, aber er ist an einer Überdosis gestorben, bevor sie ihn verhaften und befragen konnten. Sie waren zu mehreren. Wie viele, weiß ich nicht genau, aber mehr als einer. Da bin ich mir sicher.«

»Verstehe.«

»Zwölf Leute. Leute, mit denen ich gearbeitet oder die ich

bekocht habe, die ich geliebt habe. Alle tot. Ich hätte auch tot sein sollen. Das gibt mir immer wieder neu zu denken. Warum habe ich überlebt und sie nicht? Was für einen Sinn soll das alles haben?«

»Glück gehabt.«

»Vielleicht. Vielleicht ist das die grausame Wahrheit.« Lag auch ein gewisser Trost darin?, fragte sie sich. »Sie haben vielleicht gerade mal ein paar tausend Dollar erbeutet. Die meisten Leute zahlen mit Kreditkarte, wenn sie essen gehen. Ein paar tausend Dollar oder was sich sonst noch in Geldbeuteln und Handtaschen befand. Ein bisschen Schmuck – nichts Besonderes. Wein und Bier. Wir hatten einen guten Weinkeller. Aber deswegen ist niemand gestorben. Niemand hätte sie aufgehalten, niemand hätte eine Schießerei riskiert. Nicht wegen des Bargelds, wegen ein paar Flaschen Wein und ein paar Uhren.«

»Warum sind sie dann gestorben?«

Sie starrte auf die Berge, die mächtig vor dem milchigen Blau des Himmels aufragten. »Weil die Leute, die reinkamen, es so wollten. Aus purer Lust am Töten. Dasselbe hat auch einer von den Cops gesagt. Ich hab da gearbeitet, seit ich sechzehn war. Ich bin im Maneo's aufgewachsen.«

»Sie haben also schon mit sechzehn gearbeitet. Sie müssen ein ziemlich wilder Feger gewesen sein.«

»Ich war nicht einfach. Aber ich wollte arbeiten. Ich wollte in einem Restaurant arbeiten. Ich hab im Sommer und während der Ferien Tische eingedeckt und am Wochenende Lebensmittel vorbereitet. Ich habe es geliebt. Ich hab sie geliebt.«

Sie sah wieder alles ganz genau vor sich. Das Gewusel in der Küche, das Klirren jenseits der Schwingtüren, die Stimmen, die Gerüche.

»Es war mein letzter Abend. Sie haben eine Abschiedsparty für mich vorbereitet. Es sollte eine Überraschung werden, also trödelte ich in der Küche herum, damit ihnen genug Zeit blieb, alles entsprechend zu dekorieren. Dann plötzlich Schreie und Schüsse, zerberstendes Glas. Ich glaube, es dauerte eine ganze Minute, bis ich begriff, was da geschah. Normalerweise gab es im Maneo's keine Schreie und Schüsse. Nicht in diesem netten Familienrestaurant. Sheryl Crow.«

»Wie bitte?«

»Im Küchenradio lief Sheryl Crow. Ich hab nach meinem Handy gegriffen – zumindest wollte ich das. Dann schwang die Tür auf. Ich wollte mich umdrehen – vielleicht bin ich auch losgerannt. Wenn ich daran denke oder davon träume, seh ich immer wieder diese Pistole und das dunkelgraue Kapuzensweatshirt vor mir. Mehr nicht. Ich sehe sie, und dann stürze ich, empfinde einen schier unerträglichen Schmerz. Zwei Kugeln, haben sie gesagt. Eine in die Brust, die andere Kugel hat meinen Kopf nur gestreift. Aber ich bin nicht gestorben.«

Als sie schwieg, sah er kurz zu ihr herüber. »Erzählen Sie weiter.«

»Ich bin in die Abstellkammer geflogen. Mitten in die Putzmittel. Ich wollte gerade die Putzmittel wegräumen und bin da reingefallen. Das haben mir später alles die Cops erzählt. Ich wusste nicht mehr, wo ich war. Ich kam noch mal kurz zu mir. Alles fühlte sich taub an, mir war kalt, und ich war völlig verwirrt.«

Sie fuhr sich erneut mit der Hand über den Ausschnitt. »Ich bekam keine Luft mehr. Diese Last auf meiner Brust. Dieser schreckliche Schmerz. Ich konnte nicht mehr atmen, bekam einfach keine Luft mehr. Die Tür stand immer noch auf, nicht ganz, nur einen Spalt. Ich hörte Stimmen und wollte instinktiv um Hilfe rufen. Aber ich konnte nicht. Zum Glück nicht. Ich hörte Weinen und Schreien und Lachen.«

Sie zwang sich, die Hand wieder in den Schoß sinken zu lassen. »Danach wollte ich nicht mehr um Hilfe rufen. Ich wollte nur noch ganz leise sein, so leise wie möglich, damit niemand nachsehen kam. Damit mich niemand umbrachte. Irgendetwas krachte. Meine Freundin, die Beiköchin, ging auf der anderen Seite der Tür zu Boden. Ginny. Ginny Shanks. Sie war vierundzwanzig Jahre alt und hatte sich im Monat zuvor gerade verlobt. Am Valentinstag. Sie wollten im Oktober heiraten. Ich sollte ihre Trauzeugin sein.«

Als Brody schwieg, schloss Reece die Augen und sprach mechanisch weiter. »Ginny ging zu Boden, ich konnte ihr Gesicht durch den Türspalt sehen. Es war blau, geschwollen und blutig – sie müssen sie geschlagen haben. Sie weinte und bettelte. Unsere Blicke trafen sich, nur eine Sekunde lang, so habe ich es zumindest in Erinnerung. Dann hörte ich einen Schuss, und sie zuckte. Nur einmal, wie eine Marionette. Ihr Blick veränderte sich. Es dauerte nicht mal den Bruchteil einer Sekunde, und ihr Leben war ausgelöscht. Einer von ihnen muss gegen die Tür getreten haben, denn sie ging zu. Alles wurde schwarz. Ginny lag direkt auf der anderen Seite der Tür, und es gab nichts, was ich für sie tun konnte. Für niemanden von ihnen. Ich konnte da nicht raus. Ich lag wie lebendig begraben in meinem Sarg, und wir waren alle tot. Das habe ich gedacht. Die Polizei hat mich gefunden. Und ich habe noch gelebt.«

»Wie lange waren Sie im Krankenhaus?«

»Sechs Wochen, aber an die ersten beiden kann ich mich nicht erinnern. An die danach auch nur bruchstückhaft. Aber ich konnte nicht sehr gut damit umgehen.«

»Womit?«

»Mit dem Vorfall, damit, dass ich überlebt habe, damit, ein Opfer zu sein.«

»Wie soll man bitte mit so etwas gut umgehen, wenn man fast erschossen, für tot gehalten und liegen gelassen wird und noch mitansehen muss, wie eine Freundin umgebracht wird?«

»Indem man auf die Therapie anspricht und akzeptiert, dass man nichts hätte tun können, um das zu verhindern. Und indem man letzten Endes dankbar dafür ist, verschont worden zu sein. Indem man zu Gott findet oder das Leben voll und ganz auskostet«, sagte sie ungeduldig. »Keine Ahnung. Aber ich konnte einfach nicht damit umgehen, bin nicht gut damit umgegangen. Ständig diese Flashbacks und Albträume. Das Schlafwandeln, die hysterischen Anfälle, aber auch völlig lethargische Phasen. Ich bildete mir ein, sie würden kommen, um mich zu holen, sah dieses graue Sweatshirt an Fremden auf der Straße. Ich hatte einen Nervenzusammenbruch, deshalb die psychiatrische Anstalt.«

»Man hat Sie in die Psychiatrie gesteckt?«

»Ich hab mich selbst einweisen lassen, als mir klar wurde, dass sich mein Zustand nicht verbessert. Ich konnte nicht mehr arbeiten, ich konnte nicht mehr essen. Ich konnte gar nichts mehr.« Sie kratzte sich an der Schläfe. »Aber ich musste da raus, weil ich merkte, wie einfach es wäre, in dieser geschützten Umgebung zu bleiben. Ich musste aufhören, diese Pillen zu schlucken, weil sie mich mehr oder weniger weggetreten machten und ich schon viel zu lange weggetreten war.«

»Und jetzt sind Sie neurotisch.«

»So ungefähr, ja. Klaustrophobisch, zwanghaft-obsessiv, mit gelegentlichen Anfällen von Paranoia, häufigen Panikattacken und Albträumen. Manchmal wache ich nachts auf und glaube, dasselbe noch einmal zu erleben. Oder bin fest davon überzeugt, dass ich das alles noch einmal erleben werde. Aber ich habe die beiden Leute gesehen. Das war keine Projektion und auch keine Einbildung. Ich hab sie gesehen.«

»Gut.« Er hielt am Straßenrand. »Von hier aus gehen wir zu Fuß weiter.«

Sie stieg als Erste aus, überwand sich und zog die Karte aus ihrer Tasche. »Die bin ich holen gegangen, als ich stocksauer war, weil ich dachte, Sie hätten den Doc auf mich gehetzt. Ich bin hoch in meine Wohnung und hab die Karte herausgesucht, weil ich allein hierher fahren wollte.«

Sie faltete die Karte auseinander und reichte sie ihm.

»Ich kann mich nicht daran erinnern, sie markiert zu haben. Ich habe keinerlei Erinnerung daran, aber das bedeutet nicht, dass ich mir das gestern alles eingebildet habe. Ich muss in der Nacht eine Panikattacke bekommen haben, die ich jetzt verdränge.«

»Warum zeigen Sie sie mir überhaupt?«

»Sie sollten wissen, mit wem Sie es zu tun haben.«

Er warf einen kurzen Blick auf die Karte und faltete sie dann wieder zusammen. »Ich habe Ihr Gesicht gesehen, als Sie gestern auf dem Wanderweg in mich hineingerannt sind. Wenn Sie sich den Mord an der Frau bloß eingebildet hätten, wäre Ihre Arbeit als Köchin die reinste Zeitverschwendung. Wer so eine lebhafte Fantasie besitzt, sollte in meinem Metier arbeiten. Sie würden noch J. K. Rowling blass aussehen lassen.«

»Sie glauben mir wirklich.«

»Meine Güte. Jetzt hören Sie mir mal gut zu.« Er drückte ihr die Karte wieder in die Hand. »Ansonsten wäre ich jetzt wohl kaum hier. Ich habe ein eigenes Leben, meine eigene Arbeit. Sie haben gesehen, was Sie gesehen haben, und das ist verdammt noch mal nicht in Ordnung. Eine Frau ist tot, und irgendjemand muss sich darum kümmern.«

Sie schloss für eine Minute die Augen. »Verstehen Sie mich jetzt bitte nicht falsch, ja?« Mit diesen Worten ging sie auf ihn zu, schlang ihre Arme um ihn und drückte ihre Lippen fest auf seinen Mund.

»Wie kann man das falsch verstehen?«

»Indem man mehr darin sieht als reine Dankbarkeit.« Sie hängte sich den Rucksack über die Schulter. »Kennen Sie den Weg?«

»Ja, ich kenne den Weg.«

Als sie die Straße verließen, sah sie kurz zu ihm hoch. »Das ist das erste Mal seit zwei Jahren, dass ich einen Mann geküsst habe.«

»Da muss man ja wahnsinnig werden.« Er erwiderte ihren Blick. »Und, wie war's?«

»Tröstlich.«

Er schnaubte. »Vielleicht probieren wir es das nächste Mal mit etwas Aufregenderem als ›tröstlich‹.«

»Vielleicht.« Und jetzt denk bitte an etwas anderes, ermahnte sie sich. »Ich bin heute Vormittag in einer meiner Pausen in den Laden gegangen und hab Ihr Buch gekauft, Jamison P. Brody.«

»Welches?«

»*Down Low*. Mac meinte, das sei Ihr erster Roman, also wollte ich mit dem anfangen. Und er hat auch gesagt, dass ihm das Buch wirklich gefallen hätte.«

»Mir auch.«

Sie lachte. »Ich geb Ihnen Bescheid, wenn's mir auch gefällt. Nennt Sie eigentlich auch irgendjemand bei Ihrem Vornamen?«

»Nein.«

»Wofür steht das P.?«

»Für pervers.«

»Na, das passt.« Sie fuhr sich mit der Zunge über die Lippen. »Sie hätten von überall her hier durchwandern können.«

»Sie sagten, Sie hätten keine Rucksäcke, keine Ausrüstung gesehen.«

»Nein, aber vielleicht haben sie sie ja irgendwo außerhalb meines Blickfelds stehen gelassen.«

»Es gab keinerlei Spuren, Reece, nirgends, nur die von Rick. Schauen Sie.« Er ging in die Hocke. »Sehen Sie das hier? Ich bin nicht Lederstrumpf, aber ein bisschen was verstehe ich auch davon. Das sind meine Spuren von gestern Morgen, und das sind die von Rick. Der Boden ist ziemlich weich.«

»Nun, auf Schwanenschwingen werden sie nicht hergeflogen sein.«

»Nein, das nicht. Aber wenn er sich auskennt und ein erfahrener Wanderer ist, kann er seine Spuren verwischt haben.«

»Aber warum? Wer sollte hier nach einer Toten Ausschau halten, deren Mord niemand beobachtet hat?«

»Sie haben ihn beobachtet. Und vielleicht hat er Sie auch beobachtet.«

»Er hat sich nie umgeschaut, nie zu mir hinübergesehen.«

»Nicht, als Sie hingesehen haben. Sie sind doch gerannt, stimmt's? Und Sie haben Ihre Ausrüstung auf dem Felsen zurückgelassen. Vielleicht hat er sie davonrennen sehen oder auch nur Ihren Rucksack auf dem Felsen. Dann hat er zwei und zwei zusammengezählt. Er hat seine Spuren verwischt. Wir haben etwa zwei Stunden bis zu meinem Blockhaus gebraucht. Und dann ist bestimmt noch eine halbe Stunde vergangen, bevor Rick hier war. Eher eine Stunde, da er Sie erst noch befragt hat. Drei Stunden? In drei Stunden kann jeder Trottel Spuren beseitigen, selbst wenn sie von einem Elefanten stammen!«

»Er hat mich gesehen.« Allein bei dem Gedanken daran schnürte es ihr die Kehle zu.

»Vielleicht, vielleicht auch nicht. Wie dem auch sei, er ist mit äußerster Sorgfalt vorgegangen. Er war so intelligent und umsichtig, alle Spuren zu verwischen, damit es keinerlei Anzeichen für seine oder ihre Anwesenheit mehr gibt.«

»Er hat mich gesehen. Warum bin ich bloß nicht früher darauf gekommen?« Sie schlug die Hände vors Gesicht. »Er hatte sie schon weggeschleift – oder sie mit Steinen beschwert und in den Fluss geworfen –, als ich wieder auf Sie traf.«

»Ersteres halte ich für wahrscheinlicher. Man braucht viel Zeit, um eine Leiche mit Steinen zu beschweren.«

»Also hat er sie weggetragen.«

Reece blieb stehen, da der Fluss hinter einer Baumgruppe hinter den wild durcheinanderliegenden Felsbrocken vorbeirauschte. Er grub sich in den Canyon, dessen Wände steil aufragten. Ich komme mir vor wie in einer Schachtel, dachte sie. Nur dass man den Deckel abgenommen hat, um den Himmel sehen zu können.

»An diesem Ort kommt man sich völlig ... verloren vor«, murmelte sie. »Der Fluss ist dermaßen präsent, dass man sich völlig von der Außenwelt abgeschnitten fühlt. Aber das macht nichts, denn es ist außergewöhnlich schön hier.«

»Ein schöner Ort, um zu sterben.«

»Kein Ort ist schön, um dort zu sterben. Wer einmal kurz davor war, weiß das. Aber das hier ist wirklich atemberaubend – die Bäume, die Felsen, die Schlucht, das Wasser. Das muss das Letzte gewesen sein, was sie gesehen hat, aber sie wird nichts mehr davon wahrgenommen haben. Sie war so was von wütend. Ich glaube, sie hat nur noch ihn wahrgenommen und ihre Wut. Und danach die Angst und schließlich den Schmerz.«

»Können Sie von hier aus sehen, wo Sie gestanden haben?«

Sie lief weiter, näherte sich dem Fluss. Es ist heute kühler als gestern, dachte sie, und nicht so sonnig. Die Sonne schien schwächer, und es war bewölkter – Schlieren und Berge von Weiß über dem Blau.

»Da.« Sie zeigte nach oben, auf die andere Seite des Flusses. »Da habe ich Rast gemacht, habe mich gesetzt, ein Sandwich gegessen und etwas Wasser getrunken. Die Sonne hat mir gut getan, und mir gefiel das Rauschen des Wassers. Ich hab den Habicht gesehen. Und ich habe gesehen, wie sie hier standen.«

Sie drehte sich zu Brody um. »Genau wie wir. Sie hat ihn angesehen, und zwar so, während er dem Wasser den Rücken zugekehrt hatte. Ich habe vorhin gesagt, dass sie vermutlich nur noch ihn wahrgenommen hat. Und ich glaube, dass er auch nur noch sie wahrgenommen hat. Ich habe mehr auf sie geachtet, weil sie sich mehr bewegt hat. Sie war sehr lebhaft.«

Reece warf die Arme hoch, um es ihm vorzumachen. »Drama! Sie hat gekocht vor Wut. Doch er war unglaublich beherrscht, zumindest was seine Körpersprache anbelangte. Bilde ich mir das etwa alles bloß ein?« Sie drückte die Fingerspitzen gegen die Lider. »Erinnere ich mich, oder ist das alles nur eine Projektion?«

»Sie wissen, was Sie gesehen haben.«

Die ruhige Bestimmtheit, mit der er das gesagt hatte, führte dazu, dass sie die Hand wieder sinken ließ. Ihr Magen beruhigte sich. »Und ob ich das weiß.« Sie drehte sich einmal um ihre eigene Achse und bohrte ihm den Zeigefinger in die Brust: »*Ich warne dich.* Genauso hat es ausgesehen. Und dann hat sie ihn geschubst.«

Reece legte ihre Handflächen auf Brodys Brust und stemmte sich dagegen. »Ich glaube, er ist einen Schritt zurückgewichen«, sagte sie trocken. »Falls es Ihnen nichts ausmacht, seinen Part zu übernehmen.«

»Okay.« Er gehorchte.

»Dann hat er so gemacht.« Reece verschränkte die Hände und streckte sie dann zur Seite. »Ich dachte, er gibt das Safe-Signal. Wie ein Baseball-Schiedsrichter.«

»Baseball?« Er amüsierte sich. »Sie haben an Baseball gedacht?«

»Aber nur für einen Moment. Aber es bedeutete: *Jetzt ist es genug. Mir reicht's.* Daraufhin hat sie ihn geohrfeigt.«

Als Reece ausholte, packte Brody sie am Handgelenk. »Ich kann's mir vorstellen.«

»Ich wollte Sie nicht schlagen. Beim ersten Mal ließ er es einfach geschehen. Doch dann holte sie aus und ohrfeigte ihn erneut. In diesem Moment hat er sie zu Boden geworfen. Los, nur zu!«

»Gern.« Brody gab ihr einen Schubs, und obwohl sie ein wenig ins Schwanken geriet, fiel sie nicht hin.

»Er muss sie viel fester geschubst haben. Nein.« Sie hob abwehrend die Hände, als er grinste und einen weiteren Stoß andeutete. »Ich lass mich einfach fallen.« Sie sah sich um, damit sie die Entfernung bis zu den Felsen abschätzen konnte. Nur weil sie das Verbrechen nachstellte, musste sie sich nicht den Kopf anhauen. »Moment. Sie hatte keinen Rucksack auf.« Reece setzte ihren ab, warf ihn beiseite und ließ sich dann auf den Boden fallen.

»Sie muss unsanft gelandet sein, und ich glaube, sie hat sich am Kopf verletzt – ist damit auf dem Boden aufgeschlagen oder vielleicht sogar auf dem Felsen dort. Sie blieb eine Minute liegen. Ihre Mütze ist heruntergefallen, und als sie den Kopf schüttelte – so als sei ihr ein wenig schwindelig –, sah ich etwas aufblitzen. Ohrringe. Sie muss Ohrringe getragen haben. Ich habe einfach nicht genug aufgepasst.«

»Von wegen. Und was hat er dann gemacht? Ist er zu ihr gegangen?«

»Nein, nein. Sie ist aufgesprungen, ganz plötzlich, und auf ihn losgegangen. Sie hatte keine Angst, sie war stinksauer. Und wie! Sie hat ihn angeschrien – ich konnte zwar nicht verstehen, was –, aber ich konnte es sehen. Er hat sie zu Boden geworfen. Diesmal war es kein Schubs. Und als sie stürzte, hat er sich rittlings auf sie gesetzt.«

Reece legte sich hin und sah zu Brody hoch. »Würde es Ihnen etwas ausmachen ...?«

»Nein, kein Problem.« Er grätschte die Beine und stellte sich über sie.

»Er hat seine Hand ausgestreckt, glaube ich, aber sie wollte sie nicht annehmen. Sie hat sich auf einen Ellbogen gestützt und ihn weiter angeschrien. Ihre Lippen bewegten sich, und ich konnte förmlich hören, wie sie ihn anschrie und ankeifte. Dann ging er auf sie los.«

»Er hat sich eher auf sie gesetzt, sie mit seinem Gewicht zu Boden gedrückt«, sagte sie, als Brody in die Hocke ging. »Oh.« Sie atmete pfeifend aus, als Brody ihren Anweisungen Folge leistete. »Ja, genau so. Das hatte keinerlei albernen oder sexuellen Unterton, zumindest nicht aus meiner Sicht. Sie hat auf ihn eingeschlagen, und er hat ihre Arme zu Boden gedrückt. Nein, nicht!« Panik ergriff sie, als Brody ihre Handgelenke umfasste. »Ich kann nicht. Bitte nicht.«

»Immer mit der Ruhe.« Er ließ sie nicht aus den Augen, während er seinen Griff lockerte und das Gewicht verlagerte. »Ich habe nicht vor, Ihnen wehzutun. Sagen Sie mir, was als Nächstes passiert ist.«

»Sie hat sich gewehrt, hat unter ihm gezappelt. Aber er war stärker. Er hat ihren Kopf an den Haaren hochgerissen und fest auf den Boden geknallt. Und dann, dann hat er seine Hände um ihren Hals gelegt. Sie hat versucht, ihn abzuwerfen, hat nach seinen Handgelenken gegriffen, aber ich glaube nicht, dass sie noch viel Kraft besaß. Warten Sie ... Er hat ihre Arme mit seinen Knien zu Boden gedrückt, damit sie nicht mehr nach ihm schlagen konnte. Mist, auch das hatte ich völlig vergessen.«

»Aber jetzt erinnern Sie sich wieder.«

»Sie hat angefangen, nach ihm zu treten, in einem verzweifelten Versuch, ihn loszuwerden. Ihre Füße hämmerten gegen den Boden, und ihre Finger gruben sich in die Erde. Dann wurde sie still. Alles wurde ganz still, aber er hielt nach wie vor ihren Hals umklammert. Er ließ sie dort, und da bin ich weggerannt. Stehen Sie auf, bitte, stehen Sie auf!«

Er verlagerte ein wenig das Gewicht, bis er neben ihr auf dem Boden saß. »Kann es sein, dass sie noch gelebt hat?«

»Er hatte die Hände immer noch an ihrem Hals.« Reece setzte sich auf, zog die Knie an und verbarg ihr Gesicht.

Er schwieg ein paar Minuten, sodass nur noch das Rauschen des Flusses zu hören war, während die Wolken Schatten über Felsen und Wasser wandern ließen. »Ich nehme an, Sie sind eher der Das-Glas-ist-halb-leer-Typ.«

»Wie bitte?«

»Wahrscheinlich ist das Glas deshalb halb leer, weil es gesprungen ist und Flüssigkeit ausläuft. Sie sehen also diese Szene und denken sofort: Oh, Gott, Schuld, Schuld, Verzweiflung. Ich hab gesehen, wie eine Frau umgebracht wurde, und konnte nichts dagegen tun. Die Arme, ich Arme«, fuhr er fort. »Anstatt zu denken: Ich hab gesehen, wie eine Frau umgebracht wurde, und wenn ich nicht zufällig dort gewesen wäre, wäre nie herausgekommen, was ihr zugestoßen ist.«

Sie stützte ihr Kinn auf die Knie, musterte ihn und ließ dann den Kopf hängen. »Sie haben Recht. Ich weiß, dass Sie Recht haben, und ich bemühe mich ja auch, die Dinge aus dieser Perspektive zu betrachten. Trotzdem, Sie kommen mir auch nicht gerade vor wie der Das-Glas-ist-halb-voll-Typ.«

»Halb voll, halb leer – was macht das schon für einen Unterschied? Wenn irgendetwas in diesem verdammten Glas ist, sollte man es austrinken.«

Sie lachte. Sie saß dort, wo noch am Vortag eine Frau zu Tode gekommen war, und ließ trotzdem zu, dass sie befreit auflachte.

»Die Einstellung gefällt mir! Im Moment hätte ich tatsächlich nichts gegen einen gut gekühlten Pinot Grigio einzuwenden.«

Nachdem sie die Handballen gegen die Lider gedrückt hatte, sprang sie auf. »Als wir die Szene nachgestellt haben, haben wir Spuren hinterlassen. Fußspuren«, sagte sie. »Abdrücke von meinen Stiefelabsätzen, platt gedrückten Matsch, Handabdrücke. Man muss nicht Lederstrumpf sein, um zu sehen, dass hier zwei Leute einen Streit hatten.«

Brody entfernte sich ein paar Meter, um einen Weidenzweig abzubrechen und wischte damit über den unebenen Boden. »Er ist nicht dumm«, sagte er, während er die Spuren verwischte. »Er schleift oder trägt sie weg, außer Sichtweite des Flusses, des Canyons. Dann bricht er sich woanders so einen Zweig ab, kehrt zurück und stellt sicher, dass niemand etwas liegen gelassen hat. Er muss einen kühlen Kopf bewahren.«

Er richtete sich wieder auf und musterte den Boden. »Ziemlich makellos. Lederstrumpf würde vielleicht noch etwas sehen, aber ich bin ein Amateur. Vielleicht ist das anders, wenn man mit einem Team von Kriminalbeamten zurückkommt, und die finden ein loses Haar, aber was beweist das schon?«

Er warf den Zweig weg. »Nicht das Geringste. Jetzt muss er nur noch die Spuren verwischen, die von hier wegführen. Möglichkeiten, eine Leiche zu vergraben, gibt es genug in der Gegend. Angenommen, ich wäre der Mörder und hätte ein Auto. Dann würde ich sie in den Kofferraum werfen und irgendwo anders hinfahren. Irgendwohin, wo ich in aller Ruhe eine Grube ausheben kann, die tief genug ist, dass die Tiere sie nicht gleich wieder ausscharren.«

»Das nenn ich kaltblütig.«

»Wer einen anderen Menschen umbringt, ist extrem kaltblütig – oder heißblütig, je nachdem. Und wer ungeschoren davonkommen will, *muss* kaltblütig sein. Genug gesehen?«

Sie nickte. »Mehr als genug.«

9

Während sie zum Wagen zurückliefen, schraubte Reece ihre Wasserflasche auf und trank. Als Brody die Hand ausstreckte, reichte sie sie ihm.

»Man sagt ja immer, so etwas wie den perfekten Mord gibt es nicht.«

Er nahm einen großen Schluck und gab ihr die Flasche wieder zurück. »Man sagt vieles, aber vieles davon stimmt leider nicht.«

»Stimmt auch wieder. Trotzdem, egal wer sie war, sie muss ja irgendwo hergekommen sein. Wahrscheinlich hatte sie einen Job, ein Zuhause. Vielleicht sogar Familie.«

»Möglich ist alles.«

Verärgert steckte Reece die Hände in die Hosentaschen. »Nun, zu einem Menschen hatte sie auf jeden Fall Kontakt. Und der hat sie umgebracht. Irgendwas lief da zwischen den beiden.«

»Auch das ist möglich. Sie können sich erst an dem bewussten Tag begegnet sein, sich aber genauso gut schon zehn Jahre lang gekannt haben. Sie können von sonst woher stammen. Aus Kalifornien, aus Texas, von der Ostküste. Es könnten sogar Franzosen gewesen sein.«

»Franzosen?«

»Mörder gibt es überall. Das Problem ist nur, dass beides gleich wahrscheinlich ist: dass sie auf der Durchreise waren oder dass sie hier aus der Gegend sind. Aber wahrscheinlich waren sie eher auf der Durchreise. In Wyoming leben weniger Menschen als in Alaska.«

»Sind Sie deshalb hierher gezogen?«

»Wahrscheinlich auch. Wenn man mal bei der Zeitung gearbeitet hat, bei einer großen Zeitung, hat man genug von der

Großstadthektik. Aber so wie's aussieht, ist es wahrscheinlicher, dass diese Leute – wer immer sie auch sein mögen – nicht von hier stammen.«

»Und sie hatten eine Auseinandersetzung auf Leben und Tod, weil sie sich verlaufen hatten und er partout nicht anhalten und nach dem Weg fragen wollte? Das ist eine typisch männliche Schwäche, bei der man durchaus ausflippen kann, glauben Sie mir. Aber ich halte das für wenig wahrscheinlich. Sie haben sich dort verabredet oder sind gemeinsam dorthin gegangen, weil es etwas zu besprechen gab. Oder weil es Streit gab.«

Brody gefiel ihre Art zu argumentieren. Sie argumentierte nicht unbedingt gradlinig, sondern eher so, wie sie kochte, wo sie auch mit mehreren Töpfen gleichzeitig hantierte. »Das sind alles nur Vermutungen und keine Tatsachen.«

»Gut, dann stelle ich eben Vermutungen an. Und ich vermute, das waren keine Franzosen.«

»Vielleicht waren es Italiener. Auch Litauer sind kein Ding der Unmöglichkeit.«

»Prima, ein litauisches Paar verläuft sich, weil die Männer dieser Welt ihren Penis für eine Art Kompass halten. Und deshalb kann er auch unmöglich nach dem Weg fragen, weil das seinen Penis entwerten würde.«

Er sah sie stirnrunzelnd an. »Das ist ein streng gehütetes männliches Geheimnis. Wie sind Sie bloß darauf gekommen?«

»Darüber wissen wir Frauen mehr, als ihr zu träumen wagt. Wie dem auch sei, sie haben ihren Wagen stehen gelassen, haben sich durch die Bäume geschlagen, bis sie zum Fluss kamen, denn nur so bekommt man heraus, wo man sich genau befindet. Sie streiten, werden handgreiflich, er bringt sie um. Und da es sich um einen litauischen Bergführer handelt, verwischt er profimäßig alle Spuren und schleift ihre Leiche zurück zum Mietwagen, damit er sie in geweihter Heimaterde begraben kann.«

»Das ist gut, das sollten Sie aufschreiben.«

»Wenn das die Sorte Unsinn ist, die *Sie* so schreiben, wundert mich, dass Sie überhaupt einen Verleger gefunden haben.«

»Ich wäre bei den Franzosen geblieben, ganz einfach wegen der besseren Chancen auf dem internationalen Buchmarkt. Trotzdem: Sie können alles Mögliche sein, von überall her stammen.«

Es war hilfreich, das Ganze wie ein Rätsel anzugehen. Das brachte irgendwie mehr Distanz. »Wenn er es geschafft hat, seine Spuren zu verwischen, dann muss er sich in der Natur auskennen.«

»Das tun viele. Es besteht sogar die Möglichkeit, dass sie schon mal hier waren.«

Brody sah sich um. Er kannte diese Landschaft, weil er oft in ähnlichen Gebieten gewandert war und sie in seinen Romanen vorkamen. Es würde nicht mehr lange dauern, bis hier überall Kornblumen und Küchenschellen aus dem Boden sprießen würden. Das Geißblatt würde blühen, bevor es alles überwucherte, was ihm in die Quere kam. Ein schattiges Fleckchen Erde. Ein schönes Fleckchen Erde.

Aber im Juni würde es hier noch schöner sein.

»Es ist noch ein bisschen zu früh für Touristen«, überlegte er. »Aber es gibt trotzdem Leute, die zu dieser Jahreszeit herkommen, weil sie den Andrang im Sommer und Winter vermeiden wollen. Oder aber sie waren wirklich nur auf der Durchreise und haben hier bloß eine kurze Wanderung gemacht. Vielleicht haben Sie sie sogar höchstpersönlich in Angel's Fist gesehen, wo sie Ihre Küche getestet haben.«

»Was für eine reizende Vorstellung, vielen Dank auch.«

»Sie haben gesehen, was er anhatte. Würden Sie seine Kleidung wieder erkennen?«

»Eine orangerote Jagdmütze, eine schwarze Allwetterjacke. Aber eine lange, glaube ich. Eine, wie man sie hier jeden Tag sieht. Ich hab einfach nicht genug auf ihn geachtet. Ich könnte ihm höchstpersönlich meine Tagessuppe servieren und würde es nicht mal merken. Keine Ahnung, wie ich jemals ... Oh, Gott.«

Er sah ihn auch. Er hatte den Bären sogar etwa zehn Sekunden vor ihr entdeckt. »Er interessiert sich nicht für Sie.«

»Woher wollen Sie das wissen? Weil Sie ein ausgewiesener Bärenpsychologe sind?« Der Bär wirkte so unwirklich, dass sie kaum Angst vor ihm hatte. »Meine Güte, ist der groß.«

»Ich hab schon größere gesehen.«

»Wie schön für Sie. Hm, wir dürfen jetzt auf keinen Fall davonlaufen.«

»Nein. Das würde ihn bloß belustigen, bis er uns eingeholt hätte. Reden Sie weiter, bewegen Sie sich, wir machen einfach einen kleinen Umweg. Gut, jetzt sieht er uns.«

Aha, dachte sie, und bekam es wirklich mit der Angst zu tun. Hallo Bär. »Und das hilft?«

Sie erinnerte sich an diese Illustration in ihrem Wanderführer, die zeigte, wie man sich bei einem Bärenangriff tot stellen soll. Das Ganze hatte ausgesehen wie die Kleinkindstellung beim Yoga.

Die würde sie problemlos hinkriegen. Sie würde es mühelos schaffen, zu Boden gehen, denn wenn das Tier angriff, würden ihre Beine so oder so nachgeben.

Doch bevor sie die Empfehlungen ihres Wanderführers auf eine harte Probe stellen konnte, warf ihnen der Bär einen langen Blick zu, drehte sich um und verschwand.

»Die meisten sind eher scheu«, bemerkte Brody.

»Die meisten, Na toll. Ich glaub, ich muss mich mal kurz setzen.«

»Immer in Bewegung bleiben. Ist das Ihr erster Bär?«

»Aus dieser Nähe, ja. Ich hatte schon ganz vergessen, dass es hier welche gibt.«

Sie strich mit der Hand über den Ausschnitt, wie um sich zu versichern, dass ihr das Herz noch nicht aus dem Brustkorb gehüpft war. »Und dass man vor Bären auf der Hut sein sollte, wie es so schön in meinem Wanderführer steht. Ich bin etwas außer Atem«, sagte sie und klopfte sich gegen die Brust. »Aber er sah wunderschön aus, wenn auch äußerst Furcht einflößend.«

»Apropos: Würde hier in der Nähe eine Leiche liegen, die er wittern könnte, wäre er aggressiver gewesen. Was bedeutet, dass sie nicht hier ist oder aber tief genug vergraben wurde.«

Jetzt musste sie hart schlucken. »Noch so eine reizende Vorstellung. Ich würde jetzt wirklich gern diesen Wein trinken. Ein richtig großes Glas Wein.«

Sie fühlte sich deutlich sicherer, als sie wieder im Wagen saßen. Sicherer und lächerlich erschöpft. Sie sehnte sich nach Wein, aber mindestens ebenso nach etwas Schlaf. Nach einem abgedunkelten, ruhigen Zimmer, einer weichen Decke, nach abgeschlossenen Türen. Danach, alles zu vergessen.

Als er den Motor anließ, schloss sie kurz ihre müden Augen. Und schlief vor lauter Erschöpfung ein.

Sie schläft ganz ruhig, dachte Brody, ohne ein Geräusch, ohne eine Bewegung. Ihr Kopf war an die Scheibe gelehnt, ihre Hände lagen reglos in ihrem Schoß.

Was um alles in der Welt sollte er jetzt mit ihr anfangen?

Da er noch unschlüssig war, fuhr er bewusst langsam und machte instinktiv ein paar Umwege, um die Rückfahrt in die Länge zu ziehen.

Er hielt sie für psychisch stabiler, als sie behauptet hatte. Nur wenige hätten sich noch einmal in diese Situation begeben. Die meisten hätten die Angelegenheit für erledigt erklärt, nachdem sie ihre Aussage bei der Polizei gemacht hatten.

Aber das kam für sie nicht infrage.

Vielleicht, weil sie schon so viel durchgemacht hatte. Aber vielleicht war das auch einfach nicht ihre Art.

Sie hatte sich selbst in eine psychiatrische Anstalt eingewiesen. Und betrachtete das auch noch als so etwas wie eine persönliche Niederlage.

Er dagegen fand es mutig.

Wahrscheinlich betrachtete sie ihr Herumgondeln nach der Zeit in Boston als eine Art Flucht. Für ihn war das eher eine Reise. Genauso hatte sein Leben ausgesehen, nachdem er aus Chicago weg war. Das Wort Flucht bedeutete Angst und Entkommenwollen. Aber das Wort Reise? Das war eher so etwas wie eine Übergangsphase. Er hatte diese Übergangsphase gebraucht, um herauszufinden, was er wirklich wollte, um zu lernen, nach seinen eigenen Maßstäben zu leben, nach seinem eigenen Rhythmus.

So gesehen tat Reece Gilmore auch nichts anders. Nur, dass sie mit wesentlich schwererem Gepäck reiste.

Er hatte noch nie Angst um sein Leben haben müssen, aber er konnte sich vorstellen, wie sich so etwas anfühlte. Trotzdem blieb es bei einer bloßen Vorstellung. So wie er sich die Panik, die Schmerzen und die geistige Verwirrtheit im Krankenhausbett auch bloß vorstellen konnte. Die Zweifel an der eigenen Zurechnungsfähigkeit. Das war eine Last, die deutlich zu groß war für einen Einzelnen.

Und sie hatte ihn in ihren Bann gezogen, was nicht vielen gelang. Er war nicht der Typ, der den gebrochenen Flügel eines aus dem Nest gefallenen Vogels schient. Die Natur folgte ihren eigenen Gesetzen, und je weniger man sich einmischte, desto besser.

Aber sie hatte es geschafft, und zwar nicht nur, weil er beinahe mit ihr Zeuge eines Mordes geworden wäre. Obwohl das auch schon gereicht hätte.

Er fühlte sich zu ihr hingezogen. Nicht wegen ihrer Schwäche, sondern wegen ihrer Willensstärke, mit der sie gegen ihre Probleme ankämpfte. Davor hatte er Respekt. Genauso, wie er die leise Anziehungskraft zwischen ihnen respektieren musste.

Eigentlich war sie gar nicht sein Typ. Das erst noch heilende Rückgrat unter der zerbrechlichen Hülle. Das machte sie hilfsbedürftig, und er hatte überhaupt keine Geduld mit hilfsbedürftigen Frauen. Normalerweise.

Er mochte intelligente, stabile Frauen, die fest in ihrem eigenen Leben verwurzelt waren. Damit sie sich nicht zu sehr in sein eigenes einmischten.

Wahrscheinlich war sie auch so gewesen, bevor sie verletzt worden war. Vielleicht würde sie wieder so werden, wenn auch nie mehr genauso wie früher. Er konnte sich vorstellen zuzusehen, wie sie sich wieder berappelte, und das Ergebnis genauer unter die Lupe zu nehmen.

Deshalb fuhr er weiter, während sie schlief, weiter durch die gelben Gräser und das verblichene Grün des allgegenwärtigen Wüstenbeifußes. Er sah, wie sich die Tetons aus der Ebene erhoben. Sie hatten so gar nichts Sanftes, besaßen keine lieblichen Hänge, die von ihrer atemberaubenden Naturgewalt hätten ablenken können. Um die Gipfel wirbelte immer noch Schnee, und die weißen Felsgrate, die sich gegen das Blau und

Grau des Himmels abhoben, ließen sie nur noch eindrucksvoller wirken.

Er erinnerte sich genau, was er bei ihrem ersten Anblick empfunden hatte, und wie er, der nicht sonderlich spirituell veranlagt war, sofort von ihrem spröden, unerbittlichen Zauber fasziniert worden war. Die Rockys mochten größer sein und die Berge im Osten eleganter. Aber diese Berge hier, die seinen jetzigen Lebensmittelpunkt einkesselten, hatten etwas Urtümliches.

Vielleicht war er hergekommen, weil er hier nicht ständig die Ellbogen ausfahren musste, um etwas Platz für sich zu behaupten. Doch auch diese Berge hatten erheblich dazu beigetragen.

Er brauste flott über die einsame Straße, die durch Salbeiwiesen führte, auf denen eine kleine Herde Bisons graste. Die Tiere trotteten langsam dahin, mit zottigem Fell und gesenktem Kopf. Er konnte sogar ein paar neugeborene Kälber ausmachen, die ihren Müttern nicht von der Seite wichen.

Obwohl Reece bestimmt entzückt gewesen wäre, ließ er sie schlafen.

Er wusste, dass sich die Wiesen unter der Sommersonne bald in ein riesiges Blumenmeer verwandeln würden. Und auch, dass ein Grab in dieser unendlichen Weite sowohl von Mensch als auch Tier unentdeckt bleiben konnte. Vorausgesetzt, der Mann hatte die Geduld aufgebracht, wirklich tief zu graben.

Er schlängelte sich in Richtung Angel's Fist und näherte sich den Weiden und Kiefern, die den Ort umgaben. Reece stöhnte leise im Schlaf. Als Brody zu ihr hinübersah, merkte er, dass sie am ganzen Körper zitterte. Er hielt mitten auf der Straße an und rüttelte an ihrem Arm. »Wachen Sie auf.«

»Nein!« Sie fuhr hoch, wie ein Sprinter, der den Startblock verlässt. Als ihre Faust auf ihn zuraste, fing er sie mit der Handfläche ab.

»Schlag mich«, sagte er sanft, »und ich schlage zurück.«

»Was? Was ist los?« Sie starrte verschlafen auf ihre Faust in seiner Hand. »Ich bin eingeschlafen. Bin ich eingeschlafen?«

»Wenn nicht, haben Sie in der letzten Stunde ziemlich gut geschauspielert.«

»Hab ich Sie geschlagen?«

»Sie haben's versucht. Aber ich warne Sie: Noch ein Versuch, und meine Geduld ist am Ende.«

»Das war bloß ein Test.« Sie versuchte, ihr klopfendes Herz zu beruhigen. »Bekomme ich bitte meine Hand zurück?«

Er öffnete die Finger, sodass sie ihre Faust zurückziehen und in ihren Schoß sinken lassen konnte. »Wachen Sie immer so auf, als hätten Sie gerade den Gong zur zweiten Runde gehört?«

»Keine Ahnung. Es ist schon eine Weile her, seit ich neben jemand anders geschlafen habe. Ich muss Ihre Gegenwart also als angenehm empfinden.«

»Tröstlich. Angenehm.« Die Augenbraue wanderte wieder nach oben. »Wenn Sie weiterhin dieses Vokabular verwenden, fühle ich mich verpflichtet, Sie eines Besseren zu belehren.«

Sie lächelte schwach. »Sie sind kein Typ, der Frauen wehtut.«

»Ach ja?«

»Ich meine körperlich. Sie haben bestimmt schon das ein oder andere Herz gebrochen, aber deshalb brauchen Sie seine Eigentümerin nicht vorher zusammenzuschlagen. Sie killen ihr Ego eher mit Worten – etwas, das, wenn ich darüber nachdenke, mindestens ebenso schlimm ist wie ein Kinnhaken. Wie dem auch sei, danke, dass Sie mich haben schlafen lassen. Ich muss ... Oh! Oh, sehen Sie doch nur!«

Sie hatte sich abgewandt, und der Blick durch die Windschutzscheibe ließ sie alles andere vergessen. Überwältigt löste sie den Sicherheitsgurt und öffnete die Wagentür. Sie spürte den Wind, als sie aus dem Wagen stieg.

»Alles hier ist so *ursprünglich*, so überwältigend und beängstigend. Diese Weite und dann wieder diese ... diese Bergfestung, die alles andere dominiert. So, als habe sie sich gerade erst aus der Erde geschoben. Ich mag ihre Wucht.«

Sie ging zur Motorhaube und lehnte sich dagegen. »Ich habe die Berge jeden Tag vor mir, wenn ich aus dem Fenster sehe oder auf meinem Weg zur Arbeit. Aber das ist nicht dasselbe wie hier, ohne die Gebäude, ohne die Leute.«

»Ich bin schließlich auch noch da.«

»Sie wissen schon, was ich meine. Wenn man ihnen hier draußen allein gegenübersteht, kommt man sich plötzlich winzig klein vor.«

Sie sah zu ihm hinüber, registrierte erfreut, dass er kam, um ihr Gesellschaft zu leisten. »Ich dachte, ich bin nur auf der Durchreise, jobbe ein wenig und fahr dann weiter. Und jeden Morgen blicke ich wieder aus meinem Fenster auf den See. Und wenn ich sehe, wie sie sich darin spiegeln, fällt mir kein Grund ein, warum ich weiterfahren sollte.«

»Irgendwann muss man mal ankommen.«

»Das hatte ich eigentlich nicht vor. Na ja, im Grunde hatte ich gar keine Vorstellung, keine richtige. Aber irgendwie hatte ich mich schon darauf eingestellt, eines Tages wieder an die Ostküste zurückzufahren. Wenn auch wahrscheinlich nicht nach Boston. Vielleicht nach Vermont. Dort bin ich zur Schule gegangen, die Gegend ist mir vertraut. Ich hätte gedacht, dass ich das Grün vermissen würde. Das Grün von der Ostküste.«

»Die Weiden hier werden auch grün, und die Wiesen blühen, das Sumpfland. Das ist ein überwältigender Anblick.«

»Das kann ich mir vorstellen, aber der Anblick ist auch jetzt schon überwältigend. Besser als ein Glas Wein.« Sie legte den Kopf in den Nacken, schloss die Augen und atmete tief durch.

»Wenn Sie kochen, sehen Sie manchmal auch so aus.«

Sie öffnete erneut die Augen, ein tiefes spanisches Braun. »Ach ja? Wie denn?«

»So entspannt und ruhig. Glücklich.«

»Nun, in der Küche kenne ich mich aus, und wenn ich mich auskenne, bin ich entspannt und glücklich. Ich hab das vermisst. Nach allem, was passiert ist, konnte ich lange keine Küche mehr betreten. Der Vorfall hat es mir verleidet. Oder besser gesagt, ich habe zugelassen, dass es mir der Vorfall verleidet hat. Wie dem auch sei, ich werde wieder zurückkommen. Den Vögeln zuhören. Keine Ahnung, was das für welche sind.«

Er hatte den Vogelgesang gar nicht bemerkt, bis sie ihn erwähnt hatte. Jetzt drehte sie sich um und riss die Augen auf. Sie packte ihn am Arm und deutete in die Ferne. »Sehen Sie nur, wow!« Er tat wie geheißen, und entdeckte die kleine Bisonherde, die in der Ebene graste. »Sind das Ihre ersten Bisons?«

»Mit den Bisons ist es genau wie mit dem Bären: Gesehen hab ich schon mal welche, aber ich bin ihnen noch nie so nahegekommen. Das ist wesentlich aufregender. Oh, sehen Sie nur! Sie haben Junge!«

Ihre Stimme war ganz weich geworden. »Warum müssen Frauen bloß immer so einen Ton anschlagen, wenn sie von Jungen oder Babys reden?«

Sie gab ihm einen leichten Klaps auf den Arm. »Die sind so was von süß! Und dann werden sie dermaßen riesig!«

»Und dann legen Sie sie auf den Grill.«

»Bitte, ich genieße hier ein einzigartiges Naturschauspiel. Im Moment säße ich lieber auf einem Pferd statt in einem

Geländewagen. Ich möchte eine Antilope sehen. Aber dazu müsste ich natürlich erst einmal reiten können.«

»Sie wollen auf einer Antilope reiten?«

»Nein.« Sie lachte, leise und entspannt. »Die ist mir gerade bloß eingefallen. Ich würde gern mal eine Antilope vom Pferderücken aus sehen. Aber ich kann leider nicht reiten.«

»Wollte Ihnen Lo das nicht beibringen?«

Sie steckte die Hände in die Hosentaschen und ließ die Bisonherde nicht aus den Augen. »Ich fürchte, ich sollte auf etwas anderem reiten. Aber ich werd ihn an sein Angebot erinnern – an die Reitstunden zu Pferd –, sobald ich den Eindruck habe, dass er sich benehmen kann.«

»Sie mögen Männer, die sich gut benehmen?«

»Nicht unbedingt«, sagte sie geistesabwesend. »Aber in diesem Fall schon.«

Sie kapierte es erst, als er sich umgedreht und neben ihr beide Hände auf die Motorhaube gestützt hatte, sodass sie sich kaum noch rühren konnte.

»Brody.«

»Du bist weder blöd noch schwer von Begriff. Und wenn du überspannt bist, sieht das anders aus. Du willst doch nicht ernsthaft behaupten, du hättest nicht gewusst, dass das passieren muss?«

Ihr Herz setzte einen Schlag aus – vielleicht auch aus Angst, aber nicht nur. »An so etwas habe ich schon lange keine Gedanken mehr verschwendet. Das muss mir vollkommen entgangen sein. Größtenteils zumindest«, verbesserte sie sich.

»Wenn du nicht willst, dann sag's mir jetzt bitte.«

»Natürlich will ich, es ist bloß alles so – wow!«

Das letzte Wort entfuhr ihr, als er sie sanft an den Armen zog, bis sie sich auf die Zehenspitzen stellte. »Und jetzt tief einatmen«, warnte er sie.

Sie rang nach Luft, konnte kaum noch einen klaren Gedanken fassen, geschweige denn ihr Gleichgewicht halten. Der Kuss war so intensiv und kam derart unerwartet, dass die bisher frische und kühle Luft dampfend heiß wurde. Seine Lippen waren weder geduldig noch zärtlich, bemühten sich weder sie zu überreden noch sie zu verführen. Sie nahmen sich einfach, was sie wollten. Das Gefühl, hochgespült, weggeschwemmt, auseinandergenommen zu werden, machte sie ganz schwindelig.

Heiß, dachte sie. Hart. Hungrig. Sie hatte beinahe vergessen, wie das war: von einem Mann begehrt und schließlich genommen zu werden.

Auch als sie sich fragte, ob überhaupt noch etwas von ihr übrig bliebe, wenn er fertig war, schlang sie ihre Arme immer noch fest um seinen Hals. Seine Hände packten ihre Hüften, und er zog sie an sich.

Ihr Herz schlug gegen seines, schnell und laut. Und sie zitterte. Aber ihr Mund war genauso gierig wie seiner. Es war nicht Angst, die er schmeckte, als er sich ihre Lippen einverleibte, sondern eine Art Schock, der unter ihrem explodierenden Verlangen zu spüren war.

Er wollte mehr, packte sie an den Hüften und hob sie hoch, auf die Motorhaube seines Autos. Dann kam er näher, nahm sich noch mehr.

Vielleicht verlor sie gerade den Verstand, aber darüber konnte sie sich später Gedanken machen. Im Moment gab sie sich ganz den Bedürfnissen ihres Körpers hin und schlang ihre Beine um seine Taille.

»Fass mich an.« Sie knabberte an seiner Unterlippe, seiner Zunge. »Berühr mich – irgendwo, egal, wo.«

Seine Hände fuhren unter ihren weichen Baumwollpulli und umschlossen ihre Brüste. Ein Stöhnen entfuhr ihr, während ihr Körper nach mehr schrie. Nach noch mehr Berührungen, nach noch mehr Empfindungen, nach noch mehr von allem. Seine Hände waren grob und fest, genau wie der Rest von ihm. Grob, fest, direkt und kräftig, sodass sie sich überall, wo er sie berührte, irgendwie geschwollen fühlte, liebevoll verletzt.

Ihre Reaktion, ihr Verlangen fiel heftiger aus, als er erwartet hatte. Er konnte sich vorstellen, es direkt auf der Motorhaube seines Autos mit ihr zu tun, ihr die Kleidung, die ihm im Weg war, vom Leib zu reißen und in sie einzudringen, bis diese animalische, unglaubliche Energie freigesetzt war.

»Langsam.« Als er ihren Arm packte, waren seine Hände nicht mehr so ruhig. »Lass uns einen Gang runterschalten.«

Das Dröhnen in ihrem Kopf war so stark, dass sie ihn kaum verstand, und so ließ sie ihren Kopf an seine Schulter sinken. »Okay, okay. Wow. Wir dürfen nicht ... wir sollten nicht ...«

»Haben wir aber. Und das werden wir auch bald wiederholen. Aber da wir nicht mehr sechzehn sind, wird es nicht mitten auf der Straße auf einer Motorhaube geschehen.«

»Nein. Da hast du Recht.« War das denn tatsächlich wahr? Sie schaffte es, ihren Kopf zu heben, sich wieder zu konzentrieren. »Meine Güte. Wir stehen mitten auf der Straße. Fahr da weg. Du musst da wegfahren.«

Sie machte einen Satz zurück, fuhr sich mit beiden Händen durch das zerstrubbelte Haar, zupfte an ihrem Pulli, an ihrer Jacke.

»Du siehst gut aus.«

Doch sie sah das anders. Sie kam sich benutzt vor – aber nicht benutzt genug. »Wir sollten nicht ... Ich bin noch nicht so weit ... Ich glaube, das ist keine gute Idee.«

»Ich hab dich schließlich nicht gefragt, ob du mich heiraten und meine Kinder kriegen willst. Das war bloß ein Kuss. Eine verdammt gute Idee. Aber mit dir zu schlafen, finde ich noch eine viel bessere Idee.«

Sie presste ihre Hände an die Schläfen. »Ich kann gar nicht mehr denken. Mein Kopf explodiert.«

»Vor wenigen Minuten dachte ich noch, ein ganz anderer Körperteil von dir explodiert.«

»Hör auf. Würdest du bitte damit aufhören? Sieh uns doch nur an! Wir stehen hier, befummeln uns und reden über Sex. Dabei ist eine Frau tot.«

»Und das bleibt sie auch – egal, ob wir zusammen ins Bett gehen oder nicht. Wenn du noch etwas Zeit brauchst – kein Problem. Warte ruhig ein paar Tage. Aber wenn du glaubst, dass wir deswegen nicht zusammenkommen dürfen, muss ich mich schwer in dir getäuscht haben. Dann bist du dumm.«

»Ich bin nicht dumm.«

»Siehst du, wusst ich's doch!« Er drehte sich um und ging um den Wagen herum.

»Brody, so warte doch eine Minute.«

»Wieso?«

Sie starrte ihn an, den großen, männlichen, gut gebauten Kerl, hinter dem dramatisch die Tetons aufragten. »Ich weiß nicht. Ich weiß einfach nicht.«

»Dann lass uns zurückfahren. Ich brauch jetzt ein Bier.«

»Ich schlaf schließlich nicht mit jedem, den ich anziehend finde.«

Jetzt lehnte er sich gegen den offenen Wagenschlag. »So wie du eben drauf warst, hast du schon seit einigen Jahren mit niemandem mehr geschlafen.«

»Stimmt genau. Und wenn du glaubst, du kannst das ausnutzen ...«

»Worauf du deinen mageren Hintern verwetten kannst.« Grinsend stieg er ein.

Sie bewegte ihren mageren Hintern zur Beifahrertür und

setzte sich schmollend in den Wagen. »Diese Unterhaltung ist doch vollkommen lächerlich.«

»Dann halt den Mund.«

»Ich weiß nicht mal, warum ich dich überhaupt mag«, murmelte sie. »Vielleicht mag ich dich ja nicht mal. Vielleicht hab ich bloß deshalb so auf dich reagiert, weil es schon eine ganze Weile her ist, seit ich ... mit jemandem intim war.«

»Warum sagst du nicht gleich, seit man dich flachgelegt hat?«

»Weil ich anscheinend nicht so eloquent bin wie du. Aber was ich eigentlich sagen wollte, ist Folgendes: Nur, weil ich so auf dich reagiert habe, heißt das noch lange nicht, dass du mich ins Bett kriegen kannst.«

»Ich habe nicht vor, dir eines mit meiner Keule überzubraten und dich dann an den Haaren in meine Höhle zu schleifen.«

»Auch das würde mich nicht überraschen.« Sie kramte ihre Sonnenbrillenhülle hervor. »Und obwohl ich dankbar bin, dass du mir glaubst und mich unterstützt ...«

Er bremste derart abrupt, dass sie in den Sicherheitsgurt flog. »Das eine hat nichts mit dem anderen zu tun.« Seine Stimme klang gefährlich kühl. »Bring da nichts durcheinander.«

»Ich ...« Sie schloss den Mund und atmete tief durch, als er wieder losfuhr. »Du hast Recht, das war eine Beleidigung. Eine Beleidigung für uns beide. Aber ich habe dir doch gesagt, dass ich keinen klaren Gedanken fassen kann. Ich bin völlig aufgewühlt und durcheinander. Ich bin wütend, ich habe Angst ... und ich bin geil. Außerdem bekomme ich Kopfschmerzen.«

»Nimm ein paar Aspirin und leg dich ins Bett. Und sag Bescheid, wann die Geilheit die Oberhand gewinnt.«

Reece schlug die Hände vors Gesicht, ließ sie dann sinken und starrte auf die Berge. »Die letzten Tage waren mehr als merkwürdig.«

»Inwiefern?«

»Ich will mit dem Sheriff sprechen. Du könntest mich einfach dort absetzen.«

»Geh nach Hause, nimm ein Aspirin und ruf ihn an.«

»Ich muss direkt mit ihm sprechen. Setz mich ab«, wiederholte sie, als sie den Ort erreichten. »Geh dein Bier trinken.« Als Brody nicht reagierte, drehte sie sich auf ihrem Sitz, um ihn anzusehen. »Ich hab dich nicht gebeten, mich zu begleiten. Das will ich auch gar nicht. Wenn Sheriff Mardson nicht glaubt, dass ich für mich selbst sprechen kann, wird er mir auch sonst keinen Glauben schenken.«

»Ganz wie du meinst.«

Als er vor dem Büro des Sheriffs hielt, sah er sie so merkwürdig an. »Was gibt's morgen zum Abendessen?«

»Wie bitte?«

»Du bekochst mich.«

»Oh, das hatte ich ganz vergessen. Keine Ahnung. Ich denk mir was aus.«

»Das klingt köstlich. Geh rein und bring's hinter dich. Und dann sieh zu, dass du etwas schläfst. Du siehst völlig erschöpft aus.«

»Danke für das Kompliment. Du wirst mir noch völlig den Kopf verdrehen.« Sie wartete einen Herzschlag lang, dann zwei, griff nach ihrem Rucksack und tastete nach der Tür.

»Hast du ein Problem?«

»Nein. Na ja, ich dachte, du würdest mir einen Abschiedskuss geben.«

Seine Mundwinkel zuckten nach oben und er hob eine Braue. »Wahnsinn, du Bohnenstange, heißt das, wir gehen jetzt miteinander?«

»Mann, bist du ein Arschloch.« Trotzdem musste sie kichern, als sie die Tür aufdrückte. »Und wenn du mich fragen willst, ob ich mit dir gehen will, dann vergiss bitte den Ring nicht.« Sie steckte den Kopf ins Wageninnere. »Und bring Tulpen mit – das sind meine Lieblingsblumen.« Danach knallte sie die Tür zu.

Halb verwirrt, halb amüsiert ging sie auf das Büro des Sheriffs zu. Sie nahm alle Konzentration zusammen, als sie die Tür zu seinem Büro aufmachte und eintrat.

Es roch nach abgestandenem Kaffee und nassem Hund. Ersteren entdeckte sie auf einem kleinen Tischchen, wo in einer fast leeren Kanne etwas dampfte, was an schwarzen Schlamm erinnerte. Die zweite Geruchsquelle lag schnarchend auf dem Boden, und zwar zwischen zwei einander gegenüberstehenden Metallschreibtischen, wo vermutlich die Hilfssheriffs saßen.

Nur einer davon war besetzt. Ein dunkler Haarschopf, ein kleiner Spitzbart, haselnussbraune Augen, eine schlanke, jugendliche Figur. Denny Darwin, erinnerte sich Reece. Er mochte sein Spiegelei von beiden Seiten gebraten und den Speck mehr schwarz als knusprig.

Er sah auf, als die Tür aufging, und errötete ein wenig. So flink, wie seine Finger über die Tastatur glitten, hatte sie nicht den Eindruck, er nutze den Computer beruflich.

»Hallo, Ms. Gilmore.«

»Reece.« Er war nicht viel jünger als sie, dachte sie. Fünfundzwanzig vielleicht, mit einem netten, offenen Gesicht, trotz des Ziegenbärtchens. »Ich wollte eigentlich den Sheriff sprechen, falls er da ist.«

»Klar, er ist hinten in seinem Büro. Einfach durchgehen.«

»Danke. Netter Hund.« Sie schwieg und sah ihn sich näher an. »Den kenne ich von irgendwo her. Das ist der, der so gern im See schwimmt.«

»Typisch Moses. Das ist der Hund von Abby Mardson, der mittleren Tochter vom Sheriff.«

»Ach ja, stimmt. Sie wirft ihm immer Bälle, die er dann wieder rausholen muss.«

»Er leistet uns gern Gesellschaft, wenn die Kinder in der Schule sind – so auch heute.«

Moses öffnete ein Auge, musterte Reece aus seinem braunen, haarigen Gesicht und wedelte mit seinem riesigen, haarigen Schwanz.

»Wir haben im Joanie's immer ein paar Suppenknochen übrig. Wenn Moses einen will, brauchst du bloß Bescheid zu sagen.«

»Danke, das ist nett.«

»Schön, dich kennen gelernt zu haben, Moses.«

Sie durchquerte das Vorzimmer in die Richtung, die ihr Denny gewiesen hatte. Es gab noch einen weiteren Tisch für die Post kurz vor dem Flur, der momentan unbesetzt war.

An einem Ende des Flurs befanden sich zwei offene Zellen, die derzeit nicht belegt waren, am anderen zwei Türen. Auf der einen stand ›Lager‹ und auf der anderen ›Toilette‹. Gegenüber vom Lager sah sie Rick Mardsons Bürotür offen stehen.

Er saß hinter einem Eichentisch, der aussah, als habe er schon so manches mitgemacht. Sein Gesicht zeigte zur Tür, und das Fenster hinter ihm war genau richtig groß, sodass er ungestört arbeiten konnte, aber trotzdem genügend Licht bekam. Neben dem unverzichtbaren Computer und der Telefonanlage standen auf dem Schreibtisch mehrere gerahmte Fotos, Aktenordner und ein grellroter Becher, der diverse Stifte enthielt.

An der alten Garderobe in der Ecke hingen sein Hut und eine verblichene braune Holzfällerjacke. Filmposter mit John Wayne, Clint Eastwood und Paul Newman als Cowboyhelden schmückten die ansonsten langweilig-beigen Wände.

Er stand auf, als sie in der Tür stehen blieb und zögerte. »Kommen Sie rein, Reece. Ich habe gerade bei Ihnen angerufen.«

»Ich sollte mir einen Anrufbeantworter anschaffen. Haben Sie eine Minute Zeit?«

»Klar. Setzen Sie sich. Haben Sie Lust auf einen der grauenvollsten Kaffees in ganz Wyoming?«

»Eher nicht, aber trotzdem danke. Ich wollte nur wissen, ob es irgendwelche Neuigkeiten gibt.«

»Nun, die gute Nachricht zuerst: Jeder Einwohner von Angel's Fist ist wohlauf. Dasselbe gilt für die Touristen, die uns in den letzten Tagen beehrt haben. Niemand hier wird vermisst, auf den Ihre Beschreibung von der Frau zutreffen könnte.«

»Ihr Verschwinden ist noch nicht bemerkt worden. Es ist ja erst einen Tag her.«

»Kann sein. Ich werde das regelmäßig überprüfen.«

»Sie glauben, ich habe mir das bloß eingebildet.«

Er ging zur Tür, machte sie zu, kehrte zurück und setzte sich auf den Rand seines Schreibtischs. Sein Gesicht zeigte nichts weiter als Freundlichkeit und Geduld. »Ich kann Ihnen nur sagen, was ich weiß. Momentan weiß ich, dass jede Einwohnerin dieses Orts wohlauf ist, und auch die Touristinnen, die hier Urlaub machen oder gestern hier waren, erfreuen sich alle bester Gesundheit. Und da es zu meinen Pflichten gehört, solche Dinge in Erfahrung zu bringen, weiß ich auch, dass Sie in den letzten Jahren eine schwere Zeit durchgemacht haben.«

»Was hat das mit dieser Sache hier zu tun?«

»Vielleicht mehr, als Sie meinen. Ich möchte, dass Sie alles noch einmal in Ruhe überdenken. Es ist gut möglich, dass Sie ein streitendes Paar gesehen haben, genau wie Sie sagen. Vielleicht wurden die beiden sogar handgreiflich. Aber Sie waren ziemlich weit weg, Reece, selbst wenn man ein Fernglas dabeihat. Ich möchte, dass Sie noch einmal überlegen, ob diese Leute nicht einfach weggegangen sein könnten.«

»Sie war tot.«

»Nun, da Sie auf der anderen Seite des Flusses waren, hoch oben auf dem Wanderweg, konnten Sie wohl kaum ihren Puls nehmen, oder?«

»Nein, aber ...«

»Ich habe mir Ihre Zeugenaussage mehrfach durchgelesen. Sie sind davongerannt, haben Brody geholt und sind dann gemeinsam mit ihm zurückgelaufen. Bis Sie wieder dort waren, ist eine gute halbe Stunde vergangen. Kann es nicht sein, dass die Frau einfach wieder aufgestanden und davongegangen ist? Vielleicht immer noch wütend und mit ein paar blauen Flecken, aber gesund und munter?«

Das Glas war weder halb leer noch halb voll, dachte Reece. Es war einfach nur ein blödes Glas, und sie hatte es mit eigenen Augen gesehen. »Sie war tot. Wenn sie weggelaufen ist – wie erklären Sie es sich dann, dass es keine Spuren gibt? Keinerlei Anzeichen dafür, dass jemand dort gewesen ist?«

Er schwieg eine Weile, und als er wieder etwas sagte, schwang erneut diese endlose Geduld in seiner Stimme mit. Dieser Tonfall kroch ihr die Wirbelsäule hoch wie eine Spinne. »Sie sind nicht von hier und waren zum ersten Mal auf diesem Wanderweg unterwegs. Sie waren schockiert und verstört. Der Fluss ist lang, Reece. Vielleicht haben Sie sich ja vertan, was die Stelle anbelangt, als Sie mit Brody zurück sind. Meine Güte, es hätte genauso gut eine halbe Meile weiter oben sein können.«

»So weit kann ich nicht danebenliegen.«

»Nun, ich habe getan, was ich tun konnte, auch wenn der Fall eine Gleichung mit vielen Unbekannten ist. Ich bin drangeblieben und habe mich bei allen Krankenhäusern in der näheren Umgebung erkundigt. Und es wurde nirgendwo eine Frau eingeliefert, die wegen eines Hals- oder Kopftraumas behandelt werden musste und auf die Ihre Beschreibung passt. Ich werde morgen erneut nachfragen.«

Sie erhob sich. »Sie glauben, ich habe rein gar nichts gesehen.«

»Sie irren sich. Ich glaube, dass Sie sehr wohl etwas gesehen haben, das sie verängstigt und bestürzt hat. Aber ich kann nun mal keinerlei Beweise dafür finden, dass Sie Zeugin eines Mordes gewesen sind. Deshalb bitte ich Sie um Folgendes: Lassen Sie mich der Sache weiter nachgehen. Und ich verspreche Ihnen, dass ich nicht lockerlassen werde. Sie dagegen versuchen, die Sache vorläufig zu vergessen. Ich wollte gerade nach Hause zu meiner Frau und den Kindern. Ich nehm Sie mit.«

»Ich laufe lieber, um einen klaren Kopf zu bekommen.« Sie ging zur Tür und drehte sich noch mal um. »Diese Frau war tot, Sheriff. Und das kann ich nicht einfach vergessen.«

Als sie weg war, seufzte Mardson laut auf und schüttelte den Kopf. Er hatte getan, was er tun konnte – mehr war von einem Mann wie ihm nicht zu verlangen.

Jetzt würde er sich seinen Hund schnappen und nach Hause fahren, um mit seiner Frau und den Kindern zu Abend zu essen.

10

Brody nahm sich sein Bier und schob eine Tiefkühlpizza in den Ofen. Als er die Abruftaste seines Anrufbeantworters drückte, spuckte er eine Nachricht von seiner Agentin aus. Der Roman, der im frühen Herbst erscheinen sollte, hatte einen lukrativen Buchclubdeal erzielt. Das sprach dafür, sich zum Abendessen eventuell noch ein zweites Bier zu genehmigen.

Vielleicht würde er sich von einem Teil des Honorars einen neuen Fernseher gönnen. So einen Plasmafernseher. Den könnte er dann über den Kamin hängen. Aber konnte man Plasmafernseher überhaupt über den Kamin hängen? Oder würde ihn die Hitze sofort zerstören?

Nun, das ließ sich herausfinden. Es wäre einfach herrlich, sich auf der Couch auszustrecken und auf einem dieser Angeberbildschirme Sport auf ESPN zu gucken.

Doch noch stand er in der Küchentür, trank sein Bier, sah zu, wie die Dämmerung heraufzog und die Schatten immer länger wurden.

Die Stille tat ihm genauso gut wie ein Schluck von seinem kalten Bier.

Er musste noch arbeiten – denn nur wer viel Zeit vor der Tastatur verbringt, kann sich auch einen Angeberplasmafernseher leisten. Er würde wahrscheinlich noch ein paar Stunden an seinem aktuellen Buch sitzen, bis er es für heute gut sein ließ. Außerdem freute er sich darauf, sich in die Arbeit zu stürzen.

Er musste eine Frau umbringen.

Doch während er vor seinem Bier saß und wartete, bis die Pizza fertig war, blieb ihm genügend Zeit, an eine andere Frau zu denken.

Und die war alles andere als leicht verdaulich, denn dafür hatte Reece Gilmore viel zu viele Ecken und Kanten. Aber vielleicht fand er sie gerade deshalb so reizvoll, auch wenn er gar nicht die Absicht gehabt hatte, den Reizen einer Frau zu erliegen. Ihm gefiel ihre Widersprüchlichkeit – ihr Mut und ihre Zerbrechlichkeit, ihre Vorsicht und ihre Spontaneität. Leute, die allzu vorhersehbar waren, wurden bald langweilig.

Außerdem wurde er das Gefühl nicht los, dass sie beide in diese *Sache* verwickelt waren.

Und bis die aufgeklärt war, lohnte es sich bestimmt, mehr über sie herauszufinden.

Er sah sich um. Sein Laptop lag auf dem Tisch.

»Jetzt oder nie«, beschloss er, nippte noch einmal an seinem Bier und schloss die Tür.

Er fuhr den Computer hoch und holte die Pizza aus dem Ofen. Genau wie die Kaffeemaschine gehörte auch das Pizzarad zu seiner bescheidenen Küchengrundausstattung. Er ließ die ganze, in vier Teile geschnittene Pizza auf einen Teller plumpsen, schnappte sich ein paar Papierservietten, machte sich ein zweites Bier auf, und fertig war das Abendessen!

Er würde kaum länger brauchen als der Sheriff, um sich Informationen über Reece zu beschaffen. Als er nach ihr googelte, bekam er genügend interessante Treffer, um eine Weile beschäftigt zu sein.

Er stieß auf einen alten Artikel über aufstrebende Bostoner Chefköche, in dem die damals vierundzwanzigjährige Reece porträtiert wurde. Er hatte Recht gehabt, dachte er, als er einen Blick auf das Foto warf. Mit ungefähr fünf Kilo mehr auf den Rippen sah sie deutlich besser aus. Ehrlich gesagt, sah sie sogar verdammt gut aus.

Jung, dynamisch, irgendwie *authentisch*. Sie grinste in die Kamera und hielt dabei eine große blaue Schüssel und einen silbrig schimmernden Quirl in den Händen. In dem Artikel wurde über ihre Berufsausbildung berichtet – wobei sich das Jahr in Paris besonders gut machte – und die Anekdote erzählt, dass sie schon als Kind Fünfgängemenüs für ihre Puppen zubereitet hatte. Zitiert wurden auch Tony und Lisa Maneo, die Besitzer des Restaurants, in dem sie gearbeitet hatte – ein Paar, das nur wenige Jahre später tot sein würde. Reece sei nicht nur ein Geschenk für ihren Betrieb, sondern auch für ihre gesamte Familie, sagten sie.

In dem Artikel stand noch so manches andere. Er erfuhr, dass sie mit fünfzehn Waise geworden und von da an bei ihrer Großmutter mütterlicherseits aufgewachsen war. Sie war unverheiratet, sprach fließend Französisch und genoss es, Freunde zu bewirten, vor allem ihre Sonntagsbrunches waren legendär.

Die Adjektive, mit denen sie beschrieben wurde, lauteten energiegeladen, kreativ, abenteuerlustig und – etwas, das er nur bestätigen konnte – dynamisch.

Und jetzt? Wie würde er sie jetzt beschreiben?, fragte sich Brody, während er sich zurücklehnte und auf seiner Pizza herumkaute. Nervös, willensstark.

Heiß.

Und in einer Klatschspalte des *Boston Globe* stand, dass sie nunmehr Chefköchin eines »absolut beliebten Hotspots« werden würde, eines Lokals, das »für sein amerikanisches Fusion-Food und seine gesellige Atmosphäre« berühmt war.

Neben den üblichen biografischen Angaben enthielt der Artikel auch ein Foto von einer mondän gestylten Reece, die ihr Haar hochgesteckt hatte – was für ein schöner Hals! – und in einem sexy schwarzen Kostüm und Schwindel erregend hohen roten Schuhen vor ihrer neuen Edelstahl-Luxusküche posierte.

Meine Zeit im Maneo's und die Leute, mit denen ich dort gearbeitet oder gekocht habe, werden mir immer unvergesslich bleiben. Tony und Lisa Maneo gaben mir nicht nur zum ersten Mal die Chance, mich beruflich zu beweisen, sondern waren auch wie eine Familie für mich. Doch obwohl ich das Maneo's vermissen werde, kann ich es kaum erwarten, Teil des kreativen Teams im Oasis zu werden. Ich möchte das hohe Niveau des Lokals halten – und die Gäste mit ein paar neuen Spezialitäten überraschen.

»So wie du aussiehst, würde ich dich am liebsten selbst vernaschen«, murmelte er und betrachtete nochmals ihr Foto.

Er notierte sich das Erscheinungsdatum des Artikels und stellte fest, dass er ungefähr zu der Zeit veröffentlicht worden war, als er seinem Verleger bei der *Trib* die Arschkarte gezeigt hatte. Und als er den ersten Bericht über die Morde im Maneo's ausfindig gemacht hatte, sah er, dass er gerade mal drei Tage nach dem *Globe*-Artikel erschienen war.

Ein absolut lausiger Beitrag. Reece wurde als einzige Überlebende genannt, die mehrfach angeschossen worden sei und sich in einem kritischen Zustand befinde. Die Polizei stelle Ermittlungen an, blablabla. Die Besitzer wurden erwähnt und das Restaurant, das sie mehr als ein Vierteljahrhundert geführt hatten. Es gab Zitate von Familienangehörigen und Freunden – der Schock, die Tränen, die Fassungslosigkeit. Der Reporter verwendete Worte wie Blutbad, Gemetzel, Brutalität.

Weitere Artikel gaben den Stand der Ermittlungen wieder, die so gut wie keine Fortschritte machten. Die Frustration der Polizeibeamten war deutlich herauszulesen.

Dann wurde über die Begräbnisse und Gedenkgottesdienste für die Mordopfer berichtet. Reeces Zustand sei nicht mehr kritisch, sondern ernst. Sie stehe unter Polizeischutz.

Anschließend verlief die Geschichte langsam im Sand, wanderte von der Titelseite auf Seite drei und noch weiter nach hinten. Als Reece aus dem Krankenhaus entlassen wurde, war das gerade noch eine Meldung wert. Es gab keinerlei Interview mit ihr, kein Foto.

So ist das nun mal, dachte Brody. Nachrichten sind nur so lange aktuell, bis sie durch etwas anderes verdrängt werden. Die Geschichte des »Maneo-Massakers«, wie es von den Zeitungen genannt wurde, war nach nicht einmal drei Wochen durch.

Die Toten waren beerdigt, die Mörder flüchtig, und die einzige Überlebende konnte zusehen, wie sie die Scherben ihres früheren Lebens wieder zusammensetzte.

Während Brody seine Pizza aß und über sie recherchierte, ließ Reece gerade heißes Wasser in ihre kleine Badewanne einlaufen und gab einen großzügigen Spritzer von dem Drogeriemarktschaumbad hinzu. Sie hatte das Aspirin genommen und sich gezwungen ein paar Cracker mit Käse zu essen und dazu noch ein paar Trauben, wegen der Vitamine.

Jetzt würde sie sich gemütlich in die Wanne legen, ihren Wein trinken und mit Brodys Buch anfangen. Sie wollte die Welt da draußen völlig aus ihren Gedanken verbannen, wenigstens für die nächste Stunde. Sie überlegte, ob sie sich im Bad einschließen sollte oder nicht. Sie hätte sich lieber eingeschlossen, aber der Raum war so klein, dass sie das Gefühl des Eingesperrtseins nicht ertragen hätte.

Sie hatte bereits mehrfach versucht, sich im Bad einzuschließen, was regelmäßig dazu geführt hatte, dass sie tropfend und keuchend aus der Wanne gesprungen war, um die Tür wieder aufzureißen.

Die Wohnungstür war abgeschlossen, beruhigte sie sich, außerdem hatte sie eine Stuhllehne unter die Klinke gerückt. Sie war vollkommen sicher. Aber nachdem sie sich in die Wanne hatte gleiten lassen, musste sie sich zweimal aufsetzen und sich verrenken, um einen Blick ins Wohnzimmer zu werfen. Nur für den Fall. Um auch ja nichts zu überhören.

Ärgerlich über sich selbst nahm sie langsam zwei große Schlucke Wein.

»Jetzt hör endlich auf damit. Entspann dich. Du hast das früher geliebt. Du hast es geliebt, mit einem Glas Wein und einem Buch in der Wanne zu sitzen. Es wird höchste Zeit, dass du damit aufhörst, dich in drei Minuten abzuschrubben und dann aus der Dusche zu springen, als sei Norman Bates höchstpersönlich hinter dir her.«

»Und jetzt denk endlich mal an etwas anderes!«

Sie schloss die Augen und nippte erneut an ihrem Wein. Dann schlug sie das Buch auf.

Der erste Absatz lautete:

Die Leute sagten, Jack Brewster hätte sich schon seit Jahren sein eigenes Grab geschaufelt. Aber als er die Schaufel mühsam in die hart gefrorene Wintererde bohrte, fand er es doch mehr als ärgerlich, dass sich dieses Sprichwort tatsächlich bewahrheiten sollte.

Sie musste grinsen und hoffte nur, dass Jack nicht so bald unter der Erde liegen würde.

Sie las ungefähr eine Viertelstunde, bevor sie nervös wurde und wieder einen Blick ins Wohnzimmer werfen musste. Das war bereits ein neuer Rekord. Stolz harrte Reece noch weitere zehn Minuten aus, bevor sie eine derartige Gänsehaut bekam, dass sie wirklich aus der Wanne musste.

Das nächste Mal, schwor sie sich, während sie den Stöpsel zog, würde sie versuchen, es noch etwas länger auszuhalten.

Sie stellte erleichtert fest, dass ihr das Buch gefiel, und legte es zur Seite, damit sie sich mit der zum Schaumbad passenden Bodylotion eincremen konnte. Sie würde es mit ins Bett nehmen, jawohl. Sie würde Brodys Jack Brewster dazu benutzen, alle dunklen Gedanken zu verdrängen.

Sie würde kein Tagebuch schreiben, nicht heute.

Vielleicht hatte sie sich über Sheriff Mardson geärgert, nachdem sie sein Büro verlassen hatte. Aber jetzt hatte sie sich wieder beruhigt und musste zugeben, dass er alles tat, was in seiner Macht stand.

Egal, ob er ihr glaubte oder nicht, er hatte sie nicht herablassend behandelt.

Und so bemühte sie sich, wenigstens einen Rat von ihm anzunehmen. Sie würde die Sache vorerst vergessen – wenn auch nur für ein paar Stunden.

Sie schlüpfte in ihren Flanellpyjama und zupfte sich die Haarnadeln aus ihrer Frisur. Jetzt noch eine kleine Kanne Tee, dachte sie, und das Buch.

Nachdem sie Wasser aufgesetzt hatte, versuchte sie sich zu einem Sandwich zu überreden. Doch stattdessen überlegte sie, was sie morgen Abend zubereiten könnte.

Rotes Fleisch natürlich. Vielleicht ein bisschen Schmorfleisch in Rotweinsauce. Sie würde gleich in der ersten Pause zum Lebensmittelladen eilen und irgendeine Marinade anrühren. Was mir nicht weiter schwerfallen dürfte, dachte sie, während sie eine Einkaufsliste machte. Neue Kartoffeln und Karotten und, wenn möglich, frische grüne Bohnen. Ein echtes Männeressen. Und dazu mächtige Buttermilchkekse.

Wenn sie es schaffte, könnte sie auch noch ein paar gefüllte Champignons zubereiten, als Vorspeise. Und als Nachspeise Beeren mit Sahne. Nein, das war eindeutig zu mädchenmäßig. Wie wär's mit einem Apfelauflauf? Das war etwas Unprätentiöses, Schlichtes.

Würde sie anschließend mit ihm im Bett landen? Das war keine gute Idee – im Gegenteil. Doch eines musste man ihm lassen, er hatte sie wirklich angemacht. Es tat gut zu wissen, dass sie *überhaupt noch* sexuelle Gefühle entwickeln konnte, auch wenn es sie frustrierte, noch nicht wirklich etwas damit anfangen zu können.

Am besten, sie wusch ihre Bettwäsche, nur für den Fall. Sie besaß nur die eine Garnitur, also notierte sie Waschsalon auf ihrer Liste und versah das Wort mit einem Fragezeichen.

Sie würde einen guten Rotwein besorgen. Vielleicht auch

Brandy. Und Mist, sie hatte weder Kaffee noch irgendein Utensil, um welchen zu machen.

Sie trat einen Schritt zurück und presste ihre Finger gegen die Stirn, während ihre Kopfschmerzen langsam abflauten. Am besten, sie sagte die Einladung ab. Sie machte sich ganz umsonst verrückt, wollte eine perfekte Mahlzeit zubereiten, während sich Brody bestimmt auch mit ein paar Büffelburgern und Fritten zufriedengeben würde.

Oder noch besser: Sie könnte die Einladung absagen, ihre Sachen packen, Joanie eine Nachricht hinterlassen und Angel's Fist den Rücken kehren. Welchen Grund hatte sie schon, hierzubleiben?

Eine Frau war ermordet worden, reichte das nicht, um die Gegend zu verlassen? Inzwischen würden schon alle wissen, dass sie behauptete, Zeugin eines Mordes gewesen zu sein, obwohl es keinerlei Beweise dafür gab.

Sie wollte nicht, dass sie die Leute wieder schräg aus dem Augenwinkel ansahen, so als sei sie eine tickende Zeitbombe, die jeden Moment hochgehen konnte.

Außerdem hatte sie hier durchaus Fortschritte gemacht und konnte also hoch erhobenen Hauptes abreisen. Sie kochte wieder und sie hatte sich eine Wohnung genommen. Sie hatte es fünfundzwanzig Minuten lang in der Wanne ausgehalten.

Sie konnte spüren, wie ihre Sexualität wiedererwachte.

Noch so ein Treffen mit Brody, und ihre Sexualität würde explodieren. Daran gab es auch gar nichts auszusetzen. Sie waren schließlich erwachsen und beide ungebunden. Sex war gesund, und Sex mit einem attraktiven Mann haben zu wollen, war für eine Frau ganz normal.

Waren das etwa keine Fortschritte?

Fortschritte, die sie sich auch noch in der nächsten Stadt zunutze machen konnte.

Sie ließ den Stift sinken, als der Wasserkessel zu brodeln begann. Er pfiff schrill, während sie nach einer Tasse samt Untertasse griff. Ihr fehlte eine Teekanne, bemerkte sie. Im nächsten Ort würde sie sich vielleicht eine gönnen.

Sie machte den Herd aus und stellte den Wasserkessel auf eine kalte Platte. Als das Pfeifen verstummte, klopfte es an der Tür.

Wenn sie noch genügend Luft gehabt hätte, hätte sie laut aufgeschrien. Stattdessen zuckte sie derart zusammen, dass sie sich mit der Hüfte an der Küchentheke stieß. Als sich ihre Hand um den Griff des Filetiermessers schloss, bellte Joanie bereits durch die abgeschlossene Tür.

»Mach auf, um Himmels willen. Ich hab nicht den ganzen Abend Zeit.«

Mit wackligen Knien eilte Reece durch das Zimmer und schob so leise wie möglich den Stuhl beiseite. »Entschuldige, noch einen Moment bitte!«

Sie schloss die Tür auf und löste die Sicherheitskette. »Ich war in der Küche«, erklärte Reece.

»Ja, und die Wohnung ist derart geräumig, dass ich mich wundere, dass du mich überhaupt gehört hast.« Joanie kam hereinmarschiert, sie roch nach Gewürzen und Rauch. »Ich hab gerade den letzten Rest Suppe aus dem Topf gekratzt. Das nächste Mal musst du mehr kochen. Isst du gerade?«

»Na ja, ich ...«

»Vergiss es.« Joanie stellte einen mit Alufolie bedeckten Take-away-Behälter auf die Küchentheke. »So, und jetzt iss.« Sie gestikulierte ungeduldig, als Reece zögerte. »Sie ist noch warm. Ich mach gerade Pause.«

Mit diesen Worten ging sie zum Fenster und öffnete es einen Spalt. Dann zog sie ein Feuerzeug und eine Schachtel Marlboro Lights hervor. »Du willst mir hier doch hoffentlich nicht das Rauchen verbieten?«

»Nein.« Da sie nichts Geeigneteres besaß, trug Reece die Untertasse hinüber, die nun als Aschenbecher herhalten musste. »Und wie läuft's heute?«

»Nicht schlecht. Die Suppe hat sich größter Beliebtheit erfreut. Du kannst morgen wieder eine machen, falls du noch ein Rezept auf Lager hast.«

»Klar, kein Problem.«

»Setz dich und iss.«

»Du musst nicht am Fenster stehen bleiben.«

»Daran bin ich gewöhnt.« Stattdessen setzte sich Joanie mit einer Pobacke auf die Fensterbank.

»Es riecht gut hier.«

»Ich habe gerade gebadet. *Tropical Mango.*«

»Lecker.« Joanie nahm einen Zug von ihrer Zigarette. »Erwartest du noch Besuch?«

»Was? Nein, heute Abend nicht.«

»Lo ist unten.« Joanie aschte geistesabwesend aus dem Fenster. »Eigentlich hatte er vor, dir die Suppe zu bringen. Ich glaube nicht, um dich anzumachen, zumal er Linda-Gail mitnehmen wollte. Trotzdem, wenn man ihm den kleinen Finger gibt ...«

»Das ist aber nett von ihm.«

»Er macht sich Sorgen um dich, glaubt, du bist völlig verängstigt.«

»Daran bin ich gewöhnt«, sagte Reece mit einem schiefen Lächeln, während sie sich hinsetzte, um ihre Suppe zu essen. »Aber ich komm schon zurecht.«

»Er ist nicht der Einzige, der sich Sorgen macht. Die Sache hat sich natürlich längst herumgesprochen. Das, was du gestern auf dem Wanderweg beobachtet hast.«

»Was ich beobachtet habe oder was ich glaube, beobachtet zu haben?«

»Nun, das weißt nur du.«

»Ich habe es beobachtet.«

»Also gut. Linda-Gail lässt dir ausrichten, dass sie gern hochkommt und bei dir übernachtet, wenn du nicht allein sein willst. Du kannst aber auch bei ihr schlafen.«

Reece blieb der Löffel in der Luft stehen. »Ehrlich?«

»Nein, das hab ich mir bloß ausgedacht, damit du mich blöd anstarren kannst.«

»Wie lieb von ihr. Aber es geht mir gut.«

»Zumindest besser als vorhin.« Joanie lehnte sich mit dem Rücken gegen das Fensterkreuz und aschte erneut. »Als deine Chefin und Vermieterin habe ich heute die Aufgabe, nach dir zu sehen und dir von Mac, Carl, Doc, Bebe, Pete, Beck und so weiter alles Gute zu sagen. Ich müsste lügen, wenn nicht heute so mancher nur deshalb vorbeigekommen ist, um einen Blick auf dich werfen zu können oder mehr aus mir herauszubekommen. Aber die meisten waren aufrichtig um dich besorgt. Und das solltest du wissen, finde ich.«

»Ich weiß es wirklich sehr zu schätzen, dass du nach mir gesehen hast und mir ihre guten Wünsche ausgerichtet hast. Aber Joanie, der Sheriff kann nicht den geringsten Beweis dafür finden.«

»Manche Sachen brauchen eben Zeit. Rick wird weiter die Augen offen halten.«

»Ja, das glaube ich auch. Aber er ist nicht wirklich davon überzeugt, dass ich gesehen habe, was ich gesehen habe. Warum auch? Warum sollte mir irgendjemand glauben? Und wer mir jetzt noch glaubt, wird seine Meinung sehr bald ändern, wenn sich erst mal herumgesprochen hat, was damals in Boston passiert ist. Und das wird sich herumsprechen. Und dann ...« Ihr versagte die Stimme, und sie zog die Augen zu schmalen Schlitzen zusammen. »Wahrscheinlich hat es sich längst herumgesprochen.«

»Irgendjemand hat so was erwähnt. Und so wurde in der Tat darüber geredet, was damals vorgefallen ist, und wie schlimm du verletzt warst.«

»Das musste ja passieren.« Sie versuchte es abzuschütteln. »Jetzt wird die Gerüchteküche erst recht brodeln. Und dann wird es heißen, ach, die Ärmste, sie hat so viel durchgemacht, dass sie einfach nicht darüber hinwegkommt. Und sich Sachen einbildet.«

»Ja, ja, versink nur in Selbstmitleid.« Mit ein paar schnellen Bewegungen drückte Joanie routiniert ihre Zigarette aus. »Bitte sag mir Bescheid, wenn es das nächste Mal wieder so weit ist.«

»Mensch, bist du gemein.« Reece löffelte ihre Suppe. »Kannst du mir sagen, warum mir ausgerechnet die beiden Menschen am meisten helfen, die mir so gar kein Mitleid entgegenbringen?«

»Mitleid wirst du in Boston genug bekommen haben, da brauchst du mich nicht auch noch dazu.«

»Was du nicht sagst. Bevor du raufgekommen bist, war ich schon drauf und dran abzureisen. Und jetzt sitze ich hier, esse Suppe – die übrigens mit frischen Kräutern deutlich besser schmecken würde – und unterhalte mich mit dir. Und plötzlich weiß ich, dass ich nirgendwohin fahren werde. Und das tut gut. Obwohl ich sofort alle Türen und Fenster kontrollieren werde, wenn du wieder weg bist, und nachhören werde, ob das Telefon funktioniert.«

»Und den Stuhl wirst du auch wieder unter die Türklinke schieben?«

»Dir entgeht aber auch gar nichts.«

»Nicht sehr viel.« Joanie trug den improvisierten Aschenbecher zur Spüle. »Ich hab schließlich sechzig Jahre auf dem Buckel, da ...«

»Du bist sechzig? Quatsch!«

Angesichts von Reeces ungläubigem Staunen konnte sich Joanie ein Strahlen nicht verkneifen. Sie zuckte die Achseln. »Nächsten Januar werde ich sechzig, also stell ich mich schon mal drauf ein. Dann ist es nicht mehr so ein Schock. Aber jetzt hab ich den Faden verloren.«

»Ich hätte dich mindestens zehn Jahre jünger geschätzt.«

Joanie warf ihr einen langen, kühlen Blick zu, aber ihre Lippen verzogen sich schon wieder zu einem Lächeln. »Versuchst du gerade, eine vorzeitige Gehaltserhöhung durchzudrücken?«

»Och, wenn ich eine kriegen kann ...«

»Was ich eigentlich sagen wollte: Ich weiß, wen ich vor mir habe. Du bist in Ordnung, du stehst das durch. Du hast schon Schlimmeres durchgestanden.«

»Hab ich nicht.«

»Hör auf, dich klein zu reden!«, schimpfte Joanie. »Ich hab schließlich Augen im Kopf. Es gibt hier bestimmt die ein oder andere Klatschbase, aber auch jede Menge anständige Leute, ansonsten wäre ich schon lange nicht mehr hier. Schlimme Dinge passieren überall, und wer wüsste das besser als du. Die Leute hier kümmern sich umeinander. Wenn du Hilfe benötigst, brauchst du es bloß zu sagen.«

»Mach ich.«

»Jetzt muss ich wieder runter.« Joanie machte einen Schritt zurück und sah sich noch mal gründlich um. »Möchtest du einen Fernseher? Ich hab noch einen übrig, den ich dir überlassen könnte.«

Reece wollte schon Nein sagen und mach dir keine Mühe. Schon wieder so ein ungesunder Reflex, dachte sie. »Falls du mir wirklich einen leihen kannst, würde ich mich freuen.«

»Du kannst ihn gleich morgen mit hochnehmen.« In der Tür blieb Joanie noch einmal stehen und schnüffelte. »Es wird Regen geben. Ich erwarte dich pünktlich um sechs.«

Wieder allein, stand Reece auf, um das Fenster zuzumachen und die Tür abzuschließen, ließ sich aber bewusst Zeit damit. Wie jede normale Frau, beruhigte sie sich, vor dem Zubettgehen. Und wenn sie noch den Stuhl unter die Türklinke schob, tat das auch niemandem weh.

Kurz nach zwei Uhr früh wurde sie in der Tat von Regen geweckt. Sie war bei brennendem Licht über Brodys Buch eingeschlafen. Während der Regen aufs Dach prasselte und gegen die Fenster schlug, hörte man es in der Ferne leise donnern. Sie mochte dieses Geräusch, das Heulen des Windes, und fand es in ihrem kleinen Bett umso gemütlicher.

Sie kuschelte sich zusammen und strich sich die Haare aus dem Nacken. Sie gähnte und zog die Decke hoch bis unters Kinn. Und als sie sich gewohnheitsmäßig noch einmal im Zimmer umsah, erstarrte sie.

Die Wohnungstür stand auf. Nur einen Spalt.

Zitternd warf sie sich die Decke um und griff nach der Taschenlampe neben ihrem Bett, als wäre sie ein Knüppel. Sie musste aufstehen, ihre Beine durften jetzt nicht versagen. Ihr Atem ging pfeifend, als sie zitternd das Bett verließ und zur Tür rannte.

Sie knallte sie zu, schloss ab und drückte die Klinke herunter, um zu überprüfen, ob sie wirklich zu war. Ihr Puls raste immer noch, als sie zu den Fenstern eilte, kontrollierte, ob alle geschlossen waren, und einen prüfenden Blick auf die Straße warf.

Da draußen im Regen war niemand. Der See lag da wie eine schwarze Pfütze, die Straße glänzte und lag völlig verlassen da.

Sie versuchte sich einzureden, sie habe die Tür aus Versehen nicht abgeschlossen oder bei ihrer letzten Kontrolle vor dem Zubettgehen aus Versehen wieder aufgeschlossen. Der

Wind hatte sie einen Spalt aufgedrückt. Draußen stürmte es, und deshalb hatte die Zugluft ...

Doch als sie vor der Tür auf alle viere ging, sah sie die kleinen Kratzer, die der Stuhl auf dem Holz verursacht hatte.

Der Wind konnte die Tür unmöglich so fest aufgedrückt und den Stuhl um Zentimeter verschoben haben.

Sie setzte sich neben der Tür auf den Boden und lehnte sich in die Decke gehüllt an die Wand.

Es gelang ihr einzudösen, es gelang ihr sogar, sich anzuziehen und zur Arbeit zu gehen.

Sobald der Lebensmittelladen aufmachte, nahm sie ihre Pause und zog los, um sich einen Sicherheitsriegel zu kaufen.

»Sie wissen, wie man so etwas installiert?«, fragte Mac.

»Ich denke schon.«

Er tätschelte ihre Hand. »Wie wär's, wenn ich das für Sie erledige? Ich wollte sowieso zum Mittagessen vorbeikommen. Es dauert auch nicht lange.«

Wenn du Hilfe benötigst, brauchst du bloß etwas zu sagen, erinnerte sich Reece. »Das wäre wirklich nett von Ihnen, Mr. Drubber.«

»Die Sache ist so gut wie erledigt. Ich kann gut verstehen, dass Sie ein wenig nervös sind. Ein stabiles Schloss wird Sie beruhigen.«

»Das glaube ich auch.« Sie sah sich um, als die Ladentür aufging.

»Guten Morgen, Mr. Sampson«, sagte sie zu Carl.

»Guten Morgen. Wie geht es Ihnen?«

»Gut. Hm, ich nehme an, der Sheriff hat bereits mit Ihnen gesprochen. Trotzdem wüsste ich gern, ob Sie hier in den letzten Tagen eine Frau mit langen dunklen Haaren und einer roten Jacke gesehen haben.«

»Ich hatte ein paar Wanderer zu Gast«, erzählte ihr Mac. »Alles Männer, obwohl zwei von ihnen Ohrringe trugen. Einer sogar in der Nase.«

»Davon habe wir hier im Winter jede Menge, wenn die Snowboarder kommen«, meinte Carl. »Die Jungs tragen mehr Metall mit sich herum als die Mädels. Aber da war doch noch dieses pensionierte Paar aus Minnesota mit dem Wohnwagen«, erinnerte er Mac.

»Die Frau war schon vollkommen ergraut, Carl, und er wog mindestens hundertfünfzig Kilo, wenn nicht sogar mehr. Das ist nicht die Sorte Mann, nach der der Sheriff gefragt hat.«

»Ich mein ja nur.« Carl warf Reece einen vorsichtigen Blick zu. »Vielleicht haben die Leute, die Sie beobachtet haben, bloß gerauft. Nur so zum Spaß. Die Leute machen die verrücktesten Sachen.«

»Das kann man wohl sagen.« Reece griff nach ihrem Geldbeutel. »Dann überlass ich das mit dem Sicherheitsriegel Ihnen, Mr. Drubber.«

»Prima, und stecken Sie Ihr Geld weg. Ich setz das Joanie auf die Rechnung.«

»Oh nein, der Riegel ist für mich, also bitte ...«

»Haben Sie vor, ihn wieder abzuschrauben und mitzunehmen?«

»Nein, aber ...«

»Ich klär das schon mit Joanie. Steht heute wieder so eine tolle Suppe auf der Karte?«

»Eine ganz altmodische Hühnersuppe mit Nudeln.«

»Die wird bestimmt ein Riesenerfolg. Brauchen Sie heute sonst noch was?«

»Ja, aber dafür komme ich später noch mal zurück. Meine Pause ist um.«

»Geben Sie mir Ihre Liste.« Er griff nach einem Stift und

leckte an der Mine. »Ich bring die Sachen mit, wenn ich zum Mittagessen komme.«

»Das nenn ich Service. Gut, also ich brauche ein kleines Stück Rinderbraten, ein Pfund neue Kartoffeln, ein Pfund Karotten«, fing sie an aufzuzählen.

Als sie fertig war, wackelte Mac mit den Brauen. »Das hört sich nach Besuch an.«

»Stimmt genau.« Warum sollte sie das verheimlichen? »Ich koche für Brody. Er hat mir neulich sehr geholfen.«

»Wetten, er bekommt es dreifach zurückgezahlt?«

»Falls noch was übrig bleibt, bekommen Sie's. Dafür, dass Sie mir den Riegel installieren.«

»Da sag ich nicht Nein.«

Sie eilte zurück und sog gierig die vom Gewitter gereinigte Luft ein. Sie hatte es geschafft, hatte sich vollkommen vernünftig verhalten.

Und wenn sie heute Abend zu Bett gehen würde – egal, ob allein oder zu zweit –, hätte sie einen stabilen Sicherheitsriegel an der Tür.

Lo kurvte mit seinem Ford-Pick-up durch Angel's Fist und hatte eine Waylon-Jennings-CD eingelegt. Außerhalb des Ortes hatte er Faith Hill gehört, die er extrem sexy fand. Doch ein Mann konnte unmöglich durch die Stadt fahren, während eine hohe Mädchenstimme aus seinem Pick-up drang.

Außer sie gehörte einem Mädchen aus Fleisch und Blut.

Er hatte da schon eine ganz bestimmte Kandidatin im Auge. Ehrlich gesagt, mehrere, aber in seinem Kopf war Platz für eine ganze Latte von Frauen. Eine von ihnen stand gerade in Röhrenjeans und einem roten Sweatshirt auf der Leiter und strich die Fensterläden des kleinen Puppenhäuschens, das sie gemietet hatte, sonnengelb an.

Er ließ den Motor aufheulen, wartete darauf, dass sie sich umdrehte und ihn in seinem protzigen schwarzen Pick-up bewunderte. Als die Bewunderung ausblieb, verdrehte er die Augen und fuhr rechts ran.

Weiß der Himmel, warum er sich an dieser Frau dermaßen die Zähne ausbeißen musste, während ihm andere nur so in den Schoß fielen.

»Hallo Linda-Gail!«

»Hallo!« Sie unterbrach ihre Arbeit nicht.

»Was machst du da?«

»Ich gönne mir gerade eine Gesichtsbehandlung inklusive Pediküre. Oder nach was sieht das hier wohl aus?«

Er verdrehte nochmals die Augen, stieg aus dem Wagen und ging zu ihr hinüber. »Hast du heute frei?« Er hatte bereits einen Blick auf ihren Schichtplan geworfen und wusste Bescheid.

»Stimmt genau. Und du?«

»Wir haben ein paar Gäste, aber die gehen heute auf Kajaktour. Hast du Reece gesehen?«

»Nein.« Sie klatschte die Farbe derart heftig auf das Holz, dass es spritzte und er zur Seite springen musste.

»Pass auf.«

»Geh mir aus dem Weg.«

Was für eine Zicke, dachte er. Keine Ahnung, warum er sich immer wieder aufs Neue von ihr demütigen ließ. »Ich wollte bloß mal hören, wie's ihr geht, mehr nicht.«

»Deine Ma hat gemeint, ich soll sie in Ruhe lassen, also lasse ich sie in Ruhe.« Sie ließ seufzend den Pinsel sinken. »Trotzdem wüsste ich nur zu gern Bescheid. Das ist eine scheußliche Sache.«

»Scheußlich, ja«, wiederholte er und schwieg einen Moment. »Aber irgendwie auch aufregend.«

»Und ob!« Sie wirbelte herum und sah auf ihn hinunter. »Meine Güte, sind wir krank! Trotzdem, Wahnsinn, ein Mord! Bebe glaubt, dass es Bankräuber waren, die sich um die Beute gestritten haben. Deshalb hat er sie umgebracht. Und jetzt hat er das ganze Geld für sich.«

»Eine Möglichkeit von vielen.«

Sie nahm den Pinsel herunter und lehnte sich gegen die Leiter. »Meiner Meinung nach hatten die beiden eine Affäre und wollten an dem bewussten Tag gemeinsam abhauen. Doch dann hat sie es sich anders überlegt, wollte zu ihrem Mann und den Kindern zurück, und er hat sie umgebracht: Mord aus Leidenschaft.«

»Klingt auch nicht schlecht. Er hat die Leiche mit Steinen beschwert und in eine alte Biberburg gestopft.«

»Iiih, ist das eklig. Schlimmer, als sie hier irgendwo zu vergraben.«

»Sehr wahrscheinlich ist das ohnehin nicht.« Er lehnte sich ebenfalls gegen die Leiter. Er konnte die Farbe riechen, aber auch, womit sie sich heute Morgen eingecremt hatte. »Dazu müsste er erst einmal wissen, wo es hier alte Biberburgen gibt. Ich glaube nicht, dass sie von hier waren. Wie dem auch sei, der Kerl ist längst auf und davon.«

»Wahrscheinlich schon. Aber das macht es für Reece auch nicht besser.« Sie malte weiter. In ihrer jetzigen Position befand sich ihr süßer Po genau auf seiner Augenhöhe.

Er bräuchte sich nur ein paar Zentimeter vorzulehnen, und dann ...

»Ich nehme an, du willst bei ihr vorbeischauen, sehen, wie es ihr geht.«

»Bei wem?« Er blinzelte, um wieder einen klaren Kopf zu bekommen. »Ach so, bei Reece. Keine Ahnung. Das hatte ich eigentlich vor, aber nur, wenn du mich begleitest.«

»Deine Ma hat gesagt, ich soll Reece heute lieber in Ruhe lassen. Außerdem bin ich gerade am Streichen. Ich muss das erst fertig machen.«

»So wie du dich anstellst, dauert das noch den ganzen Vormittag.«

Sie sah sich um. »Ich hab noch einen Pinsel, du Klugscheißer. Du kannst dich hier gern nützlich machen, anstatt nur blöd rumzustehen.«

»Heute ist mein freier Tag.«

»Meiner auch.«

»Mist.« Besonders viel Lust auf Malerarbeiten hatte er eigentlich nicht gerade. Aber da er sonst nichts groß mit sich anzufangen wusste, sagte er: »Na gut, ich helf dir.« Er griff nach dem Pinsel, an dem immer noch das Preisetikett klebte. »Falls wir hier jemals fertig werden, könnten wir noch zur Ranch rausfahren. Ich könnte uns ein paar Pferde satteln. Es ist ein schöner Tag zum Ausreiten.«

Linda-Gail lachte in sich hinein, während sie weiterpinselte. »Wer weiß. Es ist ein schöner Tag.«

umwege

Schmerz – eine große Leerstelle.
Denn man weiß nie genau,
wann er begann und ob man je
auch ohne ihn gelebt.

Emily Dickinson

II

In ihrer nächsten Pause wollte Reece schleunigst hoch in das Apartment. Sie benutzte den Schlüssel, den Mac im Joanie's abgegeben hatte, um den neuen, stabilen Türriegel aufzuschließen.

Schon das laute Klicken gab ihr ein gutes Gefühl. Sie probierte ihn ein paarmal aus und seufzte erleichtert.

Aber sie musste sich beeilen, die Marinade machen und das Fleisch darin einlegen, bevor sie wieder runtermusste, um ihre Schicht zu beenden.

Auf der Küchentheke lag ein Zettel mit der klaren, ordentlichen Handschrift von Mac. Er war mit der neuen Bratenform beschwert, die sie auf ihrer Einkaufsliste gehabt hatte.

Das Gemüse habe ich schon mal für Sie in den Kühlschrank getan, damit es nicht welk wird. Außerdem habe ich Ihnen ein Kundenkonto eingerichtet, es reicht also, wenn Sie mich Ende des Monats bezahlen. Genießen Sie Ihr Abendessen – ich freue mich schon auf das, was übrig bleibt! M. D.

Was für ein Schatz, dachte sie und wunderte sich nur, warum ihn sich noch keine Frau unter den Nagel gerissen hatte.

Sie nahm sich aus dem Kühlschrank, was sie brauchte, und öffnete dann den Küchenunterschrank, um die Rührschüssel herauszuholen.

Sie war nicht mehr da. Keine ihrer Schüsseln war mehr da. Stattdessen lagen ihre Wanderstiefel und ihr Rucksack im Schrank.

Sie ging langsam in die Hocke.

Sie hatte sie nicht dort hingeräumt, sie nicht. Ihre Wanderstiefel und der Rucksack gehörten in den kleinen Wandschrank. So behutsam, als entschärfe sie eine Bombe, nahm sie sie heraus und musterte sie gründlich. Sie öffnete den Rucksack und fand darin ihre Wasserflasche, ihren Kompass, das Taschenmesser, die Regenhaut, den Sonnenschutz. Alles war genau da, wo es hingehörte.

Zitternd trug sie alles zum Wandschrank. Und dort waren ihre Rührschüsseln, auf dem Regalbrett über den Kleiderbügeln.

Das hatte nichts zu bedeuten, beruhigte sie sich. Sie war einfach nur etwas zerstreut gewesen, mehr nicht. So etwas kann jedem passieren, aber wirklich jedem.

Sie stellte die Stiefel unten in den Schrank und hängte den Rucksack an einen Haken. Sie sah förmlich vor sich, wie sie dasselbe nach ihrem Ausflug mit Brody schon einmal getan hatte. Noch bevor sie ihr Aspirin genommen, ja bevor sie sich ein Bad eingelassen hatte, hatte sie die Stiefel ausgezogen und sie samt dem Rucksack in den Wandschrank geräumt.

Sie hätte es schwören können.

Und dann die Schüsseln. Warum hätte sie sie überhaupt umräumen sollen?

Aber sie musste sie umgeräumt haben. So wie sie auch auf der Landkarte herumgekritzelt hatte. Sie hatte das bloß verdrängt. Ein Blackout, dachte sie, und lehnte sich mit der Stirn gegen die Schranktür. Trotzdem konnte sie einfach nicht glauben, dass sie wieder einen Blackout gehabt hatte wie damals bei ihrem Nervenzusammenbruch. Aber die Schüsseln waren nun mal im Wandschrank.

Und Mac Drubber würde sie wohl kaum verräumt haben, nur um ihr einen Streich zu spielen. Also kam nur noch sie infrage.

Es war der Stress, tröstete sie sich. Sie hatte ein Trauma erlitten, das auch ihre Konzentrationsfähigkeit in Mitleidenschaft zog. Sie hatte ein paar Dinge an die falsche Stelle geräumt, was überhaupt kein Problem war, solange sie keines daraus machte.

Also trug sie die Schüsseln einfach zurück, stellte jene, die sie benötigte, auf die Küchentheke und räumte den Rest dorthin, wo er hingehörte.

Sie weigerte sich, weiter darüber nachzudenken, hackte Kräuter, maß Flüssigkeiten ab und rührte die Marinade an.

Als ihre Schicht vorüber war, schloss sie die Tür erneut auf. Diesmal überprüfte sie alle ihre Sachen. Die Schränke, den Wandschrank, das Arzneischränkchen, die Kommode.

Alles war genau da, wo es hingehörte. Und so beschloss sie den Vorfall einfach zu vergessen, spülte die neue Bratenform, die ihr Mac gebracht hatte, und gab sich ganz ihrem geliebten Kochen hin.

Es war lange her, dass Reece ein richtiges Liebesmenü zubereitet hatte. Für sie war es die reinste Offenbarung. Die Texturen, Formen und Düfte der Zutaten sprachen sie körperlich, emotional, ja sogar spirituell an.

Während das Gemüse vor sich hin köchelte und dünstete, machte sie eine Flasche Cabernet auf, um den Wein atmen zu lassen. Es war wahrscheinlich unvernünftig gewesen, die Stoffservietten mit dem bunten Paisleymuster zu kaufen, dachte sie, während sie die Küchentheke eindeckte. Aber bei so einem Essen fand sie Papierservietten einfach stillos.

Außerdem sahen sie auf den weißen Tellern unglaublich dekorativ und festlich aus. Und die Kerzen hatten auch einen praktischen Zweck. Schließlich könnte der Strom ausfallen und ihre Taschenlampenbatterien könnten zur Neige gehen.

Außerdem hatten die kleinen Kerzenhalter aus blauem Glas nicht die Welt gekostet.

Sie hatte beschlossen, noch eine Weile hierzubleiben. Und da konnte es keinesfalls schaden, ein paar Sachen zu kaufen, die die Wohnung gemütlicher machten. Ihr eine persönliche Note verliehen. Sie warf ja nicht ihren ganzen Lohn zum Fenster hinaus, um es für Teppiche, Vorhänge und Kunst auszugeben.

Obwohl ein farbenfroher Teppich bestimmt schön aussehen würde über den alten, zerkratzten Dielenbrettern. Wenn sie hier auszog, konnte sie ihn immer noch weiterverkaufen. Eine Überlegung wäre es immerhin wert, dachte sie, und sah auf die Uhr.

Sie ertappte sich dabei, laut vor sich hin zu summen, während sie die Zutaten für die Pilzfüllung klein hackte und miteinander vermengte. Ein gutes Zeichen, wie sie fand. Ein gutes Zeichen, das bewies, dass alles in Ordnung war mit ihr. Es gab keinen Grund, sich Sorgen zu machen.

Sie hatte während der Arbeit immer Musik gehört – Rock, Oper, New Age –, was eben gerade zu ihrer Stimmung und dem Essen passte.

Vielleicht konnte sie sich einen kleinen CD-Player für die Küche anschaffen, nur so zur Gesellschaft. Der neue Sicherheitsriegel schimmerte beruhigend vor dem verblichenen Türlack. Sie war hier in Sicherheit, also warum sollte sie es sich dann nicht auch ein bisschen schön und gemütlich machen?

Sie nahm sich auch vor, wieder wandern zu gehen. Und vielleicht konnte sie ja ein Boot mieten oder ausleihen und damit auf den See hinausfahren. Wie anstrengend Rudern wohl war? Sie würde es herausfinden.

Und auch das wäre ein weiterer Schritt hin zu einem normalen Leben, anstatt diese Normalität nur vorzugeben.

Sie hatte sogar ein Date! Wenn das nicht normal war ... So wie es auch vollkommen normal war, dass sich Brody bereits zehn Minuten verspätet hatte.

Außer, er kam gar nicht. Vielleicht hatte er ja noch einmal über das nachgedacht, was zwischen ihnen vorgefallen war – oder wenigstens beinahe –, und wollte lieber aussteigen, bevor es zu kompliziert wurde. Warum sollte sich ein Mann auch mit einer Frau einlassen, die emotional derart durch den Wind war? Mit einer Frau, die dreimal kontrollierte, ob sie die Tür auch wirklich abgeschlossen hatte, um sie dann letztendlich doch offen stehen zu lassen. Mit einer Frau, die sich nicht mehr daran erinnern konnte, mit rotem Filzstift auf einer Wanderkarte herumgekritzelt zu haben. Und mit einer Frau, die Wanderstiefel in einem Küchenschrank aufbewahrte.

Ich muss schlafwandeln, überlegte Reece und seufzte erleichtert auf.

Ein Rückschritt. Als Nächstes würde sie nackt auf der Straße herumlaufen.

Sie schloss die Augen und atmete tief durch. Sie roch die Pilze, die Paprika und Zwiebeln, das Fleisch im Ofen.

Sie war hier nicht nur in Sicherheit und absolut zurechnungsfähig, sondern auch produktiv. Und musste sich heute Abend um nichts anderes mehr kümmern als um ein gutes Abendessen. Zur Not würde sie es eben allein aufessen. In diesem Moment hörte sie Schritte auf der Treppe.

Panik stieg in ihr auf, die sich jedoch schnell legte. Als es an der Tür klopfte, hatte sie sich bereits wieder gefasst. Sie wischte sich die Hände an dem Geschirrtuch ab, das sie in den Hosenbund gesteckt hatte, und ging zur Tür.

Sie war vielleicht vorsichtig, aber nicht durchgeknallt. »Brody?«

»Erwartest du sonst noch jemanden? Was gibt's zum Abendessen?«

Sie lächelte schon, als sie die Tür aufschloss und ihm aufmachte.

»Lachskroketten und gedämpften Spargel an Polenta.«

Er zog die Augen zu schmalen Schlitzen zusammen und trat ein. Dann schnupperte er und grinste breit. »Fleisch. Vielleicht heben wir uns das mit dem Lachs für ein andermal auf.«

Sie nahm ihm den Wein ab, den er ihr entgegenhielt, und sah, dass es ein guter Pinot Grigio war. Er konnte also durchaus aufmerksam sein, dachte sie, auch wenn man ihm das nicht gleich anmerkte.

»Danke. Ich hab schon einen Cabernet aufgemacht. Möchtest du ein Glas?«

»Da sage ich nicht Nein.« Er zog seine Jacke aus und warf sie über eine Stuhllehne. »Ein neuer Türriegel?«

Und ob er aufmerksam war.

»Mr. Drubber hat ihn für mich installiert. Das ist wahrscheinlich übertrieben, aber so kann ich besser schlafen.«

»Ein Fernseher. Willkommen in der modernen Welt.«

»Ich habe mich entschlossen, die Segnungen der Technik in Anspruch zu nehmen.« Sie schenkte ihm ein Glas Wein ein. Dann drehte sie sich um, holte den Braten aus dem Ofen und stellte ihn auf den Herd.

»Ah, genau wie bei Muttern.«

»Ehrlich?«

»Nein. Meine Mutter schafft es sogar, Take-away-Essen anbrennen zu lassen.«

Belustigt füllte Reece die letzten Pilze. »Was macht sie?«

»Sie ist Psychiaterin. Mit einer eigenen Praxis.«

Reece versuchte zu ignorieren, wie sich ihr Magen instinktiv zusammenzog, und konzentrierte sich ganz auf die Pilzhüte. »Oh.«

»Und sie macht Makramee.«

»Sie macht was?«

»Sie knüpft irgendwelche Sachen. Ich glaube, sie hat sogar mal ein kleines Studentenapartment angefertigt. Mit Möbeln. Es ist wie eine Sucht.«

Reece schob die Pilze in den Ofen und stellte den Küchenwecker. »Und dein Vater?«

»Mein Vater grillt gern – sogar im Winter. Er ist College-Professor. Für Romanistik. Manche halten meine Eltern für ein komisches Paar. Sie ist äußerst extrovertiert und gesellig, während er eher schüchtern und verträumt wirkt. Aber für sie funktioniert's. Möchtest du auch von dem Wein?«

»Gleich.« Sie stellte einen Teller mit Oliven auf die Theke. »Irgendwelche Geschwister?«

»Zwei, Schwester und Bruder.«

»Ich hab mir immer Geschwister gewünscht. Jemanden, mit dem man streiten oder sich gegen die Eltern verbünden kann. Ich bin ein Einzelkind, und beide Elternteile waren ebenfalls Einzelkinder.«

»Dann gab's an Thanksgiving wenigstens immer genügend Truthahn.«

»Immer schön positiv denken, was? Mit ein Grund, warum ich so gern im Maneo's gearbeitet habe, war, dass es dort immer so laut und lebhaft zuging. Zu Hause war es weder laut noch lebhaft.« Sie goss sich ebenfalls ein Glas Wein ein. »Meine Großmutter ist eine wunderbare Frau, verlässlich, liebevoll und gerecht. Sie war immer gut zu mir.« Sie hob ihr Glas wie um ihm zuzuprosten und trank einen Schluck. »Ich hab ihr in den letzten Jahren viel Kummer gemacht.«

»Weiß sie, wo du jetzt bist?«

»Aber natürlich. Ich rufe alle paar Wochen zu Hause an und maile ihr regelmäßig. Sie ist eine viel beschäftigte, moderne Frau mit einem sehr ausgefüllten Leben.« Sie wandte sich dem

Herd zu, um nach den Pilzen zu sehen, und drehte die Hitze höher. »Sie hat sich von meinem Großvater scheiden lassen, bevor ich auf die Welt kam. Ich habe ihn nie kennen gelernt. Sie hat sich als Raumausstatterin selbstständig gemacht.«

Reece sah sich geistesabwesend in ihrem winzigen Apartment um. »Wenn sie sehen würde, wie wenig ich aus diesem Apartment gemacht habe, wäre sie entsetzt. Aber sie liebt es, zu reisen. Darauf musste sie lange verzichten, nachdem meine Eltern bei einem Autounfall umkamen, als ich fünfzehn war. Danach bin ich bei meiner Großmutter aufgewachsen. Sie wollte nicht, dass ich aus Boston wegging. Aber ich konnte dort einfach nicht länger bleiben.«

»Verlässlich, liebevoll und gerecht. Dann legt sie bestimmt mehr Wert darauf, dass es dir gut geht, als dass du in Boston lebst.«

»Da könntest du auch wieder Recht haben«, sagte Reece nachdenklich und holte einen Teller aus dem Schrank. »Dabei habe ich mich während der letzten Monate nur allzu gern in Schuldgefühlen gesuhlt. Nun ja, jedenfalls gelingt es mir meistens, sie davon zu überzeugen, dass es mir gut geht und dass ich Spaß habe. Und deshalb ist sie gerade auf einem Einkaufstrip in Barcelona.«

Sie holte die Pilze heraus, streute etwas Parmesan darüber und schob sie noch mal zum Überbacken in den Ofen. »Mit frischem Parmesan schmeckt es noch besser, aber ich konnte keinen auftreiben.«

»Ich werd's auch so runterbekommen.«

Als die Pilze ihrer Meinung nach fertig waren, arrangierte sie sie auf einem Teller und stellte sie auf die Küchentheke. »Das ist das erste Mal seit zwei Jahren, dass ich für jemanden koche.«

»Du kochst da unten doch jeden Tag.«

Sie schüttelte den Kopf. »Das ist Arbeit. Was ich damit meine, ist, dass ich zum ersten Mal wieder nur zum Vergnügen gekocht habe. Der Abend neulich zählt nicht. Da habe ich bloß schnell was improvisiert. Ich habe das wirklich vermisst – wie sehr, ist mir erst heute richtig klar geworden.«

»Na dann.« Er nahm sich einen Pilz und steckte ihn in den Mund. »Gut.«

Sie tat es ihm nach und biss hinein. Lächelte. »Ja, stimmt.«

So schwer war das gar nicht. Einfacher, als auszugehen oder sich irgendeine Freizeitbeschäftigung zu suchen, um Gesprächsstoff zu haben. Hier konnte sie sich entspannen und das Zusammensein genießen, die letzten Essensvorbereitungen treffen. Komischerweise konnte sie sich sogar in seiner Gegenwart entspannen und sie durchaus genießen.

»Es ist praktischer, wenn ich das Essen gleich auf die Teller gebe. Ist das okay?«

»Nur zu.« Er wies mit dem Weinglas auf seinen Teller. »Und sei bloß nicht knauserig.«

Während sie das Essen aufgab, schenkte er ihnen das zweite Glas Wein ein. Er bemerkte die Kerzen, die bunten Servietten, die große Pfeffermühle. Alles neu, dachte er.

Und er sah auch, dass sein Buch auf dem kleinen Tischchen neben dem Bett lag.

Die Frau hatte beschlossen, sich wirklich hier niederzulassen, begriff er. Es würde nicht mehr lange dauern, bis es eine Vase mit Blumen und Bilder an den Wänden gab.

»Ich hab dein Buch angefangen.« Sie suchte seinen Blick, und sein Herz geriet ins Stolpern.

Die Frau hatte wirklich unglaubliche Augen.

»Und, wie gefällt es dir?«

»Ich find's gut.« Sie umrundete die Theke, um sich neben

ihn zu setzen, und legte die Serviette auf ihren Schoß. »Es ist spannend, und das tut mir gut, weil es mich von meinen eigenen Ängsten ablenkt. Ich mag Jack – er ist wirklich ein Pechvogel. Hoffentlich endet er nicht in diesem Grab. Aber Leah wird ihm schon auf die Sprünge helfen.«

»Machen das Frauen? Männern auf die Sprünge helfen?«

»Ich finde, wenn man kann, sollte man jedem auf die Sprünge helfen. Zumindest denen, die einem wichtig sind. Er ist ihr wichtig. Also hoffe ich, dass sie zusammenkommen.«

»Und sie lebten glücklich und zufrieden bis an ihr Lebensende?«

»Wenn Liebe und Gerechtigkeit nicht mal im Roman triumphieren dürfen, wo denn dann? Die Realität ist grausam genug.«

»Mit Happy-End-Schmonzetten gewinnt man keinen Pulitzer-Preis.«

Sie zog eine Schnute und musterte ihn. »Ist das dein Traum?«

»Wenn es so wäre, würde ich heute noch für die *Tribune* arbeiten. Aber auch das Kochen von Schmorfleisch oder das Wenden von Burgern in einem Diner in Wyoming dürfte einem nicht gerade das lukullische Pendant des Pulitzer-Preises einbringen.«

»Früher hatte ich auch noch diesen Ehrgeiz. Wollte wichtige Preise gewinnen und die damit einhergehende Anerkennung. Doch mittlerweile koche ich lieber Schmorfleisch.« Sie schwieg eine Minute. »Und wie siehst du das?«

»Ich würde dir durchaus einen Preis verleihen.« Er schnitt sich noch ein Stück ab und nahm einen Bissen von einem großzügig gebutterten Brötchen hinterher. »Wo hast du die Brötchen her?«

»Selbst gebacken.«

»Hör auf.« Sein Erstaunen war nicht gespielt. »Einfach so mit Mehl?«

»Das ist eine der Zutaten.« Sie reichte ihm den Korb, damit er sich noch eines nehmen konnte.

»Ein ganz schöner Unterschied zu dem Tiefkühlbaguette, das ich normalerweise esse.«

»Na hoffentlich. Ich bin nämlich ein ziemlicher Snob, wenn es ums Essen geht«, sagte sie, als er sie angrinste. »Bitte nimm's nicht persönlich, aber lass mich raten, was du so vorrätig hast: Tiefkühlpizza, Dosensuppen und Chili, Frühstücksflocken, vielleicht noch ein paar Eier. Hot Dogs und ein paar von diesen Fertiggerichten für hungrige Singlemänner.«

»Du hast die Cheeseburger vergessen.«

»Stimmt, das typische Grundnahrungsmittel männlicher Singles. Und Makkaroni mit Käsepuder. Hm, lecker!«

»Das hält Leib und Seele zusammen.«

»Ja, genau wie Kleister.«

Er spießte eine der kleinen Ofenkartoffeln auf und legte sie sich auf den Teller. »Und, hast du vor, mir auf die Sprünge zu helfen, Bohnenstange?«

»Nun, ich werde dich ab und zu bekochen, was uns beiden zugute kommt. Ich könnte ...« Sie brach ab und ließ die Gabel sinken, weil draußen eine kleine Explosion zu hören war.

»Carls Lieferwagen«, sagte Brody gelassen.

»Carls Lieferwagen.« Sie griff mit beiden Händen nach ihrem Weinglas. »Und ich fall jedes Mal wieder drauf rein. Ich wünschte, er würde das Ding endlich mal reparieren lassen.«

»Da bist du nicht die Einzige. Schreibst du das Zeug eigentlich auf?«

»Wie bitte? Welches Zeug?«

»Deine Rezepte.«

»Oh.« Sie zwang sich, nach ihrer Gabel zu greifen und etwas zu essen, obwohl ihr Magen verrückt spielte. »Doch. Ich war schon immer gut organisiert, bevor ich verrückt wurde. Ich habe einen ganzen Ordner mit Rezepten auf meinem Laptop und außerdem noch zwei Sicherungskopien. Warum? Willst du dich selbst mal an diesen Buttermilchbrötchen versuchen?«

»Nein. Ich frage mich nur, warum du noch kein Kochbuch geschrieben hast.«

»Ich hab drüber nachgedacht – irgendwann mal, wenn ich eine eigene Kochsendung habe«, sagte sie und grinste. »So was Hippes, Spaßiges, für eine junge, großstädtische Zielgruppe, die gern zu Dinner Partys und Sonntagsbrunch einlädt.«

»Irgendwann mal heißt nie. Wenn du was willst, musst du's auch tun.«

»Bisher hat man mir noch keine Kochsendung angeboten. Aber das wäre auch nichts für mich.«

»Ich meinte das Kochbuch.«

»Oh. Daran hab ich schon eine Ewigkeit nicht mehr gedacht.« Aber warum sollte sie eigentlich kein Kochbuch schreiben? Sie hatte hunderte von Rezepten gespeichert – und sie alle getestet.

»Vielleicht überlege ich es mir ja noch. Irgendwann mal.«

»Mach doch ein Exposé, ich kann es meiner Agentin schicken, wenn du willst.«

»Warum solltest du das für mich tun?«

Er aß das letzte Stück Fleisch auf seinem Teller. »Verdammt gut, dieses Schmorfleisch. Angenommen, du hättest ein Romanmanuskript in der Schublade, dann würde ich das nur mit vorgehaltener Pistole lesen oder wenn du dafür im Gegenzug mit mir schläfst. Unter diesen Umständen, und auch nur, wenn es nicht der totale Mist wäre, würde ich dir vielleicht anbieten, es meiner Agentin zu zeigen. Aber da ich bereits höchstpersönlich in den Genuss deiner Küche kommen durfte, kann ich dir das anbieten, ohne mit einer Pistole bedroht zu werden oder dafür mit Sex belohnt zu werden. Es liegt allein bei dir.«

»Das klingt einleuchtend«, murmelte sie. »Und wie viele Manuskripte hast du unter solchen Umständen schon an deine Agentin geschickt?«

»Bisher kein einziges. Es kam zwar ein paarmal die Sprache darauf, aber bislang habe ich es immer geschafft, mich geschickt aus der Affäre zu ziehen.«

»Und wenn ich ein Exposee anfertige und deine Agentin beschließt, mich zu vertreten – muss ich dann mit dir schlafen?«

»Nun ja.« Er schüttelte den Kopf, als sei diese Frage mehr als überflüssig. »Selbstverständlich musst du das.«

»Verstehe. Ich werd's mir überlegen.« Sie lehnte sich mit ihrem Glas Wein entspannt zurück. »Ich würde dir ja gern noch Nachschlag geben, aber erstens habe ich den Rest Mr. Drubber versprochen, und zweitens brauchst du noch etwas Platz für den Nachtisch.«

Brody interessierte vor allem Ersteres. »Wie kommt es, dass Mac Ansprüche auf dein Essen erheben kann?«

»Weil er mir heute den Türriegel installiert hat. Er hat sich geweigert, Geld dafür zu nehmen.«

»Er hat eben eine Schwäche für dich.«

»Und ich eine für ihn. Warum ist er eigentlich nicht verheiratet?«

Brody seufzte übertrieben dramatisch auf. »Typisch Frau. Dabei hätte ich von dir eigentlich was anderes erwartet.«

»Du hast Recht, das ist typisch. Trotzdem wünschte ich mir, er hätte jemanden, der ihm Schmorfleisch kocht und ihm im Laden hilft.«

»Für das Schmorfleisch bist du ja bereits zuständig. Und im Laden helfen ihm Leon und der alte Frank. Beck springt ebenfalls ein, wenn Mac Unterstützung braucht.«

»Trotzdem ist es was anderes, mit jemandem zusammenzuarbeiten, der darauf achtet, dass man abends eine ordentliche warme Mahlzeit bekommt.«

»Angeblich wurde ihm vor einem Vierteljahrhundert das Herz gebrochen. Er war verlobt, und sie hat ihn stehen lassen – zwar nicht gerade vor dem Altar, aber kurz davor. Sie ist mit seinem besten Freund abgehauen.«

»Das gibt's doch nicht! Echt?«

»Angeblich. Wahrscheinlich wurde die Geschichte noch etwas ausgeschmückt, um sie dramatischer zu machen. Aber da wird schon was dran sein.«

»Was für eine Schlampe. Sie hatte ihn gar nicht verdient.«

»Mittlerweile kann er sich bestimmt nicht mal mehr an ihren Namen erinnern.«

»Natürlich kann er das. Ich wette, sie ist inzwischen zum vierten Mal verheiratet und tablettensüchtig, weil es nach ihrem dritten Lifting zu Komplikationen kam.«

»Du kannst ganz schön gemein sein. Das gefällt mir.«

»Wenn jemandem wehgetan wird, den ich mag, werde ich gemein. So. Ich würde vorschlagen, du gehst jetzt rüber in den Salon und genießt deinen Wein. Ich räum das hier in der Zwischenzeit auf.«

»Was verstehst du unter aufräumen?«

»Sieh zu, dann weißt du's.«

»Gut, aber von hier aus habe ich einen viel besseren Überblick. Ich habe ein Foto von dir gesehen, das zeigt, wie du früher aussahst. Im Internet«, erklärte er, als sie ihn sprachlos anstarrte.

»Warum hast du im Internet nach mir gesucht?«

»Warum? Aus purer Neugier. Du hattest kürzere Haare.«

Reece räumte die Teller ab. »Ja. Ich ging damals immer zu diesem schicken Friseur in Newberry. Der war teuer, aber das Geld war gut angelegt. Fand ich jedenfalls. Seit ... habe ich keinen Friseursalon mehr betreten können.« Sie ließ Wasser ins Spülbecken laufen und goss Spüli hinein. »Also hab ich die Haare wachsen lassen.«

»Sie sind schön so.«

»Ich bin unheimlich gern zum Friseur gegangen, wo man sich zur Abwechslung mal nur um mich und um mein Aussehen gekümmert hat. Ich habe es genossen, dort zu sitzen, an meinem Wein, Tee oder Mineralwasser zu nippen und mich beim Hinausgehen wie ein völlig neuer Mensch zu fühlen. Einer von den Momenten, in denen ich es wirklich genossen habe, eine Frau zu sein.«

Sie kehrte ihm den Rücken zu, um das übrig gebliebene Essen in den beiden Take-away-Behältern zu verstauen, die sie aus dem Joanie's mitgenommen hatte. »Nachdem ich aus dem Krankenhaus gekommen bin, hat mir meine Großmutter einen Gutschein für mein Day-Spa geschenkt. Für einen Haarschnitt, Maniküre, eine Gesichtsbehandlung und eine Massage. Alle haben sich rührend um mich gekümmert, waren unglaublich freundlich. Ich habe schon in der Umkleide eine Panikattacke bekommen. Aber ich schaffte es nicht mal, mir die Bluse aufzuknöpfen und den Bademantel anzuziehen. Ich musste da sofort wieder raus.«

Sie nahm die Behälter und stellte sie in den Kühlschrank. »Mein Stylist kannte mich bereits seit Jahren. Er ist wirklich ein Schatz. Er hat mir sogar angeboten, zu mir nach Hause zu kommen. Aber das kam für mich auch nicht infrage.«

»Warum nicht?«

»Ich fand das einfach nur demütigend.«

»Schön blöd.«

»Kann schon sein, aber so war es eben. Und gedemütigt zu sein fühlte sich immer noch besser an, als Angst zu haben. Für sich betrachtet ist so eine Schönheitssalon-Phobie nicht besonders dramatisch. Aber es summiert sich eben.«

»Vielleicht solltest du's mal wieder versuchen.«

Sie drehte sich zu ihm um. »Seh ich so schlimm aus?«

»Du siehst gut aus. Aber das ist wohl Veranlagung. Trotzdem könnte es nicht schaden, es noch mal zu versuchen, wenn es dir früher so viel Freude gemacht hat.«

Veranlagung, dachte sie, während sie die Teller abtropfen ließ. Nicht gerade ein romantisches Kompliment. Aber schon das genügte, dass sie sich so wohl in ihrer Haut fühlte wie schon lange nicht mehr.

»Mal sehen.«

Sie drehte sich um und trocknete sich die Hände an dem Geschirrtuch ab. Er stand auf und kam auf sie zu. Sie wich nicht aus, obwohl sie kurz mit dem Gedanken gespielt hatte. Ausweichen hätte bei ihm ohnehin nicht funktioniert. Um ehrlich zu sein, wusste sie nicht genau, ob sie einen Schritt zurück oder lieber einen auf ihn zu machen wollte.

Er nahm ihr das Geschirrtuch ab und warf es dermaßen achtlos beiseite, dass sie zusammenzuckte. Es durfte nicht verkrumpelt trocknen, sonst ...

Er stützte die Hände links und rechts von ihr auf die Spüle, so wie neulich auf die Motorhaube. »Was gibt's zum Nachtisch?«

»Apple Brown Betty mit Bourbon-Vanilleeis. Es ist im Ofen ...«

Sein Mund ergriff Besitz von ihrem, fordernd und verlangend. Sie schmeckte den Wein auf seiner Zunge, berauschend und verführerisch zugleich, sie spürte seine Zähne. Das Blut rauschte in ihren Adern, und es war, als habe sie der Blitz getroffen.

»Hilfe«, brachte sie gerade noch hervor. »Ich bekomm gleich einen Kurzschluss im Gehirn. Es zischt und qualmt schon.«

»Vielleicht solltest du dich lieber hinlegen.«

»Gern. Das würde ich wirklich gern. Ich hab sogar extra frische Bettwäsche aufgezogen, nur für den Fall.«

Seine Mundwinkel wanderten nach oben. »Du hast frische Bettwäsche aufgezogen.«

»Das hielt ich durchaus für angebracht. Aber ... würdest du bitte einen Schritt zurücktreten? Ich bekomme keine Luft mehr.«

Er lehnte sich zurück. »Ist es so besser?«

»Ja und nein.« Er war unglaublich faszinierend, fand sie. Das war ihr schon gleich am Anfang aufgefallen. Er war nicht wirklich gut aussehend, aber dafür äußerst attraktiv. Unglaublich männlich. Große Hände, große Füße, ein fester Mund und ein ebenso fester Körper.

»Ich will mit dir ins Bett, ich möchte diese intensiven Gefühle wieder erleben. Aber ich fürchte, ich brauche noch etwas Zeit, bis ich selbstsicherer geworden bin.«

»Und sicherer in Bezug auf mich.«

»Genau das mag ich so an dir. Du verstehst mich sofort. Für dich wäre das etwas völlig Normales – vielleicht auch etwas Großartiges –, aber dennoch normal. Für mich wären solche Intimitäten nach der langen Zeit einfach nur – überwältigend. Ich denke, wir sollten uns vorher beide sicher sein, denn für dich bedeutet das auch eine ziemliche Verantwortung.«

»Verstehe. Du schläfst sonst nicht mit mir um meinetwillen.«

»Sozusagen.«

»Wie rücksichtsvoll von dir.« Er berührte sie und küsste sie erneut. Diesmal glitten seine Hände ihren Körper hinab, erkundeten ihre Brüste, ihre Taille, ihre Hüften. Dann trat er wieder einen Schritt zurück.

»Was ist eigentlich bitte schön Apple Brown Betty?«

»Was? Ach so, warte.« Sie brauchte ein wenig, bis sie wieder wusste, wo sie war. »Es schmeckt köstlich, du wirst schon sehen. Setz dich und gib mir eine Minute Zeit, dann kann ich es dir beweisen. Willst du Kaffee?«

»Du hast doch gar keinen Kaffee.«

»Um ganz ehrlich zu sein ...« Sie ging einen Schritt zur Seite, um einen neuerlichen Körperkontakt zu vermeiden, und griff nach der Thermoskanne auf der Küchentheke. »Ich hab welchen mit hochgenommen.«

»Du hast Kaffee da?« Jetzt war er an der Reihe, überrascht zu sein.

»Schwarz mit Zucker, stimmt's?«

»Ja, danke.«

Sie richtete den Nachtisch an und servierte ihn. »Das ist zwar kein Sex, aber durchaus ein gelungener Abschluss für so ein Essen.«

Er probierte als Erster einen Löffel. »Wie habe ich das bisher bloß ohne ausgehalten?«

»Das Rezept stammt von meinem Vater. Es war sein Lieblingsnachtisch.«

»Der Mann hatte Geschmack.«

Sie lächelte, spielte mit ihrem Nachtisch herum. »Du hast noch überhaupt nichts zu dem – zu diesem Vorfall oder wie auch immer man das nennen soll – gesagt.«

»Soweit ich weiß, nennt man so was Mord.«

»Ja, so sagt man wohl. Doch eine Theorie des Sheriffs besagt, dass ich mich a) in der Stelle geirrt habe und sie b) gar nicht tot war. Vielleicht habe ich das Paar ja bei einer Auseinandersetzung beobachtet, aber Mord war es nicht. Und deshalb wurde sie bisher auch noch nicht als vermisst gemeldet.«

»Aber du siehst das anders.«

»Oh ja. Ich weiß, was ich gesehen habe und wo ich es gesehen habe. Vielleicht hat man sie nur deshalb nicht vermisst gemeldet, weil sie niemandem wichtig ist. Oder ... weil sie vielleicht doch aus Frankreich stammt.«

Diesmal musste Brody lächeln. »Egal, wo sie her war, irgendjemand muss sie gesehen haben. Beim Tanken, beim Einkaufen, auf einem Campingplatz, in einem Motel. Wie gut kannst du sie beschreiben?«

»Das habe ich dir doch schon erzählt.«

»Nein, ich meine, könntest du sie einem Zeichner beschreiben?«

»Du meinst, einem Phantomzeichner?«

»In Angel's Fist gibt es so jemanden nicht, aber zeichnen können hier mehrere. Ich dachte an den Doc.«

»Doc?«

»Er zeichnet mit Kohle. Es ist eine Art Hobby von ihm, aber er ist gar nicht mal so schlecht.«

»Und ich brauche bloß das Mordopfer zu beschreiben und werde garantiert nicht untersucht?«

Brody zuckte die Achseln. »Wenn du dem Doc nicht vertraust, können wir auch woandershin gehen.«

»Ich vertraue dir.« Sie nickte viel sagend, als Brody die Stirn runzelte. »Ich hab dir ja gesagt, dass das für dich ziemlich viel Verantwortung bedeutet. Ich vertraue dir«, wiederholte sie. »Und deshalb bin ich bereit, es mit Doctor Wallace zu probieren. Wenn du mich begleitest.«

Das hatte er ohnehin vorgehabt. Er wollte sich nichts von dem Fall entgehen lassen. Trotzdem runzelte er nach wie vor die Stirn, während er seinen Nachtisch auslöffelte. »Wenn du willst, dass ich mitkomme – wie willst du dann meinen Zeitaufwand entschädigen? Ich hab da schon so eine Idee, die was mit dem Weißwein in deinem Kühlschrank zu tun hat.«

»Am Sonntag habe ich frei. Ich werde mich ums Abendessen kümmern.«

Er kratzte den letzten Rest Nachtisch aus seinem Schälchen. »Ich vertraue dir. Ich werd mit dem Doc reden.«

12

»Und, wie ist es gelaufen?« Linda-Gail stellte die Wanne mit dem abgeräumten Geschirr vor Pete auf die Theke und versetzte Reece einen Stoß mit dem Ellbogen.

»Wie ist was gelaufen?«

»Dein Date mit Brody gestern Abend.«

Reece wendete die Burger, die sie für einen Tisch mit Teenagern grillte, die nach der Schule hergekommen waren. »Ich hab bloß für ihn gekocht. Als Wiedergutmachung für einen Gefallen.«

»Du hast nur für ihn gekocht.« Linda-Gail warf Pete einen viel sagenden Blick zu. »Und du hast nicht vor, das auszunutzen?«

»Sie liebt mich.« Pete ließ die Teller in die Spüle gleiten.

»Die Ärmste kann nichts dafür.«

»Nein, ehrlich. Wir müssen uns hier schwer zusammenreißen, in jeder Schicht.«

»Du hast Kerzen gekauft«, erläuterte Linda-Gail. »Und Stoffservietten. *Und* eine gute Flasche Wein.«

»Meine Güte.« Reece wusste nicht, ob sie lachen oder weinen sollte. »Kann man in diesem Ort denn gar nichts geheim halten?«

»Nichts, was mir verborgen bliebe. Jetzt komm schon und verrat mir was. Mein eigenes Liebesleben ist genauso im Verschwinden Begriffen wie Petes Haarwuchs.«

»Hey! Mein Haarwuchs macht nur grad ’ne kleine Pause zwischen zwei Wachstumsphasen.« Pete fuhr sich über die paar Haare, die ihm noch geblieben waren. »Ich spüre schon, wie meine Kopfhaut prickelt.«

»Vielleicht solltest du sie besser düngen. Kann er gut küssen?«, fragte Linda-Gail.

»Pete? Und wie der küssen kann! Zum Dahinschmelzen. Bestellung ist fertig!«, sagte Reece, nachdem sie Burger, Fritten und Salatblätter auf den Tellern angerichtet hatte, obwohl sie nur allzu gut wusste, dass die Schüler Letztere sowieso bloß mit Verachtung strafen würden.

»Wart’s ab, ich werd’s schon noch rausfinden.« Linda-Gail schnappte sich die Teller und eilte hinaus.

»Ich kann wirklich fantastisch küssen«, verkündete Pete. »Nur damit du’s weißt.«

»Daran habe ich auch gar nie gezweifelt.«

»Jungs wie ich – du weißt schon, solche, die eher *kompakt* gebaut sind – können ganz schön zur Hochform auflaufen. Wir ... fick mich!«

»Ich fürchte, dafür werde ich im Moment keine Zeit haben.« Reece sah amüsiert zu ihm herüber.

Dann wurde ihr plötzlich furchtbar schwindelig und übel. Blut tropfte von Petes Händen und von dort auf den Boden.

»Du musst mir verdammt noch mal sagen, was da in dem Spülwasser ist. Ich hab mich brutal geschnitten. Hey. Hey. Hey!«

Sie hörte Pete schreien, als stünde er weit entfernt auf einem Berggipfel und sie unten im Tal. Dann gingen seine Schreie in Rauschen über und das Rauschen in Stille.

Erst als man ihr ein paar vorsichtige Ohrfeigen verpasste, kam sie wieder zu sich. Als Joanies Gesicht vor ihr auftauchte, spürte Reece Übelkeit aufsteigen. »Da ist Blut.«

»Alles in Ordnung mit ihr? Meine Güte, Joanie, sie ist einfach so zu Boden gegangen. Ich hab es nicht mehr geschafft, sie aufzufangen. Geht es ihr gut?«

»Hör auf, mir in den Nacken zu keuchen, Pete. Es geht ihr gut.« Zur Sicherheit strich Joanie über Reeces Hinterkopf, um nachzusehen, ob sie eine Beule hatte. »Geh runter zum Doc und lass dir die Hand nähen.«

»Ich will erst wissen, ob alles in Ordnung ist mit ihr. Vielleicht hat sie 'ne Gehirnerschütterung.«

»Wie viele Finger?«, wollte Joanie von Reece wissen.

»Zwei.«

»Na also, es geht ihr bestens. Und jetzt geh und lass deine Hand verarzten. Kannst du dich aufsetzen, Mädel?«

»Ja. Pete.« Reece versuchte ihre Übelkeit und das Zittern zu unterdrücken und setzte sich auf dem Küchenboden auf. »Ist es schlimm? Mit deiner Hand.«

»Na ja, der Doktor wird's schon richten.«

Er hatte ein Tuch darum gewickelt, aber Reece sah, dass es von Blut durchweicht war. »Es tut mir leid.«

»Mein Fehler. Entspann dich.« Er tätschelte Reece mit seiner unverletzten Hand auf die Schulter, bevor er sich aufrichtete.

»Du kriegst hinten 'ne Beule. Ich hol dir ein bisschen Eis.«

»Schon okay.« Reece griff nach Joanies Hand. »Ich muss mich bloß noch etwas sammeln. Irgendjemand sollte Pete begleiten. Das ist ein schlimmer Schnitt.«

»Bleib noch 'ne Minute sitzen.« Joanie stand auf. »Hey, du, Todd! Fahr Pete bitte schnell zum Arzt. Dein Burger braucht noch fünf Minuten, außerdem bekommst du ihn gratis.« Sie drehte sich um. »Zufrieden?«

»Da ist Blut.«

»Das sehe ich auch. Man blutet nun mal, wenn man sich mit

dem Messer in die Hand schneidet. Solche Unfälle gehören in einer Küche zur Tagesordnung.«

»Ich wisch es auf, Joanie«, bot sich Linda-Gail an. »Juanita übernimmt meine Tische.«

Joanie nahm wortlos einen Beutel mit Eis aus dem Gefrierschrank und wickelte ihn in ein Geschirrhandtuch. »Halt das auf die Beule«, befahl sie Reece. »Und wenn du wieder aufstehen kannst, geh bitte nach oben. Ich übernehme deinen Posten.«

»Nein, es geht mir gut. Ich kann arbeiten. Ich würde lieber arbeiten.«

»Gut. Dann steh auf, und lass uns sehen, wie gut du wieder auf den Beinen bist. Du bist ja leichenblass«, sagte Joanie, als Reece nach dem Tresen griff, um sich daran hochzuziehen. »Mach Pause, geh an die frische Luft. Trink ein Glas Wasser.« Sie drückte Reece eine Flasche in die Hand. »Sieh zu, dass du wieder etwas Farbe bekommst, dann darfst du auch wieder arbeiten.«

»Etwas frische Luft würde mir jetzt in der Tat gut tun. Danke.«

Als Joanie mit dem Kinn auf Reece wies, nickte Linda-Gail und begleitete Reece zum Hinterausgang.

»Willst du dich setzen?«, fragte sie Reece.

»Nein, ich lehn mich hier nur kurz an. Du brauchst nicht auf mich aufzupassen. Mir ist nur ein bisschen schwindelig. Außerdem ist mir das Ganze furchtbar peinlich.«

Aber zittern tust du auch ganz schön, dachte Linda-Gail, nahm Reece die Flasche ab und öffnete sie für sie.

»Ich reagiere jedes Mal so, wenn ich eine Spinne sehe. Nicht nur eine von den großen fetten – du weißt schon, die, die aussehen, als ob sie locker eine große Katze tragen könnten. Sogar ganz kleine jagen mir schon eine Todesangst ein. Einmal bin ich gegen eine geschlossene Tür gerannt, nur weil ich schnellstmöglich aus dem Zimmer kommen wollte, in dem ich eine Spinne entdeckt hatte. Ich war halb bewusstlos. Und jetzt halte dir den Eisbeutel an den Kopf, wie Joanie es dir gesagt hat. Ich wette, dein Kopf fühlt sich auch so an, als hättest du eine dicke, fette Spinne darauf sitzen.«

»Kann schon sein. Aber Pete ...«

»Dass du in Ohnmacht gefallen bist, hat Pete dermaßen erschreckt, dass er seinen eigenen Schmerz ganz vergessen hat. Immerhin etwas.«

»Eine gute Tat.«

»Und Joanie macht sich solche Sorgen um euch, dass sie nicht mal genervt ist, weil sie sich nach einem Ersatz für ihn umschauen muss, bis die Fäden gezogen werden. Zwei gute Taten.«

»Ich bin ja die reinste Mutter Theresa.«

»Hast du Lust, nachher ein Bier trinken zu gehen, um auf deine guten Taten anzustoßen?«

Reece nahm noch einen Schluck von dem kalten Wasser. »Weißt du was? Und ob ich darauf Lust habe!«

Das Essen im Clancy's war gar nicht mal so schlecht – nicht, wenn man es mit Bier hinunterspülte. Aber viel wichtiger war es für Reece, dass sie wieder einen großen Schritt vorwärts gemacht hatte.

Sie saß mit einer Freundin in einer Bar.

In einer sehr merkwürdigen Bar für ihren verwöhnten Ostküstengeschmack.

An den Wänden hingen Jagdtrophäen. Ausgestopfte Bären-, Elch- und Hirschköpfe schmückten die Kiefervertäfelung sowie etwas, das laut Linda-Gail mehrere riesige Angeberforellen waren. Sie alle starrten mit einem Gesichtsausdruck in die Bar, den Reece nur als leicht schockiert oder verärgert beschreiben konnte.

Die Vertäfelung, die unten aus ganzen Baumstämmen bestand, sah aus, als habe sie die Zigaretten- und Alkoholausdünstungen ganzer Generationen aufgesogen.

Die Bodendielen waren abgewetzt und verkratzt und hatten sicherlich öfter die ein oder andere Bierdusche abbekommen. Ein Teil des Lokals, nämlich der vor einer kleinen Bühne, war zum Tanzen gedacht.

Die Bar selbst war groß und schwarz. Sie war das Reich von Michael Clancy, der vor etwa zwölf Jahren direkt aus dem Südwesten Irlands nach Wyoming gekommen war. Er hatte eine Frau geheiratet, die angeblich ein Viertel indianisches Blut in sich hatte und sich Rainy nannte. Clancy sah genauso aus, wie man sich einen großen, angeberischen Iren eben so vorstellt, der eine Bar besitzt. Und Rainy machte je nach Lust und Laune Nachos oder Ofenkartoffeln in der Küche.

Die Barhocker waren durchgesessen und von Generationen von Ärschen auf Hochglanz poliert. Es gab Budweiser und Guinness vom Fass und flaschenweise heimische Biere, von denen eines verheißungsvoll Buttface Amber hieß und das Reece abgelehnt hatte. Ansonsten gab es noch irisches Harp oder Budweiser Light, das vor allem von den weiblichen Gästen bevorzugt wurde und laut Clancy bloß was für Weicheier war. Die dicht gedrängten Flaschen hinter der Bar enthielten fast ausnahmslos Whiskeysorten.

Vor dem Wein, den Clancy aus Kartons ausschenkte, hatte Linda-Gail Reece bereits gewarnt: Er sei billig und schmecke nach Pferdepisse.

In einem anderen Teil des Lokals standen ein paar Billardtische, und man hörte das laute Klackern der Kugeln, das die Musik aus den Lautsprechern noch übertönte.

»Wie geht's deinem Kopf?«, erkundigte sich Linda-Gail.

»Er sitzt noch fest auf meinen Schultern und fühlt sich bestimmt nicht besser an als Petes Hand.«

»Sieben Stiche. Autsch! Aber er war ganz begeistert, wie du dich um ihn gekümmert hast, als er wieder da war. Wie du ihn gedrängt hast, sich zu setzen, und ihm die gebratene Forelle höchstpersönlich serviert hast.«

»Er ist ein netter Kerl.«

»Oh, ja. Apropos Kerle: Jetzt, wo ich dich gerade mit Alkohol abfülle, kannst du ruhig mal den Mund aufmachen. Komm, sag schon.« Sie hob die Brauen und ließ ihre Grübchen sehen. »Wie scharf ist Brody?«

Wenn sie eine Freundin haben wollte, dann musste sie sich auch wie eine verhalten, beschloss Reece. Sie beugte sich vor: »Hochexplosiv.«

»*Wusst* ich's doch!« Linda-Gail schlug mit der Faust auf den Tisch. »Das sieht man auch. Diese Augen, dieser Mund. Schlecht gebaut ist er auch nicht, aber sein Mund ist der Wahnsinn. Zum Anbeißen.«

»Oh ja, das ist er.«

»Und welche anderen Körperteile hast du noch angeknabbert?«

»Mehr nicht. Aber ich denk drüber nach.«

Mit offenem Mund und weit aufgerissenen Augen lehnte sich Linda-Gail zurück. »Du verfügst ja über eine fast übermenschliche Selbstbeherrschung. Ist die antrainiert oder angeboren?«

»Eine Art Nebeneffekt meiner erbärmlichen Angst. Inzwischen dürftest du ja über mich Bescheid wissen.«

Um ihnen beiden etwas Zeit zu gönnen, nippte Linda-Gail an ihrem Bier.

»Stört dich das?«

»Keine Ahnung. Manchmal schon. Und manchmal ist es auch eine Erleichterung.«

»Ich wusste nicht, ob ich etwas sagen sollte oder lieber nicht. Und schon gar nicht, nachdem Joanie ...« Sie verstummte und zeigte ein übertriebenes Interesse an ihrem Bier.

»Nachdem Joanie was?«

»Eigentlich darf ich dir das gar nicht erzählen. Aber wo ich schon mal damit angefangen habe: Sie hat uns eine regelrechte Standpauke gehalten, als Juanita anfing, drüber zu schwatzen. Juanita meint das nicht böse, sie kann einfach bloß den Mund nicht halten. Und ihren Rock könnte sie meiner Meinung nach auch öfter unten lassen.«

Linda-Gail nippte wieder an ihrem Bier. »Wie dem auch sei, Joanie hat ihr ganz schön die Leviten gelesen. Und keinen Zweifel daran gelassen, dass wir dich mit diesem Thema in Ruhe lassen sollen. Aber jetzt, wo du selbst davon angefangen hast ...«

»Ist schon gut.« Unglaublich, wie ihr die unnachahmliche Joanie Parks zur Seite stand. »Ich red bloß nicht so gern drüber.«

»Das kann ich gut verstehen.« Linda-Gail griff nach Reeces Hand und drückte sie. »Wirklich. Wenn ich so was durchgemacht hätte, würde ich noch heute zusammengeringelt in einer Ecke liegen und nach meiner Mutter rufen.«

»Nein, das würdest du nicht, aber trotzdem danke.«

»Dann lass uns mal lieber über Männer und Sex und Essen und Schuhe reden wie zwei ganz normale Menschen.«

»Von mir aus gern.« Reece nahm sich noch ein Nacho. »Apropos Essen: Was hier drübergekippt wurde, hat übrigens nicht die geringste Ähnlichkeit mit Käse.«

»Es ist orange.« Linda-Gail tauchte ihren Nacho in die Sauce und zog ihn kurz darauf durch etwas, das vorgab, Guacamole zu sein. »Aber so was Ähnliches. Und damit du bei mir in Sachen Männern ebenfalls Bescheid weißt: Ich werde Lo heiraten.«

»Ach du meine Güte!« Reece ließ ihren Nacho-Chip mit einem lauten Plopp auf den Teller fallen. »Das ist ja fantastisch. Ich hatte ja keine Ahnung, dass ...«

»Er weiß noch nichts davon.« Linda-Gail biss krachend in ihren Nacho. »Und ich fürchte, ich werde noch viel Zeit und Geduld brauchen, um einen echten Heiratskandidaten aus ihm zu machen. Aber ich bin gut im langfristigen Planen.«

»Aha. Das heißt also, du liebst ihn.«

Ihre hübschen Züge wurden ganz weich, und die Grübchen wurden tiefer. »Ich liebe ihn schon, seit ich denken kann. Na ja, seit ich zehn bin, und das ist lange her. Er liebt mich auch, aber seine Art damit umzugehen, besteht darin, Reißaus zu nehmen und jedes weibliche Wesen in seiner unmittelbaren Umgebung ins Bett zu kriegen, um nicht mehr über mich nachdenken zu müssen. Ich will, dass er sich erst mal gründlich austobt – aber seine Zeit ist bald abgelaufen.«

»Aha, verstehe. Das ist aber ein ziemlich außergewöhnlicher, großzügiger Plan, Linda-Gail.«

»Nun, in letzter Zeit wird er deutlich knausriger.«

»Er und ich ... wir haben nie ... falls es dich interessiert.«

»Ich weiß. Und selbst wenn, könnte ich dir das schwer vorwerfen. Juanita und ich, wir kommen auch gut miteinander aus, obwohl er sie vor einiger Zeit richtig zum Glühen gebracht hat. Aber wem war das nicht vergönnt?« Sie gluckste. »Aber falls er dich gevögelt hätte, würde ich dich wahrscheinlich nicht auf ein Bier einladen. Wir waren mal zusammen, Lo und ich, als wir sechzehn waren, aber damals waren wir einfach noch nicht so weit. Wer ist das schon, mit sechzehn?«

»Aber jetzt bist du's.«

»Ja, jetzt schon. Er muss mich nur noch einholen. Brody war nie mit irgendjemandem aus Angel's Fist zusammen, falls es dich interessiert. Angeblich soll er mal was mit irgendeiner Anwältin aus Jackson Hole gehabt haben, und es gab da ein paar One-Night-Stands mit Touristinnen, aber niemanden von hier.«

»Gut zu wissen. Ich weiß selbst noch nicht, was das zwischen uns ist. Außer einer unglaublichen erotischen Anziehung.«

»Das ist ja schon mal nicht schlecht für den Anfang.«

»Ja, aber ich bin so was einfach nicht mehr gewöhnt.« Reece spielte gedankenverloren mit einer Strähne und musterte Linda-Gails Frisur. »Wo lässt du dir die Haare schneiden?«

»Wenn's schnell gehen muss oder eher, wenn ich mal so richtig angeben will?«

»Ich such eher was zum Angeben.«

»Dann hab ich genau das Richtige für dich. Wir können Joanie überreden, uns nächste Woche gleichzeitig freizugeben und dann gehen wir dahin.«

»Gut, aber unter diesen Umständen sollte ich dir vielleicht sagen, dass ich beim letzten Friseurtermin Haken geschlagen habe wie ein Karnickel.«

»Kein Problem.« Linda-Gail leckte sich etwas von dem klebrig orangefarbenen Zeug vom Daumen und lächelte. »Ich werd dich festbinden.«

Als Reece grinste, kletterte einer der örtlichen Cowboys auf die kleine Bühne. Er war groß und schlank, trug Cowboystiefel und verwaschene Jeans. Der verwaschene Kreis, der sich an seiner Gesäßtasche abzeichnete, stammte, wie Reece gelernt hatte, von einer Dose Schnupftabak.

»Live-Unterhaltung?«, fragte Reece, als er nach dem Mikrofon griff.

»Kommt ganz darauf an, was du unter Unterhaltung verstehst. Karaoke.« Linda-Gail wies mit ihrem Glas auf die Bühne.

»Jeden Abend im Clancy's. Das da ist Reuben Gates, er arbeitet draußen auf der Circle-K-Ranch mit Lo.«

»Schwarzer Kaffee ohne Zucker und Milch, Spiegeleier auf Toast, Speck und Pommes, einer von den Sonntagsstammgästen.«

»Ganz genau. Er ist ziemlich gut.«

Er hatte einen tiefen, eingängigen Bariton und war offensichtlich sehr beliebt, da die Gäste pfiffen und klatschten, als er mit seiner Version von *Ruby* begann.

Während sie seinem Klagelied über eine treulose Frau lauschte, versuchte sie sich vorzustellen, wie er in einer schwarzen Jacke und einer orangeroten Jagdmütze am Ufer des Snake River stand.

Er konnte es durchaus gewesen sein, dachte sie. Er besaß kräftige Hände und wirkte unheimlich gelassen, so wie er dastand und sang.

Er konnte es sein; ein Mann, dem sie sonntagmorgens Eier und Kartoffeln briet. Es konnte jeder von den Männern sein, die hier um die Bar oder an den Tischen saßen. Jeder von ihnen konnte ein Killer sein. Wirklich jeder, dachte sie erneut, während es ihr die Kehle zuschnürte.

Die Musik schepperte vor sich hin und wurde von dem tiefen Bariton übertönt. Die Leute setzten ihre Gespräche fort, wenn auch mit gedämpfter Stimme, aus Respekt vor seiner Darbietung. Gläser klapperten auf Holz, Stühle kratzten über den Boden.

Plötzlich erfasste sie derartige Panik, dass sie kaum noch Luft bekam.

Sie sah Linda-Gails Gesicht, sah, wie sich die Lippen ihrer neuen Freundin bewegten, aber die Angst hatte Watte in ihre Ohren gestopft. Sie zwang sich, aus- und dann wieder einzuatmen. »Wie bitte? Entschuldige, ich hab einen Augenblick nicht zugehört ...«

»Alles in Ordnung? Du bist ja ganz blass geworden. Tut dein Kopf weh?«

»Nein. Alles okay.« Reece zwang sich, erneut zur Bühne zu sehen. »Ich fürchte, mit größeren Menschenmengen habe ich immer noch Probleme.«

»Möchtest du gehen? Wir müssen nicht hierbleiben.«

Jedes Mal, wenn sie davonlief, war es wieder ein Rückschritt. Wieder ein Zurückweichen. »Nein, nein, es geht mir gut. Hm. Machst du da auch mit?«

Linda-Gail warf einen kurzen Blick auf die Bühne, wo Reuben sein Lied gerade beendet hatte und laut beklatscht wurde. »Klar. Willst du auch mal?«

»Nicht für eine Million Dollar. Na ja, sagen wir eine halbe Million.« Ein weiterer Mann betrat die Bühne, und da er bei einer Größe von 1 Meter 75 etwa hundertdreißig Kilo wog, konnte sie ihn von ihrer Liste streichen.

Er überraschte sie mit einem süßen, leicht zitternden Tenor, mit dem er eine Ballade zum Besten gab. »Den kenn ich nicht«, bemerkte Reece.

»T. B. Unger. Ein Highschool-Lehrer. T. B. als Abkürzung für Teddybär. Und da hinten sitzt seine Frau Arlene – die Brünette mit der weißen Bluse. Die beiden kommen nur selten ins Joanie's, sondern bleiben meist zu Hause bei ihren zwei Kindern. Aber ins Clancy's gehen sie einmal die Woche, damit er singen kann. Arlene arbeitet auch an der Schule, in der Cafeteria. Wirklich süß, die beiden.«

Im wahrsten Sinne des Wortes, dachte Reece, als sie sah, wie der Teddybär, direkt an seine Frau gewandt, ein Liebeslied sang.

Es gab auch nette Menschen auf der Welt, ermahnte sie sich. Und Liebe und Freundlichkeit. Es tat gut, wieder ein Teil davon zu sein, es zu spüren.

Und es tat gut zu lachen, als die nächste Darbietende, eine Blondine ohne jede musikalische Begabung, aber mit viel Selbstironie, einen Dolly-Parton-Klassiker verhunzte.

Sie hielt eine ganze Stunde durch und betrachtete den Abend als vollen Erfolg.

Als sie durch die ruhigen Sträßchen zu ihrer Wohnung lief, fühlte sie sich beinahe sicher, fast schon wohl in ihrer Haut. So wohl, wie sie sich schon lange nicht mehr gefühlt hatte.

Und als sie ihr Apartment aufschloss, fühlte sie sich beinahe wie zu Hause.

Nachdem sie die Tür hinter sich zugemacht, sich davon überzeugt hatte, dass sie wirklich verschlossen war, und einen Stuhl unter die Klinke geschoben hatte, wollte sie sich waschen.

Doch schon in der Tür des winzigen Badezimmers erstarrte sie. Auf der Ablage über dem Waschbecken fehlten sämtliche Toilettenartikel. Sie kniff die Augen zu, aber als sie sie wieder öffnete, war die Ablage immer noch leer. Sie riss die Tür des Arzneischränkchens auf, in dem sie ihre Medikamente aufbewahrte und ihre Zahnpasta. Es war ebenfalls leer.

Ein Wimmern stieg in ihr auf, als sie herumfuhr und sich im Wohnzimmer umsah. Ihr Bett war ordentlich gemacht, so wie sie es am Morgen zurückgelassen hatte. Der Kessel stand auf dem Herd. Aber das Kapuzensweatshirt, von dem sie mit absoluter Sicherheit wusste, dass sie es an die Garderobe gehängt hatte, fehlte.

Und am Fuß des Bettes, statt darunter, lag ihr Matchbeutel.

Ihre Beine zitterten, während sie darauf zulief. Und als sie den Reißverschluss aufriss und ihre Kleidung sorgfältig gepackt darin vorfand, wurde aus ihrem Wimmern ein gedämpftes Schluchzen.

Alles, womit sie hergekommen war, stellte sie fest, als sie den Beutel durchsah. Alles, was sie besaß, ordentlich zusammengefaltet und gepackt. Fertig für die Abreise. Wer konnte das gewesen sein?

Ihre Knie drohten nachzugeben, und sie ließ sich auf die Bettkante sinken. Sie musste der Wahrheit ins Auge sehen. Niemand anders konnte das getan haben. Nicht, seit sie den neuen Türriegel hatte.

Sie musste es selbst gewesen sein. Sie musste das getan haben. Irgendein Instinkt, irgendein Rückfall musste dafür verantwortlich sein. Befahl ihr zu fliehen, abzureisen, weiterzureisen.

Warum konnte sie sich bloß nicht daran erinnern?

Aber das war ja nicht das erste Mal, ermahnte sie sich und verbarg ihr Gesicht in den Händen. Nicht das erste Mal, dass sie einen Blackout hatte oder sich nicht mehr richtig erinnern konnte.

Aber das war Monate her gewesen.

Sie hatte sich hier fast schon zu Hause gefühlt, dachte sie und versuchte, die Verzweiflung nicht siegen zu lassen. Hatte fast schon geglaubt, hier so etwas wie ein neues Zuhause gefunden zu haben. Obwohl ein Teil von ihr ganz genau wusste, dass sie noch meilenweit davon entfernt war.

Vielleicht sollte sie das als Zeichen nehmen. Sich den Matchbeutel schnappen, zu ihrem Auto gehen und losfahren. Irgendwohin.

Aber wenn sie das tat, war dieses Irgendwo nur wieder ein neuer Ort, an dem sie scheitern würde. Während sie hier wirklich so etwas wie ein Zuhause gefunden hatte, wenn sie nur durchhielt. Sie hatte ein Rendezvous gehabt, sie war mit einer Freundin in eine Bar gegangen. Sie hatte einen Job und eine Wohnung. Wenn sie durchhielt, hatte sie sich hier wirklich wieder so etwas wie eine Identität aufgebaut.

Sie räumte alles wieder dahin, wo es hingehörte – die Kleider, die Zahnbürste, die Toilettenartikel, die Schuhe. Obwohl ihr Magen verrückt spielte, fuhr sie den Laptop hoch. In eine Decke gehüllt, mit der sie die innere Kälte vertreiben wollte, setzte sie sich zum Schreiben hin.

Ich bin nicht davongelaufen. Ich habe heute gekocht und mir meinen Lebensunterhalt verdient. Pete hat sich beim Tellerwaschen in die Hand geschnitten, und das viele Blut hat mich fertig gemacht. Ich bin in Ohnmacht gefallen, aber ich bin nicht davongelaufen. Nach der Arbeit bin ich mit Linda-Gail auf ein Bier ins Clancy's. Wir haben über Männer geredet, über Frisuren, über all das, worüber Frauen so reden. Im Clancy's gibt es Karaoke, und die Wände sind mit Köpfen von lauter toten Tieren geschmückt. Mit Schafen, Elchen, Hirschen, sogar mit Bären. Die Leute singen, meist Country und mit unterschiedlichem Talent. Ich hatte den Anflug einer Panikattacke, aber ich bin nicht davongelaufen, und es ist besser geworden. Ich habe eine Freundin in Angel's Fist. Im Grunde mehr als eine, aber eine gute Freundin lässt sich so schnell nicht ersetzen.

Irgendwann heute muss ich meine Sachen gepackt haben, aber ich kann mich nicht mehr daran erinnern. Vielleicht in meiner Pause, nachdem sich Pete verletzt hat. Vielleicht. Alles war voller Blut, und als ich das viele Blut gesehen habe, fühlte ich mich gleich wieder ins Maneo's zurückversetzt. Und deshalb war es eine Minute lang Ginnys Blut und nicht das von Pete.

Aber ich hab alles wieder eingeräumt. Morgen werde ich zu Doc Wallace gehen. Ich werde versuchen, ihm den Mann und die Frau, die ich am Fluss gesehen habe, so gut wie möglich zu beschreiben. Denn ich habe sie gesehen. Ich habe gesehen, was er ihr angetan hat.

Ich bin heute nicht davongelaufen. Und ich werde auch morgen nicht davonlaufen.

13

Doc Wallace stellte Tee und Kaffee auf den Tisch, beides in hübschen alten Steingutkannen, und außerdem einen blassgrünen Pressglasteller mit süßen Plätzchen. All das servierte er inmitten von gerahmten Familienfotos und akkurat angeordneten Zierkissen in seinem hübschen Wohnzimmer mit der Routiniertheit einer ältlichen Tante, die ihren wöchentlichen Literaturkreis empfängt.

Wenn es seine Absicht gewesen war, Reece durch das gemütliche Ambiente zu beruhigen, war ihm das voll und ganz gelungen. Sie war eher gerührt als verängstigt, während sie vor dem heruntergebrannten Kaminfeuer saßen und es nach Gardenien-Potpourri duftete.

Ihr erster Eindruck war der von Behaglichkeit und Gemütlichkeit – und ihr zweiter: Das war ein Mann, der eine gute Erziehung genossen hatte.

Hier gab es keine toten Tierköpfe an den Wänden, keine Wagenräder-Kronleuchter und keine dicken Decken im Indianerstil. Obwohl sie wusste, dass er angelte, hing keine ausgestopfte Forelle über dem Kamin, sondern ein hübscher ovaler Spiegel in einem Kirschholzrahmen.

Ihre Großmutter wäre entzückt gewesen.

In der Tat hätte sich dieser Raum ebenso gut in einem Haus in Bostons Nob Hill befinden können, dachte sie und sagte es ihm auch.

»Das war auch Susans Lieblingszimmer.« Der Doc reichte ihr den Tee, den er bereits eingeschenkt hatte. »Sie hat es geliebt, hier zu sitzen und zu lesen. Sie war eine leidenschaftliche Leserin. Ich hab alles so gelassen, wie sie es mochte.«

Er lächelte kurz und reichte Brody seine Tasse Kaffee. »Ansonsten würde sie mich wahrscheinlich als Gespenst heimsuchen. Außerdem ...« – er schwieg eine Weile, und der Ausdruck in seinen Augen hinter den dicken Brillengläsern war liebevoll und listig – »... kann ich mich hier am Ende eines langen Tages hinsetzen und alles noch mal mit ihr durchgehen. Manche mögen es seltsam finden, wenn ein Mann mit seiner toten Frau spricht. Doch für mich ist das einfach nur menschlich. Vieles, was andere seltsam finden, ist einfach nur menschlich.«

»Dann bin ich auch nur ein Mensch. Ich weiß es sehr zu schätzen, dass Sie mir so entgegenkommen«, hob Reece an, »wirklich. Trotzdem weiß ich nur zu gut, dass ich ein brodelnder Neuroseneintopf mit diversen Phobieeinlagen bin, gewürzt mit einem großzügigen Schuss Paranoia.«

»Schön, wenn man sich selbst richtig einschätzen kann«, warf Brody ein und biss in ein Plätzchen. »Die meisten Leute merken gar nicht, dass sie eine Macke haben, was für ihre Umgebung äußerst anstrengend sein kann.«

Sie warf ihm einen kurzen Blick zu und konzentrierte sich dann wieder auf Doc Wallace. »Aber ich weiß auch, dass das, was ich am Fluss beobachtet habe, wirklich passiert ist. Das war kein Traum und auch keine Halluzination. Mein Gedächtnis hat mir keinen Streich gespielt, und meine Fantasie ist auch nicht mit mir durchgegangen. Egal, was der Sheriff denkt oder *sonst alle* denken: Ich weiß, was ich gesehen habe.«

»Ärgern Sie sich nicht zu sehr über Rick«, sagte der Doc beschwichtigend. »Er macht einfach nur seinen Job, so gut er eben kann. Und er hat ihn bisher immer sehr gut gemacht.«

»Das sagen hier alle«, murmelte Reece.

»Trotzdem können wir ihm vielleicht ein bisschen helfen.«

»Glauben Sie mir?«

»Es spielt überhaupt keine Rolle, ob ich Ihnen glaube oder

nicht. Andererseits habe ich keinen Grund, Ihnen nicht zu glauben. Meiner Einschätzung nach haben Sie sich bislang äußerst unauffällig verhalten.«

Der Doc goss großzügig Kaffeesahne in seine Tasse. Er streckte die Beine, schlug die Knöchel übereinander und zeigte seine Füße, die in schicken Turnschuhen steckten.

»Ich fürchte, meine Versuche in diese Richtung sind eindeutig fehlgeschlagen.«

»Nun, wer einen Mord meldet, steht nun mal im Rampenlicht. Außerdem wüsste ich nicht, warum Sie sich so eine Geschichte ausdenken und die Aufmerksamkeit auf sich lenken sollten.« Er schob die Brille wieder hoch und sah sie durch seine blank geputzten Brillengläser an. »Darüber hinaus scheint Ihnen Brody auch zu glauben, und der ist nicht so leicht zu überzeugen. Also ...«

Der Doc stellte seine Kaffeetasse beiseite, griff nach seinem Skizzenblock und einem Bleistift. »Ich muss gestehen, dass ich das alles höchst aufregend finde. Ich komme mir vor wie in einem Fernsehkrimi.«

»In welcher Rolle?«

Der Doc grinste. »Als ich selbst natürlich. Nun, wie Ihnen Brody bereits erzählt hat, zeichne ich gern. Von mir hängen sogar ein paar Kohlezeichnungen in der Galerie.«

»Da wollte ich schon lange mal hingehen.«

»Das sollten Sie auch. Die haben ein paar schöne Arbeiten von örtlichen Künstlern. Trotzdem: So was in der Art habe ich noch nie gezeichnet, also habe ich mich im Vorfeld etwas schlau gemacht. Ich werde Sie als Erstes bitten, in Formen zu denken, wenn das möglich ist. Versuchen Sie sich an die Form des Gesichts zu erinnern. Daran, ob es eckig, rund oder dreieckig war. Schaffen Sie das?«

»Ja, ich glaube schon.«

»Schließen Sie eine Minute lang die Augen und beschwören Sie das Gesicht wieder herauf.«

Sie tat wie geheißen und sah die Frau vor sich. »Oval, glaube ich. Aber ein langes, schmales Oval. Eine Ellipse?«

»Das ist gut. Also ein eher schmales Gesicht?«

»Ja. Sie hatte lange Haare und eine Mütze – eine orangerote Mütze –, die sie tief in die Stirn gezogen hatte. Aber ich habe trotzdem den Eindruck, dass sie ein langes, schmales Gesicht hat. Zuerst konnte ich ihre Augen nicht sehen«, fuhr Reece fort. »Sie trug eine Sonnenbrille. So ein Einscheiben-Modell, glaube ich.«

»Was für eine Nase hatte sie?«

»Ihre Nase?« Sie hatte keine Ahnung. »Oh Gott, ich fürchte ich bin nicht besonders gut in so was.«

»Versuchen Sie's, so gut Sie können.«

»Ich glaube ... ich glaube, sie war lang und schmal wie ihr Gesicht. Nicht sehr markant. Ihr Mund ist mir mehr aufgefallen, weil sich ihre Lippen bewegt haben. Sie hat die meiste Zeit geredet – vermutlich sogar geschrien. Sie hatte einen unglaublich harten Zug um den Mund. Sie hatte generell etwas Hartes an sich. Ich weiß nicht, wie ich das erklären soll.«

»Dünne Lippen?«

»Keine Ahnung, vielleicht. Er war ... beweglich. Sie schien eine Menge zu sagen zu haben. Und wenn sie nicht sprach – zumindest aus meiner Perspektive – sah sie höhnisch drein. Ihr Mund war ständig in Bewegung. Sie trug Ohrringe – zumindest glaube ich das –, denn ich hab etwas funkeln sehen. Ihr Haar war etwas länger als schulterlang, gewellt und sehr dunkel. Sie hat ihre Sonnenbrille verloren, als er sie zu Boden geschlagen hat, aber es ging alles so schnell. Sie war so was von wütend. Ihre Augen kamen mir groß vor, aber sie war wütend und später derart geschockt ...«

»Irgendwelche besonderen Merkmale?«, fragte der Doc gelassen. »Narben, Leberflecken, Sommersprossen?«

»Ich kann mich an nichts dergleichen erinnern. Make-up«, sagte sie plötzlich. »Ich glaube, sie trug viel Make-up. Roten Lippenstift. Ja! Knallroten Lippenstift. Und außerdem ... obwohl das natürlich auch an ihrer seelischen Verfassung gelegen haben kann, hatte sie wahrscheinlich zu viel Rouge aufgetragen. Jetzt, wo ich drüber nachdenke, wirkte es fast schon einen Tick übertrieben. Vielleicht war es ihre seelische Verfassung, aber vielleicht ist ihr auch der Rougepinsel ausgerutscht. Sie war so weit weg, trotz des Fernglases.«

»Das ist schon in Ordnung. Und wie alt schätzen Sie sie?«

»Oje. Hm, auf Ende dreißig vielleicht. Zehn Jahre mehr, zehn Jahre weniger«, fügte Reece hinzu und presste ihre Finger gegen die Augenhöhlen. »Mist.«

»Hören Sie auf Ihren ersten Eindruck. Kommt das in etwa hin?« Reece beugte sich auf ihrem Stuhl vor, während der Doc den Skizzenblock umdrehte.

Er war besser, als sie erwartet hatte. Das war nicht die Frau, die sie gesehen hatte, die sie da von dem Block aus anstarrte, aber eine gewisse Ähnlichkeit war durchaus vorhanden. »Okay, okay«, murmelte sie, während sich ihr Magen schon ein wenig beruhigte. »Ich glaube, ihr Kinn war spitzer, aber nur ein bisschen. Und, hm, ihre Augen waren nicht so rund, ein wenig schmaler, vielleicht. Vielleicht.«

Reece griff wieder nach ihrer Teetasse und nippte daran, um sich zu beruhigen, während der Doc ein paar Veränderungen vornahm. »Ihre Augenfarbe konnte ich nicht richtig erkennen, aber ich glaube, dass sie dunkle Augen hatte. Und ihr Mund war auch nicht so breit. Und ihre Augenbrauen waren dünner, so richtige Bögen. Als ob sie sie wahnsinnig gezupft hätte. Die meisten Frauen zupfen ihre Brauen viel zu stark. Als er ihren

Kopf an den Haaren hochriss, ist ihr die Mütze runtergefallen. Habe ich das eigentlich schon erwähnt? Ihr ist die Mütze runtergefallen. Sie hatte eine breite Stirn.«

»Hol mal wieder Luft«, murmelte Brody.

»Wie bitte?«

»Du sollst Luft holen.«

»Okay.« Als sie innehielt, um tief durchzuatmen, merkte sie erst, wie sehr ihr Herz klopfte und dass ihre Hände so stark zitterten, dass sie Tee verschüttet hatte. »Sie trug Nagellack, roten vielleicht? Das habe ich auch vergessen. Ich konnte sehen, wie sie ihre Nägel in den Matsch gegraben hat, als sie erwürgt wurde.«

»Hat sie ihn gekratzt?«, fragte Brody.

»Nein. Das konnte sie nicht mehr. Ich glaube nicht ... Er hat sich rittlings auf sie gesetzt und mit seinen Knien ihre Arme zu Boden gedrückt. Sie konnte sie nicht genügend heben, um ihn zu kratzen. Sie hatte keine Chance. Als sie am Boden lag, hatte sie keine Chance mehr.«

»Wie ist es damit?«

Reece musterte die Zeichnung. Ein paar Details fehlten, dachte sie. Details, die sich nicht hatten vermitteln lassen oder auf Papier bannen ließen. Die Wut, die Leidenschaft, die Angst. Aber die Zeichnung kam ihr schon recht nahe.

»Ja, ja, das ist gut. Ich kann sie darin wiedererkennen. Und das ist schließlich das, was zählt, oder?«

»Ich würde sagen: ja. Mal sehen, ob wir das Ganze noch ein bisschen verfeinern können. Und Sie essen jetzt eines von diesen Plätzchen hier, Reece, bevor sie Brody alle verschlungen hat. Dick hat sie gebacken. Und der Mann versteht was vom Plätzchenbacken!«

Sie knabberte an dem Plätzchen, während ihr der Doc weitere Fragen stellte.

Während sie eine weitere Tasse Tee trank, sah sie ihm dabei zu, wie er die Form von Mund und Augen der Frau veränderte oder weiter ausarbeitete; die Augenbrauen noch etwas ausdünnte.

»Jetzt kommt es hin.« Reece stellte ihre Tasse mit einem leisen Klirren ab. »Das ist sie. Das ist gut, das sieht ihr wirklich ähnlich. Genauso sieht sie in meiner Erinnerung aus. Glaube ich zumindest. Ich ...«

»Hör auf, dich ständig zu hinterfragen«, unterbrach Brody sie. »Wenn das dein Eindruck von ihr ist, dann reicht das auch.«

»Aus Angel's Fist ist sie jedenfalls nicht.« Der Doc sah zu Brody auf. »Niemand, den ich kenne, zumindest nicht spontan.«

»Nein. Aber wenn sie hier vorbeigekommen ist, dann hat sie auch jemand gesehen. Beim Tanken, beim Einkaufen. Wir werden die Zeichnung herumzeigen.«

»Rick kann Kopien davon an die Behörden anderer Orte faxen.« Der Doc schürzte die Lippen und betrachtete seine Zeichnung. »Vielleicht auch an die Betreiber des Nationalparks. Mir kommt sie nicht bekannt vor. Ich hab so gut wie jeden aus Angel's Fist und Umgebung behandelt. Aber auch Touristen und Durchreisende. Meine Güte, jedem, der hier in den letzten zwanzig Jahren zur Welt kam, habe ich mit großer Wahrscheinlichkeit den ersten Klaps auf den Po gegeben. Die Frau ist keine von uns.«

»Und wenn die beiden nie durch Angel's Fist gekommen sind?«, sagte Reece leise. »Dann werden wir nie erfahren, wer sie war.«

»Genau das mag ich so an dir, Bohnenstange. Immer schön positiv denken.« Brody griff sich ein weiteres Plätzchen. »Möchtest du versuchen, dem Doc auch den Mann zu beschreiben?«

»Ich habe ihn nicht gesehen. Nicht wirklich. Ich konnte bloß einen kurzen Blick auf sein Profil werfen. Auf seinen Rücken, seine Hände, aber er trug Handschuhe. Seine Hände wirkten sehr groß auf mich, aber vielleicht ist das bloß eine Projektion von mir. Mütze, Sonnenbrille, Jacke.«

»Sah man Haare unter der Mütze?«, fragte der Doc.

»Nein, ich glaube nicht. Zumindest sind sie mir nicht aufgefallen. Die Frau hat meine ganze Aufmerksamkeit auf sich gezogen. Sie stand im Mittelpunkt, und als er sie dann niedergeschlagen hat, war ich vollkommen fassungslos. Trotzdem hatte ich mehr Augen für sie. Ich konnte den Blick nicht von ihr abwenden, von dem, was ihr zugestoßen ist.«

»Wie sah sein Kinn aus?«

»Hart. Der ganze Mann wirkte hart. Aber das habe ich von ihr auch behauptet, stimmt's?« Sie rieb sich die Augen und versuchte sich zu konzentrieren. »Er blieb äußerst gefasst und wirkte sehr kontrolliert. Sie war wütend und keifte, aber er stand einfach nur da und bewegte sich kaum. Sammelte er seine Kräfte? Sie füllte alles aus, gestikulierte, lief auf und ab, zeigte mit dem Finger auf ihn. Er hat sie geschubst, aber eher so, wie man eine lästige Fliege verscheucht. Aber das ist jetzt meine Interpretation.«

»Vielleicht, vielleicht aber auch nicht.« Der Doc kritzelte vor sich hin. »Wie war er gebaut?«

»Alles an ihm kommt mir jetzt groß vor, aber sicher bin ich mir da nicht. Er war größer und kräftiger als sie, das mit Sicherheit. Als er sich schließlich rittlings auf sie gesetzt hat, hat er sehr genau gewusst, was er tut. Er hätte sie mühelos längere Zeit am Boden festhalten können, bis sich ihre Gegenwehr erschöpft hätte. Er hätte noch mal mit ihr reden und schließlich weggehen können. Vielleicht liegt das auch an der Entfernung, aber er wirkte unglaublich entschlossen, unglaublich kaltblütig.«

Der Doc drehte erneut den Skizzenblock um und hielt ihn hoch. Reece fröstelte.

Es war ein Ganzkörperporträt, der Mann wies ihr den Rücken zu und man sah nur sein Viertelprofil. Weil er so vielen Männern glich, bekam Reece Magenkrämpfe.

»Ein Unbekannter«, murmelte sie.

»Trotzdem reicht diese Zeichnung aus, um schon mal einige Leute aus Angel's Fist definitiv auszuschließen«, sagte der Doc. »Pete zum Beispiel. Der ist zu klein. Oder Little Joe Pierce, der mindestens fünfzig Kilo zu viel mit sich herumschleppt, von seinem Bluthochdruck mal ganz abgesehen.«

»Oder Carl – der hat eine Figur wie ein Fass. Falscher Körperbau.« Reeces Magen entspannte sich ein wenig. »Da hast du Recht. Ich glaube auch nicht, dass er jung war, also kein Teenie und auch niemand Anfang zwanzig. Sein Auftreten, seine ... äh ... Körpersprache wirkte wesentlich reifer. Danke. Jetzt habe ich schon wieder einen etwas klareren Kopf.«

»Und ich war's auch nicht.« Brody zog eine Schulter hoch. »Außer ich wäre Superman und über den Snake River geflogen.«

»Nein.« Zum ersten Mal, seit sie sich getroffen hatten, lächelte Reece. »Du warst es nicht.«

»Ich werde Kopien machen und eine davon in meiner Praxis aufhängen. Hier kommt so gut wie jeder vorbei.« Der Doc griff noch einmal nach der Zeichnung von der Frau.

»Und ich werde ein paar Kopien zum Sheriff bringen.«

»Danke vielmals.«

»Wie gesagt, ich komme mir ein bisschen so vor, als würde ich Detektiv spielen. Mal eine nette Abwechslung. Brody, tu mir den Gefallen und trag dieses Tablett in die Küche, bitte.«

Der Blick, den ihm der Doc dabei zuwarf, sagte Reece, dass

jetzt der Arzt wieder die Oberhand gewonnen hatte und sie die Patientin war. Sie zwang sich, keinen Widerwillen gegen ihn zu empfinden, nicht nach dem Gefallen, den er ihr gerade getan hatte. Aber ihr Rücken versteifte sich, sobald Brody den Raum verlassen hatte.

»Ich bin nicht hergekommen, um mich untersuchen zu lassen«, sagte sie.

»Aber vielleicht sollten Sie. Ich bin nun mal ein alter Dorfarzt, und Sie sitzen in meinem Wohnzimmer. Ihre Augen sehen müde aus. Schlafen Sie gut?«

»Es geht so. Manche Nächte sind besser als andere.«

»Appetit?«

»Mal so, mal so. Aber er ist besser, als er mal war. Ich weiß, dass meine körperliche Gesundheit eng mit meiner seelischen zusammenhängt. Ich kümmere mich um beides.«

»Kopfschmerzen?«

»Ja«, sagte sie und seufzte. »Nicht so oft wie früher und definitiv nicht so stark. Und ja, ich habe immer noch Panikattacken, aber auch die haben nachgelassen. Früher kamen sie vor allem in der Nacht, aber jetzt sind es nur noch Albträume. Ich habe immer noch Flashbacks und manchmal Phantomschmerzen. Aber es geht mir besser. Ich war sogar mit Linda-Gail im Clancy's ein Bier trinken. Ich konnte zwei Jahre lang mit keiner Freundin mehr in eine Bar gehen. Ich war kurz davor, mit Brody intim zu werden. Ich war seit zwei Jahren mit keinem Mann mehr zusammen. Und immer, wenn ich einfach nur noch abhauen will, tue ich es nicht. Erst heute Morgen habe ich meine Tasche wieder ausgepackt und alles eingeräumt.«

Seine Augen hinter den Brillengläsern musterten sie aufmerksam. »Sie haben Ihre Sachen gepackt?«

»Ich ...« Sie zögerte einen Moment. »Ja. Ich kann mich nicht daran erinnern, sie gepackt zu haben, und ich weiß, dass das nicht gerade für meine geistige Gesundheit spricht. Aber ich habe es wieder gutgemacht, indem ich alles wieder *ausgepackt* und es noch dazu geschafft habe, hierher zu kommen. Ich komme schon klar. Ich funktioniere.«

»Sie brauchen sich nicht zu verteidigen«, erklärte ihr der Doc. »Sie können sich nicht mehr daran erinnern, dass sie Ihre Sachen gepackt haben?«

»Nein, kann ich nicht. Und ja, das beängstigt mich. Ein anderes Mal hab ich Sachen falsch eingeräumt und konnte mich ebenfalls nicht mehr daran erinnern. Aber damit kann ich umgehen. Vor einem Jahr hätte ich noch nicht damit umgehen können.«

»Was für Medikamente nehmen Sie?«

»Gar keine.«

»Auf ärztlichen Rat hin?«

»Nicht unbedingt. Ich hab erst dies und dann das abgesetzt. Und seit einem halben Jahr nehme ich gar nichts mehr. Die Medikamente haben mir geholfen, als ich sie gebraucht habe. Ich weiß sehr wohl, dass sie mir geholfen haben, mein seelisches Gleichgewicht wiederzufinden. Aber ich kann kein normales Leben führen, wenn die Medikamente meine Gefühle unterdrücken oder zudecken. Sie haben mir geholfen, das Schlimmste durchzustehen, aber das letzte Stück muss ich allein gehen. Ich möchte endlich wieder ich selbst sein.«

»Werden Sie mich aufsuchen, wenn sie eines Tages medizinische Hilfe in Anspruch nehmen wollen?«

»Einverstanden.«

»Darf ich Sie untersuchen?«

»Ich will keine ...«

»Eine ganz normale Routineuntersuchung, Reece. Wann waren Sie das letzte Mal beim Arzt?«

Jetzt seufzte sie. »Vor einem Jahr oder so.«

»Warum kommen Sie nicht gleich morgen früh in meine Praxis?«

»Ich hab die Frühstücksschicht.«

»Dann eben morgen Nachmittag, um drei. Es wird mir ein Vergnügen sein.«

»Das ist nicht fair«, murmelte sie. »Aber meinetwegen. Ihr Haus gefällt mir. Mir gefällt, dass Sie das Zimmer so gelassen haben, wie es Ihre Frau mochte. Eines Tages möchte ich auch so ein Zimmer haben und jemanden, der mich so sehr liebt, dass er es für mich in Ordnung hält. Ich versuche, diesem Ziel näher zu kommen.« Sie stand auf. »Ich muss zur Arbeit.«

Er erhob sich ebenfalls. »Also dann bis morgen um drei Uhr.« Er reichte ihr die Hand, wie um eine Abmachung zu besiegeln.

»Ich werde kommen.«

Er begleitete sie zur Tür, als Brody aus der Küche kam. Draußen auf der Straße ging Brody zu seinem Auto.

»Ich laufe lieber«, sagte Reece. »Ich brauche etwas frische Luft und habe noch genügend Zeit, bis meine Schicht beginnt.«

»Gut. Dann begleite ich dich und lass mir von dir ein schönes Mittagessen kochen.«

»Du hast doch gerade erst Plätzchen gegessen.«

»Na und?«

Sie schüttelte den Kopf. »Du wirst den ganzen Weg wieder zurücklaufen müssen, um dein Auto zu holen.«

»Dann trainiere ich mir gleich das Mittagessen ab. Hast du gegrilltes Huhn im Programm?«

»Na klar. Aber das steht heute nicht auf der Speisekarte.«

»Dann verlang einen Aufpreis. Ich habe heute Lust auf ein knuspriges Grillhähnchensandwich mit Zwiebelringen. Geht's dir jetzt besser?«

»Ich denke schon. Doktor Wallace hat so eine Art, alles nett zu verpacken.« Sie steckte die Hände in die Taschen ihres Kapuzensweatshirts, das sie gegen die Frühlingskälte trug. »Er hat mich auf eine sehr onkelhafte Art dazu gebracht, morgen in seine Sprechstunde zu kommen. Aber ich nehme an, du wusstest, dass er das vorhatte.«

»Er hat so was erwähnt. Er gehört zu den Leuten, die in alles ihre Nase stecken müssen. Aber auf eine nette, fürsorgliche Art. Er hat mich gefragt, ob wir miteinander schlafen.«

»Warum denn das?«

»Na, das ist eben typisch er. Sobald du in Angel's Fist lebst, gehörst du zu seinen Schäfchen. Eines kann ich dir mit Sicherheit sagen: Wenn diese Frau wirklich Zeit in Angel's Fist verbracht hätte, würde er sie kennen. Der Hund vom Sheriff ist schon wieder im See. Der schwimmt lieber als zu laufen.«

Sie blieben beide stehen, um zuzusehen, wie der Hund begeistert durchs Wasser paddelte. Sein Kielwasser brachte die sich im See spiegelnden Berge zum Tanzen.

»Wenn ich hierbleibe, werde ich mir einen Hund anschaffen und ihm beibringen, mir Bälle aus dem See zu apportieren. Genau wie – wie heißt sie noch gleich? – ach ja, Abby das mit Moses hier macht. Ich werde mir eine Hütte mieten, damit er draußen sein kann, wenn ich arbeite. Meine Großmutter besitzt einen Zwergpudel namens Marceau. Er reist überallhin mit.«

»Ein Zwergirgendwas namens Marceau ist doch kein Hund.«

»Oh doch, und er ist süß, absolut hinreißend.«

»Das ist doch eher eine Art Aufziehspielzeug mit einem Katzennamen.«

Sie lachte laut auf. »Marceau ist unglaublich klug und sehr treu.«

»Trägt er auch süße kleine Pullis?«

»Nein, höchstens elegante kleine Pullis. Und obwohl ich Marceau über alles liebe, denke ich eher an einen großen, zotteligen Hund wie Moses. An einen, der lieber schwimmt als läuft.«

»Aber nur, wenn du hierbleibst.«

»Ja. Wenn ich hierbleibe.« Und genau wie Moses fasste sich auch Reece ein Herz und sprang ins kalte Wasser: »Ich würde morgen Abend gern zu dir kommen, dich bekochen und über Nacht bleiben.«

Er lief weiter neben ihr. Sie kamen an einem Haus vorbei, wo eine Frau Stiefmütterchen in ein halbkreisförmiges Beet in ihrem Vorgarten pflanzte, der von Zwergen mit Zipfelmützen bewacht wurde.

Er fragte sich, was das bloß für Leute waren, die ihre Vorgärten mit Gipsfiguren dekorierten.

»Ist ›über Nacht bleiben‹ etwa eine höfliche Umschreibung für Sex?«

»Meine Güte, das will ich doch sehr hoffen. Ich kann nichts versprechen, aber wünschen tu ich mir das schon.«

»Gut.« Er streckte den Arm aus und hielt ihr die Tür zum Joanie's auf. »Ich werde das Bett frisch beziehen.«

Sie hielt ihren Arzttermin ein, was sie als weiteren großen Fortschritt betrachtete. Sie hasste das Gefühl des Ausgeliefertseins, als sie den Doc mit nichts als einem dünnen Baumwollhemdchen gegenüberstand.

Aber wenn sie schon ein Problem damit hatte, sich vor einem Arzt auszuziehen, wie würde das erst mit Brody werden?

Im Dunkeln, dachte sie, während sie auf der Liege saß und die Arzthelferin ihren Blutdruck maß. Alle Lichter wären aus, und sie würde die Augen zumachen. Hoffentlich würde er dasselbe tun.

»Ein bisschen hoch, Liebes.« Willow, die Arzthelferin, war eine Shoshonin. Das sah man an ihrem dicken schwarzen Haar, das sie zu einem Zopf geflochten hatte, und an ihren tiefbraunen Augen.

»Ich bin nervös. Ärzte machen mich nervös.«

Willow tätschelte Reeces Hand. »Machen Sie sich keine Sorgen. Der Doktor wird Sie mit Samthandschuhen anfassen. Ich muss Ihnen etwas Blut abnehmen. Machen Sie eine Faust und denken Sie an was Schönes.«

Reece spürte die Nadel kaum und gab Willow die Bestnote. Sie konnte schon gar nicht mehr zählen, wie oft man ihr nach der Schießerei Blut abgezapft hatte. Manche Schwestern hatten Hände wie Engel, andere eher wie Holzfäller.

»Der Arzt wird in einer Minute bei Ihnen sein.«

Reece nickte und wunderte sich, dass Willows Versprechen auf die Sekunde genau erfüllt wurde.

Der Doc wirkte ganz anders mit seinem weißen Arztkittel über dem karierten Hemd, dem Stethoskop um den Hals und den blitzweißen Turnschuhen. Er zwinkerte ihr kurz zu, bevor er nach ihrer Akte griff. »Eines kann ich Ihnen gleich sagen: Sie müssen fünf Kilo zunehmen.«

»Ich weiß, aber vor ein paar Wochen waren es noch acht Kilo.«

»Keine Operationen außer denen nach der Schießerei?«

Sie fuhr sich mit der Zunge über die Lippen. »Nein. Ich war immer völlig gesund.«

»Keine Allergien. Der Blutdruck könnte niedriger sein und der Schlafrhythmus besser. Ihre Tage kommen regelmäßig?«

»Ja. Gleich danach war alles durcheinander. Aber mit Hilfe der Pille hat es sich wieder eingependelt. Sonst gab es ja keinen Grund, sie einzunehmen.« Das könnte sich heute Abend ändern, dachte sie und fragte sich, ob ihr Blutdruck deshalb so in die Höhe geschossen war.

»Herzerkrankungen, Brustkrebs und Diabetes gab es also nicht in Ihrer Familie. Sie rauchen nicht und Ihr Alkoholkonsum ist niedrig bis mittel.«

Er fuhr damit fort, ihre Akte durchzugehen, und legte sie dann mit einem Nicken beiseite.

»Sie bringen gute Voraussetzungen mit.«

Er untersuchte ihre Lunge, ihre Reflexe und bat sie aufzustehen, damit er ihre Koordination und ihren Gleichgewichtssinn kontrollieren konnte. Er leuchtete in ihre Augen und Ohren, untersuchte ihre Lymphdrüsen, ihre Mandeln.

Und während der ganzen Untersuchung plauderte er mit ihr, hauptsächlich über den neuesten Dorfklatsch.

»Wussten Sie schon, dass Bebes ältester Sohn und zwei seiner Freunde beim Diebstahl von Schokoriegeln erwischt worden sind?«

»Er hat jetzt Hausarrest«, sagte Reece. »Sechzig Tage, ohne eine Chance auf vorzeitige Entlassung. Vormittags Schule, dann sofort nach Hause und am Nachmittag darf er jeden Tag zwei Stunden lang alles Mögliche erledigen, was ihm Mr. Drubber aufträgt.«

»Gut für Bebe. Wie ich gehört habe, soll Maisy Nabb mal wieder sämtliche Klamotten von Bill aus dem Fenster geworfen haben. Plus seinen MVP-Pokal, den er als Quarterback im Highschool-Footballteam gewonnen hat.«

Eigentlich war es gar nicht so schlimm, dachte sie, nicht bei dieser Unterhaltung. Einer richtigen Unterhaltung über Leute, die sie beide kannten.

»Angeblich hat er das Geld, das er für ihren Verlobungsring sparen sollte, beim Poker verspielt«, erzählte sie ihm. »Er behauptet, er habe nur versucht, genügend zu gewinnen, um ihr einen Ring zu kaufen, der ihr wirklich angemessen sei, aber das nimmt sie ihm nicht ab.«

»Sie wirft seine Sachen drei-, viermal im Jahr aus dem Fenster. Er spart mittlerweile seit fünf Jahren auf diesen Verlobungsring. Was bedeutet, dass seine Klamotten bestimmt fünfzehn, zwanzig Mal auf dem Bürgersteig gelandet sind. Carls Enkel in Laramie hat ein Stipendium für die University of Washington bekommen.«

»Ehrlich? Das wusste ich noch gar nicht.«

»Ich bin einer der Ersten, der es erfahren hat.« Die Augen des Doc funkelten vor Begeisterung. »Carl selbst hat es erst heute Nachmittag erfahren. Er platzt beinahe vor Stolz. Ich werde Willow hereinrufen und einen Abstrich sowie eine Brustuntersuchung vornehmen.«

Mechanisch stellte Reece ihre Füße in die Bügel des Untersuchungsstuhls. Sie starrte an die Decke und auf das Schmetterlingsmobile, das von dort herunterbaumelte, während der Doc seinen Stuhl zwischen ihre Beine rollte und ihm Willow assistierte.

»Das macht alles einen gesunden Eindruck«, bemerkte der Doc.

»Gut, ich bin nämlich schon etwas aus der Übung, was das anbelangt.« Als Willow ein erstickter Lacher entfuhr, schloss Reece einfach die Augen. Sie musste an ein altes Sprichwort denken, das besagt: Sei vorsichtig, was du denkst. Irgendwann sagst du es auch.

Als er fertig war, tätschelte der Doc ihren Knöchel und stellte sich dann seitlich vor den Untersuchungsstuhl, um ihre Brust zu untersuchen. »Machen Sie Ihre monatlichen Selbstuntersuchungen?«

»Ja. Nein. Wenn ich dran denke, ja.«

»Unter der Dusche, am ersten Tag Ihrer Periode. Machen Sie es sich zur Gewohnheit, dann vergessen Sie es auch nicht.« Sein Daumen fuhr sanft über ihre Narbe. »Sie hatten starke Schmerzen.«

»Ja.« Sie starrte weiterhin auf die Schmetterlinge, auf das fröhlich-bunte Mobile. »Starke Schmerzen.«

»Sie haben von Phantomschmerzen gesprochen.«

»Manchmal spüre ich sie, während eines Albtraums oder direkt danach. Während einer Panikattacke. Ich weiß, dass das kein echter Schmerz ist.«

»Aber er fühlt sich echt an.«

»Sehr echt.«

»Wie oft leiden Sie an Phantomschmerzen?«

»Schwer zu sagen. Ein paarmal die Woche, denke ich. Aber das ist schon wesentlich besser als mehrmals am Tag.«

»Sie dürfen sich wieder aufsetzen.« Er kehrte zu seinem Stuhl zurück, während Willow leise das Zimmer verließ. »Sie haben kein Interesse daran, Ihre Therapie fortzuführen?«

»Nein.«

»Oder an Medikamenten?«

»Nein. Wie gesagt: Ich habe beides in Anspruch genommen, und es hat mir auch geholfen. Aber ich will das auf meine Art zu Ende bringen.«

»Verstehe. Ich muss Ihnen leider sagen, dass Sie ein wenig ausgemergelt sind, aber das ist bestimmt nicht neu für Sie. Ich befürchte auch, dass die Blutuntersuchung ergeben wird, dass Sie an der Grenze zur Anämie sind. Ich möchte, dass Sie mehr rotes Fleisch essen. Eisenhaltige Nahrung. Wenn Sie nicht wissen, welche Nahrungsmittel viel Eisen enthalten, lasse ich Ihnen von Willow eine Liste ausdrucken.«

»Ich bin Küchenchefin. Ich kenne mich mit Nahrungsmitteln aus.«

»Dann essen Sie entsprechend.« Er hob mahnend den Zeigefinger, um seinen Worten Gewicht zu verleihen. »Ich habe auch ein paar Heilkräuter hier, die Ihnen beim Einschlafen helfen können. Als Teeaufguss, kurz vor dem Zubettgehen.«

Sie hob die Brauen. »Ganzheitliche Medizin?«

»Kräuter werden schon seit Jahrhunderten zu Heilzwecken verwendet. Ich habe früher immer Schach mit Willows Großvater gespielt. Er war Shoshonen-Schamane und ein fantastischer Schachspieler. Er hat mir so einiges über Naturmedizin beigebracht. Er ist letzten Herbst gestorben, im Alter von achtundneunzig Jahren, im Schlaf.«

»Das klingt vielversprechend.«

»Ich werde Ihnen Kräuter zusammenstellen und sie Ihnen morgen mit den dazugehörigen Anweisungen ins Joanie's bringen.«

»Ich will nicht unverschämt sein, aber ich hätte sehr gern eine Liste von den Kräutern.«

»Das ist sehr vernünftig. In vier bis sechs Wochen möchte ich Sie hier zur Nachuntersuchung sehen.«

»Aber ...«

»Um Ihr Gewicht zu überprüfen, Ihre Blutwerte und Ihren allgemeinen Gesundheitszustand. Hat er sich gebessert, brauchen Sie erst in drei Monaten wiederzukommen. Und wenn nicht ...« Er erhob sich von seinem Stuhl, legte ihr beide Hände auf die Schultern und sah sie eindringlich an, »... kann ich sehr hartnäckig werden.«

»Ja, Sir.«

»Braves Mädchen. Wie ich höre, machen Sie ein fantastisches Schmorfleisch mit allem Drum und Dran. Das soll mein Honorar für heute sein – schließlich habe ich Sie mehr oder weniger zur Untersuchung gezwungen.«

»Das müssen Sie nicht.«

»Wenn Ihnen das mit dem Schmorfleisch nicht passt, werde ich Ihnen eine Rechnung schicken. So, und jetzt ziehen Sie sich wieder an.«

Aber sie blieb noch ein paar Minuten sitzen, nachdem er den Raum verlassen und die Tür hinter sich geschlossen hatte.

14

Brody dachte zwar daran, die Bettwäsche zu waschen, aber weil ihn die Arbeit so gefangen nahm, dass er sechs Stunden am Stück durcharbeitete, hätte er beinahe vergessen, sie zu trocknen.

Als er aus dem strömenden Regen und Frühlingsmatsch, in die er seine Figuren geworfen hatte, wieder im Hier und Jetzt gelandet war, spürte er ein unwiderstehliches Verlangen nach einer Zigarette. Er hatte schon ganze drei Jahre keinen Lungenzug mehr an einer Winston gemacht, drei Jahre, fünf Monate und ... zwölf Tage, rechnete er sich aus, während er sich dabei ertappte, nach der Schachtel zu greifen, die nicht mehr da war.

Aber wenn ihm die Arbeit gut von der Hand ging oder er außergewöhnlich guten Sex hatte, kehrte das Verlangen danach zurück.

Also verharrte er auf seinem Stuhl und stellte es sich nur vor – das schlichte, tödliche Vergnügen, einen dieser schlanken weißen Zylinder aus der rotweiß gemusterten Schachtel zu ziehen, nach einem der Dutzend Einwegfeuerzeuge zu suchen, die überall herumlagen, die Flamme auflodern zu lassen und den ersten, herrlichen Zug zu nehmen.

Verdammt, er konnte sie förmlich schmecken – ein wenig herb, ein wenig süß. Das, so sagte er sich, war eben Segen und Fluch eines lebhaften Vorstellungsvermögens.

Niemand konnte ihn daran hindern, sofort in den Ort zu fahren und sich eine Schachtel zu kaufen. Nichts und niemand. Aber letztendlich war es eine Sache des Stolzes. Er hatte aufgehört und damit basta. Genau wie bei der *Tribune*, ermahnte er sich.

Nachdem er diese Tür ein für allemal zugeschlagen hatte, würde er sie auch nicht mehr aufmachen. Und das, so sagte er sich, war Segen und Fluch, ein so verdammt sturer Kerl zu sein.

Vielleicht würde er nach unten gehen und sich stattdessen mit einer Tüte Chips befriedigen. Oder er machte sich ein Sandwich.

Erst bei dem Gedanken an etwas zu essen fiel ihm ein, dass Reece in wenigen Stunden hier sein würde. Woraufhin ihm auch die Bettwäsche in der Waschmaschine wieder einfiel.

»Mist.«

Er schob seinen Stuhl zurück und rannte nach unten in den Abstellraum, wo eine winzige Waschmaschine und ein ebenso winziger Trockner standen. Nachdem er die Wäsche in den Trockner gestopft hatte, checkte er die Lage in der Küche.

Das Frühstücksgeschirr stand noch in der Spüle. Genauso wie der Teller vom letzten Abendbrot. Die örtliche Zeitung und die täglich abonnierte *Chicago Tribune* – man trennt sich eben nur ungern von alten Gewohnheiten – lagen ausgebreitet auf dem Tisch sowie mehrere Notizbücher, Stifte und Kulis und ein Stapel Post.

Er begriff, dass er hier aufräumen musste, was angesichts der Aussicht auf ein gutes, warmes Essen und eventuell sogar noch auf Sex nicht weiter schlimm war.

Außerdem war er kein Messy.

Er krempelte die Ärmel seines alten Lieblingssweatshirts hoch und hob den Stapel schmutziger Teller aus der Spüle. »Warum stellst du sie überhaupt dorthin?«, fragte er sich, während er heißes Wasser und Spülmittel einlaufen ließ. »Jedes Mal, wenn du das tust, musst du sie auch wieder herausnehmen.«

Er spülte sie und ließ sie abtropfen. Wenn diese verdammte Hütte doch bloß einen Geschirrspüler hätte! Er musste an Reece denken.

Er fragte sich, ob sie ihren Termin bei Doc Wallace eingehalten hatte. Er fragte sich, was er wohl in ihren großen dunklen Augen sehen würde, wenn sie heute Abend zur Tür hereinkäme. Gelassenheit, Nervosität, Vorfreude, Reue.

Er überlegte, wie sie aussehen würde, wenn sie in seiner Küche hantierte und Nahrungsmittel arrangierte wie eine Künstlerin. Mit ihren Formen, Farben, Texturen und Kontrasten spielte.

Er dachte an die Duft- und Geschmacksnuancen, die ihr Essen, aber auch sie selbst verströmten. Es war ganz untypisch für ihn, sich von ihrem Duft, ihrem Geschmack derart gefangen nehmen zu lassen.

Er stellte die Teller in das Abtropfgestell und begann, den Tisch aufzuräumen. Ihm fiel auf, dass er hier in der Hütte noch nie richtig mit jemandem gegessen hatte. Höchstens Bier und Salzbrezeln, wenn der Doc, Mac oder Rick vorbeigeschaut hatten.

Er hatte sie ein-, zweimal zu einer Pokerrunde eingeladen, wenn er in der Stimmung gewesen war. Und das hieß ebenfalls Bier, Chips und Zigarren.

Einmal hatte es um zwei Uhr morgens Wein und Rührei gegeben. Mit der entzückenden Gwen aus L. A., die zum Skifahren hergekommen und in einer denkwürdigen Januarnacht in seinem Bett gelandet war.

Aber solch zufällige Intermezzi waren etwas ganz anderes als eine Frau, die zu Besuch kommt, um für ein gemeinsames Abendessen zu kochen.

Er trug die Zeitungen in den Abstellraum und legte sie auf den Stapel, den er wöchentlich ins Altpapier gab. Obwohl er Eimer und Wischmopp unfreundlich musterte, griff er danach.

»Siehst du, ich bin eben doch kein Messy«, murmelte er, während er den Küchenboden wischte.

Am besten, er räumte auch das Schlafzimmer auf, nur für den Fall ... Und wenn nicht, musste er sich die einsame Nacht wenigstens nicht inmitten von Unordnung um die Ohren schlagen.

Er fuhr sich mit einer Hand über das Gesicht und erinnerte sich daran, dass er sich noch rasieren musste. Das hatte er heute Morgen ausfallen lassen.

Sie würde sich sicherlich über Kerzen freuen, also sollte er noch welche heraussuchen. Bestimmt fand er etwas Geeignetes. Er musste zugeben, dass ihm die Vorstellung, mit einer hübschen Frau bei Kerzenlicht zu Abend zu essen, durchaus gefiel.

Aber als er sich bei dem Gedanken ertappte, ob wohl schon die richtige Jahreszeit für Tulpen war, bremste er sich wieder.

Das kam gar nicht infrage. War er denn vollkommen übergeschnappt? Wenn ein Mann loszieht, um einer Frau Blumen zu kaufen – und zwar nicht irgendwelche Blumen, sondern ihre Lieblingsblumen –, dann glaubt sie mit Sicherheit, dass er es ernst meint. Gefährlich ernst. Und das brachte nichts als Schwierigkeiten.

Also keine verdammten Tulpen.

Außerdem: Hätte er Blumen gekauft, hätte er auch noch eine Vase kaufen müssen, um sie hineinzustellen. Und das stand gar nicht zur Debatte.

Eine saubere Küche musste genügen, und wenn ihr das nicht passte ...

»Der Wein. Mist.«

Er brauchte gar nicht erst nachzusehen, um zu wissen, dass er nichts außer Bier und einer Flasche Jack Daniels im Haus hatte. Verärgert wollte er schon seine Aufräumarbeiten unterbrechen, um in den Ort zu fahren, als ihm eine Idee kam.

Er suchte sein Adressbuch heraus und rief im Liquor Store an.

»Hallo, war Reece Gilmore heute schon da und hat Wein gekauft? Ja? Was hat sie denn für welchen – ach, ist schon gut. Danke. Bestens. Und Ihnen? Aha.« Brody lehnte sich mit einer Hüfte gegen die Küchentheke, wohl wissend, dass die Information, dass er und Reece gemeinsam zu Abend essen und einen Chenin Blanc trinken würden, Stoff für reichlich Gerede bot.

Aber als sein Informant erwähnte, dass der Sheriff bereits am Vormittag mit einer Kopie von Doc Wallaces Zeichnung vorbeigekommen war, entspannte er sich gleich wieder.

»Haben Sie die Frau erkannt? Nein. Ja, ich hab die Zeichnung gesehen. Nein, ich finde nicht, dass sie aussieht wie Penelope Cruz. Nein, Jeff, ich glaube kaum, dass Penelope Cruz in der Gegend war und einem Mord zum Opfer gefallen ist. Klar, falls ich was höre, gebe ich dir umgehend Bescheid. Bis bald.«

Brody legte auf und schüttelte den Kopf. Die Leute konnten ebenso für Heiterkeit wie für Verärgerung sorgen. Aber so hielt es sich wenigstens die Waage.

»Penelope Cruz«, murmelte er und schüttete das Wasser aus dem Eimer in die Spüle.

Die Bettwäsche fiel ihm erst wieder ein, nachdem er sich auf die Suche nach Kerzen gemacht hatte und mit ein paar weißen Haushaltskerzen, die er für den Fall eines Stromausfalls aufbewahrte, wieder aufgetaucht war. Außerdem hatte er noch eine Duftkerze namens *Apple Pie* zutage gefördert, ein Weihnachtsgeschenk, das er bislang nie benutzt hatte.

Nicht gerade sexy, dachte er, aber immerhin besser als nichts. Er nahm sie und die trockene Bettwäsche mit nach oben ins Schlafzimmer mit dem festen Vorsatz, hier Ordnung zu schaffen. Doch dann machte er den Fehler, eine Weile aus dem Fenster zu sehen.

Ein paar Segelboote glitten über den See, ihre weißen Segel

blähten sich im Wind. Er erkannte Carls Kanu in der Nähe des Nordufers. Bestimmt angelt er wieder, dachte Brody. Dieser Mann existierte nur, um zu angeln und mit Mac zu klatschen.

Und dann war da noch Ricks Tochter mit Moses. Anscheinend war die Schule bereits aus. Der Hund machte einen riesigen Satz hinter dem Ball her und scheuchte einen Silberreiher auf. Der Vogel stieg hoch und schoss wie ein Pfeil ins Sumpfland davon.

Was für ein Idyll, dachte Brody geistesabwesend. So hübsch und friedlich ...

Doch irgendetwas an dem Licht- und Schattenspiel auf dem See ließ ihn wieder an sein Buch denken. Er zog die Augen zu schmalen Schlitzen zusammen, als Moses wieder an Land paddelte, den Ball fest zwischen die Zähne geklemmt.

Doch was, wenn das kein Ball wäre ...

Er ließ die Wäsche achtlos auf dem Bett liegen und marschierte zurück in sein Arbeitszimmer. Er würde nur diese eine Szene niederschreiben, ermahnte er sich. Maximal eine halbe Stunde, danach würde er sich um das Schlafzimmer kümmern, duschen, sich rasieren und etwas anziehen, das nicht so aussah, als hätte er bereits darin geschlafen.

Zwei Stunden später stellte Reece eine große Kiste mit Lebensmitteln auf der Veranda von Brodys Hütte ab, klopfte lebhaft an die Tür und ging dann zurück zum Auto, um eine zweite Kiste zu holen.

Sie klopfte erneut, diesmal etwas lauter. Als keine Reaktion kam, runzelte sie die Stirn und öffnete vorsichtig die Tür.

Sie wusste, dass ihre instinktive Angst, er könnte in der Badewanne ertrunken, die Treppe heruntergefallen oder bei einem Raubüberfall ermordet worden sein, absolut lächerlich war. Aber das machte ihre Angst nicht weniger real.

Außerdem war es so still im Haus, so leer. Sie kannte sich hier schließlich nicht aus. Sie konnte sich nicht recht zwingen, die Schwelle zu übertreten, nicht solange dieses Bild, wie er irgendwo blutend am Boden lag, noch mit solcher Klarheit in ihrem Kopf herumspukte.

Sie zwang sich einzutreten, rief seinen Namen.

Und als sie über sich Dielenbretter knacken hörte, schnappte sie sich ihr scharfes Küchenmesser aus einer der Kisten und umklammerte seinen Griff mit beiden Händen.

Er erschien heil und unversehrt, aber mit finsterer Miene oben an der Treppe.

»Was? Wie spät ist es?«

Vor lauter Erleichterung drohten ihr die Knie nachzugeben, aber sie schaffte es gerade noch, sich gegen den Türknauf zu lehnen und sich auf den Beinen zu halten. »So gegen sechs. Ich habe angeklopft, aber ...«

»Sechs? Mist. Ich, äh, ich war dermaßen in meine Arbeit vertieft ...«

»Das ist schon in Ordnung, kein Problem.« Der Schmerz in ihrer Brust wich einem anderen Druck. Er wirkte so verärgert, so verwirrt, so groß und männlich. Wenn sie sich auf ihre Beine hätte verlassen können, wäre sie am liebsten die Treppe hochgestürmt und hätte sich ihm in die Arme geworfen.

»Soll ich ein andermal wiederkommen?«

»Wie bitte?« Seine Stirn legte sich noch mehr in Falten. »Ich muss bloß erst noch ... aufräumen.« Diese verdammte Bettwäsche. »Brauchst du meine Hilfe?«

»Nein, nein. Ich komm schon klar. Ich fange einfach an, das Abendessen zuzubereiten, falls du nichts dagegen hast. Das wird etwa zwei Stunden dauern, vielleicht auch etwas weniger. Du kannst dir also ruhig Zeit lassen.«

»Gut.« Er schwieg, bis er seine Daumen in die Vordertaschen seiner Jeans eingehängt hatte. »Was hattest du eigentlich mit dem Messer vor?«

Sie hatte ganz vergessen, dass sie es immer noch in der Hand hielt, und sah es mit einer Mischung aus Verwirrung und Scham an. »Keine Ahnung.«

»Vielleicht legst du es lieber weg, damit ich beim Duschen nicht ständig an Norman Bates denken muss.«

»Einverstanden.«

Sie drehte sich um und legte es wieder in die Kiste. Als sie sich erneut zu ihm umdrehen wollte, war er verschwunden.

Sie schleppte beide Kisten ins Haus. Sie wollte die Haustür abschließen, wünschte sich nichts sehnlicher, als die Haustür abzuschließen. Aber das war nicht ihr Haus. Trotzdem – merkte er gar nicht, wie leicht jedermann einfach so zur Tür hereinspazieren konnte? Sie hatte es schließlich auch getan. Wie konnte er da nur oben im ersten Stock sein und die unverschlossenen Türen einfach so vergessen? Und dann noch duschen?

Meine Güte, *wie sehr* sie sich doch wünschte, wieder ein derartiges Urvertrauen zu haben oder eine derartige Naivität.

Aber da dem nicht so war, schloss sie die Haustür ab. Und nachdem sie die Vorräte in die Küche getragen hatte, schloss sie auch noch die Hintertür ab.

Das war zwar nicht ihr Haus, aber jetzt befand sie sich nun mal hier. Wie sollte sie sich bloß aufs Kochen konzentrieren, wenn keine Tür abgeschlossen war?

Deutlich beruhigter holte sie das Kartoffelgratin heraus, das sie bereits vorbereitet hatte, maß Milch ab und erwärmte sie auf dem Herd. Sie holte ihren niegelnagelneuen Messerblock hervor – zugegeben, sie gab eindeutig viel zu viel von ihrem Gehalt für die Küchenausstattung aus. Das war verrückt, aber sie kam einfach nicht dagegen an. In der Bratenform, die sie als Nächstes hervorholte, lag eine Schweinelende in einem Bratschlauch mit Marinade, die sie bereits am Vorabend zubereitet hatte.

Anschließend stellte sie den Wein kalt und inspizierte bei dieser Gelegenheit gleich mal den Kühlschrank. Um den war es schlimmer bestellt, als sie befürchtet hatte. Nur gut, dass sie wirklich alles mitgenommen hatte, was sie brauchte. Er hatte ein paar Eier, ein Päckchen Butter und ein paar Scheiben Cheddar vorrätig. Mixed Pickles, Milch, deren Haltbarkeitsdatum bereits überschritten war, und acht Flaschen Harp. Zwei Mitleid erregend verschrumpelte Orangen lagen einsam im Gemüsefach. Keinerlei Gemüse weit und breit.

Lächerlich. Absolut lächerlich.

Doch als sie die heiße Milch über das Kartoffelgratin goss, nahm sie den Kieferndurft eines Bodenputzmittels wahr. Anerkennend registrierte sie, dass er sich immerhin die Mühe gemacht hatte zu putzen, bevor sie hergekommen war.

Sie schob das Gratin in den Ofen und stellte die Uhr.

Als Brody eine halbe Stunde später die Küche betrat, schob sie gerade den Braten neben das Gratin. Den Tisch hatte sie mit seinen Tellern gedeckt und mit Kerzen, die sie selbst mitgebracht hatte, genauso wie die dunkelblauen Servietten, die Weingläser und eine kleine Glasschale, die sonnengelbe Moosröschen zu enthalten schien.

Es duftete genau so, wie er sich das vorgestellt hatte. Nach etwas Fleischigem aus dem Ofen und nach etwas Frischem von dem Haufen Gemüse, der auf der Theke lag. Und nach einer Mischung aus beidem, die von Reece ausging.

Als sie sich umdrehte, übersah er ihre Nervosität und die Traurigkeit in ihren Augen. Für ihn war ihr Blick tief, dunkel und warm.

»Ich dachte, ich ... Oh.«

Sie wich einen Schritt zurück, als er dicht an ihr vorbeiging. Nervosität flackerte sichtbar in ihr auf, als er sie an den Armen fasste und sie dazu brachte, sich auf die Zehenspitzen zu stellen.

Aber was er schmeckte, als er von ihrem Mund Besitz ergriff, war die Wärme, eine Wärme, die ihrer Nervosität eine ganz besondere Note verlieh. Für ihn war sie unwiderstehlich.

Ihre Arme waren zwischen ihnen beiden eingeschlossen. Doch dann öffnete sie ihre zur Faust geballten Hände und ließ sie an seiner Brust bis hoch zu seinen Schultern wandern. Er spürte regelrecht, wie sie dahinschmolz.

Er ließ sie los, machte einen Schritt zurück und sagte: »Hallo, übrigens.«

»Ja, hallo. Äh, wo bin ich gleich wieder?«

Er grinste. »Wo wärst du denn gern?«

»Genau hier, wo ich jetzt bin. Ich brauch nur noch eine Sekunde, bis mein Hirn wieder anspringt. Ich wollte doch gerade irgendwas. Ach ja, ich wollte uns Martinis machen.«

»Im Ernst?«

»Aber ja.« Sie ging zum Kühlschrank und wollte Eis herausholen, um die zwei Gläser zu kühlen, die sie mitgebracht hatte. Sie erstarrte. »Oder magst du keinen Martini?«

»Was heißt hier nicht mögen? Jeff hat gar nicht gesagt, dass du Wodka gekauft hast.«

»Jeff?«

»Liquor-Store-Jeff.«

»Liquor-Store-Jeff«, wiederholte sie mit einem Nicken und seufzte kurz auf, als sie das Eis in die Martinigläser plumpsen ließ. »Wieso? Hat man hier irgendwo eine Liste mit meinen Alkoholeinkäufen ausgehängt? Gelte ich hier schon als Schluckspecht?«

»Nein, in der Kategorie ist Wess Pritt unerreicht. Ich habe dort angerufen, weil ich dachte, du willst bestimmt Wein trinken. Falls du schon selbst welchen gekauft hättest, hätte ich mir die Fahrt in den Ort sparen können.«

»Das nenn ich wirklich effizient. Das mit den Martinis ist mir erst eingefallen, als ich schon alles für heute Abend zusammengepackt hatte. Die Gläser und den Shaker hab ich mir von Linda-Gail geliehen. Sie hat die Sachen vor ein paar Jahren gekauft, um Cosmos machen zu können.«

Er trat einen Schritt zurück und sah ihr beim Abmessen und Schütteln zu, sah, wie sie das Eis in die Gläser gab, einschenkte und Oliven sowie lange blaue Löffel in die Drinks steckte. Dann musterte er das Ergebnis in dem Glas, das sie ihm reichte.

»Ich hab schon seit Ewigkeiten keinen Martini mehr getrunken. Ich kann mich kaum noch daran erinnern. Nicht gerade die Art Getränk, die man hier im Clancy's bestellt.«

»Nun, dann wollen wir mal auf ein bisschen Großstadtflair in Angel's Fist anstoßen.«

Sie prostete ihm zu und wartete, bis er seinen ersten Schluck genommen hatte.

»Verdammt gut, dieser Martini.« Er nippte erneut und sah sie über sein Glas hinweg an. »Du bist mir vielleicht eine.«

»Probier mal das hier«, entgegnete sie.

Sie hob einen kleinen Teller und enthüllte etwas, das aussah wie gefüllte Selleriestangen, die raffiniert auf einer Platte arrangiert waren.

»Was ist da drin?«

»Das ist natürlich streng geheim, aber hauptsächlich geräucherter Gouda und sonnengetrocknete Tomaten.«

Er war nicht gerade ein großer Fan von rohem Sellerie, aber da er annahm, der Wodka würde den Geschmack schon überdecken, war es einen Versuch wert. Er änderte sofort seine

Meinung. »Was auch immer das Geheimnis sein mag – es macht den Sellerie hundertmal schmackhafter als die Erdnussbutter, die meine Mutter immer da draufgeschmiert hat.«

»Das will ich doch stark hoffen. Du darfst dich setzen. Guten Appetit.« Sie griff erneut nach ihrem Glas und nippte vorsichtig daran. »Ich mach jetzt den Salat.«

Er setzte sich nicht, sondern genoss es, ihr beim Rösten von Pinienkernen zuzusehen. Meine Güte, sie röstete doch tatsächlich Pinienkerne. Dann sah er, wie sie irgendwelches Blätterzeug in einen Topf gab.

Er hegte ein angeborenes Misstrauen gegenüber jeder Form von Blattgemüse, erst recht, wenn man es in einen Topf gab und den dann auf den Herd stellte. »Kochst du Salat?«

»Ich mache einen Spinat- und Rotkohl-Salat mit Pinienkernen und ein wenig Gorgonzola. Ich konnte es kaum fassen, dass Mac Gorgonzola bestellt hat, nur weil ich letzte Woche mal erwähnte, dass ich so gern welchen hätte.«

»Er hat eben eine Schwäche für dich.«

»Da habe ich aber großes Glück, dass ausgerechnet der Mann eine Schwäche für mich hat, der mir Gorgonzola beschaffen kann. Wie dem auch sei, Doc Wallace hat gesagt, ich bräuchte mehr Eisen. Und in Spinat steckt jede Menge davon.« Aus den Augenwinkeln heraus nahm sie seinen Gesichtsausdruck wahr und musste ein Lachen unterdrücken. »Du bist ein großer Junge. Wenn es dir nicht schmeckt, musst du es auch nicht aufessen.«

»Abgemacht. Und wie war's so beim Doc?«

»Er ist gründlich und sanft, man kann unmöglich mit ihm streiten.« Während sie sprach, regulierte sie die Flamme unter dem Topf. »Er meint, ich sei ein wenig ausgemergelt, vielleicht auch ein bisschen anämisch, aber ansonsten ist alles in Ordnung. Ich habe in meinem Leben wirklich genügend Ärzte gesehen, aber es war gar nicht so schlimm, wie ich befürchtet hatte. Als ich danach zum Liquor Store bin, hat Jeff erwähnt, dass der Sheriff mit der Zeichnung vorbeigeschaut hat.«

»Ja, das habe ich auch gehört. Hat er Penelope Cruz erwähnt?«

Sie lächelte schwach. »Ja. Er, der Sheriff, meine ich, hat auch eine Kopie ans Joanie's geschickt. Aber niemand hat reagiert.«

»Hast du das denn erwartet?«

»Keine Ahnung, was ich erwartet habe. Etwas in mir hat bestimmt gehofft, dass jemand die Zeichnung sieht und sagt, Mensch, die sieht doch aus wie Sally Jones, die hier im Osten von Angel's Fist lebt. Sie macht gerade eine schlimme Zeit mit ihrem Tunichtgut von Ehemann durch. Dann wüssten wir Bescheid, und der Sheriff würde losziehen und diesen Tunichtgut von einem Ehemann verhaften. Und dieser Albtraum wäre ein für allemal vorbei.«

»Friede, Freude, Eierkuchen.«

»Sozusagen.« Sie nahm noch einen winzigen Schluck von ihrem Martini. »Wie dem auch sei. Ich habe dein Buch ausgelesen. Ich bin ganz schön froh, dass du Jack nicht lebendig begraben hast.«

»Er auch.«

Sie lachte. »Bestimmt. Mir hat auch gefallen, dass du ihn nicht vollständig geläutert hast. Er hat immer noch jede Menge Fehler, ist urkomisch und chaotisch. Trotzdem glaube ich, dass Leah es schafft, das Beste aus ihm herauszuholen. Außerdem hast du dafür gesorgt, dass sie ihm aus der Patsche geholfen hat.« Sie sah ihn an. »Aus der Leserinnenperspektive war das toll. Und es hat funktioniert.«

»Schön, dass du das Buch gut fandst.«

»So gut, dass ich mir heute Nachmittag noch eines gekauft habe. *Blutsbande.*« Sie sah, wie er erneut die Stirn runzelte. »Wieso schaust du so?«

»Es ist ... ziemlich brutal. Einige Szenen werden äußerst drastisch geschildert. Kann sein, dass dir das nicht besonders gefällt.«

»Du meinst, weil ich die Brutalität am eigenen Leib erfahren habe.«

»Kann sein, dass dir die Geschichte näher geht, als du denkst.«

»In diesem Fall leg ich das Buch eben zur Seite. So wie du den Spinatsalat auf die Seite stellen kannst.« Sie warf einen Blick in den Ofen und griff erneut nach ihrem Martini. »Alles ist genau so, wie es sein muss. Wie wär's, wenn du die Kerzen hier anzündest und den Wein öffnest?«

»Aber klar doch.«

»Und in was warst du vorhin so vertieft?«

»Vertieft?«

»Als du runterkamst, sagtest du, du wärst so in deine Arbeit vertieft gewesen ...«

»Stimmt.« Er zündete die Kerzen an und stellte sie auf das winzige Tischchen – dunkelblaue Kerzen, passend zu den Servietten. »In meinen Roman.«

Er war nicht nur ein Mann, der nicht viele Worte machte, dachte sie, sondern einer, der überhaupt nichts sagte. Zumindest nicht verbal. »Soll das heißen, dass du gut mit deinem Buch vorankommst?«

»Ja.« Er fand den Wein im Kühlschrank. Chenin Blanc, wie angekündigt. »Heute war ein guter Tag.«

»Du willst also nicht darüber reden.«

Er begann, in seinen Küchenschubladen nach dem Korkenzieher zu suchen, aber sie gab ihm einen, den sie mitgebracht hatte. »Über was?«

»Über dein Buch.«

Er überlegte, während er den Wein aufmachte und sie den Spinat in den Topf gab. »Ich wollte sie umkommen lassen. Vielleicht erinnerst du dich, ich habe es bereits erwähnt, als wir auf dem Wanderweg waren.«

»Ja, ich erinnere mich. Du hast gesagt, der Bösewicht würde sie dort umbringen, sie von den Felsen ins Wasser stoßen.«

»Ja, und das hat er auch versucht. Er hat sie verletzt, sie gequält. Er hat sie terrorisiert, aber er hat es nicht geschafft, sie wie geplant in den Abgrund zu stoßen.«

»Sie konnte ihm entkommen.«

»Sie ist gesprungen.«

Reece drehte sich zu ihm um, während sie das blanchierte Gemüse aus dem Topf holte. »Sie ist gesprungen.«

Normalerweise sprach er mit niemandem über seine Arbeit. Es nervte ihn sogar, danach gefragt zu werden. Aber ihr erzählte er interessanterweise gern davon, war gespannt auf ihre Reaktion.

»Es regnet heftig, der Wanderweg ist schlammig. Er hat sie grün und blau geschlagen, ihr Bein blutet. Sie ist ganz allein mit ihm dort oben. Es ist niemand da, der ihr helfen könnte. Sie kann ihm nicht entkommen. Er ist kräftiger, er ist schneller. Er ist außer sich. Also springt sie. Eigentlich dachte ich, sie würde sterben. Ich habe nie vorgehabt, sie das achte Kapitel überleben zu lassen. Aber sie hat mich eines Besseren belehrt.«

Wortlos machte Reece den Salat mit einer Vinaigrette an, die sie bereits zu Hause vorbereitet hatte.

»Sie ist zäher, als ich dachte. Sie hat einen starken angeborenen Überlebenswillen. Sie springt ins Wasser, weil sie weiß, dass das ihre einzige Chance ist. Lieber stirbt sie bei dem Versuch zu überleben, als sich einfach hinzulegen und zuzulassen, dass er sie umbringt. Und dann schwimmt sie sich doch tatsächlich frei, obwohl er versucht, sie unter Wasser zu drücken, obwohl sie der Fluss hin und her wirft. Sie kämpft sich da raus.«

»Ja«, murmelte Reece. »Sie klingt zäh.«

»Dabei hätte sie das nie von sich gedacht. Sie hat überhaupt nicht gedacht, sondern einfach nur gehandelt. Sie hat einen Ausweg aus ihrer Situation gefunden. Sie weiß nicht, wo sie ist, und sie ist verletzt. Ihr ist kalt, und sie ist nach wie vor allein. Aber sie lebt.«

»Wird sie es schaffen?«

»Das liegt ganz bei ihr.«

Reece nickte. Sie arrangierte den Salat auf den Tellern und bröckelte Käse darüber. »Sie wird aufgeben wollen. Aber ich hoffe, dass sie das nicht tut. Ich hoffe, dass sie am Ende siegen wird. Empfindest du etwas für sie?«

»Ansonsten würde ich mich wohl kaum so viel mit ihr beschäftigen.«

Sie stellte die Teller auf den Tisch und einen kleinen Korb mit einem runden Laib Olivenbrot. Den Wein goss sie selbst ein. »Du beschäftigst dich auch sehr mit dem Mörder.«

»Für ihn empfinde ich auch etwas. Aber etwas anderes. Setz dich. Ich möchte gern sehen, wie deine Augen bei Kerzenschein aussehen.«

Überraschung blitzte in ihren Augen auf und dann dieses goldene Funkeln, als sie sich setzte. »Probier den Salat. Ich bin auch nicht beleidigt, wenn er dir nicht schmeckt.«

Er gehorchte und sah sie anschließend verblüfft an. »Komisch. Ich mag Sellerie eigentlich nicht besonders. Und Spinat konnte ich noch nie ausstehen. Wer mag schon Spinat? Außerdem bin ich ein Gewohnheitstier.«

Sie lächelte. »Aber du magst meinen Sellerie. Und du magst meinen Spinat.«

»Ich glaube schon. Vielleicht mag ich alles, was du mir so vorsetzt.«

»Weshalb es äußerst befriedigend ist, für dich zu kochen.«

Sie häufte ein wenig Salat auf die Gabel. »Auf dass wir etwas Eisen in unseren Blutkreislauf bekommen!«

»Hast du noch mal darüber nachgedacht, ein Exposee für ein Kochbuch zu schreiben?«

»Ehrlich gesagt habe ich mich gestern nach der Schicht damit beschäftigt.«

»Siehst du deshalb so müde aus?«

»Das ist aber keine sehr passende Frage, nachdem du mir gerade gesagt hast, wie schön ich bei Kerzenschein aussehe.«

»Ich meinte vor allem deine Augen. Was nicht heißt, dass ich nicht merke, wie müde du aussiehst.«

Er würde immer gnadenlos ehrlich zu ihr sein, vermutete sie. Das war zwar nicht gerade gut fürs Ego, aber allemal besser als Platitüden oder Notlügen.

»Ich konnte nicht einschlafen, also habe ich mich mit dem Exposee beschäftigt, um etwas zu tun zu haben. Ich dachte, es könnte vielleicht *The Simple Gourmet* heißen oder so was.«

»Klingt gut.«

»Hast du eine bessere Idee?«

Er aß weiter und war fast schon amüsiert über die Gereiztheit in ihrer Stimme. »Gib mir Zeit, darüber nachzudenken. Warum konntest du nicht einschlafen?«

»Woher soll ich das wissen? Der Doc hat irgend so einen ganzheitlichen Tee, den ich ausprobieren soll.«

»Sex wirkt äußerst entspannend.«

»Kann sein. Vor allem, wenn der Partner deutlich zu wünschen übrig lässt. Dann kann man währenddessen sogar ein kleines Nickerchen machen.«

»Ich verspreche dir, dass du nicht dabei einschlafen wirst.«

Sie lachte nur und aß ihren Salat.

Sie traute ihm nicht zu, den Braten aufzuschneiden, was im Grunde eine Beleidigung war, und tat es selbst, während sie den Spargel gar ziehen ließ. Brody beschloss, sich nicht zu beschweren, da das Fleisch unglaublich köstlich duftete und ihm auch nicht entgangen war, dass es dazu Kartoffelgratin geben würde.

Sie gab Sauce Hollandaise über die zarten Spargelköpfe und aromatischen Bratensaft über das Fleisch.

»Wir sollten eine Abmachung treffen«, ergriff Brody das Wort, während sein Messer in das Fleisch glitt.

»Eine Abmachung?«

»Ja, Moment noch.« Er kostete. »Genau, wie ich mir das vorgestellt habe. Ja, eine Abmachung. Ich möchte dir ein Tauschgeschäft vorschlagen. Sex gegen Essen.«

Sie hob die Brauen und schürzte übertrieben nachdenklich die Lippen. »Interessant. Trotzdem habe ich so den Verdacht, dass hauptsächlich du Vorteile davon hast.«

»Aber du doch auch. Und wenn das mit dem Sex nicht funktioniert, können wir es auch mit Handlangerarbeiten versuchen. So typische Männeraufgaben. Dein Apartment streichen, kleinere Klempnerarbeiten, so was in der Art. Und im Gegenzug versorgst du mich mit warmen Mahlzeiten.«

»Das könnte funktionieren.«

Er probierte das Kartoffelgratin. »Meine Güte, man sollte dich heilig sprechen. *The Casual Gourmet.*«

»Die heilige Reece?!«

»Dein Kochbuch. *The Casual Gourmet.* Das hier ist alles andere als simpel oder schlicht, denn schlicht kann auch gewöhnlich bedeuten. Das hier ist spektakulär. Aber man braucht nicht den ganzen Tag am Herd zu stehen, um es zuzubereiten, geschweige denn auf kostbarem Porzellan und mit Silberbesteck essen. Das hier ist eine Gourmetküche, die zum modernen Lebensstil passt – hier geht es nicht nur darum, Eindruck zu schinden.«

Sie lehnte sich zurück. »Das ist ein treffenderer Titel und eine bessere Inhaltsangabe, als ich sie mir ausgedacht habe. So was Blödes aber auch!«

»Ich bin eben Profi.«

»Iss deinen Spargel«, grummelte sie.

»Ja, Mami. Und übrigens: Das mit dem Resteeinpacken kannst du heute getrost vergessen.«

»Zu Befehl.«

Er aß, er trank, er beobachtete sie. Und irgendwann verlor er den roten Faden, was ihre Unterhaltung anbelangte.

»Reece?«

»Hm?«

»Es sind deine Augen, vor allem deine Augen. Die rauben mir echt den Atem. Und was den Rest anbelangt ... der sieht auch sehr gut aus bei Kerzenschein.«

Wieder etwas ganz Unerwartetes. Er konnte so unerwartete Dinge sagen. Also lächelte sie ihn an und genoss das Gefühl von Wärme, das sich in ihr ausbreitete, während sie aß.

15

Sie bestand darauf, aufzuräumen. Vermutlich, weil sie eine Frau war, die großen Wert auf Ordnung legte. Er hätte wetten können, dass das bereits vor dem Verbrechen in Boston so gewesen war, wo sie höchstwahrscheinlich einen perfekt organisierten Haushalt geführt und eine ebenso persönlich wie professionell eingerichtete Küche gehabt hatte. Sie würde immer wissen, wo die mittelgroße Rührschüssel war, ihre blaue Lieblingsbluse und ihr Autoschlüssel. Und ihr Konto war bestimmt immer ausgeglichen.

Was ihr zugestoßen war, hatte ihren Organisationsdrang höchstwahrscheinlich noch verstärkt. Im Moment war es ihr nicht nur ein Bedürfnis, alles an Ort und Stelle zu wissen, sondern eine *überlebenswichtige Voraussetzung*. Das gab ihr ein Gefühl von Sicherheit.

Was ihn anging, konnte er schon froh sein, wenn er auf Anhieb zwei zusammenpassende Socken auftreiben konnte.

Da er begriff, dass er sie nicht vom Spülen abbringen konnte, trocknete er die Teller ab und stellte sie zurück in den Küchenschrank. Ansonsten ging er ihr möglichst aus dem Weg, während sie das übrig gebliebene Essen wegpackte, ihre Kochausrüstung zusammensuchte und seinen Herd schrubbte.

Nervosität stieg wieder in ihr auf, und sie war sehr still geworden. Er konnte förmlich sehen, wie sie innerlich vibrierte, während sie den Lappen auswrang und ihn über die Spüle zum Trocknen hängte.

Jetzt, wo das Essen vorbei und der Abwasch so gut wie erledigt war, stand der Sex plötzlich wieder im Raum wie ein interessanter, aber schwieriger Gast.

Er überlegte schon, sie einfach zu packen und nach oben ins Schlafzimmer zu schleifen, bevor sie es sich anders überlegte. Diese Methode hatte durchaus Vorteile, und er hätte Reece mit hoher Wahrscheinlichkeit ausgezogen, bevor sie ihre Meinung ändern konnte. Aber er verwarf diese Idee zugunsten einer sanfteren Annäherungsmethode – zumindest vorerst.

»Hast du Lust auf einen Spaziergang? Vielleicht runter zum See?«

Er sah, wie sich Überraschung und Erleichterung auf ihrem

Gesicht abzeichneten. »Das wäre schön. Das habe ich bisher noch nicht geschafft, nicht auf dieser Seite des Sees.«

»Es ist eine sternklare Nacht, es wird also hell genug sein. Aber du musst noch was überziehen.«

»Stimmt.« Sie ging an die Garderobe, um ihre Jacke vom Haken zu nehmen.

Er kam ihr nach und griff absichtlich über sie hinweg, um nach seiner zu greifen. Sie erstarrte bei der leichten Berührung, trat zur Seite und langte nach dem Türgriff.

Ihre Nerven flatterten, beruhigten sich aber wieder an der frischen Luft.

»Es ist fantastisch hier draußen.« Sie atmete ein, sog die Luft tief ein, die nach Erde und Kiefern duftete. »Ich habe es bisher noch nicht geschafft, abends allein spazieren zu gehen. Aber ich denk drüber nach.« Sie zog sich ihre Jacke über, während sie weiterging. »Aber entweder es ist zu ruhig oder nicht ruhig genug oder mir fallen ein Dutzend Gründe ein, warum ich nach meiner Abendschicht schnellstmöglich nach Hause muss.«

»Um diese Jahreszeit sind abends fast nur Einheimische unterwegs. Da muss man sich keine großen Sorgen machen.«

»Anscheinend hast du noch nichts von dem verrückten Psychopathen gehört, der sich im Sumpfland versteckt, von dem Serienvergewaltiger auf der Durchreise oder dem netten Mathelehrer, der in Wahrheit ein Axtmörder ist.«

»Ich fürchte, das ist mir in der Tat entgangen.«

Sie sah nachdenklich zu ihm auf und zuckte dann die Achseln. »Irgendwann letzte Woche konnte ich nicht einschlafen und wollte spazieren gehen. Ich hab allen Ernstes darüber nachgedacht, meine Vorlegegabel mitzunehmen – nur für den Fall, dass ich mich gegen die mordlustigen Irren in meiner Fantasie verteidigen muss.«

»Eine Vorlegegabel.«

»Ja. Ein Messer fand ich dann doch zu übertrieben. Aber mit einer anständigen Vorlegegabel kann man anderen durchaus erhebliche Verletzungen zufügen, wenn es denn sein muss. Aber ich habe mich dagegen entschieden und mir stattdessen einen alten Film im Fernsehen angesehen. Das ist lächerlich. Ich bin lächerlich. Was willst du bloß von mir, Brody?«

»Vielleicht stehe ich ja auf neurotische Frauen.«

»Nein, das tust du nicht.« Aber sie lachte und warf ihre Haare zurück, um den Abendhimmel zu betrachten. »Meine Güte ist der groß und klar. Ich kann die Milchstraße erkennen, zumindest glaube ich, dass das die Milchstraße ist. Und beide Wagen – womit sich mein Wissen über Sternbilder auch schon erschöpft hat.«

»Sieh mich nicht so fragend an. Ich seh bloß einen Haufen Sterne und einen weißen, abnehmenden Mond.«

»Ach ja?« Weil er nicht ihre Hand genommen hatte und sie außerdem bezweifelte, dass er ein Typ zum Händchenhalten war, ließ sie die ihre in ihrer Jackentasche verschwinden. »Dann denk dir eben eines aus. Es gehört schließlich zu deinem Beruf, dir Sachen auszudenken.«

Mit beiden Daumen in den Hosentaschen musterte er die Ansammlung von Sternen. »Da hinten ist der einsame Hermann beziehungsweise der Fette Mann auf einem Bein. Westlich davon sehen wir die Göttin Sally, die über alle Garköchinnen wacht.«

»Sally? Dabei wusste ich nicht mal, dass ich überhaupt eine Schutzgöttin habe.«

»Du bist keine Garköchin.«

»Im Moment schon. Außerdem will ich Sally nur für mich. Sieh nur, wie sie im Wasser funkelt.«

Sterne schwammen im See, tausend Lichter, die auf der dunklen Seeoberfläche glitzerten, während das Mondlicht ein verträumtes weißes Muster hineinstanzte. Die Luft duftete nach Kiefern, Wasser, Erde und Gras.

»Manchmal vermisse ich Boston so sehr, dass es wehtut«, murmelte sie. »Dann habe ich das Gefühl, unbedingt zurückkehren zu müssen, will wieder in meine alte Heimat und mich davon überzeugen, was ich dort alles hatte. Mein viel beschäftigtes Leben, meine viel beschäftigten Freunde. Mein Apartment mit den chinarot gestrichenen Wänden und dem schicken schwarzen Tisch im Esszimmer.«

»Chinarot?«

»Früher mochte ich es gern ein bisschen gewagt.« Sie war selbst einmal gewagt gewesen. »Und dann stehe ich an einem Ort wie dem hier und denke: Selbst wenn ich alles rückgängig machen könnte, wäre ich mir nicht mal sicher, ob ich das wirklich möchte oder überhaupt wieder etwas damit anfangen könnte. Ich steh einfach nicht mehr auf Chinarot.«

»Na und? Du machst es dir schön, wo du gerade bist, und wenn es dir dort nicht mehr passt, gehst du eben woandershin. Du verwendest die Farben, die dir gerade gefallen, und damit basta.«

»Genau das habe ich mir auch gesagt, als ich weg bin. Ich habe alle meine Sachen verkauft. Meinen chicen schwarzen Esstisch und alles andere auch. Ich habe mir eingeredet, das müsse so sein. Ich habe nicht mehr gearbeitet und musste Rechnungen bezahlen. Viele Rechnungen. Aber das war nicht der einzige Grund. Ich wollte sie einfach nicht mehr.«

»Das liegt ganz bei dir«, bestätigte er sie. Trotzdem ahnte er, wie quälend es für jemanden wie sie gewesen sein musste, sich von allem, was sie besaß, zu trennen. Wie schmerzlich und traurig.

»Ja. Und die Rechnungen waren damit auch bezahlt. Und nun bin ich hier.«

Sie ging näher ans Ufer. »Es sieht fast so aus, als könnte man Sterne angeln. Sich eine Angel schnappen und einen nach dem anderen rausziehen wie Elritzen. Und der Halbmond ist in den Berggipfeln hängen geblieben. Die Frau in deinem Buch – diejenige, die du am Ende doch nicht hast umkommen lassen – wie heißt sie?«

»Madline Bright. Maddy.«

»Maddy Bright.« Reece ließ sich den Namen auf der Zunge zergehen. »Das gefällt mir – nett, aber zäh. Ich hoffe, dass sie durchkommt.«

»Genau wie sie.«

Sie blieben einen Moment stehen, Seite an Seite, und blickten über den See – in die Nacht, auf die dunkle Silhouette der Berge.

»Damals, auf dem Wanderweg, als du dir überlegt hast, wie sie sterben soll, und ich vorbeigekommen bin – bist du da geblieben, um zu sehen, ob ich auch heil wieder runterkomme?«

Er starrte weiterhin auf die Tetons. »Es war ein schöner Tag. Ich hatte nichts Besseres vor.«

»Du bist in meine Richtung gegangen, als ich den Weg noch gar nicht zurückgelaufen bin.«

»Ich hatte nichts Besseres vor«, wiederholte er, und sie drehte sich um, damit sie sein Gesicht sehen konnte.

»Das war wirklich nett von dir.«

Sie ging auf ihn zu, was für sie nicht einfach war. Fast wie der Sprung von einem Felsen direkt in den Fluss. Sie hob die Hände, um sein Gesicht zu berühren, und ging auf die Zehenspitzen. Legte ihre Lippen auf die seinen.

»Ich habe Angst, alles zu verderben. Das solltest du wissen, bevor wir zurückgehen. Aber ich will trotzdem zurückgehen. Ich würde gern zurück ins Haus und mit dir ins Bett.«

»Eine ausgezeichnete Idee, wie ich finde.«

»Solche Ideen habe ich öfter. Vielleicht solltest du meine Hand nehmen, damit ich nicht die Nerven verliere und davonlaufe.«

»Klar.«

Sie verlor nicht die Nerven und sie lief auch nicht davon, aber mit jedem Schritt zurück zu seiner Hütte wuchsen ihre Zweifel.

»Vielleicht sollten wir erst noch ein Glas Wein trinken.«

»Ich habe genug getrunken, danke.« Er hielt ihre Hand immer noch fest und ging weiter.

»Vielleicht sollten wir erst darüber reden, wo das alles hinführen soll.«

»Im Moment führt es uns in mein Schlafzimmer.«

»Ja, aber ...« Jegliches Sträuben war sinnlos, denn er zog sie bereits ins Haus. »Hm, du solltest die Tür abschließen.«

Er tat wie geheißen. »Bitte sehr.«

»Ich finde wirklich, wir sollten erst ...«

Sie verstummte überrascht, als er sie einfach hochhob und über seine Schulter legte.

»Oh, äh.« Zu viele widersprüchliche Gedanken stiegen in ihr auf, als dass sie gewusst hätte, ob sie das nun romantisch oder beängstigend finden sollte. »Ich weiß nicht, ob das wirklich eine gute Idee ist. Vielleicht sollten wir uns lieber ein paar Minuten Zeit nehmen, um zu reden ... Du darfst nur nicht zu viel von mir erwarten, denn ich bin ziemlich aus der Übung und ...«

»Du redest zu viel.«

»Das wird bestimmt noch schlimmer werden.« Sie kniff die Augen zu, während er begann, die Treppe hochzusteigen. »Ich spüre schon, wie die Worte in mir aufsteigen. Hör mal, bitte: Als wir vorhin draußen waren, konnte ich frei durchatmen und dachte, ich schaffe das. Nicht, dass ich nicht will, ich bin mir bloß noch nicht sicher. Ich weiß es einfach nicht. Meine Güte, kann man das Schlafzimmer abschließen?«

Er trat die Tür zu, drehte sich um und schloss ab.

»Besser?«

»Keine Ahnung. Vielleicht. Ich bin schrecklich, aber ich bin einfach nicht ...«

»Selbsterkenntnis ist der erste Schritt zur Besserung.« Er ließ sie vor dem Bett auf die Füße fallen. »Und jetzt sei still.«

»Ich finde, wir sollten lieber ...«

Sie wusste nicht mehr, was sie denken sollte, denn er kam wieder näher. Hob sie hoch, zog sie an sich, verschloss ihren Mund mit seinen Lippen, hitzig, hungrig. Sie konnte nichts tun als abzuwarten, während Ängste, Verlangen und Vernunft miteinander kämpften.

Ein Teil von ihr brach zusammen. Ein anderer Teil schmolz dahin.

»Ich glaube, wir ...«

»Psst«, unterbrach er sie und küsste sie erneut.

»Ich weiß. Aber vielleicht könntest du irgendetwas sagen. Und würdest du bitte das Licht ausmachen?«

»Ich hab es gar nicht erst angemacht.«

»Oh. Oh.« Der silberne Mondschein und das Licht der Sterne, die draußen noch so schön und hinreißend gewesen war, erschienen ihr jetzt plötzlich viel zu grell.

»Stell dir vor, ich würde immer noch deine Hand halten, damit du nicht wegläufst.«

Doch stattdessen spürte sie seine Hände auf ihrem Körper, seine Daumen, die nicht allzu sanft über ihre Brüste glitten. Wunderbare kleine Schauer durchrieselten sie. »Wie viele Hände hast du eigentlich?«

»Genügend, um meine Sache gut zu machen. Du musst mich

ansehen. Sieh mich an, Reece. So ist's brav. Erinnerst du dich noch an das erste Mal, als ich dich gesehen habe?«

»Hm, im Diner.« Das Mondlicht ließ seine Augen dunkler wirken, so als habe die Nacht das Grün verschluckt. »Im Joanie's.«

»Ja.« Er knöpfte ihr die Bluse auf, beugte seinen Kopf vor und legte seine Lippen auf die ihren, bis sie zitterte. »Schon als ich dich das erste Mal gesehen habe, hat es bei mir Klick! gemacht. Hörst du, was ich sage?«

»Ja. Ja Brody, könnten wir nicht ...«

»Manchmal reagiert man darauf.« Er knabberte sich weiter vor bis zu ihrem Hals. »Manchmal auch nicht, aber man spürt genau, dass es Klick! gemacht hat.«

»Wenn es wenigstens dunkel wäre ... Ich würde mich wohler fühlen, wenn es dunkel wäre.«

Er nahm die Hand, die sie gehoben hatte, um ihre Narbe auf der Brust zu bedecken, und zog sie wieder weg. »Wir werden diese Theorie ein andermal auf die Probe stellen. Deine Haut ist unglaublich sexy, Bohnenstange.« Er ließ seine Hände hoch zu ihren Schultern gleiten und zog ihr die Bluse herunter, während seine Hände ihre Arme hinunterwanderten.

»So zart und weich. Als Mann kann man gar nicht genug davon kriegen. Nein, stimmt nicht.« Er wickelte ihre Haare um seine Hand, damit er sie anschaute. »Sieh mich an.«

Katzenaugen, dachte sie. Jetzt war sie ihnen so nahe, dass die Farbe zurückgekehrt schien. Eine Mischung aus Grün und Bernstein, und dann dieser aufmerksame Blick. Sie fühlte sich nicht sicher, als sie hineinsah, kein bisschen sicher. Doch gleichzeitig erregte sie die Angst auch irgendwie.

Dann hakten die Finger seiner freien Hand ihren BH auf, und ihre Augen wurden ganz groß. »Wow. Du bist ziemlich gut in Übung.«

»Ich hab mal einen Wettbewerb gewonnen«, erklärte er.

Noch als sich ihr ein nervöses Lachen entrang, verschlang er sie schon wieder, presste seinen Mund auf ihren, seinen Körper auf ihren. Alles an ihm war hart und fest und ein klein wenig grob. Alles an ihm war genauso, wie sie es sich wünschte.

Hände fuhren über ihre Haut, entdeckten Geheimnisse, die sie ganz vergessen hatte, Zähne knabberten und ließen köstliche kleine Hitzeschauer in ihr aufsteigen. Sie spürte, wie er ihren Gürtel aufmachte, bevor seine Hände erotisch versiert unter ihre Jeans wanderten, um sie zu liebkosen.

Sie reagierte stoßweise. Schüchtern und zögerlich, fordernd und begierig. Doch egal, wohin diese Achterbahnfahrt auch führte, er riss sie mit sich fort, und sie ließ sich atemlos in die Höhe reißen, sauste steil mit ihm nach unten und nahm alle gefährlichen Kurven, die dazwischenlagen.

Sie war so schmal und zerbrechlich, mit dieser sanftweichen Pergamenthaut. Sie machte sich an seinem Hemd zu schaffen und hielt Mal um Mal die Luft an, wann immer er sie berührte. Wo immer er sie berührte.

Und so kostete, knetete und knabberte er, bis er sich kaum noch beherrschen konnte.

Sie schlang die Arme nur noch fester um ihn, als er sie hochhob und aufs Bett warf. Ihr erregtes Stöhnen erstickte er sofort mit seinen Lippen. Wie in einer Art Raserei versuchte sie, ihre Schuhe von den Füßen zu kicken, und hob ihre Hüften, damit er ihr die Jeans herunterziehen konnte.

Seine Lippen lösten sich von den ihren, um ihren Hals hinabzuwandern, während sie ihre Finger in seinen muskulösen Rücken, seine Schultern krallte.

Alles in ihr strebte dieser Glut entgegen, der Verzehrung und dem damit verbundenen Versprechen.

Als sich sein Mund gierig um ihre Brust schloss, schlug ihr das Herz bis zum Hals. Ihr Puls begann zu rasen.

Sein Gewicht drückte sie aufs Bett, sein Mund ergriff von ihr Besitz. Trotz der sie einhüllenden Lust begann Panik in ihr aufzusteigen. Sie kämpfte dagegen an, wollte ihren Geist abschalten und nur den Körper das Kommando übernehmen lassen. Aber am Ende ließen sie beide im Stich, als ihre Lunge schlichtweg zu versagen drohte.

»Ich bekomm keine Luft mehr. Ich bekomm keine Luft mehr. Warte, hör auf.«

Er brauchte einen Moment, um zu begreifen, dass da die Panik aus ihr sprach und nicht die Leidenschaft. Er rollte von ihr herunter und packte sie an den Schultern, um sie zum Sitzen zu bringen.

»Du bekommst Luft.« Er schüttelte sie sanft. »Hör auf, nach Luft zu schnappen, sonst hyperventilierst du noch.«

»Okay, okay.« Sie kannte das Prozedere. Sie musste sich auf jeden Atemzug konzentrieren, auf den körperlichen Akt des Einatmens und ein langsames und gleichmäßiges, langes, tiefes Ausatmen.

Verschämt verschränkte sie die Arme vor ihren Brüsten, auf die das Mondlicht fiel. »Es tut mir leid. Es tut mir leid. Verdammt, ich habe es satt, eine arme Irre zu sein.«

»Dann hör auf damit.«

»Wenn das so einfach wäre! Okay, ab jetzt bin ich ganz normal. Glaubst du etwa, es macht mir Spaß, hier so nackt und erniedrigt vor dir zu sitzen?«

»Keine Ahnung. Macht es dir Spaß?«

»Du Arschloch.«

»Schon wieder diese Komplimente.« Ihre Augen funkelten wütend, und das gefiel ihm. Aber sie fingen verdächtig an zu glänzen. »Wenn du jetzt anfängst zu heulen, werde ich sauer.«

»Ich fang nicht an zu heulen. Arschloch!« Sie wischte sich eine Träne aus dem Augenwinkel.

»So, das hätten wir erledigt. Jetzt bin ich wieder völlig heiß auf dich.« Er strich ihr das Haar zurück. »Hab ich dir wehgetan?«

»Wie bitte?«

»Hab ich dir wehgetan?«

»Nein. Meine Güte.« Sie hielt einen Arm schützend vor ihre Brüste und schlug die andere Hand vor ihr Gesicht. »Nein. Ich bin bloß ... Ich bekam plötzlich keine Luft mehr. Ich fühlte mich irgendwie in der Falle. Nur ein kleiner Anfall von Klaustrophobie, Versagensangst undsoweiterundsofort. Scheiße noch mal!«

»Ach, wenn das alles ist, lass das mal meine Sorge sein.« Er nahm sie wieder bei den Schultern und zog sie auf sich, während er sich auf den Rücken legte. »Du darfst gern oben sitzen.«

»Brody ...«

»Sieh mich einfach nur an.« Er umfasste ihren Hinterkopf, zog ihn an sich, um sie zu küssen. »Immer mit der Ruhe«, murmelte er vor ihrem Mund. »Beweg dich so, wie es dir gut tut.«

»Ich fühle mich unbeholfen.«

»Nein, das tust du nicht.« Er ließ seine Hände auf Wanderschaft gehen und sah, wie ihre Wangen wieder etwas Farbe bekamen. »Du fühlst dich weich an, ein bisschen dünn vielleicht. Aber nicht unbeholfen. Küss mich.«

Sie presste ihre Lippen auf die seinen und ließ ihre Panik verpuffen. Sein Herz klopfte laut und regelmäßig gegen ihres, seine fordernden Lippen drängten ihre, nachzugeben. Ihn zu schmecken führte dazu, dass ihre Lust, die sie sich so lang versagt hatte, wieder geweckt wurde.

Doch als er ihre Hüften hob, protestierte sie, wollte sich zurückzuziehen. Aber er hielt sie fest, sein Blick hielt sie gefangen, bis er in sie glitt.

Ein Schaudern aus Erleichterung, Genuss, Lust durchfuhr sie. Dann begann er sich zu bewegen, und ihr Körper begann zu summen.

Sie schrie auf, als sie das erste Mal kam, dieses Aufwallen purer Lust kam wie ein Schock.

Sie stöhnte, während sie den Rücken durchbog und sich ganz ihren Gefühlen, ganz ihm überließ. Endlich konnte sie loslassen und alles in sich aufnehmen.

Sic erklomm den nächsten Höhepunkt und drehte sich auf den Rücken, während sie der Orgasmus durchflutete. Sie konnte spüren, wie er seinen Rhythmus gemeinsam mit ihr beschleunigte, Herzschlag für Herzschlag.

Oh mein Gott, ich danke dir, dachte sie atemlos.

Als er ihr entgegenkam, ihre Arme gepackt hielt und in ihre Schulter biss, war sie es, die ihn die letzte Hürde nehmen ließ.

Sie lag vollkommen erfüllt und überwältigt da, einfach nur dankbar. Und hatte keine Ahnung, was sie als Nächstes sagen oder tun sollte. Aber ihr Körper war völlig entspannt. Nein, er war völlig erschlafft, verbesserte sie sich, auch wenn ihr Herz weiterraste wie verrückt. Wenn sie genügend Energie aufbringen konnte, würde sie ihr Versprechen brechen und weinen.

Aber diesmal aus schierer Freude.

Sie hatte ihn berührt und war berührt worden, sie hatte gegeben und empfangen. Sie hatte einen Orgasmus gehabt – nach langer, viel zu langer Zeit –, einen Orgasmus, der so heftig und überwältigend gewesen war, dass alles um sie herum nur noch gefunkelt hatte.

Und sie wusste nur zu gut, dass sie damit nicht allein gewesen war.

»Ich möchte mich bei dir bedanken. Findest du das blöd?«

Brody regte sich und strich ihr sanft über den Rücken.

»Die meisten Frauen schicken mir danach geschmackvolle, wenn auch teure Geschenke. Aber diesmal will ich mich ausnahmsweise mit einem einfachen Danke zufriedengeben.«

Sie musste lachen, während sie sich aufrichtete, um auf ihn hinabzuschauen. Seine Augen waren geschlossen, sein Gesicht war entspannt. Es zeigte pure männliche Befriedigung, sodass sie beinahe aus dem Bett gesprungen wäre und einen Freudentanz aufgeführt hätte.

Oh ja, sie hatte ihm genau das gegeben, was er ihr geschenkt hatte.

»Ich hab Abendessen gekocht«, erinnerte sie ihn.

»Stimmt. Das zählt natürlich auch.« Er öffnete träge die Augen. »Wie geht's dir, Bohnenstange?«

»Willst du die Wahrheit wissen? Ich habe es nicht für möglich gehalten, überhaupt noch einmal so etwas zu empfinden. Noch etwas, das ich abschreiben musste, aber im Vergleich zu all dem anderen ... Na ja, im Vergleich zu all dem anderen wäre das ein verdammt großer Verlust gewesen. Also vielen Dank noch mal, dass du das durchgestanden hast. Na ja, du weißt schon, wie ich das meine«, sagte sie, als er laut losprustete vor Lachen. »Ich sag auch schon nichts mehr.«

»Das wäre schön.«

Sie spielte mit seinen Haaren und wünschte sich nichts sehnlicher, als sich an ihn zu schmiegen und einzuschlafen. »Ich sollte mich anziehen und nach Hause fahren.«

»Wieso?«

»Es ist schon spät.«

»Hast du Ausgehverbot?«

»Nein, aber ... willst du denn, dass ich bleibe?«

»Nun, wenn du über Nacht bleibst, fühlst du dich morgen früh vielleicht dazu verpflichtet, mir ein Frühstück zu machen.«

Ihr wurde ganz warm ums Herz. »Dazu könnte ich mich unter Umständen durchaus überreden lassen.«

»Ich kann sehr überzeugend sein, am frühen Morgen.« Er zog die Decke und das Laken nach unten und drehte sie zu sich um. »Außerdem ist es noch gar nicht spät, und ich bin noch nicht fertig mit dir.«

»Ja, wenn das so ist, bleibe ich höchstwahrscheinlich doch.«

Als er später eingeschlafen war, lag sie ruhelos und nervös neben ihm. Sie kämpfte dagegen an, gab es jedoch schließlich auf und kletterte aus dem Bett.

Sie würde nur kurz nachsehen – bloß ein einziges Mal, schwor sie sich. Sie griff nach seinem Hemd, um ihre Blöße zu bedecken, bevor sie auf Zehenspitzen das Zimmer verließ. Jedes Dielenbrett, das knarzte, ließ sie zusammenzucken, während sie die Treppe hinunterging.

Als Erstes kontrollierte sie die Vordertür. Siehst du, sie ist verschlossen, beruhigte sie sich. Sie hatte sie schließlich höchstpersönlich abgeschlossen. Trotzdem, ein bisschen Kontrolle konnte nicht schaden. Die Hintertür war bestimmt ebenfalls abgeschlossen, wie sollte es auch anders sein. Aber ...

Sie lief in den rückwärtigen Teil des Hauses und überprüfte das Schloss. Einen Moment lang musterte sie seine Küchenstühle. Sie wollte schon einen unter die Klinke schieben, konnte sich aber gerade noch beherrschen.

Sie war schließlich nicht allein im Haus. Ein großer, starker Mann war bei ihr. Außerdem würde hier sowieso niemand einbrechen, und wenn, würde Brody schon mit ihm fertig.

Sie zwang sich, der Tür und den Stühlen den Rücken zuzukehren und den Raum zu verlassen.

»Gibt's Probleme?«

Sie schrie nicht auf, aber viel hätte nicht gefehlt. Sie stolperte zurück und stieß mit einer Hüfte schmerzhaft gegen den Türknauf. Brody kam ihr entgegen. »Vielleicht bist du doch etwas unbeholfen.«

»Haha. Vielleicht. Ich wollte nur ...« Sie verstummte und zuckte die Achseln. Er hatte gehört, wie sie aus dem Schlafzimmer gegangen war und hatte gedacht, sie müsse aufs Klo. Aber die Stufen hatten unter ihren Füßen geknarzt. Aus purer Neugier war er in seine Jeans geschlüpft und nach unten gegangen, um zu sehen, was sie da trieb.

»Alles ordentlich abgeschlossen?«, fragte er beiläufig.

»Ja. Ich wollte bloß ... Ich muss das kontrollieren, bevor ich schlafen kann. Das ist keine große Sache.«

»Habe ich etwa das Gegenteil behauptet? Ist das mein Hemd?«

»Äh, ja. Ich wollte hier nicht nackt rumlaufen.«

»Ich wüsste nicht, warum du dich anziehen solltest. Aber da du mich vorher nicht um Erlaubnis gebeten hast, was ich verdammt unhöflich finde, solltest du deinen kleinen Hintern so schnell wie möglich wieder die Treppe hochbewegen und es mir zurückgeben.«

»Du hast ja Recht.« Sie entspannte sich sofort. »Mir ist das alles sehr peinlich.«

»Das sollte es auch.« Er nahm ihre Hand und führte sie die Treppe hoch. »Was würdest du wohl sagen, wenn ich einfach so ohne Erlaubnis in deinen Sachen herumspazieren würde?«

»Hm, sehr begeistert wäre ich wahrscheinlich nicht. Obwohl es durchaus seinen Reiz haben könnte.«

»Ja, als ob mir irgendwas von dir passen würde! Was soll ich mit der Schlafzimmertür machen?«

Sie starrte ihn einfach nur an und wunderte sich, dass er nicht hörte, wie ihm ihr Herz zu Füßen fiel. »Zumachen und abschließen, wenn es dir recht ist.«

»Kein Problem.« Er machte sie zu und schloss sie ab. »Und jetzt gib mir mein verdammtes Hemd zurück.«

Ein Traum weckte sie, ein Wirrwarr von Bildern, ein scharfer Schmerz. Sie riss die Augen auf. Sie war nicht im Abstellraum, sie blutete nicht. Aber die Schatten und Silhouetten dieses Zimmers waren ihr nicht vertraut und ließen ihr Herz rasen, bis ihr alles wieder einfiel.

Brodys Schlafzimmer. Brodys Bett. Und Brodys Ellbogen, der sich wie ein Eispickel zwischen ihre Rippen bohrte und erstaunlich beruhigend war.

Sie war nicht nur in Sicherheit, sie fühlte sich fast wie im Paradies.

Er war ein Bauchschläfer, bemerkte sie, als sie den Kopf drehte, um ihn zu betrachten. Und jemand, der sich gern breit machte. Während der Nacht hatte er sie bis ganz an die Bettkante gedrängt und ihr nur ein mickriges bisschen von der Matratze übrig gelassen. Aber das störte sie nicht weiter. Sie hatte ein paar Stunden tiefen, erholsamen Schlaf auf diesen paar Zentimetern gefunden.

Und zuvor hatte sie jeden Zentimeter dieses Bettes gründlich ausgenutzt.

Sie krabbelte aus dem bisschen Bett, das ihr noch geblieben war, und war etwas enttäuscht, als er nicht nach ihr griff. Auch gut, beruhigte sie sich und sammelte ihre Kleidungsstücke ein. Sie hatte noch einiges zu erledigen, inklusive ein Frühstück aus Brodys bescheidenen Küchenvorräten zu zaubern.

Sie schlich aus dem Zimmer und in das Bad auf der anderen Seite des Flurs. Als sie versuchte, die Tür zu verschließen, sprang der Riegel immer wieder zurück. Nach mehreren Versuchen blieb sie, wo sie war, die Kleider gegen die Brust gedrückt, und starrte auf den Riegel.

Wieso funktionierte er nicht? Das Schlafzimmer ließ sich doch auch abschließen, warum dann nicht das Bad? Das war doch lächerlich, hier stimmte etwas nicht. Es *musste* sich einfach abschließen lassen. Doch egal, was sie mit dem Riegel veranstaltete – er hielt einfach nicht.

»Ich muss diese Tür nicht abschließen. Niemand hat letzte Nacht hier eingebrochen und mich im Schlaf ermordet. Und heute Morgen wird auch niemand einbrechen. Brody schläft auf der anderen Seite des Flurs. Ich muss bloß drei Minuten duschen, mehr nicht. Rein und wieder raus. Kein Grund zur Sorge.«

Sein Bad war doppelt so groß wie das ihre und besaß eine weiße Standard-Duschwanne. Die dunkelblauen Handtücher passten nicht wirklich zu dem grün gesprenkelten Muster des Waschtischs. Trotzdem war weit und breit nichts Dekoratives in Sicht, nichts Ungewöhnliches. Sie ließ die Tür nicht aus den Augen, während sie einen Schritt zurück machte, um den Hahn aufzudrehen.

Sie mochte die polierten, versiegelten Holzbalkenwände, die Fliesen, die wie Schiefer aussahen. Er hätte graue Handtücher nehmen sollen, dachte sie, oder versuchen sollen, welche in dem Grün des Waschtischs zu finden.

Sie versuchte sich darauf zu konzentrieren, auf die Schlichtheit dieses Bads – schöne Chromarmaturen, ein hässlicher beiger Duschvorhang, während sie rückwärts die Dusche betrat.

Sie griff nach der Seife und ging im Kopf das Einmaleins durch. Die Seife entglitt ihr, als es an der Tür klopfte.

Psychopathen klopfen nicht an, beruhigte sie sich. »Brody?«

»Erwartest du sonst noch jemanden?« Er öffnete die Tür und zog kurz darauf den Duschvorhang ein paar Zentimeter zur Seite. Er war splitterfasernackt. »Was interessiert es dich, wie viel acht mal acht macht, wenn du gerade beim Duschen bist?«

»Weil ich es langweilig finde, unter der Dusche zu singen.« Sie überlegte, was sie mit ihren Händen anstellen sollte, ohne sich allzu offensichtlich damit zu bedecken. »Ich bin gleich fertig.«

»Ich glaube, ich habe gestern Nacht alles gesehen, was zu sehen ist – oder macht dich das Wasser plötzlich schüchtern?«

»Nein.« Sie zwang sich, eine Hand sinken zu lassen, und hob die andere, beließ sie aber als geballte Faust vor der Brust.

Brody ignorierte die Nässe und den Dampf, langte nach ihr und zog ihre Hand herunter. Und als diese wieder nach oben schnellte, hob er die Brauen hoch und zog die Hand mit noch mehr Nachdruck nach unten.

Er warf einen Blick auf die Narbe, die sie zu verbergen suchte. »Das war aber knapp.«

»Das kann man wohl sagen.« Sie versuchte, sich abzuwenden, was er vereitelte, indem er ihre Hand nur noch fester umfasste und zu ihr in die Dusche stieg.

»Schämst du dich wegen deiner Narbe, weil sie dich weniger perfekt macht?«

»Nein. Vielleicht. Ich finde sie bloß nicht ...«

»Du hast nämlich noch genügend andere Schwächen, weißt du. Knochige Hüften zum Beispiel.«

»Ach ja?«

»Ja, und jetzt wo deine Haare nass sind, sehe ich erst, dass deine Ohren nicht wirklich parallel sind.«

»Aber natürlich sind sie das.« Sie wollte instinktiv nach oben greifen, doch er ging dazwischen und umarmte sie.

»Doch ansonsten bist du gar nicht so übel. Deshalb habe ich auch keinerlei Problem damit, mich an dir zu vergreifen.«

Er drückte sie gegen die Wand der Duschkabine und ließ seinen Worten Taten folgen.

16

Dieser Mai war alles andere als ein Wonnemonat. Angel's Fist wurde von einer Serie böser Stürme heimgesucht, die über die Berge brausten und wie wild über den See fegten. Aber die Tage wurden länger, während das Licht langsam die Oberhand über die Dunkelheit gewann. Reece konnte sehen, wie der Schnee auf den unteren Berggraten schmolz, während die Pappeln und Weiden in ihrem kleinen Tal ausschlugen.

Gelbe Narzissenknospen sprossen hervor und trotzten Wind und Regen. Genau wie sie. Sie war ganz schön zerzaust und durchnässt worden. Aber sie stand kurz davor, neu zu erblühen.

Und an diesem denkwürdigen Tag würde sie sich aus Angel's Fist herauswagen.

Für die meisten Frauen ist ein Friseurbesuch etwas vollkommen Alltägliches. Für Reece hielt er die Aufregung und den Schrecken eines Fallschirmsprungs bereit. Und wie jeder unerfahrene Springer klammerte sie sich an den Lukenrahmen.

»Ich kann den Termin absagen«, erklärte sie Joanie. »Wenn du heute sehr im Stress bist …«

»Ich habe nichts dergleichen erwähnt.« Joanie goss Pfannkuchenteig auf das Kuchenblech.

»Ja, aber jetzt, wo es aufklart, wird man dir heute Mittag bestimmt die Bude einrennen. Ich habe kein Problem damit, auszuhelfen.«

»Ich habe den Laden auch schon geschmissen, bevor du hier aufgetaucht bist.«

»Klar, logisch. Aber falls du heute doch noch Verstärkung brauchst …«

»Siehst du nicht, dass Beck da ist?«

Beck, stabil wie eine Eiche und so aufregend wie ein Topf zu weich gekochter Reis, grinste ihr zu und fuhr damit fort, Kohl in Streifen zu schneiden.

»Die wird mich fertigmachen, Reece, wenn du nicht da bist, um mich zu beschützen.«

»Wenn du diesen Kohl nicht Punkt elf fertig hast, kann nicht mal sie dich davor schützen, dass ich dir den Hintern versohle.«

»In Ordnung, Joanie«, sagte er wie immer.

»Willst du dich nützlich machen?«, wandte sie sich an Reece. »Dann schenk Mac Kaffee nach – beim Hinausgehen.«

»In Ordnung. Ich hab mein Handy dabei, falls du deine Meinung änderst. Ich bin noch mindestens eine Stunde hier.«

Sie schlurfte ein wenig, griff aber nach der Kanne und trug sie zum Tresen, wo Mac auf seine Pfannkuchen wartete.

»Du und Joanie, streitet ihr gerade?«

»Hm? Oh nein, nichts dergleichen.« Sie schenkte ihm Kaffee nach. »Ich hab bloß kurz vorbeigeschaut. Heute ist mein freier Tag.«

»Ach ja? Irgendwelche Pläne?«

»Ja. Sozusagen. Linda-Gail und ich fahren nach Jackson Hole.«

»Shopping, was?«

»So was Ähnliches.« Linda-Gail hatte schon so etwas angedroht. »Ich lass mir die Haare schneiden.«

»Sie fahren bis nach Jackson Hole, bloß um sich die Haare schneiden zu lassen?« Seine Loyalität Angel's Fist gegenüber ließ ihn die Stirn runzeln. »Wir haben doch hier den *Curry Comb*.«

Der *Curry Comb* war ein Salon mit zwei Stühlen, der sich auf Schädelrasuren und Pudelfrisuren spezialisiert hatte. Trotzdem musste Reece lächeln, als sie ihm die Zuckerdose reichte. »Klingt verrückt, was? Laut Linda-Gail haben wir eine richtige Kauforgie vor uns. Dabei brauche ich das eigentlich gar nicht.«

»Raus hier.« Joanie brachte die Pfannkuchen mit Elchwurst höchstpersönlich an seinen Tisch.

»Bin schon weg.« Reece griff nach ihrem Geldbeutel und der Mappe, die sie mitgebracht hatte. »Ich dachte, ich zeig die Zeichnung vom Doc herum, wenn ich schon mal dort bin. Sie sind noch niemandem begegnet, der sie wiedererkannt hat?«

Rein gewohnheitsmäßig zog Reece eine der Kopien hervor und zeigte sie Mac erneut.

»Nö. Ich hab die Zeichnung gleich vorn an die Ladentheke geheftet, nur für den Fall.«

»Ich weiß das sehr zu schätzen. Na ja, Jackson Hole ist ziemlich groß.« Reece schob das Papier zurück in die Mappe. »Vielleicht habe ich dort mehr Glück.«

»Komm nachher bloß nicht angelaufen und jammere, wenn sie dich dort skalpieren«, rief ihr Joanie hinterher. Als Reece daraufhin ganz blass wurde, brach sie in röhrendes Gelächter aus. »Verdient hättest du's, dafür, dass du deinen Lohn nicht hier in Angel's Fist ausgibst. Und morgen früh um sechs stehst du hier pünktlich auf der Matte, egal, wie du aussiehst.«

»Du kannst ja immer noch eine Mütze tragen«, schlug Mac vor.

»Danke. Vielen Dank auch. Ich bin weg.«

Sie rauschte davon und achtete darauf, dass sie außer Sichtweite der großen Panoramascheibe war, bevor sie sich mit der Hand durchs Haar fuhr. Sie würde Linda-Gail den Vortritt geben und die Sache ganz langsam angehen. Sie *musste* sich schließlich nicht die Haare schneiden lassen. Es war eine Option, mehr nicht. Eine Möglichkeit.

Aber nach Jackson Hole zu fahren, war eine gute Idee, weil ihr das Gelegenheit gab, die Kopien mit der Zeichnung zu verteilen. In Angel's Fist hatte es keine einzige Reaktion darauf gegeben. Von Liquor-Store-Jeffs Behauptung, dass sie wie Penelope Cruz aussehe, einmal abgesehen.

Wenn die Frau hier Urlaub gemacht hatte, standen die Chancen nicht schlecht, dass sie sich statt dem winzigen Angel's Fist einen größeren, schickeren Ort wie Jackson Hole ausgesucht hatte.

Da Reece nur noch wenig Zeit blieb, bis sie sich mit ihren Haaren beschäftigen musste, lief sie zum Büro des Sheriffs.

Es war beinahe wieder eine Woche her, dass sie Sheriff Mardson nach Neuigkeiten gefragt hatte. Natürlich hatte sie während der letzten Woche viel Zeit mit Arbeiten und auch in Brodys Bett verbracht. Dank dieser Ablenkungen konnte ihr Mardson kaum vorwerfen, ihm auf die Nerven zu gehen.

Als sie das Büro betrat, hatte Hank O'Brien Dienst. Er hatte einen schwarzen Vollbart, eine Vorliebe für panierte Putenbrust sowie eine Shoshonen-Großmutter, die im ganzen Ort für ihre Töpferarbeiten bekannt war.

Im Moment trank Hank mit einer Hand Kaffee, während er mit der anderen irgendetwas in seine Tastatur hackte. Er drehte sich zu ihr um. »Wie geht es Ihnen, Reece?«

»Gut, danke. Und Ihrer Großmutter?«

»Sie hat jetzt einen Freund. Ein Stammesältester, der vor etwa einem Jahr die Frau verloren hat. Der Kerl ist dreiundneunzig, weicht nicht von ihrer Seite, schenkt ihr Blumen und Süßigkeiten. Keine Ahnung, was ich davon halten soll.«

»Das ist aber süß.« Aber da er wenig begeistert schien, fügte sie hinzu, »außerdem hat sie ja noch Sie, und Sie werden schon auf sie aufpassen. Ist der Sheriff sehr beschäftigt? Ich wollte nur kurz ...«

Noch während sie sprach, hörte sie Gelächter. Mardson kam aus seinem Zimmer – Hand in Hand mit seiner Frau.

Das war aber auch süß, dachte Reece. Ein glückliches Paar. Mardson lächelte entspannt, und Debbie lachte immer noch, während beide im Gehen mit ihren verschränkten Händen schlenkerten.

Sie war hübsch, eine sportliche Blondine mit einer kurzen Strubbelfrisur und smaragdgrünen Augen. Sie trug bequeme Jeans, kastanienbraune Cowboystiefel und eine rote Bluse unter der verwaschenen Jeansjacke. Ein Anhänger baumelte von einem funkelnden Goldkettchen um ihren Hals. Strahlend wie die Sonne, bemerkte Reece. Hübsch.

Debbie führte den Sportausrüsterladen *On The Trail* gleich neben dem Hotel, organisierte Wandertouren und verkaufte Angel- und Jagdscheine. Sie war eng mit Brenda befreundet. Sonntagnachmittags kam sie mit ihren drei Töchtern regelmäßig ins Joanie's, um ihnen einen Eisbecher zu spendieren.

Sie schenkte Reece ein flüchtiges, freundliches Lächeln. »Hallo! Ich dachte, Sie wollten heute nach Jackson Hole.«

»Hm ja, später.«

»Ich habe gestern zufällig Linda-Gail getroffen. Das sind ja große Pläne. Sie lassen sich die Haare schneiden? Dabei sehen sie so hübsch aus – hängen einem aber immer im Gesicht rum, besonders am Grill, nehme ich an. Trotzdem, Männer mögen Frauen mit langen Haaren, stimmt's? Armer Rick«, sagte sie und lachte erneut. »Ich lass meine immer abschneiden.«

»Mir gefällt's trotzdem.« Er beugte sich vor, um ihr die Wange zu tätscheln, und fuhr ihr durch die kurzen Strähnen. »Du bist mein Sonnenschein.«

»Hören Sie das?« Strahlend versetzte Debbie Rick einen zärtlichen Stoß zwischen die Rippen. »Was für ein Süßholzraspler. Und das, nachdem ich vergeblich versucht habe, ihn zu überreden, sich eine Stunde freizunehmen und einen Ausritt mit mir zu machen. Er hat mich glatt abblitzen lassen.«

»Nicht jeder kann einfach so blaumachen. Wenn diese Frau hier erst einmal auf einem Pferd sitzt, dauert die Stunde einen ganzen Tag. Gibt es irgendwas, was ich für Sie tun kann, Reece?«

»Ich dachte, ich schau nur mal kurz vorbei, ob sich was Neues ergeben hat.« Sie wartete einen Herzschlag lang und zog dann eine der Zeichnungen hervor. »Über sie hier.«

»Ich wünschte, es wäre so. Niemand aus unserer Gegend hat eine Person vermisst gemeldet, auf die Ihre Beschreibung passt. Und niemand hat sie wiedererkannt. Mehr kann ich leider nicht tun.«

»Nein. Nun, ich weiß, dass Sie tun, was Sie können. Vielleicht habe ich in Jackson Hole mehr Glück. Wenn ich schon mal da bin, werde ich die Zeichnung auch dort herumzeigen.«

»Ich will Ihnen das ja nicht ausreden«, sagte Rick langsam. »Nichts gegen den Doc, aber Sie müssen wissen, dass das eine ziemlich grobe Skizze ist. Aufgrund der fehlenden Details werden Sie höchstwahrscheinlich viele Leute finden, die so jemanden gesehen haben wollen. Und dann werden Sie so manch falscher Spur nachjagen.«

»Wahrscheinlich haben Sie Recht.« Reece steckte die Zeichnung wieder ein. Debbies Gesichtsausdruck war ihr nicht verborgen geblieben. Wenn es etwas gab, das Reece sofort spürte, dann stillschweigendes Mitleid. »Trotzdem, ich möchte nichts unversucht lassen. Aber ich will Sie nicht länger aufhalten. Danke, Sheriff. Schön, Sie getroffen zu haben, Debbie. Tschüss, Hank.«

Sie spürte, wie ihr Hals ganz heiß wurde, als sie das Büro verließ. Denn neben dem Mitleid, das ihr gegolten hatte, hatte sie auch gespürt, wie über sie gemutmaßt wurde.

Wie verrückt war Reece Gilmore eigentlich?

Vergiss es. Vergiss es einfach, sagte sie sich, als sie am Joanie's vorbei zu ihrem Wagen ging. Sie würde nicht so tun, als ob sie nicht gesehen hätte, was sie tatsächlich gesehen hatte. Sie hatte nicht vor, die Zeichnungen in irgendeine Schublade zu legen und sie dort zu vergessen.

Und sie würde nicht zulassen, dass ihr dieses Erlebnis den Tag vermieste, heute nicht. Heute würde sie in die Stadt fahren und sich eine neue Frisur machen lassen, verdammt noch mal!

Die Salbeiwiesen standen kurz vor der Blüte. Reece glaubte förmlich hören zu können, wie sie lang und tief einatmeten, um beim Ausatmen ein wahres Feuerwerk an Farben zu entfachen.

Ein Trio Pelikane flog in militärischer Formation über das Sumpfland, aber das war das erste Mal, dass sie einen Kojoten über die Wiese schleichen sah. Sie bat Linda-Gail, kurz anzuhalten.

Obwohl ihn Linda-Gail eine überdimensional große Ratte nannte, tat sie Reece den Gefallen.

»Der sieht aber gefährlich aus.«

»Widerliches Mistvieh«, lautete Linda-Gails Kommentar.

»Vielleicht, aber ich würde gern mal einen heulen hören – so wie im Kino.«

»Ich hätte beinahe vergessen, dass du eine waschechte Großstadtpflanze bist. Bald ist es warm genug, dass man nachts das Fenster auflassen kann. Dann kann man sie manchmal hören.«

»Ich werd's mir merken. Danke, dass du für die Großstadtpflanze angehalten hast.«

»Kein Problem.« Dann steuerten sie Jackson Hole an, während Martina McBride gerade passenderweise das Lied *This one for the girls* anstimmte.

Wenn Reece Angel's Fist mit einem ungeschliffenen, interessanten kleinen Rohdiamanten verglich, war Jackson Hole mit seinem Western-Flair und den bunten Neonreklamen ein richtiger Brillant. Überall Geschäfte, Restaurants, Galerien, Holzstege und viel befahrene Straßen. Auch die Menschen hier wirkten sehr geschäftig, schienen alle ein Ziel zu haben. Vielleicht hatten sie noch etwas in der Stadt zu erledigen, bevor sie in einen der großen Parks strömten, jetzt, wo der Sommer vor der Tür stand. Manche waren zum Einkaufen hergekommen, für eine Verabredung zum Mittagessen oder für eine geschäftliche Besprechung.

Der Ort pulsierte nur so vor Leben, dachte sie. Aber hinter den Gebäuden und der hektischen, modernen Zivilisation erhoben sich die weiß überzogenen Berge in all ihrer atemberaubender Pracht. Dagegen nahm sich alles von Menschenhand Gemachte geradezu winzig aus, und im Sonnenlicht funkelten die Berge heller als jeder Diamant.

Reece brauchte keine zwei Minuten, um zu begreifen, dass sie es trotz der atemberaubenden Aussicht mit Angel's Fist besser getroffen hatte.

Viel zu viele Leute, dachte sie. Viel zu viel los hier. Hotels, Motels, Freizeitcenter, Wintersport, Sommersport, Maklerbüros.

Sie hatte das Stadtzentrum gerade erst erreicht und wollte schon wieder weg.

»Das wird ein Spaß!« Linda-Gail schlängelte sich durch den Verkehr, als sei es das reinste Vergnügen. »Wenn du es mit der Angst bekommst oder so: Mach einfach die Augen zu.«

»Damit ich den Unfall nicht sehen muss?«

»Ich bin eine fantastische Autofahrerin.« Was Linda-Gail umgehend bewies, indem sie sich zwischen einen Jeep und ein Motorrad drängte, beiden Fahrern fröhlich zuwinkte, um dann bei Gelb noch ganz schnell abzubiegen. »Kann sein, dass es schon rot war.«

»Kann sein, dass ich schon grün bin. Linda-Gail ...«

»Wir sind gleich da. Irgendwann einmal müssen wir eine echte Einkaufsorgie veranstalten und uns ein komplettes Verwöhnprogramm in einem der Day-Spas gönnen. Es gibt hier nämlich ganz unglaubliche Spas. Ich will, dass mich jemand mit Schlamm einschmiert, mich mit Kräutern abrubbelt – großer Gott, ein Parkplatz!«

Sie schoss direkt darauf zu, oder besser auf eine Mordskarre von einem Ford Bronco. Reeces Angst vor den vielen Menschen, dem Verkehr, dem Friseur war wie weggeblasen und wich der Verzweiflung über ihren herannahenden Tod.

Noch bevor sie ein Stoßgebet zum Himmel schicken konnte, hatten sie am Randstein geparkt. »Es sind zwar noch ein paar Blocks, aber man weiß ja nie. Außerdem bekommst du so wenigstens noch etwas von der Stadt zu sehen.«

»Ich glaube, mir versagen die Beine.«

Kichernd gab Linda-Gail Reece einen Schubs zwischen die Rippen. »Los, komm schon. Lassen wir uns eine neue Frisur verpassen!«

Reeces Beine zitterten zwar, aber sie trugen sie bis auf den Bürgersteig. »Wie viele Strafzettel bekommst du so pro Jahr? Besser gesagt: Wie viele Fahrzeuge fährst du jährlich zu Schrott?«

Zungenschnalzend hakte sich Linda-Gail bei Reece ein. »Jetzt tu nicht so wie eine alte Oma. Oh mein Gott, sieh nur! Sieh dir diese Jacke an!« Sie zerrte Reece vor ein Schaufenster und starrte gierig auf eine schokobraune Lederjacke. »Sie sieht unglaublich weich aus. Und kostet wahrscheinlich Myriaden von Dollars. Los, gehen wir sie anprobieren! Nein, dann kommen wir zu spät. Wir werden sie mit unseren neuen Frisuren anprobieren.«

»Ich habe keine Myriaden von Dollars.«

»Ich auch nicht, aber anprobieren kostet nichts. So eng, wie die geschnitten ist, wird sie dir sicherlich besser stehen als mir, was eine ziemliche Gemeinheit ist. Trotzdem, wenn ich eine Myriade Dollars hätte, gehörte sie mir.«

»Ich glaube, ich muss mich kurz hinlegen.«

»Es geht dir gut. Und wenn du wacklige Knie bekommst – ich hab noch einen Flachmann in der Handtasche.«

»Du ...« Reece stotterte ein wenig, als sie von Linda-Gail mitgeschleift wurde. »Einen Flachmann mit was?«

»Mit Apple Martini, falls du was zum Runterkommen brauchst. Oder einfach nur so, zum Spaß. Hmmm, sieh mal.«

Ihr Kopf fuhr herum, und Reece blickte in die von Linda-Gail gewiesene Richtung, wo sie einen großen, schlaksigen Cowboy mit entsprechenden Stiefeln, Levi's-Jeans und einem Stetson entdeckte.

»Yammiyammi«, lautete Linda-Gails Kommentar.

»Ich dachte, du bist in Lo verliebt.«

»War ich, bin ich und werde ich auch immer sein. Aber das ist genau dasselbe wie bei der Jacke, Schätzchen: Anschauen kostet nichts. Ich nehme an, du hast Brody nicht nur angeschaut. Ist der Sex fantastisch?«

»Wenn du so weitermachst, werde ich deinen Martini tatsächlich in Anspruch nehmen müssen.«

»Eines nur: Sieht sein Arsch nackt genauso gut aus wie in seinen Jeans?«

»Ja, ja, das kann ich nur bestätigen.«

»Wusst ich's doch. Hier sind wir schon.« Sie packte Reece fester am Arm und zog sie in den Salon.

Sie griff nicht nach dem Flachmann, obwohl sie kurz davor war, genau das zu tun. Während sie auf ihre Stylisten warteten, hätte es sich Reece beinahe ein halbes Dutzend Mal anders überlegt.

Aber sie lernte auch etwas.

Es war längst nicht so schlimm wie beim letzten Mal. Die Wände schienen nicht auf sie zuzukommen, und die Geräusche waren auch nicht so schrill, dass sie Herzrasen bekam. Und als sich ihr Stylist – ein blendend aussehender Typ mit glatten blonden Haaren und dem Oberkörper eines Fitnessfanatikers – als Serge vorstellte, brach sie nicht umgehend in Tränen aus und rannte zur Tür.

Er hatte einen leichten slawischen Akzent und ein gewinnendes Lächeln, die Besorgnis wich, als er ihre Hand nahm. »Meine Güte, Süße, deine Hände sind ja eiskalt. Ich werde dir eine schöne Tasse heißen Kräutertee bringen lassen. Nan! Wir brauchen eine Tasse Kamillentee. Und du kommst gleich mit.«

Sie folgte ihm wie ein Hündchen.

Er ließ sie auf seinem Stuhl Platz nehmen, hüllte sie in einen mintgrünen Umhang und hatte seine Hände bereits in ihren Haaren, bevor sie bis drei zählen konnte.

»Ich bin mir noch nicht sicher, ob ...«

»Was für schöne dicke Haare! Und so gesund. Sie pflegen Ihre Haare wirklich.«

»Ich denke schon.«

»Aber stylemäßig sieht's mager aus. Wo bleibt da der Pep? Sehen Sie sich dieses Gesicht an, die vielen Haare hängen es ja richtig zu. Nach was ist Ihnen heute?«

»Ich ... ehrlich gesagt, ich habe keine Ahnung. Ich hätte nicht gedacht, dass ich überhaupt den Weg hierher finde.«

»Erzählen Sie mir etwas über sich. Kein Ehering? Single?«

»Ja. Ja.«

»Frei und ungebunden. Und von irgendwo an der Ostküste.«

»Aus Boston.«

»Hm hm.« Er fuhr damit fort, ihr Haar anzuheben, es fallen

zu lassen, es eingehend zu betrachten. »Und was machen Sie so, mein Engel?«

»Ich koche. Ich bin Köchin.« Irgendetwas in ihr begann zu schnurren, als seine Hände ihre Kopfhaut massierten und mit ihrem Haar spielten. »Ich bin eine Kollegin von Linda-Gail. Ist sie hier irgendwo in der Nähe?«

»Es geht ihr gut. Von uns aus könnte sie ruhig öfter kommen.« Mit seinem gewinnenden Lächeln suchte er Reeces Blick im Spiegel.

»Vertrauen Sie mir?«

»Ich ... oh, Gott. Haben Sie vielleicht ein bisschen Valium für meinen Tee?«

Sie hatte völlig vergessen, wie herrlich so was sein konnte. Hände in ihrem Haar, der wohltuende Tee, die Hochglanzzeitschriften, die vielen Frauenstimmen, die durcheinanderredeten.

Sie ließ sich Strähnchen färben, denn darauf hatte Serge bestanden. Wahrscheinlich konnte sie sich die gar nicht leisten, aber sie würde sie trotzdem machen lassen. Irgendwann während des Färbens tauchte Linda-Gail neben ihr auf. Ihre Haare waren mit einem Produkt behandelt und in Plastikfolie gehüllt worden.

»Fuchsrot«, verkündete sie. »Ich steh auf so was. Ich lass mir außerdem noch schnell eine Maniküre machen. Willst du auch eine?«

»Nein. Nein, mehr schaffe ich einfach nicht.«

Aber sie döste regelrecht über ihrer *Vogue* ein, bis es Zeit war, die Farbe auszuwaschen, und Zeit für den Haarschnitt.

»So, und jetzt erzählen Sie mir von dem Mann in Ihrem Leben.« Serge begann zu schnippeln und zu schneiden. »Da gibt es doch bestimmt jemanden.«

»Ich denke schon.« Meine Güte, sie hatte einen Mann in ihrem Leben! »Er ist Schriftsteller. Wir sind erst seit kurzem zusammen.«

»Lust. Aufregung. Neuland.«

Ein Lächeln glitt über ihr Gesicht. »Ganz genau. Er ist intelligent, selbstbewusst – und er mag, was ich koche. Er – nun ja, er verbirgt seine unglaubliche Geduld hinter markigen Sprüchen. Er behandelt mich nicht wie ein zerbrechliches Reh, denn so hat man mich lange genug behandelt. Und weil er es nicht tut, halte ich mich auch nicht mehr für so zerbrechlich. Oh, das hätte ich fast vergessen.«

Serge hob die Schere, als sie sich zu ihrer Mappe vorbeugte. »Ich hätte gern gewusst, ob Sie diese Frau kennen.«

Er steckte die Schere weg, um die Zeichnung eingehend zu betrachten. »Sicher bin ich mir nicht, aber ich glaube nicht, dass sie auf meinem Stuhl gesessen hat. Ich hätte sie dazu überredet, sich die Haare kürzer schneiden zu lassen – so machen sie ihr Gesicht nur noch länger. Haben Sie was mit ihr zu tun?«

»Mehr oder weniger. Dürfte ich die Zeichnung hier herumzeigen und ein Exemplar davon dalassen? Vielleicht erkennt sie ja irgendwer wieder.«

»Na klar. Nan!«

Die supereifrige Nan kam vorbei und nahm die Zeichnung mit. Reece konzentrierte sich wieder auf sich selbst und blinzelte erschrocken. »Puh. Da kommt aber einiges runter.«

»Keine Sorge. Sehen Sie sich an! Fantastisch!« Er wirbelte herum, um die seit neuestem rothaarige Linda-Gail zu bewundern.

»Ich *liebe* es!« Sie drehte sich begeistert im Kreis und stellte ihre freche knallrote Frisur zur Schau. »Ich bin ein völlig neuer Mensch. Was meinst du? Wie findest du's?«, wollte sie von Reece wissen.

»Super. Fantastisch, wirklich.« Das leuchtende Rot hatte aus der niedlichen Blondine ein absolut atemberaubendes Wesen gemacht. »Linda-Gail, du siehst wirklich umwerfend aus.«

»Ich hab mich noch schminken lassen.« Sie spähte an Reece vorbei, um sich im Spiegel zu bewundern. »Ich seh wirklich umwerfend aus. Wenn wir zurück sind, werde ich mir Lo vorknöpfen und ihn so richtig leiden lassen.« Sie drehte sich um und legte den Kopf schräg. »Ich liebe Strähnchen, dezent, aber effizient. Und ich glaube, ich weiß, was Serge hier mit dir vorhat. Deine Augen wirken größer – als ob sie das nötig hätten! –, und dein Gesicht kommt besser zur Geltung. Kompliment für den Pony, Serge. Sexy.«

»Recht hast du, eine fantastische Umrahmung für diese großartigen Augen. Jetzt sind Sie diesen Ballast auf Ihren Schultern los und haben trotzdem noch schön lange Stufen. Es dürfte Ihnen leicht fallen, sich selbst zu stylen.«

Reece starrte auf die Person, die da im Spiegel vor ihr auftauchte. *Sie kommt mir irgendwie bekannt vor,* dachte sie. *Mein wahres Ich kommt langsam wieder zum Vorschein.*

Als sich ihre Augen mit Tränen füllten, ließ Serge die Schere sinken und sah Linda-Gail bestürzt an. »Es gefällt ihr nicht. Sie ist ja ganz außer sich. Es gefällt Ihnen nicht.«

»Doch, doch, es gefällt mir sehr gut, wirklich. Es ist schon lange her, dass ich im Spiegel etwas gesehen habe, das mir gefällt.«

Linda-Gail schniefte. »Du brauchst noch etwas Schminke im Gesicht.«

Serge tätschelte Reece die Schulter. »Wenn Sie so weitermachen, fange ich gleich an zu heulen. Aber vorher lassen Sie mich erst fertig föhnen.«

Sie wollte sich zeigen. Sie hatte einen wunderbaren Tag gehabt und sah dementsprechend aus. Natürlich hätte sie sich von Linda-Gail nie dazu überreden lassen dürfen, sich diese Bluse zu kaufen – auch wenn sie in einem wunderbaren Gelbton gehalten war. Andererseits hatte sie dem Verkäufer eine Kopie der Zeichnung gegeben – was sie in jedem Laden tat, in den sie Linda-Gail geschleift hatte.

Und die hatte Recht behalten: Die Lederjacke stand Reece eindeutig besser. Obwohl sie nicht unbedingt eine Myriade Dollar kostete, war es für sie ein und dasselbe. Sie lag einfach nicht in ihrer Preisklasse.

Eine tolle Frisur und eine tolle neue Bluse waren Belohnung genug. Sie wollte schnurstracks nach Hause, sich selbst bewundern, die neue Bluse anziehen, sich fein machen. Anschließend wollte sie Brody anrufen und fragen, ob er Lust hatte, zum Abendessen zu kommen.

Sie ergatterte anständiges Biogemüse auf dem Markt in Jackson Hole und ein paar schöne Jakobsmuscheln. Und Safran – was sie sich eigentlich auch nicht leisten konnte, aber ein Safran- und Basilikum-Püree passte einfach zu gut zu den Jakobsmuscheln. Und dann noch Brie und Steinpilze an Wildreis.

Während Linda-Gail am liebsten durch die Boutiquen gezogen wäre, genoss Reece den Gang über die Märkte.

Sie tanzte beinahe die Stufen zu ihrem Apartment hinauf. Summend schloss sie die Tür auf und war so sorglos, dass sie es schaffte, die Tüten auf die Theke zu stellen, bevor sie hinter sich abschloss.

»Mensch, Reece, ehe du dich versiehst, wird wieder ein richtiges Mädchen aus dir.« Sie tanzte zur Tür und schloss ab. Alles andere konnte warten, bis sie ihr neues Ich ein weiteres Mal im Spiegel bewundert hatte. Sie drehte Pirouetten in Richtung Bad, aus purem Vergnügen, das kürzere, dünnere Haar schwingen zu lassen.

Doch als sie in den Spiegel sah, wich alles Blut aus ihrem Gesicht, sämtliche Muskeln in ihrem Körper erschlafften vor lauter Schreck.

Die Zeichnung war so darauf geklebt, dass sie in das Gesicht der toten Frau starrte, anstatt in ihr eigenes. Auf Wände und Boden sowie auf den kleinen Waschtisch hatte jemand mit blutrotem Filzstift immer wieder ein und dieselbe Frage gekritzelt:

BIN ICH DAS?

Zitternd ging sie auf der Türschwelle in die Knie und krümmte sich Schutz suchend zusammen.

Inzwischen müsste sie eigentlich zu Hause sein, dachte Brody, während er den See umrundete. Wie lange dauert es eigentlich, jemanden an seinen Haaren herummurksen zu lassen? Sie ging nicht ans Telefon, und er kam sich schon lächerlich vor, weil er in der letzten Stunde viermal bei ihr angerufen hatte.

Meine Güte, wie er sie vermisste! Und das war erst recht lächerlich. Er hatte noch nie jemanden vermisst. Außerdem war sie gerade mal ein paar Stunden fort. Es hatte schon Tage gegeben, an denen sie sich länger nicht gesehen hatten.

Aber da hatte er immer gewusst, dass sie auf der anderen Seeseite war und er nur hinüberfahren musste, um sie zu sehen, wenn er das wollte.

Er hatte sich noch nicht so weit erniedrigt, es auf ihrem Handy zu probieren. So wie der letzte Pantoffelheld, der es keinen Tag ohne seine Frau aushält, ohne ihre Nummer zu wählen. Ohne ihre Stimme zu hören.

Er würde eine Weile ins Joanie's gehen, dort ein wenig abhängen und vielleicht ein Bier trinken. Und ganz zufällig nach ihrem Auto Ausschau halten.

Niemand brauchte etwas davon zu erfahren.

Er entdeckte ihr Auto auf dem gewohnten Parkplatz und freute sich. Er würde schnell hochspringen und ihr sagen, er sei nur kurz in die Stadt gefahren, um ... um was zu holen? Brot.

Hatte er noch Brot zu Hause? Er konnte sich nicht erinnern. Er würde den Brotkauf vorschieben und bei dieser Version bleiben.

Er wollte sie sehen, er wollte sie riechen. Er wollte sie berühren. Aber sie brauchte ja nicht unbedingt zu wissen, dass er die letzte Stunde wie ein verwaister Welpe um seine Hütte getrabt war.

Er spielte Spielchen, bemerkte er beim Einparken. Dachte sich einen Vorwand aus, um in die Stadt fahren und sie sehen zu können. Was dazu führte, dass er sich erst recht wie ein Pantoffelheld vorkam.

Um gar nicht erst in diesen Verdacht zu kommen, war es besser, verärgert über sie zu sein. Das fühlte sich auch gleich besser an. Also setzte er ein grimmiges Gesicht auf, als er die Treppe hochlief und ungeduldig gegen ihre Tür klopfte.

»Ich bin's, Brody«, rief er. »Mach auf!«

Sie brauchte dermaßen lange, um zu antworten, dass sein grimmiges Gesicht sofort einem besorgten Stirnrunzeln wich.

»Brody, tut mir leid, aber ich hatte mich hingelegt. Ich habe Kopfschmerzen.«

Er drückte die Klinke, aber die Tür war abgeschlossen. »Mach die Tür auf.«

»Wirklich, das artet in eine richtige Migräne aus. Ich sollte schlafen. Ich ruf dich morgen wieder an.«

Irgendetwas an ihrer Stimme gefiel ihm nicht. »Mach die Tür auf, Reece.«

»Ist ja gut, ist ja gut.« Der Riegel bewegte sich, und sie riss die Tür auf. »Hast du nicht gehört, was ich gesagt habe? Ich habe Kopfschmerzen und will allein sein. Und habe nicht vor, mit jemandem das Bett zu teilen.«

Er ließ ihre Worte an sich abprallen, denn sie war totenbleich. »Du gehörst doch nicht etwa zu den Frauen, die ausflippen, nur weil man ihnen die Frisur versaut hat?«

»Aber natürlich. Trotzdem: Meine Frisur ist fantastisch. Supergut. Aber bis ich sie hatte, verging viel Zeit, und es war nicht ganz unanstrengend. Und jetzt bin ich müde und will, dass du gehst, damit ich mich hinlegen kann.«

Sein Blick schweifte durch den Raum und erfasste die Tüten, die auf der Theke standen. »Wie lange bist du schon wieder zurück?«

»Keine Ahnung. Meine Güte, eine Stunde vielleicht.«

Kopfschmerzen – von wegen! Er kannte sie inzwischen gut genug, um zu wissen, dass sie selbst mit verstümmelten Gliedmaßen noch Kraft gehabt hätte, ihre Lebensmittel ordentlich wegzuräumen.

»Was ist passiert?«

»Meine Güte, würdest du jetzt bitte verschwinden? Wir haben gevögelt, jawohl, und es war toll. Die Engel haben gesungen. Wir werden es auch bald wieder tun. Aber das heißt nicht, dass ich kein Recht mehr auf ein bisschen Privatsphäre habe!«

»Das sehe ich ganz genauso«, sagte er gelassen und überhörte ihren wütenden Tonfall. »Du bekommst Privatsphäre, so viel du willst, sobald du mir erzählt hast, was hier verdammt noch mal los ist. Und was bitte schön hast du mit deinen Händen angestellt?«

Er griff danach, und einen furchtbaren Moment lang dachte er, Blut klebe an ihren Fingern und Handflächen. »Was ist denn das? Ist das Farbe?«

Sie begann lautlos zu weinen. Er hatte noch nie etwas so Herzzerreißendes gesehen wie diese Tränen, die einfach so über ihre Wangen liefen, ohne dass sie das geringste Geräusch machte.

»Um Himmels willen, Reece, was ist los?«

»Ich krieg's nicht mehr ab. Ich krieg's nicht mehr ab und kann mich nicht erinnern, das getan zu haben. Ich kann mich nicht erinnern, und es geht nicht mehr ab.«

Sie schlug die beschmierten Hände vors Gesicht. Sie wehrte sich nicht, als er sie hochhob, zum Bett trug und sie in seinen Armen wiegte.

17

Teile der Wände und des Bodens waren verschmiert, wo sie sich wahrscheinlich mit dem nassen Handtuch zu schaffen gemacht hatte, das jetzt in der Wanne lag. Das Handtuch konnte man bestimmt vergessen, was sie ebenfalls aufregen würde, sobald sie sich wieder etwas gefasst hätte.

Sie hatte die Zeichnung vom Spiegel gerissen, sodass nur noch ein paar Fetzen und Klebestreifen übrig geblieben waren. Sie hatte sie zusammengeknüllt und in den Mülleimer neben dem Waschbecken geworfen.

Er konnte sich vorstellen, wie furchtbar sie sich gefühlt hatte, als sie das Handtuch hektisch von der Stange gerissen und es im Waschbecken eingeweicht hatte. Wie sie geschrubbt und geschrubbt und geschrubbt hatte, während das Wasser tropfte und spritzte und sie stöhnte und schluchzte. Und trotzdem konnte man die Botschaft immer noch lesen.

Bin ich das?

»Ich kann mich nicht erinnern, das geschrieben zu haben.«

Er drehte sich nicht zu ihr um, sondern betrachtete unverwandt die Wände. »Wo ist der rote Filzstift?«

»Ich ... ich weiß nicht. Ich muss ihn zurückgelegt haben.« Benommen von Kopfschmerzen und Tränen ging sie zurück in die Küche und öffnete die Schublade.

»Er ist nicht mehr da.« Eine weitere Woge der Verzweiflung erfasste sie. Sie wühlte die Schublade durch, riss eine zweite auf, dann eine dritte.

»Hör auf damit.«

»Er ist nicht mehr da. Ich muss ihn mitgenommen, ihn weggeworfen haben. Ich kann mich nicht daran erinnern. Genauso wenig wie an die anderen Male.«

Er zog die Augen zu schmalen Schlitzen zusammen, aber seine Stimme blieb unbeeindruckt. Ruhig und bestimmt. »Welche anderen Male?«

»Ich glaube, ich muss mich übergeben.«

»Nein, das musst du nicht.«

Sie knallte die Schublade zu, ihre Augen waren ganz rot vom vielen Weinen, vor lauter Wut. »Erzähl mir bloß nicht, was ich tun muss und was nicht.«

»Du wirst dich nicht übergeben«, wiederholte er, ging zu ihr herüber und fasste sie am Arm, »weil du mir noch nichts von den anderen Malen erzählt hast. Komm, wir setzen uns hin.«

»Ich kann nicht.«

»Gut, dann bleiben wir eben stehen. Hast du Brandy da?«

»Ich will keinen Brandy.«

»Ich hab dich nicht danach gefragt.« Er fing an, die Schränke aufzumachen, bis er eine kleine Flasche fand.

Unter anderen Umständen hätte es gegen ihr Stilempfinden verstoßen, dass er den Brandy einfach in ein Saftglas goss.

»Und jetzt runter damit.«

So wütend und verzweifelt sie auch war: Reece wusste ganz genau, wann es zwecklos war, sich zu wehren. Sie nahm das Glas, trank den zwei Finger hoch eingeschenkten Brandy auf einen Zug aus und schüttelte sich.

»Die Zeichnung. Das könnte ich sein.«

»Wie kommst du denn darauf?«

»Wenn ich mir das alles nur eingebildet habe ... Ich bin ja selbst Opfer eines Verbrechens gewesen.«

»Bist du schon einmal gewürgt worden?«

»Dann hat es eben eine andere Ausprägung angenommen.« Sie stellte das Glas mit einem lauten Klirren wieder ab. »Man hat schon einmal versucht, mich umzubringen, und ich habe die letzten zwei Jahre darauf gewartet, dass es wieder jemand versucht. Es gibt durchaus eine Ähnlichkeit zwischen mir und der Zeichnung.«

»Weil ihr beide Frauen seid und lange, dunkle Haare habt – beziehungsweise, du hattest lange dunkle Haare.« Mit leichtem Stirnrunzeln streckte er die Hand aus und berührte ihre Haarspitzen, die sich nun mehrere Zentimeter über ihren Schultern befanden. »Du hast ein völlig anderes Gesicht.«

»Aber ich habe sie nicht gut sehen können.«

»Trotzdem, du hast sie gesehen.«

»Ich *weiß* es einfach nicht mehr.«

»Aber ich.« Da er wusste, dass sie keinen Kaffee da hatte, öffnete er ihren Kühlschrank und stellte überrascht fest, dass sie sein Lieblingsbier gekauft hatte. Er nahm eine Flasche heraus und öffnete sie. »Du hast diese beiden Leute am Fluss gesehen.«

»Woher willst du das wissen? Du hast sie ja nicht gesehen.«

»Ich habe dich gesehen«, sagte er nur. »Aber apropos: An was kannst du dich noch nicht erinnern?«

»Ich kann mich nicht daran erinnern, auf meiner Wanderkarte herumgekritzelt oder meine Haustür mitten in der Nacht offen stehen gelassen zu haben. Und ich kann mich auch nicht daran erinnern, die verdammten Rührschüsseln in den Abstellraum und meine Wanderstiefel in den Küchenschrank gestellt zu haben. Und erst recht nicht daran, meine Kleider in meinen Matchbeutel gepackt zu haben. Und es gibt noch mehr solche Erlebnisse, Kleinigkeiten. Ich muss wieder zurück.«

»Zurück wohin?«

Sie rieb sich mit den Händen über das Gesicht und ließ sie dort. »Mein Zustand bessert sich nicht. Ich muss zurück in die Klinik.«

»Quatsch. Was meinst du mit ›deine Kleider gepackt zu haben‹?«

»Als ich eines Abends nach Hause gekommen bin – und zwar an jenem Abend, an dem ich mit Linda-Gail im Clancy's gewesen bin –, habe ich alle meine Sachen gepackt vorgefunden. Alles befand sich in meinem Matchbeutel. Ich muss das gleich morgens getan haben oder in einer meiner Pausen. Aber ich kann mich nicht mehr daran erinnern. Und einmal war die Taschenlampe, die immer neben meinem Bett liegt, im Kühlschrank.«

»Da habe ich meinen Geldbeutel auch mal gefunden. Merkwürdig.«

Sie seufzte. »Das ist was anderes. Ich verlege meine Sachen normalerweise nicht. Nie. Wenigstens nicht dann ... wenn ich bei Trost bin, wenn es mir gut geht. Es ist absolut untypisch für mich, die Schüsseln aus der Küche zu holen und in die Abstellkammer zu räumen. Ich verlege keine Sachen, weil ich einfach nicht richtig funktioniere, wenn ich nicht ganz genau weiß, wo alles ist. Und so wie's aussieht, scheine ich in der Tat nicht richtig zu funktionieren.«

»Schon wieder Quatsch.« Er kramte geistesabwesend in der Einkaufstüte. »Was ist denn das für Grünzeug?«

»Das ist Blattgemüse.« Sie rieb sich die Schläfen, um ihre stechenden Kopfschmerzen zu vertreiben. »Ich muss zurück. Das muss ich gespürt haben, als ich alles gepackt habe. Tief in meinem Innern habe ich es die ganze Zeit gewusst. Auch damals, auf dem Wanderweg, als ich versucht habe, wieder ganz normal zu leben.«

»Du hast auf dem Wanderweg beobachtet, wie eine Frau umgebracht wurde. Das ist alles andere als normal. Damals hatte ich auch noch meine Zweifel, aber jetzt ...«

»Du hast an mir gezweifelt?«

»Nicht daran, dass du sie gesehen hast, die Frau und den Mann. Aber daran, dass sie wirklich tot war. Es kann ja sein, dass sie wieder aufgestanden und von dort verschwunden ist. Möglich wäre es. Aber sie ist genauso tot wie Elvis.«

»Hörst du mir überhaupt zu? Hast du gesehen, was ich da drin angestellt habe?« Sie zeigte in Richtung Bad.

»Was, wenn du das gar nicht warst?«

»Wer zum Teufel soll es dann gewesen sein?«, explodierte sie. »Ich bin instabil. Brody, verdammt noch mal! Ich habe Halluzinationen von Morden und schreibe Botschaften an die Wände.«

»Was, wenn du das gar nicht warst?«, wiederholte er ungerührt. »Glaub mir, ich verdiene ganz gut mit meinen ›Was wäre wenns‹. Was, wenn du wirklich gesehen hast, was du gesehen hast?«

»Ja und dann? Das ändert auch nichts.«

»Das ändert alles. Hast du jemals den Film *Das Haus der Lady Alquist* gesehen?«

Sie starrte ihn an. »Vielleicht fühle ich mich deshalb so zu dir hingezogen. Du bist genauso plemplem wie ich. Was zum

Teufel hat *Das Haus der Lady Alquist* damit zu tun, dass ich durchdrehe und mein ganzes Bad vollkritzle?«

»Was, wenn gar nicht du es warst, die das Bad vollgekritzelt hat?«

Der Kopf tat ihr weh, und ihr Magen war ganz wund vom vielen Würgen. Da sie zu erschöpft war, sich einen Stuhl zu suchen, setzte sie sich einfach auf den Boden und lehnte sich gegen den Kühlschrank. »Wenn du glaubst, hier spielt jemand Charles Boyer, bist du genauso verrückt wie ich.«

»Was macht dir mehr Angst, Reece?« Er ging in die Hocke und sah ihr in die Augen. »Zu glauben, dass du wieder einen Nervenzusammenbruch hattest oder dass dir jemand genau das weismachen will?«

Sie zitterte am ganzen Körper. »Ich weiß es nicht.«

»Das ist nur eine Vermutung, aber denk doch mal nach: Was, wenn du gesehen hast, wie eine Frau ermordet wurde, etwas, das niemand anders beobachtet hat. Du meldest den Vorfall, und die Sache spricht sich herum. Was, wenn der Mörder Wind davon bekommen hat oder – was wir auch schon überlegt hatten – dich gesehen hat? Dann ist er nicht wirklich mit heiler Haut davongekommen. Er hat zwar seine Spuren verwischt, aber mit heiler Haut davongekommen ist er nicht.«

»Weil es eine Zeugin gibt«, flüsterte sie.

»Ganz genau. Aber die einzige Zeugin hatte früher psychische Probleme, weil sie einmal selbst einer Gewalttat zum Opfer fiel. Das kann er sich zunutze machen. Außerdem glauben ihr nur wenige – sie ist neu im Ort und noch ein bisschen wacklig auf den Beinen. Aber da sie einfach nicht lockerlässt, muss man sie wohl ein wenig mehr aus dem Gleichgewicht bringen.«

»Meine Güte. Warum schießt er mir dann nicht gleich in den Kopf und bringt es hinter sich?«

»Noch ein Mord? Dann wird man dich erst recht ernst nehmen.«

»Sozusagen posthum.«

»Genau.« Die Frau besaß also doch noch etwas Rückgrat, dachte er. Ein etwas angeknackstes vielleicht, doch brechen würde es nicht. »Aber wenn man ihr ein paar subtile Stöße zwischen die Rippen gibt, stehen die Chancen gut, dass sie entweder durchdreht und nackt auf der Straße herumgrölt oder dass sie das Weite sucht und woanders durchdreht. In beiden Fällen wird man ihre Meldung, sie habe einen Mord beobachtet, nicht weiter ernst nehmen.«

»Aber das ist ja ...«

»Wahnsinn? Nein, nicht im Geringsten. Das ist äußerst kaltblütig und durchtrieben.«

»Anstatt zu glauben, dass ich emotional und mental völlig am Ende bin, soll ich jetzt also glauben, dass mir ein Mörder auf den Fersen ist, der in meine Wohnung einbricht und versucht, mich in den Wahnsinn zu treiben.«

Er nahm noch einen großen Schluck Bier. »Das ist bloß so eine Theorie.«

So langsam drang bis zu ihr durch, was er da gesagt hatte, und ihre Kehle wurde staubtrocken. »Die erste Variante ist mir lieber. Damit kenne ich mich wenigstens aus.«

»Das glaube ich gern. Aber du bist niemand, der den Weg des geringsten Widerstands wählt.«

»Komisch, dass du das ausgerechnet zu jemandem sagst, der einen Großteil des Jahres vor allem davongelaufen ist, einschließlich vor sich selbst.«

»Wenn du das so siehst, bist du wirklich plemplem.«

Er stand auf und hielt ihr wie zufällig die Hand hin, um ihr beim Aufstehen zu helfen. Nach kurzem Zögern ergriff sie sie. Und sah ihm direkt in die Augen.

»Und was glaubst du?«

»Ich sehe eine Frau vor mir, die überlebt hat. Ihre Freunde, die fast so etwas wie Familie für sie waren, wurden ermordet – eine Freundin direkt vor ihren Augen, während sie selbst angeschossen und für tot gehalten wird. Sie ist in der Dunkelheit gefangen, und sie blutet. Alles, was ihr vertraut war und was sie geliebt hat, wurde ihr genommen, einfach so. Danach hat sie keinerlei Vertrauen mehr und ist psychisch schwer angeschlagen. Zwei Jahre später ist sie hier, weil sie gekämpft hat und sich ihr Terrain Schritt für Schritt zurückerobert hat. Ich halte sie für einen der zähesten Menschen, den ich je kennen gelernt habe.«

Sie atmete mühsam. »Ich nehme an, du lernst nur wenig Leute kennen.«

»Siehst du? Schon wieder ganz die Alte.« Er lächelte ein wenig und tippte ihr auf die Stirn. »Da oben ist also alles in bester Ordnung. Pack ein paar Sachen zusammen, heute Nacht solltest du lieber bei mir bleiben.«

»Ich kann das einfach nicht glauben.«

»Wart's ab.« Er stocherte erneut in der Einkaufstüte herum. »Soll das unser Abendessen sein?«

»Oh, Mist! Die Jakobsmuscheln!«

Als sie wie von der Tarantel gestochen zur Tüte sprang und hineingriff, wusste er, dass sie wirklich wieder ganz die Alte war. »Gott sei Dank habe ich sie mir in Eis packen lassen. Sie sind immer noch kalt. Irgendwie hat es auch was Gutes, dass ich die Heizung niedrig eingestellt habe.«

»Ich mag Jakobsmuscheln.«

»Du weißt gar nicht, wie es ist, irgendwas nicht zu mögen.« Dann stützte sie sich auf die Küchentheke und schloss die Augen. »Du lässt mich einfach nicht zusammenbrechen. Du lässt mich einfach nicht.«

»Ich habe dich gewarnt: Hysterische Frauen nerven mich.«

»Aber du hast auch gesagt, dass du auf Neurotikerinnen stehst.«

»Ja, das habe ich. Aber abgesehen davon, dass Hysterie und Neurosen nicht dasselbe sind, habe ich beschlossen, dass du für mich nicht neurotisch genug bist. Also werde ich so lange mit dir vorliebnehmen, bis ich was Besseres gefunden habe.«

Sie rieb sich die verquollenen Augen. »Das ist nur fair.«

»Und wenn es so weit ist, darfst du immer noch für mich kochen.«

»Danke.« Sie ließ die Hände sinken und sah ihn an. »Du hast mich in den Arm genommen, als ich geweint habe. Das muss nervig gewesen sein.«

»Du warst nicht hysterisch. Du hast wirklich gelitten. Eine Angewohnheit solltest du allerdings nicht daraus machen.«

»Ich liebe dich. Ich bin total verliebt in dich.«

Zehn Sekunden lang kam gar nichts. Und als er dann endlich wieder etwas sagte, konnte sie eine Spur Angst und Gereiztheit heraushören.

»Mist. Keine gute Tat bleibt ungestraft.«

Sie lachte, lauthals und herzhaft. Ihr wurde warm, was ihrem rauen Hals gut tat, ihren angegriffenen Nerven. »Und zwar genau deswegen. Ich muss wirklich verrückt sein. Aber mach dir deswegen keine Sorgen.«

Sie drehte sich zu ihm um und merkte, dass er sie ansah wie eine tickende Zeitbombe. »Tief unter all den Neurosen bin ich eine intelligente, moderne Frau. Du kannst nichts für meine Gefühle und bist somit auch nicht dazu gezwungen, sie zu erwidern. Aber wenn du das durchgemacht hast, was ich durchgemacht habe, lernst du, nichts mehr als selbstverständlich zu betrachten. Zeit, Menschen, Gefühle. Mein Therapeut hat mich dazu ermutigt, Tagebuch zu führen«, fuhr sie fort, während sie das Nötigste zusammenpackte. »Um meine Gefühle, meine Emotionen loszuwerden, die ich nicht anders artikulieren konnte. Und das hat auch funktioniert und mir geholfen, sie besser zu vermitteln. So wie jetzt zum Beispiel.«

»Du wirfst Vertrauen mit einer völlig unangebrachten Dankbarkeit in einen Topf – von der Tatsache, dass wir heiß aufeinander sind, einmal ganz abgesehen.«

»Mein Oberstübchen mag ja im Eimer sein, aber mit meinem Herzen ist alles in bester Ordnung. Doch falls dir das Angst macht, kann ich gern Linda-Gail anrufen und bei ihr wohnen, bis ich weiß, wie es weitergehen soll.«

»Pack ein, was du brauchst«, sagte er kurz angebunden. »Einschließlich der Sachen, die man braucht, um dieses Zeug zu kochen.«

Sie liebte ihn nicht. Aber dass sie das dachte, machte ihm Sorgen. Hier stand er nun und versuchte, ihr aus der Patsche zu helfen – was sicherlich auch schon ein Fehler war. Und jetzt musste sie alles noch so verkomplizieren. Wie jede andere Frau auch, dachte er, wollte sie ihm Fesseln anlegen.

Sie drohte ihn schon zu ersticken.

Zum Glück wollte sie das Thema nicht weiter vertiefen. Und auch nicht darüber reden, was in ihrem Apartment passiert war.

Wie erwartet empfand sie die Essenszubereitung als beruhigend. Ihm ging es mit dem Schreiben ganz genauso, und er verstand gut, wie so etwas funktioniert. Man wurde so von der Arbeit vereinnahmt, dass die Sorgen in den Hintergrund rückten.

Trotzdem würde sie sich auf den schlammigen Boden der Tatsachen zurückbegeben müssen. Wenn er mit seiner Theorie Recht behalten sollte, steckte sie in ernsthaften Schwierigkeiten.

»Möchtest du ein Glas Wein?«, fragte er sie.

»Nein danke. Ich bleib lieber beim Wasser.« Sie richtete das angemachte Blattgemüse mit ein paar rohen Karottenstiften auf kleinen Tellern an. »Der Rest dauert noch ein paar Minuten, aber wir können hiermit schon mal loslegen.«

Wahrscheinlich hatte er in den Wochen mit ihr mehr Salat gegessen als sonst in einem halben Jahr.

»Joanie wird ausrasten, wenn sie das Bad sieht.«

»Dann streich's doch.«

Reece piekte ihre Gabel in den Salat. »Ich kann unmöglich die Fliesen und den Boden streichen.«

»Mac hat bestimmt irgendein Lösungsmittel, was damit fertig wird. Die Wohnung war sowieso nicht gerade ein schickes Penthouse. Sie hätte ohnehin renoviert werden müssen.«

»Ein schwacher Trost. Brody, ich weiß, wie es ist, das Zeitgefühl zu verlieren. Und ich hatte auch Gedächtnislücken. Aber das ist mehr als ein Jahr her – oder aber ich erinnere mich einfach nur nicht mehr daran, haha. Aber kennen tu ich beides.«

»Aber das muss doch nicht zwangsläufig heißen, dass du jetzt wieder welche hast, oder? Ich bin in den letzten Wochen viel mit dir zusammen gewesen. Ich habe dich nie in einem verwirrten Zustand erlebt oder dich schlafwandeln gesehen. Und die Wände meiner Hütte hast du auch nicht mit irgendwelchen Botschaften aus deinem Unterbewusstsein verziert. Das Merkwürdigste, bei dem ich dich beobachtet habe, war, dass du meine Küchenschubladen neu eingeräumt hast.«

»Ich habe sie überhaupt erst mal eingeräumt«, verbesserte sie ihn. »Um sie neu einzuräumen, hätte vorher zumindest so etwas wie Ordnung herrschen müssen.«

»Ich habe meine Sachen immer gefunden. Früher oder später.« Da er nun schon mal vor ihm stand und zugegebenermaßen verdammt gut schmeckte, aß er noch mehr von dem Salat.

»Wurde im Joanie's je erwähnt, dass du dich irgendwie seltsam benommen hast?«

»Joanie hat sich gewundert, dass ich auf Okras bestanden habe, um eine Minestrone machen zu können.«

»Okra ist wirklich ein merkwürdiges Gemüse. Als du so was schon mal erlebt hast, in Boston meine ich, warst du da immer allein?«

Sie stand auf, um die letzten Handgriffe bei der Essenszubereitung vorzunehmen. »Nein. Das Schlimme war ja, dass es überall und jederzeit passieren konnte. Als ich aus dem Krankenhaus kam, wohnte ich anfangs bei meiner Großmutter. Sie hat mich zum Einkaufen mitgenommen. Später fand ich diesen hässlichen braunen Pulli in meiner Schublade und fragte sie, wo der herkäme. Dass irgendwas nicht stimmte, merkte ich daran, wie sie mich ansah. Aber als ich nachbohrte, sagte sie mir, dass ich ihn selbst gekauft hätte. Und dass wir sogar noch darüber diskutiert hätten, weil sie wusste, dass er so gar nicht mein Stil ist. Ich hatte ihr und dem Verkäufer erzählt, dass ich ihn unbedingt haben müsse, da er kugelsicher sei.«

Sie wendete die Jakobsmuscheln flink aus dem Handgelenk. »Ein anderes Mal kam sie mitten in der Nacht in mein Zimmer, weil ich herumgelärmt hatte. Ich habe meine Fenster zugenagelt. Ich kann mich nicht daran erinnern, den Hammer oder die Nägel geholt zu haben. Ich kam erst wieder zu mir, als sie mich in den Arm nahm und weinte.«

»Beide Vorfälle klingen mir ganz nach Selbstschutz. Du hattest Angst.«

»Angst ist noch viel zu wenig. Und es gab noch weitere Vorfälle. Ich hatte nächtliche Panikattacken, bei denen ich splitterndes Glas, Schüsse und Schreie hörte. Ich habe versucht, die Türen einzutreten. Eines Nachts bin ich dabei aus dem Fenster geklettert – aus dem, das ich eigentlich zunageln wollte. Ein

Nachbar fand mich, wie ich im Nachthemd auf dem Bürgersteig stand. Ich wusste nicht, wo ich war und wie ich dorthin gekommen war.«

Sie stellte einen Teller vor Brody hin. »Damals habe ich mich selbst eingeliefert. Das könnte ein Rückfall sein.«

»Zu dem es praktischerweise nur kommt, wenn du allein bist? Das nehme ich dir nicht ab. Du arbeitest mindestens acht Stunden im Joanie's, und das fünf bis sechs Tage die Woche. Du verbringst Zeit mit mir, mit Linda-Gail, in der Stadt. Aber du hattest noch nie eine – wie heißt das noch gleich? Episode, genau – außer, wenn du allein in deiner Wohnung bist. *Das Haus der Lady Alquist.*«

»Bist du Joseph Cotten?«

»Ich mag Frauen, die sich mit Filmklassikern auskennen.« Er berührte ihre Hand, strich kurz mit seinen Fingern darüber. »Da ist noch jemand anders im Spiel. *Das Fenster zum Hof.*«

»Jimmy Stewart sieht aus dem Fenster, quer über den Innenhof, und wird Zeuge eines Mordes, während er mit einem gebrochenen Bein im Bett liegt.« Schon nachdenklicher geworden, setzte sie sich mit ihrem eigenen Teller an die Theke. »Niemand sonst hat etwas gesehen, niemand glaubt ihm. Nicht mal Grace Kelly. Und auch nicht sein Freund, der Polizist, der, der, warte, gleich hab ich's ...«

»Wendell Corey.«

»Mist. Oder die allseits entzückende Thelma Ritter. Niemand glaubt, dass Raymond Burr seine Frau umgebracht hat.«

»Für die Behauptung unseres Helden gibt es keinerlei Beweise. Keine Leiche, keine Anzeichen für einen Kampf, kein Blut. Und Jimmy verhält sich reichlich merkwürdig.«

»Verstehe. Du glaubst also, dass ich in einer Mischung aus *Das Haus der Lady Alquist* und *Das Fenster zum Hof* gefangen bin.«

»Sei vor allen auf der Hut, die aussehen wie Perry Mason, vor allem, wenn sie auch noch einen französischen Akzent haben.«

»Danke, jetzt geht es mir schon wieder etwas besser. Noch vor wenigen Stunden ...« Sie brach ab und rieb sich die Augen. »... lag ich noch zusammengekrümmt auf dem Boden und habe gewimmert. Ich war kurz davor, wieder Daumen zu lutschen. Ich war am Boden zerstört.«

»Nein, du hattest nur einen kleinen Aussetzer. Und du bist wieder aufgestanden. Das nenn ich mutig!«

Sie ließ die Hände sinken. »Ich weiß nicht, was ich tun soll.«

»Im Moment solltest du deine Jakobsmuscheln essen. Die sind nämlich verdammt lecker.«

»Gut.« Sie zwang sich, davon zu kosten, und natürlich hatte er Recht. »Ich habe schon drei Pfund zugenommen.«

»Drei ganze Pfund. Und warum, wenn ich fragen darf?«

»Weil ich wieder koche. Nicht nur im Joanie's, sondern auch hier, wie jetzt.«

»Ich stelle mich gern zur Verfügung.«

»Ich habe Sex.«

»Auch diesbezüglich stehe ich stets zu Diensten.«

»Ich habe mir die Haare schneiden und stylen lassen.«

»Das ist mir auch aufgefallen.«

Sie legte den Kopf schräg. Sie wollte es wissen. »Ja und? Gefallen sie dir oder nicht?«

»Geht schon.«

»Wow!« Sie machte eine wegwerfende Handbewegung. »Gehst du immer so verschwenderisch mit Komplimenten um?«

»Ich bin generell sehr verschwenderisch.«

Sie fuhr mit den Fingern durch ihre Frisur. »Mir gefällt's. Wenn du das anders siehst, kannst du mir das ruhig sagen.«

»Wenn es mir nicht gefallen würde, würde ich es auch sagen. Oder aber ich würde sagen, dass es deine Sache ist, wenn du so komisches Zeug auf dem Kopf haben willst.«

»Genau das sagst du ja auch«, murmelte sie. »Deine Gesellschaft tut mir wirklich gut. Ich bin gern mit dir zusammen, ich rede gern mit dir. Ich koche gern für dich. Und ich schlafe gern mit dir. Endlich fühle ich mich wie ... nein, das sag ich jetzt lieber nicht, denn so was lässt sich nicht mehr zurücknehmen.«

»Vielleicht solltest du es dann lieber nicht sagen.«

»Nein. Seit ich mit dir zusammen bin, fühle ich mich schon viel mehr so, wie ich gern sein will. Aber wir wissen beide ganz genau, dass es besser für uns wäre, wenn wir ein bisschen Abstand halten würden.«

Er sah sie stirnrunzelnd über den Tisch hinweg an und schnitt in seine Jakobsmuschel. »Hör mal, falls das damit zu tun hat, dass du glaubst, in mich verliebt zu sein, und es dir langsam zu eng wird ...«

»Nein, hat es nicht.« Sie nahm einen weiteren, sehr entschlossenen Bissen von der Jakobsmuschel. »Du solltest dich glücklich schätzen, dass ich in dich verliebt bin, auch wenn meine geistige Gesundheit fraglich ist. Viele Frauen mögen dich sexuell attraktiv finden, aber deine reizbare Art wird sie sicherlich abschrecken.«

»Dreijährige sind reizbar.«

»Ganz genau. Das hat nichts mit meinen Gefühlen für dich zu tun, sondern mit der ganzen Situation. Wenn ich einen Rückfall habe, bin ich nicht gerade eine geeignete Beziehungskandidatin – dann tauge ich nicht mal für eine Affäre. Und falls du Recht hast und es sozusagen äußere Gewalt ist, bin ich eine noch viel lausigere Kandidatin.«

Er griff nach seinem Bier und nahm einen nachdenklichen Schluck. »Wenn du ein nervliches Wrack bist und ich mich zurückziehe, bedeutet das, dass ich nicht mit Problemen umgehen kann. Dasselbe gilt für den Fall, dass dir jemand weismachen will, dass du ein nervliches Wrack bist. Außerdem würde ich der Sache dann nicht mehr auf den Grund gehen können. Und auf das Essen und den Sex will ich erst recht nicht verzichten.«

»Na gut. Aber falls du deine Meinung eines Tages ändern solltest, werde ich dir das nicht vorwerfen.« Sie griff nach dem Wasserkrug, den sie mitgebracht hatte und den sie für das Quellwasser und dünne Zitronenscheiben verwendete.

Er griff über den Tisch und nahm ihre Hand, wartete, bis sie ihm direkt in die Augen sah. »Es ist nicht nur wegen des Essens und dem Sex. Ich empfinde ...« Was? Gefühle vielleicht? Gefühle können alles Mögliche bedeuten. »Du liegst mir am Herzen.«

»Ich weiß.«

»Gut. Damit können wir das Thema beenden, anstatt uns die nächsten anderthalb Stunden noch damit zu beschäftigen.« In seiner Hand fühlte sich die ihre ganz zart und zerbrechlich an. Er ließ sie wieder auf den Tisch sinken, ohne seine Hand wegzunehmen.

»Wir werden der Sache auf den Grund gehen, Reece.«

Und in diesem Moment, als seine warme Hand auf ihrer lag, glaubte sie ihm.

Nachdem sie gegessen und die Küche aufgeräumt hatten und Reece vor ihrem Lieblingstee saß, wagte er den nächsten Schritt.

»Hältst du es hier eine Stunde lang allein aus?«

»Warum?«

»Ich dachte, ich geh zu Rick und wir sehen uns deine Wohnung mal an.«

»Bitte nicht.« Sie schüttelte den Kopf und starrte in das Feuer, das er im Wohnzimmerkamin entfacht hatte. »Er glaubt nicht, dass ich was auf dem Wanderweg gesehen habe. Er hat getan, was er tun musste, und das anscheinend gründlich. Aber er glaubt mir nicht. Ich habe heute Morgen bei ihm im Büro vorbeigeschaut. Ich hab ihn gesehen, und Debbie und Hank auch. Und als ich die Zeichnung hervorgeholt und erwähnt habe, dass ich sie in Jackson Hole herumzeigen will, sah ich in ihren Gesichtern nichts als Mitleid.«

»Wenn jemand bei dir eingebrochen hat ...«

»Selbst wenn, wir können das niemals beweisen. Und wie sollte das überhaupt passiert sein? Ich habe einen Sicherheitsriegel anbringen lassen.«

»Schlösser werden geknackt. Schlüssel werden vervielfältigt. Wo bewahrst du deine Schlüssel auf?«

»In der Innentasche meiner Handtasche.«

»Und wenn du arbeitest?«

»In der Innentasche meiner Handtasche. Und wenn ich keine dabeihabe, in meiner Jackentasche. In meiner rechten Jackentasche, weil ich Rechtshänderin bin, wenn du es genau wissen willst.«

»Und wo sind Handtasche und Jacke, wenn du arbeitest?«

»In Joanie's Büro. Sie hat noch einen Nachschlüssel in ihrem Schlüsselschrank, der ebenfalls dort steht. Aber ich glaube nicht, dass wir daraus schließen sollten, dass ich Joanie mit einem Mann verwechselt habe, sie ihre lesbische Geliebte umgebracht hat und sich in mein Apartment schleicht, um mich zu quälen.«

»Es dürfte nicht schwer sein, unbemerkt in ihr Büro zu gelangen, sich einen Abdruck des Schlüssels zu machen und eine Kopie anfertigen zu lassen.«

Der Becher zitterte in ihrer Hand, bevor sie ihn abstellte. »Du glaubst, es ist jemand aus Angel's Fist?«

»Kann schon sein. Oder jemand, der hier in der Gegend war,

als es passierte. Und der blieb, als sich herumsprach, dass du etwas beobachtet hast.«

»Aber niemand hat die Frau wiedererkannt.«

»Ich habe nie behauptet, dass sie von hier ist oder von irgendwo aus der Gegend.«

Reece lehnte sich zurück. »Nein, das hast du nicht. Wahrscheinlich habe ich nur gedacht, dass wenn sie nicht von hier ist, er auch nicht von hier ist.«

»Vielleicht, vielleicht aber auch nicht. Es könnte jemand aus Angel's Fist sein oder jemand, der sich zumindest regelmäßig hier aufhält. Oder aber jemand, der hier in der Gegend zeltet, auf die Jagd geht oder paddelt. Irgendjemand, der weiß, wie man seine Spuren verwischt, was einen Stadturlauber meiner Meinung nach ausschließen dürfte. Wer wusste, dass du tagsüber unterwegs sein würdest?«

»Frag lieber, wer nichts davon wusste.«

»Ja, so ist das hier. Wir sollten die zeitliche Abfolge der Ereignisse ganz genau festhalten«, überlegte er. »Du hast gesagt, du führst Tagebuch.«

»Stimmt.«

»Ich werd mal reinschauen.«

»Das kommt gar nicht infrage, weder in diesem Leben noch sonst irgendwann.«

Er runzelte die Stirn und musste dann grinsen. »Steh ich auch drin?«

»Natürlich nicht. Hat man je davon gehört, dass eine Frau etwas über einen Mann in ihr Tagebuch schreibt, zu dem sie sich hingezogen fühlt, oder gar etwas über ihre sexuellen Aktivitäten? Das ist ja absurd.«

»Vielleicht lässt du mich nur das mit den sexuellen Aktivitäten lesen, damit ich kontrollieren kann, dass du auch ja nichts vergessen hast.«

»Keine Sorge. Ich werde selbst nachlesen und alle Daten und Zeiten notieren, an denen es zu diesen Vorfällen kam – soweit ich sie überhaupt aufgeschrieben habe.«

»Gut, aber heute nicht mehr. Du siehst erschöpft aus. Geh ins Bett.«

»Ich könnte an Ort und Stelle einschlafen.«

»Dann werde ich dich wohl hochtragen müssen, wenn du einnickst. Ich werde nach oben in mein Arbeitszimmer gehen und noch ein bisschen was tun.«

»Oh.« Ihr Blick glitt über die Vordertür. »Na gut, vielleicht ...«

»Nachdem ich alle Schlösser überprüft habe. Los, geh hoch ins Bett. Bohnenstange.«

Es war lächerlich vorzugeben, nicht völlig erschöpft zu sein, also erhob sie sich. »Ich habe morgen die Frühstücksschicht. Ich werde versuchen, dich nicht zu wecken, wenn ich aufstehe.«

»Das weiß ich wirklich zu schätzen.«

»Danke für deine starke Schulter, Brody.«

»Die hast du doch heute noch gar nicht in Anspruch genommen.«

Sie beugte sich vor, küsste ihn auf den Mund. »Oh doch. Ein halbes Dutzend Mal bestimmt, allein heute Abend.«

Sie wusste, dass er die Schlösser kontrollieren würde, weil er es ihr versprochen hatte. Während sie sich bettfertig machte, hörte sie seine Schritte auf der Treppe. Als sie nachschaute, sah sie Licht in seinem Arbeitszimmer, und hörte das Klackern seiner Tastatur.

Weil sie wusste, dass er da war, schaffte sie es, bei offener Schlafzimmertür ins Bett zu gehen.

Weil sie wusste, dass er da war, konnte sie die Augen schließen und einschlafen.

18

Brody kauerte mit einer Taschenlampe und einem Vergrößerungsglas vor Reeces Wohnungstür.

Er kam sich ein wenig lächerlich vor.

Obwohl er froh war, morgens ausschlafen zu können – einer der großen Vorteile des Schriftstellerlebens –, war er gemeinsam mit ihr aufgestanden. Und hatte ihre Beteuerungen ignoriert, dass sie von seiner Hütte leicht zu Fuß zum Diner laufen könne.

Klar, dachte er jetzt, kein Problem für eine Frau, die eventuell einen Verfolger mit Mordabsichten auf den Fersen hat, während sie ganz allein im Dunkeln mehrere hundert Meter zurücklegt wie eine idiotische Filmfigur in einem schlechten Horrorfilm.

Außerdem hatte er nicht nur zwei Tassen frisch aufgebrühten Kaffee bekommen, als er sie im Joanie's ablieferte, sondern auch Speck, Eier und Pommes, bevor der Laden überhaupt aufmachte.

Kein schlechtes Geschäft.

Und jetzt kauerte er auf dem Boden und spielte Detektiv. Da er über keinerlei persönliche Erfahrungen im Einbrechen verfügte, konnte er nicht beurteilen, ob der Riegel manipuliert worden war, zumindest konnte er keine Anzeichen dafür erkennen.

Er überlegte noch einmal, nicht auf sie zu hören und den Sheriff herzubestellen. Andererseits glaubte er nicht, dass Rick mehr ausrichten konnte als er im Moment.

Außerdem war da noch die Sache mit dem Vertrauen, dachte er und verlagerte sein Gewicht auf die Fersen. Sie vertraute ihm, und wenn er sie in dieser Sache hinterging, würde er dieses Vertrauen enttäuschen.

Sie behauptete, ihn zu lieben – übte aber keinerlei Druck auf ihn aus. Frauen! Sie verwechselte Leidenschaft und ... Freundschaft mit dem großen Wort Liebe. Außerdem war sie extrem anfällig dafür, was auch kein Wunder war, nach dem, was sie durchgemacht hatte. Immer noch durchmachte.

Er richtete sich auf und holte den Schlüssel heraus, den sie ihm gegeben hatte. Er öffnete die Handfläche und starrte ihn an.

Vertrauen. Wie ging man damit um?

Er schloss die Tür auf und betrat die Wohnung.

Ein Duft hing in der Luft – beziehungsweise nur die Ahnung eines Dufts. Reece. Mittlerweile hätte er ihren Duft überall wiedererkannt. Und er merkte, wie wütend es ihn machte, dass der Eindringling genau denselben Duft wahrgenommen hatte.

Licht fiel durch die Fenster auf den nackten Fußboden, das ramponierte Mobiliar aus zweiter oder dritter Hand, die knallblaue Decke, die sie für ihr schmales Bett gekauft hatte.

Sie hatte wirklich was Besseres verdient. Er könnte sie unterstützen, ihr etwas Geld geben, damit sie sich wenigstens einen Teppich kaufen konnte, verdammt noch mal, und etwas Farbe.

»Vorsicht, Brody«, ermahnte er sich. »Da kauft man einer Frau einen bescheuerten Teppich, und als Nächstes will sie einen Ring.«

Andererseits hatte sie eine Aussicht, die man für kein Geld der Welt kaufen konnte. Wer brauchte Teppiche oder ein paar anständige Bilder an den Wänden, wenn direkt vor dem Fenster Berge in den Himmel ragten und ein See direkt vor der Haustür lag?

Er nahm ihren Laptop und schob ihn zusammen mit dem winzigen externen Laufwerk in die Computertasche, um beides mit zu sich zu nehmen. Sie musste mindestens noch eine

Nacht woanders schlafen und sollte wenigstens ihre Sachen um sich haben.

Träge zog er eine Schublade des kleinen Schreibtischs auf, den Joanie für Reece organisiert haben musste. Darin entdeckte er zwei gespitzte, entzweigebrochene Bleistifte, einen schwarzen wasserfesten Filzstift und ein schmales, ledergebundenes Büchlein, worin manche Leute Fotos von ihren Kindern oder Haustieren mit sich herumtragen. Neugierig geworden, schlug er es auf.

Das Foto zeigte eine alte Frau mit wachen Augen, die auf einer Bank in einem gepflegten Garten saß. Ihr Gesicht war mit einem großen schwarzen X beschmiert. Es gab noch mehr Fotos. Dieselbe Frau in einer weißen Bluse und schwarzen Hosen, die einen briefmarkengroßen Pudel auf dem Arm hatte. Ein Paar mit langen Schürzen, eine Gruppe von Menschen mit Champagnergläsern in der Hand. Ein Mann, der seine Arme vor einem großen Pizzaofen ausgebreitet hatte.

Sämtliche Gesichter waren mit einem schwarzen X beschmiert worden.

Auf dem letzten Bild stand Reece in einer großen Gruppe von Menschen. Das Restaurant, schlussfolgerte Brody. Das Maneo's. Ihr Gesicht war das einzige, das nicht beschmiert war, und es strahlte bis über beide Ohren.

Unter jeder Person stand in kleinen, ordentlichen Druckbuchstaben: TOT. Und unter Reece stand: VERRÜCKT.

Hatte sie das schon entdeckt?, fragte er sich. Er hoffte nicht und schob das Büchlein in das Außenfach der Computertasche. Er würde es wieder herausnehmen und überlegen, wie er damit umgehen sollte, wenn er zu Hause war.

Obwohl er nicht vorgehabt hatte, derart in ihre Privatsphäre einzudringen, begann Brody, die Schubladen der hässlichen Kommode zu durchsuchen.

Es war ihm unangenehm, ihre Unterwäsche zu durchwühlen, aber er beruhigte sich damit, dass er sie ihr schon ein paarmal ausgezogen hatte. Wenn er sie berühren konnte, während sie sie am Leib trug, konnte er sie auch berühren, wenn sie zusammengefaltet in einer Schublade lag.

Na gut, gab er zu, ein bisschen was anderes war das schon.

Aber er brauchte nicht lange, bis er die Kommode durch hatte, denn sie besaß nicht viel. Wie er sah, reiste die Frau mit leichtem Gepäck.

Anders die Küchenschubladen. Hier lag eindeutig ihre Priorität, erkannte er. Alles war makellos aufgeräumt. Keinerlei Durcheinander. Sie schien so etwas wie unordentliche Schubladen überhaupt nicht zu kennen. Er fand Messbecher, Löffel, Quirle – was wollte man bitte schön mit mehr als einem anfangen? – und verschiedenste Kochgeräte.

Einiges davon war ihm völlig rätselhaft, aber auch diese Gegenstände sowie die Töpfe und Pfannen in den Unterschränken waren ordentlich eingeräumt.

Er fand einen Stapel Rührschüsseln und Auflaufformen in verschiedenen Größen. Wieder fragte er sich, warum es nicht auch eine einzige tat.

Im nächsten Schrank entdeckte er etwas, das er als Mörser und Stößel identifizierte, wobei der Mörser bis zum Rand mit Tabletten gefüllt war.

Er nahm ihn heraus und stellte ihn beiseite.

Brody ging ins Bad. Im Arzneischränkchen schienen die ihm bekannten Fläschchen alle ordentlich im Regal zu stehen. Aber sie waren leer.

Lauter kleine Stolpersteine, dachte Brody, während erneut Wut in ihm hochkochte. Was für ein cleveres Arschloch.

Er wollte die Hände instinktiv zu Fäusten ballen, steckte sie aber in die Hosentaschen und musterte die Wände.

Wieder diese ordentlichen Druckbuchstaben, bemerkte er, kein Gekritzel. Aber einige der Wörter, die sich überlappten, hatten etwas Rasendes, Wahnsinniges. Ihm fiel auf, dass manche Wörter von unten nach oben und umgekehrt geschrieben waren.

Wer auch immer das gewesen war – er war äußerst zielstrebig, sorgfältig und gewieft vorgegangen.

Brody holte die Digitalkamera, die er mitgebracht hatte. Er machte Fotos aus jeder Perspektive, die der winzige Raum hergab, schoss Nahaufnahmen von der ganzen Schmiererei und anschließend von einzelnen Wörtern, ja sogar von Buchstaben.

Als er den Raum in jeder nur erdenklichen Weise dokumentiert hatte, lehnte er sich gegen den Türpfosten.

In ihrem jetzigen Zustand durfte sie die Wohnung auf keinen Fall betreten. Er würde schnell bei Mac vorbeischauen und sehen, ob er etwas dahatte, womit man die Filzstiftschmierereien von Boden, Wanne und Wänden wegbekam. Keine große Sache eigentlich.

Dann konnte er auch gleich ein bisschen Farbe mitnehmen. Ein Raum von dieser Größe war sicherlich in einer Viertelstunde gestrichen. Ein paar Stunden, und die Sache wäre erledigt.

Es war ja nicht so, dass er ihr einen Teppich kaufte.

Mac stellte natürlich Fragen. Wahrscheinlich konnte man hier in Angel's Fist gerade noch Klopapier kaufen, ohne dass nachgefragt wurde, aber das war's dann auch schon, dachte Brody. Alles andere mündete in die Frage: »Und, was hast du damit vor?«

Er erwähnte nicht, dass er bei Reece streichen wollte. Nicht, dass die Leute noch auf komische Ideen kamen, wenn sie hörten, dass ein Mann einer Frau, mit der er schlief, im Haus half.

Doch schon bald darauf war er – ein Mann, der alles außer Kaffeekochen bereits als lästige Haushaltspflicht empfand – wieder im Bad, das er auf Händen und Knien sauber schrubbte.

Reece drückte behutsam die Türklinke herunter. Sie konnte es nicht ertragen, dass nicht abgeschlossen war. Sie konnte die beklemmende Angst davor nicht ertragen, dass Brody verletzt da drin liegen könnte, oder Schlimmeres.

Warum war er immer noch hier? Sie hatte erwartet, dass er vor ihrer Pause längst mit dem Schlüssel wieder zurück wäre. Aber er war einfach nicht aufgetaucht, und sein Wagen parkte immer noch vor dem Haus.

Und die Wohnungstür war nicht abgeschlossen.

Sie stieß sie auf. »Brody?«

»Ja, ich bin hier hinten.«

»Alles in Ordnung? Ich hab dein Auto gesehen und hätte nicht gedacht ...« Sie ging ein paar Schritte vor und schnüffelte. »Was ist das? Farbe?« Er kam mit einem Farbroller aus dem Bad – und Farbspritzern auf Händen und Haaren. »Nicht gerade die Wohlgerüche des Orients.«

»Streichst du das Bad?«

»Keine große Sache. Bei jeder Wand sind vielleicht gerade mal 60 Zentimeter zu streichen.«

»Ein bisschen mehr dürften es schon sein.« Ihre Beklemmungen waren verschwunden, ihr wurde ganz warm vor Dankbarkeit. »Danke.« Sie warf einen Blick ins Bad.

Die Decke hatte er bereits gestrichen, und auch den Bereich direkt über den Fliesen. Die Farbe war ein Pastellton, ein Pastellblau, so als sei eine Wolke nur ganz kurz in den See gefallen und habe ein wenig von seiner Farbe angenommen.

Von den roten Buchstabenschmierereien war nichts mehr übrig geblieben.

Reece lehnte sich an ihn. »Die Farbe gefällt mir.«

»Viel Auswahl gibt es in unserem Gemischtwarenladen nicht gerade. Obwohl mir auch so ein hübsches Hustenbonbonrosa ins Auge gestochen ist.«

Jetzt lächelte sie und lehnte sich nach wie vor an ihn. »Ich weiß es sehr zu schätzen, dass du dich diesbezüglich gerade noch bremsen konntest und guten Geschmack bewiesen hast. Ich werde dich mit diversen Abendessen bezahlen.«

»Von mir aus gern. Aber wenn der Rest der Wohnung auch noch gestrichen werden soll, musst du das selbst erledigen. Ich habe ganz vergessen, wie sehr ich das Streichen hasse!«

Jetzt schmiegte sie sich an ihn und flüsterte: »Ich kann das auch fertig machen, nach meiner Schicht.«

»Ich habe damit angefangen, also bringe ich es auch zu Ende.« Er ertappte sich dabei, wie er ihren Scheitel küsste, aber es war bereits zu spät. Zu spät für so einiges, bemerkte er, als sie den Kopf in den Nacken legte und ihn mit diesen Augen ansah.

»Ich kann mir nichts Schöneres vorstellen als das hier, nicht mal Diamanten. Nur damit du's weißt.«

»So ein Glück aber auch. Die Diamanten sind mir nämlich gerade ausgegangen.« Als sie ihren Kopf gegen seine Brust sinken ließ, war es endgültig um ihn geschehen. »Ich wollte nicht, dass du das noch mal sehen musst.«

»Ich weiß. Trotzdem wüsste ich gern, ob ich heute noch mal bei dir übernachten darf.« Sie schmiegte sich noch etwas enger an ihn. »Wie du weißt, dauert es eine Weile, bis der Farbgeruch verschwunden ist.«

»Ja, wir wollen ja schließlich keine giftigen Dämpfe einatmen.«

Sie legte den Kopf erneut in den Nacken, und dieses Mal nahm er ihr Kinn und küsste sie. Langsam und vorsichtig und unglaublich liebevoll. Seine freie Hand glitt ihren Rücken hinauf und ballte sich zur Faust, um etwas von ihrer Bluse zu fassen zu kriegen.

Lachend trat sie einen Schritt zurück. Sie strahlte, dachte er. Der Stress und die psychische Belastung, die man ihr gestern Abend deutlich angemerkt hatte, waren wie weggewischt. »Ich brauche nur noch ein paar Sachen aus der ... Oh, hattest du vor, etwas zu mahlen oder was?«

Er war in Gedanken immer noch bei dem Kuss, bei ihrem Gesichtsausdruck, sodass er nur ein »Häh?« herausbrachte.

»Du hast meinen Mörser samt Stößel rausgeholt.«

Er verfluchte sich dafür, dass er beides draußen gelassen hatte. »Reece ...«

»Was ist denn da drin? Das sieht ja aus wie ...« Das Strahlen in ihren Augen verblasste.

»Ich nehme die nicht ein.« Als sie ihn jetzt ansah, stand ihr die nackte Verzweiflung in den Augen. »Ich habe sie nur für Notfälle hier. Und um mich daran zu erinnern, was ich ein für allemal hinter mir lassen will. Ich will nicht, dass du denkst, ich ...«

»Ich habe sie da nicht reingetan.«

»Dann ... Oh.«

»Das sind Stolpersteine, Reece.« Er legte den Farbroller auf das Gitter und kam näher. »Er legt Fallen für dich aus, und du darfst einfach nicht hineintappen.«

»Was glaubst du, will er mir damit sagen?« Sie griff in den Mörser, ließ die Tabletten durch ihre Finger rieseln. »Warum mahlst du sie nicht zu einer hübschen Paste, streichst sie auf Toast und beförderst dich selbst ins Jenseits?«

»Es ist doch vollkommen egal, was er dir damit sagen will. Du darfst einfach nicht hinhören.«

»Das ist ganz und gar nicht egal.« Sie wirbelte herum, aber jetzt blitzte aus ihren Augen keine Verzweiflung mehr, sondern Wut. »Wenn ich nicht zuhöre, kann ich ihm auch nicht antworten. Und kann ihm nicht mitteilen, dass es ihm nicht gelingen wird, mich wieder so weit zu kriegen, dass ich Tabletten nehme und zu den Ärzten renne. Ich werde nicht in diesen Albtraum zurückkehren, denn er ist ein Mörder, ein Feigling und ein Arschloch.«

Sie griff nach dem Mörser, und obwohl Brody schon befürchtete, dass sie damit um sich werfen würde, ließ sie ihn nur in die Spüle plumpsen und drehte den Wasserhahn auf. »Ich brauche sie nicht mehr und ich will sie nicht mehr. Er kann mich mal!«

»Ich hätte eigentlich wissen müssen, dass du nicht der Typ bist, der mit Geschirr um sich wirft.« Er legte ihr die Hände auf die Schultern, und sie beobachteten gemeinsam, wie sich die Tabletten auflösten. »Er hat keine Ahnung, mit wem er es zu tun hat.«

»Die Panik kommt wahrscheinlich erst später, wenn ich sie nicht mehr habe. Meine Notreserve.«

»Der Doc stellt dir bestimmt ein Rezept aus, wenn du eine Notreserve brauchst.«

»Ja, wahrscheinlich schon.« Sie atmete tief aus. Ab in die Kanalisation damit, dachte sie. Sie hatte sie weggespült, um sich etwas zu beweisen. »Mal sehen, wie ich ohne dieses Hintertürchen klarkomme.«

Ihm fiel das Fotoalbum wieder ein, das er vor ihr versteckt hatte, um sie zu schützen. Aber sie brauchte diesen Schutz nicht, wurde ihm jetzt klar. Sie brauchte Vertrauen. Jemanden, der glaubte, dass sie seelisch stabil war.

»Da ist noch etwas. Aber das wird dich härter treffen.«

»Was denn?«

Während sie sich suchend nach der nächsten Falle umsah, ging er zur Computertasche und nahm das schmale kleine

Büchlein heraus. »Das hat er nur getan, damit du die Fassung verlierst. Lass nicht zu, dass er sein Ziel erreicht.«

Sie schlug das Büchlein auf. Diesmal zitterten ihre Hände nicht, aber dafür ihr Herz umso mehr. »Wie konnte er ihnen das bloß antun? Nach allem, was sie durchgemacht und verloren haben. Er streicht sie aus, als wären sie nichts.«

»Für ihn sind sie das auch.«

»Ich hätte so etwas niemals getan«, murmelte sie. »Egal, wie tief ich sinke – das hier hätte ich niemals getan. Diesmal hat er einen Fehler gemacht, denn jetzt weiß ich, dass ich das unmöglich selbst gewesen sein kann.« Sie fuhr mit dem Finger über die ausgestrichenen Gesichter der Verstorbenen. »Ich habe sie geliebt und ich hätte nie versucht, sie auszulöschen.«

Sie blätterte wie kurz zuvor Brody das gesamte Album durch und klappte es anschließend zu. »Mistkerl. Arschloch. Nein, er wird sein Ziel nicht erreichen.« Sie ging zurück zum Schreibtisch und legte das Album darauf. »Nie und nimmer.«

Er ging zu ihr, was ihr die Möglichkeit gab, sich umzudrehen. Sich bei ihm anzulehnen. »Die meisten Fotos lassen sich ersetzen – meine Großmutter hat Abzüge davon. Aber das Gruppenbild war das einzige, auf dem wir alle zu sehen sind.«

»Die Angehörigen könnten auch noch Abzüge haben.«

»Natürlich. Wahrscheinlich.« Sie löste sich von ihm und zupfte an ihrer Frisur. »Stimmt, ich kann versuchen, sie zu erreichen, und um einen Abzug bitten. Ich muss wieder runter. Meine Schicht zu Ende machen.«

»Ich schau vorbei, wenn ich hier fertig bin.« Er strich ihr übers Haar. »Vielleicht unternehmen wir nachher noch was. Fahren irgendwohin. Oder leihen uns ein Boot. Irgendwas in der Art.«

»Klingt gut.« Sie lehnte sich noch einmal kurz an ihn. »Es geht mir gut. Alles bestens.«

Pete arbeitete wieder und zwinkerte ihr zu, als sie in die Küche kam. »Das Teriyaki-Huhn-Sandwich von dir ist heute Mittag der Hit. Davon geht jede Menge raus, und auf den Tellern kommt kaum wieder etwas zurück.«

»Das freut mich.«

»Du hast deine Pause überzogen«, rief Joanie vom Grill her.

»Tut mir leid. Ich bleibe dafür etwas länger.«

»Streicht Brody oben?«

Reece verschaffte sich eine kleine Verschnaufpause, indem sie sich die Hände wusch. »Woher weißt du das?«

»Carl kam auf einen Kaffee vorbei und hat Linda-Gail erzählt, Brody sei im Laden gewesen und hätte Farbe und das entsprechende Zubehör gekauft. Brodys Auto steht immer noch vor der Tür. Ich hab einfach zwei und zwei zusammengezählt.«

»Ja, er tut mir einen Gefallen.«

»Ich hoffe, er hat nicht irgendeine extreme Farbe ausgesucht.«

»Es ist ein ganz helles Pastellblau. Es betrifft nur das Bad. Es ... musste mal wieder gestrichen werden.«

»Und ob.« Joanie häufte Steaks auf ein Baguettebrötchen, wendete Spiegeleier und begann, ein Hoagie-Sandwich fertig zu machen. »Schön, wenn ein Mann mal was im Haus macht.«

»Stimmt.« Nachdem sie sich die Hände abgetrocknet hatte, begann Reece mit der nächsten Bestellung.

»Ich kann mich nicht erinnern, dass Brody je so was für irgendeine andere Frau getan hätte. Du vielleicht, Pete?«

»Nicht, dass ich wüsste.«

Pete hatte Recht, was das Teriyaki-Huhn betraf. Sie hatte zwei neue Bestellungen, eines mit Zwiebelringen und eines mit schwarzer Bohnensuppe. Reece machte sich an die Arbeit.

»Ihr wisst doch, dass ich was mit ihm habe«, sagte sie leichthin. »Männer machen öfter mal was im Haus von Frauen, mit denen sie Sex haben.«

»Du bist nicht die Erste, mit der er hier geschlafen hat«, wandte Joanie ein. »Aber in das Vergnügen, das Bad gestrichen zu bekommen, ist noch keine gekommen.«

»Vielleicht bin ich einfach besser im Bett.«

Joanie brach in röhrendes Gelächter aus, schüttete eine Portion Pommes auf den Teller mit dem Hoagie und garnierte das Ganze mit etwas Salat. »Bestellung fertig! Denny, wie läuft's?«

»Gut, Joanie.« Anstatt sich zu setzen, stand der Hilfssheriff an der Theke. »Der Sheriff hat mich hergeschickt. Er wollte wissen, ob Reece ein paar Minuten Zeit hat, falls du sie entbehren kannst.«

»Meine Güte, Denny, sie ist gerade erst aus ihrer Pause zurück, und der Mittagsbetrieb läuft auf vollen Touren.«

»Na ja.« Denny streckte eine Hand unter seine Dienstmütze und kratzte sich am Kopf. »Es ist nur so ... Darf ich kurz zu euch hinterkommen?« Genervt winkte ihn Joanie zu sich her.

»Was ist los?«, flüsterte Linda-Gail und bediente einen nach dem anderen an der Theke.

»Nichts, was dich so sehr angeht wie das Bedienen der Gäste.« Joanie ging zurück in die Küche. »Warum will mir Rick bitte schön ausgerechnet zur Mittagszeit meine Köchin wegnehmen, wo ich kaum noch weiß, wo mir der Kopf steht?«

»Der Sheriff will mich sehen?« Reece sah von ihrem zischenden Huhn auf.

»Er hätte gern, dass Sie für ein paar Minuten zu ihm kommen. Es geht um Folgendes – ich will hier nur nicht groß drüber reden, die Leute sind schließlich am Essen und so«, sagte Denny zu Joanie. »Aber in den Sümpfen bei Moose Ponds wurde die Leiche einer Frau gefunden.« Seine Augen sahen betrübt in Reeces Richtung. »Der Sheriff hat, nun ja, einige Fotos, die Sie sich mal ansehen sollten. Vielleicht ist es ja diejenige, die Sie gemeint haben – ich meine, die Sie da am Fluss gesehen haben.«

»Los, ab mit dir«, sagte Joanie barsch.

»Ja.« Ihre Stimme klang matt. »Ja, ich sollte mitgehen und ... Ich mach nur noch die Bestellung hier fertig.«

»Die blöde Bestellung kann ich auch fertig machen. Pete, lauf hoch und hol Brody.«

»Nein, nein. Wir sollten ihn nicht stören.« Geistesabwesend band sich Reece die Schürze ab. »Ich komme schon klar. Wir können gleich losfahren.«

Pete wartete, bis Reece außer Hörweite war. »Soll ich hochgehen und Brody holen?«

»Sie hat Nein gesagt. Reece weiß schon, was sie will.« Aber Joanies Gesicht zeigte Besorgnis, als sie sich wieder dem Grill zuwandte.

Er war im Streifenwagen gekommen, es dauerte also nicht lange, bis sie da waren. So blieb ihr kaum Zeit, darüber nachzudenken oder sich deswegen verrückt zu machen. In ein paar Minuten würde alles vorbei sein. Dann könnte sie das alles hinter sich lassen – oder es wenigstens versuchen.

»Ich bringe Sie gleich nach hinten in Ricks Büro.« Denny tätschelte ihr vorsichtig auf die Schulter, nachdem sie aus dem Wagen gestiegen waren.

»Möchten Sie Kaffee? Wasser?«

»Nein, nein, es geht mir gut.« Sie würde jetzt sowieso nichts herunterbringen.

»Wissen Sie, wie sie ... zu Tode kam?«

»Sie sollten lieber mit dem Sheriff reden.« Denny hielt ihr die Tür auf.

Hank sah vom Telefon hoch und legte eine Hand über das Mikrofon. »Ein Haufen verrückter Touristen hat mit einem Geländewagen Jagd auf einen Büffel gemacht und wollte Actionfotos schießen. Jetzt haben wir einen kaputten Geländewagen und einen wütenden Büffel.« Er rang sich ein Lächeln ab. »Alles in Ordnung?«

»Ja.«

»Denny, ich will, dass du mit Lynt rausfährst, diese Touristen da rausholst und den Geländewagen abschleppst. Was für Idioten! Entschuldigen Sie bitte, Reece.«

»Ich geh gleich durch in Sheriff Mardsons Büro.«

»Wo sind sie?«, hörte sie Denny fragen, als sie weiterging.

Die Tür stand offen, und Mardson kam ihr bereits entgegen. »Danke, dass Sie hergekommen sind.«

»Man hat jemanden gefunden. Eine Frau. Eine Leiche.«

»Setzen Sie sich.« Er nahm sie sanft am Arm und führte sie zu einem Stuhl. »Kinder haben sie gefunden. Sie passt auf Ihre Beschreibung. Ich habe ein paar Fotos. Ich muss Ihnen sagen, dass das keine sehr angenehmen Fotos sind, aber wenn Sie einen Blick darauf werfen könnten, um mir zu sagen, ob das die Frau ist, die Sie gesehen haben, wäre mir das eine große Hilfe.«

»Wurde sie erdrosselt?«

»Es gibt Hinweise, dass sie gewürgt wurde. Meinen Sie, Sie schaffen es, sich die Fotos anzusehen?«

»Ja, das schaffe ich.« Sie verschränkte die Hände in ihrem Schoß, wie um sich zu wappnen, während er eine Aktenmappe von seinem Tisch nahm. »Lassen Sie sich Zeit.«

Er saß auf dem anderen Besucherstuhl und reichte ihr ein Foto. Sie nahm es nicht, konnte ihre Finger einfach nicht voneinander lösen. Aber sie sah hin.

Dann sah sie wieder weg, während sie pfeifend ausatmete. »Sie ist – oh, Gott.«

»Ich weiß, wie schwer das ist. Sie lag schon eine Weile im Sumpf. Vielleicht ein, zwei Tage. Der Leichenbeschauer muss noch den Todeszeitpunkt feststellen und so weiter.«

»Ein oder zwei Tage? Aber das ist doch schon Wochen her.«

»Wenn sie an jenem Tag mit ihm weggegangen ist, verletzt, aber nicht tot war, könnte das alles danach passiert sein.«

Als sie begann, den Kopf zu schütteln, hob Rick die Hand. »Können Sie mit Sicherheit ausschließen, dass sie nicht mehr gelebt hat?«

Sie hätte es ihm nur zu gern bestätigt, aber wie?

»Ich habe diesbezüglich kaum Zweifel.«

»Das reicht für heute. Ist das die Frau, die Sie gesehen haben, Reece?«

Sie verkrampfte die Finger, bis sie wehtaten, und nutzte den Schmerz, um noch einmal hinzusehen.

Das Gesicht war derart zerschrammt und geschwollen, wies überall Schnittwunden bis hinunter zum Hals auf, bei denen man das rohe, rote Fleisch sah. Was auch immer in diesem Sumpf lebte, hatte ihr gründlich zugesetzt. Reece hatte einmal gehört, dass sich Fische und Vögel zuerst über die Augen hermachen. Jetzt wusste sie, dass es stimmte.

Die Frau hatte lange dunkle Haare. Ihre Schultern wirkten schmal.

Reece versuchte ihre Erinnerung an die Frau, die sie gesehen hatte, auf das zerstörte Gesicht dieser hier zu projizieren.

»Ich weiß nicht ... Sie wirkt jünger, und ihre Haare ... ihre Haare scheinen mir kürzer zu sein. Ich weiß es nicht.«

»Sie waren damals ziemlich weit von ihr entfernt, soweit ich weiß.«

»Er hat sie nicht geschlagen. Ihr Gesicht – dieses Gesicht – jemand hat sie geschlagen. Er hat sie bloß zu Boden geworfen, bevor er ... Er hat ihr Gesicht nicht so zugerichtet.«

Rick schwieg, und als Reece wieder wegsah, drehte er das Foto um.

»Es könnte sein, dass sie nicht tot war, als Sie Hilfe holen wollten. Dass er sie weggeschleift, seine Spuren verwischt hat. Vielleicht hat sie sich wieder erholt, und die beiden haben sich für eine Weile versöhnt. Sind ein Stück weitergereist. Und hatten dann wenige Wochen später wieder Streit, woraufhin das hier passiert ist. Ein Mann, der seine Hände schon einmal um den Hals einer Frau gelegt hat, wird es auch wieder tun.«

»Weiter bitte.«

»Wir müssen noch auf die Autopsie und andere Beweismittel warten. Meiner Meinung nach stehen die Chancen ziemlich gut, dass das die Frau ist, die Sie gesehen haben. Aber wenn Sie noch einmal möglichst unvorbelastet hinschauen würden, wäre mir das eine große Hilfe. Sie hatte keine Papiere bei sich. Man hat ihre Fingerabdrücke genommen, aber die sind nirgendwo gespeichert. Man wird ihren Zahnstatus erheben und die Liste vermisster Personen durchgehen. Aber wenn man wüsste, dass sie dort war, wo Sie die beiden Personen beobachtet haben, wenn man wüsste, dass sie mit dem Mann zusammen war, den Sie beobachtet haben, wäre das schon mal viel wert.«

Reece sah ihm unverwandt in die Augen. »Sie haben mir vorher nie geglaubt. Sie haben mir nicht geglaubt, dass ich gesehen habe, was ich gemeldet habe, ja nicht einmal, dass dort überhaupt Leute waren.«

»Ich hatte so meine Zweifel, das muss ich zugeben. Aber das heißt nicht, dass ich keine Nachforschungen angestellt hätte, und ich habe auch nicht vor, damit aufzuhören.«

»Na gut.« Und diesmal streckte sie die Hand nach dem Foto aus. Der Schock hatte nachgelassen, sodass sie das Gesicht inzwischen mit Mitleid betrachten konnte. »Ich weiß es nicht.

Es tut mir leid. Ich wünschte, ich könnte sagen, das ist die Frau, die ich gesehen habe, aber das kann ich nicht. Ich glaube, sie war älter als diese hier, und ihr Haar war länger, ihr Gesicht schmaler, aber ich bin mir nicht sicher. Wenn ich ein Foto von ihr sehen könnte, nachdem man sie identifiziert hat, eines, auf dem sie zu sehen ist, bevor man ihr das angetan hat, könnte ich eine wesentlich klarere Aussage machen.«

»Okay.« Er nahm das Foto zurück, legte eine Hand über die ihre und drückte sie. Es fühlte sich an, als habe sie ihre Hand in ein Eisfach gesteckt. »Ich weiß, wie schwer das für Sie war. Möchten Sie ein Glas Wasser?«

»Nein, danke.«

»Sobald man sie identifiziert hat, zeige ich Ihnen ein weiteres Bild. Vielen Dank, dass Sie gekommen sind. Ich werde Sie von Denny nach Hause bringen lassen.«

»Ich dachte, er ist im Einsatz.«

»Ich fahre Sie selbst.«

»Ich kann laufen.« Aber als sie sich erhob, hatte sie ganz wackelige Knie. »Oder vielleicht doch nicht.«

»Ich werde Sie heimfahren. Wollen Sie hier noch kurz verschnaufen?«

Reece schüttelte den Kopf. »Angenommen, Sie haben Recht. Angenommen, sie hat an jenem Tag noch gelebt. Warum sollte sie dann bei ihm bleiben? Warum sollte sie freiwillig bei ihm bleiben, obwohl er versucht hat, sie umzubringen?«

»Manche Dinge durchschaut man nie. Hank, ich fahre Reece nach Hause. Vielleicht irre ich mich ja auch«, fügte Rick hinzu, als er seinen Hut vom Haken nahm und die Tür aufmachte. »Vielleicht hat das hier überhaupt nichts mit dem zu tun, was Sie letzten Monat beobachtet haben. Aber so wie Sie die Dinge beschrieben haben, stehen die Chancen nicht schlecht.«

»Sie wurde nicht als vermisst gemeldet, weil sie mit ihm

zusammen war, und er würde sie nicht als vermisst melden. Oder hat es zumindest nicht.«

»Kann sein.«

Sie stieg in den Wagen und ließ ihren Kopf gegen die Kopfstütze fallen. »Ich wünschte, ich wäre mir sicher, dass es dieselbe Frau ist. Es wäre wesentlich einfacher, wenn ich nur Ja zu sagen bräuchte: Ja, das ist sie. Dann wäre die Sache für mich endlich vorbei.«

»Sie sollten jetzt wieder an etwas anderes denken, wenigstens im Moment. Lassen Sie die Polizei ihre Arbeit machen.«

»Ich wünschte, das wäre so einfach.«

Als er vor dem Joanie's hielt, sah Reece auf und bemerkte, wie Brody aus ihrem Hauseingang kam.

Als er sie in dem Streifenwagen entdeckte, sprang er eilig die Stufen hinunter.

»Was ist los? Was ist passiert?«

Er sah überaus besorgt aus – so kannte sie ihn gar nicht. Ihr Innerstes zog sich zusammen. »Man hat die Leiche einer Frau gefunden, und ich habe mir Fotos angesehen. Ich weiß nicht, ob sie es war. Ihr Gesicht war zu verwüstet. Ich glaube nicht, dass es die Frau ist, die ich gesehen habe, aber ...«

»Sie wurde unweit von Moose Ponds im Sumpf gefunden«, sagte Rick und stieg aus dem Wagen.

»Ich setz mich nur mal kurz auf die Treppe, bevor ich wieder reingehe. Ich brauche frische Luft.« Reece ging zu den Stufen und ließ sich schwer darauf fallen.

»Ein weibliches Opfer«, flüsterte Rick Brody zu. »Lange, dunkle Haare. Würgemale. Zusammengeschlagen, vergewaltigt. Vielleicht ertränkt. Der Leichenbeschauer nimmt gerade die Autopsie vor. Kinder haben sie gefunden. Nackt, ohne Papiere, keinerlei Kleider in der näheren Umgebung.«

»Sie wurde gerade eben gefunden?«

»Gestern. Ich habe erst heute davon erfahren und Fotos vom Fundort der Leiche bekommen.«

»Meine Güte, Rick, wie soll Reece eine Frau identifizieren, die schon seit einem verdammten Monat im Sumpf liegt!«

»Seit ein, zwei Tagen«, verbesserte ihn Rick. »Wenn Reece letzten Monat etwas beobachtet hat und die Frau noch geatmet hat, als sie vom Fluss weggebracht wurde, kann es sich durchaus um ein und dieselbe Person handeln. Ich musste mir Gewissheit verschaffen, musste wissen, ob Reece sie identifizieren kann. Sie hat es recht gut verkraftet. Sie hat wirklich Mumm.«

»Du hättest zuerst mich anrufen sollen, damit ich sie begleite.« Brody sah stirnrunzelnd zu Reece hinüber. »Du weißt verdammt gut, dass wir zusammen sind.«

»Wenn sie dich gern dabeigehabt hätte, hätte sie dich ja anrufen können. Was zum Teufel hast du da in deinen Haaren?«

»Mist.« Brody fuhr sich mit der Hand über den Kopf. »Farbe. Ich habe da oben ein wenig gepinselt.«

»Ach ja?« Rick hob die Brauen. »Dich scheint's ja wirklich erwischt zu haben!«

»Das ist bloß ein bisschen Farbe.«

Rick schenkte ihm ein breites Lächeln. »Hübsch, ein schönes Blau. Als Debbie und ich zusammenkamen, ließ sie mich ihre Veranda reparieren und dies und das vom Gemischtwarenladen mitbringen. Und eh ich mich's versah, habe ich mir einen Smoking geliehen und ›Ja, ich will‹ gesagt.«

»Vergiss es, Rick. Das ist nur Farbe.«

»Mit irgendwas muss man ja anfangen.« Er lief zu Reece hinüber und ging in die Hocke, damit sie sich nicht den Kopf verrenken musste, um ihn anzuschauen. »Kommen Sie klar?«

»Ja, alles in Ordnung. Danke fürs Nachhausefahren.«

»Das gehört zum Service.«

»Sheriff?«, rief sie, als er zum Wagen zurückging. »Sie geben mir Bescheid, sobald man sie identifiziert hat?«

»Natürlich, das verspreche ich Ihnen. Aber jetzt geben Sie erst einmal gut auf sich Acht. Und du pass auf, dass sie dir keine Schürze umbindet«, flüsterte er Brody zu.

»Du kannst mich mal!«

Aber Rick stieg bereits in seinen Wagen und machte die Tür zu.

Als sich Reece von den Stufen erhob, ging Brody wieder zu ihr. »Komm, wir holen, was du sonst noch so alles brauchst, und fahren zu mir. Und machen diesen Ausritt oder irgendwas in der Art.«

»Nein, ich muss zurück zur Arbeit.«

»Joanie wird dich deswegen schon nicht gleich feuern, verdammt noch mal.«

»Ich brauche den Job, ich brauche das Geld. Und ich schulde ihr noch eine extra Stunde. Außerdem geht es mir besser, wenn ich beschäftigt bin. Wollen wir das mit dem Ausritt verschieben?«

»Gern.« Er nahm ihren Schlüssel aus seiner Tasche und gab ihn ihr. »Alles ist abgeschlossen. Ich bin zu Hause, falls du ... Ich bin zu Hause.«

»Okay.« Da er keinerlei Anstalten machte, sich von der Stelle zu rühren, beugte sie sich vor und küsste ihn. »Betrachte das als kleinen Vorschuss für die Malerarbeiten.«

»Ich dachte, ich würde mit deinen Kochkünsten bezahlt?«

»Nur so für den Anfang.«

19

Joanie stellte keine Fragen und hatte eindeutig klargestellt, dass sie von niemandem eine Frage an Reece hören wollte, die nichts mit Essen zu tun hatte.

Als der Mittagsandrang nachließ, sah sie Reece beim Kleinschneiden von Zwiebeln und Sellerie zu. Das Mädel legte zwar mit dem Messer ein Tempo und eine Präzision vor wie ein Jockey-Champion mit seinem Pferd, trotzdem war sie nicht wirklich bei der Sache.

»Deine Schicht ist zu Ende«, sagte ihr Joanie.

»Ich schulde dir noch Zeit. Außerdem geht der Kartoffelsalat zur Neige.«

»Du hast mir zehn Minuten geschuldet, und die sind längst vorbei.«

Reece schüttelte den Kopf und hantierte weiter mit dem Messer. »Ich war eine reichliche halbe Stunde beim Sheriff.«

Tödlich beleidigt stemmte Joanie die Hände in die Hüften. »Habe ich irgendwas davon gesagt, dass du das auch wieder reinarbeiten musst? Meine Güte!«

»Ich schulde dir eine halbe Stunde.« Reece gab die Zwiebeln und den Sellerie zu den Kartoffeln, die sie bereits gekocht, gewürfelt und abkühlen hatte lassen.

»Mit Dill hätte das Ganze noch mehr Pep.«

»Bei einem flotten Dreier mit George Clooney und Harrison Ford hätte ich auch mehr Pepp. Aber das wird weder dir noch mir jemals beschieden sein. Soweit ich weiß, hat sich noch kein Gast beschwert. Außerdem habe ich gesagt, dass deine Schicht zu Ende ist. Ich zahle keine Überstunden.«

»Ich will auch keine verdammten Überstunden machen. Ich will frischen Dill, anständigen Curry und einen Käse, der nicht aussieht wie aus Plastik. Und wenn sich die Gäste nicht beschweren, dann nur, weil ihre Geschmacksknospen völlig verkümmert sind.«

»Und weil genau das der Fall ist«, sagte Joanie gelassen, während sich Pete durch die Hintertür verdrückte, »scheren sie sich auch einen Dreck um frischen Dill.«

»Nun, das *sollten* sie aber.« Reece knallte die Flasche mit dem Dressing auf die Arbeitsfläche. »Und du auch. Warum soll man sich eigentlich immer mit Kompromissen zufriedengeben? Ich habe keine Lust mehr auf Kompromisse.«

»Dann verschwinde aus meiner Küche.«

»Gern.« Reece riss sich die Schürze herunter. »Ich bin schon weg.« Platzend vor selbstgerechter Wut, raste sie in Joanies Büro, schnappte sich ihre Tasche und war schon bei der Tür. Sie blieb an einem Tisch stehen, an dem drei Wanderer gerade ihr Mittagessen aßen und so taten, als hätten sie nichts gehört. »Cumin.« Sie zeigte mit dem Finger auf eine Schüssel Chili. »Da gehört Cumin rein.« Danach stürmte sie hinaus.

»Cumin? Sonst noch was!«, murmelte Joanie und brummte Pete an: »Los, an die Arbeit. Ich bezahl dich hier nicht fürs Rumstehen und traurig Dreinschauen.«

»Ich könnte ihr nachlaufen.«

»Du könntest deinen Job verlieren.« Cumin, dachte Joanie und rümpfte die Nase. Dann ging sie zum Kartoffelsalat, um ihn fertig zu machen.

Reece stieg in ihren Wagen und knallte die Tür zu. Am besten, sie fuhr einfach los, ohne anzuhalten. Sie brauchte diesen Ort nicht, diese Leute, diesen lächerlichen Job, der jede anständige Küche verhöhnte. Besser, sie fuhr nach L. A. und übernahm dort eine Küche in einem richtigen Restaurant, wo die Leute begriffen, dass Essen mehr bedeutet, als sich einfach was zwischen die Rippen zu schieben.

Vor dem Gemischtwarenladen verließ sie türenknallend ihren Wagen. Sie wäre noch länger bei Joanie geblieben, aber die wollte ja nichts davon wissen. Sie schuldete Brody noch ein Essen für die Streichaktion, und sie würde diese Schuld verdammt noch mal begleichen.

Sie drückte die Tür auf und sah dann finster zu Mac hinüber, der gerade Sachen für Debbie Mardson zusammensuchte.

»Ich brauche Haselnüsse«, blaffte sie.

»Ah, ich glaube nicht, dass wir welche auf Lager haben.«

Wie um alles in der Welt sollte sie *Chicken frangelico* machen, wenn es keine Haselnüsse gab? »Warum nicht?«

»Die Nachfrage ist nicht sehr groß. Aber ich kann Ihnen gern welche bestellen.«

»Toll. Aber das hilft mir jetzt auch nicht weiter.« Sie schoss in Richtung Gemüse davon, um auf der Suche nach Zutaten und einer Inspiration die Regale und Kisten zu durchforsten. Das ist doch lächerlich, dachte sie, sich hier in diesem Provinzkaff von irgendwas inspirieren lassen zu wollen.

»Oh, ein Wunder«, murmelte sie. »Sonnengetrocknete Tomaten.« Sie warf sie in den Einkaufskorb und prüfte die frischen Tomaten. Alle aus dem Gewächshaus, dachte sie angewidert. Und dann schön in Zellophan eingeschweißt. Geschmacklos, farblos.

Ein Kompromiss, mehr nicht. Wenn überhaupt.

Keine Portobello-Pilze – welch Überraschung! Keine Auberginen, keine Artischocken. Kein frischer Dill, verdammt noch mal.

»Hallo, Reece.«

Sie warf ein paar erbärmliche Paprikaschoten in ihren Korb und sah Lo stirnrunzelnd an. »Falls dich deine Mutter geschickt hat, kannst du ihr gern ausrichten, dass ich mit ihr fertig bin.«

»Ma? Ich war heute noch gar nicht bei ihr. Ich hab deinen Wagen draußen stehen sehen. Komm, lass mich das für dich tragen.«

»Das kann ich auch allein.« Sie riss ihm den Korb weg. »Oder hast du schon wieder vergessen, dass ich nicht vorhabe, mit dir ins Bett zu gehen?«

Ihm blieb der Mund offen stehen. Dann schloss er ihn wieder und räusperte sich. »Nein, so was vergesse ich nicht. Hör mal, ich bin bloß reingekommen, weil ich dein Auto gesehen habe und dachte, dir geht's vielleicht nicht so gut.«

»Warum sollte es mir nicht gut gehen? Rote Kartoffeln! Noch so ein Wunder.«

»Ich hab von der Frau gehört, die man in der Nähe von Moose Ponds gefunden hatte. So was spricht sich eben herum«, fügte er hinzu, als sie ihn einfach nur anstarrte. »Das muss echt heftig für dich gewesen sein.«

»Für sie wohl noch heftiger, würde ich sagen.« Sie beugte sich vor, um sich die eingeschweißten Hühnerbrüste anzusehen.

»Klar, da hast du wohl Recht. Trotzdem muss dir das schwergefallen sein. Sie noch mal zu sehen, sogar ein Foto von ihr. Dich wieder an jenen Tag zurückversetzen zu müssen, an dem du sie vom Wanderweg aus gesehen hast.« Er trat nervös von einem Bein auf das andere, als sie nichts darauf sagte. »Aber jetzt weißt du wenigstens, dass man sie gefunden hat.«

»Ich bin mir nicht sicher, ob es sich wirklich um ein und dieselbe Frau handelt.«

»Aber klar doch. Das muss die Frau sein.«

»Warum?«

»Das ist doch nur logisch.« Er folgte ihr bis zur Theke. »Alle sagen das.«

»Die Leute reden viel. Und ich kann schließlich nicht sagen, die Frau, die man gefunden hat, ist die Frau, die ich gesehen habe, nur damit alle zufrieden sind.«

»Meine Güte, Reece, das will ich doch gar nicht ...«

»Schon komisch, dass nachdem ein paar Kinder eine Leiche gefunden haben, plötzlich alle finden, dass ich mir das Ganze doch nicht bloß ausgedacht habe. Wer weiß, vielleicht ist Reece gar nicht so plemplem wie ursprünglich gedacht.«

Mit übertriebener Sorgfalt packte Mac ihre Einkäufe ein. »Niemand hält Sie für plemplem, Reece.«

»Und ob. Einmal plemplem, immer plemplem. So ist das eben.« Sie zog ihren Geldbeutel hervor und bemerkte enttäuscht, dass ihr nach dem Einkauf nur noch zehn Dollar und ein paar Münzen bleiben würden. Schon wieder.

»So dürfen Sie nicht reden.« Mac nahm ihr Geld und gab ihr 36 Cent zurück. »Das wirft weder ein gutes Licht auf Sie noch auf die Leute hier.«

»Das mag schon sein. Aber es fühlt sich auch nicht gerade toll an, wenn die Leute auf mich zeigen und sagen, das ist die arme Frau von der Ostküste. Oder mich aus den Augenwinkeln heraus ansehen, als ob mir gleich der Schaum vorm Mund steht. Versetzen Sie sich doch mal in meine Lage«, sagte sie, während sie sich den Karton schnappte. »Wetten, dass Sie das genauso nerven würde? Und du kannst deiner Mutter ausrichten, dass sie mir noch Lohn für achtundzwanzig Stunden schuldet«, sagte sie zu Lo.

Reece ging zur Tür. »Sag ihr, dass ich gleich morgen früh meinen Scheck abhole.«

Das Knallen der Haustür riss Brody aus einer schwierigen Szene zwischen seiner Heldin und dem Mann, dem sie gezwungenermaßen vertrauen muss.

Er fluchte, griff nach seinem Kaffee, nur um festzustellen, dass er den Riesenbecher bereits ausgetrunken hatte. Er wollte schon nach unten gehen, um sich nachzuschenken, aber dann hörte er weiteres Türenknallen – die Küchenschranktüren – und beschloss, das Krisengebiet lieber nicht zu betreten und ohne Koffein zurechtzukommen.

Er rieb sich seinen steifen Nacken, den er auf die Malerarbeiten zurückführte. Dann schloss er die Augen und vertiefte sich wieder in seine Szene.

Irgendwann glaubte er zu hören, dass die Vorder- oder Hintertür aufging, aber er war so beschäftigt, dass er weiterschrieb, bis er seine Szene in trockenen Tüchern hatte.

Zufrieden schob er seine Tastatur zurück. Er und Maddy hatten heute Riesenfortschritte gemacht. Und auch wenn sie da unten noch tobte, brauchte er jetzt dringend ein kaltes Bier und eine heiße Dusche.

Aber zuerst das Bier. Während er nach unten sauste, um sich eines zu holen, fuhr er sich übers Gesicht und spürte seine kratzenden Bartstoppeln. Er sollte sich rasieren, dachte er geistesabwesend. Ein Zwei- oder Dreitagebart war völlig in Ordnung für einen allein stehenden Mann. Aber wenn eine Frau ins Spiel kam, galt es diese verdammten Rasierklingen regelmäßig zu benutzen.

Er würde sich unter der Dusche rasieren.

Am besten, er nahm Reece gleich mit unter die Dusche. Rasieren, duschen, Sex – und dann ein kaltes Bier und eine warme Mahlzeit.

Ein hervorragender Plan, wie er fand.

Dass noch nichts auf dem Herd brodelte, war beinahe schockierend. Er hatte sich bereits daran gewöhnt, in die Küche zu kommen und irgendetwas auf dem Herd vorzufinden. Doch was ihn wirklich schockierte, war, dass ihn seine Entdeckung verärgerte.

Nichts auf dem Herd, kein farbenfroh gedeckter Tisch, nirgendwo Kerzen und eine Hintertür, die sperrangelweit offen stand. Er dachte nicht mehr ans Rasieren, sondern ging zur Tür.

Reece saß mit einer Flasche Wein auf der hinteren Veranda. Da die Flasche schon ziemlich leer war, musste sie schon eine ganze Weile dort sitzen.

Er trat hinaus und setzte sich neben sie. »Na, wie ist die Party?«

»Prima.« Sie hob ihr Glas. »Wirklich toll. Man bekommt hier durchaus einen halbwegs anständigen Wein, aber versuch mal einen Strauß frischen Dill oder ein paar lausige Haselnüsse aufzutreiben.«

»Genau darüber habe ich mich letzte Woche auch schon beim Bürgermeister beschwert.«

»Du würdest doch frischen Dill nicht mal erkennen, wenn ich ihn dir unter die Nase reibe!«

Sie trank gierig mehrere Schlucke Wein und wies fahrig mit ihrem Glas auf ihn.

»Und du bist immerhin aus Chicago. Du solltest mehr Niveau haben.«

»Ich schäme mich sehr.« Und sie war sehr, sehr betrunken.

»Ich wollte *Chicken frangelico* machen, aber ich konnte einfach keine Haselnüsse auftreiben. Also bin ich auf *Pollo arrosto* umgestiegen. Aber die Tomaten sind scheiße, und sich einzubilden, einen Parmesankäse zu bekommen, der nicht bloß getrocknetes Pulver ist, ist einfach nur lachhaft.«

»Was für eine Tragödie.«

»Das ist *sehr wohl* eine Tragödie.«

»Anscheinend schon. Los, komm Bohnenstange, du bist beschwipst. Lass uns raufgehen, damit du deinen Rausch ausschlafen kannst.«

»Ich habe noch nicht ausgetrunken.«

»Ganz wie du willst. Es ist dein Kater.« Er fand, er tat ihr nur einen Gefallen, wenn er die Flasche nahm, einen Schluck daraus trank und ihren Organismus wenigstens von diesem bisschen verschonte.

»Sie will Kartoffelsalat mit Dressing aus der Flasche, natürlich ohne Dill. Bitte schön! Ich habe gekündigt.«

Jetzt ging es also um Joanie, begriff Brody. »Damit hast du es ihr aber gehörig gezeigt.«

»Immer schön brav sein und weitermachen wie gehabt, immer Kompromisse machen, bloß kein Aufsehen erregen. Hauptsache, Dienst nach Vorschrift.«

Sie machte eine ungestüme, wegwerfende Handbewegung, sodass er seine Hand auf ihr Glas legte, damit kein Wein auf ihn schwappte.

»Ich habe es satt. Ich habe das Ganze satt. Ich habe es satt, einen Job zu machen, für den ich dermaßen überqualifiziert bin, dass ich ihn blind und einhändig machen könnte. Ich habe es satt, in einem schäbigen Apartment über einem Diner zu wohnen. Die reinste Zeitverschwendung. Mehr nicht.«

Er dachte nach und nahm einen weiteren Schluck Wein. Sie ist nicht nur beschwipst, dachte er. Sie schwimmt in Selbstmitleid. »Hast du vor, hier noch länger rumzujammern? Denn wenn das alles ist, lasse ich dich lieber allein und nutze die Zeit, um noch etwas zu arbeiten.«

»Typisch. Typisch Mann. Wenn es mal ausnahmsweise nicht um dich geht, ist es uninteressant. Keine Ahnung, was ich hier überhaupt mache.«

»Du meinst, im Moment? Du betrinkst dich auf meiner Veranda, schwelgst in Selbstmitleid und gehst mir auf die Nerven.«

Ihre Augen mochten glasig sein – trotzdem blitzten sie ihn an. »Du bist egoistisch, völlig von dir selbst eingenommen und unhöflich. Das Einzige, was du vermissen wirst, wenn ich weg bin, ist, dass dir niemand mehr eine heiße Mahlzeit vorsetzt. Du kannst mich mal, Brody. Verstanden? Ich werde woanders in Selbstmitleid schwelgen.«

Sie erhob sich und schwankte ein wenig, als ihr der Wein zu Kopf stieg, und zwar genauso stoßweise, wie er in ihrem Glas hin und her schwappte. »Ich hätte diesen lächerlichen Ort einfach links liegen lassen sollen. Ich hätte dich schon beim ersten Annäherungsversuch zur Hölle schicken sollen. Ich hätte Mardson sagen sollen, dass das die Frau ist, die ich gesehen habe. Einfach so, und dann hätte ich die ganze Sache vergessen sollen. Und genau das werde ich jetzt auch tun.«

Sie machte ein paar schwankende Schritte in Richtung Küche. »Aber nicht in dieser Reihenfolge. Als Erstes kommst du dran. Fahr zur Hölle!«

Sie schaffte es bis in die Küche und griff nach ihrer Handtasche. Aber er war schneller. »Hey.« Sie versuchte sie ihm zu entreißen. »Die gehört mir.«

»Du bekommst sie ja zurück. Bis auf die hier.« Er nahm ihre Schlüssel heraus – aus der inneren Reißverschlusstasche, genau, wie sie gesagt hatte. Egal, wie verrückt oder elend sie dran war: Sie hielt Ordnung.

Er nahm den Autoschlüssel und steckte ihn in seine Hosentasche. »Geh, wohin du willst, aber Autofahren wirst du nicht. Du wirst laufen müssen.«

»Prima. Ich werde zum Dienst-nach-Vorschrift-Sheriff Mardson laufen und ihm sagen, was er hören will. Danach wasche ich meine Hände in Unschuld. Und befreie mich von dem Ganzen. Und von dir und dem ganzen Ort.«

Sie war schon halb aus der Tür, doch plötzlich fühlte sich ihr Magen an wie ein ausgewrungener Lappen. Sie hielt sich die Hand vor den Mund und raste ins Bad.

Er kam ihr sofort nach. Es wunderte ihn nicht, dass ihr speiübel war. Er hielt es sogar für das Beste – auf diese Weise revoltierte der Körper gegen die absolute Unvernunft seiner Besitzerin.

Also hielt er ihr den Kopf und drückte ihr ein nasses Handtuch in die Hand, als alles vorbei war.

»Willst du jetzt deinen Rausch ausschlafen?«

Sie blieb, wo sie war und drückte das Handtuch vors Gesicht.

»Würdest du mich bitte allein lassen?«

»Gern. Gleich.« Doch vorher zog er sie hoch. Sie stöhnte leise, als er sie hochhob. »Wenn du dich wieder übergeben musst, sag Bescheid.«

Sie schüttelte den Kopf und schloss die Augen, sodass sich ihre dunklen, feuchten Wimpern von ihrer leichenblassen Haut abhoben. Er trug sie ins Bett, deckte sie zu und stellte zur Sicherheit den Abfalleimer neben das Bett.

»Schlaf schön«, sagte er nur und verließ das Zimmer.

Allein gelassen, drehte sie sich zitternd auf die Seite und zog die Decke bis unters Kinn. Sie würde einfach warten, bis ihr wieder warm war, schwor sie sich. Sobald ihr wieder warm wäre und sie wieder gerade gehen könnte, würde sie die Fliege machen.

Aber dann fiel sie und fiel sie und fiel in einen tiefen Schlaf.

Sie träumte, mit einem Riesenrad zu fahren. Sah Farben vorüberfliegen und spürte, wie ihr der Magen beim schnellen Herunterkommen in die Knie sackte. Am Anfang schrie sie noch vor Lachen und Entzücken.

Juhu!

Aber das Rad drehte sich schneller und schneller, und die Musik plärrte immer lauter. Aus Entzücken wurde Unbehagen.

Langsamer, bitte! Geht es auch langsamer?

Immer schneller, immer schneller ging die Fahrt, bis das Schreien, das sie hörte, pure Entsetzensschreie waren. Während sich das Rad gefährlich zur Seite neigte, schnürte ihr Panik die Kehle zu.

Das ist gefährlich. Ich will hier raus. Haltet das Rad an! Haltet an und lasst mich raus!

Aber das Tempo wurde noch mehr gesteigert, bis sie alles nur noch ganz verschwommen sah, und die Musik sie regelrecht betäubte. Dann löste sich das Rad und flog aus dem Kreis der Lichter in die Dunkelheit.

Sie riss die Augen auf. Ihre Finger krallten sich in die Bettdecke, und ihre eigenen, atemlosen Schreie hallten in ihrem Kopf nach.

Sie flog nicht durch die Luft, beruhigte sie sich. Sie trudelte nicht auf einen sicheren Tod zu. Es war nur ein Traum, nur ein Albtraum. Sie bemühte sich, ruhiger zu atmen, lag ganz still da und versuchte herauszufinden, wo sie war.

Neben dem Bett stand eine Lampe und aus dem Flur fiel Licht ins Zimmer. Einen Moment lang erinnerte sie sich an nichts. Als ihr alles wieder einfiel, wollte sich Reece nur noch die Decke über den Kopf ziehen und alles aus ihrem Gedächtnis löschen.

Da war ihr die Sache mit dem Riesenrad ja fast noch lieber. Wie konnte sie ihm jetzt noch gegenübertreten? Irgendjemandem gegenübertreten? Sie wollte nach ihren Autoschlüsseln suchen und sich wie ein Dieb aus dem Ort davonstehlen.

Sie stützte sich auf, wartete ab, ob ihr Magen das mitmachte, und setzte sich auf. Auf dem Nachttisch stand ein verschlossener Thermosbecher. Überrascht griff sie danach, schob den Deckel zurück und schnupperte daran.

Ihr Tee. Er hatte ihr Tee gemacht und ihn ihr hingestellt, damit sie gleich etwas Heißes hatte, wenn sie aufwachte.

Wenn er Keats rezitiert und sie mit weißen Rosen überschüttet hätte – sie hätte nicht gerührter sein können. Sie hatte ihm furchtbare Dinge an den Kopf geworfen und sich einfach unmöglich benommen. Und er hatte ihr Tee gemacht.

Sie nippte daran. Ließ ihn die Kehle herunterrinnen und ihren misshandelten Magen besänftigen. Noch ein wenig wacklig auf den Beinen stand sie auf, um sich der Situation zu stellen.

Er sah auf, als sie in der Tür zu seinem Arbeitszimmer stehen blieb, und hob nur seine berühmte Braue.

Komisch, dachte sie, wie viel Aussagekraft diese Mimik besaß. Interesse. Belustigung, Ärger. Und jetzt, ganz konkret? Absolute Gleichgültigkeit.

Eine dicke Ohrfeige wäre ihr lieber gewesen.

»Danke für den Tee.« Er schwieg, schrieb weiter, und sie merkte, dass sie nicht den Mut hatte, weiterzureden. Womit sollte sie bloß anfangen?

»Macht es dir was aus, wenn ich ein Bad nehme?«

»Du weißt ja, wo die Wanne ist.«

Er fing wieder an zu tippen, obwohl der Mist, den er da produzierte, ohnehin wieder gelöscht werden musste. Sie sah aus wie ein rehäugiges Gespenst, klang wie ein reuiges Kleinkind. Und das gefiel ihm ganz und gar nicht.

Er merkte, dass sie verschwunden war, wartete, bis er das Badewasser einlaufen hörte. Dann löschte er, was er zuletzt geschrieben hatte, machte den Computer aus und ging hinunter, um ihr eine Suppe zu kochen.

Er machte kein Aufhebens um sie – dazu war er noch viel zu verärgert. So was tat man eben, wenn jemand krank war. Ein bisschen Suppe, vielleicht eine Scheibe Toast. Nur das Nötigste.

Er fragte sich, wie viel von dem Gift, das sie in sich hineingeschüttet hatte, wohl wieder mit dem Wein herausgekommen war.

Wenn sie ihn wieder angreifen sollte, würde er ... gar nichts tun, gestand er sich ein. Im Grunde war er nicht wütend auf Reece, sondern wütend auf sich selbst. Er hätte damit rechnen müssen, dass sie irgendwann explodierte. Sie hatte sich ziemlich gut gehalten, jeden Hieb pariert. Sie hatte die Angst, die Wut, den Schmerz heruntergeschluckt. Früher oder später musste das Fass ja überlaufen.

Und das war eben heute gewesen.

Der hinterhältige Psychokrieg, den da jemand gegen sie führte, die Bitte, die Fotos einer toten Frau zu betrachten. Er hatte tatsächlich keine Ahnung von frischem Dill, aber das war wahrscheinlich der Vorwand gewesen, den sie dankbar ergriffen hatte, um sich abzureagieren.

Jetzt würde sie sich gleich entschuldigen, aber er wollte ihre verdammte Entschuldigung nicht. Jetzt würde sie bestimmt sagen, dass sie gehen, sich einen anderen Unterstand für ihren persönlichen Sturm suchen müsse. Und er wollte nicht, dass sie ging. Er wollte sie nicht verlieren.

Und das war erniedrigend.

Als sie hereinkam, war ihr Haar noch feucht, und sie roch nach seiner Seife. Er konnte sehen, dass sie versucht hatte zu verbergen, dass sie geweint hatte. Allein die Vorstellung, dass sie da oben weinend in seiner Wanne gesessen hatte, traf ihn bis ins Mark.

»Brody, es tut mir so ...«

»Ich hab Suppe gemacht«, unterbrach er sie. »Das ist zwar kein *Pollo arrosto* – was immer das auch sein mag –, aber du wirst dich damit abfinden müssen.«

»Du hast Suppe gekocht.«

»Nach dem Rezept meiner Mutter. Man öffne eine Dose, gebe den Inhalt in eine Schüssel und ab damit in die Mikrowelle. Ein weltberühmtes Rezept.«

»Klingt köstlich. Brody, es tut mir leid. Es ist mir peinlich, ich schäme mich so.«

»Hast du überhaupt Hunger?«

Sie presste ihre Finger gegen die Augenhöhlen, während ihre Unterlippe zitterte.

»Hör auf damit.« Trotz seiner unbarmherzigen Stimme klang eine Spur Verzweiflung durch. »Noch so was in der Art verkrafte ich einfach nicht mehr. Willst du jetzt Suppe oder nicht?«

»Ja.« Sie ließ die Hände sinken. »Ja, ich will Suppe. Isst du keine mit?«

»Ich habe ein Sandwich gegessen, während du da oben wie im Koma lagst und deinen Rausch ausgeschlafen hast.«

Ihr entfuhr eine Mischung aus Lachen und Schluchzen. »Was ich da vorhin gesagt habe – ich hab's nicht so gemeint.«

»Jetzt halt den Mund und iss.«

»Bitte, nur eines noch.«

Achselzuckend stellte er die Schale Suppe auf den Tisch und bemerkte, wie sie überrascht zwinkerte, als er einen Teller mit gebuttertem Toast daneben stellte.

»Ich hab's nicht so gemeint. Du bist grob, aber das tut mir gut. Du bist nicht egoistisch – wenn überhaupt, hast du einen enorm gesunden Egoismus, wenn du mich fragst. Und ich will auch nicht, dass du zur Hölle fährst.«

»Da dürftest du allerdings keinen Einfluss drauf haben.«

»Ich weiß nicht, ob ich noch mehr gesagt habe, für was ich mich entschuldigen muss – ich war so betrunken. Wenn du mich rauswirfst, gehe ich.«

»Wenn ich dich rauswerfen wollte, warum sollte ich mir dann noch die Mühe machen, dir die berühmte Suppe meiner Mutter zu kochen?«

Sie ging auf ihn zu, schlang ihre Arme um ihn, und verbarg ihr Gesicht an seiner Brust. »Ich bin zusammengebrochen.«

»Nein, bist du nicht.« Er konnte sich nicht beherrschen, konnte es einfach nicht lassen, seinen Kopf zu senken und ihren Scheitel zu küssen. »Du warst betrunken und hattest einen Wutanfall.«

»Mehrere Wutanfälle, und nur der letzte ist dem Alkohol zuzuschreiben.«

»Klingt nach einem interessanten Tischgespräch.« Er führte sie zu einem Stuhl und schenkte sich Kaffee ein, bevor er ihr gegenüber Platz nahm.

Sie löffelte ihre Suppe und beichtete ihm alles.

»Ich hab jeden fertiggemacht. Zum Glück wohnen hier nicht viele, sodass mir nicht allzu viele in die Quere kamen. Aber meine Schimpftiraden haben dazu geführt, dass ich jetzt meinen Job los bin und meine Wohnung vermutlich auch. Und wenn ein gewisser Herr nicht ein derartig dickes Fell besäße, stünde ich jetzt bestimmt auch ohne Liebhaber da.«

»Willst du den Job und das Apartment zurück?«

»Keine Ahnung.« Sie brach ein Stück von dem Toastbrot ab und zerkrümelte es auf dem Teller. »Ich könnte den heutigen Tag als Zeichen nehmen – und in so was bin ich gut –, als Zeichen dafür, dass es an der Zeit ist, weiterzuziehen.«

»Wohin?«

»Ja, genau das ist eben die Frage. Oder ich gehe vor Joanie auf die Knie und schwöre ihr hoch und heilig, das Wort ›frische Kräuter‹ nie mehr zu erwähnen.«

»Oder aber du gehst morgen einfach wieder zur Arbeit und wirfst den Grill an oder was du da sonst immer tust.«

Sie sah verwirrt auf. »Einfach so?«

»Das wäre nicht das erste Wortgefecht im Joanie's. Aber was willst du wirklich, Reece?«

»Die Löschtaste drücken, denke ich. Aber da das nicht geht, werde ich mich wohl den Konsequenzen stellen müssen.« Als sie jetzt wieder ein Stück von dem Toast abbrach, aß sie es auf. »Ich werde morgen mit Joanie reden und sehen, wie es weitergeht.«

»Darum geht es nicht. Willst du weiterziehen oder willst du bleiben?«

Sie stand auf und trug ihre Schale zur Spüle, um sie abzuwaschen. »Ich mag, was ich sehe, wenn ich durch den Ort laufe. Ich mag, dass mir die Leute zuwinken, wenn sie vorbeifahren, oder stehen bleiben und mit mir reden, wenn ich zu Fuß unterwegs bin. Ich mag es, wie Linda-Gail lacht, wenn sie die Bestellungen aufnimmt, und wie Pete singt, wenn er das Geschirr spült.«

Sie drehte sich um und lehnte sich gegen die Spüle. »Die Luft hier tut meiner Haut gut, und schon bald werden die Wiesen blühen. Aber es gibt noch andere Orte mit schöner Aussicht und freundlichen Menschen. Das Problem ist nur, dass die nicht hier sind. Das Problem ist nur, dass du dort nicht sein wirst. Also will ich bleiben.«

Er erhob sich und ging zu ihr hinüber, um ihr mit einer noch nie dagewesenen Zärtlichkeit das Haar aus der Stirn zu streichen. »Genau das will ich auch. Ich will, dass du bleibst.«

Als er sie küsste, sanft, ganz sanft, hob sie die Arme und schlang sie um seinen Nacken. »Falls es dir nichts ausmacht – und du hattest heute meinetwegen schon genug Mühe – aber falls es dir nichts ausmacht, könntest du mir zeigen, was du wirklich willst.«

Nun presste sie ihren Mund auf seinen. »Aber nur, wenn es dir nichts ausmacht.«

Zusammen taumelten sie aus dem Zimmer, während sich ihre Lippen streiften und sich ihre Körper erhitzten.

»Sei lieb zu mir«, murmelte sie.

»Genau das hatte ich vor.«

»Nein.« Sie kicherte an seinem Hals. »Sei lieb und sag es mir noch mal. Sag, dass ich bleiben soll.«

»Warum wollen Frauen eigentlich immer, dass die Männer vor ihnen im Staub kriechen?« Er fand ihren Mund erneut und bugsierte sie in Richtung Wohnzimmer. »Ich will, dass du bleibst.«

Oh ja, dachte sie, das war besser als Keats. Sie umarmte ihn ganz fest, während er sich mit ihr auf die Couch sinken ließ.

Das Feuer, das er beinahe jeden Abend im Kamin anzündete, war zu einer roten Glut heruntergebrannt. Genauso fühlte sie sich jetzt und genauso empfand sie auch ihn: wie eine wärmende Glut statt wild lodernder Flammen.

Sie überließ sich völlig ihren Gefühlen, strich über sein Haar, über seine Haut, gab sich seinem Mund hin. Heute Nacht würde sie sich von diesen Händen trösten lassen und eine glühende Befriedigung spüren. Er hatte ihr Tee und Suppe gemacht, und er wollte, dass sie bei ihm blieb.

Liebe wallte in ihr auf.

Als sie die Arme nach ihm ausstreckte, sich ihm anbot, wollte er nichts sehnlicher, als sie zu nehmen. Er wollte sie trösten und all ihre Sorgen zum Verschwinden bringen. Sie ihnen vollkommen entreißen. Noch nie hatte er eine derartige Zärtlichkeit für jemanden empfunden, noch nie hatte ihm jemand solche Gefühle entlocken können, die ihn schier überwältigten.

Genau diese Zärtlichkeit konnte er ihr jetzt geben. Und jedes leise Seufzen, mit dem sie darauf reagierte, steigerte seine Lust.

Während er sie auszog, streiften seine Finger, seine Lippen über die soeben entblößte Haut. Der Duft seiner Seife auf ihrem Körper weckte eine Art Besitzanspruch. Sie gehörte ihm. Er durfte sie berühren, schmecken, in den Armen halten. Ihre Finger glitten über sein Gesicht, fuhren ihm durch die Haare, während sie ein Hohlkreuz machte und sich ihm hingab. Und gab und gab.

Seine kräftigen Muskeln, seine großen Hände, seine beeindruckende Statur erregten sie. Dass er sie trotzdem so liebevoll und geduldig liebkoste, dass seine Lippen die ihren immer wieder aufs Neue derart sanft berührten, machte sie schwindelig.

Alles in ihr entspannte sich, verflüssigte sich, während er gab und gab und gab.

Das Blut begann unter ihrer Haut zu pulsieren, die ersten Anzeichen eines unaufhaltsamen Drängens. Als ob er es gespürt hätte, nahm er sie, damit sich ihr pulsierendes Verlangen Bahn brechen konnte. Als sie langsam wieder zu sich kam, seufzte sie wie eine Frau, die gerade etwas Köstliches, Honigsüßes gekostet hat.

Sie schlug die Augen auf, und er verlor sich darin. Sie sogen ihn förmlich auf mit ihrer dunklen Magie, die sie auf ihn ausübten. Sein Herz schlug übermütig Purzelbäume. Er konnte sich nicht dagegen wehren, er hatte es an sie verloren und sich selbst.

Er glitt in sie, erforschte sie dabei, wie sie neue Höhepunkte erklomm.

»Lass die Augen auf.« Er bedeckte ihren Mund mit seinen Lippen und hörte nicht auf, sie anzusehen, während sie sich gemeinsam bewegten.

Der Rhythmus wurde schneller, der Atem ging kürzer. Sein Körper setzte zum Endspurt an, während sie mit ihm mitraste. Er packte ihre Hände und sah, wie diese Augen, denen er einfach nicht widerstehen konnte, glasig wurden, während sie ihn eng umschloss. Während sie seinen Namen sagte.

Auch vor seinen Augen verschwamm alles, als sie ihn mit sich riss. Sie blieben ineinander verknäuelt liegen, während die Nacht langsam verstrich und die Glut im Kamin erstarb. Als er spürte, dass sie einnickte, streckte er die Hand aus, um die Decke von der Sofalehne über sie beide zu ziehen.

Sie kuschelte sich an ihn und murmelte etwas. Dann schlief sie ein.

Er schloss neben ihr die Augen und lächelte in die Dunkelheit hinein. Sie hatte ihn nicht gebeten, die Schlösser zu überprüfen, dachte er, sondern war angstfrei eingeschlafen.

Lo hatte eine Hand unter Linda-Gails Bluse und ein Kondom in der Hosentasche. Der Teil seines Gehirns über der Gürtellinie erinnerte sich an damals, als sie sechzehn gewesen waren und sich in einer ganz ähnlichen Situation befunden hatten.

Nur, dass sie diesmal in ihrem kleinen Haus waren anstatt in dem alten Ford-Pick-up, den ihm seine Mutter mitfinanziert hatte. Das Schlafzimmer war gleich nebenan – aber von ihm aus konnte es genauso gut auf dem Sofa passieren.

Ihre schönen Brüste – die er seit jenem längst vergangenen Sommer nicht mehr zu Gesicht bekommen hatte – lagen warm und weich in seiner Hand. Ihr Mund war so heiß und süß wie ein Gewürzbonbon.

Und meine Güte, wie gut sie roch!

Sie war so wunderbar kurvig. Fülliger als mit sechzehn, aber nur an den richtigen Stellen. Und obwohl er zunächst ein wenig erstaunt, wenn nicht sogar verärgert darüber gewesen war, dass sie sich einfach die Haare gefärbt hatte, fand er sie im Moment äußerst sexy. Es kam ihm beinahe so vor, als würde er eine Fremde berühren.

Aber als seine Hand zur Knopfleiste ihrer Jeans wanderte, schlossen sich ihre Hände über der seinen. Sie sagte, was sie mit sechzehn ebenfalls gesagt hatte: »U-uh ...«

»Ach komm schon, Süße.« Er spreizte die Finger auf ihrem Bauch, spürte, wie dieser zitterte, als er sich langsam bis zu ihrem Hals vorarbeitete. »Ich will einfach ...«

»Du kannst nicht immer deinen Willen haben, Lo.« Ihre Stimme klang zittrig, aber ihre Hand blieb, wo sie war. »Und schon gar nicht heute Nacht.«

»Du weißt, wie sehr ich dich begehre. Meine Güte, ich habe dich schon immer begehrt. Und du begehrst mich auch.« Seine Lippen wanderten träge zurück zu den ihren. »Warum machst du es mir nur so schwer, Süße?«

»Nenn mich nicht Süße, wenn du es nicht wirklich so meinst. Außerdem mache ich es dir nicht schwer.« Sie brauchte sehr viel Willenskraft, um ihn wegzuschieben, aber genau das tat sie. Währenddessen sah sie die Überraschung auf seinem Gesicht und eine Spur von Verärgerung. »So läuft das nicht zwischen uns.«

»Wie meinst du das?«

»Du wirst mich nicht vögeln und dann weiterziehen.«

»Meine Güte, Linda-Gail.« Aufrichtige Verwirrtheit zeigte sich auf seinem Gesicht. »Du hast doch gesagt, ich soll rüberkommen.«

»Um über Reece zu reden.«

»Das ist doch Quatsch, und das weißt du auch. Du hast nicht gerade um Hilfe geschrien, als ich dich geküsst habe.«

»Ich mag es, wenn du mich küsst. Ich mag es sehr. Das war schon immer so, Lo.«

»Was hast du dann für ein Problem?«

»Wir sind keine Kinder mehr, und ich habe kein Interesse an ein paar wilden Nächten. Wenn du das willst, solltest du dir lieber eine Frau suchen, die sich genau damit zufriedengibt.« Umständlich strich sie ihre zerknitterte, halb aufgeknöpfte Bluse glatt. »Ich habe höhere Erwartungen.«

»Höhere Erwartungen?« Jetzt war ihm die Verärgerung schon deutlich anzumerken. »Das ist aber ziemlich unverschämt, mir gegenüber. Du lässt mich herkommen, machst mich an und lässt mich dann einfach so stehen. Du weißt, wie man solche Frauen normalerweise nennt.«

Sie hob langsam das Kinn, bis sich ihre Blicke trafen. Die ihren schossen glühende Pfeile ab. »Wenn du so über mich denkst, solltest du lieber gehen. Und zwar gleich.«

»Ich bin schon weg.« Er erhob sich. »Was zum Teufel willst du eigentlich?«

»Wenn du's begriffen hast, kannst du wiederkommen.« Sie stand auf, griff nach seinem Hut und warf ihn ihm zu. »Aber wenn du hier weggehst, dir eine von diesen Frauen suchst und ich davon erfahre, bekommst du keinen Fuß mehr durch diese Tür.«

»Das heißt, ich kann weder dich haben noch eine andere, bis du es mir erlaubst?«

»Nein, Lo, du kannst nicht mich oder irgendjemand anders haben, solange du den Unterschied nicht begreifst. Du weißt ja, wo die Tür ist.«

Hin und her gerissen zwischen unbefriedigter Lust und Wut, lief Linda-Gail zurück ins Schlafzimmer und machte die Tür zu. Aber so, dass es knallte.

Einen Moment lang starrte ihr Lo ratlos hinterher. Was zum Teufel war hier eigentlich los? Er konnte sie immer noch schmecken, seine Handflächen waren immer noch warm von ihren Brüsten. Und sie haute einfach so ab und schlug diese verdammte Tür zu?

Wütend stürmte er hinaus. Frauen wie sie, dachte er, Frauen, die einen Man nur benutzen, herumkommandieren, Spielchen mit ihm spielen, sollten dafür büßen müssen.

Er stieg Türen knallend in seinen Truck und warf einen finsteren Blick auf das Haus mit den gelben Fensterläden. Wenn sie dachte, sie würde ihn kennen, dachte, sie hätte ihn am Haken, dann täuschte sie sich.

20

Es fiel ihr nicht schwer, das Joanie's zu betreten. Was hatte sie schon zu verlieren? Unabhängig davon wie die Sache ausgehen würde, hatte sie in der Therapie gelernt, wie wichtig es war, sich Problemen zu stellen und sie zu lösen und natürlich auch Verantwortung zu übernehmen.

So gesehen war die damit verbundene Peinlichkeit eher ein geringer Preis für ihre geistige Gesundheit, redete sich Reece ein. Wenn sie die Peinlichkeit aushielt, würde sie vielleicht ihren Job wiederbekommen.

Zur Not würde sie vor Joanie auf die Knie gehen, sie wollte das nicht ausschließen.

Außerdem hatte in ihrem Horoskop gestanden, dass sie ihre Probleme angehen solle. Dann würde sie nämlich feststellen, dass sie längst nicht so schwer wogen wie gedacht.

Das war schon mal ein gutes Zeichen.

Trotzdem betrat sie das Diner durch den Hintereingang, und zwar zehn Minuten, bevor geöffnet wurde. Sie musste die peinliche Szene ja nicht gleich vor allen Gästen austragen, während diese an ihrem Steak und ihren Eiern kauten.

Joanie trug wieder ihre bequemen Schuhe und knetete gerade Teig in einer enormen Schüssel. Es duftete nach Kaffee und warmen Brötchen.

»Du bist spät dran«, blaffte Joanie sie an. »Wenn du keine Krankschreibung vom Arzt hast, werde ich dir das wohl oder übel vom Gehalt abziehen müssen.«

»Aber ...«

»Bitte bloß keine Entschuldigungen! Ich will mich auf dich verlassen können – und ich will, dass du mir Zwiebeln, Chilischoten und Tomaten für die *Huevos Rancheros* klein hackst. Verstau deine Sachen und mach dich an die Arbeit.«

»In Ordnung.«

Kleinlauter, als wenn Joanie ihr die Tür gewiesen hätte, raste Reece ins Büro und deponierte dort ihre Handtasche und Jacke. Zurück in der Küche, griff sie nach einer Schürze. »Ich möchte mich für gestern entschuldigen.«

»Entschuldige dich, während du arbeitest. Ich bezahl dich nicht fürs Reden.«

Reece machte sich an der Arbeitsfläche zu schaffen. »Tut mir leid, dass ich gestern so unausstehlich war. Ich hatte kein Recht, dich zu beleidigen, auch wenn frische Kräuter und andere Basiszutaten deine Speisekarte durchaus bereichern könnten.«

Aus dem Augenwinkel sah Reece, wie Joanies Augenbrauen nach oben wanderten und sich ihre Lippen kräuselten. »Danke, das reicht.«

»Gut.«

»Schließlich bist du nicht wegen des verdammten Dills ausgerastet.«

»Nein. Das war nur der Auslöser, mit dem ich sozusagen um mich schlagen konnte.«

»Ich bin auch mal mit einer Leiche konfrontiert worden.«

»Wie bitte? Was?«

»Ich hatte meine Hütte an einen Typen aus Atlanta, Georgia, vermietet. Er hatte sie auch schon im Jahr davor, und in dem davor auch. Er kam im Sommer regelmäßig mit seiner Familie für zwei Wochen her. Das muss vor ungefähr zehn Jahren gewesen sein. Aber dieses Mal kam er allein. Angeblich hatte seine Frau die Scheidung eingereicht. Los, fang an, wirf ein paar Würste auf den Grill. Lynt kommt gleich als Erstes, und der mag Wurst mit Rührei.«

Gehorsam holte Reece den Behälter mit dem Wurstteig aus dem Kühlschrank und machte Fleischklößchen.

»Und als dieser Typ aus Georgia dann nicht in den Ort kam, um die Hüttenschlüssel zurückzugeben, musste ich mich eben selbst rausbemühen. Was auch schon egal war, denn damals putzte ich meine Ferienhäuser noch selbst. Ich bin da also mit meinem Putzzeug rausgefahren. Sein Auto war noch da, also habe ich angeklopft. Ich war gereizt, da er pünktlich um zehn hätte auschecken müssen. Ich erwartete noch am selben Tag um drei neue Gäste. Er machte nicht auf, also ...«

Sie verstummte, griff nach ihrem Kaffeebecher und nahm einen Schluck, »geh ich da rein. Ich hatte erwartet, ihn im Bett vorzufinden, wo er seinen Rausch ausschläft. Der Typ, der damals im Liquor Store gearbeitet hat, Frank hieß er, hatte mir erzählt, dass der Gute zwei Fünfliterflaschen Wild Turkey gekauft hat, als er angekommen ist. Stattdessen entdeckte ich das, was noch von ihm übrig war, auf dem Boden vor dem Kamin. Er war nicht einfach aus Spaß mit einem Jagdgewehr im Kofferraum von Georgia nach Wyoming gefahren, sondern einzig und allein aus dem Grund, sich den Kopf wegzupusten.«

»Oh, mein Gott.«

»Und das hat er wirklich gut hingekriegt. Blut und Gehirn überall. Er hat sich regelrecht aus dem Sessel geschossen, in dem er saß.«

»Das ist ja furchtbar. Es muss furchtbar für dich gewesen sein, ihn so zu finden.«

»Alles andere als ein Sonntagsspaziergang.«

»Nachdem die Polizei alles erledigt hatte, was in solchen Fällen zu tun ist, bin ich wieder in die Hütte. Ich musste sie schließlich sauber machen.«

»Du ganz allein?«

»Ich ganz allein. Ich schrubbte und schrubbte, schimpfte und fluchte. Darüber, dass diesem Mistkerl einfiel, sich in meinem Haus das Hirn rauszupusten. Da fährt dieser Idiot tausende von

Kilometern, nur um sich ausgerechnet in meinem Haus den Kopf wegzupusten! Ich habe eimerweise blutiges Wischwasser ausgeleert und einen früher mal wirklich schönen Teppich weggeworfen, der mich immerhin fünfzig Dollar gekostet hat. Außerdem habe ich mich mit jedem angelegt, der mir Hilfe angeboten hat. Ich hätte meinen William beinahe um einen Kopf kürzer gemacht, als er rauskam, um es zu versuchen.«

»Verstehe«, murmelte Reece. Und sie verstand wirklich.

»Ich musste mich einfach irgendwo abreagieren. Musste wüten und toben und meinem Jungen eine Ohrfeige geben, nur weil er mir helfen wollte. Denn sonst hätte ich das einfach nicht ertragen.«

Joanie ging zur Spüle und schüttete den kalt gewordenen Kaffee weg. »Besagte Hütte vermiete ich nicht mehr an Leute von außerhalb. Nur an Einheimische, die sie zum Jagen, Fischen oder Wandern haben möchten.«

Sie schenkte sich noch einmal Kaffee nach. »Deshalb kann ich verstehen, was da gestern in dir vorgegangen ist. Das konntest du natürlich nicht wissen, aber inzwischen solltest du mich eigentlich kennen.«

»Joanie ...«

»Wenn du gern freigehabt hättest, nachdem du bei Rick im Büro warst – wenn du einfach *weg* gewollt hättest –, war es ziemlich dumm und beleidigend von dir, zu denken, dass mich das verärgern könnte. Und deshalb bin ich auch jetzt nicht verärgert.«

»Stimmt, das hätte ich eigentlich wissen können.« Sie sah zu Joanie herüber, die gerade Brötchen aus dem Ofen holte. »Brody und du – ihr habt das meiste abbekommen, weil ihr mir am nächsten steht. Ausgerechnet die Menschen, denen ich am meisten vertraue.«

»Danke für das Kompliment.«

»Hat Lo vorbeigeschaut, nachdem ich ihn im Lebensmittelladen getroffen habe?«

»Ja. Aber da ich mir von dir nichts befehlen lasse, bekommst du deinen Lohn ganz normal, wenn Zahltag ist, so wie alle anderen auch.«

»Ich, äh, ich habe ihn auch angeblafft, genau wie Mr. Drubber.«

»Erwachsene Männer sollten die ein oder andere weibliche Laune verkraften können.«

Ein kurzes Schnauben von Linda-Gail veranlasste Joanie, sich umzusehen.

»Manche Männer werden nie erwachsen. Die bleiben ihr Leben lang verwöhnte kleine Jungs. Wenn man Lo verletzen will, Reece, muss man ihm schon fest in die Eier treten. Unter dem tut er's nicht.«

»Er mag zwar ein Arsch sein, Linda-Gail«, sagte Joanie milde, »aber er ist immer noch mein Sohn.«

Obwohl sie ein wenig rot wurde, zuckte Linda-Gail nur die Achseln. »Tut mir leid, aber so sehe ich das nun mal. Aber falls du dir Sorgen machst, Reece: Er hat zu mir gemeint, dass er genau gemerkt hat, dass du mit den Nerven runter warst. Nichts von dem, was du zu ihm gesagt hast, hat er dir übel genommen.«

Die Tür ging auf, und die Glocke klimperte. »Hallo, Doc, hallo, Mr. D.« Linda-Gail griff nach der Kaffeekanne. »Ihr seid aber heute früh dran.«

Reece krümmte sich, holte aber aus dem Kühlschrank schon mal Eier und Speck, die sie bestimmt gleich braten würde.

»Genauso wenig, wie ich mir vorstellen kann, dass Mac dir das übel genommen hat.« Mit einer Bewegung, die Reece völlig überraschte, tätschelte ihr Joanie ein paarmal freundlich auf den Rücken. »Wenn du nachher in die Pause gehst, kannst du mein Büro benutzen und meinen Lieferanten anrufen. Du bekommst ein Budget von fünfzig Dollar – aber keinen Cent mehr! –, um ein paar von diesen ausgefallenen Kräutern zu bestellen, um die du immer so ein Geschrei machst.«

»Mit fünfzig Dollar kann man schon einiges anfangen.« Immerhin etwas, dachte Reece und hob innerlich triumphierend die Faust.

»Das will ich dir auch geraten haben«, murmelte Joanie.

In der Nische zersäbelte der Doc seine Pfannkuchen. Auch wenn heute eigentlich gar nicht sein Tag für Pfannkuchen war, hatte er sich einfach nicht beherrschen können, nachdem ihm Mac vorgeschlagen hatte, sich zum Frühstück zu treffen. Und wenn er dazu nun eine zweite Tasse echten statt entkoffeinierten Kaffee trank, würde das den Kohl auch nicht mehr fett machen.

»Wie du weißt, Mac, kann ich dir über Reeces Gesundheitszustand keine Auskunft geben, das ist privat.«

»Das verlange ich ja auch gar nicht. Ich möchte nur mal deine Einschätzung hören. Meiner Meinung nach hat das Mädel Probleme. Du hast sie nicht erlebt, gestern.« Mac gestikulierte wild mit seiner Gabel, bevor er sie in seine *Huevos Rancheros* rammte. »Aber ich schon.«

»Ich habe bereits davon gehört.«

»Ich war mir nicht sicher, ob sie heute überhaupt noch hiersein würde.« Mac neigte den Kopf, um einen Blick in die Küche zu werfen. »Ehrlich gesagt, hätte ich gedacht, sie sei längst über alle Berge.«

»So wie's aussieht, hat sie wohl mehr Grund zum Bleiben als zum Gehen.«

»Ich weiß nicht, Doc.« Sorgenfalten gruben sich in Macs Gesicht, und seine Stimme klang angespannt. »So wie die bei mir rumgetobt hat! Sie war wütend, das schon, aber sie machte einfach keinen guten Eindruck. Anschließend habe ich mir solche Sorgen gemacht, dass ich extra hergefahren bin, um nach ihr zu sehen, nachdem ich den Laden zugesperrt hatte. Aber ihre Wohnung war vollkommen verrammelt, und ihr Auto stand auch nicht mehr da. Ich dachte, sie wäre auf und davon.«

Er schaufelte sich noch mehr Rührei auf die Gabel. »Ich wollte mit dir drüber reden – und war völlig verblüfft, sie heute Morgen hier in der Küche zu sehen. Na ja, natürlich bin ich erleichtert. Ich hätte es schrecklich gefunden, wenn sie in diesem Zustand irgendwo über Land gefahren wäre.«

»Jeder hat mal solche Anfälle, Mac«, sagte der Doc beschwichtigend. »Manche mehr und manche weniger. Wie wir wissen, hat sie gestern einiges durchmachen müssen.«

»Darüber wollte ich gerade mit dir sprechen.« Mac sah sich um, ob Linda-Gail hinter ihnen stand, um Kaffee nachzuschenken. Obwohl die Jukebox schwieg – keine Musik vor zehn Uhr vormittags lautete Joanies eiserne Regel –, waren das Gemurmel sowie das klappernde Geschirr laut genug, um seine Stimme zu übertönen.

»Zum einen hätte Rick was Besseres einfallen können, als sie ganz allein zu sich zu beordern und ihr diese Bilder zu zeigen. Meine Güte, Doc, die meisten Frauen hätten Probleme mit so was, und erst recht jemand, der so eine schwere Zeit hinter sich hat wie Reece. Er hätte dich ebenfalls herbestellen sollen.«

»Na ja, Mac, warum hätte mich Rick rufen sollen? Ich bin Hausarzt und kein Psychiater.«

»Er hätte dich herbestellen sollen«, wiederholte Mac grimmig. »Zum anderen konnte ich aus ihren Worten bei mir im Laden schließen, dass es sich bei der Leiche nicht um die Frau handelt, die sie gesehen hat. Aber verdammt noch mal, Doc, das muss sie doch sein! Wir sind hier schließlich nicht in New

York City. Bei uns werden keine Leute ermordet und verscharrt.«

»Ich weiß nicht, was du damit sagen willst.«

»Ich frage mich, ob sie unter den gegebenen Umständen einfach nicht wahrhaben will, dass es dieselbe Frau ist. Vielleicht kann sie einfach nicht lockerlassen.«

Der Doc lächelte spöttisch. »Wer spielt jetzt hier den Seelenklempner?«

»Jahrzehntelang hinter einer Ladentheke zu stehen, ist beinahe dasselbe, wie Seelenklempner zu sein. Nicht jeder hat dem Mädel geglaubt, als sie gesehen haben wollte, wie diese Frau angegriffen wurde«, fügte Mac hinzu, wobei er wieder mit seiner Gabel wedelte. »Aber ich schon. Genauso, wie ich glaube, dass die arme Frau in diesem Sumpf gelandet ist. Wenn du meine Meinung hören willst, verkraftet das Reece einfach nicht.«

»Kann schon sein.«

»Nun, du bist Arzt. Hilf ihr.«

»Jetzt tut nicht so geheimnisvoll, ihr beiden.« Linda-Gail schenkte Kaffee aus der Kanne in ihre Becher. »So wie ihr die Köpfe zusammensteckt ...«

»Männergespräche«, sagte der Doc mit einem Augenzwinkern.

»Sex, Sport oder Pferde?«

Der Doc grinste nur und schob sich etwas von seinem Pfannkuchen auf die Gabel.

»Wie geht es Reece heute?«, wollte Mac von Linda-Gail wissen.

»Besser als gestern, würde ich sagen.« Sie warf einen kurzen Blick über ihre Schulter. »Weiß jemand von euch, ob der Sheriff schon etwas über die Identität der Frau erfahren hat?«

»Ich habe heute noch nichts dergleichen gehört, aber es ist ja noch früh am Tag. Was für eine schreckliche Sache«, fügte der Doc hinzu.

»Und unheimlich, falls hier wirklich jemand rumläuft, der Frauen umbringt. Moose Ponds ist zwar noch ein gutes Stück von Angel's Fist entfernt – trotzdem.«

»Frauen?« Mac runzelte die Stirn.

»Wenn es nicht die ist, die Reece gesehen hat, sind es zwei verschiedene Frauen. Gut, Moose Ponds liegt fast schon beim Jenny Lake, aber vielleicht war es ja ein und derselbe Täter. Eine Serienmörder oder so was.«

»Ach hör schon auf, Linda-Gail.« Mac schüttelte den Kopf. »Du siehst zu viel fern.«

»Das Fernsehen würde nicht so viel über Morde bringen, wenn es keine Mörder gäbe, hab ich Recht? Und das ist noch längst nicht alles.« Sie senkte die Stimme. »Wenn Reece damals nicht zufällig auf dem Wanderweg gewesen wäre, wüsste bis heute niemand etwas von dieser Frau. Vielleicht hat der Mörder ja schon mal zugeschlagen. Eines kann ich euch sagen: Ich bleibe hübsch hier in meiner vertrauten Umgebung, bis sie ihn geschnappt haben.«

»Und genau das ist das nächste Problem.« Mac kratzte sich am Kopf, nachdem Linda-Gail gegangen war. »Ehe man sich versieht, sehen sich die Leute in Angel's Fist schief an und fragen sich, ob sie irgendeinen psychopathischen Serienmörder in ihrer Mitte haben. Oder irgendein blöder Reporter schreibt einen entsprechenden Artikel, und die Touristen machen einen Bogen um uns, und wir verlieren das Sommergeschäft. Order aber irgendein Hitzkopf trinkt im Clancy's einen über den Durst und beginnt eine Rauferei deswegen.«

Der Doc runzelte nachdenklich die Stirn. »Was das anbelangt, könntest du in der Tat Recht haben.«

Da ihm noch eine Stunde Zeit blieb, bevor er die Praxis aufmachte, schaute der Doc noch im Büro des Sheriffs vorbei, bevor er den Heimweg antrat. Denny schenkte ihm ein strahlendes Lächeln. »Wie geht's Ihnen, Doc?«

»Ich kann nicht klagen. Hat Ihre Ma immer noch Probleme mit dem Knöchel?«

»Nein. Sie ist schon wieder auf dem Damm und putzmunter.«

»Sagen Sie ihr bitte, dass sie noch keine großen Sprünge machen darf. Das war eine ziemlich böse Verstauchung. Ist der Boss da?«

»Noch nicht. Er kommt erst gegen zehn, außer es passiert irgendwas. Der Sheriff macht in letzter Zeit viele Überstunden. Ich nehme an, Sie haben von der Leiche gehört, die man gefunden hat.«

»Ja. Schon irgendeine Ahnung, wer die Frau ist?«

»Heute Morgen ist noch nichts reingekommen. Was für ein Drama. Der Mistkerl muss sie noch ein paar Wochen am Leben gelassen haben. Weiß der Himmel, was er ihr in der Zeit alles angetan hat.«

»Vorausgesetzt, es ist dieselbe Frau, die Reece gesehen hat.«

»Aber selbstverständlich.« Denny wirkte überrascht. »Wer sollte sie denn sonst sein? Der Sheriff glaubt, dass sie es ist.«

»Dürfte ich einen Blick auf die Fotos werfen?«

»Ich weiß nicht, Doc. Der Sheriff ...«

»Ich habe schon genug Leichen in meinem Leben gesehen, Denny. Es könnte sein, dass ich sie wiedererkenne. Vielleicht hatte ich sie ja irgendwann mal in Behandlung. Außerdem benutzt Rick meine Zeichnung für seine Nachforschungen, ob es sich um ein und dieselbe Frau handelt.«

»So gesehen haben Sie natürlich Recht. Hallo, Hank«, fügte er hinzu, als der Verantwortliche für die Notrufzentrale hereinkam.

»Gibt's hier auch irgendwas anderes zu trinken als schlechten Kaffee? Hallo, Doc.«

»Hank. Was geht's den Knien?«

»Ach, ganz gut.«

»Noch besser ginge es ihnen, wenn Sie zwölf Kilo abnehmen würden. Aber das wird nie was, wenn Sie die ganzen Doughnuts aufessen, die Sie da gerade in der Tüte haben.«

»In so einem Job braucht man einen ordentlichen Energiespender.«

»Ein hoher Zuckergehalt bedeutet nicht, dass man auch viel Energie bekommt.« Der Doc rückte seine Brille zurecht, als Denny mit der Akte aus Ricks Büro kam.

Als er sie aufklappte, schürzte der Doc in einer Mischung aus Interesse und Mitleid die Lippen. »Sieht ganz so aus, als wäre sie von Mensch und Natur nicht gerade verwöhnt worden.«

»Er muss sie brutal zusammengeschlagen haben, so viel steht schon mal fest. Sie wurde vergewaltigt«, fügte Denny hinzu und nickte grimmig in Richtung Fotos. »Der Sheriff hat Reece nicht alle Fotos von der Leiche gezeigt. Er wollte sie nicht unnötig verstören. Sehen Sie, wie wund und zerschrammt ihre Hand- und Fußgelenke sind. Er hat sie gefesselt.«

»Ja, das sehe ich.«

»Dann hat er sie vom Fluss weggeschleift. Zu einem Laster, Wohnwagen, Wohnmobil oder so was. Er ließ sie gefesselt und machte mit ihr, was er wollte, bis er genug davon hatte. Danach hat er sie einfach im Sumpf versenkt. Erkennen Sie sie wieder, Doc?«

»Nein, tut mir leid. Denny, ich wünschte, ich hätte mehr tun können. Aber ich seh jetzt lieber mal nach meinen Patienten. Und Hank, sei bitte vorsichtig mit diesen verdammten Doughnuts.«

»Okay, Doc.«

Auf dem Nachhauseweg dachte er gründlich nach. Über seine Unterhaltung mit Mac, über die Fotos, die er betrachtet hatte. Er dachte an Angel's Fist und seine langjährige Verbundenheit mit diesem Ort. Er hatte immer gedacht, alles mitzubekommen, immer auf dem Laufenden zu sein.

Er öffnete die Haustür, die er schon seit zwanzig Jahren nicht mehr abschloss. Aber anstatt in seine Praxis zu gehen, lief er zum Telefon im Wohnzimmer. Willow würde sich schon um die ersten Patienten kümmern, beruhigte er sich.

Er machte seinen Anruf und nahm dann ein Minzbonbon, um nach dem Kaffee wieder einen frischen Atem zu bekommen, bevor er seinen ersten Patienten gegenüberstand.

Kurz nach zwölf lief Brody in Docs Wohnzimmer auf und ab. Der hatte ihn gebeten, gegen Mittag vorbeizuschauen und es sich bei ihm zu Hause gemütlich zu machen. Jetzt war er mitten in seiner Arbeit unterbrochen worden, dachte Brody, ausgerechnet jetzt, wo das Buch nicht nur Fortschritte machte, sondern die Sätze regelrecht aus ihm herausflossen.

Wenn er eine Mittagspause gewollt hätte – was definitiv nicht der Fall war –, wäre er lieber ins Joanie's gegangen. Um etwas zu Mittag zu essen. Und um Reece zu sehen.

Zumindest erwartete er, sie dort zu sehen. Sie hatte ihn nicht angerufen, und ihr Auto stand auf dem üblichen Parkplatz. Trotzdem hätte er sich gern höchstpersönlich davon überzeugt.

Nicht, dass er ihr nachspionierte, beruhigte er sich. Er wollte bloß nach ihr sehen, mehr nicht.

Hätte der Doc am Telefon nicht so geheimnisvoll getan, wäre Brodys Neugier gar nicht erst angestachelt worden. Dann würde er jetzt vor seiner Tastatur sitzen.

Seine weibliche Hauptfigur zog ihn regelrecht in die Handlung hinein. Sie wies ihm den Weg, eilte ihm voraus, er kam ja kaum noch hinterher, verdammt. Dabei hätte sie eigentlich das Opfer sein sollen. Ein paar Szenen, ein schrecklicher Tod, aus, vorbei.

Nun, sie hatte sich nicht in ihr Schicksal gefügt.

Er wollte zu ihr zurückkehren. Aber da er sowieso schon auf der anderen Seeseite war, würde er sich Maddy erst wieder zuwenden, nachdem er etwas gegessen und Reece besucht hätte. Am besten, er schlug Reece vor, heute noch mal bei ihm zu übernachten.

Oder lieber nicht? Vielleicht sollte er sie in ihre Wohnung gehen lassen, bevor alles noch komplizierter wurde und sie quasi bei ihm einzog.

Etwas, das er bisher bei anderen Frauen sorgfältig zu vermeiden gewusst hatte. Und er sah keinen Grund, das jetzt plötzlich zu ändern.

Er ging zum Fenster und dann wieder in die Mitte des Zimmers. Lief zu einem Regal und überflog die Buchrücken. Wie immer reagierte er ein wenig überrascht, als er auf einem seinen Namen entdeckte.

Er strich mit dem Finger darüber und ließ seinen Blick über die im Raum verteilten Fotos schweifen. Träge nahm er eines davon in die Hand, auf dem der Doc und die Frau zu sehen waren, mit der er eine Ewigkeit verheiratet gewesen war. Es handelte sich um eine Aufnahme im Freien. Man sah eine Campingausrüstung sowie den Doc, der mehrere Fische hochhielt, während seine Frau in die Kamera grinste.

Ein nettes Paar, beschloss Brody. Sie wirkten glücklich. Doch wenn ihn sein Zeitgefühl nicht trog, mussten sie schon mehrere Jahrzehnte verheiratet gewesen sein, als dieses Foto entstanden war.

Er griff nach einem weiteren, einem Familienfoto. Der ganze Clan. Dann nach einem, welches das junge Paar mit einem

Kleinkind zeigte. Verschiedene Fotos von Schulabschlussfeiern, Hochzeitsfotos, Großelternfotos.

Das erfüllte Leben eines Mannes und seiner Familie, dachte Brody. Wie sich so was wohl anfühlte?

Im Grunde hatte er gar nichts gegen das Heiraten, überlegte Brody, während er weiter auf und ab lief. Manche Leute fuhren gut damit. Wie Doc Wallace. Für ihn hatte es funktioniert, und auch für Brodys Eltern funktionierte es nach wie vor.

Aber es war so ... endgültig, fand er. Der oder die ist es, und zwar für den Rest deines Lebens – nur die eine, außer man wollte durch die Scheidungshölle gehen.

Was, wenn man seine Meinung änderte? Was, wenn es schiefging? Was bei immerhin fünfzig Prozent aller Ehen der Fall war.

Und selbst wenn nicht, musste man sich unglaublich anpassen, sich Freiräume zugestehen, Kompromisse machen. Dann konnte man als Mann nicht mehr tun und lassen, was man wollte.

Was, wenn er beispielsweise nach Chicago zurückgehen wollte? Oder nach Madagaskar, verdammt? Nicht, dass er das vorgehabt hätte, aber nur für den Fall. Wenn man erst mal verheiratet war, konnte man nicht einfach nach Lust und Laune umziehen.

Man war kein richtiger Mann mehr, sondern ein Paar. Dann wurde man Vater und peng! – war man Familie. Und schon gab es kein Zurück mehr. Nix Löschtaste drücken und der Geschichte eine andere Wendung geben!

Außerdem war er wahrscheinlich sowieso nicht in sie verliebt, nicht mehr, als sie in ihn verliebt war. Es war eher so was wie ... gegenseitige Anziehungskraft. Und das war etwas völlig anderes. Die konnte kommen und gehen.

Er drehte sich um, als der Doc hereinkam.

»Tut mir leid, in der letzten Viertelstunde war plötzlich unheimlich viel los. Danke, dass du gekommen bist, Brody.«

»Warum wolltest du mich sehen?«

»Am besten, wir gehen in die Küche. Ich mach uns ein kleines Mittagessen, während wir uns unterhalten. Natürlich nicht so was Ausgefallenes, was du sonst so bekommst«, fügte er hinzu, während er die Küche ansteuerte. »Aber man wird satt davon.«

»Ich bin nicht wählerisch.«

»Ich hab gehört, was gestern mit Reece los war.«

»Hast du schon mit ihr gesprochen?«

»Heute noch nicht.« Der Doc holte etwas Pute hervor und eine der Gewächshaustomaten, die Reece so hasste, einen halben Kopf Eisbergsalat und ein Glas mit eingelegten Gurken. »Ich hab mit Mac gesprochen. Er macht sich Sorgen um sie.« Er nahm einen angebrochenen Laib Vollkornbrot aus seinem Brotkasten. »Ich wollte wissen, wie du das siehst.«

»Warum?«

»Nur, um mir ein Bild zu machen. Ich darf dir nicht alles erzählen, was sie mir als Patientin anvertraut hat. Und du willst mir bestimmt auch nicht alles erzählen, was sie mit dir als ihrem ... Freund besprochen hat. Trotzdem wollte ich fragen, ob sie dir irgendetwas erzählt hat, was du beunruhigend findest.«

»Sie hat mir erzählt, dass sie eines Abends in ihre Wohnung kam und alle ihre Sachen gepackt waren.« Brody nickte bekräftigend, als der Doc im Tomatenschneiden innehielt. »Und dass sie sich nicht daran erinnern kann, sie gepackt zu haben. Ich glaube nicht, dass sie die Sachen gepackt hat.«

»Wer soll es dann gewesen sein?«

»Dieselbe Person, die auch ihr Bad mit einem roten Filzstift vollgeschmiert, ihre Tabletten ausgeleert und ihre Sachen durcheinandergebracht hat. Und noch ein paar andere Sachen mehr.«

Der Doc ließ das Messer sinken. »Brody, wenn Reece Gedächtnislücken hat und Episoden, muss sie behandelt werden.«

»Das glaube ich aber nicht. Ich glaube, dass jemand ein Spielchen mit ihr spielt.«

»Wenn du sie in ihren Wahnvorstellungen bestätigst, machst du es nur noch schlimmer.«

»Das sind keine Wahnvorstellungen, das ist die Wahrheit. Warum hat sie diese Gedächtnislücken und Episoden nur, wenn sie allein ist?«

»Ich bin kein Facharzt für ...«

»Warum fing das alles erst an, *nachdem* sie gesehen hat, wie eine Frau ermordet wurde?«

Der Doc schnaubte und widmete sich wieder der Zubereitung seiner Sandwiches. »Wir können nicht mit Sicherheit ausschließen, dass es vorher bereits andere Episoden gab. Aber wenn sie erst danach eingesetzt haben, kann es viele Gründe dafür geben. Zum Beispiel, dass das Erlebnis die Symptome erst ausgelöst hat.«

Der Doc legte die Sandwiches auf einen Teller, gab je zwei eingelegte Gurken dazu und eine Hand voll Kartoffelchips. Dann schenkte er zwei Gläser mit Milch ein.

»Ich habe viel Zeit mit ihr verbracht. Ich habe keinerlei Symptome bemerkt. Nicht, was du meinst.«

»Aber etwas hast du schon bemerkt.«

»Du versuchst, mich in eine bestimmte Richtung zu lenken, das mag ich nicht.«

»Wenn sie Hilfe braucht, muss sie welche bekommen«, entgegnete der Doc. »Na gut. Folgendes ist mir aufgefallen: Ich sehe eine Frau, die hart dafür kämpft, ihrer Hölle zu entfliehen. Die beinahe jede Nacht Albträume hat, aber jeden Tag aufsteht und tut, was getan werden muss. Ich sehe eine Überlebende mit Rückgrat, Herz und Humor, die versucht, die Scherben ihres Lebens wieder zusammenzukitten.«

»Setz dich und iss etwas«, schlug der Doc vor. »Weiß sie, dass du in sie verliebt bist?«

Brodys Magen zog sich zusammen, trotzdem setzte er sich. Er nahm einen Bissen von seinem Sandwich. »Ich habe nie gesagt, dass ich in sie verliebt bin.«

»Zwischen den Zeilen schon, Brody. Als Schriftsteller solltest du eigentlich zwischen den Zeilen lesen können.«

»Sie und ihr Leben liegen mir am Herzen.« Er hörte Abwehr und eine Spur von Angst in seiner Stimme. »Und dabei wollen wir es auch belassen.«

»Na gut. Wenn ich dich richtig verstehe, glaubst du, oder hältst es zumindest für möglich, dass diese Dinge geschehen, weil irgendjemand Reece schaden will.« Stirnrunzelnd griff der Doc nach seiner Milch. »Der Einzige, der ein Motiv hätte, ihr zu schaden, ist der Mann, der die Frau ermordet hat, die sie angeblich gesehen hat.«

»Die sie tatsächlich gesehen hat.«

»Gut, aber bewiesen ist das nach wie vor nicht.« Immer noch stirnrunzelnd nahm der Doc einen Schluck. »Aber wenn es wirklich so ist und du Recht hast ... hast du dann schon dem Sheriff davon erzählt?«

»Rick wird daraus einfach nur schließen, dass sie plemplem ist. Jede Glaubwürdigkeit, die sie jetzt noch als Zeugin besitzt, ist anschließend endgültig dahin.«

»Wenn er die Fakten nicht kennt, kann er seine Arbeit nicht richtig machen.«

»Fürs Erste passe ich auf sie auf. Er kann sich darauf konzentrieren, wer in Moose Ponds versenkt und wer beim Snake

River ermordet wurde. Das, was ich dir erzählt habe, bleibt alles unter uns.«

»Na gut, einverstanden.« Der Doc hob besänftigend die Hand. »Bitte lass dir den Appetit nicht verderben. Ich habe heute beim Büro des Sheriffs vorbeigeschaut und mir von Denny die Fotos zeigen lassen.«

»Und?«

»Ich kann mich nur an das halten, was Reece mir gesagt hat, und an die Zeichnung, die sie abgesegnet hat. Mit Sicherheit kann ich gar nichts sagen. Könnte es die Frau sein, die sie gesehen hat? Ja, sie könnte es sein.«

»Und wie erklärst du dir dann die lange Zeitspanne dazwischen? Es ist schon Wochen her, seit Reece die beiden beobachtet hat.«

»Das bereitet mir auch Kopfzerbrechen, genau wie den Behörden, nehme ich an. Sie hatte Fesselmale an Händen und Füßen. Unter Umständen hat er sie die ganze Zeit festgehalten. Aber das erklärt noch nicht, warum diese Leute dort, wo Reece sie gesehen hat, keinerlei Spuren hinterlassen haben. Warum würgt dieser Mann eine Frau derart, dass Reece annimmt, sie sei tot, nur um sie anschließend fortzuschleifen und seine Spuren zu verwischen, damit Rick, ein Mann, der sich wirklich mit Spuren auskennt, nichts findet?«

»Weil er sie gesehen hat.«

»Er hat sie gesehen?«

»Vielleicht nicht deutlich genug, um sie zu erkennen, aber er hat da jemanden auf dem Bergrücken gesehen. Oder aber ihre Sachen, die sie zurückgelassen hat, bevor sie in mich hineingerannt ist. Er weiß, dass er beobachtet wurde.«

»Kann das wirklich wahr sein?«, murmelte der Doc. »Aus dieser Entfernung.«

»Reece hatte einen Feldstecher dabei – warum soll er nichts

gesehen haben. Nachdem er die Frau ermordet hat, hat er die ganze Gegend abgesucht. Auch eine Art, seine Spuren zu verwischen, oder?«

»Zweifellos. Aber das sind sehr viele Vermutungen auf einmal, Brody.«

»Trotzdem. Angenommen, die Leiche, die man gefunden hat, ist diese Frau. Und der Mann, den Reece beobachtet hat, hat bemerkt, dass er beobachtet wurde. Ansonsten hätte er keine Veranlassung gehabt, seine Spuren zu verwischen. Er muss die Leiche beseitigen, so viel steht fest. Er kann sie nicht einfach dort lassen, wo sie ein Kajaker oder Wanderer entdecken könnte. Er muss sie da wegschaffen, muss warten, bis es dunkel wird, sie vergraben oder anderweitig loswerden. Aber alle Spuren verwischen? Nein, außer er weiß, dass er beobachtet wurde.«

»Stimmt«, murmelte der Doc. »Und wenn er das weiß, musste er nicht lange warten, um herauszufinden von wem.«

»Und deshalb versucht da jemand, sie fertigzumachen, und will ihr einreden, dass sie langsam durchdreht. Aber ich werde nicht zulassen, dass er damit durchkommt.«

»Ich würde gern noch mal mit ihr sprechen. Ich habe Mac heute Morgen schon gesagt, dass ich kein Seelenklempner bin. Aber ein bisschen kenne ich mich doch aus.«

»Das bleibt ihr überlassen.«

Der Doc nickte. »Oh ja. Und so einiges andere auch noch. So etwas ist schwer zu verkraften, erst recht von jemandem mit ihrer Vergangenheit. Vertraut sie dir?«

»Ja, das tut sie.«

»Das ist auch für dich nicht leicht. Sag ihr, dass wir geredet haben«, beschloss der Doc nach einem kurzen Moment. »Enttäusche ihr Vertrauen nicht. Aber ich hätte gern, dass du mich auf dem Laufenden hältst. Wie schmeckt das Sandwich?«

»Ziemlich gut. Aber du bist nun mal kein Cordon-Bleu-Küchenchef.«

Er ging zurück zum Fluss. Für das, was hier passiert war, gab es keinerlei Anzeichen, da war er sich sicher. Er war vorsichtig gewesen. Er war ein vorsichtiger Mann.

Das Ganze hätte gar nicht erst passieren dürfen. Und es wäre auch nie passiert, wenn er eine andere Wahl gehabt hätte. Alles, was er seitdem getan hatte, hatte er nur getan, *weil* sie ihm keine Wahl gelassen hatte.

Er konnte ihre Stimme immer noch hören, wenn er es zuließ. Wie sie ihn anschrie, ihm drohte.

Ihm drohte, als ob sie das Recht dazu hätte!

Dass sie jetzt tot war, hatte sie sich selbst zuzuschreiben. Davon war er zutiefst überzeugt, und deswegen plagten ihn auch keinerlei Schuldgefühle. Aber andere würden das nicht so sehen, also hatte er getan, was getan werden musste, um sich selbst zu schützen.

Nichts von alledem wäre nötig gewesen, wenn nicht jemand zur falschen Zeit am falschen Ort gewesen wäre.

Woher hätte er wissen sollen, dass jemand auf dem Wanderweg war und ausgerechnet dann in seine Richtung sah, und dann noch mit einem Feldstecher? Selbst ein vorsichtiger Mann konnte nicht jede Laune des Schicksals vorhersehen.

Reece Gilmore.

Dabei hätte es eigentlich ein Leichtes sein sollen, sie loszuwerden, sie unglaubwürdig zu machen und sie zu verunsichern. Aber sie ließ einfach nicht locker, wollte sich partout nicht geschlagen geben.

Trotzdem hatte er immer noch die Möglichkeit, alles in Ordnung zu bringen – irgendeine Möglichkeit gab es immer. Es stand zu viel für ihn auf dem Spiel, als dass er einer dahergelaufenen Frau, die geradewegs aus einer Gummizelle kam, erlauben konnte, sein Leben zu ruinieren. Wenn er den Druck erhöhen musste, dann musste er ihn eben erhöhen.

Sieh nur, dachte er und nahm den Fluss in sich auf, die Hügel, die Bäume. Alles war so perfekt, so unberührt, so besonders. Das hier war seine Welt, sein Ein und Alles. Alles, was sein Leben ausmachte, war hiermit verbunden und tief in seiner Seele verwurzelt, wurde von diesem Wasser gespeist, von diesen Bergen bewacht.

Egal, was getan werden musste, um das zu schützen, er würde es tun.

Reece Gilmore musste von hier verschwinden.

So oder so.

zuhause

Es ging mir gut; es sollte mir noch besser gehen.
Ich bin angekommen.

ANONYM

21

Da sie nicht vor zwei zur Arbeit musste, überlegte Reece, Brodys Hütte ein bisschen aufzuräumen, ihm ein wenig den Haushalt zu machen, eventuell Wäsche zu waschen. Sie würde ihn nicht stören, während er schrieb – und sie könnte gleichzeitig die morgige Tagessuppe für Joanie vorkochen.

Sie war bereits angezogen und machte das Bett, als er aus der Dusche kam. »Willst du irgendwas Besonderes zum Frühstück? Ich muss erst heute Nachmittag arbeiten – dein Wunsch sei mir Befehl. Gastronomisch gesehen.«

»Nein. Ich werd nur ein Müsli essen.«

»Oh, verstehe.« Sie strich den Bettüberwurf glatt und dachte nebenbei, dass ein paar bunte Zierkissen das Zimmer gleich wesentlich lebendiger machen würden.

»Ich werde eine italienische Hochzeitssuppe für Joanie kochen. Du kannst mittags was davon kosten, mal sehen, ob sie den Test besteht. Ich kann einen Auflauf oder was Schnelles vorbereiten, was du dir am Abend aufwärmen kannst, wenn ich in der Abendschicht bin. Oh, und außerdem habe ich mir überlegt, dass ich in der Zwischenzeit eine Wäsche machen könnte. Soll ich was für dich mitwaschen?«

Hochzeitssuppe? War das irgendeine unterschwellige Botschaft? Und dann wollte sie was tun? Seine Unterhosen waschen? Himmelherrgott!

»Eines lass uns bitte ein für allemal klarstellen.«

Sie lächelte ihn verwirrt an. »Okay.«

»Meinetwegen brauchst du weder Frühstück, Mittag-, Abendessen noch irgendeinen verdammten Mitternachtssnack extra einzuplanen.«

Ihr Lächeln wich einem ungläubigen Staunen. »Na ja ...«

»Und du bist auch nicht hier, um Wäsche zu waschen, das Bett zu machen und Aufläufe zu kochen.«

»Nein«, sagte sie langsam. »Aber da ich nun schon mal da bin, möchte ich mich gern etwas nützlich machen.«

»Ich will nicht, dass du hier so ein Trara veranstaltest.« Da war er wieder, dieser abwehrende Ton, bei dem er sich schon am Vortag beim Doc ertappt hatte. Und der störte ihn gewaltig. »Ich bin durchaus in der Lage, meinen Haushalt selbst zu erledigen. Und zwar schon seit Jahren.«

»Natürlich, ganz wie du willst. Anscheinend habe ich da was missverstanden. Ich dachte, ich soll für dich kochen.«

»Das ist was anderes.«

»Was anderes als, sagen wir mal, zu waschen. Weil das für dich die Art Beziehung symbolisiert, die du nicht willst. Gott, ist das albern!«

Und wenn schon. »Du brauchst meine Wäsche nicht zu waschen oder mir einen Auflauf hinzustellen. Du bist schließlich nicht meine Mutter.«

»Das bin ich definitiv nicht.« Sie ging zurück zum Bett, schlug den Bettüberwurf zurück und riss das Laken unter der Matratze hervor. »Besser so?«

»Wer ist hier jetzt albern?«

»Oh, keine Sorge, du hast gewonnen. Glaubst du wirklich, dass ich dich – nur weil ich dich liebe – in die Enge treiben will, indem ich deine verdammten Stinkesocken wasche, Hähnchen brate und Klöße koche? Du bist ein Idiot, Brody, und viel zu sehr auf dich selbst fixiert. Das Beste wird sein, ich lasse dich allein, damit du dich in deiner eigenen Pracht und Herrlichkeit sonnen kannst.«

Sie ging zur Tür. »›Du bist schließlich nicht meine Mutter‹ – meine Güte! Und die kann nicht mal *kochen*!«

Er blickte irritiert auf das Bett und massierte sich gereizt seinen verspannten Nacken. »Na prima«, murmelte er. Und zuckte zusammen, als die Haustür unten derart zugeknallt wurde, dass die Fenster schepperten.

Reece schnappte sich, was gerade in der Nähe war, und packte es ins Auto. Um ihre anderen Sachen – viel war das sowieso nicht – würde sie sich später kümmern.

Sie würde sich die Zutaten für die Suppe aus ihren eigenen sowie aus Joanie's Vorräten zusammensuchen. Sie würde sich Geld wechseln lassen und ihre Wäsche – und zwar ausschließlich ihre Wäsche – in einer der ramponierten Waschmaschinen im Keller des Hotels waschen. Es war ja nicht das erste Mal.

Oder aber ihr konnte das alles den Buckel runterrutschen, und sie würde eine kleine Ausfahrt machen, nachsehen, ob die Wiesen schon blühten.

Sie fuhr in Richtung Ortskern und runzelte die Stirn, da ihr Wagen merkwürdig ruckelte. »Was ist denn jetzt los?«, murmelte sie, als das Lenkrad klemmte. Sie gab ihm einen ungeduldigen Klaps. Dann ergab sie sich ihrem Schicksal und fuhr zu Lynt.

Die Türen seiner Werkstatt standen weit offen, und sie erkannte einen alten aufgebockten Kombi. Lynt kroch darunter hervor, ein zierlicher Vierzigjähriger in einem Baumwollhemd, dessen Ärmel hochgekrempelt waren und seine sehnigen Arme freigaben. Ein ölverschmierter Lappen hing aus seiner hinteren Hosentasche, und die Baseballkappe, die er trug, war ähnlich ölverschmiert. In einer Backentasche bunkerte er einen Kaugummi.

Er schürzte die Lippen und schob sein Käppi in den Nacken, als Reece aus dem Wagen stieg.

»Sie stecken in Schwierigkeiten, was?«

»Sieht ganz so aus.« Als sie merkte, wie angespannt ihr Kiefer war, ließ sie bewusst locker. »Es lenkt sich komisch, das Lenkrad klemmt irgendwie.«

»Kein Wunder, Ihre Hinterreifen sind so gut wie platt.«

»Platt?« Sie drehte sich um. »Mist! Gestern war noch alles in bester Ordnung.«

»Vielleicht sind Sie irgendwo drübergefahren.« Er ging in die Hocke und besah sich den rechten Hinterreifen. »Da muss irgendwo eine kleine undichte Stelle sein. Ich werd sehen, was ich für Sie tun kann.«

»Ich hab noch einen Ersatzreifen im Kofferraum.« Meine Güte, würde sie gleich zwei Reifen auswechseln lassen müssen?

»Ich kümmere mich darum, sobald ich diese Bremsscheiben fertig habe. Soll ich Sie irgendwo absetzen?«

»Nein, nein, ein Spaziergang wird mit gut tun.« Sie nahm ihren Laptop vom Rücksitz, zog ihren Wohnungsschlüssel vom Schlüsselbund und steckte ihn in die Hosentasche. »Falls ich neue Reifen brauche – was wird das wohl kosten?«

»Darüber können wir uns immer noch Gedanken machen, wenn es so weit ist.« Er nahm ihre Autoschlüssel. »Ich rufe Sie an.«

»Danke.« Sie hängte sich die Handtasche über die eine und die Laptoptasche über die andere Schulter.

Es war ein schöner Tag für einen Spaziergang, dachte sie und versuchte, ihre Traurigkeit zu verscheuchen. Sie hatte einen Job und ein Dach über dem Kopf. Und wenn sie sich in ein Arschloch verliebt hatte, würde sie auch drüber wegkommen.

Falls sie neue Reifen bräuchte, würde sie eben so lange zu Fuß gehen, bis sie sich die verdammten Dinger leisten konnte.

Sie *brauchte* im Moment nicht zwingend ein Auto. Sie *brauchte* nicht zwingend einen Liebhaber. Sie brauchte nichts weiter als sich selbst. Und genau darum war es ihr schließlich gegangen, als sie aus Boston wegfuhr und alles hinter sich ließ. Sie hatte sich bewiesen, dass sie allein klarkam, sie war auf dem Weg der Besserung, sie war in der Lage, sich ein neues Leben aufzubauen.

Und wenn Brody glaubte, sie würde ihn da fest mit einplanen, war er nicht nur ein Arschloch, sondern auch noch eingebildet.

Sie brauchte ohnehin Zeit für sich selbst – zum Beispiel, um ihre Tagebucheinträge nachzuholen. Und um sich ernsthaft Gedanken über das Kochbuch zu machen. Natürlich würde sie Brodys Verlagskontakte jetzt nicht mehr nutzen. Elender Mistkerl! Doch zunächst wollte sie die Rezepte erst einmal gliedern und eine Einleitung schreiben.

So was wie ... *Sie brauchen kein Chefkoch zu sein, um ein Gourmetmenü zuzubereiten. Nicht, wenn Sie sich von einer echten Fachfrau beraten lassen.*

»Nein, das klingt zu angeberisch und bevormundend.« *Haben Sie es auch satt, sich ständig was Neues zum Abendessen einfallen zu lassen? Suchen Sie verzweifelt nach einer originellen, frischen Idee für den Sonntagsbrunch? Haben Sie Angst, die Organisatoren einer Benefizveranstaltung könnten Sie mit der Zubereitung von Kanapees beauftragen?*

»Ein bisschen lahm«, murmelte Reece, »aber mit irgendwas muss man ja anfangen.«

»Hallo, huhu!«

Reece blieb abrupt stehen und sah Linda-Gail in ihrem winzigen Vorgarten knien. Neben ihr standen in einer schwarzen Plastikschale Tagetes und Stiefmütterchen.

»Bist du so vertieft in deine Selbstgespräche, dass du kein Wort mehr für mich übrig hast?«

»Habe ich wirklich Selbstgespräche geführt? Ich hab mir ein paar Ideen durch den Kopf gehen lassen. Zu dumm, dass ich den Mund nie halten kann. Die sind aber hübsch. Deine Blumen.«

»Ich hätte die Stiefmütterchen schon früher pflanzen sollen.« Sie schob ihren Stroh-Cowboyhut in den Nacken. »Denen macht die Kälte nichts aus. Aber irgendwas war immer wichtiger. Was treibst du denn hier?«

»Ich habe einen platten Reifen. Besser gesagt, zwei platte Reifen. Ich musste den Wagen zu Lynt bringen.«

»So ein Mist! Du bist aber früh unterwegs. Ich dachte, du machst es dir heute bei Brody gemütlich.«

»Das sieht er scheinbar anders. Ich habe ihm bloß das Bett gemacht und ihm angeboten, etwas von seiner Wäsche mitzuwaschen. Man könnte meinen, ich hätte ihm die Pistole auf die Brust gesetzt.«

»Männer! Ich hab Lo neulich Abend rausgeworfen. Er hat sich beschwert, als ich ihn nicht an mein Höschen lassen wollte.«

»Männer!«

»Zur Hölle mit ihnen. Hast du Lust, ein paar Stiefmütterchen einzupflanzen und über Y-Chromosomen herzuziehen?«

»Das würde ich wirklich gern, aber ich muss heute Vormittag noch einiges erledigen.«

»Dann gehen wir eben nach der Arbeit ins Clancy's, trinken ein paar Bier und singen sämtliche Songs lauthals mit, in denen mit der Männerwelt abgerechnet wird.«

Wer brauchte ein Arschloch, wenn er eine Freundin hatte? »Gute Idee. Wir sehen uns bei der Arbeit.«

Siehst du, dachte Reece, während sie ihren Nachhauseweg fortsetzte, es gab noch etwas, auf das sie stolz sein konnte. Sie hatte eine Freundin, Linda-Gail.

Und dann war da noch der See. Er war so blau und schön mit den grünen Weiden, die ausschlugen und sich zu ihm hinunterneigten wie Tänzer, während sich die zarten Knospen der Pappeln zu Blättern entfalteten.

Spontan ging sie ans Wasser, anstatt ihren Heimweg fortzusetzen. Sie stellte ihre Taschen ab, zog Schuhe und Strümpfe aus und krempelte die Hosenbeine hoch. Sie setzte sich ans Ufer und ließ die Füße im Wasser baumeln.

Eiskalt! Aber das war ihr egal. Sie hielt ihre Füße in das blaue Wasser des Angel Lake, während ihr Blick auf die jäh emporsteigenden Tetons gerichtet war. In Kürze würde sie Suppe kochen, ein Kochbuch schreiben, Wäsche sortieren. Normaler ging es kaum noch. Sie musste sich beeilen, damit sie das alles noch schaffte, bevor die Arbeit anfing. Und auch das war vollkommen normal.

Aber einen kurzen Moment lang wollte sie das alles hier noch in sich aufsaugen.

Sie lehnte sich zurück, blickte zum Himmel empor, der genauso blau war wie der See und über den harmlose weiße Wolken trieben. Die Sonne brannte herab, aber anstatt ihre Sonnenbrille aus der Handtasche zu holen, legte sie schützend die Hand über die Augen und lauschte.

Sie lauschte dem Plätschern des Wassers und plantschte mit den Füßen darin herum. Der Gesang der Vögel klang fröhlich und unbeschwert. Sie hörte einen Hund bellen, ein Auto vorbeifahren. Ihr Körper entspannte sich.

Der plötzliche Knall führte dazu, dass sie einen erstickten Schrei von sich gab und beinahe ins Wasser gefallen wäre. Sie schaffte es gerade noch, sich festzuhalten und sich freizustrampeln, aber erst, nachdem sie ein Hosenbein bis zum Knie durchnässt hatte.

»Carls Lieferwagen. Das ist Carls Lieferwagen«, fiel ihr wieder ein, als sie sich ins Gras duckte. Sie konnte sehen, wie er knatternd und scheppernd zum Lebensmittelladen fuhr. Sie ging auf alle viere und blieb eine Weile so, bis sie wieder zu Atem gekommen war.

Und errötete, als sie sah, dass Debbie Mardson vor dem *On the Trail* stand und sie beobachtete. »Ja, die Verrückte ist wieder da«, zischte Reece zwischen zusammengebissenen Zähnen und zwang sich zu lächeln und ihr zuzuwinken.

»Sie nimmt bloß gerade ein Bad im eiskalten See, und zwar in voller Montur. Nichts weiter.«

Jetzt, wo das Idyll zerstört war, griff sie nach ihren Taschen, ihren Schuhen und lief barfuss und durchnässt nach Hause.

Es spielte keine Rolle, was die ach so perfekte Debbie Mardson über sie dachte, beruhigte sich Reece. Oder was sonst irgendjemand dachte. Sie hatte alles Recht der Welt, am Ufer zu sitzen und ihre Füße im Wasser baumeln zu lassen. Sie hatte das Recht, wie ein Karnickel aufzuschrecken, wenn Carls verdammter Auspuff knallte wie ein Gewehrschuss.

Sie schlüpfte aus ihrer nassen Hose und zog eine trockene an. Genauso wie sie das Recht hatte, ihre Wäsche zu waschen. Sie suchte ihre Schmutzwäsche zusammen, das Waschmittel und noch ein paar Laken.

Steck die Wäsche ein, dachte sie, komm zurück und beginn mit der Suppe. Geh zurück und steck die Wäsche in den Trockner. Komm zurück und arbeite an deinem Kochbuch. Sie trug ihren kleinen Wäschekorb nach draußen und schlug den Weg zum Hotel ein.

Da sie am *On the Trail* vorbeimusste, hielt sie die Augen starr geradeaus gerichtet und betete innerlich, dass Debbie sie wenigstens dieses Mal nicht entdecken würde. Sie rannte zwar nicht gerade an ihrem Ladenfenster vorbei, erhöhte aber deutlich das Tempo und wurde erst wieder langsamer, als sie das Hotel erreicht hatte.

»Hi, Brenda. Waschtag. Kannst du wechseln?«

»Klar, kein Problem.« Brenda lächelte breit und hob die Brauen. »Kann ich dir vielleicht auch mit ein paar Schuhen aushelfen?«

»Wie bitte?«

»Du trägst keine Schuhe, Reece.«

»Oh. Oh, *Gott.*« Reece starrte auf ihre nackten Füße. Sie errötete, aber als sie sich wieder Brenda zuwandte, grinste sie die Empfangsdame so unverschämt an, dass ihr Schamgefühl in Wut umschlug. »Ich muss vergessen habe, welche anzuziehen. Du weißt ja, wie vergesslich ich bin. 25-Cent-Münzen, bitte.« Sie knallte die Geldscheine auf die Rezeption.

Brenda zählte nach. »Pass auf, wo du hintrittst.«

»Wird gemacht.« Da der Lift für sie nicht infrage kam, nahm Reece die Treppe nach unten. Sie hasste diesen verdammten Hotelkeller. Hasste ihn aufrichtig. Wenn Brody nicht so ein Arsch gewesen wäre, hätte sie seine Maschine benutzen und sich den ganzen Ärger sparen können.

»Sieben mal eins ist sieben«, begann sie, als sie den Waschkeller erreichte. »Sieben mal zwei ist vierzehn.«

Sie multiplizierte alle Siebener und Achter durch und eilte davon, als die Waschmaschine brummte.

Sie verlangsamte ihr Tempo beim Betreten der Lobby und winkte Brenda fröhlich zu. Als sie auf dem Rückweg erneut an dem Outfitter Store vorbeikam, hatte sie weniger Glück.

»Reece.« Debbie trat aus der Tür. »Alles in Ordnung?«

»Klar, alles bestens. Und bei dir?«

»Es ist ein bisschen zu kalt, um barfuß zu laufen.«

»Findest du? Ich härte mich bloß ab. Ich möchte die erste Frau sein, die barfuß die kontinentale Wasserscheide entlangwandert. Das ist ein Traum von mir, solange ich denken kann. Bis bald!«

Bitte sehr, jetzt hast du wieder was zum Rumerzählen, dachte Reece, während sie ihren Heimweg fortsetzte.

Sie lenkte sich ab, indem sie die Suppe auf den Herd stellte und als Einlage Fleischklößchen zubereitete. Sie überlegte sogar, bewusst auf ihre Schuhe zu verzichten, damit die Leute noch mehr zu reden hätten, erkannte aber, wie albern und selbstzerstörerisch das war. Sie eilte zurück zum Hotel, trotzte erneut Brenda und dem Keller, um ihre Kleidung von der Waschmaschine in den Trockner zu räumen.

Nur noch ein Weg, dachte sie erleichtert und eilte erneut nach Hause. Während ihre Kleider trocken geschleudert wurden, blieb ihr noch genügend Zeit, um sich eine Einleitung für das Kochbuch auszudenken.

Nachdem sie ihren Laptop hochgefahren hatte, konzentrierte sie sich erst einmal, indem sie ihre Tagebucheinträge fortsetzte.

Ich bin stinksauer auf Brody. Nur, weil ich sein Bett gemacht habe, denkt er schon, ich hör die Hochzeitsglocken läuten. Ticken Männer wirklich so? Wenn ja, gehört die gesamte Spezies gründlich therapiert.

So wie's aussieht, habe ich es mir wahrscheinlich mit ihm verscherzt. Er hat mehr für mich getan, als ich erwarten konnte. Also werde ich versuchen, ihm trotz meiner Stinkwut auch ein bisschen dankbar zu sein und ihm aus dem Weg zu gehen.

Dieser Idiot.

Inzwischen habe ich meinen Ruf als Dorfdepp weiter gefestigt, weil ich aus verständlichen Gründen ohne Schuhe zum Hotel gelaufen bin, um dort meine Wäsche zu waschen. Ich versuche, mir nichts daraus zu machen. Ich koche Suppe und ich habe mein Türschloss heute erst einmal kontrolliert.

Mist, zweimal.

Kann sein, dass ich zwei neue Autoreifen kaufen muss. Mann, ist das deprimierend. Was früher ein unbedeutendes Ärgernis gewesen wäre, ist heute ein Riesenproblem für mich. Ich habe einfach nicht das Geld dafür, so einfach ist das. Ich werde die nächsten paar Wochen zu Fuß gehen müssen.

Vielleicht passiert ja ein Wunder, und ich schaffe es tatsächlich, dieses Kochbuch zu schreiben und zu verkaufen. Ich könnte eine kleine Geldspritze gut gebrauchen, nur so zur Reserve, wenn sich die nächste Katastrophe anbahnt.

Linda-Gail pflanzt Stiefmütterchen. Heute Abend gehen wir nach der Arbeit ins Clancy's, um uns über die Männer auszulassen. Ich glaube, das wird mir gut tun.

Zufrieden öffnete Reece ein neues Dokument und begann, mit verschiedenen Einleitungssätzen zu experimentieren.

Als ihr Küchenwecker klingelte, um sie daran zu erinnern, dass ihre Wäsche fertig war, sicherte sie alles, machte den Computer aus und lief ein weiteres Mal los.

Sie würde alles in ihren Korb werfen und zusehen, dass sie aus diesem gruseligen Keller herauskam. Zusammenlegen konnte sie die Wäsche ebenso gut zu Hause. Sie würde die Suppe auf kleiner Flamme weiterkochen lassen, während sie im Joanie's arbeitete, und in ihren Pausen hochlaufen, um nach ihr zu sehen.

Hoffentlich hatten sie heute Abend viel zu tun. Genau das brauchte sie jetzt.

Sie eilte durch die Lobby und sparte sich jegliche Konversation, da Brenda nicht hinter der Rezeption saß. Reece konnte sie irgendwo im Hintergrund murmeln hören.

Wenigstens ein Lichtblick, dachte sie. Noch etwas, wofür sie dankbar sein konnte.

Diesmal versuchte Reece, die Zwölf durchzumultiplizieren, was gar nicht so einfach war, während sie nach unten in den Waschkeller eilte.

Sie öffnete den Trockner – und der war leer.

»Huch, was soll denn das ...« Sie öffnete den anderen Trockner, weil sie dachte, sie hätte ihn verwechselt. Aber auch der war leer.

»Das ist ja lächerlich. Niemand kommt hier runter und stiehlt meine Kleider.«

Und warum stand ihr Wäschekorb dann auf der Waschmaschine statt auf dem kleinen Klapptisch, wo sie ihn mit absoluter Sicherheit hatte stehen lassen?

Behutsam hob sie ihn hoch und öffnete dann langsam die Waschtrommel. Ihre Kleider lagen darin, immer noch klatschnass.

»Ich hab sie in den Trockner getan.« Sie griff zitternd in ihre Hosentasche und fand darin nur die einzelne Münze, die ihr noch geblieben war, nachdem sie die anderen in die Geräte gesteckt hatte. »Ich habe sie in den Trockner getan. Das ist mein dritter Gang, mein dritter. Ich hab sie nicht in der Waschmaschine liegen lassen.«

Sie zerrte sie heraus und riss wütend an den nassen Klamotten, um sie in den Korb zu räumen. Ein wasserfester Filzstift fiel klappernd zu Boden.

Ein roter Filzstift. Ihr roter Filzstift. Mittlerweile am ganzen Körper zitternd, warf ihn Reece in den Korb mit den Kleidern, die, wie sie erst jetzt bemerkte, mit roten Flecken übersät waren.

Irgendjemand hatte ihr das angetan, jemand, der ihr weismachen wollte, sie sei verrückt.

Jemand, der unter Umständen sogar hier unten war und sie beobachtete.

Ihr Atem ging pfeifend, als sie den Kopf ruckartig nach rechts und links bewegte. Sie unterdrückte ein Stöhnen, schnappte sich den Korb und rannte los. Das plötzliche Scheppern eines Rohres führte dazu, dass sie einen Riesensatz machte, gleichzeitig entfuhr ihr ein erstickter Schrei. Das Klappern ihre eigenen Absätze auf dem Zementboden ließ ihr das Herz bis zum Hals schlagen.

Dieses Mal hörte sie nicht auf zu rennen, als sie die Lobby erreichte, sondern sprintete direkt zur Rezeption. Brenda, die mittlerweile wieder an ihrem Platz saß, starrte sie mit offenem Mund an.

»Irgendjemand ist da unten. Irgendjemand ist da runter.«

»Was? Wer? Alles in Ordnung?«

»Meine Kleider. Man hat meine Kleider in die Waschmaschine zurückgetan.«

»Aber ... Reece, du hast die Waschmaschine doch selbst gefüllt.« Brenda sprach langsam, wie zu einem Kind, das schwer von Begriff ist. »Weißt du noch? Du bist runtergegangen, um deine Wäsche zu waschen.«

»Danach! Ich hab sie in den Trockner getan, aber sie war wieder in der Waschmaschine. Du hast mich ja gesehen, als ich kam, um sie in den Trockner zu tun.«

»Nun ja ... stimmt, ich habe dich zurückkommen und in den Keller gehen sehen. Vielleicht hast du vergessen, sie da reinzutun. So wie du vergessen hast, deine Schuhe anzuziehen. Mir passiert so was andauernd«, fügte Brenda hinzu, doch diesmal grinste sie nicht. »Du weißt schon, aus lauter Zerstreutheit und Vergesslichkeit ...«

»Ich habe die Wäsche nicht vergessen. Ich habe sie in den Trockner getan. Sieh doch.« Sie holte ein einzelnes 25-Cent-Stück aus ihrer Hosentasche. »Das ist alles, was ich noch übrig habe, weil ich die anderen Münzen für die Waschmaschine *und* den Trockner verbraucht habe. Wer ist in den Keller gegangen?«

»Hör mal, beruhige dich wieder. Ich habe niemanden außer dir runtergehen sehen.«

»Vielleicht bist du in den Keller.«

»Meine Güte, Reece.« Aufrichtiges Entsetzen spiegelte sich in Brendas Gesicht.

»Warum sollte ich etwas Derartiges tun? Du musst wieder zur Vernunft kommen. Wenn du noch mehr Münzen brauchst, kann ich dir gern welche ...«

»Ich brauche gar nichts.«

Wut und Panik stiegen in ihr auf und raubten ihr den Atem, während sie hinausraste und mit ihrem Korb nasser Wäsche die Straße entlangrannte.

Bloß schnell nach Hause, war alles, was sie denken konnte. Bloß schnell zurück in die Wohnung. Schließ hinter dir ab.

Als eine laute Hupe ertönte, stolperte sie und wirbelte herum, hielt den Korb schützend vor sich. Sie sah, wie ihr eigener Wagen auf seinen angestammten Parkplatz gefahren wurde. Lynt stieg aus.

»Ich wollte Sie nicht erschrecken.«

Sie schaffte es, zu nicken. Warum sah er sie so merkwürdig an – so als käme sie von einem anderen Stern? Warum sahen sie die Leute so merkwürdig an?

»Äh, die Reifen sind in Ordnung. Es war nur sehr wenig Luft drin. Extrem wenig. Ich hab sie wieder aufgepumpt.«

»Oh, danke. Danke sehr.«

»Und, äh, da ich schon dabei war, wollte ich mir auch gleich Ihren Reservereifen ansehen. Aber ...«

Sie fuhr sich mit der Zunge über ihre trockenen Lippen. »Stimmt irgendwas mit dem Reservereifen nicht?«

»Die Sache ist die ...« Er zupfte am Schirm seines Käppis und trat unruhig von einem Fuß auf den anderen. »Er ist da drin mehr oder weniger begraben.«

»Ich habe keine Ahnung, wovon Sie reden.« Sie zwang sich, den Korb auf den Stufen abzustellen, und ging auf ihn zu. »Ich habe nichts weiter außer meinem Erstehilfekoffer da drin.«

Als er zögerte, nahm sie ihm den Schlüssel ab und machte den Kofferraum auf.

Als Erstes nahm sie den Gestank wahr. Verrottender Müll. Der Kofferraum war voll davon – voll mit Eierschalen, Kaffeemehl, Nässe, schmutzigem Papier, leeren Dosen. So als hätte jemand einen vollen Mülleimer hineingekippt.

»Ich wusste nicht recht, was ich damit machen sollte.«

»Ich habe das nicht getan.« Sie trat einen Schritt zurück und dann noch einen. »Ich habe das nicht getan. Sie vielleicht?«

Dasselbe Entsetzen, das sich auch auf Brendas Gesicht abgezeichnet hatte, erschien nun auch bei Lynt. »Natürlich nicht, Reece. Ich habe ihn so vorgefunden.«

»Irgendjemand hat das getan. Ich war es nicht. Irgendjemand tut mir das an. Irgendjemand ...«

»Ich mag es nicht, wenn vor meinem Lokal rumgebrüllt wird.« Joanie kam aus der Hintertür und ging um das Gebäude herum. »Was ist los? Himmelherrgott, was ist denn das?« Sie rümpfte die Nase, als sie einen Blick in den Kofferraum warf.

»Ich war das nicht«, hob Reece an.

»Na und ich ganz bestimmt nicht. Ich wollte nur nach ihrem Ersatzreifen sehen«, sagte Lynt. »Und habe das hier vorgefunden. Und jetzt denkt sie, dass ich den ganzen Müll da reingeworfen habe.«

»Sie ist einfach nur außer sich. Meine Güte, Lynt, das würde dir an ihrer Stelle doch ganz genauso gehen, oder? Kinder«, sagte Joanie beschwichtigend, »das haben bestimmt ein paar bescheuerte Kinder angerichtet. Ich habe ein paar Eimer da hinten, Lynt, und ein paar Gummihandschuhe im Hinterzimmer. Hilf mir, das in Ordnung zu bringen.«

»Ich mach das schon«, stieß Reece mit wunder Kehle hervor. »Es tut mir leid, Lynt. Ich versteh bloß nicht ...«

»Geh nach oben«, befahl ihr Joanie. »Los. Mach schon. Lynt und

Pete werden schon damit fertig. Ich komme in einer Minute nach. Keine Widerrede«, fügte sie hinzu, als Reece protestieren wollte.

»Es tut mir leid.« Erschöpft hob Reece den Korb hoch. »Es tut mir leid. Ich gebe Ihnen Ihr Geld.«

»Ich will nichts dafür.« Lynt machte eine wegwerfende Handbewegung. »Das war schließlich nur ein bisschen Luft.« Joanie tätschelte Lynts Arm, während Reece die Stufen hochging. »Nimm bitte den Hintereingang und sag Pete, dass er dir helfen soll. Dein nächstes Essen geht aufs Haus.«

»Wie haben die Kinder bloß den Kofferraum aufbekommen, Joanie? Der war nicht aufgebrochen.«

»Der Himmel weiß, wie Kinder so was machen. Geschweige denn, warum«, sagte sie, noch bevor Lynt die Frage stellen konnte. »Aber Fakt ist, dass der Kofferraum voll mit stinkendem Müll ist. Du und Pete, ihr kümmert euch darum.«

Als Joanie in die Wohnung kam, saß Reece auf ihrem Bett, der Korb mit der nassen Wäsche stand zu ihren Füßen.

»Die Suppe riecht gut.« Joanie kam näher und musterte stirnrunzelnd den Korb. »Die Kleider fangen noch an zu schimmeln, wenn du sie nicht gleich aufhängst. Warum hast du sie nicht in den Trockner getan?«

»Ich dachte, ich hätte sie da reingetan. Ich weiß, dass ich es getan habe. Aber sie waren in der Waschmaschine.«

»Was um alles in der Welt sind denn das für Flecken?«

»Filzstift. Roter Filzstift. Irgendjemand hat meinen roten Filzstift mit in die Maschine getan.«

Joanie blies die Backen auf. Sie machte ein paar Schritte und holte einen Unterteller aus Reeces Küchenschrank. Beim Zurückkommen zündete sie sich eine Zigarette an und setzte sich neben Reece aufs Bett.

»Ich werde eine rauchen, und du wirst mir erzählen, was hier eigentlich vorgeht.«

»Keine Ahnung, was hier vorgeht. Aber ich weiß, dass ich diese Kleider in den Trockner getan, eine Münze eingeworfen und den Knopf gedrückt habe. Trotzdem lagen sie nass in der Waschmaschine, als ich sie holen wollte. Ich weiß, dass ich diesen Müll nicht in meinen Kofferraum gekippt habe, trotzdem ist er da. Und das Bad habe ich auch nicht vollgeschmiert.«

»Mein Bad?« Joanie fuhr hoch und ging sofort nachsehen. »Ich seh hier kein Geschmier.«

»Brody hat alles frisch gestrichen. Ich habe meine Wanderstiefel nicht in den Küchenschrank getan, genauso wenig wie ich meine Taschenlampe in den Kühlschrank gelegt habe. Ich habe diese Dinge nicht getan, aber sie sind trotzdem passiert.«

»Sieh mich an. Sieh mir ins Gesicht.« Reece gehorchte und Joanie musterte ihr Gesicht, ihre Augen. »Hast du Medikamente genommen? Welche, die dir der Arzt verschrieben hat oder andere?«

»Nein, nichts dergleichen, nur den Kräutertee, den mir der Doc zusammengestellt hat. Und Paracetamol. Aber meine gesamte Notration Medikamente wurde in den Mörser geschüttet.«

»Warum sollte jemand so was tun?«

»Damit ich glaube, dass ich verrückt bin. Um mich in den Wahnsinn zu treiben – was nicht besonders schwierig ist. Weil ich gesehen habe, was ich gesehen habe. Aber es ist ja nicht weiter schwer, eine Verrückte unglaubwürdig wirken zu lassen.«

»Man hat eine Leiche gefunden ...«

»Das war sie nicht«, schnitt ihr Reece mit schriller Stimme das Wort ab. »Das war nicht dieselbe Frau. Das war sie nicht, außerdem ...«

»Hör auf damit.« Joanies Stimme war barsch und traf sie wie eine Ohrfeige. »Ich rede so lange nicht mehr mit dir, bis du dich wieder beruhigt hast.«

»Du hast gut reden. Versuch du mal, dich zu beruhigen,

wenn dir jemand so was antut. Versuch du mal, vernünftig zu bleiben, wenn du nicht weißt, was als Nächstes passiert. Geschweige denn, wann. Meine Kleider sind ruiniert. Ich hatte gerade noch genügend Geld übrig, um sie zu waschen, bevor wieder Zahltag ist. Und jetzt sind sie ruiniert.«

»Du kannst bei Mac anschreiben lassen. Oder aber ich gebe dir einen Vorschuss, wenn du etwas ersetzen musst.«

»Darum geht es nicht.«

»Nein. Aber immerhin besser als gar nichts. Wie lange geht das schon so?«

»Bisher waren es nur Kleinigkeiten, aber begonnen hat es gleich, nachdem ich gesehen habe, wie diese Frau ermordet wurde. Ich weiß nicht mehr, was ich machen soll.«

»Du musst mit dem Sheriff reden.«

»Warum?« Reece raufte sich die Haare. »Du glaubst doch nicht etwa, dass der Müll in meinem Kofferraum irgendwelche Fingerabdrücke aufweist?«

»Trotzdem, Reece.«

»Ja.« Seufzend ließ sie die Hände sinken und rieb damit über ihr Gesicht. »Ja, ich werde mit dem Sheriff sprechen.«

»Gut. Fürs Erste gehst du am besten die Kleider durch, siehst nach, welche noch zu retten sind, und hängst sie zum Trocknen auf. Wenn du eine neue Bluse oder Unterwäsche brauchst, kannst du dir das Zeug in der Pause bei Mac neu kaufen. Dir bleiben noch fünf Minuten, bis deine Schicht beginnt.«

Joanie drückte ihre Zigarette aus. Sie erhob sich und zog einen Zwanzigdollarschein aus der Hosentasche. »Dafür, dass du das Bad gestrichen hast.«

»Das war nicht ich, das war Brody.«

»Dann gib ihn eben Brody, wenn du dich so anstellst.«

Ihr Stolz kämpfte mit ihrer Vernunft, und die Vernunft gewann die Oberhand. »Danke.«

»Weiß Brody davon?«

»Ja, bis auf das, was heute passiert ist. Aber sonst schon.«

»Willst du ihn anrufen, bevor du zum Arbeiten runterkommst?«

»Nein. Ich bin ihm sowieso nur im Weg.«

Joanie schnaubte. »Manchmal haben Männer durchaus was für sich, aber wenn man nicht gerade unter einem liegt und einen Orgasmus hat, fällt es schwer zu sehen, wozu sie eigentlich noch taugen. Reiß dich zusammen und komm runter. Heute stehen Hochrippensteaks auf der Tageskarte.«

Reece richtete sich auf und versetzte dem Wäschekorb einen kleinen Tritt.

»Hochrippensteaks von was?«

»Büffel«, sagte Joanie mit einem dünnen Lächeln. »Vielleicht fällt dir ja was ein, wie man die aufpeppen kann.«

»Und ob mir da was einfällt.«

»Dann beweg deinen Hintern und mach dich an die Arbeit. Ich habe auch nur zwei Hände.«

Brody überlegte, eine Tiefkühlpizza in den Ofen zu schieben, und musste an Hähnchen und Klöße denken.

Das hatte sie mit Absicht getan, beschloss er. Sie hatte ihm das nur an den Kopf geworfen, damit er bloß noch an sie – besser gesagt, an Hähnchen und Klöße denken konnte, verbesserte er sich.

Dabei hatte er nur etwas klarstellen wollen. Hatte er nicht genau das gesagt? Aber sie hatte überreagiert wie alle Frauen.

Ein Mann hatte schließlich das Recht auf ein bisschen Luft zum Atmen, und erst recht in seinem eigenen Haus oder etwa nicht? Das Recht auf ein bisschen Ruhe und Frieden, ohne dass ihn ständig eine Frau betüttelte.

Genauso hatte er das Recht, Tiefkühlpizza zu essen, wann immer er wollte. Dummerweise wollte er gar nicht. Er wollte eine anständige, heiße Mahlzeit. Und wo es die gab, wusste er nur zu gut.

Er hatte schließlich schon im Angel Food gegessen, bevor sie aufgetaucht war, dachte Brody, als er zu seinem Wagen ging. Er fuhr nicht etwa dahin, weil sie dort war. Das war reiner Zufall. Und wenn sie weiterhin rumzicken wollte, war das allein ihre Sache. Alles, was er wollte, war eine anständige Mahlzeit zu einem anständigen Preis.

Aber als er vor dem Joanie's hielt, kam die Chefin höchstpersönlich heraus.

»Ich wollte gerade zu dir«, sagte sie.

»Wieso? Ist was mit Reece?«

»Ja.« Sie sah, wie er sofort besorgt dreinblickte – und etwas anderes hatte sie eigentlich auch nicht erwartet. Den Kerl hatte es erwischt. »Lass uns einen Spaziergang machen. Ich hab zehn Minuten Zeit.«

Sie sprach schnell, überhörte seine Einwände, ignorierte seine Wut. »Sie hat mir versprochen, den Sheriff anzurufen, aber getan hat sie es nicht. Noch nicht. Sie hat sich mittlerweile schon wieder ganz gut im Griff. Aber das mit dem Müll in ihrem Kofferraum war wirklich fies. Die Sache gefällt mir ganz und gar nicht.«

»Mir gefällt das alles nicht. Ich muss unbedingt mit ihr reden.«

»Sie bekommt zehn Minuten Pause. Nimm den Hintereingang. Ich will nicht, dass ihr euch über meinen Tresen hinweg ankeift.«

Er befolgte Joanies Rat, sauste an Pete vorbei und nahm Reece am Arm. »Lass uns rausgehen.«

»Ich habe zu tun.«

»Das muss warten.« Er zog sie nach draußen.

»Aber nur eine Minute. Ich arbeite, verdammt noch mal. Niemand kommt einfach so rein und zerrt dich nach draußen, wenn du arbeitest. Falls du mir was sagen willst, kannst du das ebenso gut nach meiner Schicht tun.«

»Warum zum Teufel hast du mich nicht angerufen, als dieser ganze Scheiß heute passiert ist?«

»Wie man sieht, spricht es sich auch so herum«, sagte sie bitter. »Außerdem hatte ich keine Lust, dich anzurufen. Wenn du hier einen auf edlen Ritter machen willst, kannst du gleich weiterreiten. Ich brauche keinen Helden. Ich muss meine Arbeit erledigen.«

»Ich warte bis nach der Arbeit und bringe dich heim. Und gleich morgen früh gehen wir zu Rick.«

»Ich will nicht, dass jemand auf mich wartet. Außerdem habe ich nach der Arbeit schon andere Pläne.«

»Was denn für Pläne?«

»Das geht dich gar nichts an. Du brauchst mich nicht zum Sheriff zu begleiten. Ich brauche keinen Babysitter oder Helden. Ich brauche dein Mitleid nicht, genauso wenig wie du es gebrauchen kannst, dass ich dein Bett und deine Wäsche mache. Außerdem habe ich noch lange nicht Pause.«

Als sie sich der Tür zuwandte, nahm er ihren Arm und wirbelte sie erneut herum. »Verdammt noch mal, Reece.« Er seufzte und gab es auf. »Verdammt«, sagte er leise. »Komm nach Hause.«

Sie starrte ihn an und schloss dann die Augen. »Das war gemein.« Der Satz hatte ihr wirklich die Sprache verschlagen. »Ich glaube, wir sollten in Ruhe über alles nachdenken. Wir sollten uns beide sicher sein, überlegen, ob wir das wirklich wollen. Am besten, wir sprechen morgen noch mal.«

»Ich werde im Arbeitszimmer schlafen oder unten auf dem Sofa.«

»Ich habe nicht vor, bei dir zu übernachten, damit du mich beschützen kannst. Falls noch mehr dahintersteckt, werden wir weitersehen. Aber überleg dir das gut, bevor wir weiterreden.«

Sie ließ ihn völlig verdattert stehen und kehrte zu ihrem Grill zurück.

22

Ein Bier, dachte Reece. Wenn man sich nicht mal ein Bier leisten konnte, wozu dann überhaupt arbeiten und dann noch so hart, dass einem der Rücken am Ende eines langen Tages tierisch wehtat.

Im Clancy brodelte es nur so von Einheimischen und Touristen, die angereist waren, um zu angeln oder zu paddeln, zu wandern oder zu reiten. Der lange große Reuben hatte das Mikrofon und gab eine soulige Version von Keith Urbans *You'll Think Of Me* zum Besten. Eine Gruppe Cowboys hatte mit Mädchen aus dem Ort angebandelt und diese zu einer Partie Poolbillard überredet, sodass die Kugeln in einer leicht knisternden, sexuell aufgeladenen Atmosphäre klackerten. Zwei Paare von der Ostküste prosteten sich zu und fotografierten sich vor den Elch- und Schafsköpfen.

An der Bar stand Lo, der einen Stiefel auf das Geländer gestellt hatte und finster über seiner Flasche Big Horn brütete.

»Er scheint ganz schön zu leiden.«

Linda-Gail reagierte nur mit einem Achselzucken auf Reeces Bemerkung. »Aber noch nicht genug. Diesmal muss er angelaufen kommen, und zwar mit dem Hut in der Hand. Ich kann warten.« Sie steckte sich eine der Salzbrezeln aus der schwarzen Plastikschale in den Mund und kaute lautstark darauf herum. »Ich habe einen Großteil meines Lebens damit verbracht, diesen blöden Cowboy anzuhimmeln, und ihm weiß Gott genügend Zeit und Freiraum gelassen, dass er sich sämtliche Hörner abstoßen kann.«

»Ein schönes Bild«, sagte Reece.

Aber Linda-Gail war nicht in der Stimmung für Komplimente. »Ich wusste, dass Lo mehr Hummeln in der Hose hat als viele andere. Na dann, von mir aus, soll er ruhig zusehen, dass er sie loswird, dass er ruhiger wird. Auf Männer wie ihn stehen die Frauen nun mal, ohne dass er auch nur einen Finger krumm machen muss.«

Reece hob die Hand. »Ich nicht.«

»Nein, aber du bist ja auch verrückt.«

»Stimmt. Das muss wohl die Erklärung dafür sein.«

»Aber ich bin jetzt so weit, dass ich mein Leben planen will.« Linda-Gail musterte mit zusammengezogenen Augen Los Rücken und zerbiss krachend eine weitere Salzbrezel. »Entweder er schnallt es jetzt, oder er schnallt es nie mehr.«

Reece dachte nach. »Männer sind Arschlöcher.«

»Na ja, klar sind sie das. Leider steh ich nicht auf Frauen. Also brauche ich einen, damit ich kriege, was ich will.«

»Und das wäre?«

Linda-Gail stützte ihre Ellbogen auf und ihr Kinn in die Hand. »Ich möchte Joanie das Haus, in dem ich wohne, abkaufen. Ich bin mir sicher, dass sie es mir verkauft, wenn ich sie darum bitte. Und wenn es eines Tages an der Zeit ist, werde ich das Angel's Food übernehmen.«

Reece war nicht weiter überrascht und nickte. »Das wäre der perfekte Job für dich.«

»Und ob er das wäre. Außerdem will ich ein paar silberne Kerzenständer für meinen Esstisch. Wirklich hübsche, die ich meiner Tochter weitervererben kann. Am liebsten hätte ich eine Tochter, aber noch lieber ein Mädchen und einen Jungen. Und ich will einen Mann, der mir hilft, das alles zu verwirklichen, und zwar weil er mich liebt. Ich will hören, wie er sich vor der Tür die Stiefel abstreift, während ich gerade dabei bin, das Abendessen zu kochen. Und so dann und wann möchte ich, dass er mir Blumen mitbringt.«

»Das klingt hübsch.«

»Und ich will, dass er verdammt gut im Bett ist und regelmäßig dafür sorgt, dass mir Hören und Sehen vergeht.«

»Das sind alles äußerst ehrenwerte Ziele. Und ist Lo dazu bereit?«

»Was den Sex anbelangt bestimmt, obwohl ich über das Vorspiel nie hinausgekommen bin.« Sie grinste grimmig, während sie eine weitere Salzbrezel einwarf. »Und sonst? Das Zeug dazu hätte er. Aber wenn er seine Chance nicht wahrnehmen will, kann ich ihm auch nicht helfen. Willst du noch ein Bier?«

»Nein, danke.«

Linda-Gail hob einen Finger, um ihre Bestellung aufzugeben, während eine der beiden Frauen von der Ostküste die Bühne mit einer energischen Coverversion von *I Feel Like A Woman* in Beschlag nahm. »Und was ist mit dir? Was sind deine Ziele?«

»Früher wollte ich einmal die beste Küche im besten Restaurant von ganz Boston leiten. Zu den Top Ten oder, noch besser, zu den Top Five meines Fachs gehören. Und irgendwann wollte ich auch heiraten und Kinder kriegen. Ich dachte, bis dahin hätte ich noch jede Menge Zeit. Aber nach meiner Verletzung ging es nur noch ums nackte Überleben. Von einer Stunde zur nächsten, von einem Tag zum nächsten.«

»Niemand, der das nicht selbst erlebt hat, kann nachempfinden, was du durchgemacht hast«, sagte Linda-Gail nach kurzem Schweigen. »Aber ich kann mir vorstellen, dass das nur vernünftig ist. Anders könnte man wahrscheinlich nicht weiterleben.«

»Jetzt will ich einfach nur wieder ein Zuhause. Eine Arbeit, die mir Spaß macht, und eine Freundin, mit der ich ein Bier trinken gehen kann.«

»Und Brody?«

»Ich weiß gar nicht mehr, wie es ist, mich nicht nach ihm zu sehnen. Er ist heute Abend noch in die Küche gekommen und hat mich durch die Hintertür nach draußen gezerrt.«

»Wie bitte?!« Linda-Gail setzte ihr frisches Bier so schnell ab, dass der Schaum überschwappte und am Glas nach unten lief. »Wieso habe ich nichts davon mitbekommen? Was ist passiert?«

»Er wollte, dass ich mit zu ihm fahre.«

»Und du sitzt hier, hältst dich an einem Bier fest und hörst dir abscheulichen – und in diesem Fall ist er wirklich abscheulich – Karaoke an?«

Reece spannte die Kiefermuskeln an. »Ich gehe nicht zu ihm zurück, bevor ich nicht weiß, dass er mich wirklich will. Und mich nicht nur beschützen will. Ich werde mir einen Hund anschaffen«, sagte sie grimmig.

»Mir fehlen die Worte.«

»Wenn ich beschützt werden will, kann ich mir ebenso gut einen Hund anschaffen. Ich wünsche mir einen echten Partner. Und wenn ich bei ihm in dieser Hütte bin, will ich mich nicht wie zu Besuch fühlen. Er hat mir noch nicht mal eine Schublade in seiner Kommode angeboten.«

Schmollend stütze Linda-Gail wieder ihr Kinn in die Hand. »Männer nerven.«

»Und ob! Ich bin derart stinksauer auf ihn, dass ich schon wieder in ihn verliebt bin.«

Mit trauriger Miene stieß Linda-Gail mit Reece an. »Ganz deiner Meinung.«

Dann warf sie einen Blick zur Bar und bemerkte, dass Lo seinen Kummer einer der Kellnerinnen anvertraute. Eine Frau, von der sie mit Sicherheit wusste, dass er sie schon mal gevögelt hatte.

»Lass uns tanzen.«

Reece blinzelte erschreckt. »Wie bitte?«

»Lass uns rübergehen und sehen, ob diese Fliegenfischer da nicht mit uns tanzen wollen.«

Die Tanzfläche bestand aus einem winzigen Streifen Dielenboden vor der Bühne. Und die Fliegenfischer waren ungepflegt und halb angetrunken.

»Nein danke.«

»Nun, ich geh jedenfalls da rüber und suche mir einen aus.« Sie schob ihren Stuhl zurück. Doch zuerst wühlte sie noch in ihrer Handtasche und holte einen Lippenstift heraus. Sie zog sich perfekt die Lippen nach – in einem knalligen, provozierenden Rot –, ohne auch nur einen Spiegel zur Hilfe zu nehmen. »Wie seh ich aus?«

»Im Moment ein bisschen gefährlich. Du solltest ...«

»Perfekt.« Linda-Gail warf ihre Haare zurück und stolzierte hinüber, aber so, dass Lo gar nicht anders konnte, als sie zu bemerken. Dann stützte sie ihre Handflächen auf den Tisch, an dem die drei Männer saßen, und beugte sich vor.

Reece konnte nicht hören, was gesprochen wurde – aber das brauchte sie auch gar nicht. Die Männer grinsten. Lo warf ihnen tödliche Blicke zu.

Keine gute Idee, dachte Reece. Solche Spielchen waren nie eine gute Idee. Aber Linda-Gail schlenderte Hand in Hand mit einem der Männer davon, während seine Kumpels pfiffen und grölten. Sie führte ihn zu der winzigen Tanzfläche, legte ihre Hände auf seine Schultern und schwang ihre Hüften.

Die beiden am Tisch Gebliebenen johlten. Einer von ihnen rief: »Los, ran an den Speck, Chuck!«

Und Chuck legte seine Hände auf Linda-Gails Po.

Selbst aus der Entfernung und durch die blauen Rauchschwaden konnte Reece erkennen, wie Los Knöchel an der Hand, mit der er seine Bierflasche hielt, weiß wurden.

Mit Sicherheit keine gute Idee, begriff Reece. Was sich nur noch bestätigte, als Lo die Flasche auf den Tresen knallte und zur Tanzfläche schritt.

Sie verstand Wortfetzen. Das ist mein Arsch, du Idiot, sagte

Linda-Gail. Kümmere dich um deinen eigenen Kram, sagte Chuck.

Die beiden Frauen, die von Shania Twain zu einer schaurigen Version von *Stand by Your Man* übergegangen waren, hörten auf zu singen und warteten mit fasziniertem Entsetzen, was als Nächstes geschah.

Chuck schubste Lo; Lo schubste Chuck. Linda-Gail ging mit ihren sechzig Kilo dazwischen und schubste beide.

Jegliche Hoffnung, das könnte der Auseinandersetzung ein Ende machen, zerschlug sich, als Reece sah, wie sich Chucks Freunde von ihrem Tisch erhoben.

Das Grüppchen Cowboys, das Poolbillard spielte, machte einen Schritt nach vorn. Lo war schließlich einer der ihren.

Sie würde mitten in eine Kneipenschlägerei hineingeraten, stellte Reece überrascht fest. Ein Handgemenge in einer Karaokebar in Wyoming.

Außer, es gelänge ihr, Linda-Gail zu schnappen und zu verschwinden.

Sie sah sich kurz nach dem kürzesten Weg zum Ausgang um.

Und entdeckte, während sie die lärmende, mittlerweile stehende Menge überflog, einen Mann mit einer orangeroten Jagdmütze.

Ihr stockte der Atem. Sie sprang auf und stieß ihr halb volles Glas Bier zu Boden, das mit einem lauten Knall in tausend Scherben zersprang. Sie stolperte und rempelte bei dem Versuch, sich wieder zu fangen, einen der Cowboys an, der wiederum mit Karacho auf einen der Angler fiel.

Fäuste flogen. Die Frauen auf der Bühne kreischten und klammerten sich aneinander. Körper flogen gegeneinander oder wurden in einigen Fällen regelrecht auf Tisch und Bar geschleudert. Gläser und Flaschen klirrten und zersprangen, Holz splitterte. Sie hätte schwören können, jemanden cowboymäßig aufjauchzen zu hören, bevor sie ein Ellbogen am Wangenknochen traf und sie zu Boden schleuderte, mitten in eine Bierpfütze.

Stinkend nach Bier und Rauch saß Reece im Büro des Sheriffs und hielt sich einen Eisbeutel gegen die Wange. Falls sie sich je gedemütigter gefühlt hatte, weigerte sich ihr Gehirn, diese Erinnerung zutage zu fördern.

»Das Letzte, was ich von Ihnen erwartet hätte, ist, dass Sie hier eine Kneipenschlägerei anzetteln.«

»Das hatte ich eigentlich auch nicht vor. Es ist einfach so passiert. Außerdem habe ich keine Schlägerei angezettelt.«

»Sie haben Jud Horst in Robert Gavin geschubst und das Ganze damit überhaupt ausgelöst. Sie haben mit Ihrem Bierglas um sich geworfen.«

»Nein, das habe ich nicht! Ich habe mein Bier umgestoßen, als ich versuchte, aufzustehen, und bin in Jud reingestolpert. Es war ein Unfall.«

»Sie haben getrunken«, fuhr Rick fort.

»Ein halbes Glas Bier. Mein Gott, ich war in einer Kneipe – natürlich habe ich getrunken. Genau wie alle anderen auch. Aber ich war nicht betrunken. Ich bin in Panik geraten, zugegeben. Na schön. Ich hatte Panik. Ich sah ...«

»Sie sahen was?«

»Ich sah einen Mann mit einer orangeroten Jagdmütze in der Menge.«

Ricks müder, genervter Gesichtsausdruck wich äußerster Konzentration. »Sie haben den Mann erkannt, den Sie neulich am Fluss gesehen haben?«

»Ich weiß es nicht. Ich konnte ihn nicht gut genug erkennen. Es ging alles so schnell. Ich bin aufgesprungen. Ich wollte nur noch weg. Ich wollte genauer hinsehen.«

»Ja was denn nun?«

»Beides«, blaffte sie zurück. »Ich hatte Angst, ich habe mein Bier umgeworfen. Ich bin ausgerutscht. Und das war's dann auch schon.«

Er seufzte laut. Er war von einem hysterischen Anruf einer der Kellnerinnen aus dem Clancy's aus dem Bett geholt worden. Er war gerade erst eingeschlafen, als er wieder aufstehen, sich anziehen und herfahren musste, um der Kneipenschlägerei ein Ende zu machen.

Jetzt hatte er es mit Sachbeschädigung, Körperverletzungen und eventuell noch mit Zivil- und Strafrechtsklagen zu tun, um die er sich kümmern musste.

»Min Hobalt hat ausgesagt, Sie hätten sie geschlagen. Und laut einer anderen Aussage sollen Sie einen Tisch umgestoßen haben, woraufhin ein Bierkrug auf dem Fuß einer gewissen Ms. Lee Shanks aus San Diego gelandet ist. Ich habe hier eine Touristin mit einem gebrochenen Zeh.«

»Ich habe niemanden geschlagen.« Oder etwa doch? »Jedenfalls nicht mit Absicht. Ich habe versucht, da rauszukommen. Ich bekam eine verpasst, ich habe Sternchen gesehen. Ich hatte Angst. Ich bin gegen den Tisch *gefallen*, und das ist etwas völlig anderes, als ihn umzustoßen. *Ich* wurde ins Gesicht geschlagen«, fuhr sie fort. »Ich habe überall blaue Flecken.«

Er seufzte erneut. »Wer hat zuerst zugeschlagen?«

»Keine Ahnung. Dieser Typ namens Chuck hat Lo einen kleinen Schubs gegeben, dann hat ihm Lo einen Schubs gegeben. Und dann habe ich ... die Mütze gesehen.«

»Sie haben die Mütze gesehen.«

»Ich weiß selbst, wie lächerlich das klingt. Und ich weiß sehr wohl, wie viele Männer hier solche Mützen tragen. Aber ich war nervös, weil ich sah, dass eine Schlägerei drohte. Dann sah ich die Mütze und bin ein bisschen durchgedreht. Überraschung!«

»Clancy sagt, er sei dazwischengegangen, um die Auseinandersetzung zu beenden, als das Glas zu Boden fiel. Er sagt, das sei wie ein Startgong im Boxring gewesen. Und als dieser Cowboy dann noch den Touristen anrempelte, war die Hölle los.«

»Es ist also alles meine Schuld«, sagte Reece beherrscht. »Na prima. Bestrafen Sie mich dafür, dass ich eine Schlägerei angezettelt habe. Egal was – Hauptsache, Sie geben mir ein gottverdammtes Aspirin, bevor Sie mich einsperren.«

»Niemand hier will Sie einsperren, verdammt noch mal.« Rick rieb sich das Gesicht und kniff sich in die Nasenwurzel. »Aber überall, wo Sie auftauchen, ist die Hölle los. Wie ich hörte, hatten Sie heute auch Ärger im Waschkeller des Hotels?«

»Ich ...« Natürlich wusste er Bescheid. Brenda war dick mit Debbie befreundet, und Debbie war die Frau des Sheriffs. Reece konnte sich vorstellen, dass sie das Hauptgesprächsthema am Abendbrottisch der Mardsons gewesen war.

»Das war etwas völlig anderes. Jemand hat mir einen Streich gespielt. Den ich übrigens kein bisschen komisch fand.« Während er fragend die Brauen hob und darauf wartete, dass sie weiterredete, überlegte Reece, ob sie ihm überhaupt die Wahrheit sagen sollte.

Denn die Wahrheit, beschloss sie, klang im Moment alles andere als überzeugend. »Ach, nichts. Egal. Verhören Sie eigentlich jeden, der mal einer Hotelangestellten gegenüber laut wird oder nur mich?«

Sein Gesicht wurde grimmig. »Ich erledige hier nur meinen Job, Reece, ob Ihnen das nun gefällt oder nicht. Und jetzt muss ich mich mit diesem Mist hier rumärgern. Kann sein, dass ich Sie morgen noch mal befragen muss.«

»Dann darf ich jetzt also gehen?«

»Ja, das dürfen Sie. Soll sich der Doc Ihre Wange mal ansehen?«

»Nein.« Sie erhob sich. »Ich habe die Schlägerei heute Abend weder angezettelt noch beendet. Ich bin einfach nur darin verwickelt worden.« Sie wandte sich zur Tür.

»Sie haben ein Talent dafür, in Dinge verwickelt zu werden. Und Reece, wenn Sie jedes Mal aufspringen und ihre Faust ausfahren, sobald Sie die Farbe Orange sehen, haben wir ein ernsthaftes Problem.«

Sie lief einfach weiter. Sie wollte nach Hause, wo sie ihre Wut und ihrer Demütigung ungestört abreagieren konnte.

Doch vorher, fiel ihr wieder ein, würde sie an Brody vorbei müssen, denn der saß auf einem der Besucherstühle im Warteraum – mit ausgestreckten Beinen und halb geschlossenen Augen. Sie versuchte einfach, um ihn herumzulaufen.

»Hier geblieben, Bohnenstange.« Er erhob sich träge. »Lass mal dein Gesicht sehen.«

»Da gibt's nichts zu sehen.«

Er ging als Erster zur Tür, schloss die Hand um die Klinke und stellte sich davor. »Du riechst nach Kneipenboden.«

»Wo ich auch einen Großteil des heutigen Abends verbracht habe. Würdest du mich jetzt bitte entschuldigen?«

Er öffnete die Tür und packte sie am Arm, kaum dass sie draußen waren. »Jetzt lass uns bitte nicht wieder streiten, ob ich dich nach Hause bringen darf oder nicht. Es ist spät, ich fahre.«

Da ihr ganzer Körper und vor allem ihre Knie schmerzten, auf die sie während des Handgemenges gefallen sein musste, beschloss sie, sich nicht weiter zu wehren. »Prima. Wieso bist du eigentlich überhaupt hier?«

»Linda-Gail hat mich angerufen, falls du jemanden brauchst, um die Kaution zu bezahlen.« Er öffnete die Beifahrertür. »Mit dir wird es einem wirklich nie langweilig.«

»Ich habe *nicht das Geringste* damit zu tun.«

»Dann solltest du auch bei dieser Aussage bleiben.«

Sie kochte vor sich hin, bis er die Motorhaube umrundet und sich hinters Steuer gesetzt hatte. »Findest du das witzig?«

»Nun, die Sache entbehrt nicht einer gewissen Komik. Ja, ich finde das witzig. Die einzige Frau, die ich je vor der Polizei retten musste, war eine Stripperin, die ich damals in Chicago kannte und die einem Kerl eines mit der Bierflasche übergezogen hat, als er während eines Lapdance-Acts auf einer Junggesellenparty etwas zu begeistert reagierte. Sie war allerdings wesentlich dankbarer als du.«

»Linda-Gail hat dich angerufen, nicht ich.« Reece verschränkte die Arme und sehnte sich einen Eisbeutel und ein Aspirin herbei. »Außerdem ist das Ganze allein ihre Schuld. Nichts von alldem wäre passiert, wenn sie es sich nicht in den Kopf gesetzt hätte, Lo eifersüchtig zu machen.«

»Warum denn das?«

»Weil sie in ihn verliebt ist.«

»Und weil sie in Lo verliebt ist, zettelt sie eine Kneipenschlägerei an. Verstehe.« In was für einer bizarren Welt Frauen doch lebten! »Na gut, Bohnenstange, zu dir oder zu mir?«

»Zu mir. Du kannst mich dort absetzen, womit du deine Rolle als heiliger Samariter für heute erfüllt haben dürftest.«

Er fuhr los und trommelte mit den Fingern gegen das Lenkrad. »Willst du wissen, warum ich aufgestanden und hergefahren bin, nachdem mich Linda-Gail angerufen hat?«

Reece schloss die Augen. »Weil du das dringende Bedürfnis hattest, für Stripperinnen und Geisteskranke den Retter zu spielen.«

»Kann sein. Kann aber auch sein, dass du mir wichtig bist.«

»Kann sein. Sag mir Bescheid, wenn du dich entschieden hast.«

»Verdammt, du weißt doch ganz genau, dass du mir wichtig bist! Warum sollte ich sonst hellwach im Bett liegen und dich verfluchen?«

»Woher soll ich das wissen.«

»Ich denke an dich. Ich kann mich kaum noch auf was anderes konzentrieren.« Unmut mischte sich in seine Stimme. »Du kommst mir in die Quere.«

»Da das heute Abend nun schon das zweite Mal ist, dass du bei mir aufkreuzt, würde ich eher sagen, du kommst mir in die Quere.« Sie drehte sich zu ihm um, während er hinter ihrem Auto hielt. »Du wolltest, dass ich aus deinem Haus verschwinde. Also bin ich gegangen. Du wolltest etwas klarstellen, auf Distanz gehen, also bin ich gegangen. Du bist äußerst launisch Brody, aber das ist nicht mein Problem.«

»Meine Güte«, murmelte er. »Ich fühlte mich einfach in die Enge getrieben, heute Morgen. Und dann fängst du auch noch an, was von italienischer Hochzeitssuppe daherzufaseln, verdammt noch mal.«

»Was hast du gegen italienische Hochzeitssuppe? Das war eine meiner Spezialitäten, als ich noch ... Was bist du nur für ein Idiot! Hochzeit? Dieses kleine Wörtchen jagt dir eine derartige Angst ein?«

Er krümmte sich regelrecht auf seinem Sitz. »Niemand hier hat Angst.«

»Ich will Suppe kochen, und du bildest dir ein, dass ich heimlich schon das Aufgebot bestelle? Idiot!«

Sie wollte die Autotür aufdrücken, aber er beugte sich vor und legte seine Hand auf die ihre und drückte sie. Er war lieber wütend als verlegen. »Du machst mein Bett, willst meine Wäsche waschen. Willst wissen, was ich zum Frühstück möchte.«

Sie stemmte ihre freie Hand gegen seine Brust. »Ich hab in deinem Bett geschlafen, also hab ich's gemacht. Du hast mich bei dir übernachten lassen, als ich Schutz brauchte, und außerdem musste ich sowieso Wäsche waschen. Ich dachte, ich kann mich ein wenig revanchieren, indem ich was im Haushalt mache. Ich koche gern für dich. Ich koche generell gern, und damit basta. Das war alles, mehr nicht.«

»Du hast gesagt, dass du mich liebst.«

»Ja, das habe ich. Aber ich habe dich nicht gebeten, mich zurückzulieben. Und das *Bride Magazine* habe ich auch noch nicht abonniert. Ich habe dich nicht mal gebeten, mir eine Schublade freizuräumen, damit ich irgendwo meine Sachen verstauen kann. Ich habe dich nie um etwas anderes als um ein bisschen Gesellschaft gebeten.«

Irgendwas lief hier gründlich schief. »Na gut, dann habe ich eben überreagiert ...«

»Das sagtest du bereits. Ich bin müde, Brody. Alle weiteren Gespräche zu diesem Thema sollten wir auf ein andermal vertagen. Ich will nur noch ins Bett.«

»Warte. Verdammt.« Er lehnte sich zurück und fuhr sich mit den Fingern durchs Haar. Er wirkte verzweifelt und gleichzeitig frustriert. »Ich bin heute Morgen irgendwie mit dem falschen Fuß aufgestanden. Es tut mir leid.«

Sie schwieg. »Autsch! Ich wette, das hat genauso wehgetan, wie mir jetzt mein Gesicht wehtut.«

»Vielleicht sogar noch mehr. Bitte sag nicht, dass ich es wiederholen muss.«

»Einmal reicht.« Sie berührte seinen Arm und griff dann wieder nach der Tür.

»Jetzt warte doch noch einen Moment. Himmelherrgott. Hör mir zu.«

In der darauf folgenden Stille musterte sie sein Gesicht. »Ich höre.«

»Gut. Du hast vorhin gesagt, du willst nicht, dass ich mich um dich kümmere. In Ordnung. Der Gedanke, für dich verantwortlich zu sein, jagt mir nämlich eine Heidenangst ein. Aber ich will mir dir zusammen sein. Es gibt niemanden, mit dem ich so gern zusammen bin wie mit dir. Können wir uns darauf einigen?«

Sie drückte die Tür auf, hielt kurz inne und sah ihn an. Das Leben war furchtbar kurz. Und wer wusste das besser als sie?

»Genau das wollte ich von dir hören. Willst du mit raufkommen?«

»Ja.« Er wartete, bis sie um den Wagen herumgelaufen war, und streckte ihr seine Hand entgegen. »Komm mal einen Moment her.« Er beugte sich vor und streifte ihre geschwollene Wange behutsam mit seinen Lippen. »Autsch.«

»Das kannst du laut sagen. Du musst wissen, dass ich heute keine besonders angenehme Gesellschaft sein werde. Alles, was ich will, ist ein heißes Bad, ein Aspirin und ein weiches Bett.«

»Du hast kein weiches Bett.«

»Ich werde mich arrangieren.« Sie schloss die Tür auf. »Ich komme mir vor, als hätte ich ein Fußball-Match hinter mir. Aber als Ball.«

Als sie die Tür öffnete, hielt er sie zurück und drängelte sich vor.

»Was ist denn das für ein Geräusch?«, fragte sie. »Hörst du das? Das hört sich an, als ob irgendwo Wasser läuft.«

»Bleib, wo du bist.«

Das konnte sie natürlich nicht und glitt hinter ihm durch die Tür, folgte ihm ins Zimmer. »Im Bad«, flüsterte sie. »Die Tür ist zu. Ich mach die Tür nie zu, da ich alle Zimmer im Blick haben will, wenn ich reinkomme. Das Wasser läuft. Oh mein Gott, alles ist überschwemmt, es quillt schon durch die Türritze.«

Er drückte die Tür auf, sodass noch mehr Wasser herausfloss. Im Bad war die Wanne übergelaufen, während das Wasser aus dem Hahn strömte. Die paar Klamotten, die sie nach dem Vorfall im Waschkeller hatte retten können, trieben im Bad herum wie Strandgut.

»Ich habe den Hahn nicht laufen lassen. Ich habe ihn nicht mal aufgedreht. Ich bin bloß schnell hochgerannt ...«

Wortlos watete Brody durch die Fluten, um den Hahn abzustellen. Er krempelte einen Ärmel hoch und zog den Stöpsel.

»Ich habe die Sachen über die Duschstange gehängt, bevor ich zur Arbeit bin. Nach der Arbeit bin ich nur kurz hoch, um mir andere Schuhe anzuziehen. Mehr habe ich nicht getan, bevor ich mit Linda-Gail ausgegangen bin.«

»Ich widerspreche dir ja auch gar nicht.«

»Der Boden ist sicher ruiniert. Ich muss unbedingt was holen zum ... Oh Gott, das Joanie's. Im Erdgeschoss. Das Wasser wird durch den Boden bis ins Diner gesickert sein.«

»Geh und ruf sie an. Sag ihr, sie soll sofort herkommen und die Schlüssel vom Diner mitbringen.«

Sie kam mit den Schlüsseln und einem Vakuumsauger. Mit grimmigem Blick drückte sie ihn Reece in die Hand. »Los, saug das Wasser auf. Und wenn du fertig bist, bringst du ihn runter.«

»Joanie, es tut mir so leid ...«

»Halt den Mund und tu, was ich dir gesagt habe.«

Joanie schloss die Tür auf, betrat das Diner, machte die Lichter an. Wasser tropfte und rann die Decke in der nördlichen Ecke herunter. Der Gipskarton hatte unter dem Gewicht nachgegeben und war aufgeplatzt wie überreifes Obst. Die zwei Nischen mit den Tischen darunter waren völlig durchweicht.

»Verdammtes Miststück.«

»Sie kann nichts dafür«, hob Brody an, aber Joanie zeigte nur mit dem Finger auf ihn und ließ den Schaden nicht aus den Augen.

»Ich werde Heizlüfter brauchen, zum Trocknen. Eine Plastikplane, um das Scheißloch in dieser Scheißdecke abzudecken, bevor mir das Gesundheitsamt deswegen noch den Laden schließt. Wenn du dich nützlich machen willst, geh nach hinten und hol den großen Heizlüfter aus dem Vorratsraum. Dann kannst du zu mir nach Hause fahren. Ich habe eine Rolle Plastikplane in meinem Schuppen. Und einen Tucker.«

Brody sah zur Decke hoch. »Eine Stufenleiter wär auch nicht schlecht.«

»Die auch. Miststück.«

Reece weinte, während sie arbeitete. Jetzt war nicht nur sie das Opfer, sondern auch die Frau, deren einziges Vergehen es gewesen war, ihr einen Job zu geben, ihr eine Wohnung zu vermieten und für sie einzustehen.

Jetzt war alles kaputt. Der Boden, die Decke und alles andere auch.

Sie leerte den Tank des Vakuumsaugers und fing von vorne an.

Sie sah mit einem schlechten Gewissen auf, als Joanie zur Tür hereinkam.

»Wenn du so weiterheulst, musst du nur noch mehr Wasser aufsaugen.«

Reece wischte sich die Tränen ab. »Wie schlimm ist es?«

»Schlimm genug. Aber man kann's reparieren.«

»Ich werde für alles aufkommen ...«

»Ich bin versichert. Die Deppen dürfen ruhig mal was zahlen, nachdem sie jeden verdammten Monat ihre Prämien von mir kassieren.«

Reece hielt den Blick weiter auf den Boden geheftet, während sie arbeitete. »Ich weiß, wie das auf dich wirken muss, und ich kann mir gut vorstellen, dass du jetzt keine Entschuldigungen hören willst. Aber ich habe das Badewannenwasser nicht laufen lassen. Ich habe nicht mal ...«

»Ich weiß ganz genau, dass du das nicht warst.«

Reece riss den Kopf hoch. »Echt?«

»Du vergisst nie etwas. Musste ich nicht gerade sogar meinen Schlüssel benutzen, um diese dämliche Tür zu öffnen? Du hast gesagt, dass jemand versucht, dich fertigzumachen. Und jetzt will er auch mich fertigmachen. Und darüber bin ich stinksauer. Aber bevor wir etwas unternehmen, müssen wir erst retten, was noch zu retten ist, und dann sehen wir weiter.« Sie stemmte die Hände in die Hüften. »Diesen Boden werden wir rausreißen müssen. Ist das ein Problem für dich, wenn du bei Brody übernachtest?«

»Nein.«

»Dann sieh zu, dass du hier fertig wirst, und pack deine Sachen. Ich werde ein paar Jungs organisieren, die das gleich morgen früh erledigen.« Sie trat an den Schreibtisch und sah sich Reeces Gesicht zum ersten Mal genauer an. »Wo hast du denn diese Backe her?«

»Es gab eine Art Schlägerei im Clancy's.«

»Ach du meine Güte. Es kommt wohl alles zusammen. Nimm dir einen Beutel mit Tiefkühlerbsen aus dem Gefrierschrank, bevor du heimgehst.«

»Aber nur so lange, bis ich wieder in das Apartment ziehe.«

Es war nach drei, als Reece ihre letzten Sachen auf den Rücksitz von Brodys Auto warf.

»Hm-hm.«

»Nur ein paar Tage.« Erschöpft und kleinlaut angesichts des Schadens im Joanie's stieg Reece in den Wagen. »Ich werde dir auch nicht mehr anbieten, deine Wäsche zu waschen. Was das angeht, habe ich ohnehin kein sehr glückliches Händchen.«

»Einverstanden.«

»Sie hat mir geglaubt. Ich musste es ihr nicht mal erklären.«

»Joanie ist eine intelligente Frau. Sie durchschaut es schnell, wenn jemand sie verarschen will.«

»Wer auch immer das getan hat, er hätte doch wenigstens sie in Ruhe lassen können.« Er fuhr, und sie sah aus dem Fenster über die düstere Wasseroberfläche des Sees hinweg. Genauso düster sah es gerade in ihrer Seele aus. Zu düster, als dass man bis auf den Grund sehen konnte.

»Würde sie dich für verantwortlich halten, hätte sie dich gefeuert, dich rausgeworfen. Dann hättest du sehr wahrscheinlich die Stadt verlassen. Und dann hätte er dich um deinen Job und deine Bleibe gebracht. Ein geschickter Schachzug.«

»Immerhin tröstlich, dass ich nicht von einem totalen Dummkopf verfolgt werde. Wenn man seiner Logik folgt, wirst du der Nächste sein. Ich bin nicht gerade ein Glücksbringer, Brody.«

»Ich glaube nicht an Glück.« Er hielt vor seiner Hütte.

Er nahm den schweren Karton mit ihren Küchenutensilien vom Rücksitz und hängte sich den Gurt ihrer Computertasche über die Schulter. Den zweiten Karton sowie den Matchbeutel überließ er ihr.

In der Hütte stellte er den Karton auf den Boden. »Aber einräumen werde ich das hier nicht.« Er half ihr mit dem anderen Karton und stellte ihn ebenfalls auf den Boden. »Und jetzt ab mit dir nach oben unter die Dusche.«

»Ein Vollbad wär mir lieber.« Sie musste lächeln und schnupperte an ihrem Handrücken. »Ziemlich eklig.«

»Nicht, wenn man auf abgestandenes Bier und Zigarettenrauch steht.« Er nahm die Tiefkühlerbsen aus dem leichteren Karton und warf sie ihr zu. »Nimm das.«

Sie ging nach oben und ließ heißes Wasser in die Badewanne laufen. Sie ließ sich hineingleiten und drückte den kalten Beutel gegen ihre pochende Backe. Dann schoss sie hoch, als Brody hereinkam.

»Aspirin«, sagte er. Er stellte ihr das Fläschchen mit den Tabletten und ein Glas Wasser an den Wannenrand und ging wieder hinaus.

Als sie in einem ausgeleierten grauen T-Shirt mit roten Flecken und einer schlabberigen Flanellhose wieder auftauchte, stand er gerade am Fenster. Er drehte sich um und legte den Kopf schräg.

»Hübsches Outfit.«

»Ich habe nicht mehr viel anzuziehen.«

»Na ja. Das, was dir noch geblieben ist, kannst du da reintun.« Er wies mit dem Daumen auf die Kommode. »Ich hab ein paar Schubladen leer geräumt.«

»Oh.«

»Das ist kein Heiratsantrag.«

»Verstehe. Ich, äh, mach's morgen. Ich bin ehrlich müde. Es tut mir leid, Brody, aber hast du ...«

»Ja, die Türen sind alle abgeschlossen.«

»Okay.« Sie schlüpfte ins Bett und weinte beinahe vor lauter Erleichterung.

Kurze Zeit später ging das Licht aus, und die Matratze senkte sich neben ihr. Als Nächstes spürte sie seinen warmen Körper neben sich, seinen Arm, der ihre Taille umschlang.

Sie nahm seine Hand. Sie schlief ein, während sie ihre Finger mit den seinen verschränkte, zu erschöpft, um zu träumen.

23

Brody fuhr Reece pünktlich um sechs zum Joanie's. Dort waren die Lichter schon an und bildeten einen grellen Kontrast zu der Dunkelheit ringsum. Ein Pick-up-Truck parkte am Bordstein, darauf stand ein scheußlich grüner Müllcontainer, der bereits zur Hälfte mit Gipskarton und Schutt gefüllt war.

Allein der Anblick genügte, dass sich Reeces Schultern beim Vorbeigehen verspannten. »Wie viel, glaubst du, wird das kosten?«

»Ich hab nicht die geringste Ahnung.« Brody zuckte die Achseln. »Meine Männlichkeit erstreckt sich nicht bis auf solche Bereiche.«

Joanie war zwar versichert, dachte Reece. Aber was war mit dem Selbstbehalt? Sie ging hinein und sah, wie Joanie die Hände in die Hüften gestemmt hatte und stirnrunzelnd zu einer Plastikplane hochsah. Sie trug die Arbeitsstiefel, die Reece im Flur gesehen hatte, als sie das erste Mal zusammen gebacken hatten, eine grobe braune Hose und eine beige Westernbluse, deren eine Brusttasche etwas ausgebeult war, da sie darin mit Sicherheit ihre Schachtel Marlboro griffbereit aufbewahrte.

Hinter der Plane konnte Reece ein paar Männer auf Stufenleitern erkennen.

Es roch nach Kaffee und Feuchtigkeit. Der große Heizlüfter dröhnte, während sein Ventilator die Luft kühlte.

»Du hast heute erst ab elf Uhr Dienst«, sagte Joanie, ohne sich umzudrehen.

»Ich will auch meinen Teil beitragen. Und wenn du mir das jetzt verbieten willst«, fügte Reece hinzu, »kündige ich sofort, ziehe nach Jackson Hole und such mir dort einen neuen Job. Und dann fehlen dir nicht nur zwei Nischen mit Tischen, sondern auch noch die Köchin.«

Joanie rührte sich nicht von der Stelle. »Diese Jungs sind schon seit einer Stunde beschäftigt. Geh nach hinten und mach ihnen ein paar Würstchen mit Bratkartoffeln und Ei.«

»Wie wollen sie die Eier?«

»Mach Spiegeleier.«

Brody ging auf Joanie zu, während Reece in der Küche verschwand. »Hast du heute Nacht überhaupt ein Auge zugetan?«

»Schlafen kann ich, wenn ich tot bin. Bist du nur da, weil du sie herumchauffierst und ihr schmachtende Blicke zuwirfst, oder hast du auch vor, dich nützlich zu machen?«

»Ich bin durchaus in der Lage, mehrere Dinge gleichzeitig zu erledigen.«

»Dann geh nach hinten und lass dir sagen, zu was Reuben und Joe dich noch gebrauchen können. Es dauert nicht mehr lange, bis die ersten Gäste kommen. Reece, mach bitte drei von den vorher erwähnten Frühstücken.«

Reece bediente sie höchstpersönlich am Tresen, während Joanie und Bebe Tische hereinschleppten, um die fehlenden Plätze wieder herzurichten. Die üblichen Frühaufsteher tröpfelten schon herein, während der Frühschichtspüler, der regelmäßig verschlief, zur Hintertür reinschlurfte, um die Teller zu waschen.

Niemand beschwerte sich über die Unannehmlichkeiten oder Unordnung, aber den ganzen Vormittag waren sie das Gesprächsthema Nummer eins. Als sie die nachdenklichen Blicke auf sich spürte, tröstete sich Reece damit, dass das wohl das Mindeste war, was sie zu erwarten hatte. Aber man aß ihr Essen, Teller klapperten, und pünktlich um zehn nahm jemand die Jukebox in Betrieb, um das Hämmern und Sägen zu übertönen.

Die Tagessuppe befand sich bereits fertig zubereitet im großen Kessel. Reece machte gerade Salsa, als Linda-Gail zu ihr hinter kam. »Was für eine schöne Bescherung! Du musst stinksauer auf mich sein.«

»Ich war stinksauer.« Reece schnitt Gemüse klein und hatte vor, die Mittagsgäste mit kleinen Bruschette zu überraschen. »Doch dann habe ich mich wieder an die Umstände erinnert und beschlossen, dass es nicht deine Schuld war. Zumindest nicht nur.«

»Ehrlich? Ich komm mir so was von blöd vor.«

»Du warst auch blöd.« Sie schwieg lang genug, um ein paar Schluck aus einer Wasserflasche zu nehmen. »Aber das war noch längst nicht alles an diesem katastrophalen Abend.«

»Ach Reece, Süße. Du Ärmste.«

»Lass uns von etwas anderem reden.« Reece hielt sich die kalte Flasche kurz gegen ihre blaue Wange. »Sieht es arg schlimm aus?«

»Natürlich nicht. Du kannst gar nicht schlimm aussehen.«

»So schlimm also? Jetzt, nach der Schlägerei im Clancy's und dieser Bescherung hier, werden die Leute wochenlang über mich reden.«

»Du kannst nichts dafür.«

»Nein.« Anscheinend waren ihre von Selbstmitleid geprägten Tage gezählt. Hurra. »Wirklich nicht.«

»Weiß man schon, wie es passiert ist? Ich meine, wer könnte so etwas Dummes und Gemeines tun?« Linda-Gail sah sich um und beobachtete Brody und Reuben, die ein Stück Gipskarton hereintrugen. »Das Gute daran ist, dass sich Joanie schon überlegt, das ganze Lokal neu zu streichen, statt nur etwas Farbe an die Decke zu klatschen. Wir könnten eine kleine Renovierung gebrauchen.«

»Eine merkwürdige Art, Renovierungsarbeiten einzuleiten.«

Linda-Gail strich Reece ein paarmal liebevoll über den Rücken. »Es tut mir alles so leid.«

»Ist schon gut.«

»Lo redet nicht mehr mit mir.«

»Irgendwann wird er schon wieder mit dir reden. Aber vielleicht solltest du damit anfangen. Wenn man etwas will, etwas wirklich will, ist das Leben zu kurz, um Spielchen zu spielen.«

»Kann sein. Reece, ich wollte dir nur noch sagen, dass du, wenn nötig, so lange bei mir wohnen kannst, wie du willst.«

»Danke.« Sie warf einen vorsichtigen Blick über ihre Schulter. »Er hat mir zwei Schubladen freigeräumt.«

Linda-Gail riss die Augen auf. »Oh, Reece!« Sie schlang ihre Arme um Reeces Taille und wiegte sich mit ihr hin und her. »Das ist ja fantastisch!«

»Nur die Schubladen, Linda-Gail. Aber immerhin: Ein Anfang ist gemacht.«

»Linda-Gail, soweit ich weiß, bezahle ich dich hier nicht fürs Tanzen.«

Joanie kam herein und rührte die Suppe um. »Rick ist draußen, Reece, er will dich sprechen, sobald du Zeit hast. Du kannst mein Büro benutzen, wenn du ungestört sein willst.«

»Das wird wohl das Beste sein.« Aber dann drehte sie sich um und sah die Leute, die am Tresen und an den Tischen über ihrem Kaffee saßen. »Nein, ich glaube, ich rede lieber im Lokal mit ihm. Wenn ich hinter verschlossenen Türen verschwinde, wird erst recht über mich geklatscht werden.«

Joanie nickte und begriff. »Schlau von dir.«

Reece ließ ihre Schürze an und nahm ihr Wasser mit. Rick wartete am Tresen und richtete sich auf, als sie herauskam.

»Reece. Warum setzen wir uns nicht nach hinten?«

»Hier passt es doch bestens. Tisch Nummer fünf ist frei. Linda-Gail«, rief Reece, ohne den Blick von Rick abzuwenden. »Würdest du dem Sheriff etwas Kaffee bringen? Tisch Nummer fünf.«

Sie ging voran, setzte sich. »Hat Min vor, Anzeige zu erstatten?«

»Nein.« Er holte sein Notizbuch hervor. »Ich habe heute Morgen noch mal mit ihr gesprochen, und sie gibt zu, dass Sie sie eigentlich nicht geschlagen haben, sondern eher auf sie gefallen sind. Und nach reiflicher Überlegung haben andere Zeugen bestätigt, dass Sie keinen Tisch umgeworfen haben, sondern gegen einen gestürzt sind, als andere Leute die Flucht ergriffen oder sich ihrerseits ins Handgemenge gestürzt haben. Es herrscht also sozusagen Einigkeit darüber, dass die Sache im Clancy's die Folge eines reichlich idiotischen Verhaltens einiger Personen war.«

»Mich mit eingeschlossen.«

»Nun ja.« Er verzog den Mund zu einem unmerklichen Lächeln. »Sie scheinen in der Tat recht ... extreme Reaktionen hervorzurufen. Nun.« Er schwieg und sah zu der Plastikplane und dem Lärm, mit dem der Gipskarton festgenagelt wurde, empor. »Wie wär's, wenn Sie mir etwas hierüber erzählen?«

»Nachdem ich Ihr Büro verlassen hatte, hat mich Brody nach Hause gefahren. Wir sind hoch zu meinem Apartment gegangen. Ich habe Wasser laufen hören, und als wir eintraten, war die Badezimmertür zu. Wasser quoll durch den Türspalt. Irgendjemand hat den Badewannenhahn aufgedreht und den Stöpsel reingesteckt. Die Wanne ist übergelaufen.«

»Irgendjemand?«

Sie war darauf vorbereitet und hielt seinem Blick stand. Achtete auf eine gelassene, selbstbewusste Stimme. »Ich war das nicht. Ich war nicht zu Hause. Und das wissen Sie auch, weil ich im Clancy's war und anschließend in Ihrem Büro.«

»Ich weiß, dass Sie ein paar Stunden im Clancy's waren und auch ein paar Stunden in meinem Büro. Aber nach dem, was ich gehört und gesehen habe, muss das Wasser schon eine ganze Weile gelaufen sein. Schwer zu sagen, wie lange genau.«

»Ich habe den Hahn nicht aufgedreht. Nach meiner Schicht bin ich nur kurz hoch, um mir andere Schuhe anzuziehen und ...«

»Und?«

Um die Schlösser, die Fenster zu kontrollieren. »Nichts. Ich habe andere Schuhe angezogen und bin wieder runter, um mich mit Linda-Gail zu treffen. Ich kann höchstens drei Minuten oben gewesen sein.«

»Waren Sie im Bad?«

»Ja, ich war im Bad und habe nach meinen Kleidern gesehen, die ich zum Trocknen über die Duschvorhangstange gehängt habe. Mehr nicht. Ich hatte keinerlei Veranlassung, das Wasser aufzudrehen.«

»Die Kleider, die Sie vorher mit in den Waschkeller des Hotels gebracht hatten?«

Na gut, dachte sie. Von mir aus. »Ja. Und ja, irgendjemand hat meine Kleider, die ich gewaschen und in den Trockner getan hatte, wieder aus dem Trockner genommen und zurück in die Waschmaschine getan. Ich hatte sie in den Keller getragen, sie gewaschen, bin nach Hause, kam zurück, tat sie in den Trockner und ging wieder nach Hause. Als ich kam, um sie zu holen, lagen sie in der Waschmaschine.«

Er sah auf, als Linda-Gail seinen Kaffee brachte sowie ein pochiertes Ei mit Toast für Reece. »Joanie sagt, du sollst das essen, Reece. Darf ich Ihnen noch etwas anderes bringen, Sheriff?«

»Nein, nur Kaffee, vielen Dank.«

»Linda-Gail kann Ihnen bestätigen, dass ich nicht länger als ein paar Minuten oben war, bevor wir ins Clancy's sind.«

»Klar.« Die Bestätigung kam nach einem kaum merklichen Zögern. »Sie war oben und kam gleich darauf wieder runter.«

»Sie sind nicht mit zu ihr hoch?«, fragte Rick.

»Nein, das nicht. Ich bin hier aufs Klo gegangen, habe mein Make-up aufgefrischt und ein bisschen an meinen Haaren herumgefummelt. Reece wartete schon auf mich, als ich wieder rauskam. Das Ganze kann höchstens ein paar Minuten gedauert haben. Irgendjemand hat ihr einen Streich gespielt, und zwar einen besonders fiesen, wenn Sie mich fragen.«

»Warum hätte ich den Hahn aufdrehen sollen?«, fragte Reece. »Ich wollte ausgehen.«

»Das sage ich ja auch gar nicht. Genauso wenig, wie ich behaupte, dass Sie das hier verursachen wollten, falls Sie es doch getan haben.« Er zupfte an seinem Ohrläppchen. »Manchmal, wenn man viel um die Ohren hat, wird man vergesslich. Man lässt den Topf auf dem Herd stehen, legt den Telefonhörer nicht richtig auf. Das ist völlig normal.«

»Aber es ist wohl kaum normal, sich ein Bad einlaufen zu lassen, wenn man nicht die geringste Absicht hat, eines zu nehmen, sondern rausrennt und das Wasser laufen lässt. Und das habe ich auf keinen Fall getan.«

»Natürlich nicht.« Linda-Gail legte eine Hand auf Reeces Schulter und streichelte sie. Reece fragte sich, ob nicht doch der Hauch eines Zweifels in dieser tröstenden Geste mitschwang.

»Irgendjemand war in meiner Wohnung«, sagte Reece, »und das ist nicht das erste Mal.«

Rick sah Reece direkt in die Augen. »Das höre ich allerdings zum ersten Mal. Danke, Linda-Gail. Ich sage Bescheid, wenn wir noch etwas brauchen.«

»Gut. Und jetzt iss das hier auf, Reece. Du hast den ganzen Tag noch nichts zu dir genommen, und wenn dieser Teller unangerührt zurückgeht, wird Joanie stinksauer.«

»Kurz nachdem ich den Mord beobachtet habe, hat es angefangen«, hob Reece an. Sie erzählte ihm von der Wanderkarte, der Tür, dem Bad, davon, wie ihre Sachen plötzlich gepackt gewesen waren, von den Stiefeln und dem Mörser. Von den

Tabletten, dem Fotoalbum. Sie zwang sich, ein wenig zu essen, in der Hoffnung, dass das ihren Worten noch mehr Nachdruck verlieh.

Er machte sich Notizen, stellte Fragen. Seine Stimme war ausdruckslos und kühl. »Warum haben Sie diese Vorfälle nicht schon viel früher gemeldet?«

»Weil ich wusste, dass Sie genau das denken würden, was Sie jetzt denken. Nämlich, dass ich es entweder selbst war oder mir das alles bloß eingebildet habe.«

»Aber Sie können meine Gedanken nicht lesen, Reece.« Seine Stimme nahm eine Färbung an, die ihr zeigte, dass er mit seiner Geduld am Ende war. »Haben Sie irgendjemanden rumlungern sehen?«

»Der halbe Ort lungert irgendwo herum.«

»Wer hat Zugang zu Ihren Schlüsseln?«

»Ich trage sie immer bei mir. In Joanie's Büro gibt es noch einen Ersatzschlüssel.«

»Hat Brody einen?«

»Nein. Nein, Brody hat keinen.«

»Hatten Sie mit irgendjemandem im Ort Ärger oder Streit?«

»Nicht, bis ich gestern im Clancy's mit Min zusammengerumpelt bin.«

Er schenkte ihr wieder ein schwaches Lächeln. »Die können wir, glaube ich, ausschließen.«

»Er muss mich gesehen haben.«

»Wer?«

»Der Mann am Fluss. Der, der die Frau erwürgt hat.«

Rick atmete scharf ein und lehnte sich zurück. »Er soll Sie gesehen haben, bei der Entfernung? Bei der Entfernung, die Sie angegeben haben?«

»Nicht mich. Aber er muss bemerkt haben, dass jemand auf dem Wanderweg war. Es war nicht weiter schwierig, herauszufinden, dass ich das war – nicht, nachdem der ganze Ort davon erfahren hatte. Also versucht er, mich als Zeugin unglaubwürdig zu machen.«

Rick klappte sein Notizbuch zu.

»Was werden Sie jetzt tun?«, fragte Reece.

»Ich werde meine Arbeit machen und der Sache nachgehen. Wenn wieder etwas passiert, sagen Sie mir bitte Bescheid. Wenn ich nichts von Ihren Problemen weiß, kann ich Ihnen auch nicht helfen.«

»Einverstanden. Wurde die Frau identifiziert? Die Leiche?«

»Der Zahnstatus wurde noch nicht abgeglichen. Noch ist sie anonym. Haben Sie noch mal darüber nachgedacht? Können Sie bestätigen, dass das die Frau ist, die Sie gesehen haben?«

»Nein, das kann ich nicht. Sie ist es nicht.«

»Nun, dann.« Er erhob sich. »Haben Sie schon eine Bleibe, bis die Reparaturarbeiten fertig sind?«

»Ich bin bei Brody.«

»Ich melde mich bei Ihnen.«

Reece stand auf und räumte den Tisch selbst ab. In der Küche runzelte Joanie die Stirn angesichts des nur halb aufgegessenen Essens. »Stimmt irgendwas nicht mit meiner Kochkunst?«

»Nein. Er glaubt mir nicht.«

»Ob er dir glaubt oder nicht, spielt überhaupt keine Rolle. Er wird tun, wofür er verdammt noch mal bezahlt wird. Ich will, dass du ein paar von den Hühnchen als Tagesgericht grillst. Du bist spät dran.«

»Ich fang sofort damit an.«

»Und mach etwas Kartoffelsalat. Wenn du schon deinen berühmten Dill im Kühlschrank hast, dann verwende ihn auch!«

Während Reece die erste ihrer Doppelschicht beendete, machte Rick Doc Wallace ausfindig. Mit kräftigen, gleichmäßigen Schlägen ruderte der Doc sein Boot zu seiner Boje auf dem See. Rick griff nach dem Seil und machte es fest. »Hast du einen Angelschein?«

»Siehst du hier irgendwo einen verdammten Fisch? Übrigens, kennst du den, wo der Wildhüter diese Frau in einem Boot trifft, die ein Buch liest? Er fragt sie nach ihrem Angelschein. Sie sagt, sie angle nicht, sie lese ein Buch.« Der Doc kletterte flink aus seinem Boot. »Der Wildhüter sagt: Wenn Sie eine Angelausrüstung dabeihaben, muss ich Ihnen ein Bußgeld aufbrummen. Sie sagt, bitte, nur zu, aber dann werde ich wohl oder übel eine Anzeige wegen sexueller Belästigung erstatten müssen.«

Rick wartete geduldig, bis der Doc seine Sonnenbrille abgesetzt und mit dem Hemdzipfel geputzt hatte. »Daraufhin sagt der Wildhüter aufgebracht: Lady, ich habe Sie in keinster Weise sexuell belästigt, woraufhin sie sagt: Ja, aber die entsprechende Ausrüstung haben Sie dabei.«

Rick lachte aufrichtig. »Der ist gut. Und, beißen sie heute nicht?«

»Ich habe keinen einzigen rausgezogen.« Der Doc legte seine Angel über die Schulter. »Trotzdem, es ist ein schöner Tag, um nichts zu angeln.«

»Stimmt. Hast du ein paar Minuten Zeit?«

»Auch mehr, wenn es sein muss. Ich habe heute meinen freien Tag. Ich könnte einen Spaziergang gebrauchen, nachdem ich stundenlang in diesem Boot gesessen habe.«

Sie fielen in Gleichschritt und folgten langsam der Uferbiegung. »Reece Gilmore hat dich aufgesucht, wie ich gehört habe. Um sich untersuchen zu lassen.«

»Du weißt doch, dass ich über solche Dinge keine Auskunft geben darf, Rick.«

»Ich frage doch auch gar nicht. Wir werden rein theoretisch darüber reden.«

»Das ist eine gefährliche Gratwanderung.«

»Wenn es dir zu gefährlich wird, kannst du sie ja abbrechen.«

»Einverstanden.«

»Du hast gehört, was im Joanie's passiert ist.«

»Ein Wasserschaden.«

»Ich habe eine Zeugenaussage von Reece. Sie sagt, dass sie den Badewannenhahn nicht aufgedreht hat. Sie sagt, dass jemand in ihre Wohnung eindringt und dort merkwürdige Sachen tut. Sie sagt, irgendjemand habe ihre Wäsche aus dem Trockner genommen und wieder zurück in die Waschmaschine getan, unten im Hotelkeller, während sie nicht da war. Vielleicht kann sie ja hier irgendjemand nicht ausstehen. Obwohl sie eigentlich eine sehr sympathische Frau ist, wenn du mich fragst.«

»Es gibt Leute, die können auch sympathische Menschen nicht ausstehen.«

»Stimmt. Gestern wäre sie beinahe in den See gefallen. Anschließend rennt sie barfuß die Straße runter. Sie schreit Brenda in Grund und Boden, weil angeblich jemand in den Waschkeller gegangen ist und sich an ihren Kleidern vergriffen hat. Letzte Nacht wird sie im Clancy's in eine Schlägerei verwickelt.«

»Ach hör schon auf, Rick, über diesen dummen Vorfall weiß ich längst Bescheid. Linda-Gail hat irgendeinen Touristen vor Lo angemacht, damit der eifersüchtig wird. Was ihr auch gelungen ist.«

»Ich sage ja nur, dass Reece mitbeteiligt war.« Die Sonne wurde von Ricks dunklen Sonnenbrillengläsern reflektiert, als er den Kopf wendete und den Doc ansah. Hinter ihnen schossen Segelboote über das Wasser durch die sich darin spiegelnden Berge. »Wir hatten noch nie so viel Ärger auf einmal hier im Ort, nicht bevor sie aufgetaucht ist.«

»Du glaubst, sie hat das alles verursacht? Warum sollte sie?«

Rick hob beschwichtigend die Hand, während sie weiterliefen. »Ich frage dich nur rein theoretisch: Angenommen, du hättest eine Patientin mit einer in emotionaler und mentaler Hinsicht problematischen Vergangenheit – kann sich diese Patientin dann überwiegend völlig unauffällig verhalten, aber trotzdem manchmal Gedächtnislücken haben oder von mir aus nur vergesslich sein?«

»Meine Güte, Rick, auch du bist manchmal vergesslich und hast dann und wann vielleicht sogar ein paar Gedächtnislücken.«

»Aber das hier ist etwas anderes, als nur zu vergessen, wo man die Schlüssel hingelegt hat oder sich einzubilden, dass einen demnächst Charlize Theron anrufen wird. Könnte das Ganze nur in ihrem Kopf stattfinden, Doc?«

»Rein theoretisch schon. Aber eben nur rein theoretisch, Rick. Vergesslich zu sein ist schließlich kein Verbrechen. Aber wenn es jemanden gibt, der diesem Mädchen so etwas antut, ist das wirklich ein Verbrechen.«

»Ich werde ein Auge darauf haben. Und auf sie auch.«

Der Doc nickte, und sie liefen noch ein paar Schritte in kameradschaftlichem Schweigen. »Nun, dann geh ich wohl mal zum Hotel und seh mir diesen Waschkeller an«, sagte Rick.

Doch vorher machte er noch einen Abstecher zu Reeces Wohnung. Die Tür stand weit offen, und laute Rockmusik drang heraus, während drinnen gehämmert und gemeißelt wurde.

Brody kniete auf allen vieren im Bad, was nicht sehr bequem aussah, und riss den alten Linoleumboden raus.

»Nicht gerade dein Fachgebiet«, rief ihm Rick zu.

»Aber eine nette Abwechslung.« Brody ging auf die Fersen. »Besser gesagt, eine unangenehme, Schweiß treibende, aufreibende Abwechslung. Dieser Deppenjob wurde mir zugewiesen, nachdem sich herausgestellt hat, dass ich über keinerlei verborgene handwerkliche Fähigkeiten verfüge.«

Rick ging ebenfalls in die Hocke. »Der Estrich ist ruiniert.«

»Das hat man mir auch gesagt.«

»Du hättest wegen dieser Vorfälle bei Reece längst vorher zu mir kommen sollen, Brody.«

»Das ist ihre Entscheidung. Außerdem kann ich sie gut verstehen. Ich brauche ja nur dein Gesicht zu sehen, um zu wissen, dass du ihr nicht gerade besonders viel Glauben schenkst.«

»Was ich glaube oder nicht glaube, tut rein gar nichts zur Sache. Aber wie soll ich bitte schön ermitteln, wenn ich nicht selbst nachsehen, mich selbst davon überzeugen kann? Du hast drübergestrichen, über das, was hier vorher passiert ist.«

»Aber vorher habe ich noch Fotos gemacht. Ich lass dir Abzüge anfertigen.«

»Das ist schon mal nicht schlecht für den Anfang. Keiner dieser Vorfälle ist bei dir zu Hause passiert oder während du mit ihr zusammen warst?«

»Bisher nicht.« Er fuhr damit fort, das Linoleum herauszureißen. »Hör mal, selbst von einer objektiven Warte aus fällt es mir sehr schwer, zu glauben, dass sie hier das Wasser hat laufen lassen. Sie kontrolliert jedes Mal den Herd, wenn sie aus der Küche geht. Kontrolliert die Lampen, die Schlösser. Ein Mensch der so dermaßen zwanghaft ist, vergisst nicht, dass er sich gerade ein Bad einlaufen lässt. Außerdem lässt man sich kein Bad ein, wenn unten jemand auf einen wartet.«

»Ich kann keine Anzeichen dafür erkennen, dass dieses Schloss aufgebrochen wurde.«

»Der Kerl hat einen Schlüssel. Ich werde zusehen, dass die Schlösser ausgetauscht werden.«

»Gute Idee. Ich werde mal zum Hotel schauen und mir diesen Waschkeller ansehen. Möchtest du mitkommen?«

»Und dieses faszinierende Hobby aufgeben?« Brody ließ sein Werkzeug sinken. »Aber sofort!«

Brody ahnte, wie sich Reece gefühlt haben musste, als sie ihren Korb in den Keller schleppte. Es gab zwar eine Beleuchtung, aber sie war sehr grell und warf Schatten in die Ecken. Der Heizofen summte, die Wasserkessel dröhnten – lauter hohle, von den Wänden widerhallende Geräusche, während man über den Betonboden zu dem abgeschabten Bodenbelag aus Plastik der vollgestellten Waschkammer ging.

Zwei Waschmaschinen, zwei Trockner, billige Geräte. Ein Automat, an dem man Waschpulver oder Weichspüler in winzigen Päckchen zu überhöhten Preisen kaufen konnte.

Es gab ein schmales, mit einem Rollladen versehenes Fenster, hoch über den Geräten. Der Rollladen war heruntergelassen und ließ nur einen Spalt Licht durch die Scheibe aus Milchglas.

»Auch die Gästelifte fahren bis ganz nach unten«, hob Rick an. »Außerdem gibt es einen direkten Zugang von außen, hinten, durch die Abstellkammer. Mehrere Fenster. Es ist nicht weiter schwer, sich hier runterzuschleichen, ohne bemerkt zu werden. Trotzdem. Woher wusste derjenige, dass sie hier unten ihre Wäsche wäscht?«

»Sie ist mehrmals zwischen ihrer Wohnung und dem Hotel hin und her gelaufen. Das ist nicht schwer rauszufinden, wenn man sie im Auge behält.«

Rick sah sich den Raum genau an. »Ich würde dich gern mal was fragen, Brody. Wenn ihr wirklich jemand was Böses will, warum hat er ihr dann nicht schon längst was getan? Sie redet sich ein, der Mann, den sie beim Fluss gesehen haben will, tut ihr das an.«

»Ich habe ihr das eingeredet.«

In einem plötzlichen Anfall von Müdigkeit lehnte sich Rick gegen eine der Waschmaschinen. »Warum zum Teufel hast du das getan?«

»Weil ich es einfach logisch finde. Er nutzt ihre Schwäche aus, jagt ihr Angst sein, lässt sie an sich zweifeln. Sorgt dafür, dass auch andere an ihr zweifeln. Das ist eine ziemlich kluge, effiziente und ungefährliche Vorgehensweise. Aber das heißt nicht, dass er ihr nicht eines Tages etwas antun könnte.«

Und genau deshalb, dachte Brody, würde er sie auch nirgendwo mehr allein hinlassen. »Meiner Meinung nach eskaliert das Ganze«, fuhr er fort. »Diesmal war nicht nur sie das Opfer. Diesmal ist auch Joanie betroffen. Weil seine Taktik nicht funktioniert. Reece lässt einfach nicht locker.«

»Brody, hast du jemals vergessen, dass du noch Wäsche in der Waschmaschine hattest?«

»Natürlich. Aber ich bin auch nicht Reece.«

Rick schüttelte den Kopf. »Ich geh mal hoch und rede mit Brenda.«

Brenda saß am Empfangstisch und sagte etwas in professionell gut gelauntem Ton ins Telefon. »Wir erwarten Sie also am zehnten Juli. Ich werde die Reservierungen vornehmen und sie Ihnen bestätigen. Das Vergnügen ist ganz auf unserer Seite. Auf Wiederhören, Mr. Franklin.«

Sie legte auf. »Ich habe gerade unsere zweite Suite für eine Woche im Juli vermietet. Wenn das so weitergeht, sind wir den ganzen Sommer ausgebucht. Wie geht es Ihnen?«

»Ganz gut«, entgegnete Rick. »Sie haben Reece gestern rein- und rauskommen sehen.«

»Aber natürlich. Ich sagte Deb bereits ...«

»Besser, Sie erzählen es jetzt mir. Sie kam also rein, um Wäsche zu waschen.«

»Sie hatte ihren Korb dabei. Trug aber keine Schuhe.« Brenda verdrehte die Augen. »Sie hat sich Geld für die Geräte wechseln lassen und ist sofort nach unten gesaust. Und kam dann, keine Ahnung, nach höchstens zehn Minuten wieder zurück. Als sie zurückkehrte, hatte sie Schuhe an, das war so eine halbe Stunde später. Sie ist gleich runter und dann wieder rauf, genau wie vorher. Beim letzten Mal habe ich sie nicht reinkommen sehen. Ich muss hinten gewesen sein, aber dann kam sie hochgestürmt wie eine Verrückte, ehrlich. Sie hat sich aufgeführt wie eine Wahnsinnige. Behauptete, irgendjemand sei da unten.«

»Haben Sie sonst irgendjemand runtergehen sehen?«

»Keine Menschenseele. Sie sagte, irgendwer habe ihre trockenen Kleider zurück in die Waschmaschine getan. Aber wer sollte so was tun?«

»Aber Sie waren nicht die ganze Zeit über an der Rezeption?«, sagte Brody und sah dann Rick an. »Entschuldige.«

»Keine Ursache. Sie sagten, Sie wären hinten gewesen, als sie das letzte Mal kam. Waren Sie lange weg?«

»Wie lange, kann ich nicht so genau sagen. Zehn, fünfzehn Minuten vielleicht. Aber meist höre ich die Tür, wenn ich hinten bin.«

»Meist«, betonte Brody.

»Wenn ich da hinten am Telefon bin oder so was, höre ich auch manchmal nichts, bis jemand die Klingel an der Rezeption betätigt«, sagte sie verteidigend. »Aber dafür ist sie schließlich da.«

»Ist jemand hier gewesen und hat nach Reece gefragt?«

»Natürlich nicht, Rick, warum auch? Hören Sie, ich mag sie wirklich. Sie ist eine sympathische Frau. Aber sie hat sich gestern wirklich sehr merkwürdig aufgeführt. Ich habe noch nie jemanden so ausflippen sehen, wegen ein paar nasser Kleider. Außerdem habe ich Ihnen noch gar nicht erzählt, dass sie zu Debbie gesagt hat, sie trainiere für irgendeinen Marathon oder so was, weshalb sie barfuß unterwegs sei. Das ist doch völlig gaga!«

»Na gut, Brenda. Danke, dass Sie sich die Zeit genommen haben.«

Als sie wieder nach draußen gingen, drehte sich Brody zu Rick um. »Ist Brenda der Sinn für Humor erst kürzlich abhandengekommen?«

»Hör auf, Brody, die ist in Ordnung, und das weißt du auch. Bei all dem Trara im Moment, in das Reece verwickelt ist, kann man nicht erwarten, dass jeder die Situation richtig einschätzt.«

»Schätzt du denn die Situation richtig ein?«

»Ich versuch's. Wie wär's, wenn du mir die Abzüge von deinen Badezimmerfotos bei Gelegenheit vorbeibringst? Und weil du Schriftsteller bist, könntest du mir vielleicht auch deine Version von den Vorfällen aufschreiben. Am besten mit genauem Datum und Uhrzeit.«

Brodys Kiefermuskeln entspannten sich wieder. »Ja, das werde ich tun. Das liegt mir mehr, als Gipskartonwände auszubessern.«

»Bitte so detailliert wie möglich«, fügte Rick hinzu, während sie weiterliefen. »Wenn es etwas ist, was dir Reece nur erzählt hat, dann schreibe es auch so. Und wenn du es mit eigenen Augen gesehen hast, schreibe das auch auf.«

»Einverstanden.«

Draußen vorm *On the Trail* blieb Rick kurz stehen. Er konnte Debbie sehen, aber sie hatte Kundschaft. Aus alter Gewohnheit klopfte er kurz gegen die Scheibe und grüßte, als sie zu ihm hinübersah.

»Jetzt fängt die Saison langsam an«, bemerkte Rick, während sie den Bürgersteig entlangspazierten. »Äh ... ist es was Ernstes mit euch beiden?«

»Da ist was zwischen uns.«

»Pass auf, dass das deine Schilderung der Ereignisse nicht beeinflusst. Wenn man erst mal in eine Frau verliebt ist, sieht man sie generell in einem rosigeren Licht.«

»Sie ist nicht verrückt, Rick. Meine Güte, in vielen Dingen ist sie nicht mal exzentrisch.«

»Und in anderen?«

»Klar, sie fällt auf. Aber wer tut das nicht? Die Leute hier fanden mich zuerst auch komisch, weil ich Krimis schreibe, nicht angle, keine Säugetiere schieße und keine Ahnung von den Top Ten der Country-Music-Charts habe.«

Rick verzog den Mund wieder zu seinem unmerklichen Lächeln. »Brody, die Leute finden dich auch jetzt noch komisch.«

24

Linda-Gail wusste nicht recht, was sie tun sollte. Soweit sie sich erinnern konnte, hatte sie noch keine Beziehung so in den Sand gesetzt wie die mit Lo – dabei hatte es noch niemanden gegeben, der ihr so wichtig gewesen wäre.

Was wahrscheinlich auch der Grund war, warum sie die Beziehung so in den Sand gesetzt hatte.

Er beantwortete ihre Anrufe nicht. Sie hätte sich gern darüber geärgert, bekam es aber stattdessen ein wenig mit der Angst zu tun, wurde traurig. Und unglaublich ratlos.

Dabei hatte sie alles so gut geplant, hatte Stunden, Tage und Nächte damit verbracht zu überlegen, wie sie Lo zur Vernunft bringen konnte, wenn der richtige Zeitpunkt gekommen war. Der richtige Zeitpunkt für sie, wie sie zugeben musste. Aber wenn es jemand nötig hatte, zur Vernunft gebracht zu werden, dann Lo, verdammt noch mal.

Sie hatte ihm wirklich viel Zeit und Freiraum gelassen. Aber jetzt war es für sie beide an der Zeit, ernst zu machen.

Als sie zur Ranch hinausfuhr, während die Salbeiwiesen kurz vor der Blüte standen, beschloss sie, ihm genau das zu sagen. Hop oder Top.

Und wenn er Hopp sagen würde, wüsste sie weiß Gott nicht mehr ein und aus.

Sie hätte gern mit Reece geredet, bevor sie diesen Schritt unternahm. Reece hatte Erfahrung, kam aus einer Großstadt, hatte Stil. Aber Reece hatte genügend eigene Probleme – und war vermutlich noch etwas gereizt, nachdem sie sie in eine Kneipenschlägerei verwickelt hatte.

Sie musste kurz bremsen, da ein Büffel mitten auf der Straße stand, als ob sie ihm ganz allein gehörte. Mit lautem Hupen konnte sie ihn dazu bewegen, weiterzugehen, über die Salbeiwiesen ins hohe Gras.

Meine Güte, was hatte sie sich nur dabei gedacht, direkt vor Lo mit diesem blöden Kerl herumzuturteln? Sie hatte ihn nur ein bisschen eifersüchtig machen, ihm zeigen wollen, was ihm entging. Damals war ihr das vollkommen logisch vorgekommen. Dummerweise war dieser Schuss ziemlich nach hinten losgegangen.

Sie hatte schließlich nicht ahnen können, dass gleich die Fäuste fliegen würden.

Männer! Sie schnaubte kurz auf, warf den Wildblumen und der Herde Gabelantilopen, die sich daran gütlich tat, einen finsteren Blick zu und heckte einen neuen Plan aus.

Sie hatte doch bloß getanzt, verdammt noch mal.

Sie trommelte mit den Fingern im Takt zu Kenny Chesney gegen das Lenkrad. Am besten, sie kehrte um, fuhr zurück in den Ort und ließ Lo noch ein paar Tage schmollen. Wahrscheinlich für immer. Nein, sie durfte nicht aufgeben, musste diesem gehirnamputierten Cowboy Vernunft beibringen und ihm gehörig die Meinung geigen, weil er wegen einer Lappalie so ein Theater gemacht hatte.

Also fuhr sie weiter und beschleunigte ihren kleinen Wagen auf hundertdreißig, während der Wind durch die offenen Fenster hereinströmte und Chesney sein *Who You'd Be Today* sang.

Als sie sich dem großen offenen Tor mit seinem riesigen, von einem Kreis umgebenen schmiedeeisernen K näherte, verlangsamte sie die Fahrt. Sie musste schließlich nicht noch irgendeinen Touristen, der das Leben im Wilden Westen ausprobieren wollte, über den Haufen fahren, nur weil ihr Liebesleben in Trümmern lag.

Sie fuhr an einem Korral vorbei, wo ein Fohlen von seiner Mutter gesäugt wurde, an der Schlafbaracke mit ihren ausgeblichenen Balken und der breiten Veranda, die bewusst so aussah, als sei seit Jahrhunderten nichts mehr daran verändert worden. Doch sie wusste, dass die Küche unter anderem eine Mikrowelle und eine Kaffeemaschine enthielt.

Das Haupthaus war ebenfalls im Blockhausstil gehalten und besaß mehrere Gebäudeflügel. Die Gäste konnten dort in einem der Zimmer im ersten Stock oder in der einen Suite wohnen. Oder aber sie übernachteten weiter hinten in einer der Ein- oder Zweibetthütten, die sich malerisch zwischen den Kiefern versteckten. Sie konnten reiten, klettern, zelten gehen, eine geführte Bergtour machen, paddeln, angeln, wildwasserkajaken.

Sie konnten ein paar Tage lang einen auf Cowboy machen und mit jenen Beulen und Blasen nach Hause kommen, die einfach dazugehörten. Oder sie setzten sich einfach in einen der Schaukelstühle auf den großen Veranden und genossen die Aussicht.

Am späteren Abend konnten sie sich dann dazu aufraffen, in die Bar im Haupthaus zu gehen und von ihren Abenteuern zu erzählen, bevor sie sich unter ein Federbett oder eine weiche Steppdecke kuschelten, die kein echter Cowboy nach einem harten, langen Arbeitstag jemals zur Verfügung gehabt hätte.

Als sich die staubige Straße gabelte, bog sie in Richtung Stallgebäude ab. Ihre Bekannte, Marian, die dort in der Küche arbeitete, hatte ihr den Tipp gegeben, dass Lo heute Abend zum Striegeln eingeteilt sei.

Sie parkte, klappte die Sichtblende herunter, warf einen prüfenden Blick in den Beifahrerspiegel und fuhr sich dann mit den Fingern durch das windzerzauste Haar. Als sie aus dem Wagen stieg, legte der Cowboy, der die Reitstunde gab, grüßend einen Finger an die Hutkrempe.

»Hallo, Harley.« Sie schenkte ihm ein besonders strahlendes Lächeln. Es war schließlich nichts dabei, kurz vorbeizuschauen, dachte sie. Um etwas Zeit totzuschlagen.

Und um Lo einen gehörigen Tritt in den Hintern zu verpassen.

Sie betrat den Stall, tauchte in den strengen Geruch von Pferden und Heu ein, den süßen Duft von Getreide und Leder. Sie schenkte LaDonna, einer der Frauen, die Ausritte leitete, ein Lächeln.

»Linda-Gail.« LaDonna wackelte mit den Brauen. Hier konnte man aber auch gar nichts geheim halten, erst recht nicht, wenn es um fliegende Fäuste ging.

LaDonna wies mit dem Kinn in Richtung Stallungen. »Lo ist da hinten im Zeugraum. Und nicht gerade gut gelaunt.«

»Schön. Warum sollte es ihm besser gehen als mir.«

Linda-Gail marschierte nach hinten, bog um die Ecke und atmete tief durch, bevor sie den Zeugraum betrat.

Auf seinem CD-Player lief Toby Keith. Er hatte den Hut in den Nacken geschoben, während er Sattelseife in das Leder rieb. Er trug ausgeblichene, bequeme Jeans, die tief auf den Hüften saßen. Die Ärmel seines Jeanshemds waren bis zu den

Ellbogen hochgekrempelt. Mit der Spitze seines abgelaufenen linken Stiefels klopfte er den Takt dazu.

Auf seinem attraktiven Gesicht lag ein mürrischer Ausdruck, der ihn nur noch attraktiver machte – vielleicht wegen der geschwollenen Unterlippe und des blauen Auges.

Linda-Gail schmolz sofort dahin, und ihre Wut war so gut wie verraucht.

»Lo.«

Er hob den Kopf. Seine Miene wechselte von mürrisch zu finster. »Was willst du hier? Ich arbeite.«

»Das sehe ich. Ich will dich auch gar nicht davon abhalten.« Sie würde nicht lange um den heißen Brei herumreden, beschloss Linda-Gail. »Tut mir leid, wegen deinem Auge.«

Er sah ihr einen Schwindel erregend langen Moment in die Augen und konzentrierte sich dann wieder auf seinen Sattel.

»Es tut mir leid«, sagte sie. »Aber es ist schließlich nicht das erste Mal, dass dir jemand ein Veilchen verpasst. Ich hab bloß getanzt.«

Er polierte das Leder und schwieg. Linda-Gail spürte, wie eine Spur von Angst in ihr aufstieg. »Ist das alles? Du willst also nicht mal mit mir reden? Du hast dich schließlich so aufgeführt, nur weil ich mit einem anderen getanzt habe. Wie oft war ich schon im Clancy's, als du mit einer anderen getanzt hast?«

»Das ist was anderes.«

»So was Blödes habe ich schon lange nicht mehr gehört. Wo ist denn da der Unterschied?«

»Das ist einfach was anderes.«

»Aha«, wiederholte sie schneidend. »Wenn ich mit einem anderen tanze, darfst du eine Schlägerei anzetteln. Aber du darfst tanzen, mit wem du willst, ohne dass ich mich deswegen aufregen dürfte.«

»Das bedeutet doch nichts.«

»Behauptest du.« Sie hob drohend den Finger: »Und ich sage, ich kann tanzen, mit wem ich will, ohne dass du das Recht hast, deswegen auszuflippen.«

»Na schön. Keine Sorge, es wird nicht mehr vorkommen. Und wenn das alles ist ...«

»Ich lass mich nicht einfach so abspeisen, William Butler. Warum hast du diese Rauferei angefangen?«

»Hab ich doch gar nicht. Er hat angefangen.«

»Du hast ihm eine geklebt!«

»Er hat dich angegrapscht!« Lo warf seinen Lappen weg und sprang auf. »Du hast zugelassen, dass er dich in aller Öffentlichkeit betatscht!«

»Er hat mich nicht betatscht. Außerdem hätte ich ihm gar nicht erst erlaubt, seine Hände an meinen Po zu lassen, wenn du dich nicht so blöd aufführen würdest.«

»Ich?«

»Ganz genau.« Diesmal bohrte sie ihm ihren Zeigefinger in die Brust. »Weil du so blöd bist, immer erst mit dem Schwanz zu denken. Ich habe lang genug gewartet, dass du endlich erwachsen, endlich ein Mann wirst.«

Seine Augen begannen gefährlich zu funkeln. »Ich bin ein Mann.« Er packte sie am Arm und riss sie vorwärts. »Und auch der Einzige, der dich betatscht, verstanden?«

»Woher nimmst du dir das Recht?« Tränen traten in ihre Augen, obwohl ihr Herz raste. »Woher nimmst du dir das Recht?«

»Ich nehme es mir einfach und damit basta. Wenn du dich das nächste Mal von irgend so einem Kerl befummeln lässt, kommt er nicht mehr nur mit einer blutigen Nase davon.«

»Und was geht dich das an, wer mich befummelt?«, schrie sie. »Was geht dich das eigentlich an? Wenn du's mir sonst nicht sagen kannst, dann sag's mir jetzt mitten ins Gesicht und meine es auch. Ich gehe, Lo. Ich gehe.«

»Du gehst nirgendwohin.«

»Dann sag es.« Tränen liefen ihr übers Gesicht. »Sieh mich an und sag es mir, damit ich weiß, dass du es ernst meinst.«

»Ich bin so was von wütend auf dich, Linda-Gail.«

»Das weiß ich.«

»Ich liebe dich. Ist es das, was du hören willst? Ich liebe dich. Wahrscheinlich schon immer.«

»Ja, genau das will ich hören. Es tut ein bisschen weh, stimmt's?«

»Ein bisschen.«

»Und es macht dir auch ein bisschen Angst.«

Seine Hände berührten sie, glitten ihre Arme hinauf und wieder herunter.

»Mehr als nur ein bisschen.«

»Jetzt weiß ich, dass du es ernst meinst. Jetzt weiß ich es«, murmelte sie und legte ihre Hand auf seine ramponierte Wange. »Ich habe mein ganzes Leben lang gewartet, das aus deinem Mund zu hören.«

»Ich bin nie über dich hinweggekommen.« Er zog sie an sich und brachte seine verletzte Lippe erneut zum Pochen, indem er sie auf die ihren drückte. »Ich hab's versucht. Und wie ich's versucht habe.«

»Allerdings. Hier.« Sie nahm seine Hände und legte sie auf ihren Po. »Kein anderer Mann wird seine Hände mehr hierhin legen, und du wirst keine andere Frau mehr betatschen. Einverstanden?«

»Einverstanden.«

»Meinst du, du bekommst den Rest des Tages frei?«

Sein Lächeln wurde breiter. »Ich denke, das ließe sich einrichten.«

»Um zu mir zu fahren?«

»Kein Problem.«

»Und um mich ganz heiß zu machen und mich zu lieben bis zum Morgengrauen?«

»Nur bis zum Morgengrauen?«

»Fürs Erste schon«, sagte sie und küsste ihn erneut.

Er war umwerfend. Aber das hatte Linda-Gail eigentlich auch nicht anders erwartet – sie hatte schon davon geträumt, seit sie alt genug war, um zu begreifen, was Männer und Frauen im Dunkeln alles so taten. Aber er war sogar besser als in ihren kühnsten Fantasien. Kräftige Hände, die sie an allen richtigen Stellen erkundeten, ein heißer Mund mit einem unersättlichen Appetit. Ein langer, schlanker, unermüdlicher Körper.

Er nahm sie zwei Mal, bevor ihr fieberndes Hirn wieder so weit abgekühlt war, dass sie Hallelujah! denken konnte.

Nackt, erschöpft, verklebt und alle viere von sich streckend lag sie auf ihrem Bett. »Wo um alles in der Welt hast du das bloß gelernt?«

»Nun, ich übe ja schon eine ganze Weile.« Er sprach träge und hatte die Augen geschlossen, während sein Kopf auf ihrem Bauch lag. »Ich habe meine Kunst perfektioniert, bis du an die Reihe kamst.«

»Gute Arbeit.« Sie griff nach unten und wuschelte in seinen Haaren. »Und jetzt musst du mich heiraten, Lo.«

»Ich muss dich was?« Sein Kopf fuhr hoch. »Wie bitte?«

Sie rührte sich nicht und hatte immer noch den Gesichtsausdruck einer Katze, die gerade Sahne geschleckt hat. »Ich musste vorher noch unbedingt checken, dass wir uns auch im Bett verstehen. Ohne guten Sex gibt es auch keine gute Ehe, zumindest sehe ich das so. Aber jetzt, wo wir das geklärt haben, werden wir heiraten.«

Sie sah ihm in die Augen. Er war schockiert, aber damit hatte sie gerechnet. »Ich bin nicht nur eine von vielen, Lo. Von nun an werde ich die Einzige in deinem Leben sein. Wenn du nur auf den Sex mit mir aus warst, brauchst du es nur zu sagen, und ich werde es dir auch nicht übel nehmen. Dann kann ich dir allerdings versprechen, dass du mich nie mehr so weit kriegen wirst.«

Er stützte sich auf und kam zum Sitzen. Sie konnte hören, wie er ein paarmal tief durchatmete. »Du willst heiraten?«

»Ja. Ich bin im Grunde ziemlich traditionell, Lo. Ich wünsche mir ein Zuhause und eine Familie, einen Mann, der mich liebt. Ich liebe dich, seit ich denken kann. Und ich habe auf dich gewartet. Aber dieses Warten muss irgendwann ein Ende haben. Wenn du mich nicht genügend begehrst, mich nicht genügend liebst, um ein gemeinsames Leben mit mir zu beginnen, muss ich das jetzt wissen.«

Einen Moment lang sagte er gar nichts, sondern starrte nur über ihren Kopf hinweg ins Leere. Sie fragte sich, ob er die Tür überhaupt wahrnahm – oder in Gedanken längst hinausgeeilt war.

»Ich bin 28 Jahre alt«, sagte er.

»Du meinst, du bist zu jung, um dich festzulegen ...«

»Jetzt halt mal bitte die Luft an und lass mich auch mal was sagen.«

»Einverstanden.« Sie würde die Ruhe bewahren, schwor sie sich, als sie sich aufsetzte und die Decke an sich zog, um sich darin einzuhüllen. Sie würde ihm keine Szene machen.

»Ich bin 28 Jahre alt«, wiederholte er. »Ich habe einen guten Job und ich bin gut darin. Ich habe etwas gespart. Nicht viel, aber mit leeren Händen stehe ich auch nicht gerade da. Ich besitze Rückgrat und bin handwerklich äußerst geschickt. Du hättest es schlimmer treffen können.«

Jetzt sah er sie wieder an. »Was hältst du davon, mich zu heiraten, Linda-Gail?«

Sie hielt die Luft an und ließ sie dann langsam wieder ausströmen. »Was ich davon halte?«

Später trieb sie ein paar Eier auf und machte Rührei, das sie im Bett verschlingen konnten.

»Meine Mutter wird in Ohnmacht fallen.«

Linda-Gail schüttelte den Kopf. »Da unterschätzt du sie aber. Sie liebt dich sehr.«

»Ja, das weiß ich.«

»Sie liebt mich auch.« Linda-Gail kratzte etwas Rührei von dem Teller, den sie sich teilten. »Warum bist du heute eigentlich nicht vorbeigekommen und hast bei den Reparaturarbeiten geholfen?«

»Sie hat gesagt, sie bräuchte mich nicht. Es wären genügend andere Leute da. Sie wollte absolut nichts davon wissen. Du weißt ja, wie sie ist.«

»Sie war geschockt, mehr, als sie sich hat anmerken lassen. Wer kann ihr das bloß angetan haben, Lo?«

Er schwieg. »Soweit ich weiß, war es ein Unfall. Reece hat oben das Badewasser laufen lassen.«

»Nein, das stimmt nicht. Irgendjemand ist bei Reece eingebrochen und hat den Hahn aufgedreht. Sie war nicht mal zu Hause.«

»Aber ... Meine Güte, warum erfahre ich das eigentlich erst jetzt?«

»Vielleicht, weil du im Zeugraum geschmollt hast.« Sie schürzte die Lippen, als sie die Gabel in den Mund schob. »Irgendjemand spielt Reece ziemlich gemeine Streiche.«

»Wie meinst du das?«

Sie erzählte ihm, was sie von ihr gehört hatte und wie sie die Sache sah.

»Ganz schön gruselig, wenn man drüber nachdenkt. Irgendjemand will ihr was Böses, und sie weiß nicht, wer. Wenn es der Typ ist, den sie beobachtet hat, als er die Frau umbrachte ...«

»Wieso denn das?«, unterbrach Lo sie. »Das ist doch Wochen her. Der ist bestimmt längst über alle Berge.«

»Nicht, wenn es jemand aus der Gegend ist.«

»Meine Güte, Linda-Gail.« Er fuhr sich mit der freien Hand durch sein zerstrubbeltes, von der Sonne gebleichtes Haar. »Das kann unmöglich jemand aus Angel's Fist sein. Wir kennen doch jeden. Meinst du nicht, wir würden es merken, wenn im Lebensmittelladen ein Mörder neben uns steht oder in Mas Lokal einen Kaffee trinkt?«

»Man weiß nie. Wie heißt es so schön, wenn wieder mal herauskommt, dass der Nachbar ein Psychopath war? Oh, er war so nett und unauffällig. Lebte sehr zurückgezogen und fiel nie unangenehm auf.«

»Bei uns lebt niemand sehr zurückgezogen«, warf Lo ein.

»Trotzdem. Hinterher ist man immer schlauer. Ich wünschte nur, ich könnte irgendetwas tun, um ihr zu helfen.«

»Das machst du doch. Du bist ihre Freundin.«

Linda-Gail lächelte erneut. »Du bist schlauer, als man denkt.«

»Nun ja, ich bin eben sehr bescheiden.«

Tim McGraw dröhnte aus der Jukebox. Er sang ein unmelodiöses Duett mit einem der Handwerker, die Joanie herbestellt hatte, während Reece zur Hauptmittagszeit mit den Bestellungen jonglierte. Sie schaffte es, die Musik auszublenden, um nicht wahnsinnig zu werden, genauso wie die sonstige Geräuschkulisse. Ein weinendes Baby, ein paar Männer, die über Baseball diskutierten.

Alles war beinahe wie immer, solange sie nicht über den Moment hinausdachte. Einmal Elchburger, blutig, Bohnensuppe, ein Hackbraten- und ein Geflügelsandwich. Schneiden, würfeln, aufgeben, grillen.

Sie beherrschte das wie im Schlaf. Vielleicht schlief sie ja wirklich, vielleicht half ihr das dabei, zu überhören, wie Brendas Bruder Dean McGraw verhunzte, während er hinter der Plastikplane hämmerte.

All das war Routine, die Hitze, das Zischen, der Qualm. Routine tat ihr gut. Es war nichts dabei, wenn man sich zwischen der ein oder anderen Krise an die Routine klammerte.

Sie richtete das Hackbratensandwich und den Burger samt Beilagen auf Tellern an und drehte sich um. »Die Bestellungen sind fertig.«

Reece sah, wie sich Debbie Mardson auf einen Hocker am Tresen gleiten ließ. Debbie verzog das Gesicht, berührte ihre eigene, rosige Wange und sagte: »Du Ärmste.«

»Das sieht schlimmer aus, als es ist.«

»Na hoffentlich. Ich habe Min Hobalt gesehen. Sie hat gesagt, du kannst ganz schön austeilen.«

»Ich habe sie nicht ...«

»War doch bloß Spaß.« Debbie hob beschwichtigend die Hände. »Sie nimmt es gut auf, jetzt, wo sie sich wieder beruhigt hat. Sie hat mir erzählt, dass ihr fünfzehnjähriger Sohn es ziemlich cool findet, dass sie in eine Kneipenschlägerei geraten ist.«

»Schön, dass ich ihr helfen konnte, in seiner Achtung zu steigen.«

»Die Suppe duftet köstlich. Davon hätte ich gern eine Schale und einen Beilagensalat.« Sie sah sich übertrieben verschwörerisch um. »Dein Dressing«, flüsterte sie.

»Verstehe.« Das sollte wohl ein Friedensangebot sein, nahm Reece an. Sie beschloss, es großzügig anzunehmen. »Kommt sofort.«

Sie machte die Bestellung höchstpersönlich fertig.

Als sich der Hochbetrieb nach zwanzig Minuten etwas gelegt hatte, saß Debbie immer noch da.

»Junge, Junge, für mich ist es schon eine Wahnsinnsherausforderung, jeden Abend was Warmes auf den Tisch zu bringen. Wie bekommst du das bloß alles hin?«

»Reine Routine.«

»Drei Kinder und einen Mann zu versorgen, ist mehr Routine, als ich manchmal ertragen kann. Kannst du eine Pause machen? Darf ich dich auf einen Kaffee einladen?«

»Ich trinke keinen Kaffee.« Das klang ziemlich unhöflich, wurde Reece klar. »Aber ich kann eine Pause machen.«

Sie schnappte sich eine Flasche Wasser, bevor sie sich an den Tresen setzte. Auch wenn sie sich neben Debbie mit ihrer weißen Leinenbluse und ihrer hübschen rosa Strickjacke reichlich mitgenommen und verschwitzt vorkam, saß sie zur Abwechslung mal wieder und konnte ihre Füße ausruhen.

»Die Suppe war unglaublich. Ich nehme an, das Rezept ist geheim?«

»Im Gegenteil, ich überlege sogar, meine Rezepte zu veröffentlichen.«

»Ehrlich?«

»Vielleicht schreibe ich ein Kochbuch.«

»Ehrlich?« Debbie beugte sich auf ihrem Hocker vor, sodass ihre Hängeohrringe hin und her schwangen. »Das ist ja interessant! Dann hätten wir ja gleich zwei berühmte Schriftsteller in Angel's Fist. Du und Brody, ihr scheint wirklich viele Gemeinsamkeiten zu haben.«

Reece nippte an ihrem Wasser. »Findest du?«

»Na ja, ihr seid beide von der Ostküste und kreativ. Kein Wunder, dass es zwischen euch so schnell gefunkt hat!«

»Ach ja?«

»Viele Frauen hier hatten ein Auge auf ihn geworfen, aber er hatte nur selten Augen für sie. Bis du kamst. In diesem Teil der Welt gibt es mehr Männer als Frauen, also kann man es sich als

Frau leisten, wählerisch zu sein.« Debbie schenkte ihr ein strahlendes Lächeln. »Eine gute Wahl.«

»Ich war eigentlich gar nicht auf der Suche.«

»Ist das nicht immer so? Macht man Jagd auf einen Bock, bekommt man bloß seine Fährte zu Gesicht. Macht man einfach nur einen Morgenspaziergang, kommt sofort einer angesprungen.«

»Hmmm. Gehst du auf die Jagd?«

»Klar. Sobald ich die Möglichkeit dazu habe, bin ich draußen, in der freien Natur. Trotzdem – ihr seid wirklich ein nettes Paar, Brody und du. Anfangs dachte ich, du bist bloß auf der Durchreise. So Leute haben wir öfter. Aber anscheinend willst du dich richtig bei uns niederlassen.«

»Mir gefällt es hier. Von den Kneipenschlägereien einmal abgesehen.«

»Es ist ein netter Ort. Kulturell gesehen vielleicht ein bisschen langweilig, aber ein nettes, solides Städtchen, wenn du verstehst, was ich meine. Die Leute hier kümmern sich noch umeinander.« Sie wies mit dem Kopf in Richtung Plastikplane. »Das gefällt mir. Wenn man Probleme hat, weiß man einfach, dass man sich auf seine Nachbarn verlassen kann.« Sie schickte ein ironisches Lächeln hinterher. »Zugegeben, dafür weiß hier jeder über jeden Bescheid, aber das ist nur fair. Wenn so was in der Stadt passiert wäre, hätte Joanie höchstwahrscheinlich eine Woche lang schließen müssen.«

»So ein Glück aber auch.«

»Es tut mir leid.« Sie tätschelte Reeces Arm. »Du willst bestimmt nicht darüber reden. Ich will damit nur sagen, dass du dir das alles nicht zu sehr zu Herzen nehmen solltest. Die Reparaturarbeiten sind in vollem Gang. Und anschließend wird es noch schöner sein als vorher.«

»Ich hab das Wasser oben nicht laufen lassen«, sagte Reece brüsk. »Trotzdem finde ich es furchtbar, dass wer immer es auf mich abgesehen hat, nun auch Joanie in Mitleidenschaft gezogen hat. Sie hat sich um mich gekümmert, seit ich durch diese Tür gekommen bin.«

»Raue Schale, weicher Kern. Hör mal, damit wollte ich nicht andeuten, dass du ihr Probleme gemacht hast. Ich wollte nur sagen, dass alles wieder gut wird. Und denk bitte nicht, dass ich mir Gott weiß was gedacht habe, als du neulich ohne Schuhe zum Wäschewaschen gegangen bist. Manchmal habe ich so viel um die Ohren, dass ich gar nicht mehr weiß, wo mir der Kopf steht. Und du hast wirklich viel um die Ohren.«

Sie tätschelte noch einmal freundlich Reeces Arm. »Versuch's doch mal mit Aromatherapie. Wenn ich gestresst bin, hilft mir nichts besser als Lavendelöl.«

»Ich werd's mir merken. Und wenn das nächste Mal ein Mörder bei mir einbricht und mein Apartment überflutet, tröste ich mich mit Lavendelöl. Danke für den Tipp.«

»Meine Güte ...«

»Bitte nimm mir das jetzt nicht übel.« Reece erhob sich von ihrem Hocker. »Du meinst es nur gut, ich weiß. Aber ich muss weiterarbeiten.« Sie zögerte, beschloss aber dann, aufs Ganze zu gehen. »Debbie, du bist eine sympathische Frau und hast wirklich nette Kinder. Und ich weiß es auch zu schätzen, dass du dich um mich bemüht hast. Trotzdem hast du nicht die leiseste Ahnung, was ich alles um die Ohren habe – wie denn auch? Du hast so was ja nie durchmachen müssen.«

Sie regte sich noch die ganze restliche Schicht darüber auf und kochte immer noch vor Wut, als sie das Diner verließ. Da Brody am Morgen darauf bestanden hatte, sie herzufahren – was dringend aufhören musste –, war sie jetzt ohne Auto.

Macht nichts, dachte sie. Der Spaziergang würde ihr gut tun

und ihr helfen, sich zu beruhigen. Es war warm genug, dass man die Jacke auflassen konnte, und windig genug, um das Wasser riechen zu können, die Wälder und das Gras, das immer grüner wurde.

Sie vermisste das Grün, das üppige Grün der Wiesen in den Parks. Die mächtigen alten Bäume, den tosenden Verkehr. Die Anonymität einer hektischen, lebendigen Großstadt.

Was tat sie eigentlich hier, außer Elchburger zu braten, sich gegen eine Wyoming-Version von einer Fußballmutter zur Wehr zu setzen und sich über den Tod einer Frau aufzuregen, die sie nicht mal kannte?

Auf ihrer Seele lasteten auch so schon zwölf Tote, alles Menschen, die sie gekannt und geliebt hatte. Reichte ihr das etwa noch nicht?

Sie konnte nun mal nichts daran ändern, nichts dagegen tun. Jetzt ging es bloß noch darum, dass sie ihr eigenes Leben lebte. Und das war schon kompliziert genug.

Sie lief mit gesenktem Kopf und hatte die Hände in den Hosentaschen. Wenn sie doch nur wüsste, wohin das alles führte!

Als der Wagen neben ihr langsamer wurde, bemerkt Reece es erst gar nicht. Ein leichtes Hupen ließ sie zusammenzucken.

»Wie wär's mit einem kleinen Ausflug, Süße? Ich hab Bonbons dabei.«

Reece warf Brody durch das offene Wagenfenster einen bösen Blick zu. »Was hast du denn hier zu suchen?«

»Ich fahr einfach so durch die Gegend und halte nach Frauen Ausschau, die ich aufreißen kann. Du gefällst mir schon mal ganz gut. Steig ein.«

»Ich will nicht, dass du deine Arbeit unterbrichst, nur um mich zur Arbeit und wieder zurückzuchauffieren.«

»Gut, denn das habe ich auch gar nicht. Meine Arbeit unterbrochen.« Er schnallte sich ab, um sich vorzubeugen und ihr die Beifahrertür zu öffnen. »Steig ein. Du kannst ebenso gut hier drin weitermeckern.«

»Ich meckere doch gar nicht.« Aber sie stieg ein. »Im Ernst, Brody, du musst auch arbeiten, hast deinen eigenen Rhythmus, deine eigene Routine.«

»Ich unterbreche meine Routine ganz gern mal. Ehrlich gesagt, hat das frühe Aufstehen und dich zur Arbeit chauffieren bewirkt, dass ich früher vor dem Computer saß als sonst. Ich habe richtig viel geschafft und hatte Lust auf einen Ausflug. Schnall dich an, Bohnenstange.«

»Du hattest einen erfolgreichen Tag? Kompliment. Meiner war mehr als bescheiden.«

»Ach, ehrlich? Das hätte ich gar nicht gedacht angesichts des Damoklesschwerts über deinem Haupt.«

»Ich wurde den ganzen Tag mit Country Music bombardiert, der Sheriff hält mich für total unzurechungsfähig, will aber trotzdem meinen ebenso merkwürdigen, wie haltlosen Anschuldigungen nachgehen. Und zu allem Überfluss war heute auch noch seine Frau da, um sich unter dem Vorwand, einfach nur nett zu plaudern, in mein Leben einzumischen. Meine Füße tun weh, und wenn ich mich heute nicht bei Pete angesteckt habe, grenzt das schon an ein Wunder. Ich bin der Dorfdepp, dem die ach so nette, unerträglich perfekte Debbie Mardson rät, doch mal Lavendelöl gegen Stress zu nehmen. Oh, und außerdem ist es mir gelungen, dich sämtlichen hoffnungsfrohen Frauen in Angel's Fist wegzuschnappen, weil wir beide aus Großstädten kommen und kreativ sind.«

»Ich dachte, das läge an meiner sexuellen Ausdauer.«

Gereizt riss sie ihre Sonnenbrille aus der Handtasche und setzte sie auf. »So weit sind wir noch nicht, aber das könnte durchaus das Thema unseres nächsten Schwätzchens sein.«

»Nun, falls es zur Sprache kommt, vergiss bitte nicht zu

erwähnen, dass du noch nie so guten Sex hattest. Nein, nicht nur guten, sondern auch äußerst kreativen.«

Sie rutschte auf ihrem Sitz hin und her. »Du hattest wirklich einen guten Tag.«

»Einen ausgezeichneten sogar. Und er ist noch lange nicht vorbei.«

Er ließ Angel's Fist hinter sich, sehnte sich nach den Wiesen, den vielen Wildblumen. Nach Stille und Weite. Interessanterweise wollte er das nicht allein erleben, sondern mit ihr.

Er wurde von seiner eigenen Sentimentalität überrascht, als er hielt, wo sie sich das erste Mal geküsst hatten.

Reece starrte aus dem Fenster und schwieg. Sie streckte wortlos die Hand aus und berührte die seine, bevor sie ausstieg.

Sie betrachtete den farbenfrohen Blütenteppich, der von den blau glänzenden Gipfeln der Tetons gesäumt wurde und den die Sonne, die tief im Westen stand, in ein goldenes Licht tauchte.

Knallrosa, blaue, rote, violette und sonnengelbe Blumen sprossen inmitten des hellgrünen Salbeis. Und dort, wo die Wiesen in Sumpfland übergingen, bildeten Pappeln und Weiden ein grünes Band.

»Ich habe noch nie etwas Vergleichbares gesehen.«

»Und, lohnt es sich?«, fragte er.

»Und ob. Ist das Rittersporn?«

»Ja, und Mauerpfeffer, Glockenblumen und jede Menge scharlachrote Kastillea. Und das ...«, er zeigte mit dem Finger darauf, »... ist Flohsamenwegerich, ein Kreuzblütler. Diese knallrote Glockenblume nennt man Ipomopsis.«

»Woher kennst du dich so gut mit Wildblumen aus?« Sie drehte sich zu ihm um. »Männer mit deiner sexuellen Ausdauer interessieren sich normalerweise nicht sehr für Pflanzen.«

»Recherche. Ich habe heute in genau diesem Sumpfland einen Mann umgebracht.«

»Wie praktisch.«

»Siehst du den Vogel da? Das ist eine Grünschwanz-Grundammer.«

Sie musste lachen. »Denkst du dir das aus?«

»Nö. Und was du da singen hörst, ist höchstwahrscheinlich eine Wiesenlerche.« Er holte eine Decke aus dem Kofferraum und warf sie ihr zu. »Wie wär's, wenn du die mal ausbreitest?«

»Wozu brauchen wir bitte schön eine Decke, wenn ich fragen darf?«

»Diese Frage beweist nur, dass du in der Tat nicht mehr alle Tassen im Schrank hast. Das gefällt mir. Wie dem auch sei, die Decke ist dazu da, um sich draufzusetzen, während wir Wein aus dem Weinkühler trinken, den ich mitgebracht habe. Uns bleibt noch etwa eine Stunde, bevor die Sonne untergeht. Das ist ein hübsches Fleckchen, um Wein zu trinken und sich den Sonnenuntergang anzusehen.«

»Brody?«

Er holte den Weinkühler heraus und warf ihr einen flüchtigen Blick zu. »Ja?«

»Wir müssen deinen ausgezeichneten Tag ganz genau analysieren, damit ihm noch viele weitere folgen.«

Sie breitete die Decke aus, setzte sich darauf und hob erstaunt die Brauen, als sie sah, dass er nicht nur Wein, sondern auch Brot und Käse und dicke blaue Trauben mitgebracht hatte.

Jegliche Gereiztheit, jeglicher Ärger war wie weggeblasen, und alle ihre Sorgen fielen nach und nach von ihr ab. »Wirklich, ich bin sprachlos. Ich hätte nie gedacht, dass dieser Tag mit einem Picknick ausklingen wird.«

»Das wird er auch gar nicht. Er wird mit hemmungslosem, verschwitzem Sex ausklingen. Das hier ist bloß das Vorspiel.«

»Bislang gefällt's mir.« Sie nahm den Wein, blickte über das Farbenmeer hinweg auf die zarten Blätter der Bäume, die majestätischen Berge. »Wie konnte ich bloß das Grün vermissen.«

»Welches Grün?«

Sie lachte nur und steckte sich eine Traube in den Mund. »Ich war so was von wütend. Dabei wollte sie nur nett sein – zumindest überwiegend. Debbie Mardson. Ich habe versucht, mich an meine Routine zu klammern, das Gehämmer zu ignorieren – alles, was mich an diesen Vorfall erinnert hat. Aber dann kam sie und riss mich raus: ›Komm, setz dich zu mir, mach mal Pause, mach ein Schwätzchen.‹ Sie findet, dass wir ein nettes Paar sind.«

»Stimmt doch auch. Du bist schön, ohne eine klassische Schönheit zu sein. Und ich bin ein verdammt gut aussehender Mistkerl.«

Sie musterte ihn strafend. »Was soll das heißen, keine klassische Schönheit?«

»Du bist weder der Typ Unschuld vom Land, noch heißblütige Exotin und auch nicht typisch amerikanisch, sondern von allem etwas. Und das ist verdammt attraktiv.«

Sie aßen Brot und Käse, tranken von dem Wein und sahen, wie die Sonne hinter den Bergen versank, deren Silhouette erst silbrig und dann feuerrot aufflammte.

»Das ist besser als Lavendelöl«, murmelte sie. Sie beugte sich vor, bis sich ihre Lippen berührten, und überließ sich einem Kuss, der so beeindruckend war wie der Sonnenuntergang. »Danke.«

Er umfasste ihren Nacken, zog sie an sich, damit er sie noch leidenschaftlicher küssen konnte. »Gern geschehen.«

25

Sie hatte drei Glas Wein getrunken, was dazu führte, dass sie albern wurde. So albern, dass Reece, nachdem sie vor Brodys Hütte aus dem Wagen gestiegen waren, auf seinen Rücken sprang und an seinem Ohrläppchen knabberte.

Er hatte nur ein Glas Wein intus, sodass dieser plötzliche Überfall der Grund sein musste, warum er die Schlüssel fallen ließ.

Sie lachte, als er sich vorbeugte, um sie aufzuheben, während sie sich nach wie vor an ihn klammerte.

»Hmmm. Was für ein starker Mann.«

»Was für eine dünne Frau.«

»Ich war schon mal dünner.« Ihre Hände verselbstständigten sich und hatten sein Hemd bereits aufgeknöpft, bevor er überhaupt die Haustür aufgeschlossen hatte.

»Bring mich ins Bett.« Sie hatte die Finger bereits an seinem Hosenknopf. Auf der Treppe wäre er beinahe gestolpert, weil sie ihre Zähne in seinen Nacken grub.

»Du wirst damit aufhören müssen«, sagte er atemlos, »so in zwei, drei Stunden.«

Er schaffte es bis zum Bett und warf sie dann über seine Schulter. Sie flog quietschend durch die Luft und landete mit lautem Gelächter. Als Nächstes war er über ihr, riss ihr die Bluse auf und zog sie herunter, sodass ihre Arme gefangen waren, während sie sich in ihrem Rücken und über den Handgelenken wie ein Seil spannte. Sie rang nach Luft, während er ihren Mund derart gierig in Besitz nahm, dass sie eine Welle der Erregung völlig hilflos machte.

»Oh, Gott. Ich kann nicht ...«

»Du hast damit angefangen.« Er streifte ihr die BH-Träger über die Schultern und zog daran, bis er ihre Brüste befreit hatte und sich daran gütlich tun konnte.

Sie konnte sich kaum noch zurückhalten, zuckte unter ihm und zitterte. Dann stöhnte sie, als er ihre Jeans öffnete und seine Hand unter den Hosenbund schob. Bei ihrem ersten halb erstickten Schrei nahm er ihre Brustwarze zwischen die Zähne und knabberte daran, bis ihre Schamlippen gegen seine Hand pochten. Bis er spürte, wie sie sich konzentrierte, sich ihm hingab.

»Schrei, so laut du willst«, murmelte er, während er ihre Hände festhielt, sie gefangen hielt und mit seiner Zunge und seinen Zähnen nach unten wanderte.

»Niemand außer mir kann dich hören.«

Sie schrie, während er sie mit dieser Zunge, diesen Zähnen, diesen Lippen verwöhnte. Ihr eigener Schrei erschreckte sie, so ungestüm war er.

Sie schaffte es nicht, ihm Einhalt zu gebieten. Die Finger ihrer gefangenen Hände gruben sich in die Matratze, als müsse sie sich daran festklammern. Ihr stockte der Atem, bevor sie vor lauter Lust einen weiteren Schrei ausstieß. Zum ersten Mal seit zwei Jahren erregte sie das Gefühl vollkommener Hilflosigkeit, statt sie in Panik zu versetzen.

Wenn das hier ein durchgedrehtes Riesenrad war, genoss sie die Fahrt diesmal. Es sollte sich schneller drehen, immer schneller. Sich losreißen und davonfliegen.

Gefühle kamen in ihr hoch, erst langsam und dann immer heftiger, bis sie es kaum noch aushielt. Er zog sie auf sich, warf die Bluse beiseite. Dann kugelte sie mit ihm über das Bett, ganz außer sich vor Lust – der Lust ihn zu berühren, zu schmecken, zu spüren.

Sie stöhnte. Als er ihre Arme über ihren Kopf hob, bog sie das Rückgrat durch, um ihm noch näher zu kommen. Er lenkte ihre Finger an das Kopfteil des Bettes. »Und jetzt gut festhalten«, befahl er ihr.

Und drang in sie ein.

Es war wie ein Erdbeben, eine gefährliche Mischung aus Verspieltheit, Kraft und Tempo. Sie klammerte sich fest und befürchtete fast, in tausend Stücke zu zerbrechen, während sie jeden seiner heftigen Stöße empfing.

Dann ließ sie los, schlang ihre Arme um ihn, damit sie gemeinsam davonfliegen konnten.

Jegliche Energie wich aus ihr, und ihre Arme fielen schlaff zur Seite. Sein Gewicht lastete immer noch auf ihr, aber sie spürte es nicht, so als seien sie miteinander verschmolzen. Das Einzige, was sie noch wahrnahm, war sein Herz, das gegen das ihre pochte.

So ließ sie sich treiben, während sein wild klopfendes Herz den Mittelpunkt ihrer Welt bildete.

Als er sich bewegte, versuchte sie ihn zu stoppen. Aber er ließ sich schon auf den Rücken rollen – und verschränkte seine Finger mit ihren. Und sie ließ ihren schwindeligen Kopf auf seine Schulter sinken.

Er stand im Schatten der Bäume und beobachtete das Haus. Beobachtete das Schlafzimmerfenster, während das Licht des zu drei Vierteln vollen Mondes gerade ausreichte, dass er die Silhouetten, Schatten, Bewegungen hinter der Scheibe wahrnehmen konnte.

Es war noch zu früh, um schlafen zu gehen, das war auch ihm klar. Aber nie zu früh für Sex. Doch er konnte warten. Geduld war eine wesentliche Voraussetzung für den Erfolg, für das Überleben.

Er besaß mehrere Möglichkeiten, mehrere Pläne. Und das war eine andere wichtige Voraussetzung. Er würde sie den vorhandenen Gegebenheiten anpassen.

Sie hatte sich nicht so leicht einschüchtern lassen, wie er gedacht, oder besser, gehofft hatte. Darauf musste er reagieren.

Anstatt zu fliehen, schien sie sich hier richtig einnisten zu wollen. Aber auch damit würde er fertig werden.

Anders herum wäre es ihm lieber gewesen, aber man konnte eben nicht immer haben, was man wollte. Doch das, was er bereits hatte, wollte er sich um keinen Preis zerstören lassen.

Als das Licht im Schlafzimmer anging, beobachtete er sie weiter. Er konnte Reece durch die Scheibe erkennen. Sie war nackt und reckte sich ausgiebig, ein Zeichen, dass sie sexuell befriedigt worden war.

Ihr Anblick erregte ihn nicht, und er verspürte auch kein Ziehen in seinen Lenden. Er war schließlich kein Spanner. Außerdem war sie sowieso nicht sein Typ. Zu dürr, zu kompliziert. Er nahm sie kaum als Frau wahr.

Sondern als Störfaktor, ja als Herausforderung. Und er liebte Herausforderungen.

Er sah, wie sie lachte, wie sich ihre Lippen bewegten, als sie in ein Hemd schlüpfte, das eindeutig Brody gehörte, da es ihr mehrere Nummern zu groß war.

Er sah, wie sie zur Tür ging, stehen blieb, sich umdrehte und etwas zu ihm sagte.

Also passte er seine Pläne den vorhandenen Gegebenheiten an.

»Ich brauche als Erstes einen Schluck Wasser«, wiederholte Reece. »Ich sterbe vor Durst.«

»In der Dusche gibt es Wasser, soweit ich weiß.«

»Ich werde nicht mit dir unter die Dusche gehen – das führt nur zu einer weiteren Dehydrierung, und ich benötige dringend etwas Flüssigkeit. Ich kann uns schnell was zaubern.«

»Du meinst, was zu essen?«

»Ich glaube nicht, dass das bisschen Brot und Käse lange bei dir vorhalten werden, und erst recht nicht nach dem, was wir veranstaltet haben. Ich mach uns schnell was im Wok.«

Sein zufriedener Gesichtsausdruck wich sofort einem finsteren Stirnrunzeln. »Du wolltest was zu essen machen, nicht bloß Gemüse.«

»Du wirst es mögen.«

Gelöst und entspannt vom Sex, schwebte Reece regelrecht aus dem Raum. Ein ganz unkompliziertes Essen, dachte sie. Zum Beispiel könnte sie ein paar von den marinierten Hühnerbrüsten klein schneiden, die sie eingefroren hatte. Sie mit Knoblauch, Zwiebeln, Brokkoli, Karotten und Blumenkohl anbraten. Und als Beilage würde es Reis geben mit etwas von ihrer Ingwersauce.

Die gehörte unbedingt dazu.

Sie wünschte, sie hätte auch ein paar Wasserkastanien, aber was soll's.

Sie fuhr sich über ihren Hals und glaubte literweise Wasser trinken zu können. Kein Wunder, nachdem sie übereinander hergefallen waren wie die Tiere. Fantastisch.

Wahrscheinlich würde sie jetzt an den unmöglichsten Stellen blaue Flecken bekommen – aber er bestimmt auch. Beim Gedanken daran hielt sie inne und führte einen kleinen Freudentanz auf. Dann krempelte sie die Ärmel von Brodys Hemd hoch und ging in die Küche.

Sie machte das Licht an und griff zuerst nach dem Wasser. Sie stützte sich mit einer Hand gegen den Kühlschrank und trank es direkt aus der Flasche wie ein Kamel, das in einer Wüstenoase wieder auftankt.

Ein leises Klopfen ließ sie zum Fenster über der Spüle schauen.

Sie sah seine Umrisse. In einen schwarzen Mantel gehüllte Schultern, ein Kopf, der mit einer orangeroten Jagdmütze bedeckt war. Eine nachtschwarze Sonnenbrille, die einen Großteil seines Gesichts verbarg.

Sie stöhnte auf und stolperte rückwärts, während ihr die Flasche aus der Hand fiel. Das Plastik donnerte zu Boden, und Wasser ergoss sich über die Fliesen, über ihre nackten Füße.

Ein Schrei blieb ihr in der Kehle stecken, vor lauter Angst, Entsetzen und Ungläubigkeit.

Dann war die Erscheinung plötzlich verschwunden. Sie stand wie versteinert da, rang nach Luft, rang um Fassung.

Und sah, wie sich der Türknauf erst nach rechts und dann nach links drehte.

Jetzt schrie sie laut auf, sprang nach vorn, um das große Messer aus dem Messerblock auf der Küchentheke zu ziehen. Sie schrie und schrie und schrie, packte das Messer mit beiden Händen und flüchtete zurück.

Als die Tür aufflog, rannte sie.

Brody stand gerade unter der Dusche, als er die Tür aufgehen hörte. Träge zog er den Duschvorhang zurück und starrte Reece an. Sie hielt ein großes Küchenmesser in den Händen und stand mit dem Rücken zur Tür.

»Was zum Teufel ...?«

»Er ist im Haus. Er ist im Haus. Er ist zur Hintertür rein, in die Küche.«

Mit schnellen Bewegungen stellte Brody das Wasser ab und griff nach einem Handtuch.

»Bleib hier.«

»Er ist im Haus.«

Mit einem Griff wickelte sich Brody das Handtuch um die Hüften.

»Gib mir das Messer, Reece.«

»Ich habe ihn gesehen.«

»Gut, gib mir das Messer.« Er musste es ihr entwinden. »Stell dich hinter mich«, sagte er, da er es sich bereits anders überlegt hatte und nicht wollte, dass sie sich im Badezimmer einschloss.

»Wir gehen zuerst ins Schlafzimmer – dort ist ein Telefon. Wenn ich mir sicher bin, dass alles in Ordnung ist, wirst du dich dort einschließen. Du wirst die 911 wählen. Hast du verstanden?«

»Ja. Geh nicht!« Sie klammerte sich an seinen Arm und sah nervös zur Tür. »Bleib bei mir. Geh nicht da runter. Geh nicht runter.«

»Es wird dir nichts passieren.«

»Aber dir. Du.«

Er schüttelte den Kopf und zog sie hinter sich. Er nahm das Messer abwehrbereit in die Hand und stieß ruckartig die Tür auf. Er sah nichts, weder zur Rechten noch zur Linken. Hörte nichts außer Reeces mühsames Atmen.

»Ist er dir nach?«, fragte Brody

»Nein. Keine Ahnung. Nein. Er war bloß plötzlich da, und ich habe das Messer gepackt und bin losgerannt.«

»Bleib bei mir.«

Er ging langsam ins Schlafzimmer, überlegte und schloss dann die Tür von innen ab.

Er suchte unter dem Bett, im Wandschrank – die einzigen Orte, von denen er glaubte, dass sich hier jemand verstecken konnte. Erleichtert legte er das Messer weg und griff nach seinen Jeans, schlüpfte hinein. »Ruf die Polizei, Reece.«

»Bitte, geh da nicht raus. Er könnte eine Waffe haben. Er könnte ... Bitte, lass mich nicht allein.«

Er drehte sich kurz zu ihr um, zwang sich, ruhig zu bleiben. »Ich lasse dich nicht allein. Ich bin in ein paar Minuten wieder zurück.«

Er ließ das Messer, wo es war, und nahm seinen Baseballschläger aus dem Schrank. »Schließ die Tür hinter mir ab. Mach diesen Anruf.«

Er ließ sie nur ungern allein, nicht, wenn sie solche Angst hatte, dass er befürchten musste, sie würde den Kopf verlieren. Aber ein Mann musste schließlich seinen Besitz verteidigen.

Wahrscheinlich war er längst über alle Berge, dachte Brody, als er sein Arbeitszimmer überprüfte. Wahrscheinlich. Trotzdem, seine Aufgabe bestand darin, sein Zuhause zu überprüfen und es zu einem sicheren Ort zu machen.

Dafür zu sorgen, dass sie sich sicher fühlen konnte.

Als Nächstes ging er ins Bad. Ein Eindringling hätte hineinschlüpfen und sich darin verstecken können, als sie ins Schlafzimmer gegangen waren. Er legte den Baseballschläger über seine Schulter und sah sich kurz um. Er kam sich blöd vor, obwohl sein Magen flatterte.

Als er sich davon überzeugt hatte, dass im ersten Stock alles in Ordnung war, lief er die Treppe hinunter.

Allein gelassen starrte Reece auf die Tür.

Sie sprang aufs Bett, krabbelte zum Telefon hinüber.

»9-1-1. Was haben Sie für einen Notfall?«

»Hilfe. Wir brauchen Hilfe. Er ist hier.«

»Was für ein Notfall? Reece? Spricht da Reece Gilmore? Hier ist Hank. Was ist los? Sind Sie verletzt?«

»Brody. Brodys Hütte. Er hat sie umgebracht. Er ist hier. Schnell.«

»Bleiben Sie dran. Ich will, dass Sie am Apparat bleiben. Ich schicke jemanden vorbei. Bitte dranbleiben.«

Ein Scheppern von unten ließ sie erstickt aufschreien, der Hörer fiel ihr aus der Hand. Ein Schuss? War das ein Schuss gewesen? War er echt oder bloß Einbildung?

Keuchend kletterte sie zurück übers Bett. Und griff nach dem Messer. Sie hatte die Tür nicht abgesperrt. Denn wenn sie das tat, wäre Brody auf der einen und sie auf der anderen Seite gefangen. Er könnte verletzt sein. Er könnte sterben, während sie hilflos daneben stand.

Ginny war gestorben, während sie hilflos zusehen musste.

Sie stand auf. Ihre Beine fühlten sich an wie Watte, Watte, die ihre Ohren, ihre Nase, ihre Augen verstopfte. Und als sie auf die Tür zuging, hörte sie über das dumpfe Brummen in ihrem Kopf hinweg Schritte auf der Treppe. Diesmal würden sie sie kriegen, und diesmal würden sie merken, dass sie nicht tot war. Sie würden es merken und die Sache zu Ende bringen.

»Reece, alles in Ordnung. Ich bin's, Brody. Schließ die Tür auf.«

»Brody.« Sie sprach seinen Namen aus, lauschte seinem Klang nach. Dann entrang sich ihr ein Seufzer der Erleichterung, der beinahe wehtat in seiner Heftigkeit. Sie riss die Tür auf und starrte ihn an. Schwankte.

»Alles in Ordnung«, wiederholte er und nahm ihr das Messer ab. »Er ist weg.«

Sie sah Sternchen, ein schwarzweißes Krisseln. Als es an den Rändern rot wurde, bugsierte er sie in einen Sessel und drückte ihren Kopf zwischen ihre Knie.

»Hör auf damit. Hör auf damit und atme aus. Jetzt.«

Seine Stimme durchdrang den Schwindel, die Übelkeit, befreite sie von der schweren Last auf ihrer Brust. »Ich dachte ... ich hörte ...«

»Ich bin ausgerutscht – Wasser auf dem Küchenboden. Ich bin über einen Sessel gestolpert. Ganz ruhig weiteratmen.«

»Du bist nicht angeschossen. Nicht angeschossen.«

»Seh ich so aus?«

Langsam hob sie den Kopf. »Ich wusste nicht mehr, was real war, wo ich war.«

»Du bist hier, bei mir. Er ist weg.«

»Hast du ihn gesehen?«

»Nein. Der feige Mistkerl ist abgehauen. Nur daran musst du denken.« Er nahm ihr Gesicht in seine Hände. »Er ist ein Feigling.« Er hörte die Polizeisirenen, sah ihr aber weiter in die Augen. »Da sind sie schon. Zieh dir was an.«

Nachdem sie sich angezogen hatte, ging sie die Treppe herunter und sah, dass die Hintertür aufstand und das Flutlicht an war. Sie konnte Stimmengemurmel hören. Um sich zu beruhigen, setzte sie Kaffee auf und wischte den Boden.

Sie machte sich Tee und stellte Tassen, Milch und Zucker auf den Tisch, als Brody mit Denny hereinkam.

»Kaffee?«

»Gern. Haben Sie sich so weit beruhigt, dass Sie eine Aussage machen können, Reece?«

»Ja. Sie trinken ihn wie immer oder?«

»Wie bitte?«

»Mit Milch und zwei Stück Zucker?«

»Ja.« Denny zupfte an seinem Ohrläppchen. »Sie haben ein wirklich gutes Gedächtnis. Wollen wir uns setzen?« Er nahm am Tisch Platz und holte seinen Block heraus. »Können Sie mir schildern, was passiert ist?«

»Ich bin nach unten gegangen. Ich hatte Durst und wollte uns was zum Abendessen kochen. Brody stand unter der Dusche.«

Sie goss Kaffee ein und sah ihm ins Gesicht. Da er errötete, nahm sie an, dass Brody ihm erzählt oder zumindest angedeutet hatte, was sie vorher getan hatten.

»Ich habe eine Flasche Wasser aus dem Kühlschrank geholt«, fuhr sie fort und stellte seinen und Brodys Kaffee auf den Tisch, bevor sie sich ihrem Tee zuwandte. »Ich habe ein Geräusch gehört, eine Art Klopfen, am Fenster. Als ich hingesehen habe, stand er da.«

»Was haben Sie genau gesehen?«

»Einen Mann. Schwarzer Mantel, orangerote Mütze, Sonnenbrille.« Sie setzte sich und starrte in ihren Tee.

»Können Sie ihn beschreiben?«

»Es war dunkel«, sagte sie vorsichtig. »Und das Küchenlicht hat sich in den Fenstern gespiegelt. Ich konnte ihn nicht deutlich erkennen. Dann war er plötzlich verschwunden. Ich sah, wie sich der Türknauf der Hintertür bewegte. Ich hörte, wie er sich drehte. Ich habe ein Messer aus dem Messerblock neben dem Herd gerissen. Die Tür ging auf, und er stand da, stand einfach da. Ich bin nach oben gerannt.«

»Größe, Körpergewicht? Hautfarbe?«

Sie kniff die Augen zu. Er war ihr riesig vorgekommen, unglaublich riesig. Wie hätten ihre Blicke diesen Nebel aus Angst nur durchdringen können? »Ein Weißer, gut rasiert. Mehr weiß ich nicht. Ich habe ihn nur ganz kurz gesehen, es war dunkel, und ich hatte wahnsinnige Angst.«

»Hat er irgendwas gesagt?«

»Nein.« Sie sprang auf, als sie einen Wagen vorfahren hörte.

»Das wird der Sheriff sein«, sagte Denny. »Hank hat ihn sofort verständigt. Ich geh kurz raus und geb ihm Bescheid.«

Sie legte die Hände in den Schoß und blieb einfach sitzen, als Denny hinausging. »Das ist doch lächerlich, oder? Er stand genau hier, und ich kann trotzdem nicht sagen, wie er aussah. Nicht wirklich.«

»Es war dunkel«, sagte Brody. »Außerdem war er bestimmt weit genug weg und stand da hinten im Schatten. Und du warst von dem Licht hier geblendet und hattest Angst. Was habe ich dir vorhin gesagt, Reece?«

»Dass er ein Feigling ist.« Sie hob den Kopf. »Trotzdem weiß er genau, wie er mich fertigmachen muss. Man wird mir nicht glauben, Brody. Ich bin eine hysterische Ziege mit Wahnvorstellungen. Du und Denny, ihr habt draußen nichts gefunden. Keinerlei Spuren.«

»Nein. Er geht äußerst geschickt vor.«

»Aber du glaubst mir.« Sie atmete tief durch. »Als ich allein da oben war, dachte ich, ich würde Schüsse hören. Ich habe alles durcheinandergebracht.«

»Jetzt sei nicht so verdammt hart zu dir. Du hattest einen Flashback. Er muss uns beobachtet haben. Muss irgendwo da draußen gestanden und die Hütte beobachtet haben.« Sie sah, wie sich Brodys Züge verhärteten.

»Du glaubst doch nicht etwa, dass ich deswegen ausgerastet bin?«

»Nein, hoffentlich nicht.«

»Ich raste nicht aus, weil er mich nackt gesehen oder mitbekommen hat, wie wir Sex hatten. Wenn es das nur wäre.«

»Na schön.« Er sah sich um, als es an der Tür klopfte. Rick kam herein und setzte seinen Hut ab.

»N'Abend. Wie ich höre, gab es Probleme.«

»Nur ein kleiner Einbruch, Hausfriedensbruch und Belästigung«, erklärte ihm Brody.

»Vielleicht könnte ich etwas von diesem Kaffee bekommen. Ich habe Denny gebeten, sich noch mal gut umzusehen.« Er schwieg, während Reece eine weitere Tasse einschenkte. »Reece, warum zeigen Sie mir nicht, wo Sie standen, als Sie jemanden gesehen haben – am Fenster, oder?«

»Anfangs ja. Ich stand hier.« Sie ging zum Kühlschrank und stützte sich mit einer Hand dagegen. »Ich habe ein Geräusch gehört und zum Fenster gesehen.«

»Das Küchenlicht blendet ganz schön, wenn es sich so in der Scheibe spiegelt, stimmt's? Sind Sie näher rangegangen?«

»Ich – nein. Erst nicht. Ich habe gesehen, wie sich der Türknauf gedreht hat. Er ist vom Fenster verschwunden, und dann habe ich gesehen, wie sich der Türknauf gedreht hat. Ich hab mir ein Messer geschnappt.« Sie machte einen Schritt nach vorn und tat so, als nehme sie eines aus dem Messerblock. »Und dann ... habe ich einen Schritt rückwärts gemacht, muss zurückgewichen sein. Ich hatte Angst.«

»Das kann ich mir vorstellen.«

»Dann ging die Tür auf, und er stand draußen.«

»Und Sie standen da, wo Sie jetzt stehen?«

»Ich ... ich weiß nicht. Nein, näher an der Tür. Vielleicht ein, zwei Schritte. Ich habe mich nur noch umgedreht und bin losgerannt.«

»Hm-hm. Das Beste, was Sie tun konnten. Und du warst unter der Dusche?«, fragte er Brody.

»Stimmt.«

»Und was ist mit der Tür da? Ist sie verschlossen, offen?«

»Sie war verschlossen. Ich habe sie abgeschlossen, bevor ich Reece abgeholt habe.«

»Verstehe.« Rick öffnete die Hintertür erneut und ging in die Hocke, um sich das Schloss anzusehen, den Türpfosten. »Trug er Handschuhe?«

»Er ...« Reece zwang sich, sich zu erinnern. »Ja. Ich glaube schon. Schwarze Handschuhe, wie damals, als er die Frau erwürgt hat.«

»Ist Ihnen sonst noch was an ihm aufgefallen?«

»Tut mir leid.«

Rick richtete sich auf. »Am besten, wir gehen zeitlich noch etwas weiter zurück. Du warst bis ungefähr wann zu Hause, Brody?«

»Ich bin so gegen halb sieben, viertel vor sieben weg, würde ich sagen.«

»Du bist losgefahren, hast Reece beim Joanie's abgeholt und bist wieder zurück.«

»Nein, wir sind raus zu den Wiesen gefahren.« Brody hatte plötzlich ein unerwartetes Verlangen nach einer Zigarette. Und unterdrückte es.

»Da draußen blüht jetzt alles. Ein idealer Abend für so was. Ihr habt also einen Ausflug gemacht.«

»Ein paar Kilometer«, bestätigte Brody. »Wir haben etwas

Wein und Käse gegessen, uns den Sonnenuntergang angeschaut und sind so gegen halb neun zurückgekommen. Vielleicht war es auch schon neun. Wir sind sofort ins Schlafzimmer. Danach ging Reece nach unten, um etwas zu trinken, und ich bin unter die Dusche.«

»Wann ungefähr?«

»Ich habe nicht auf die Uhr gesehen. Aber ich war höchstens ein paar Minuten unter der Dusche, als sie hereingestürmt kam. Ich habe sie zurück ins Schlafzimmer gebracht, habe meine Hose angezogen, mir meinen Baseballschläger geschnappt und ihr gesagt, sie soll die 911 anrufen.«

Rick sah fragend zu Denny hinüber, der gerade hereinkam und den Kopf schüttelte. »Na gut. Für heute hattet ihr genug Aufregung, würde ich sagen. Ich kann morgen noch mal vorbeischauen und mir das Ganze bei Tageslicht ansehen. Du fährst schon mal vor, Denny, und schreibst den Bericht. Brody, würdest du so nett sein und mich nach draußen begleiten?«

»Na gut.« Er sah Reece an. »Ich bin gleich wieder da.« Sie gingen hinaus. Rick sah zum sternenübersäten Himmel empor und steckte die Daumen in die Hosentaschen. »Was für eine Nacht. So was gibt's auch nur bei uns in Angel's Fist. Ehe wir uns versehen, ist es Sommer. Die Touristen kommen jetzt schon in hellen Scharen. Bald haben wir diesen Himmel nicht mehr für uns.«

»Du hast mich doch nicht gebeten, dich zu begleiten, damit wir uns gemeinsam die Sterne ansehen.«

»Nein. Ich möchte dir gern Folgendes klarmachen, Brody.« Er drehte sich um, sodass sie sich jetzt genau gegenüberstanden. »Erstens gibt es keinerlei Anzeichen dafür, dass die Tür aufgebrochen wurde. Und du bist dir ganz sicher, dass du sie abgeschlossen hast.«

»Er hat das Schloss geknackt, hatte einen Nachschlüssel. Das hat er schon mal gemacht.«

»Meine Güte.« Deutlich frustriert fuhr sich Rick über das Gesicht. »Und das soll er ausgerechnet in der kurzen Zeit geschafft haben, als sie allein hier unten war und du unter der Dusche standest? Hat der Kerl jetzt auch noch übermenschliche Kräfte?«

»Er muss uns beobachtet haben.«

»Aber warum? Um einen auf Spanner zu machen? Wenn er ihr wirklich etwas tun will, hätte er es getan, als er allein mit ihr im Raum war. Falls es ihn überhaupt gibt.«

»Jetzt hör mir mal eine Minute lang zu.«

»Nein, jetzt hörst du mir zu. Ich bin wirklich ein geduldiger Mensch, Brody. Ein Mann in meiner Position braucht eine gehörige Portion Geduld. Ich bin vielen Dingen gegenüber offen, aber blöd bin ich nicht. Du hast es mit einer Frau zu tun, die schon einmal an einer psychischen Störung gelitten hat, die etwas getrunken hat, aus dem Bett steigt und behauptet, sie habe denselben Mann gesehen, der eine unbekannte Frau ermordet haben soll – und den *nur* sie gesehen hat. Und all das passiert ausgerechnet dann, wenn niemand dabei ist, der das bestätigen könnte. Es gibt keinerlei Anzeichen dafür, dass sich ein Fremder Zutritt zur Hütte verschafft hat oder darum herumgeschlichen ist. Genauso wie es keinerlei Anzeichen dafür gibt, dass jemand am Fluss umgebracht worden ist, in ihrem Apartment über dem Joanie's eingebrochen wurde oder sich jemand im Hotel an ihrer Wäsche zu schaffen gemacht hat. Du schläfst mit ihr, also willst du ihr glauben. Nichts ist so verführerisch wie ein junges Mädchen in Gefahr.«

Wut stieg in ihm auf. »Was für ein Mist. Was für ein verdammter Mist. Und du willst ein Freund und Helfer sein?«

»Mein Job besteht in der Tat darin, den Einwohnern dieses Ortes zu helfen und sie zu beschützen. Du kannst ruhig sauer auf mich sein, aber ich habe für Reece Gilmore getan, was ich für sie tun konnte. Aber jetzt reisen die Touristen und Sommergäste an, und ich kann es mir nicht mehr leisten, meine Zeit und mein Personal damit zu verschwenden, Jagd auf irgendwelche Hirngespinste zu machen. Sie tut mir weiß Gott leid, ehrlich. Sie ist eine sympathische Frau, die Schlimmes durchgemacht hat. Aber sie muss darüber hinwegkommen und sich beruhigen. Tu dir selbst einen Gefallen und überrede sie, sich behandeln zu lassen.«

»Ich hab wirklich mehr von dir erwartet, Rick.«

»Tja, Brody«, sagte Rick bedauernd, während er die Tür seines Lieferwagens öffnete, »genau dasselbe könnte ich von dir sagen.« Er stieg ein und knallte die Tür zu. »Wenn du diese Frau wirklich liebst, solltest du für professionelle Hilfe sorgen.« Er ließ den Motor an. »Sie hat sie nötig.«

Als Brody zurück zum Haus stapfte, stand Reece am Herd. In einem Topf mit Deckel köchelte Reis, Huhn und Knoblauch dünsteten in einer Pfanne.

»Arschloch«, murmelte Brody und nahm sich ein Bier aus dem Kühlschrank.

»Danke. Danke, dass du zu mir gehalten hast.« Sie schüttelte die Pfanne, wendete die Hühnerstückchen. »Ich musste eure Unterhaltung gar nicht mit anhören, um zu wissen, was er gesagt hat. Er glaubt mir nicht, und dieser neue Vorfall hat ihn in seiner Haltung nur noch bestätigt. Ich verschwende nur seine Zeit, störe ihn bei seiner Arbeit und habe mich von einer Verrückten zu einer echten Plage entwickelt. Und im Grunde kann ich ihm das nicht mal übel nehmen.«

»Aber warum denn nicht, verdammt noch mal?«

»Alles weist darauf hin, dass ich mir das Ganze bloß ausdenke oder schlichtweg übergeschnappt bin.« Sie gab das klein geschnittene Gemüse und einen Spritzer Weißwein hinzu und rüttelte erneut an der Pfanne. »Genauso wie alles darauf hinweist, dass du nur zu mir hältst, weil wir miteinander schlafen.«

»Glaubst du das auch?«

»Ich weiß, dass du mir glaubst, und das bedeutet alles für mich.«

Er nahm einen großen Schluck Bier. »Willst du hier weg? New Mexico soll auch sehr schön sein. Das Gute an unseren Berufen ist, dass wir sie ausüben können, wo wir wollen.«

Ihre Augen brannten, aber sie rührte weiter in ihrer Pfanne. »Weißt du was? Wenn du vor mir auf die Knie gefallen, mir einen Riesendiamantring, einen Hundewelpen und eine 50-Kilo-Schachtel belgischer Pralinen geschenkt, mir deine unsterbliche Liebe gestanden und Shelley rezitiert hättest, hättest du mir keine größere Freude machen können.«

»Gut, denn leider kann ich nichts von Shelley auswendig.«

»Und so groß die Versuchung auch sein mag«, fuhr sie fort, »weiß ich besser als irgendjemand sonst, dass Weglaufen gar nichts bringt. Es hat mir gefallen, die Blumen da draußen aufblühen zu sehen, zu wissen, dass sie das können. Wenn die hier Wurzeln schlagen können, dann kann ich das auch.«

Sie griff nach der Schale, in der sie die Sauce angerührt hatte, und goss sie über den Inhalt der Pfanne. »Das Essen ist in wenigen Minuten fertig. Würdest du schon mal die Teller rausholen?«

26

Reece saß im Behandlungszimmer von Doc Wallace und war dankbar, dass sie sich für die Kontrolluntersuchung nicht ausziehen musste. Sie fühlte sich schlapp, so wie früher, wenn sie zu viel gefeiert hatte.

Die Schlaftablette, dachte sie. Ein fairer Deal, zu dem Brody sie gedrängt hatte. Nicht, dass er sie groß dazu hätte drängen müssen.

Die Tablette hatte zwar Albträume verhindert, aber dafür war sie heute Morgen mit einem dicken Kopf aufgewacht. Trotzdem – es hatte sich gelohnt – dieses eine Mal zumindest. Sie hatte nicht vor, wieder regelmäßig Schlafmittel, Antidepressiva und Medikamente gegen die Angst zu nehmen.

Sie hatte keine Depressionen. Sie wurde gestalkt.

Die Tür ging auf. Der Doc schlenderte herein, er hatte eine Tabelle dabei und lächelte sie freundlich an.

»Gratuliere! Sie haben drei Kilo zugenommen. Das ist wirklich ein Fortschritt, junge Dame. Noch etwas mehr, und ich höre auf, Sie zu nerven.«

Sein Lächeln verebbte, als er um den Tisch herumlief und ihr Gesicht sah. »Oder vielleicht doch nicht. Beim letzten Mal sahen Sie blass und erschöpft aus. Aber heute auch wieder.«

»Ich hatte eine schlimme Nacht. Eine furchtbare Nacht. Irgendwann habe ich eine Schlaftablette genommen – eine von den nicht verschreibungspflichtigen. Aber selbst die hat mich ganz schön ausgeknockt.«

»Eine Angstattacke?« Er nahm ihr Kinn und drehte ihren Kopf, um den gelb schillernden Fleck auf ihrer Wange zu begutachten. »Albträume?«

»Ich habe die Tablette genommen, um Angstattacken und Albträume zu vermeiden. Ich habe gestern Nacht den Mörder gesehen.«

Der Doc schürzte die Lippen und musterte aufmerksam ihr Gesicht, während er sich auf seinen Stuhl gleiten ließ. »Erzählen Sie mir davon.«

Sie schilderte ihm, was passiert war, jedes Detail. »Sie müssen mir nicht glauben oder so tun, als glaubten Sie mir«, endete sie. »Die letzten Tage waren die reinste Katastrophe – kein Wunder, dass ich blass und erschöpft aussehe.«

»Tut das weh?«, fragte er, als er sanft auf ihren blauen Fleck drückte.

»Ein bisschen. Aber das ist nicht weiter schlimm.«

»Seit wann nehmen Sie Schlaftabletten?«

»Die gestern Nacht war die erste seit fast einem Jahr.«

»Haben Sie seit Ihrem letzten Besuch noch irgendwas anderes eingenommen?«

»Nein.«

»Irgendwelche anderen Symptome?«

»Sie meinen, so was wie Vergesslichkeit oder dass ich Dinge sehe, die nicht existieren? Nein.«

»Lassen Sie mich kurz des Teufels Advokat spielen. Kann es sein, dass dieser Mann, den Sie sehen, Ihre Ängste verkörpert? Sie haben das Gesicht des Mannes, der auf Sie geschossen hat, nicht gesehen. Nicht wirklich. Oder aber das von Ihnen erlebte Trauma hat dieses Gesicht aus Ihrer Erinnerung gelöscht.«

»Ich glaube nicht, dass ich ihn gesehen habe«, sagte sie leise. »Das Ganze dauerte nur den Bruchteil einer Sekunde. Die Türen schwangen auf, ich drehte mich um, ich sah die Pistole – und dann ... Na ja, er hat sie benutzt.«

»Ich verstehe.« Er legte kurz ganz sanft die Hand auf ihre. »Soweit ich weiß, haben Sie auch die anderen Männer nie gesehen, die Ihre Freunde umgebracht haben.«

»Nein, keinen Einzigen.« Aber gehört habe ich sie, dachte sie. Ich habe sie lachen gehört.

»Haben Sie sich schon einmal überlegt, dass die Gestalt am Fenster letzte Nacht oder möglicherweise auch der Mann am Fluss eine Manifestation der Angst und Hilflosigkeit ist, die Sie während des Überfalls und danach empfunden haben?«

Ihr Magen zog sich schmerzhaft zusammen. Enttäuschung

machte sie in ihr breit. Darüber, dass er ihr letztlich doch nicht glaubte. »Sie haben Psychologiebücher gelesen.«

»Ich gebe zu, dass ich welche gelesen habe. Aber nur, weil Sie Ihrer Angst ein Gesicht geben, sind Sie noch lange nicht verrückt, Reece. Es könnte ein Weg sein, sich das Ganze bewusst zu machen, um damit fertig zu werden.«

»Ich wünschte, es wäre so. Aber ich weiß, dass er mit seinen Händen eine Frau erdrosselt hat. Ich weiß, dass er mich beobachtet und alles tut, um meine geistige Gesundheit und meine Glaubwürdigkeit zu unterlaufen.« Sie lächelte schwach. »Man ist nicht paranoid, wenn man tatsächlich verfolgt wird.«

Der Doc seufzte.

»Ich weiß, wie es sich anfühlt, wirklich paranoid zu sein. Ich weiß, wie einem das die Kehle zuschnürt. Ich bin nicht paranoid, und ich habe auch keine Manifestation meiner Ängste entwickelt. Ich lebe in Angst.«

»Es gibt noch eine mögliche Erklärung, aber bitte lassen Sie mich zuerst ausreden. Als Sie den Mann zum ersten Mal gesehen und seine Gewalttat beobachtet haben, hatten Sie kurz vorher Brody auf dem Wanderweg getroffen. Die Vorfälle begannen sich zu häufen, als sich Ihre Beziehung zu Brody vertiefte. Je ernster die Beziehung wurde, desto gravierender wurden die Vorfälle. Kann es sein, dass Sie als Überlebende Schuldgefühle haben, die sich Ihrem Glück in den Weg stellen?«

»Das heißt, ich werde bewusst verrückt, um meine Beziehung zu Brody zu sabotieren? Nein, verdammt noch mal, ich war verrückt. Ich weiß, wie sich das anfühlt. Aber jetzt ist es anders.«

»Na gut, in Ordnung.« Er tätschelte ihre Hand. »Wir – wie heißt das noch gleich? – schließen das Naheliegende aus, und was übrig bleibt, so unwahrscheinlich es auch klingen mag, muss die Wahrheit sein. Wir werden ein wenig Blut abnehmen und sehen, wie es Ihnen geht.«

Reece kehrte zur zweiten Hälfte einer geteilten Schicht ins Joanie's zurück. Mac Drubber und Carl machten sich über gewaltige Sandwiches mit gegrilltem Schweinefleisch her. Mac hob eine Hand, um sie zum Stehenbleiben zu veranlassen, während er noch kaute und schluckte. »Ich habe frischen Parmesan reinbekommen. Also, so Käse am Stück.«

»Ehrlich?«

»Ich dachte, Sie wollen vielleicht welchen. Er ist allerdings ziemlich teuer.«

»Ich komm später vorbei und hol ihn. Danke, Mr. Drubber.« Sie beugte sich spontan vor und küsste ihn auf den Scheitel. »Danke. Womit habe ich denn das verdient?«

»Ach, kommen Sie.« Seine Wangen waren leicht gerötet. »Wenn Sie sich was wünschen, was wir normalerweise nicht auf Lager haben, lassen Sie es mich einfach wissen. Das ist überhaupt kein Problem, ich kann Ihnen alles bestellen.«

»Gern. Danke noch mal.«

Bei der nächsten Gelegenheit, dachte Reece, würde sie etwas ganz besonders Fantastisches kochen und ihn zu Brody zum Essen einladen.

Sie kam gerade noch rechtzeitig in die Küche, um zu sehen, wie Linda-Gail einen Stapel dreckiger Teller neben Pete auf die Spüle knallte.

»Oje.«

»Wolken im Paradies«, flüsterte Pete.

»Hör auf, hinter meinem Rücken zu flüstern«, schnauzte ihn Linda-Gail an und wirbelte herum, sodass ihre Haare wie ein kleiner roter Helm um ihren Kopf flogen. »Ich bin schließlich nicht taub.«

»Aber arbeitslos, wenn du weiter so mit meinen Sachen umgehst.«

Linda-Gail drehte sich zu Joanie um. »Wenn dein Sohn nicht

so ein Lügner und Betrüger wäre, würde ich auch nicht so mit deinen Sachen umgehen.«

Joanie briet ungerührt ihre Steaks und Zwiebeln weiter. »Mein Junge mag so einige Fehler haben. Aber so wie ich ihn kenne, ist er weder das eine noch das andere. Pass auf, was du sagst, Linda-Gail.«

»Hat er behauptet, dass er gestern Abend auf der Ranch bleiben muss, um einer Stute mit Kolik beizustehen oder nicht? Und war das vielleicht keine gemeine Lüge, wenn Reuben vor einer Viertelstunde hier war und mich gefragt hat, wie mir der Film gefallen hat, zu dem mich Lo gestern Abend eingeladen hat?«

»Vielleicht hat sich Reuben ja geirrt. Dafür kann es mehrere Erklärungen geben.«

Linda-Gail hob ihr Kinn. »Du bist seine Mutter: klar, dass du zu ihm hältst. Aber ich lasse mich nicht belügen und betrügen.«

»Das kann ich gut verstehen, und du kannst ihn auch jederzeit zur Rede stellen. Aber nicht, wenn du gerade dafür bezahlt wirst, hier zu bedienen.«

»Er hat gesagt, dass er mich liebt, Joanie.« Dieses Mal versagte ihr die Stimme – und Joanie presste die Lippen zusammen. »Er hat gesagt, er sei bereit, ein gemeinsames Leben mit mir aufzubauen.«

»Dann wirst du ihn eben so bald wie möglich zur Rede stellen. Aber bis es so weit ist, gehst du da raus und erledigst deinen Job. Da sind Gäste, die auf dich warten.«

»Stimmt genau. Außerdem habe ich sowieso schon viel zu viel Zeit an ihn verschwendet. Männer taugen einfach zu gar nichts.« Sie stolzierte hinaus und ließ eine seufzende Joanie zurück.

»Wenn es der Junge geschafft hat, das zu versauen, ist er dümmer, als ich dachte.«

Während Joanie einen besorgten Eindruck machte, zog sich Reece schmerzhaft der Magen zusammen. Wo war Lo letzte Nacht gewesen – und warum hatte er diesbezüglich gelogen?

»Willst du hier noch länger rumstehen und träumen«, fragte Joanie, »oder übernimmst du den Grill? Ich muss noch Bürokram erledigen und diese ganze beschissene Farbe bezahlen.«

»Entschuldige.« Reece griff nach ihrer Schürze und eilte zur Spüle, um sich die Hände zu waschen. »Der neue Anstrich sieht gut aus. Fröhlich.«

»Neu und fröhlich: So was kostet.«

Nachdem sie am Vorabend geschlossen hatten, waren drei Männer zum Anstreichen angerückt, erinnerte sie Reece. Das Narzissengelb mit der roten Abschlussleiste peppte das Diner gehörig auf. Aber was hatten diese Männer vorher um 21 Uhr getan?

»Wann genau haben sie mit dem Anstreichen angefangen?«

»Um elf. Wahrscheinlich ist Reuben viel zu erschöpft, um sich heute wieder blicken zu lassen, nachdem er hier bis drei Uhr früh geschuftet hat.«

So beiläufig wie möglich, ermahnte sich Reece, eine ganz normale Unterhaltung. »Sie sind also um elf gekommen?«

»Sag ich doch. Reuben, Joe und Brenda.«

»Brenda? Die Brenda vom Hotel? Ich dachte, ihr Bruder wollte mithelfen?«

»Dean hatte angeblich was anderes vor. Abgesehen davon, arbeitet sie sowieso besser.«

Reece begann mit dem Kochen und versuchte sich dabei Reuben, Lo, Dean oder Joe mit einer Sonnenbrille und einer orangeroten Mütze vor Brodys Küchenfenster vorzustellen.

Nach der Arbeit ließ sich Reece von Pete mitnehmen.

»Vielen Dank, dass du mich zu Brody fährst.«

»Ist ja nicht weit, kein Problem.«

»Pete, was glaubst du, was Lo gestern Abend gemacht hat?«

»Bestimmt war er wieder hinter irgendeiner Frau her. Der ist doch vollkommen schwanzgesteuert – entschuldige die Ausdrucksweise.«

»Dann muss er sich ja schon ziemlich viel Ärger mit Frauen eingehandelt haben.«

»Normalerweise schafft er es mit seinem Charme immer, sie davon zu überzeugen, dass es besser ist, ihm nicht gleich die Eier abzureißen – wenn ich es mal so drastisch sagen darf. Aber bei Linda-Gail wird er sich da schwer tun. Die ist 'ne harte Nuss.«

»Da könntest du Recht haben. Und Reuben?«

Ganz beiläufig, ermahnte sich Reece erneut. »Den sieht man nie mit einer Frau, zumindest nicht hier im Ort.«

»Der kommt schon nicht zu kurz. Er ist einfach nur diskret.« Pete sah zu Reece hinüber und schenkte ihr ein zahnlückenhaftes Grinsen. »Letzten Winter hatte er eine heiße Affäre mit einem Skihäschen. Sie war verheiratet.«

»Ehrlich?«

»Er hat sich ziemlich bedeckt gehalten, aber es ist nicht so leicht, sich in das Hotelzimmer einer Frau zu stehlen, ohne dass es auffällt. Brenda hat ein Gespür dafür. Und das, obwohl er durch den Keller reingekommen sein soll.«

»Der Hotelkeller«, murmelte sie.

»Doch nachdem sie eines Abends einen Riesenstreit hatten, kam sowieso alles raus. Sie hat geschrien und Sachen nach ihm geworfen. Sie soll ihm sogar ihren Parfümflakon über den Schädel gezogen haben. Am Ende musste er mit einem völlig zerkratzten Gesicht fliehen, die Stiefel noch in der Hand.«

»Wie hat sie ausgesehen?«

»Wie bitte?«

»Das Skihäschen. Die Frau. Ich bin einfach nur neugierig.«

»Eine gut aussehende Brünette, soweit ich weiß. Sie soll ungefähr zehn Jahre älter als Reuben gewesen sein. Danach hat sie ihn noch ständig auf der Ranch angerufen, hat geheult, gefleht, geschimpft. Und eines Abends gestand mir Reuben bei einem Bier, dass er nach dieser Erfahrung endgültig die Schnauze voll habe von verheirateten Frauen.«

»Das kann ich mir vorstellen.« Sie bogen schon in den Weg zu Brodys Hütte ein. »Ich nehme an, Brendas Bruder Dean hatte gestern Abend eine heiße Verabredung.«

»Oder eine Pokerrunde.« Pete schnalzte mit der Zunge. »Denn sobald der Kerl auch nur zehn Dollar in der Tasche hat, gibt er sie sofort für eine Runde Texas Hold 'Em aus. Deshalb ist er auch dauernd pleite und schnorrt Brenda um Geld an. So eine Spielsucht ist mindestens so schlimm wie eine Heroinsucht.«

Er hielt direkt vor der Hütte. »Wie ich gehört habe, war hier gestern Abend die Hölle los.«

»Das hat sich anscheinend mittlerweile schon überall rumgesprochen.«

»Lass dich nicht fertigmachen, Reece.«

Neugierig drehte sie sich zu ihm um. »Wieso hältst du mich eigentlich nicht für verrückt?«

»Wer sagt denn, dass du nicht verrückt bist?« Er grinste. »Das ist doch jeder bis zu einem gewissen Grad. Aber wenn du sagst, dass sich hier jemand rumgetrieben hat, glaube ich das auch.«

»Danke.« Sie öffnete die Autotür und drehte sich noch einmal lächelnd zu ihm um, bevor sie ausstieg. »Danke, Pete.«

»Keine Ursache.«

Doch für sie bedeutete das enorm viel. Auch wenn ihr die Cops nicht glaubten – Pete glaubte ihr. Und Brody, Linda-Gail und Joanie ebenfalls. Doc Wallace vermutete, dass ihr das Unterbewusstsein einen Streich spielte, aber er wollte ihr aufrichtig helfen. Mac Drubber dachte bestimmt, bei ihr sei eine kleine Schraube locker, aber er kaufte Parmesan, weil sie welchen wollte.

Es gab durchaus Menschen, die auf ihrer Seite waren. Und eine weitere Fährte, der sie nachgehen konnte.

Sie traf Brody auf der hinteren Veranda an. Er trank Cola und las ein Taschenbuch.

Er hob den Kopf, und deutlich erfreut über das, was er da sah, begann er über das ganze Gesicht zu strahlen. »Na, wie war's heute?«

»Schon ein bisschen besser. Der Doc ist froh, dass ich etwas zugenommen habe, und wollte mir weismachen, dass der Mann mit der orangeroten Mütze unter Umständen nur eine Manifestation meiner Ängste sowie meiner Schuldgefühle als Überlebende ist. Aber er bleibt offen für andere Erklärungsmöglichkeiten, solange ich es auch bin. Mr. Drubber hat frischen Parmesan für mich bestellt, und Pete gab mir eine kurze Zusammenfassung des Liebeslebens von ein paar Typen hier aus dem Ort.«

»Da hast du ja einiges herausgefunden.«

»Und noch etwas: Lo hat Linda-Gail wegen gestern Abend angelogen.«

»Er ist bekannt dafür, ein Schürzenjäger zu sein.« Brody legte das Buch zur Seite. »Du hältst Lo für einen Mörder?«

»Er wäre mir wirklich als Letztes in den Sinn gekommen. Mist, ich mag ihn, und meine Freundin ist in ihn verliebt. Aber ist es normalerweise nicht immer der, von dem man es am wenigsten erwartet? Funktioniert der Plot nicht meistens so?«

»In Romanen, und zwar nur in guten Romanen, mag das so sein. Lo zerrt eine nach der anderen ins Bett, Bohnenstange, aber er erwürgt sie nicht.«

»Aber wenn ihn eine irgendwie erpresst und ihn bedrängt hat, bis er ausgerastet ist?« Sie ging neben Brodys Stuhl in die

Hocke. »Reuben hatte letzten Winter eine heiße Affäre mit einer verheirateten Frau, bei der es am Ende zu Handgreiflichkeiten kam.«

»Du verdächtigst alle, vom Schürzenjäger bis zum singenden Cowboy?«

»Es dürfte nicht allzu schwer herauszufinden sein, wo er gestern Abend war. Vor elf hat er im Joanie's nicht mit dem Streichen angefangen. Und Brendas Bruder ist überhaupt nicht aufgetaucht.«

»Du setzt sie also alle auf die Verdächtigenliste, weil du nicht weißt, wo diese drei Typen gestern Abend zur fraglichen Zeit waren?«

»Irgendwo muss ich ja anfangen, mich zu wehren. Ich werde herausfinden, wo sie waren, um sie dann von der Liste zu streichen. Und wenn ich das nicht kann, bleiben sie verdächtig.«

»Und das willst du mit jedem Mann aus Angel's Fist machen?«

»Wenn's sein muss. Ein paar kann ich schon mal abhaken. Hank – wegen seines Vollbarts und seiner Riesenstatur. Das wäre mir aufgefallen. Pete, weil er zu zierlich ist. Wir haben uns schon mal Gedanken über dieses Thema gemacht, direkt danach, aber es dann nicht weiterverfolgt.«

»Stimmt.«

»Sagen wir, jeden über fünfundsechzig und unter zwanzig. Das war kein alter Mann und auch kein Kind. Jeden mit Voll- oder Schnauzbart, dessen Körpergröße und Gewicht erheblich vom Durchschnitt abweichen. Ich weiß, dass er nicht unbedingt aus Angel's Fist sein muss ...«

»Doch, das glaube ich schon.«

»Warum?«

»Du hast gestern Abend kein Auto gehört. Wie soll er sonst wieder nach Hause gekommen sein?«

»Zu Fuß?«

»Vielleicht hatte er seinen Wagen auch ein Stück entfernt geparkt. Trotzdem. Wenn es jemand von außerhalb ist, muss er zumindest oft genug hier sein, um deine Lebensgewohnheiten zu kennen, zu wissen, wann du nicht zu Hause bist, wann bei der Arbeit und wann hier. So jemand würde auffallen, und irgendjemand würde eine unschuldige Bemerkung darüber machen. So was spricht sich herum.«

»Und wie«, murmelte Reece.

»Und seit April ist niemand länger als eine Woche im Hotel abgestiegen. Und es gab auch keine allein reisenden Männer, die länger als zwei Wochen da waren. Manche Hütten sind vermietet, aber nie für lange und alle an Familien oder Gruppen.«

»Er könnte durchaus Familie haben oder Teil einer Gruppe sein, aber wirklich überzeugen tut mich das auch nicht. Du hast also Nachforschungen angestellt.«

»Das gehört nun mal zu meinem Beruf. Er könnte zelten«, fuhr Brody fort, »aber auch dann müsste er ab und an in den Ort, um Einkäufe zu machen. Selbst, wenn er woanders einkaufen würde, müsste er nach Angel's Fist kommen, um deine Lebensumstände zu kennen, um zu tun, was er getan hat. Und wenn er öfter als einmal hergekommen wäre, wäre er längst jemandem aufgefallen. So gesehen muss es einer von uns sein.«

»Brody, ich möchte nicht mehr die Polizei rufen, außer ... wenn es wirklich dramatisch wird, also um Leben und Tod geht.«

»Nur du und ich, Bohnenstange.«

»Das gefällt mir.«

»Komisch. Mir auch.«

Sie beschloss, das Rührgebratene vom Vorabend mit einem deftigen Männergericht wie Schweinenackensteaks, Kartoffelbrei, grünen Bohnen und Brötchen abzurunden. Während die Kartoffeln kochten und die Schweinesteaks in der Marinade lagen, setzte sie sich mit ihrem Laptop an den Küchentisch.

Zuerst die Liste: jeder männliche Einwohner von Angel's Fist, der ihr einfiel und nicht durch ihr weit gefasstes Raster fiel. Neben die Namen schrieb sie, was sie über sie wusste.

William (Lo) Butler, Ende zwanzig. Hat den größten Teil seines Lebens in Angel's Fist verbracht. Kennt sich gut in der näheren Umgebung aus, versteht was vom Fährtenlesen, Wandern, Campen etc. (Vielleicht ist das Paar, das ich am Fluss gesehen habe, ja hergeritten?) Ein Cowboytyp, Frauenheld. Fährt einen Pick-up. Hat leichten Zugang zu Joanies Büro – und zu den Schlüsseln. Kann ganz schön aufbrausend werden, wenn man ihn provoziert, wie man im Clancy's gesehen hat.

Meine Güte, klang das kaltherzig, fiel ihr beim Durchlesen auf. Und unfair, wenn sie nicht ebenfalls erwähnte, dass er unheimlich sympathisch wirkte, seine Mutter aufrichtig liebte und beträchtlichen Charme besaß.

Sie machte mit Reuben weiter.

Anfang bis Mitte dreißig, vermutete sie. Arbeitet auf der Circle-K-Ferienranch. Kennt die Gegend ebenfalls (s. oben). Geschickt mit den Händen. Fährt einen Pick-up mit Gewehrhalter. Kommt mindestens einmal die Woche in den Ort. Singt gern im Clancy's. Hatte mal eine Affäre mit einer verheirateten Frau (möglicherweise das Opfer).

Sie seufzte laut. Sie wusste, dass er sein Steak blutig mochte, dazu Pommes und einen Pie à la mode. Doch was sagte das schon über ihn aus?

Sie listete weitere Namen und Informationen auf und hielt schuldbewusst inne, als sie an Doc Wallace dachte. Er befand sich am oberen Ende ihrer Altersgrenze. Aber er war gesund, ja sogar äußerst robust. Er wanderte, angelte und war überall gern gesehen. Und wusste ein Mann, der heilen kann, nicht auch, wie man tötet?

Dann gab es da noch Mac Drubber, Dean, Jeff aus dem Liquor Store, den kräftigen Sheriff, den hilfsbereiten Lynt. Und natürlich noch andere. Die Vorstellung, alle aufzulisten, alles Männer, die sie kannte und die sie teilweise als Freunde betrachtete, bereitete ihr Bauchschmerzen.

Sie unterbrach ihre Arbeit an der Liste und kopierte sie auf ein externes Laufwerk. Nachdem sie ihren Laptop weggeräumt hatte, versuchte sie, ihre Nerven und Schuldgefühle mit Kochen zu beruhigen.

Auf der anderen Seite des Sees klopfte Lo gerade an Linda-Gails Tür. Er hielt eine einzelne knallrosa Rose in der Hand und verspürte ein heftiges Ziehen in den Lenden.

Als die Tür aufging, hielt er ihr die Rose hin und sagte: »Hallo, Baby.«

Linda-Gail ignorierte die Rose und stemmte eine Faust in die Hüfte. »Was willst du?«

»Dich.« Er griff mit seiner freien Hand nach ihr, aber sie machte einen Schritt zurück und versetzte der Tür einen derartigen Fußtritt, dass sie ihm fast ins Gesicht geknallt wäre.

Er fing sie mit der Schulter ab und stieß sie wieder auf. »Linda-Gail, was hast du nur um Himmels willen!«

»Ich nehme keine Blumen von Lügnern. Also sieh zu, dass du von hier verschwindest!«

»Wovon redest du überhaupt?« Diesmal trat er die Tür auf, nachdem sie sie erneut zugeschlagen hatte. »Hör auf damit. Ich habe vierzehn Stunden hintereinander gearbeitet, damit ich heute Abend freibekomme und dich sehen kann.«

»Ach ja? Das ist aber unfair, wo du doch schon gestern Abend solche Überstunden machen musstest. Wegen des Pferdes mit der Kolik.« Sie sah, wie er zusammenzuckte, und zog ihre Augen zu schmalen Schlitzen zusammen. »Du gottverdammter Lügner. Kann gut sein, dass du dich im Heu gewälzt hast, aber bestimmt nicht mit irgendeinem Pferd.«

»So war es nicht. Lass es mich erklären.«

»Wie konntest du mich nur so anlügen?« Sie machte auf dem Absatz kehrt und stampfte wütend davon. »Ich habe dir klipp und klar gesagt, dass ich nicht eine von vielen bin, Lo.«

»Das bist du doch auch nicht. Und warst es auch nie, verdammt noch mal. Jetzt hör mir doch mal bitte eine Minute lang zu.«

»Ich will nicht, dass du noch eine Minute länger hier in meinem Haus bist. Du hast bekommen, was du wolltest. Und jetzt ist es vorbei.«

»Sag doch nicht so was, Linda-Gail. Liebling. Es ist nicht so, wie du denkst.«

»Wie ist es dann, Lo? Hast du mich etwa nicht angelogen?«

Er schob seinen Hut in den Nacken. »Nun ja, das schon, aber ...«

»Raus hier.«

Er warf zuerst die Rose und dann seinen Hut zur Seite. »Ich lass mich hier nicht rauswerfen. Ja, ich habe dich angelogen wegen gestern Abend, aber ich hatte auch einen guten Grund.«

»Ach ja? Wie heißt sie denn?«

Der Frust, die Beschämung wichen kalter Wut. »Ich bin kein Betrüger. Und war es auch nie, weder wenn es um Frauen, ums Kartenspielen oder sonst was geht. Wenn ich weiterziehen will, sage ich das auch und mache Schluss. Ich fahre nicht zweigleisig. Warum sollte ich, wo doch nur du für mich wichtig bist?«

»Ich weiß es nicht.« Ihre Augen füllten sich mit Tränen. »Ich wünschte, ich wüsste es.«

»Ich war bei keiner anderen, Linda-Gail. Ich schwör's dir.«

»Und das soll ich dir einfach so glauben, obwohl du mich schon mal angelogen hast?«

»Da hast du Recht, zugegeben. Aber ich habe gute Gründe dafür. Wenn du mich liebst, musst du mir in diesem Punkt einfach vertrauen.«

»Vertrauen muss man sich erst mal verdienen, William.« Wütend wischte sie sich über die Augen. »Sag mir, wo du warst.«

»Das kann ich nicht. Noch nicht. Bitte geh nicht weg, bitte nicht, Liebling. Ich musste etwas Dringendes erledigen. Mit einer anderen Frau hat das rein gar nichts zu tun.«

»Aber warum sagst du mir dann nicht, was?«

»Das werde ich auch, aber du musst bis Samstagabend warten.«

»Was hat denn der Samstagabend damit zu tun?«

»Das kann ich dir auch noch nicht verraten, denn das gehört alles zusammen. Gib mir Zeit bis Samstagabend. Ich will mich für Samstagabend mit dir verabreden.«

Sie gab es auf und setzte sich hin. »Du willst dich mit mir verabreden, obwohl du gelogen hast und dich weigerst, mir den Grund dafür zu nennen?«

»Ganz genau. Vertrau mir, nur dieses eine Mal. Das ist es wert, ich verspreche es dir.«

Er ging in die Hocke und strich ihr eine Träne aus dem Gesicht. »Ich schwöre dir bei meinem Leben, dass es keine andere gibt.«

Sie schniefte. »Planst du einen Banküberfall?«

Er schenkte ihr ein unwiderstehliches Lächeln. »Nein, das nicht gerade. Liebst du mich?«

»Ich denke schon, obwohl es mir im Moment alles andere als in den Kram passt.«

»Ich liebe dich auch. Und weil das so ist, kann ich es gar nicht oft genug wiederholen.«

Sie nahm sein Gesicht in ihre Hände, damit sie es genau betrachten konnte. »Du hast Zeit bis Samstagabend, und bis dahin will ich dir ausnahmsweise glauben, dass es keine andere gibt, Lo. Ich wüsste nicht, warum du mich derart verletzen solltest. Lass mich nicht alt aussehen.«

»Das könnte ich gar nicht.« Er packte sie an den Handgelenken und zog sie an sich, um sie auf den Mund zu küssen. »Selbst wenn ich es wollte.«

»Ich war gerade dabei, mir eine Pizza zu machen«, verkündete sie. »Ich mag Pizza, wenn ich traurig und wütend bin. Ehrlich gesagt, kann ich in jeder Stimmung Pizza essen. Du darfst Pizza mit mir essen, Lo, aber mehr läuft nicht. Wenn ich bis Samstagabend warten muss, bis ich die Wahrheit erfahre, wirst du wohl oder übel auch so lange warten müssen, bis wir wieder Sex haben.«

»Das ist nur fair, denke ich. Schmerzhaft, aber fair.« Er erhob sich und griff nach ihrer Hand. »Hast du auch ein Bier zu der Pizza?«

Er näherte sich im Schutz der Dunkelheit, kämpfte gegen den Wind an. Ihre Absätze klapperten auf dem festgestampften Weg. Konnte er sie hören? Sie hörte nichts außer dem Wind und dem Fluss, wusste aber, dass er hinter ihr her war, ihr folgte wie ein Schatten, der näher und näher kam. Schon bald würde sie seinen Atem im Nacken spüren, schon bald würde er ihr die Kehle zudrücken.

Sie hatte vollkommen die Orientierung verloren. Wie war sie bloß hierher gekommen? Ihr blieb keine andere Wahl, als einfach weiterzulaufen, immer höher, während ihre Beine vor Anstrengung schmerzten.

Der Mond erhellte die Biegung des Wanderwegs, die rauen Felsen, das gefährliche, hypnotische Glitzern des Flusses unter ihr. Er wies ihr die Richtung, aber der Weg bot ihr keinerlei Fluchtmöglichkeiten. Der Mond würde ihn zu ihr führen.

Sie riskierte einen Blick zurück und sah nichts außer dem Himmel und dem Canyon. Sie schluchzte erleichtert auf. Irgendwie hatte sie es geschafft, ihm zu entkommen. Sie musste einfach nur weiterlaufen, weiterrennen, dann würde sie den Heimweg schon finden. Und wieder in Sicherheit sein.

Doch als sie dem Weg folgte, vorwärtsstolperte, stand er plötzlich vor ihr und versperrte ihr den Weg. Sie konnte sein Gesicht nach wie vor nicht erkennen, wusste nicht, wen sie vor sich hatte.

»Wer sind Sie?«, schrie sie gegen den Wind an. »Wer zum Teufel sind Sie?«

Während er auf sie zukam und seine behandschuhten Finger abwechselnd krümmte und streckte, traf sie eine Entscheidung. Sie sprang.

Der Wind schlug ihr ins Gesicht. Sie war wieder in der Küche, im Maneo's. Eine Tür wurde aufgestoßen, ein weiterer gesichtsloser Mann stand vor ihr, diesmal trug er ein Kapuzenshirt. Der Knall einer Pistole. Der explodierende Schmerz – die Wucht der Kugel, die Wucht des Wassers.

Der Fluss verschlang sie, die Vorratskammertür fiel zu.

Und es gab keinerlei Licht mehr, keinerlei Luft. Keinerlei Leben.

Sie wachte davon auf, dass Brody ihre Arme festhielt.

»Wach auf«, befahl er ihr. »Sofort.«

»Ich bin gesprungen.«

»In Wirklichkeit bist du aus dem Bett gefallen.«

»Ich bin tot.«

Ihre Haut war schweißnass, und auch sein eigenes Herz setzte noch mehrere Schläge aus. »Ich finde, du siehst ziemlich lebendig aus. Ein böser Traum, mehr nicht. Du hast dich ganz schön gewehrt.«

»Ich ... wie bitte?«

»Hast um dich getreten, deine Krallen ausgefahren. Los komm, hoch mit dir.«

»Warte. Warte einen Moment.« Sie musste sich erst wieder klarmachen, wo sie war. Der Traum stand ihr noch immer mit schrecklicher Klarheit vor Augen, jedes Detail. Bis sie die Wasseroberfläche berührt beziehungsweise in die Vorratskammer gefallen war. »Ich bin gerannt«, sagte sie langsam. »Und er war da. Ich bin gesprungen. In den Fluss. Aber dann hat sich alles miteinander vermischt. Ich bin in den Fluss gestürzt und gleichzeitig in die Vorratskammer des Maneo's. Aber ich bin nicht untergegangen.« Sie presste eine Hand auf seine Brust, spürte die Wärme seiner Haut. »Ich habe mich nicht einfach in mein Schicksal gefügt.«

»Nein. Ich würde sagen, du hast dich wieder hochgekämpft. Du hast versucht, zu schwimmen.«

»Gut. Das wurde aber auch höchste Zeit!«

27

Das tägliche frühe Aufstehen bescherte Brody ganz neue Erfahrungen. Er sah mehr Sonnenaufgänge, und einige waren es durchaus wert, dass man versuchte, krampfhaft die Augen offen zu halten. Auch mit seinem Roman kam er besser voran, was sowohl seine Agentin als auch seinen Verleger freuen würde.

Und er hatte mehr Zeit, sich mit seiner Hütte zu beschäftigen und die ein oder andere Veränderung in Erwägung zu ziehen.

Sie hatte eine fantastische Lage, sodass er mit dem Gedanken spielte, sie zu kaufen und Hauseigentümer zu werden.

Anlagewert, Eigenkapital.

Hypothek, Unterhaltskosten.

Nun ja, alles hatte eben seine Vor- und Nachteile.

Und wenn ihm das Grundstück erst einmal gehörte, konnte er sein Arbeitszimmer vergrößern, vielleicht sogar eine Dachterrasse anlegen lassen. Von da oben hätte man einen noch besseren Blick auf den See, vor allem im Sommer, wenn die Bäume wieder Blätter trugen. Dann konnte man vom ersten Stock aus nämlich kaum noch einen Blick auf das glitzernde Wasser erhaschen.

Eine Dachterrasse wäre hübsch, überlegte er. Dort könnte man sich morgens raussetzen, Kaffee trinken, sich langsam auf den Tag vorbereiten.

Noch stand er mit seinem Kaffee am Fenster seines Arbeitszimmers und stellte sich das Ganze nur vor. Trotzdem, das könnte richtig gut werden.

Ein Stuhl oder zwei?, fragte er sich bei dem Gedanken an die Terrasse. Wenn schon der Kauf der Hütte ein Riesenschritt für ihn war, war die Entscheidung für eine dauerhafte Beziehung ein noch viel größerer.

Er hatte Frauen schon immer zu schätzen gewusst – für ihre Intelligenz ebenso wie für ihren Körper. Aber wenn man ihm noch vor wenigen Monaten gesagt hätte, dass er eines Tages das Bedürfnis haben würde, eine ganz bestimmte Frau ständig um sich zu haben, hätte er jede Menge Gründe aufgezählt, die dagegen sprachen.

Doch jetzt, mit Reece, fiel ihm einfach kein Grund mehr ein. Wenn sie da war, musste er früh aufstehen, das schon. Und er hatte es sich, nachdem er die *Trib* verlassen hatte, nun mal angewöhnt, aufzustehen, wann ihm danach war. Aber dafür gab es jetzt immer frischen Kaffee – wirklich guten Kaffee, den er sich nicht selbst aufbrühen musste. Und etwas zu essen. Es gab nicht viel, was die Vorteile eines anständigen Frühstücks aufwiegen konnte.

Und dann waren da noch ihre Stimme, ihr Geruch. Die Art, wie sie die Dinge kombinierte. Die Essenszutaten, ihre Kleider, die Kissen auf dem Bett. Er war auch immer wieder überraschend gerührt darüber, wie sie die Badezimmerhandtücher faltete und über die Stange hängte.

Das war ganz schön krank.

Aber welcher Mann konnte diesen unglaublichen Augen widerstehen, die ihn morgens, wenn auch erst noch etwas verschwommen, ansahen?

Sie waren ein weitaus besserer Grund, morgens früh aufzustehen als jeder noch so schöne Sonnenaufgang.

Sie hatte Probleme, war kompliziert und würde sicherlich nie alle ihrer Phobien und Neurosen loswerden. Aber genau das machte Reece so interessant und faszinierte ihn. Reece Gilmore besaß nichts, aber auch gar nichts Alltägliches.

»Zwei Stühle«, murmelte er. »Es werden wohl zwei Stühle werden müssen.«

Er verließ das Fenster und ging zum Schreibtisch. Er griff nach dem externen Laufwerk, das sie ihm gegeben hatte. Als er den Computer hochfuhr, sah er, dass sich zwei Dokumente darauf befanden. Eines namens KB und eines namens LISTE.

»Das Kochbuch«, murmelte er und fragte sich, ob sie wollte, dass er es las, oder ob sie es einfach nur darauf gesichert hatte. Wie dem auch sei, er hatte das Dokument jetzt ebenfalls auf seinem Computer.

Er öffnete es zuerst und begann den Text lesen, den sie mit EINLEITUNG überschrieben hatte.

Ihre Schwiegereltern haben sich völlig unerwartet angekündigt – und zwar für morgen. Sie haben Ihr drittes Date und wollen Ihre Liebste bekochen – natürlich in der Hoffnung, sie am nächsten Tag mit einem Frühstück ans Bett überraschen zu können. Sie sind an der Reihe, Ihren Literaturkreis zu bewirten. Ihre ach so perfekte Schwester hat sich und ihren Verlobten – ein Arzt – bei Ihnen zum Abendessen eingeladen. Ihr Sohn hat angeboten, Muffins für die ganze Klasse mitzubringen.

Nur keine Panik!

Egal, wie viel Sie gerade um die Ohren haben und wie unerfahren Sie im Kochen sind: Alles wird gut! Ja sogar mehr als das, nämlich spektakulär! Ich werde Ihnen mit Rat und Tat zur Seite stehen, Schritt für Schritt.

Ob festlicher Anlass oder ungezwungenes Beisammensein, ob Picknick oder Dreigängemenü – Sie allein sind der Küchenchef!

Na gut, der Küchenchef bin ich. Aber es wird nicht lange dauern, bis Sie sich zu einem Casual Gourmet entwickelt haben.

»Nicht schlecht«, dachte er und las weiter. Sie hatte das Ganze noch um ein paar Angaben zu Zeitaufwand, Küchenausrüstung und zu verschiedenen Lebensstilen ergänzt. Alles wirkte locker, flockig, machbar.

Auf die Einleitung folgten eine Art Zusammenfassung des ganzen Buchs sowie ein halbes Dutzend Rezepte. Die Anleitungen – die sie mit ein paar flotten Sprüchen aufgepeppt hatte – waren dermaßen verständlich geschrieben, dass sogar er das hinbekommen würde.

Über jedem Rezept standen ein bis vier Sterne. Der Schwierigkeitsgrad, begriff er. Schlau. In Klammern hatte sie noch die Bemerkung eingefügt, dass man die Sterne durch Hauben ersetzen könne.

»Kluges Mädchen!«

Er dachte kurz nach und schrieb dann seiner Agentin eine kurze Mail. Und schickte Reeces Dokument gleich als Anhang mit.

Als Nächstes öffnete er die Datei LISTE.

Und ob sie klug war, dachte er erneut. Die kleinen Porträts der Männer waren aufschlussreich und brachten die Dinge auf den Punkt. Er staunte zwar, Namen wie Mac Drubber und Doc Wallace zu entdecken, aber sie war eben gründlich. Er genoss es, ihre Kommentare zu lesen, wie etwa bei Mac: *flirtet gern, liebt Klatsch.*

Er nahm sich vor, Reece zu fragen, was sie hinter seinen Namen schreiben würde, wenn sie ihn mit auf die Liste genommen hätte.

Er fügte ein paar eigene Bemerkungen und Beobachtungen hinzu. So hatte sie beispielsweise nicht wissen können, dass ein Mädchen dem Hilfssheriff Denny das Herz gebrochen hatte, das als Zimmermädchen im Hotel gearbeitet hatte. Sie war ein halbes Jahr lang mit ihm zusammengewesen, um dann letzten Herbst mit einem Biker zu verschwinden.

Er sicherte die aktualisierte Datei und kopierte beide Dokumente auf seinen Computer.

Als er damit fertig war, war es erst acht Uhr morgens.

Jetzt hatte er nichts anderes mehr zu tun, als sich an die Arbeit zu machen.

Gegen elf legte er eine kleine Pause ein, ging hinunter in die Küche, um den Kaffee gegen eine Cola auszutauschen – und schnappte sich noch eine Hand voll Salzbrezeln. Er kaute gerade an den ersten, als das Telefon klingelte. Seine Miene hellte sich auf, als die Nummer seiner Agentin auf dem Display erschien.

»Hallo, Lyd. Es läuft gut«, berichtete er ihr, als sie nach seinem Buch fragte. Er musterte den Cursor auf seinem Bildschirm. Heute war er sein Freund. An anderen Tagen konnte er sein Feind sein. Dann lächelte er, als sie ihn fragte, ob er Zeit habe, mit ihr über das Exposé seiner Freundin zu sprechen. »Ja, kein Problem. Wie findest du's?«

Als er auflegte, wühlte er in seinen Zetteln herum, um den zu finden, auf dem er sich Reeces Schichtplan notiert hatte. Er fand ihn zwischen einer Waffenfachzeitschrift – zu Recherchezwecken – und einem Ausdruck mit dem Plasmafernseher, den er sich eventuell kaufen wollte.

Er sah auf die Uhr, dann wieder auf den Cursor. Und beschloss, kein schlechtes Gewissen zu haben, nur weil er heute früher Schluss machte.

Er betrat das Joanie's genau in dem Moment, als sich Reece die Schürze aufband. Er lehnte sich gegen den Tresen. Sie hatte sich die Haare hochgesteckt, und die Hitze vom Grill hatte ihr Gesicht leicht gerötet. Sie sah erschöpft aus.

»Hast du irgendwas von dem gegessen, was du heute gekocht hast?«, fragt er.

»Nicht wirklich.«

»Pack was ein.«

»Ich soll was einpacken? Was hast du vor? Wieder ein Picknick?«

»Nein. Mittagessen. Hallo Bebe, wie geht's?«

»Ich bin schwanger.«

»Ah ... darf man gratulieren?«

»Du hast leicht reden. Du hast keine Morgenübelkeit. Der Spaß hört einfach nicht auf.« Aber sie lächelte und lehnte sich auf der anderen Seite gegen den Tresen, um ihre Füße zu entlasten. »Jim hofft, dass es diesmal ein Mädchen wird. Ich hätte nichts dagegen. Warum bittest du mich eigentlich nie, was einzupacken, Brody?«

»Weil mir Jim dann einen gehörigen Tritt in den Hintern verpassen würde. Darf ich wissen, wann es so weit ist und so?«

»Du bist ein Mann. Du hast nervös auszusehen und ein wenig verängstigt. Was dir gar nicht so schlecht gelingt. Im November – so um Thanksgiving. Bis dahin werde ich sowieso aussehen, als hätte ich einen Truthahn verschluckt. Und wann kommt dein nächstes Buch?«

»Ein paar Monate früher und wesentlich schmerzfreier.«

Als neue Bestellungen hereinkamen und die Arbeit rief, verdrehte Bebe die Augen. »Tut mir leid, aber mein überaus aufregender Job als Bedienung wartet auf mich.«

»Mittagessen.« Reece hob eine große Tüte hoch, als sie aus der Küche kam. »Wenn du willst, bist du einer der Ersten, der unsere neuen Panini kosten darf.«

»Panini. Im Joanie's.«

»*E tu*, Brody? Das klingst ja so, als ob ich Schnecken und Kalbsbries gekocht hätte – was ich übrigens auch kann, und zwar sehr gut.«

»Da nehm ich doch lieber die Panini.« Er führte sie am Ellbogen nach draußen und anschließend über die Straße, während sie nach seinem Wagen Ausschau hielt.

»Wo fahren wir hin?«

»An den See.«

»Oh, wie schön. Es ist ein schöner Tag, um am See Mittag zu essen.«

»Wir werden nicht *am* See zu Mittag essen. Wir werden *auf* dem See zu Mittag essen.« Er wies mit dem Kinn auf ein Kanu. »Und zwar in dem da.«

Sie blieb, wo sie war und beäugte misstrauisch das Boot. »Wir setzen uns in ein Kanu und essen Panini?«

»Ich habe mir die Location ausgedacht und du das Essen. Das ist Docs Kanu. Er hat gesagt, dass wir es uns heute für ein paar

Stunden ausleihen dürfen. Wir werden eine kleine Paddeltour machen.«

»Hmm.«

Sie mochte Boote. Besser gesagt, sie mochte Boote, die mit einem Motor oder Segel ausgestattet waren. Aber ob sie Boote mit Paddeln mochte, wusste Reece noch nicht so genau. »Ich nehme an, dass Wasser ist noch ziemlich kalt.«

»Könnte sein. Wir sollten also lieber auf dem Wasser bleiben. Steig ein, Reece.«

»Einsteigen.« Sie setzte erst den einen und dann den anderen Fuß hinein, fand ihr Gleichgewicht und tastete sich zum Heck vor.

»Dreh dich um«, wies Brody sie an.

»Oh.«

Er stieg ein, reichte ihr ein Paddel und nahm dann auf der vorderen Bank Platz. Mit seinem Paddel stieß er das Kanu vom Ufer ab. »Mach einfach, was ich mache, bloß auf der anderen Seite des Kanus.«

»Du hast das schon mal gemacht, stimmt's? Es ist also nicht gerade eine Jungfernfahrt für uns beide, oder?«

»Ich hab das in der Tat schon mal gemacht. Ich hab mir bloß noch kein Boot gekauft, weil ich noch zwischen einem Kanu und einem Kajak schwanke – und beides zu kaufen, ist einfach blöd. Außerdem kann man sich hier immer ein Boot ausleihen – ohne sich mit einem Liegeplatz oder Wartungsarbeiten herumärgern zu müssen. Man spendiert dem Eigentümer einfach ein Sixpack oder eine Flasche Wein und damit basta.«

»So kann man's auch sehen.« Sie musste ihre Schultermuskeln anspannen, um das Paddel durchs Wasser zu ziehen. »Das Wasser bietet mehr Widerstand, als man denkt.«

Doch ihre Muskeln begannen sich bereits aufzuwärmen, und als sie Brody eine Weile mit Argusaugen beim Paddeln zugesehen hatte, begriff sie den Rhythmus einigermaßen. Sie musste zugeben, dass es ihr gefiel, so durchs Wasser zu gleiten – das Boot schien den See kaum zu berühren. Trotzdem war es harte Arbeit, und sie spürte die Anstrengung in Schultern und Bizeps.

Höchste Zeit, wieder mit dem Gewichttraining anzufangen, beschloss sie.

»Wo fahren wir hin?«, rief sie ihm zu.

»Nirgendwohin.«

»Ach, dahin, schon wieder?« Sie lachte und strich ihre Haare nach hinten, die der Wind zerzaust hatte.

Der Anblick der Berge überwältigte sie.

»Oh mein Gott, ist das schön!«

Vorne im Bug lächelte Brody. Er hörte die Ehrfurcht und den Respekt in ihrer Stimme. »Die sind echt der Hammer, was?« Er sicherte sein Paddel, drehte sich zu ihr um und nahm ihr das Paddel aus den untätigen Händen, um es ebenfalls zu sichern.

»Sie sehen so anders aus von hier. Alles ist irgendwie anders. Sie sehen aus wie ...«

»Wie?«

»Wie Gottheiten. Silbrig-glänzend, mit feinen weißen Kronen und dunkelgrünen Bändern. Irgendwie größer, mächtiger.«

Die Berge erhoben und verbreiterten sich, ein silbriges Blau vor dem noch reineren Blau des Himmels. Der Schnee, der sich noch an die höheren Gipfel klammerte, war so weiß wie die Wolken, die über sie hinwegzogen. Sie spiegelten sich im Wasser, und es kam ihr fast so vor, als könne sie darin eintauchen.

Ein Reiher flog auf, berührte die Seeoberfläche und schwebte wie ein Gespenst zu den Sümpfen am nördlichen Zipfel des Sees.

Es gab noch andere Boote. Eine kleine Jolle mit einem gelben Segel wiegte sich in der Mitte des Sees, ein Kajaker trainierte seine Fähigkeiten. Sie erkannte Carl, der in einem Kanu saß und angelte, sowie ein Paar, wahrscheinlich Touristen, das aus einem der gewundenen Zuflüsse auf den See geglitten sein musste.

Sie fühlte sich schwerelos und winzig und überglücklich.

»Warum machen wir das eigentlich nicht jeden Tag?«, überlegte sie laut.

»Ich mache das normalerweise öfter, sobald es Juni wird – aber ich hatte viel zu tun. Letzten Sommer hat mich Mac zu einer dreitägigen Bootstour auf dem Fluss überredet. Er, ich, Carl und Rick. Ich bin mitgefahren, um zu recherchieren. Wir haben uns den Snake River hinuntertreiben lassen, haben gezeltet und die Fische gegrillt, die Carl gefangen hat. Die Fische schienen förmlich ins Boot zu springen! Wir haben Cowboykaffee getrunken. Und uns jede Menge Frauengeschichten erzählt.«

»Ihr hattet also Spaß.«

»Und ob. Wir könnten das auch mal machen, uns ein paar Tage freinehmen, sobald du das mit dem Paddeln richtig raushast, und es auf einem der ruhigeren Flüsse versuchen.«

»Wenn es ein ruhiger Fluss ist, gern. Das könnte mir gefallen.«

»Gut. Ich habe mir deine Liste durchgelesen.«

»Oh.« Es war, als habe sich eine dunkle Wolke vor die Sonne geschoben. Trotzdem, sie mussten darüber reden, fand sie, der Sache auf den Grund gehen. Sie öffnete die Tüte mit den Panini. »Was hältst du davon?«

»Ziemlich gründlich. Ich hab hie und da noch was hinzugefügt. Wenn wir uns diskret weiter umhören, sollten wir den ein oder anderen streichen können. Ich habe bereits rausgefunden, dass Reuben, Joe, Lynt und Dean in einem Hinterzimmer vom Clancy's Poker gespielt haben. Von sieben bis kurz nach zehn, was Reuben und Joe betrifft, die sich anschließend ins Joanie's aufgemacht haben. Dean, Lynt, Stan Urick – der nicht auf deiner Liste steht, weil er siebzig und rappeldürr ist – und Harley – der wegen des Wildwuchses in seinem Gesicht, den er Bart nennt, ebenfalls nicht infrage kommt – sind noch bis ein Uhr früh geblieben. Niemand hat sich länger als für eine Pinkelpause entfernt. Dean hat achtzig Mäuse verloren.«

»Womit wir drei schon mal streichen können.«

»Meiner Agentin hat dein Kochbuchexposee gefallen.«

»Wie bitte, *was*?«

Brody biss in sein Panino – Schinken, Provolone, Tomate, brauner Senf. »Ein verdammt gutes Sandwich«, sagte er mit vollem Mund und schluckte. »Aber sie will selbst mit dir darüber reden.«

»Es ist doch noch gar nicht fertig!«

»Warum hast du's mir dann gegeben?«

»Damit ... damit du mal drüberliest, falls du Lust und Zeit hast. Nur deswegen. Damit du mir sagen kannst, wie du's findest oder so, keine Ahnung. Mir ein paar Tipps gibst.«

»Ich fand es gut, also habe ich meine Agentin dazu befragt. Und da sie ein kluges Köpfchen ist, war sie ganz meiner Meinung.«

»Weil sie dich vertritt oder weil es gut ist?«

»Erstens vertritt sie berühmtere Leute als mich, wesentlich berühmtere. Ich bin bloß ein kleiner Fisch. Aber frag sie doch selbst. Die Gliederung hat ihr auf jeden Fall schon mal gut gefallen. Einiges muss natürlich noch etwas vertieft werden. Die Einleitung fand sie amüsant und flott geschrieben. Sie will heute Abend gleich eines von den Rezepten ausprobieren, um zu sehen, ob sie damit zurechtkommt. Sie kann kochen, wird aber eines von den einfacheren ihrer Assistentin geben, die keine Ahnung vom Kochen hat.«

»Das ist ja wie eine Prüfung.«

»Sie ist eine viel beschäftigte Frau und nimmt niemanden, den sie nicht an den Mann bringen kann. Du solltest sie morgen anrufen.«

»Ich bin nervös.«

»Klar. Aber Lydia wird dich nicht übers Ohr hauen.« Er griff nach der Cola, die sie zu den Panini gelegt hatte. »Sie wusste gleich, wer du bist.«

»Wie bitte?«

»Sie ist klug, gebildet und hält sich immer auf dem Laufenden.« Brody dachte nicht lange über Strohhalme nach, sondern zog einfach den Plastikdeckel von dem Pappbecher und trank. »Sie hat ein Gedächtnis wie ein Elefant. Sie wollte wissen, ob du die Reece Gilmore aus Boston bist, die vor ein paar Jahren das Maneo-Massaker überlebt hat. Ich habe sie nicht angelogen.«

Ihr Appetit erhielt einen gehörigen Dämpfer. »Nein, natürlich nicht. Aber was ändert das groß?«

»Für dich könnte es durchaus einiges ändern. Wenn du das Buch verkaufst, wenn du veröffentlicht wirst, wird sie nicht die Einzige sein, die das herausfindet. Du bist schon eine ganze Weile von der Bildfläche verschwunden, Bohnenstange. Aber wenn das mit dem Buch klappt, bist du wieder zurück auf der Bühne. Journalisten. Interviews. Du musst dir gut überlegen, ob du schon wieder so weit bist.«

»Überlebende einer Mordorgie und ehemalige Geisteskranke schreibt Gourmetkochbuch. Verstehe. So ein Mist aber auch!«

»Du solltest in Ruhe darüber nachdenken.«

»Ja, wahrscheinlich.« Sie sah sich um, nahm das Wasser, die Berge, die Sümpfe in sich auf. Weiden ließen ihre gefiederten, grünen Blätter in den See hängen. Auf der anderen Seite des Sees zappelte ein silbrig glänzender Fisch an Carls Angel.

Es war alles so idyllisch und friedlich – und sie konnte sich nirgendwo verstecken. »Vielleicht vertritt sie mich ja gar nicht.

Und selbst wenn«, überlegte Reece, »schafft sie es unter Umständen gar nicht, das Buch zu vermitteln.« Sie sah Brody an. »Das sind ganz schön viele Schritte auf einmal.«

»Kleinere Schritte können dich auch dahin bringen, aber dann dauert es wesentlich länger. Überleg gut, wo du hinwillst und wie viel Zeit du dir dafür zu geben bereit bist.« Er nahm einen weiteren Bissen von seinem Panino. »Warum hast du heute Panini auf Joanie's Speisekarte gesetzt?«

»Weil sie lecker und schnell gemacht sind. Mal was anderes.«

»Was wiederum für dein Buch spricht.« Er fuchtelte mit seinem Panino herum. »Du bist kreativ. Das lässt sich einfach nicht verleugnen. Es macht dir Spaß, für andere zu kochen, aber auf deine Art, zumindest verleihst du jedem Gericht eine ganz persönliche Note. Wenn du in dem Beruf weiterarbeitest, wirst du dich da immer mehr reinsteigern.«

Sie rutschte unruhig auf der Bank hin und her, denn sie wusste, dass er Recht hatte. Wusste, dass sie es ohnehin längst tat. »Ich habe nicht vor, den Laden zu übernehmen.«

»Nein. Aber du versuchst auch nicht, einfach nur Dienst nach Vorschrift zu machen. Trotzdem: Angel's Fist wird nie so werden wie Jackson Hole.«

Verwirrt schüttelte Reece den Kopf. »Nein.«

»Aber es wird sich weiterentwickeln. Sieh nur«, sagte er und wies auf die Berge. »So was wollen die Leute. Die schöne Aussicht, die gute Luft, den See, die Bäume. Sie wollen das Wochenende hier verbringen oder ein paar Wochen in den Ferien. Manche bleiben für immer hier oder erwerben hier ein Ferienhaus, um Boot oder Ski zu fahren oder zu reiten. Je überfüllter die Städte und Vorstädte werden, desto mehr Leute sehnen sich nach einer Alternative. Und das Gute daran ist, dass sie alle etwas essen müssen.«

Sie schraubte die Wasserflasche auf, die sie für sich mitgenommen hatte. »Willst du damit sagen, dass ich hier ein Restaurant aufmachen soll?«

»Nein. Erstens würdest du Joanie damit ernsthaft verärgern. Zweitens willst du doch gar kein eigenes Restaurant leiten, du willst eine Küche leiten. Weißt du, wer zufällig die größte Unternehmerin von Angel's Fist ist?«

»Nein, auf Anhieb nicht.«

»Joanie Parks.«

»Ach, hör auf. Ich weiß, dass ihr ein paar Häuser gehören ...«

»Das Angel Food, das halbe Hotel, meine Hütte sowie drei andere, vier Häuser allein in Angel's Fist und eine Menge Grund inner- und außerhalb des Orts. Ihr gehört auch das Gebäude mit der Teton Gallery und dem Geschenke-Shop.«

»Du nimmst mich auf den Arm! Sie macht schon Theater, wenn ich ein paar Cent extra für Rucola ausgeben will.«

»Genau deshalb gehört ihr ja auch der halbe Ort. Sie ist sparsam.«

»Ich habe sie wirklich lieben und bewundern gelernt, aber sparsam? Ich bitte dich, sie ist geizig!«

Grinsend führte er den Pappbecher erneut zum Mund. »Redet man so über seinen Geschäftspartner?«

»Seit wann ist mein Boss plötzlich mein Geschäftspartner?«

»Dann, wenn du ihr vorschlägst, ein *Casual Gourmet* am anderen Ende des Ortes zu eröffnen. Ein kleines, intimes Restaurant mit einer hochwertigen, aber erschwinglichen Karte.«

»Nie im Leben würde Joanie ... Na ja, vielleicht doch. Ein kleines, intimes Lokal für einen besonderen Abend oder eine nette Frauenrunde. Mit wechselnden Menüs. Hmmm.«

Das dritte *Hmmm* zauberte ein Strahlen auf Brodys Gesicht. Sie hatte bereits angebissen. Und irgendwann würde sie auch den Mut dazu aufbringen.

»Das hängt natürlich ganz von deinen Zielen ab.«

»Und davon, wie lange ich mir dafür Zeit gebe. Was bist du nur für ein hinterhältiger Mistkerl, Brody, mir so einen Floh ins Ohr zu setzen! Den werde ich so schnell nicht mehr los.«

»Da hast du wenigstens was, worüber du nachdenken kannst. Sag mal, isst du die zweite Hälfte deines Sandwiches eigentlich auch noch?«

Grinsend reichte sie sie ihm, als das Handy in ihrer Tasche klingelte. »Mich ruft nie jemand an«, sagte Reece, während sie es hervorkramte. »Ich frage mich, warum ich es überhaupt mit mir rumtrage. – Hallo?«

»Reece Gilmore?«

»Ja.«

»Ich bin's, Serge. Ich habe Sie in Jackson Hole hübsch gemacht.«

»Ah ja, Serge. Äh, wie geht es Ihnen?«

»Ausgezeichnet. Ich hoffe doch sehr, dass Sie und Linda-Gail mal wieder vorbeikommen.«

Reece griff sich instinktiv in ihre windzerzauste Frisur. Sie konnte einen Nachschnitt gebrauchen, keine Frage. Aber sie musste auch ihre Autoversicherung bezahlen. »Ich muss erst noch mit Linda-Gail sprechen.«

»Eigentlich rufe ich wegen der Zeichnung an, die Sie dagelassen haben. Sie erinnern sich noch an das Flugblatt?«

»Die Zeichnung? Haben Sie sie wiedererkannt?«

»Ich nicht, nein. Aber ich habe eine neue Assistentin eingestellt, die glaubt, sie zu kennen. Darf ich ihr Ihre Nummer geben?«

»Warten Sie.« Sie starrte Brody mit großen Augen an. »Ist sie gerade da? Die Assistentin?«

»Nein, im Moment nicht. Sie fängt erst am Montag bei uns an. Aber ich habe ihre Adresse. Wollen Sie die haben?«

»Ja. Einen Moment, bitte!« Sie wühlte in ihrer Tasche nach einem Block und einem Stift.

»Jetzt.«

»Marlie Matthews«, diktierte ihr Serge.

Sie schrieb Name, Adresse und Telefonnummer auf, während das Kanu träge auf dem See dahintrieb. »Danke Serge, vielen vielen Dank. Sobald es geht, kommen Linda-Gail und ich zum Haareschneiden.«

»Ich freu mich schon.«

Sie legte auf. »Irgendjemand hat die Frau auf der Zeichnung wiedererkannt.«

»So viel habe ich mitbekommen. Schnapp dir dein Paddel. Wir müssen zurück und nach Jackson Hole fahren.«

28

Marlie Matthews wohnte im Erdgeschoss eines zweistöckigen Kastens mit möblierten Wohnungen unweit des Highway 89. Man hatte versucht, ihm mit falschem Stuck und Mauern mit schmiedeeisernen Gittern, die einen zuzementierten Innenhof säumten, so etwas wie Stil zu verleihen. Im Hof standen ein paar verschossene Liegestühle sowie Metalltische, die immer noch so weiß glänzten, als seien sie gerade eben frisch gestrichen worden. Alles sah sauber und gepflegt aus, obwohl der winzige Parkplatz noch mit tiefen Schlaglöchern vom Winter übersät war.

Im Innenhof fuhr ein weißblonder, etwa vierjähriger Junge auf einem roten Dreirad zielstrebig im Kreis herum. Aus einem offenen Fenster im zweiten Stock schallte das lang gezogene, wütende Weinen eines Babys.

Kaum, dass sie den Hof überquerten, trat eine Frau durch die gläsernen Schiebetüren einer der Erdgeschosswohnungen. »Kann ich Ihnen helfen?«

Sie war klein und drahtig und hatte kurzes, glattes, dunkles Haar mit roten Strähnchen. Sie hielt einen Wischmopp in der Hand und sah sie an, als wolle sie gleich damit auf sie losgehen, wenn ihr die Antwort missfiele.

»Ich hoffe schon.« Da Reece wusste, wie es war, wenn man Angst vor Fremden hatte, versuchte sie es mit einem herzlichen Lächeln. »Wir suchen Marlie Matthews.«

Die Frau gab dem kleinen Jungen ein Zeichen. Das genügte, dass er sein kleines Dreirad in ihre Richtung lenkte. »Weshalb?«

»Sie kennt unter Umständen jemanden, nach dem wir suchen. Serge von *The Hair Corral* hat mich angerufen. Ich bin Reece, Reece Gilmore. Und das ist Brody.«

Dass sie den Namen ihres neuen Chefs erwähnt hatte, wirkte wie ein Sesam-öffne-dich.

»Ach so. Ich bin Marlie.«

Oben hörte das Baby auf zu weinen und jemand begann, auf Spanisch zu singen. »Meine Nachbarin hat gerade ein Baby bekommen«, fügte Marlie hinzu, als Reece instinktiv nach oben sah, wo der Gesang herkam. »Kommen Sie doch kurz rein. Rory, du bleibst in Sichtweite.«

»Mom, darf ich was zu trinken haben?«

»Klar. Aber wenn du wieder rausgehst, bleibst du schön in Sichtweite.«

Der Junge huschte hinein, während die Erwachsenen folgten. Er ging direkt zum Kühlschrank in der Küche, die durch einen Tresen vom Wohnzimmer abgeteilt war. »Möchten Sie auch etwas?«, fragte Marlie. »Ein kaltes Getränk, vielleicht?«

»Nein, danke. Wir haben keinen Durst.«

Die Wohnung war blitzsauber und roch nach dem Putzmittel mit Zitrusduft, das sich in Marlies Wischeimer befand. Obwohl das Zimmer mit dem Zweisitzersofa und einem einzelnen Sessel recht klein war, wirkte es gemütlich. Auf dem Tresen stand eine rote Glasvase mit künstlichen Margeriten, auf dem Tisch eine Topfpflanze, die man so gestellt hatte, dass sie sich in dem durch die Jalousien dringenden Licht sonnen konnte.

Ein Teil des Wohnraums war mithilfe eines kleinen weißen Tisches und eines roten Stuhls zum Kinderzimmer umfunktioniert worden. An der Wand hing eine Pinnwand mit Kinderzeichnungen, und auf dem Boden stand eine durchsichtige Plastikkiste mit Spielzeug.

Rory, der die Fremden offensichtlich interessanter fand als sein Dreirad, trug seinen Saft zu Brody.

»Ich habe ein Rennauto und ein Feuerwehrauto«, verkündete er.

»Ach ja? Welches ist schneller?«

Grinsend zog Rory ab, um sie zu holen.

»Bitte nehmen Sie Platz«, sagte Marlie.

»Darf ich mich hierher setzen?« Brody ging zu der Spielzeugkiste hinüber und setzte sich neben den Jungen auf den Boden. Einträchtig untersuchten sie ihren Inhalt.

»Ich habe vor ein paar Wochen eine Zeichnung im Salon hinterlassen«, ergriff Reece das Wort, während Marlie ihren Sohn nicht aus den Augen ließ. »Serge meinte, Sie hätten die Frau darauf vielleicht wiedererkannt.«

»Vielleicht. Aber sicher bin ich mir nicht. Doch als ich die Zeichnung an der Kasse sah, dachte ich – oder sagte es sogar: Was hat denn Deenas Bild hier zu suchen?«

»Deena?«

»Deena Black.«

»Ist das eine Freundin von Ihnen?«, fragte Brody beiläufig, während er das Feuerwehrauto neben Rorys Rennauto herflitzen ließ.

»Das eher weniger. Sie hat mal hier gewohnt, da wo jetzt Lupe eingezogen ist, die mit dem Baby.«

»Sie hat mal hier gewohnt?«

»Ja, sie ist ausgezogen. So ungefähr vor einem Monat.«

»Ausgezogen?«, hakte Reece nach.

»Sozusagen.« Erleichtert darüber, dass Brody nicht vorzuhaben schien, Rory zu entführen, setzte sich Marlie auf eine Ecke des Sofas. »Sie hat noch Sachen dagelassen – ihre Kleider und so hat sie mitgenommen, aber nicht die Küchensachen, Zeitschriften und ähnlichen Kram. Sie wollte das Zeug nicht mehr, sowieso alles Müll.«

»Das hat sie Ihnen gesagt?«

»Mir? Nein.« Marlie presste die Lippen aufeinander. »Damals waren wir schon nicht mehr sehr gut aufeinander zu sprechen. Aber sie hat einen Zettel für den Hausmeister dagelassen. Er wohnt direkt nebenan. Sie wollte sich angeblich was Besseres suchen. Aber das hat sie ständig behauptet. Sie hat also ihre Klamotten mitgenommen, sich auf ihr Motorrad gesetzt und ist verschwunden.«

»Auf ihr Motorrad?«, hakte Brody nach.

»Sie hatte eine Harley. Das passte zu ihr, denn sie hat immer jede Menge Biker-Typen abgeschleppt, als sie noch hier wohnte.« Sie warf einen Blick zu Rory hinüber, um sicherzugehen, dass er nicht zuhörte. »Sie hat in einer Stripteasebar gearbeitet«, flüsterte sie. »Das Lokal hieß *Rendezvous.* Als wir noch miteinander geredet haben, sagte mir Deena immer wieder, dass ich dort mehr verdienen würde als in *Smiling Jack's Grill.* Ich kellnere dort. Aber in so einem Lokal wollte ich nicht arbeiten. Außerdem kann ich mit Rory schlecht bis in die Puppen wegbleiben und halb nackt Bier servieren.«

»Hat sie allein gelebt?«, hakte Reece nach.

»Ja, aber sie brachte häufig Männer mit. Tut mir echt leid,

falls sie eine Freundin von euch ist, aber so war es nun mal. Vor sechs bis acht Monaten hatte sie beinahe jede Nacht Herrenbesuch.«

»Und dann?«

»Muss es einen ganz bestimmten Mann in ihrem Leben gegeben haben. Ich hab sie ungefähr einmal pro Woche da oben gehört. Dann war sie häufig ein, zwei Tage verschwunden. Sie hat mir erzählt, sie habe da einen echt dicken Fisch an der Angel – so hat sie sich ausgedrückt. Er würde ihr Geschenke machen. Eine neue Lederjacke, eine Kette, Unterwäsche. Doch dann, keine Ahnung, müssen sie sich irgendwie zerstritten haben.«

»Wie kommen Sie darauf?«

»Na ja, eines Morgens kam sie in aller Herrgottsfrühe hier reingerauscht. Ich wollte Rory gerade zum Auto bringen und ihn in die Vorschule fahren. Sie hat getobt und geflucht wie verrückt. Ich habe sie gebeten, sich zu beherrschen, wegen Rory. Sie hat gesagt, dass er schon bald genauso ein Scheißkerl sein würde wie alle anderen auch. Können Sie sich das vorstellen?«, fragte Marlie, die deswegen offensichtlich immer noch beleidigt war. »So etwas über diesen süßen Jungen zu sagen – und mir dann noch mitten ins Gesicht?«

»Nein. Aber sie muss sich unheimlich über etwas geärgert haben.«

»Mir doch egal, über was sie sich geärgert hat. Sie hatte einfach nicht das Recht, so über meinen Jungen zu reden. Das fand ich wirklich unmöglich. Wir haben uns noch auf dem Parkplatz in die Haare bekommen, aber ich habe als Erste nachgegeben. Ich hatte schließlich mein Kind dabei – außerdem soll sie in der Bar mal einem Kerl eine Bierflasche über den Schädel gezogen haben. Mit ihr legt man sich besser nicht an.«

»Das kann ich mir vorstellen.« Reece fiel wieder ein, wie Deena den Mörder geohrfeigt hatte, wie sie sich auf ihn gestürzt hatte.

»Aber *sie* hat nicht nachgegeben«, fuhr Marlie fort. »Sie hat mich angebrüllt. Hat geschrien, dass sie sich von niemandem herumschubsen und verarschen ließe – sie nicht! Und dass er – ich nehme an, der Typ, mit dem sie damals zusammen war – teuer dafür bezahlen würde. Sobald sie mit ihm fertig wäre, würde sie sich was Besseres suchen.«

Marlie zuckte die Achseln. »Und das ist nur die Kurzfassung. Danach ist sie abgerauscht, und ich bin in den Wagen gestiegen. Ich war ziemlich sauer.«

»War das das letzte Mal, dass Sie sie gesehen haben?«, fragte Brody.

»Nein, ich glaube, ich bin ihr danach noch ein paarmal begegnet. Aber ehrlich gesagt, bin ich ihr aus dem Weg gegangen. Ich habe ihr Motorrad noch ein paarmal gehört.«

»Wissen Sie noch, wann Sie es das letzte Mal gehört haben?«, fragte Reece.

»Und ob, denn das war mitten in der Nacht. Ich bin davon aufgewacht. Das war am Tag, bevor mir der Hausmeister erzählt hat, dass sie verduftet ist. Sie hat die Hausschlüssel in einem Umschlag hinterlegt und ist verschwunden. Er hat gesagt, dass er ihre zurückgelassenen Sachen noch eine Weile aufheben würde.« Sie zuckte erneut die Achseln. »Vielleicht hat er's getan, vielleicht auch nicht. Aber das geht mich auch gar nichts an. Ich bin froh, dass sie weg ist. Lupe und ihr Mann sind wesentlich angenehmere Nachbarn. Serge meinte, ich kann im Salon arbeiten, wenn Rory in der Vorschule ist, aber Lupe passt an den Abenden auf ihn auf, wenn ich im Grill arbeite. Deena hätte ich mein Kind niemals anvertraut.«

Plötzlich runzelte Marlie die Stirn. »Sind Sie etwa von der Polizei? Hat sie Probleme?«

»Wir sind nicht von der Polizei«, murmelte Reece und sah zu

Brody hinüber. »Aber es kann sein, dass es Probleme gibt. Wissen Sie zufällig, ob der Hausmeister da ist?«

»Der ist fast immer da.«

Und so war es auch. Jacob Mecklanburg war ein großer, schlanker Siebziger mit einem gepflegten Schnauzbart. Seine Wohnung, die genauso wie Marlies geschnitten war, nur spiegelverkehrt, war mit Büchern vollgestopft.

»Deena Black. Eine anstrengende Mieterin«, sagte er kopfschüttelnd. »Die hat sich ständig beschwert. Die Miete kam pünktlich – oder zumindest annähernd pünktlich. Keine besonders glückliche Frau – eher der Typ, der ständig anderen die Schuld gibt, wenn das eigene Leben nicht so ist, wie man es sich vorgestellt hat.«

»Ist das Deena?«

Reece holte eine Kopie der Zeichnung aus ihrer Handtasche.

Mecklanburg tauschte seine Brille gegen eine aus seiner Hosentasche, schürzte die Lippen und musterte die Zeichnung. »Es gibt da eine große Ähnlichkeit. Ich würde sagen Ja, oder es ist eine nahe Verwandte. Warum suchen Sie sie?«

»Sie wird vermisst«, sagte Brody und kam damit Reece zuvor. »Haben Sie vielleicht noch den Zettel, den sie dagelassen hat?«

Mecklanburg überlegte kurz, musterte erst Brody und dann Reece. »Ich lege immer alles ordentlich ab. Ich will mir schließlich nicht von ihr vorwerfen lassen, ich hätte ihr die Wohnung weggenommen und anderweitig vermietet. Ich wüsste nicht, warum ich Ihnen den Zettel nicht zeigen sollte.«

Er ging bis ans Ende eines seiner Bücherregale, zog einen Hocker auf Rollen hervor und setzte sich, um einen Aktenschrank mit Hängeregistratur durchzusehen.

»Eine stolze Sammlung«, sagte Brody beiläufig. »Ihre Bücher.«

»Ich kann mir ein Leben ohne Essen vorstellen, aber keines ohne Bücher. Ich habe fünfunddreißig Jahre lang an einer Highschool unterrichtet. Als ich pensioniert wurde, wollte ich einen Job, der mir viel Zeit zum Lesen lässt, aber nicht so viel, um einen Einsiedler aus mir zu machen. Und genau das bietet mir dieser Job. Ich bin ziemlich geschickt, was kleinere Reparaturen anbelangt, und wenn man jahrzehntelang mit Teenagern fertig wurde, ist der Umgang mit den Mietern ein Klacks dagegen. Deena gehörte eindeutig zu den schwierigsten. Sie wollte hier nicht wohnen.«

»Wie meinen Sie das?«

»In so einem kleinen, billigen Apartment am Stadtrand. Und obwohl sie Miete zahlte, hätte sie lieber gar nicht gezahlt. Sie hat mir im Gegenzug mehrmals diverse sexuelle Gefälligkeiten in Aussicht gestellt.« Er lächelte ein wenig, als er eine Mappe herauszog. »Sagen wir mal so: Sie war einfach nicht mein Typ.«

Er nahm das oberste Blatt aus der Mappe und gab es Brody.

Ihr und dieses verdammte Loch – ihr könnt mich mal! Ich hab was Besseres gefunden. Den Müll da oben könnt ihr behalten oder verbrennen – ist mir scheißegal. DB

»Kurz und bündig«, murmelte Brody. »Sieht aus, als wäre es auf einem Computer geschrieben worden. Hatte sie einen?«

Mecklanburg runzelte die Stirn. »Jetzt, wo Sie mich danach fragen – ich glaube eigentlich nicht, dass sie einen hatte. Aber es gibt hier jede Menge Internetcafés und so was.«

»Komisch eigentlich«, warf Reece ein, »dass sie sich die Mühe gemacht hat, Sie zu verfluchen. Warum nicht einfach verschwinden?«

»Na ja, sie hat schon immer gern herumgezickt und geflucht.«

»Sie hatte während der letzten Monate einen Freund.«

»Kann sein. Aber vor den Weihnachtsferien hat sie aufgehört ... Besuch zu empfangen.«

»Haben Sie den Mann je gesehen, mit dem sie befreundet war?«

»Einmal vielleicht. Die meisten ihrer Freunde waren nicht besonders diskret. Wir haben einen Waschkeller im Haus. Einer der Mieter hatte sich beklagt, dass was mit der Waschmaschine nicht stimmt. Also bin ich runtergegangen, um zu sehen, ob ich das selbst hinkriege oder einen Handwerker rufen muss. Ich kam gerade wieder die Treppe hoch, als er von ihrer Freundin kam. Es war ein Montagnachmittag. Das weiß ich noch genau, weil montags um diese Uhrzeit alle Mieter bei der Arbeit sind.«

»Ein Montag«, setzte Reece nach. »So um die Feiertage herum.«

»Ja, kurz nach Neujahr, glaube ich. Ich weiß noch, dass es über Nacht mehrere Zentimeter geschneit hatte und ich morgens Schnee schippen musste. Normalerweise erledige ich meinen Hausmeisterjob immer vormittags oder zwischen vier und sechs, Notfälle ausgenommen. Mittags lese ich gern und mache dann ein Schläfchen. Aber an jenem Vormittag hatte ich die Waschmaschine vergessen und musste mich dringend darum kümmern.«

Er fuhr sich mit einem Finger über den Schnurrbart, schwieg einen Moment und schürzte nachdenklich die Lippen. »Er wirkte überrascht, mich zu sehen – oder gesehen zu werden. Er hat sein Gesicht abgewendet und seine Schritte beschleunigt. Und sein Wagen stand nicht auf dem Parkplatz. Ich war so neugierig, in meine Wohnung zu huschen und aus dem Fenster zu sehen. Er ist nicht zum Parkplatz gegangen.«

»Vielleicht wohnt er hier im Ort«, schlug Reece vor.

»Oder aber er hatte woanders geparkt. Aber danach hat ihn Deena nur noch an anderen Orten getroffen. Falls das überhaupt ihr Freund war. Soweit ich weiß, ist er anschließend nie mehr hier aufgetaucht.«

»Er wollte nicht gesehen werden, glaubst du nicht auch?«

»Scheint so«, stimmte Brody zu. »Das heißt, er ist verheiratet oder bekleidet eine wichtige Position.«

»Du meinst wie ein Politiker, ein Minister?«

»Das wären schon gleich zwei Positionen.«

Als sie seinen Wagen erreichten, drehte sie sich noch einmal um und musterte das Gebäude. »Das ist kein Loch, sondern eine einfache Wohnanlage, aber sauber und gepflegt. Und anscheinend nicht gut genug für Deena Black. Sie wollte mehr. Was Größeres, Besseres, Schickeres.«

»Sie dachte, jemanden gefunden zu haben, der ihr all das geben konnte. Einen dicken Fisch an der Angel«, wiederholte Brody, als ihn Reece stirnrunzelnd ansah.

»Das heißt: Entweder er gab ihr nicht, was sie von ihm wollte, oder er hat sie sitzen lassen. Ich würde sagen, er hat sie sitzen lassen – eben weil er verheiratet ist oder ein öffentliches Amt bekleidet. Aber wenn er Angst hatte, erkannt zu werden, was bedeutet das dann in Hinblick auf unsere Theorie, dass er aus Angel's Fist ist? Dass er mir an seinem Wohnort nachstellt.«

»Gar nichts.« Er öffnete die Beifahrertür und ging dann zur Fahrerseite. »Vielleicht ist es jemand, der geschäftlich in Jackson Hole zu tun hat. Oder jemand, der Angst hat, erkannt zu werden, weil er Geschäfte in Angel's Fist macht. Oder aber er hatte bloß ein schlechtes Gewissen.«

Wie Reece blieb auch er stehen und lehnte sich gegen die offene Wagentür. »Aber nur, weil sie nicht akzeptieren konnte, verlassen zu werden, hat er sie nicht umgebracht. So was ist zwar unangenehm, aber dann heißt es: Tut mir leid, Süße, das war's. Aus und vorbei.«

»Männer sind wirklich Schweine.«

»Ihr macht das mit Männern doch ganz genauso.«

»Ja, aber wir sagen zumindest: Es tut mir leid. Es liegt nicht an dir, sondern an mir.«

Er schnaubte herablassend, während sie in den Wagen stiegen. »Da lasse ich mir ja noch lieber mit der Gabel ein Auge ausstechen, als dass ich mir das anhören muss. Nein, der Punkt ist der, dass sie was in der Hinterhand hatte. Ihn mit irgendwas erpresst hat. Das wird er mir teuer bezahlen, hat sie zu Marlie gesagt. Meiner Meinung nach wollte er nicht zahlen.«

»Deshalb hat er sie umgebracht, hat die Leiche beseitigt und seine Spuren verwischt. Ist mitten in der Nacht hierher zurückgekehrt, auf ihrem Motorrad. Den Zettel hatte er bereits geschrieben.«

»Er ist derjenige mit dem Computer oder mit Zugang zu einem Computer«, pflichtete ihr Brody bei. »Was uns allerdings auch nicht groß weiterbringt.«

Trotzdem, so langsam passte ein Puzzlestein zum anderen. Sie hatten einen Namen, Lebensgewohnheiten und, falls sie das Puzzle nicht mit Gewalt zusammensetzten, sogar ein Motiv.

»Er hat ihre Klamotten mitgenommen«, murmelte Reece. »Keine Frau lässt ihre Kleider oder ihre persönliche Habe irgendwo zurück. Also hat er die Sachen genommen. Die loszuwerden, ist nicht weiter schwer. Aber das Geschirr und so Zeug hat er dagelassen – zu umständlich. Und dann hat er noch die Nachricht hinterlassen, um sich abzusichern. Damit niemand nach ihr sucht, weil alle denken, sie sei abgehauen.«

»Nur mit dir hat er nicht gerechnet. Du hast nicht bloß gesehen, was er getan hat, sondern hast auch nicht lockergelassen, bis du sie identifiziert hast.«

»Deena Black.« Reece schloss für einen Moment die Augen. »Ich glaube, wir haben sie tatsächlich identifiziert. Und jetzt?«

»Jetzt gehen wir in eine Stripteasebar.«

Reece hatte keine Ahnung, was sie dort erwartete. Jede Menge Leder und Ketten, wilde Outfits, wilde Musik.

In Wahrheit gab es hier genauso viel Jeans wie Leder, und die Blicke waren eher gelangweilt. Trotzdem, die Musik war wild. Heavy-Metal-Musik wummerte über die Bühne, auf der eine Frau mit lila zu Berge stehenden Haaren nichts weiter trug als einen roten G-String und Plateauschuhe.

Blaue Rauchschwaden stiegen über einem Tisch neben der Bühne auf, wo ein paar muskulöse Typen mit großzügig tätowierten Armen der Show zusahen und an ihren Bierflaschen nuckelten.

Es gab jede Menge Tische – kleine mit ein oder zwei Stühlen –, von denen die meisten zur Bühne zeigten. Nur wenige waren besetzt.

Da das hier anscheinend so üblich war, setzte sich Reece mit an die Bar, während Brody ihnen ein frisch gezapftes Bier bestellte.

Der Barkeeper hatte einen rotblonden Schnurrbart, dessen Enden bis zum Kinn herunterhingen. Sein Kopf war so kahl wie eine Billardkugel.

Brody drehte sich zur Bar und nahm sein Bier. »Hast du Deena mal wieder gesehen?«, fragte Brody den Barkeeper.

Der Mann wischte mit einem Lappen übergelaufenen Bierschaum auf. »Nö.«

»Hat sie gekündigt?«

»Scheint so. Sie ist nie mehr hier aufgetaucht.«

»Seit wann?«

»Das ist schon ’ne ganze Weile her. Warum interessiert dich das?«

»Sie ist meine Schwester.« Reece schenkte ihm ein strahlendes Lächeln. »Na ja, meine Halbschwester. Dieselbe Mutter, verschiedene Väter. Wir sind gerade auf dem Weg nach Vegas, und da dachte ich, wir könnten ein, zwei Tage mit Deena verbringen.«

Sie warf Brody einen flüchtigen Blick zu und merkte, dass er eine Augebraue hochgezogen hatte, sodass sein Gesicht so etwas wie belustigte Überraschung zeigte.

»Wir haben schon bei ihr zu Hause vorbeigeschaut«, fuhr Reece fort, »und da hat man uns gesagt, dass sie letzten Monat ausgezogen ist – aber hier arbeitet. Ich hab schon eine ganze Weile nichts mehr von ihr gehört. Ich wollte einfach bloß Hallo sagen, verstehst du?«

»Da kann ich dir auch nicht weiterhelfen.«

»Na ja.« Reece griff nach ihrem Bier und musterte es stirnrunzelnd. »Wir stehen uns nicht gerade besonders nahe oder so was. Vielleicht weiß ja sonst jemand, wo sie hin ist.«

»Mir hat sie jedenfalls nichts gesagt. Und plötzlich hatte ich eine Tänzerin weniger.«

»Typisch.« Reece zuckte die Achseln und stellte ihr Bier wieder ab, ohne einen Schluck davon getrunken zu haben. Sie bezweifelte, ob diese Art Lokal jemals vom Gesundheitsamt kontrolliert wurde. »Da haben wir wohl unsere Zeit verschwendet«, sagte sie zu Brody. »Vielleicht ist sie ja mit diesem Typen auf und davon, mit dem sie angeblich zusammen war.«

Die Kellnerin schnaubte kurz auf und ließ das Tablett mit den abgeräumten Gläsern, Flaschen und Aschenbechern auf den Tresen knallen. »Das halte ich für wenig wahrscheinlich.«

»Wie bitte?«

»Die beiden hatten Krach. Einen echt bösen Krach. Sie war stinksauer. Weiß du noch, Coon?«

Der Barkeeper zuckte nur die Achseln und konzentrierte sich wieder auf das Autorennen. »Die war doch immer stinksauer.«

»Ich fürchte, auch das ist typisch.« Reece verdrehte die Augen. »Aber mit dem soll es was Ernstes gewesen sein, hat sie mir erzählt. Wie hieß er noch gleich?«

»Hat sie mir nie gesagt.« Die Kellnerin hatte sich so gegen die Bar gelehnt, dass Reece sah, wie sehr sie die zehn Zentimeter hohen Absätze quälten. »Sie hat ihn immer nur Karpfen genannt. Er war ihr Fisch an der Angel, kapiert?«

»Ja, verstehe.«

»Zwei kleine und zwei große Bier, Coon. Ein Budweiser und den Hauswhiskey.« Reece wartete auf einen geeigneten Augenblick, während die Kellnerin ihr Tablett füllte und dann zu dem Tisch ging, der direkt vor der Bühne stand. Als sie mit einem weiteren Tablett leerer Gläser und Flaschen zurückkehrte, versuchte es Reece mit einem Lächeln.

»Dann kann es so ernst nicht gewesen sein.«

»Häh?«

»Das mit Deena und dem Typen, diesem Karpfen. Wahrscheinlich war's sowieso bloß wieder heiße Luft.«

»Nein, da war schon was. Zumindest von ihr aus.«

»Ehrlich?« Reece zuckte die Achseln und nahm einen winzigen Schluck von ihrem Bier. »Das ist aber gar nicht typisch. Seit wann wedelt denn der Schwanz mit dem Hund?«

Die Kellnerin beugte sich grinsend über die Bar und griff nach einer Schachtel Virginia Slims dahinter. »Der war gut. Coon, ich mach mal kurz Pause.«

»Ich heiße Reece.« Sie schenkte ihr wieder ein Lächeln. »Vielleicht hat mich Deena mal erwähnt.«

»Nein, nicht dass ich wüsste. Ich wusste nicht mal, dass sie überhaupt eine Schwester hat. Ich heiße Jade.«

»Freut mich, dich kennen zu lernen. Soso, Deena hatte sich also richtig verknallt?«

»Na ja, zumindest hat sie keine anderen Kerle mehr mit nach Hause geschleppt.« Sie zog ein Streichholzbriefchen aus einer Hosentasche ihrer abgeschnittenen Jeans und zündete sich eine Zigarette an. »Tut mir leid, du bist schließlich ihre Schwester, aber es stimmt nun mal.«

»Das ist mir alles nicht neu. Deshalb war ich ja auch so überrascht, als sie über den Neuen ganz anders redete.«

»Sie meinte, er hätte wirklich Klasse.« Jade legte den Kopf in den Nacken und blies den Rauch an die Decke. »Was ich mir allerdings kaum vorstellen kann, da sie ihn hier kennen gelernt hat.«

»Oh.« Reece versuchte krampfhaft, so normal wie möglich zu klingen. »Du hast ihn also gesehen.«

»Kann sein. Genau weiß ich das nicht mehr. Er war kein Stammgast, denn dann hätte sie ihn mir bei seinem nächsten Besuch gezeigt. Aber er hat ihr Geschenke gemacht. Sie hat unheimlich mit dieser Kette angegeben, die er für sie lockergemacht hat. Hat behauptet, die sei aus achtzehn Karat Gold. Das war wahrscheinlich gelogen, aber hübsch war sie schon. Es hing so ein Mond dran, eine Art kleine weiße Scheibe oder so was. Sie hat gesagt, das wäre Perlmutt und die Glitzersteinchen an der Kette echte Diamanten.«

»Diamanten? Quatsch.«

»Das war bestimmt Quatsch, aber sie hat steif und fest behauptet, dass es welche wären. Sie hat sie ständig getragen, sogar bei ihren Auftritten. Hat behauptet, bei dem Kerl wäre noch mehr zu holen. Der Karpfen hat sie angeblich immer seine dunkle Seite des Mondes genannt. Was auch immer das bedeuten soll.«

»Vielleicht weiß ja der Karpfen, wo sie steckt.« Reece warf Brody einen Hilfe suchenden Blick zu.

Der beschloss, sich weiter an seinem Bier festzuhalten und so zu tun, als interessiere ihn das Ganze nicht die Bohne.

»Glaubst du, jemand anders, der hier arbeitet, kennt ihn? Vielleicht eine von den Tänzerinnen?«

»Deena hat nicht viel gequatscht, wenn du verstehst, was ich meine. Sie hat ganz gern angegeben, aber das mit ihm hat sie schön für sich behalten. Das war kein Biker.«

»Ach ja?«

»Sie meinte, es sei an der Zeit, sich jemanden mit einem anständigen Job zu suchen, der mehr kann als Schweinehüten. Aber wie dem auch sei, sie haben sich getrennt. Dann ist sie abgehauen. Irgendwohin, wo das Gras grüner ist, nehme ich an.«

»Wahrscheinlich hast du Recht.«

Brody sagte kein Wort, bis sie wieder in seinem Wagen saßen. »So kenne ich dich ja gar nicht, Bohnenstange. Du kannst dich in eine Stripteasebar setzen und absolut überzeugend das Blaue vom Himmel erzählen.«

»Das schien mir schlichtweg der einfachste Weg zu sein. Etwas wie: Vor ein paar Wochen habe ich gesehen, wie Deena Black umgebracht wurde, aber so gut wie niemand will mir glauben, klingt nicht gerade glaubhaft. Keine Ahnung, ob es was genutzt hat.«

»Aber klar doch! Alles, was wir über sie erfahren haben, bestätigt ihr Verschwinden, und das passt zu dem, was du am Fluss beobachtet hast. Sie hatte sich mit einem Mann eingelassen, der offensichtlich nicht wollte, dass sie seinen Namen nannte, und der auch nicht mir ihr gesehen werden wollte. Andererseits war er so in sie verknallt, dass er Geld für sie lockergemacht hat. Schmuck kommt bei Frauen immer gut an, hab ich Recht?«

»Oh ja.«

»Also hat er richtig was springen lassen, woraus ich schließe, dass sie mehr war als nur ein guter Fick, zumindest am Anfang. Dann haben sie sich getrennt, aber sie wollte es nicht dabei belassen. Sie hat ihn gedrängt, er hat sich gewehrt – und irgendwann hat er sich zu heftig gewehrt.«

»Sie mag es vielleicht sogar ernst mit ihm gemeint haben, aber geliebt hat sie ihn nicht.«

»Ich dachte, davon wärst du ausgegangen.«

»Keine Ahnung, was ich gedacht habe«, sagte Reece, »aber ich bin eines Besseren belehrt worden. Eine Frau redet einfach nicht so über einen Mann. Sie nennt ihn nicht Karpfen, wenn sie wirklich etwas für ihn empfindet. Sie war einfach nur hinter seinem Geld her.«

Er schwieg eine Weile. »Heißt das, du willst den Fall nicht mehr weiterverfolgen?«

»Nein. Ob Schlampe oder nicht, sie hat es nicht verdient, so zu sterben. Ich finde ...« Sie griff abrupt nach seinem Arm. »Ist das Lo? Ist das Los Truck? Brody.«

Er sah in die von ihr angegebene Richtung und konnte gerade noch sehen, wie das Heck eines schwarzen Pick-ups um die Ecke bog. »Keine Ahnung. Ich habe nicht genügend gesehen.«

»Ich glaube, das war Lo.« Hatte er sie gesehen?, fragte sie sich. Und wenn ja, warum hatte er dann nicht gehupt, gewunken? Warum hatte er nicht angehalten? »Was hat der denn in Jackson Hole zu suchen?«

»Viele Leute fahren nach Jackson Hole, aus allen möglichen Gründen. Das muss nicht heißen, dass er uns verfolgt hat, Bohnenstange. Es würde fast schon an ein Wunder grenzen, wenn er es geschafft hätte, uns auf der schnurgeraden Strecke von Angel's Fist bis hierher unbemerkt zu folgen.«

»Wahrscheinlich hast du Recht.«

»Bist du sicher, dass er es war?«

»Nein. Nicht hundertprozentig.« Egal, sie konnte sowieso nichts daran ändern. »So, und was jetzt?«

»Wenn wir wieder in Angel's Fist sind, werde ich meine Reporterfähigkeiten nutzen, um mehr über Deena Black herauszufinden. Aber vorher sehen wir uns noch ein bisschen in den hiesigen Juweliergeschäften um. Vielleicht finden wir ja heraus, wo er die Kette gekauft hat.«

»Oh, das ist eine gute Idee. Ein kleiner Perlmuttmond an einer goldenen Kette, die eventuell mit Diamanten besetzt war. Wie viele Juweliere gibt es in Jackson Hole?«

»Ich fürchte, das müssen wir erst herausfinden.«

Viel zu viele, fand Brody nach der ersten Stunde, vor allem, wenn man die Kunsthandwerk- und Souvenirshops dazunahm, die ebenfalls Schmuck verkauften. Er hatte noch nie verstanden, warum der Mensch so versessen darauf war, sich mit Metall und Steinen zu behängen. Aber da er es nun mal bereits seit Urzeiten tat, nahm er nicht an, dass dieser Brauch so bald aus der Mode kommen würde.

Trotzdem war er erleichtert, dass sich seine heimliche Befürchtung, Reece könne dem Bedürfnis erliegen, sich ebenfalls umzuschauen, nicht bestätigte. Sie widerstand der Versuchung, die seines Wissens nach alle ihre Geschlechtsgenossinnen plagte, die *nur mal anprobieren* wollen. Eine Frau, die sich auf ein Ziel konzentrieren konnte, obwohl sie von funkelndem Schmuck geblendet wurde, war seiner Meinung nach eine umwerfende Frau.

Ab und an sah er, wie sie Sonderangebote überflog, trotzdem ließ sie sich nicht ablenken. Und davor hatte er Respekt. Vor allem, als er sah, wie andere Männer still vor sich hin litten, während ihre Frauen ein Loblied auf diverse Klunker sangen.

Er war derart beeindruckt und entzückt, dass er mittendrin stehen blieb, sie an sich zog und leidenschaftlich küsste.

»Schön. Warum?«

»Weil du eine vernünftige, zielstrebige Frau bist.«

»Verstehe. Wie kommst du darauf?«

»Das alles würde mindestens doppelt so lange dauern, wenn du der Typ wärst, der bei jedem Schaufenster stehen bliebe, um Entzückensschreie auszustoßen. Es dauert auch so viel zu lange, aber auf diese Weise kommen wir wenigstens voran.«

»Stimmt.« Sie schob seine Hand in die seine, während sie sich zum nächsten Geschäft aufmachten. »Ich versuche auch, eine ehrliche Frau zu sein, weshalb ich dir jetzt verrate, warum ich nicht stehen bleibe und Entzückensschreie, wie du sie nennst, ausstoße – ganz einfach deshalb, weil ich mir nichts leisten kann. Außerdem bin ich aus der Übung. Aber das heißt nicht, dass ich es nicht tun würde, wenn ich es mir leisten könnte, oder dass ich nicht ein paar wirklich schöne Dinge entdeckt hätte. Zum Beispiel diese schwarzen, hochhackigen Stiefeletten – ich glaube aus Krokodilleder – zwei Schaufenster vorher oder die Turmalinohrringe an weißgoldenen Kreolen im letzten Laden. Oder ...«

»Also doch. Du raubst mir jegliche Illusionen.«

»Besser, du kennst die Wahrheit.« Sie tätschelte liebevoll seine Hand. »Wie dem auch sei, im Moment hätte ich lieber ein Sitram- statt ein Turmalin-Set.«

»Sitram?«

»Kochgeschirr.«

»Du hast doch Töpfe.«

»Ja, aber mehr auch nicht. Was ich nicht habe, ist eine schwere Edelstahlform mit Kupferkern-Thermoboden. Falls ich dieses Kochbuch jemals unterbringen sollte, steht das Sitram-Geschirr ganz oben auf meiner Wunschliste. Hast du dir eigentlich irgendwas Tolles gekauft, nachdem du dein erstes Buch an den Mann gebracht hast?«

»Einen neuen Laptop mit allen Schikanen.«

»Siehst du. Handwerkszeug bleibt Handwerkszeug. Dieser Laden hier macht mir einen guten Eindruck. Hochwertiger Schmuck«, fuhr Reece fort und musterte das Schaufenster. »Richtig teurer Schmuck. Wenn Deena die Wahrheit gesagt hat, was die achtzehn Karat Gold und die Diamanten anbelangt, könnte das genau die richtige Adresse sein.«

Hier war alles längst nicht so überladen wie in den anderen Geschäften, die sie bislang aufgesucht hatten, fiel Brody auf. Eine Frau mit glänzendem kastanienbraunem Haar und einem schicken Lederblazer saß am Tisch und betrachtete ein paar Glitzerklunker auf schwarzem Samt, während sie an einem fingerhutgroßen Tässchen nippte. Der Mann, der ihr gegenübersaß, sprach leise und in respektvollem Ton.

Eine weitere Frau in einem schicken roten Kostüm kam mit einem gewinnenden Lächeln hinter der Ladentheke hervor. »Einen schönen guten Abend und willkommen im *Delvecchio's.* Kann ich Ihnen etwas Bestimmtes zeigen?«

»Ehrlich gesagt suchen wir etwas sehr Spezielles«, ergriff Reece das Wort. »Eine Kette. Mit einem Mondanhänger aus Perlmutt. Die Kette ist mit Diamanten besetzt.«

»Vor ein paar Monaten hatten wir etwas in der Art auf Lager. Ein schönes Schmuckstück. Das identische Design ist leider nicht mehr vorrätig, aber wenn Sie möchten, könnten wir etwas Ähnliches für Sie entwerfen lassen.«

»Sie haben es verkauft?«

»Nicht ich persönlich, aber es ist verkauft worden.«

»Haben Sie noch den Verkaufsbeleg?«

Das gewinnende Lächeln schrumpfte merklich zusammen. »Vielleicht möchten Sie lieber mit Mr. Delvecchio persönlich sprechen. Er berät gerade noch eine Kundin.« Sie zeigte auf die Schmuckinteressentin. »Aber Sie können gern einen Augenblick warten und dann mit ihm über ein Design sprechen. Möchten Sie einen Kaffee, Tee, Espresso?«

Bevor sie antworten konnten, erhob sich die Frau mit den kastanienbraunen Haaren. Sie beugte sich mit einem leisen Lachen vor und tätschelte Delvecchio, einem vornehmen Herrn mit weiß meliertem Haar und Hornbrille, beide Wangen.

»Sie sind wie immer perfekt, Marco. Du hast genau gewusst, dass ich da nicht widerstehen kann.«

»Ich habe sie gesehen und sofort an Sie gedacht. Soll ich sie Ihnen nach Hause schicken?«

»Auf keinen Fall. Ich möchte sie gleich mitnehmen.«

»Melony wird sich darum kümmern. Viel Freude damit!«

»Die werde ich bestimmt haben.«

Die Angestellte in dem roten Kostüm eilte herbei, um die Glitzerklunker auf dem schwarzen Samt an sich zu nehmen. Delvecchio wandte sich Reece und Brody zu. »Ein Mondanhänger aus Perlmutt an einer goldenen Kette mit Diamantsplittern?«

»Ja«, sagte Reece beeindruckt, weil er ihre Unterhaltung trotzdem mitbekommen hatte. »Stimmt.«

»Sie wissen ja sehr genau, was Sie wollen.«

»Eine Frau namens Deena Black hatte so eine Kette. Sie wird vermisst. Da sie sagte, es sei ein Geschenk gewesen, würden wir gern die Person ausfindig machen, die sie ihr gekauft hat. Sie könnte mehr darüber wissen.«

»Verstehe«, sagte er unbeeindruckt höflich. »Sind Sie von der Polizei?«

»Nein, wir interessieren uns nur für Deena. Wir wollen bloß wissen, wer ihr die Kette gekauft hat.«

»Wir hatten letztes Jahr mehrere Schmuckstücke mit Monden, Sternen, Sonnen, Planeten. Das war unsere Kollektion ›Universum der Edelsteine‹. Sie hat sich über die Feiertage recht gut verkauft. Aber ich fürchte, ich kann Ihnen keine Kundeninformationen geben, außer Sie kommen mit der Polizei und einem Durchsuchungsbefehl zurück. Und selbst dann würde es einige Zeit dauern, bis ich etwas herausgefunden habe, da diese Schmuckstücke alle im letzten Geschäftsjahr verkauft worden sind. Einige davon außerdem gegen bar, sodass es in diesen Fällen sowieso keinerlei Kundendaten gibt.«

»Können Sie uns denn sagen, wann die Kette verkauft wurde und für wie viel?«

Delvecchio zog bei Brodys Frage die Brauen hoch. »Wann, kann ich Ihnen nicht mit Sicherheit sagen.«

»Aber so ungefähr? Für ungefähre Angaben über den Zeitpunkt des Verkaufs und die Höhe der Verkaufssumme braucht man schließlich keinen Durchsuchungsbefehl.«

»Nein. Wir haben die Schmuckstücke dieser Kollektion von Oktober bis Januar verkauft. Ein Schmuckstück, wie Sie es beschreiben, hat ungefähr dreitausend gekostet.«

»Wer auch immer es ihr geschenkt hat, weiß, was ihr zugestoßen ist«, drängte Reece.

»Wenn das so ist, sollten Sie die Polizei benachrichtigen. Unter den gegebenen Umständen kann ich Ihnen keine weiteren Auskünfte mehr geben. Wenn Sie mich jetzt bitte entschuldigen wollen.«

Er ließ sie allein und verschwand in seinen Privaträumen, wobei er die Tür fest hinter sich schloss. Nach einer kleinen Pause ging er zu seinem Computer und rief Daten auf. Er nickte angesichts des Namens und der Überweisung.

Er besaß ein ausgezeichnetes Gedächtnis, das genauso ausgeprägt war wie die Loyalität gegenüber seinen Kunden.

Er griff zum Telefon und machte einen Anruf.

29

»Dreitausend sind nicht gerade wenig«, bemerkte Brody auf der Rückfahrt.

Reece sah stirnrunzelnd aus dem Fenster. Die Schatten waren länger geworden, während die Sonne weiter nach Westen wanderte, und die Berge die letzten Lichtstrahlen einfingen. »Der Mann sucht sogar ein derartiges Geschäft auf, er will ihr ein bedeutendes Geschenk machen. Wie du bereits sagtest: Kein Mann kauft so ein bedeutendes Geschenk, wenn es nur um Sex geht.«

»Also war es was Ernstes.«

Reece drehte sich zu ihm um. »Er wollte nicht mit ihr gesehen werden, hat sich davongeschlichen. Wie ernst ist das? Ich würde sagen, besessen von ihr trifft es eher. Sie hat ihn benutzt, und er hat sie benutzt.«

»Wenn du meinst.«

»Nach dem, was wir über Deena wissen, war sie eine Obenohne-Tänzerin in einer Spelunke, unzufrieden und zickig. Sie brachte jede Menge Männer mit nach Hause, fuhr Motorrad und war sich auch nicht zu fein, sexuelle Gefälligkeiten gegen einen Mieterlass anzubieten. Und wer weiß, vielleicht auch durchaus für Geld.«

»Ich kann mir vorstellen, dass sie von einigen dieser Männer Geld genommen hat.«

»Das halte ich auch für wahrscheinlich. Aber dieser Kerl ist anders. Er will Exklusivrechte – und bekommt sie auch. Vielleicht wollte sie das ebenfalls, vielleicht sah sie es aber auch als eine Art Investition. Wenn Delvecchio die Wahrheit gesagt hat – soweit er überhaupt was gesagt hat –, war das wahrscheinlich ein Weihnachtsgeschenk. Kein Mann kauft einer Frau ein derart teures Weihnachtsgeschenk, die er einfach nur vögelt. Und schon gar nicht einer Frau, die er höchstwahrscheinlich auch mit Ohrringen für fünfzig Dollar hätte abspeisen können.«

»Ihr Frauen geht aber wirklich nicht zimperlich miteinander um«, bemerkte Brody nach einer Minute.

»Sie war nicht gerade ein Unschuldslamm und nach dem, was wir bisher wissen, auch nicht besonders sympathisch. Deshalb hat sie es noch lange nicht verdient, erwürgt zu werden. Aber ein völlig passives Opfer war sie auch nicht gerade. Ich meine damit nur, dass sich dieser Mann wirklich auf sie eingelassen hat – er war von ihr besessen. Er traf sie heimlich, aber sie hat ihm etwas bedeutet. Wenigstens eine Zeit lang.«

Sie drehte sich um. »Wer auf unserer Liste könnte es sich leisten, dreitausend Dollar für eine heimliche Geliebte auszugeben, ohne dass es auffällt?«

»Ich würde sagen, so gut wie jeder. Einige leben allein, und ihr Kontostand ist ihre Privatangelegenheit. Und Typen, die nicht allein leben, haben oft noch irgendwo eine stille Reserve – genau wie ihre Frauen.«

»Aber selbst so eine Reserve schmilzt irgendwann dahin. Vielleicht war das auch ein Problem.«

»Sie wollte mehr.«

»Ist das nicht mehr als wahrscheinlich? Warum führst du mich nicht mal nett aus? Ich habe es satt, in diesem Loch zu leben. Wann verreisen wir mal zusammen – alles Variationen ein und desselben Themas. Sie haben sich monatelang regelmäßig getroffen. Und dann wollte sie mehr.«

»Und irgendwann wird die Verliebtheit weniger«, überlegte Brody, »genauso wie die stille Reserve.«

»Die dunkle Seite des Mondes«, murmelte Reece. »An irgendwas erinnert mich das, aber an was? Habe ich die Kette gesehen, als er sie erwürgt hat? Ich glaube nicht. Trotzdem – irgendwas ist da.«

»In einem Roman könnten wir mit diesen Informationen zur Polizei gehen, die würde sich einen Durchsuchungsbefehl beschaffen und den Namen des Kunden herausfinden. Doch in der Realität gibt es dummerweise das Problem mit dem hinreichenden Verdacht.«

»Na und ob da ein hinreichender Verdacht besteht!«, wandte Reece ein. »Deena ist tot, und wer immer ihr die Kette geschenkt hat, ist der Mörder.«

»Wir haben keine Beweise dafür, dass sie tot ist. Nicht einmal dafür, dass sie vermisst wird. Sie ist einfach verschwunden – und war vernünftig genug, vorher die Schlüssel ihrer Wohnung dazulassen. Selbst wenn wir nachweisen könnten, wer die Kette gekauft hat, ist das noch lange kein Beweis. Kein hieb- und stichfester Beweis dafür, dass er sie ihr geschenkt hat. Und erst recht nicht, dass er sie ermordet hat.«

Rein vernunftmäßig hatte er völlig Recht, aber Reece hatte es satt, so zu denken. »Was zum Teufel machen wir dann eigentlich hier, Brody?«

»Informationen sammeln. Und davon haben wir heute wesentlich mehr als gestern.«

»Aber das reicht alles nicht. Nach den Morden in Boston erzählten mir die Ermittler noch Wochen und Monate danach, dass sie die Augen offen halten, Informationen sammeln würden. Aber es kam weder zu einer Verhaftung noch zu einem Prozess, geschweige denn zu einer Verurteilung. Ich musste da weg. Ich musste da einfach weg. Aber wie oft kann man noch davonlaufen?«

»Niemand läuft hier davon, Reece. Wir werden uns etwas ausdenken, wie wir den Namen aus dem Juwelier herauskriegen können. Oder aber wir stoßen auf jemand anders, der wieder etwas weiß. Niemand läuft hier davon.«

Für die nächsten ein, zwei Kilometer schwieg sie. »Dich und deine Sturheit hätte ich in Boston gut gebrauchen können.«

»So was nennt man Beharrlichkeit.«

»Was wir Rose nennen, duftet unter jedem anderen Namen genauso süß.« Sie legte ihre Hand auf seine.

»Hör mal, wenn deine Verliebtheit nachlässt, bring es mir bitte behutsam bei, versprochen?«

»Klar, kein Problem.«

Sie musste lächeln, während sie durch die blühenden Wiesen in Richtung Angel's Fist sausten.

Seine Hand zitterte, als er auflegte. Wie hatten sie ihm nur so dicht auf die Fersen kommen können? Er war gerade noch mal um Haaresbreite davongekommen. Wie hatten sie es geschafft, der Spur bis zu Deena zu folgen, obwohl er sie doch so sorgfältig verwischt hatte?

Sie kannten ihren Namen.

Er hatte alles getan, *alles*, was er tun konnte, um sich zu schützen, um diesen Teil seiner Persönlichkeit geheim zu halten.

Eine vorübergehende Besessenheit, mehr war Deena nicht gewesen. Und als er wieder zur Vernunft gekommen war, hatte er wirklich versucht, sich anständig zu verhalten. Erst als das nicht funktionierte, hatte er das Notwendige getan.

Und genau das würde er jetzt wieder tun, zu seinem eigenen Besten und dem Wohl seiner Familie.

Sie gehörten nicht wirklich zu Angel's Fist. Im Grunde waren sie Fremde, die änderten, was konstant bleiben sollte. Er musste sie loswerden, genauso, wie er Deena losgeworden war.

Er musste die ursprüngliche Ordnung wiederherstellen.

Der geschäftige Samstagsbetrieb ließ Reece kaum Zeit zum Nachdenken, während das, was sie wusste oder besser nicht wusste, aber wissen wollte, in ihrem Hinterkopf herumspukte.

Sie stellte sich vor, wie Brody gerade im Internet surfte und Informationen über Deena Black einholte. Aber das Wissen, wo und wann sie geboren war, welche Schule sie besucht hatte oder ob sie Vorstrafen besaß, würde ihnen auch nicht helfen, den Mörder zu finden.

Sie hatte ihn also in der Bar kennen gelernt, dachte sie. Er hat sie aufgerissen oder sie ihn. Wie dem auch sei, sie gingen eine Affäre miteinander ein. Oder eine Geschäftsbeziehung.

Kein Mann will vor Freunden und Nachbarn zugeben, dass er für Sex bezahlt. So was ist erniedrigend.

Zunächst hat er sein gewohntes Umfeld verlassen, um Stripteasebars zu besuchen und sich mit Nutten einzulassen. Eine notwendige Vorsichtsmaßnahme, um seinen Ruf zu schützen.

Aber irgendwann hat er sich richtig mit ihr eingelassen, hat eine Zeit lang ernsthaft geglaubt, sie zu lieben. So sehr, dass er ihr teure Geschenke gemacht hat. Und Versprechungen?, fragte Reece sich.

Ältere Männer verlieben sich häufig in jüngere, ungeeignete Frauen. Sie versuchte sich Doc Wallace oder Mac Drubber mit einer Frau wie Deena Black vorzustellen. Reece fragte sich, was das über ihre Sicht der Männer aussagte, dass ihr das so leicht fiel.

Genauso gut hätte sich aber auch ein junger Mann, der noch leicht zu beeindrucken war, in sie verlieben können, wie Denny – oder jemand, der es gewohnt war, bei den Frauen leichtes Spiel zu haben, wie Lo.

Vielleicht sollten sie Sheriff Mardson umgehen – der nach ihrem Informationsstand genauso gut der Mörder sein konnte – und mit all dem, was sie wussten oder zu wissen glaubten, zur Polizei in Jackson Hole gehen.

Weniger als nichts konnte auch dabei nicht herauskommen.

Außerdem schaffte sie es kaum noch, mit diesen Menschen zusammenzuleben, für sie zu kochen und sich gleichzeitig zu fragen, ob einer von ihnen ein Mörder war.

»Du führst schon wieder Selbstgespräche.«

Sie zuckte unmerklich zusammen und sah dann zu Linda-Gail hinüber.

»Kann sein.«

»Wenn du deine Unterhaltung beendet hast und Pause machst – würdest du dir dann etwas ansehen?«

»Klar, was denn?«

»Dieses Kleid, das ich übers Internet bestellt habe. Es ist gerade angekommen – ich bin während meiner Pause zur Post gerannt und habe es abgeholt. Meine Güte, ich hoffe, es passt. Ich will nur deine Meinung hören.«

»Gern, sobald ich ...«

»Wenn ihr beide noch länger in meiner Küche rumsteht und über Mode redet, kannst du deine Pause ebenso gut jetzt nehmen.« Joanie kam herein und übernahm den Grill. »Aber beeilt euch!«

»Danke, Joanie.« Linda-Gail nahm Reece am Arm und zog sie aus der Küche in Joanies Büro.

»Ich habe viel zu viel Geld dafür ausgegeben«, sagte sie, als sie Reece hineinbugsierte. »Aber ich habe mich richtig darin verliebt.« Sie griff hinter Joanies Bürotür, wo sie das Kleid aufgehängt hatte, und hielt es sich an. »Was meinst du?«

Es war ein kurzes Bustierkleid in einem pastellfarbenen Frühlingsgrün. Reece stellte sich vor, wie umwerfend es erst aussehen würde, wenn Linda-Gail es anzog.

»Es ist fantastisch. Sexy und trotzdem frisch. Zu deinen Haaren sieht es bestimmt auch toll aus.«

»Ehrlich? Na Gott sei Dank! Wenn es nicht passt, bring ich mich um.«

»Oder du machst etwas so Radikales und tauschst es um.«

»Keine Zeit. Ich brauche es noch heute Abend. Es geht um Samstagabend mit Lo. Wie hat er sich ausgedrückt? ›Ich soll was echt Wow-Mäßiges anziehen‹.« Sie drehte sich um und betrachtete sich noch einmal ausgiebig im Spiegel. »Das ist ziemlich wow!«

Reeces Magen zog sich schmerzhaft zusammen. »Wo geht ihr hin?«

»Das will er mir nicht verraten. Er tut wahnsinnig geheimnisvoll. Ich wünschte, ich hätte es vorher noch mal nach Jackson Hole geschafft, um mich aufzuhübschen, aber so musste ich mir die Haare selbst färben. Aber es ist gar nicht so schlecht geworden, oder?«

»Nein, es sieht gut aus, wirklich. Linda-Gail ...«

»Dieser Abend ist ein Ultimatum.« Sie fasste sich in die Frisur, während sie im Zweidrittelprofil vor dem Spiegel posierte. »Er will mir alles erklären und es wiedergutmachen, dass er mich neulich Abend angelogen und mir nicht verraten hat, wo er war. Er weiß genau, was auf dem Spiel steht.«

»Linda-Gail, bitte geh da nicht hin.«

»Wie bitte? Was faselst du da?«

»Warte ab. Fahr nirgendwo mit ihm hin, bevor du nicht weißt, was er vorhat.«

»Genau deswegen fahr ich ja mit ihm mit: um herauszufinden, was er vorhat.«

Sie hängte das Kleid wieder sorgfältig an die Tür und strich es glatt. »Er hat mir hoch und heilig geschworen, dass er bei keiner anderen war, und ich glaube ihm. Wenn das mit uns klappen soll, muss ich ihm die Möglichkeit geben, mir alles zu erklären.«

»Was ... wenn er mit einer anderen was hatte? Vor dir. Was Ernstes.«

»Lo? Was Ernstes?« Sie lachte laut auf. »Vergiss es!«

»Woher willst du das eigentlich so genau wissen?«

»Weil ich Lo nicht aus den Augen gelassen habe, seit ich fünfzehn bin. Er hatte noch nie was Ernstes.« Ihr hübsches Gesicht zeigte Entschlossenheit. »Nie so etwas, wie es mit mir war und immer sein wird. Was ist nur in dich gefahren? Ich dachte, du magst ihn.«

»Das tu ich auch. Aber er war dir gegenüber nicht ehrlich.«

»Das stimmt, aber heute wird er ehrlich sein. Entweder mir gefällt, was er mir heute Abend zu sagen hat, oder eben nicht. Entweder ich nehme ihn oder ich verlasse ihn. Aber egal, wie dieser Abend ausgeht – ich werde fantastisch aussehen.«

»Versprich mir ... dass du mich anrufst. Auf meinem Handy. Ruf mich an, sobald ihr angekommen seid und er dir alles erklärt hat.«

»Meine Güte, Reece.«

»Bitte tu mir den Gefallen. Ansonsten mache ich mir den ganzen Abend lang Sorgen. Tu mir den Gefallen, Linda-Gail. Bitte.«

»Na gut. Aber ich werde mir verdammt blöd dabei vorkommen.«

Besser blöd, dachte Reece, als verletzt und allein gelassen.

Brody saß vor seinem Computer und machte langsam Fortschritte. Er wusste jetzt, dass Deena Black im August 1974 in Oklahoma geboren worden war, einen Highschool-Abschluss hatte und ein paar Anzeigen wegen Unruhestiftung – eine wegen Ruhestörung und zwei wegen Körperverletzung. Die zweite Körperverletzung hatte ihr eine dreimonatige Haftstrafe eingebracht.

Um ihre Kreditwürdigkeit war es schlecht bestellt. Nicht, dass sie das jetzt noch interessieren dürfte oder dass es je anders gewesen wäre.

Er schaffte es, die Spur bis zu ihren letzten beiden Jobs und Wohnungen zurückzuverfolgen. Sie hatte nicht gerade tolle Referenzen von ihren Arbeitgebern vorzuweisen – einem Stripclub in Albuquerque und einer Biker Bar in Oklahoma City. Und ihr letzter Vermieter war immer noch sauer wegen der zwei Monatsmieten, die sie ihm schuldig geblieben war.

Er fand heraus, dass sie einmal verheiratet und wieder geschieden worden war – und zwar von einem gewissen Titus Paul J., der gerade in Folsom wegen Körperverletzung mit Todesfolge einsaß. Nach einer kurzen Recherche erfuhr Brody, dass es nicht das erste Mal war, dass Titus einsaß.

»Du warst nicht gerade das, was man eine unbescholtene Bürgerin nennt, was, Deena?«

Und trotzdem war sie auf ihre Art durchaus attraktiv gewesen. Er hatte gerade ein Passfoto von ihr auf dem Bildschirm und musste zugeben, dass sie unheimlich sexy wirkte.

»Böses, böses Mädchen«, murmelte er. »Aber du bist es gern und zeigst das auch.«

Er entnahm dem Internet, dass sie noch Familie in Oklahoma besaß. Eine Mutter, die gerade mal siebzehn Jahre älter war als sie. Es bestand immer noch die Möglichkeit, dass Deena Kontakt gehalten und ihrer Mutter erzählt hatte, was sie – anscheinend – keinem anderen anvertraut hatte. Den Namen des Mannes, mit dem sie sich eingelassen hatte.

Als was sollte er sich ausgeben? Als alter Freund von Deena, der wieder Kontakt aufnehmen wollte? Ein freundlicher Plausch. Als Polizist aus Wyoming, der sie wegen irgendeiner Straftat überführen wollte? Kompromisslos, ohne Rücksicht.

Wahrscheinlich würde er ohnehin nichts herausfinden. Er beschloss, eine kurze Kaffeepause zu machen, um wieder einen klaren Kopf zu bekommen, bevor er versuchte, sich mit Deenas Mutter in Verbindung zu setzen.

Doch bevor er aufstehen konnte, klingelte das Telefon.

Die vertraute Stimme brachte ihn dazu, dass er sich wieder entspannte. Die ebenso überraschende wie ungewöhnliche Bitte ließ ihn kurz überlegen.

Zehn Minuten später ging Brody aus dem Haus und verließ mit dem Auto den Ort.

Im Vorbeifahren warf er einen Blick auf das Angel Food. Wenn das klappte, hoffte er Reece schon in wenigen Stunden mit einer Lösung überraschen zu können.

Jetzt war der Startschuss gefallen, es würde kein Zurück mehr geben – kein Bedauern, keine Fehler. Die Sache war riskant, und das Timing musste perfekt sein. Aber es war machbar. Musste machbar sein.

Die Hütte war genau der richtige Ort für den ersten Teil seines Plans. Ruhig und abgeschieden, von Wald und Sumpf geschützt. Hier würde niemand nach ihnen suchen. Genauso wenig wie hier jemand nach Deena gesucht hatte.

Wenn das alles vorbei war, bleiben ihm noch mehrere Stunden, um alles ordentlich abzuschließen. Wie auch schon zuvor würde er sämtliche Spuren verwischen. Und alles wäre wieder in Ordnung. Dann hätte er die Zeit zurückgedreht, damit alles wieder so war, wie es sein sollte.

»Na schön, Lo, ich will wissen, wo es hingeht.«

»Das verrate ich noch nicht.«

Linda-Gail verschränkte die Arme vor der Brust und setzte versuchshalber eine finstere Miene auf, aber er ließ sich nicht erweichen.

Das war nicht der Weg nach Jackson Hole. Sie hatte heimlich gehofft, dass er sie irgendwo schick zum Essen ausführen würde. Wo sie mit ihrem neuen Kleid angeben konnte.

Aber er hatte einen anderen Weg genommen.

»Wenn du ernsthaft glaubst, dass ich mich mit diesem Kleid an irgendein Lagerfeuer setze, bist du noch bescheuerter, als ich gedacht habe.«

»Keine Angst. Wir werden nicht zelten. Und dieses Kleid ist echt der Hammer!« Er warf ihr einen kurzen, begehrlichen Blick zu. »Hoffentlich ist deine Unterwäsche genauso verführerisch.«

»Wenn das so weitergeht, wirst du nie erfahren, was ich darunter trage.«

»Willst du mit mir wetten?« Er schenkte ihr ein süffisantes Grinsen und nahm die nächste Abzweigung. Jetzt wusste sie, wo er hinwollte und begann innerlich zu kochen.

»Du kannst gleich umdrehen und mich wieder nach Hause fahren.«

»Wenn du das in zehn Minuten auch noch denkst, kein Problem.«

Er hielt vor der Hütte, während ihm der Kopf vor lauter Plänen und Vorbereitungen schwirrte. Er wurde nervös, versuchte es jedoch zu ignorieren.

Es stand zu viel auf dem Spiel, um jetzt wieder kehrtzumachen.

Da Linda-Gail keine Anstalten machte auszusteigen, kletterte er aus dem Wagen, ging zur Beifahrerseite und öffnete ihre Tür. Wahrscheinlich musste das so sein, dachte er, da sie dieses sexy Kleid trug und er seinen besten Anzug.

»Jetzt stell dich nicht so an und komm einfach mit rein, Liebling.« Er redete ihr gut zu, als sei sie eine störrische Mähre. »Ansonsten werde ich dich einfach reinschleifen.«

»Na prima. Ich werde Reece anrufen und sie bitten, mich hier so schnell wie möglich abzuholen.«

»Ich glaube nicht, dass du irgendjemanden anrufen wirst«, murmelte Lo und zog sie zur Hütte. »Wir sind eigentlich viel zu früh dran, aber du konntest es ja kaum erwarten, loszufahren. Ich wollte, dass es dämmert, wenn wir herkommen.«

»Na ja, noch dämmert es nicht.«

Sie stolzierte hinein und hatte fest vor, ihr Handy herauszuziehen und Reece anzurufen. Doch dann war sie viel zu überrascht und konnte nur noch staunen.

Reece sah zum dritten Mal in zehn Minuten auf ihre Uhr. Warum rief Linda-Gail nicht an? Warum hatte sie es ihr nicht ausreden können, heute Abend mit Lo mitzufahren?

Noch fünf Minuten, schwor sie sich. Dann würde sie Linda-Gail selbst anrufen. Egal, wie bescheuert sich das anhörte – sie würde Linda-Gail fragen, wo sie steckte. Und dafür sorgen, dass Lo mitbekam, dass sie Bescheid wusste.

»Du kannst so oft auf die Uhr schauen, wie du willst, aber davon geht die Zeit auch nicht schneller um. Du hast bis zehn Uhr Schicht und damit basta.« Joanie schöpfte Eintopf aus dem Bottich. »Und komm bloß nicht auf die Idee, mich zu fragen, ob du heute früher Schluss machen darfst. Mir fehlt schon eine Kellnerin.«

»Ich habe nicht vor, früher zu gehen. Linda-Gail hat mir bloß versprochen, anzurufen, was sie aber noch nicht getan hat.«

»Ich nehme an, sie hat Besseres zu tun, als dich anzurufen. Sie hat es geschafft, mir diesen freien Abend abzuschwatzen. Und dann noch den Samstagabend. Sie und mein Junge haben sich regelrecht gegen mich verschworen. Was für Kinder. Aus ihrer Perspektive ist alles eitel Sonnenschein, und der Himmel hängt voller Geigen. Aber hier geht es um Burger, Eintopf und gegrilltes Steak, also sieh zu, dass du diese Bestellung fertig machst.«

»Wie bitte? Was hast du da gerade eben gesagt?«

»Ich hab gesagt, du sollst diese Bestellung fertig machen.«

»Sonnenschein. Mondenschein. Jetzt ist es mir wieder eingefallen. Oh mein Gott, jetzt weiß ich es wieder! Ich bin gleich wieder da.«

Die Hände in die Hüften gestemmt, stellte sich ihr Joanie in den Weg. »Mädel, du verlässt diesen Grill nicht, bis ich es dir sage.«

»Nur zwei Minuten.«

»In zwei Minuten sind diese Burger verbrannt. Mach diese Bestellung fertig.«

»Verdammt noch mal!« Aber Reece tat, wie ihr geheißen, und beeilte sich.

Vor dem Kamin in der Hütte stand ein Tisch. Darauf lag ein weißes Tischtuch, auf dem eine blaue Vase mit rosa Rosen stand. Es gab Kerzen und schönes Geschirr. Zu ihrer Überraschung befand sich neben dem Tisch auch ein Beistelltisch mit einem silbernen Sektkühler, der eine Flasche Champagner enthielt.

Und als Lo irgendwo auf eine Play-Taste drückte, sang Wynona Judd leise eine Ballade.

»Was soll das hier?« Linda-Gail blinzelte und staunte erneut.

»Das ist unser Samstagabend.« Lo konnte es kaum erwarten, seinen Teil dazu beizutragen, und nahm ihr die Stola ab, die sie sich um die Schultern geschlungen hatte. Er legte sie beiseite, flitzte im Zimmer umher und machte die Kerzen an. »Ich dachte, es wäre schon etwas dunkler, aber so geht es auch.«

»Und ob das geht«, wiederholte sie benommen. »Lo, das sieht so was von schön aus!«

Davon konnte auch der ausgestopfte Kopf eines Mufflons nicht ablenken. Und die Stehlampe in Gestalt eines Bären, der gerade einen Baum hochklettert, ließ die gesamte Inszenierung nur noch entzückender wirken.

Und obwohl es schon fast Juni und relativ warm war, kniete Lo vor dem Kamin, um das Kleinholz anzuzünden, das er schon bereitgelegt hatte.

»Weiß deine Mutter davon?«

»Klar. Sie vermietet das Haus kaum noch, seit ... na du weißt schon, seit dieser Kerl sich hier erschossen hat.« Er brach ab und zuckte innerlich zusammen. »Das turnt dich doch jetzt hoffentlich nicht ab, oder?«

»Was? Nein, nein.«

»Gut. Trotzdem musste ich sie natürlich fragen, ob wir die Hütte benutzen dürfen. Bei der Gelegenheit habe ich sie außerdem gebeten, uns was zu Abend zu kochen, ich muss es nur noch schnell aufwärmen. Besonders glücklich war sie darüber nicht. Ehrlich gesagt, sie ist etwas sauer auf uns. Aber ich denke, das wird sich legen, wenn sie den Grund dafür erfährt.«

»Den Grund für was?«

Er erhob sich wieder, drehte sich zu ihr um und grinste sie an. »Dazu kommen wir gleich. Aber was hältst du davon, wenn ich erst mal den Champagner aufmache?«

Meine Güte, sah er nicht fantastisch aus? Dieses volle, sonnengebleichte Haar, dieser schöne, schlanke Körper in dem schicken grauen Anzug. »Da sage ich natürlich nicht Nein.«

Sie ging zum Tisch hinüber und fuhr mit dem Finger über das samtige Blütenblatt einer Rosenknospe. »Du hast mir schon mal rosa Rosen geschenkt.«

»Zu deinem sechzehnten Geburtstag. Ich fürchte, seitdem ist viel Zeit vergangen.«

»Das fürchte ich auch. Aber die Zeit haben wir anscheinend gebraucht. Hast du das alles selbst hergerichtet?«

»So wild war es auch wieder nicht – das größte Problem war das Timing!« Er zwinkerte ihr zu und machte sich daran, den Champagner zu öffnen. »Ich wollte was Besonderes, und wenn man hier versucht, was Besonders zu organisieren, spricht es sich herum, und alle wissen Bescheid. Für die Rosen musste ich extra nach Jackson Hole. Denn hätte ich sie bei Mac bestellt, hätte er mich bestimmt gefragt wofür. Und dann hätte er mit jedem, der in seinen Laden kommt, darüber spekuliert. Die Einzige in Angel's Fist, die ein Geheimnis bewahren kann, ist meine Ma. Sie ist auch die Einzige, die weiß, dass wir hier sind. Beinahe hätte ich ihr auch den Rest verraten, aber ...«

»Den Rest?«

Als der Korken knallte, stieß er einen kleinen Freudenschrei aus. »Klingt gut, findest du nicht. Schick, was?«

»Was für ein Rest?«

»Sie, äh ... Da hinten im Schlafzimmer sind ein paar Sachen von dir. Falls du hier übernachten willst.«

»Du bist bei mir gewesen und hast in *meinen Sachen* gewühlt?«

»Nein, aber Ma. Jetzt reg dich bitte nicht gleich auf. Hier.« Er reichte ihr ein Glas. »Das ist doch nur für alle Fälle. Wollen wir auf was Bestimmtes anstoßen oder so? Wie wär's auf Überraschungen und zwar gleich auf mehrere?«

Sie zog die Augen zu schmalen Schlitzen zusammen, stieß aber mit ihm an. Sie hatte nicht vor, sich ein Glas Champagner entgehen zu lassen. »Das ist alles sehr schön, Lo, wirklich und absolut süß. Aber wir beide haben heute Abend so einiges zu besprechen, und davon können mich weder Blumen noch Champagner ablenken.«

»Das hab ich mir schon gedacht, aber vielleicht könnten wir uns zuerst etwas entspannen, zu Abend essen und dann ...«

»Lo, ich muss wissen, warum du mich angelogen hast. Ich habe dir bis heute Abend Zeit gegeben und würde mich nur zu gern an diesen hübschen Tisch setzen, Champagner trinken und mir von dir das Abendessen servieren lassen. Ich möchte mit dir zusammen sein und mich darüber freuen, welche Mühe du dir meinetwegen gemacht hast. Aber das kann ich nicht. Nicht, bevor ich Bescheid weiß.«

»Ich habe mir das zwar anders vorgestellt, aber bitte.« Doch wenn er ehrlich war, hätte er wahrscheinlich sowieso nicht bis nach dem Abendessen durchgehalten.

»Du musst mit mir ins Schlafzimmer kommen.«

»Ich werde nicht mit dir in dieses Schlafzimmer gehen.«

»Ich will dir doch nicht gleich die Kleider vom Leib reißen. Meine Güte, Linda-Gail, jetzt vertrau mir zur Abwechslung mal! Du brauchst es nur eine Minute lang zu betreten!«

»Wehe, das stimmt nicht«, murmelte sie und stellte ihr Glas Champagner ab, bevor sie mit ihm ins Schlafzimmer ging.

Dort auf der Kommode standen noch mehr Kerzen, die er erst anzünden musste, und noch mehr Blumen. Eine einzelne Rose lag auf dem Kopfkissen. Noch nie hatte jemand so etwas Romantisches für sie getan. Sie spürte ein derartiges Verlangen nach ihm, dass sie sich schwer zusammenreißen musste, um sich nichts anmerken zu lassen.

»Das ist alles sehr schön und romantisch. Aber das funktioniert nicht, Lo.«

»Das da ist deine ganz besondere Rose. Du musst hingehen und sie in die Hand nehmen. Die auf dem Bett. Bitte«, sagte er, als sie keine Anstalten machte, sich zu rühren. »Tu mir nur noch diesen einen Gefallen.«

Seufzend ging sie zum Bett und griff nach der Rose.

»Bitte sehr ...« Als sie sich umdrehte, pendelte das Band am Stiel der Rose hin und her und etwas, das daran aufgefädelt war, berührte ihren Unterarm. Es funkelte und blitzte.

»Oh mein Gott.«

»Das verschlägt dir jetzt zur Abwechslung endlich mal die Sprache, was?«

Selbstzufrieden zog er den Ring von dem Band. »Ich bin an dem Abend, an dem ich angeblich gearbeitet habe, losgefahren, um das zu kaufen. Ich wollte die Sache für mich behalten, mehr nicht. Wenn ich den Jungs erzählt hätte, dass ich vorhabe, einen Verlobungsring zu kaufen, hätten sie mich so lange damit aufgezogen, bis ich noch ausgerastet wäre und jemanden verprügelt hätte. Also habe ich gelogen, weil ich nicht wollte, dass du etwas mitbekommst. Ich wollte ihn dir geben und in einem besonderen Moment um deine Hand anhalten. In einem Moment wie diesem hier.«

Ihr Herz flatterte wie ein Schmetterling. So fühlt sich das also an, dachte sie, wenn einem Flügel wachsen.

»Du hast mich angelogen, damit du losfahren und das hier kaufen konntest?«

»Ganz genau.«

»Und als ich rausgefunden habe, dass du mich angelogen hast, wolltest du mir nichts davon verraten.«

»Ich wollte nicht, dass wir uns anschreien, wenn ich dir so ein Geschenk mache. Davor und danach gern, aber nicht währenddessen.«

»Du hast das alles nur für mich getan.«

»Na, das wurde ja auch Zeit. Gefällt er dir? Der Ring?«

Sie hatte ihn noch gar nicht richtig angeschaut. Allein die Tatsache war überwältigend. Doch dann betrachtete sie den glitzernden Diamanten auf dem goldenen Bandring. Schlicht und klassisch wie eine Portion Apple Pie. Und absolut perfekt.

»Er gefällt mir. Ich finde ihn wunderbar, wirklich. Aber es gibt da ein Problem.«

»Was? Was ist denn jetzt schon wieder?«

Sie sah auf und lächelte. »Du hast mir noch keinen Heiratsantrag gemacht. Noch keinen richtigen.«

»Du wirst mich heiraten müssen, Linda-Gail, damit ich mein Leben nicht an irgendwelche wild gewordenen Frauen verschwende. Und wenn du das tust«, fuhr er fort, als sie erstickt auflachte, »werde ich alles dafür tun, um dich glücklich zu machen.«

»Ja, das werde ich.« Sie streckte ihm die Hand für den Ring entgegen. »Und auch ich werde alles dafür tun, um dich glücklich zu machen.«

In der Minute, in der der Ring auf ihrem Finger saß, sprang sie ihm in die Arme. »Das ist der beste Samstagabend aller Zeiten.«

Als sein Mund den ihren berührte, meinte sie draußen ein Auto zu hören. Aber sie war viel zu sehr beschäftigt, um weiter darüber nachzudenken.

Währenddessen raste Reece die Hauptstraße in Angel's Fist hinunter. Sie trug immer noch ihre Schürze, die ihr beim Rennen um die Beine flatterte. Die Leute blieben stehen und starrten sie an oder wichen zurück, bevor sie sie anrempeln konnte. Sie stürmte durch die Tür von *On the Trail.*

»Die Kette.«

Debbie, die einem Kunden gerade eine Auswahl an Rucksäcken zeigte, drehte sich um. »Reece.« Ihr Blick zeigte erst Überraschung und dann eine leicht amüsierte Verärgerung. »Ich bin gleich bei dir.«

»Du besitzt eine Kette.«

»Entschuldigen Sie mich bitte einen Moment«, sagte Debbie zu ihrem Kunden.

Mit einem professionellen Lächeln auf den Lippen ging sie zu Reece hinüber und packte sie am Arm. »Ich habe hier zu tun, Reece.«

»Ein Sonnensymbol an einer goldenen Kette.«

»Wovon zum Teufel redest du überhaupt?«, zischte Debbie.

»Ich bin verrückt, das weißt du doch. Entweder, du lässt Nachsicht walten oder ich mache dir hier eine Szene. Ich habe dich diese Kette tragen sehen.«

»Ja, und?«

»Eine Sonne«, wiederholte Reece. »Sie stammt von *Delvecchio's* in Jackson Hole.«

»Sehr gut, der Kandidat erhält hundert Punkte. Und jetzt verschwinde bitte.«

Stattdessen drehte sich Reece zu Debbie um und brachte ihr Gesicht ganz nahe an sie heran.

»Wer hat sie dir geschenkt?«

»Rick natürlich. Letztes Weihnachten. Was ist bloß mit dir los?«

»Du bist sein Sonnenschein«, murmelte Reece. »Ich habe gehört, wie er das zu dir gesagt hat. Das Gegenteil von der dunklen Seite des Mondes.«

Debbie trat einen Schritt zurück. »Du bist wirklich verrückt. Ich will, dass du sofort gehst.«

»Wo ist er? Wo ist der Sheriff?«

»Lass meinen Arm los.«

»Wo?«

»In Moose, er hat dort heute eine Verabredung. Aber in nicht einmal zwei Sekunden werde ich in seinem Büro anrufen und veranlassen, dass Denny kommt und dich hier rausschafft.«

»Du kannst anrufen, wen du willst. Wo war er an dem Abend, als in Brodys Hütte eingebrochen wurde?«

»Was für ein Einbruch?«, sagte Debbie höhnisch. »Oder meinst du etwa den Abend, an dem du dir wieder einen Eindringling eingebildet hast?«

»Wo war er, Debbie?«

»Zu Hause.«

»Das glaube ich kaum.«

»Jetzt habe ich aber endgültig die Schnauze voll! Ich sage dir, er war zu Hause, draußen in seiner Werkstatt. Und er hätte wesentlich mehr Zeit, sich auf diese Art ein bisschen zu erholen, wenn es weniger Leute gäbe wie dich, die ständig falschen Alarm schlagen und sich vollkommen verrückt aufführen. Ich bin höchstpersönlich aus dem Haus, um ihn zu holen, als Hank anrief.«

»Ach? Gibt es denn in der Werkstatt kein Telefon?«

»Er hatte Musik laufen und die Motorsäge ...« Debbie richtete sich auf. »Jetzt habe ich aber endgültig genug von diesem Unsinn. Ich habe Kundschaft, die bedient werden will, und außerdem will ich bald zumachen und nach Hause zu meinen Kindern fahren, Popcorn machen und mir gemeinsam mit ihnen einen Film ansehen. Manche Leute hier führen nämlich ein ganz normales Leben!«

Und manche hier glauben nur, ein ganz normales Leben zu führen, dachte Rece. Mitleid stieg in ihr auf. Debbies heile Welt würde nur allzu bald zerstört werden. »Es tut mir leid. Es tut mir wirklich leid.«

»Dir wird das erst leidtun«, murmelte Debbie, als sich Reece zur Tür wandte. Noch während Reece zurück ins Diner eilte, zog sie ihr Handy aus der Tasche. Und fluchte, als nach dem vierten Klingeln Brodys Anrufbeantworter dranging. »Verdammter Mist. Ruf mich so schnell wie möglich zurück, ich versuch's auf deinem Handy.«

Aber auch da ging gleich die Mailbox dran.

Wütend und frustriert, weil sie wusste, dass er sich nur wenige Meter von seiner Hütte entfernen musste, um kein Netz mehr zu haben, stopfte sie ihr Handy zurück in die Hosentasche.

Es war alles in bester Ordnung, beruhigte sie sich. Rick war in Moose, und selbst wenn ihn Debbie anrief, sobald sie zu Hause war, um sich über die verrückte Reece Gilmore zu beschweren, konnte er nicht vor ein paar Stunden zurück sein. Wahrscheinlich eher noch später.

Somit blieb ihr genug Zeit, sich alles noch einmal genau zu überlegen. Damit sie, wenn sie Brody später alles erzählte, logisch und nachvollziehbar klang.

Das war bestimmt das Beste so. Es würde ihr nicht leicht fallen, ihm zu sagen, dass sein Freund ein Mörder war.

Brody entdeckte Los Lieferwagen, als er an Joanies Hütte vorbeifuhr. Hatte ihn Reece gesehen, als sie in Jackson Hole gewesen waren? Er hasste die Vorstellung, einen guten Bekannten zu verdächtigen. Er konnte nur hoffen, dass er innerhalb der nächsten Stunde wüsste, wen Reece dort am Fluss gesehen hatte. Dann wäre dieser Albtraum endlich vorbei.

Es gab nichts, was er sich sehnlicher gewünscht hätte.

Er zog in Erwägung, ihr ein paar Tulpen zu kaufen. Das wäre bestimmt nicht schlecht. Vielleicht könnte er auch ein paar Tage mit ihr wegfahren, bis sich die Aufregung wieder gelegt hatte. Sie würde Zeugenaussagen machen und Fragen beantworten müssen. Und im Zentrum der Aufmerksamkeit stehen, zumindest am Anfang.

Das würde hart für sie sein, aber sie würde es überleben.

Und danach konnten sie sich endlich um ihre eigenen Angelegenheiten kümmern. Er würde Joanie diese verdammte Hütte abkaufen, dieses neue Büro und diese Terrasse bauen.

Und Reece Gilmore würde hierbleiben. Hier bei ihm.

Er könnte sie mit einem Set von diesen schicken Töpfen bestechen. Mit diesen Sitram-Töpfen. Die bleiben aber hier in meiner Küche, Bohnenstange, und du auch. Beim Gedanken daran musste er lächeln. Sie würde begeistert sein und sofort begreifen.

Er bog in die ruhige, abgeschiedene Auffahrt ein, die sich entlang der Kiefern wand, und parkte vor der Hütte.

Rick kam mit ernster Miene heraus und ging die Stufen herunter, als Brody ausstieg. »Danke, dass du gekommen bist, Brody. Lass uns reingehen.«

30

Während Reece es gerade auf Brodys Handy versuchte, betrat dieser die Küche der Mardson'schen Hütte.

»Ich habe frischen Kaffee gemacht«, sagte Rick und goss Brody einen Becher ein.

»Danke. Ist die Bundesstaatspolizei noch nicht da?«

»Die sind schon unterwegs. Am besten, wir setzen uns ins Wohnzimmer.«

»Du wolltest am Telefon nicht ins Detail gehen.«

»Das ist eine komplizierte Angelegenheit. Eine äußerst sensible Sache.« Rick rührte den Zucker und die Sahne um, mit denen Brody seinen Kaffee immer trank, und rieb sich dann den Nacken. »Ich weiß gar nicht, wo ich anfangen, was ich davon halten soll.«

Er ging ihm voran ins Wohnzimmer und setzte sich in den Ohrensessel, während Brody auf dem rustikalen rotgrau karierten Sofa Platz nahm. »Ich weiß es wirklich sehr zu schätzen, dass du gleich hergekommen bist, damit die Sache vorerst nicht an die große Glocke gehängt wird.«

»Kein Problem. Du solltest vorher vielleicht noch wissen, dass es uns höchstwahrscheinlich gelungen ist, das Opfer zu identifizieren.«

»Deena Black aus Jackson Hole.« Rick beugte sich in seinem Sessel vor und zog die Augen zu schmalen Schlitzen zusammen. »Wie habt ihr das denn rausgefunden?«

»Also hatten wir Recht damit«, murmelte Brody und nahm einen Schluck Kaffee. »Wir sind einem Hinweis auf die Zeichnung nachgegangen und haben sie in Jackson Hole identifiziert.«

»Ich finde es ganz schön beschämend, dass das ein paar Zivilisten genauso schnell herausgefunden haben wie ich.« Rick schüttelte den Kopf und legte die Hände auf die Knie. »Als Erstes möchte ich dir sagen, dass ich Reece eine Riesenentschuldigung schulde. Ich habe ihr nie geglaubt, nicht wirklich vom Gefühl her. Und genau darauf kommt es an. Vielleicht habe ich die Angelegenheit auch deshalb nicht mit der Sorgfalt verfolgt, wie ich gemusst hätte. Das muss ich mir ernsthaft vorwerfen.«

»Aber jetzt glaubst du ihr.«

Rick lehnte sich zurück. »Ja, ich glaube ihr. Ich habe es durchaus für möglich gehalten, dass sie etwas gesehen hat, als ich die Information über diese Tote reinbekam. Aber sie wollte sie einfach nicht identifizieren und ...«

»War das Deena Black?«

»Nein, wie sich herausgestellt hat, war es eine Ausreißerin aus Tucson. Man hat die beiden Männer gefasst, die sie mitgenommen haben – meine Güte, sie war per Autostopp unterwegs! Die haben ihr das angetan.«

»Also hat Reece auch in der Hinsicht Recht behalten.«

»Ich würde sagen, dass sie in vielerlei Hinsicht Recht hatte. Ich war wirklich völlig beschämt, als sich die von der Bundesstaatspolizei bei mir gemeldet haben. Ich hab ihnen gesagt, was Reece angeblich gesehen hat, Brody, ehrlich. Ich bin regelmäßig die Vermisstenmeldungen durchgegangen. Aber ... na ja, ich habe die Sache nicht so ernsthaft verfolgt, wie ich es hätte tun sollen.«

»Und jetzt?«

»Nun ja ...« Rick wandte den Blick ab. »Es gibt vieles, was ich hätte tun sollen, tun können und normalerweise bestimmt auch getan hätte. Ich habe dich gebeten, hierher zu fahren, damit wir alles in Ruhe besprechen können, weil ich der Meinung bin, Brody, dass du es als Erster erfahren solltest. Du hast die ganze Zeit über zu Reece gehalten. Viele von uns haben das nicht getan.«

»Sie wusste, was sie gesehen hat.« Kurzzeitig verschwamm alles vor seinen Augen.

»Ja, das stimmt.« Rick stand auf und ging zum Fenster. »Ich konnte sie einfach nicht abschütteln. Zu schade, wirklich.«

»Sie sollte auch hier sein.« Brody nahm noch einen Schluck Kaffee und wollte schon zum Handy greifen, als ihn die Müdigkeit überfiel wie eine Nebelwand.

»Sie wird gleich hier sein.«

»Gib mir noch ein paar Details, bevor ...« War er das, der da so lallte wie ein Betrunkener? Als sich der Raum zu drehen begann, versuchte er aufzustehen. Da begriff er und stolperte auf Rick zu. »Du mieser Dreckskerl!«

»Mir bleibt leider nichts anderes übrig.« Als Brody hinfiel, sah ihn Rick mit aufrichtigem Bedauern an. »Ich habe verdammt noch mal keine andere Wahl.«

Reece rief Brody ein halbes Dutzend Mal zu Hause und auf seinem Handy an. Es wurde schon langsam dunkel. Sie wollte seine Stimme hören, wollte ihm sagen, was ihr klar geworden war.

Sie wusste Bescheid.

Und mit diesem Wissen konnte sie einfach keine weiteren Grillhähnchen tranchieren oder Berge von Kartoffelpüree zubereiten.

»Ich muss weg, Joanie.«

»Wir haben hier zufällig Hochbetrieb. Und du bist zufällig unsere Köchin.«

»Ich kann Brody nicht erreichen. Es ist wichtig.«

»Und ich habe für heute gehörig die Nase voll von diesem romantischen Scheiß!«

»Mit Romantik hat das hier nichts zu tun.« Dieses Mal band sie sich die Schürze ab. »Es tut mir leid. Es tut mir wirklich leid. Ich muss ihn finden.«

»Dieses Lokal besitzt keine Drehtür. Wenn du hier jetzt rausgehst, kommst du nicht wieder rein.«

»Ich muss.« Sie raste hinaus, während ihr Joanie Verwünschungen hinterherschrie.

Die Sonne war bereits hinter den Gipfeln verschwunden, der See wirkte grau im Dämmerlicht.

Sie verfluchte sich selbst, da Brodys Drängen, nicht allein zur Arbeit und wieder zurückzufahren, bedeutete, dass sie jetzt zu Fuß bis zu seiner Hütte laufen musste. Die ersten ein, zwei Kilometer absolvierte sie im Dauerlauf und hielt nach dem Licht Ausschau, das er normalerweise anmachte, wenn es dunkel wurde.

Er war bestimmt ein Bier trinken gegangen, redete sie sich ein. Oder hatte einen kurzen Ausflug gemacht, um einen klaren Kopf zu kriegen. Oder aber er stand unter der Dusche, machte einen Spaziergang.

Es ging ihm gut, egal wo er war. Es ging ihm bestens.

Sie geriet hier völlig umsonst in Panik.

Aber wen kann man anrufen, wenn man weiß, dass der Polizeichef des Ortes ein Mörder ist?

Sie würde die Bundesstaatspolizei rufen, genau. Sobald sie mit Brody gesprochen hatte.

Sonnenschein und die dunkle Seite des Mondes. Rick Mardson hatte beide Ketten gekauft, eine für seine Frau und eine für seine Geliebte. Er hatte die Affäre mit Deena Black gehabt, er war um sie herumgeschlichen und hatte Vorsichtsmaßnahmen getroffen, damit sie niemand zusammen sah. Und er hatte sie ermordet. So musste es gewesen sein.

Für ihn war es ein Leichtes gewesen, das Apartment über dem Joanie's zu betreten und wieder zu verlassen. War es nicht ganz normal, den Sheriff durch den Ort gehen zu sehen? Er wusste, wie man an Schlüssel kommt, wie man sich Nachschlüssel besorgt. Und wie man Einbruchsspuren verwischt.

Und auch sonst alle Spuren verwischt.

Sie wurde langsamer, japste nach Luft und kämpfte gegen die erneut in ihr aufwallende Panik an. Irgendetwas fiel mit lautem Platschen in den See, raschelte im hohen angrenzenden Schilf. Und sie begann wieder zu rennen, während ihr das Herz bis zum Hals schlug.

Sie musste es bis zur Hütte schaffen und sich darin einschließen.

Sie musste Brody finden.

Ihr stockte der Atem, als sie Schatten am See entdeckte. Sie konnte den Schrei gerade noch unterdrücken, als sie erkannte, dass es drei Elche waren, die ihren Schlummertrunk nahmen.

Sie ließ sie hinter sich zurück, sauste an den Weiden und Pappeln vorbei und erreichte schließlich Brodys festgestampfte Auffahrt.

Sein Auto stand nicht mehr neben ihrem, und in der Hütte war alles dunkel. Sie fummelte den Schlüssel heraus, den er ihr gegeben hatte, und musste erst einmal stehen bleiben und ihre Stirn gegen die Tür pressen. Es fiel ihr so viel schwerer, das Dunkel zu betreten, als es hinter sich zu lassen.

»Sechs mal eins ist sechs«, hob sie an und zwängte den Schlüssel ins Schloss. »Sechs mal zwei ist zwölf.« Sie trat ein und schlug mit der Hand gegen den Lichtschalter.

»Sechs mal drei ist achtzehn.« Einatmen, ausatmen. »Sechs mal vier ist vierundzwanzig.«

Sie schloss die Tür hinter sich zu und lehnte sich dagegen, bis die Angst ein wenig nachließ.

»Er ist nicht zu Hause. Aber er wird gleich zurück sein. Vielleicht hat er mir einen Zettel dagelassen. Nur leider schreibt er keine Zettel. Das ist einfach nicht seine Art. Aber vielleicht diesmal.«

Zuerst die Küche, beschloss sie. Sie würde als Erstes die Küche kontrollieren. Sie machte im Gehen das Licht an und verjagte die Dunkelheit. In der Kanne befand sich noch ein Rest Kaffee, und auf der Küchentheke lag eine geöffnete Tüte mit Salzbrezeln.

Sie kontrollierte die Kanne, sie war kalt. Sie warf einen Blick in den Kühlschrank und sah, dass er einen Vorrat Bier und Cola dahatte.

»Also ist er was anderes einkaufen gegangen, mehr nicht. Und will wahrscheinlich auf dem Rückweg bei mir vorbeifahren und mich abholen. Bin ich blöd. Ich bin einfach nur blöd.«

Sie griff nach dem Telefon in der Küche, um es noch mal auf seinem Handy zu probieren. Und hörte schon den Wagen vorfahren.

»Oh Gott, Gott sei Dank.« Nachdem sie das Telefon fallen gelassen hatte, rannte sie aus der Küche zur Vordertür. »Brody.« Sie riss die Tür auf, und da stand schon sein großer, robuster Geländewagen. »Brody?«, rief sie erneut und stöhnte genervt auf. »Wohin zum Teufel musstest du so dringend? Ich muss mit dir reden.«

Als sie hinter sich ein Geräusch hörte, drehte sie sich erleichtert um. Sie sah verschwommen eine Faust auf sich zukommen, spürte, wie der Schmerz in ihr explodierte, und fand sich von Neuem im Dunklen wieder.

Als sie wieder zu sich kam, schmerzte ihr Kiefer wie bei einem schlimmen Zahn. Stöhnend versuchte sie ihn zu berühren und stellte fest, dass ihre Arme auf dem Rücken gefesselt waren.

»Nur ein kleiner Schlag, mehr nicht«, sagte Rick. »Es hat mir wahrhaftig kein Vergnügen gemacht, Ihnen einen Fausthieb zu verpassen. Aber das ist einfach die schnellste Methode.«

Sie versuchte sich zu befreien. Panik ergriff von ihr Besitz.

»Sie tragen Handschellen«, sagte er gelassen und sah beim Fahren weiter geradeaus. »Ihre Handgelenke sind gut gepolstert. Das dürfte eigentlich nicht wehtun, außerdem gibt es so keine Abschürfungen. Und das ist besser so. Sie haben zwar einen blauen Fleck am Kiefer, aber nach einem Kampf ist das normal.«

»Wo ist Brody? Wo fahren Sie mich hin?«

»Sie wollten mit Brody sprechen. Ich bringe Sie zu Brody.«

»Ist er ...«

»Es geht ihm gut. Ich habe eine Ration von Ihren Schlaftabletten behalten und ihm genug davon eingeflößt, um ihn für ein paar Stunden ruhig zu stellen. So drei Stunden vielleicht, und das dürfte auch reichen. Er ist ein Freund von mir, Reece. Es hätte nicht so weit kommen müssen.«

»Die Leute denken, ich bin verrückt.« Wider besseren Wissens zerrte sie an ihren Handschellen. »Aber Sie müssen wirklich verrückt sein, wenn Sie glauben, dass Sie mich einfach so fesseln, entführen und aus dem Ort schaffen können.«

»In Brodys Auto. Im Schutz der Dunkelheit. Falls uns jemand vorbeifahren sieht, wird er zwei Leute in Brodys Auto bemerken, Sie und Brody, weil man es so erwartet. So funktioniert das nun mal. Ich werde es so kurz und schmerzlos machen wie möglich. Mehr kann ich nicht tun.«

»Sie haben Deena Black umgebracht.«

»Ich tat, was ich tun musste, nicht, was ich wollte. Genau wie jetzt.« Er sah sie an, sah ihr direkt in die Augen. »Ich habe alles Mögliche versucht, alles, was mir nur einfiel. Aber sie hat einfach nicht lockergelassen. Genau wie Sie.«

Er sah wieder konzentriert nach vorn und bog in den Weg zu seiner Hütte ein. »Ich will jetzt, dass Sie ganz ruhig bleiben und tun, was ich Ihnen sage. Wenn sie schreien und um sich treten wollen – bitte sehr. Das macht auch keinen Unterschied. Aber je mehr Sie sich aufführen, desto mehr werde ich Brody wehtun. Wollen Sie das?«

»Nein.«

»Dann tun Sie, was ich Ihnen sage, das macht es einfacher für uns alle.« Er hielt an, stieg aus und ging um den Wagen herum zur Beifahrertür. »Ich kann Ihnen auch wehtun, wenn Sie mich dazu zwingen«, warnte er sie. »Das liegt ganz bei Ihnen.«

»Ich möchte Brody sehen.«

»Na gut.« Rick nahm ihren Arm und lief eilig mit ihr zur Hütte.

Er versetzte ihr einen kleinen Schubs, bevor er die Tür hinter ihnen schloss und das Licht anmachte.

Brody war an einen Küchenstuhl gefesselt, sein Kinn lag auf seiner Brust. Mit einem erstickten Schrei stolperte Reece vorwärts und fiel neben dem Stuhl auf die Knie. »Brody, oh Gott, Brody.«

»Er ist nicht tot. Nur ein bisschen betäubt, mehr nicht.« Rick sah auf die Uhr. »Er dürfte schon bald wieder aufwachen. Wenn es so weit ist, machen wir einen kleinen Fußmarsch und bringen die Sache hinter uns.«

»Hinter uns?« Sie drehte sich zu ihm um und hasste es, vor ihm knien zu müssen. »Glauben Sie, nur weil Sie einmal mit Mord davongekommen sind, dass Sie uns auch einfach so umbringen können, ohne dass irgendjemand was merkt? Das wird nicht funktionieren, diesmal nicht.«

»Mord/Selbstmord, danach wird es aussehen. Sie haben ihn überredet, hierher zu fahren und dorthin zu laufen, wo Sie den Mord beobachtet haben. Sie haben ihn betäubt. Seine Thermoskanne steht gleich da drüben.« Er wies mit dem Kinn zum Tischende neben der Couch. »Der Kaffee darin ist voll mit Tabletten aus Ihren Fläschchen. Und diese Fläschchen werden auch in ihrer Jackentasche stecken, wenn wir euch finden.«

»Warum sollte ich Brody wehtun wollen? Warum sollte irgendjemand glauben, dass ich Brody wehgetan habe?«

»Sie sind ausgerastet. Sie sind ausgerastet und haben ihn mit Medikamenten betäubt, damit er nichts spürt. Sie haben ihn erschossen und sich danach auch erschossen. Sie haben die Pistole benutzt, die Joanie in ihrer Schreibtischschublade aufbewahrt. Ihre Fingerabdrücke werden auf der Waffe sein, und Sie werden Schmauchspuren an der Hand haben, nachdem alles vorbei ist. Das sind alles Tatsachen, und Ihr merkwürdiges Verhalten wird das völlig plausibel erscheinen lassen.«

»Das ist doch vollkommener Quatsch. Ich habe bereits die Bundesstaatspolizei benachrichtigt und ihnen von Deena Black erzählt.«

»Nein, das haben Sie nicht. Ich werde Ihnen jetzt die Handschellen abnehmen. Wenn Sie versuchen zu fliehen, werde ich Ihnen wehtun und Brody noch an Ort und Stelle eine Kugel verpassen. Wollen Sie das?«

»Nein, ich werde nicht fliehen. Glauben Sie etwa, ich lasse ihn einfach so im Stich?«

Er erhob sich, ein geduldiger, vorsichtiger Mann. Er holte seinen Schlüssel heraus und schloss ihr die Handschellen auf. »Sie setzen sich dahin.« Er berührte die Pistole in seinem Halfter wie zur Warnung. »Ich will keinen Ärger. Und ich will keinerlei blaue Flecken oder Abschürfungen an Ihren Handgelenken, die meinen Kollegen verraten könnten, dass man sie gefesselt hat. Massieren Sie Ihre Handgelenke, damit sie wieder gut durchblutet werden. Jetzt, sofort.«

Ihre Arme schmerzten wie bei hohem Fieber und zitterten, während sie sich die Handgelenke massierte. »Ich sagte, dass wir bereits die Bundesstaatspolizei benachrichtigt haben.«

»Wenn Sie das getan hätten, hätte das Brody schon längst erwähnt, bevor er hier rausgefahren ist. Ich habe ihm erzählt, dass ich selbst von höherer Stelle neue Fakten über den Mord erfahren habe. Ich habe ihn gebeten, hierher zu fahren und mich mit Ihnen hier zu treffen, um alle Details zu besprechen, bevor wir eine Verhaftung vornehmen.«

Er ging zum Tisch und griff nach dem Plastikbecher mit Wasser und der Tablette, die er dort schon bereitgestellt hatte. »Ich will, dass Sie das hier einnehmen.«

»Nein.«

»Es ist eine von Ihren Tabletten – eine gegen Panikattacken. Die dürfte Ihnen ein bisschen helfen. Außerdem will ich, dass man Medikamente in Ihrem Körper findet. Sie werden diese Tablette einnehmen, Reece, und wenn ich Sie dazu zwingen muss.«

Sie nahm den Becher, die Tablette.

Zufrieden setzte er sich hin und legte die Hände auf seine Knie. »Wir werden ein paar Minuten warten, bis sie wirkt, und dann geht es los. Es tut mir leid, dass es so weit kommen musste, ehrlich. Brody war ein Freund von mir, und ich habe nichts gegen Sie. Aber ich muss meine Familie beschützen.«

»Haben Sie sie auch beschützt, als Sie Deena Black gevögelt haben?«

Seine Züge verhärteten sich, aber er nickte nur. »Ich habe einen Fehler gemacht. Einen zutiefst menschlichen Fehler. Ich liebe meine Frau und meine Kinder. Es gibt nichts Wichtigeres für mich. Aber man hat eben auch seine Bedürfnisse. Zwei, drei Mal im Jahr habe ich diesen Bedürfnissen nachgegeben. Und nie wurde meine Familie dadurch irgendwie in Mitleidenschaft gezogen. Ich würde sogar sagen, dass ich auf diese Weise ein noch besserer Ehemann und Vater gewesen bin.«

Er glaubte das wirklich, begriff Reece. Wie viele Menschen machen sich etwas vor, indem sie sich einreden, Ehebruch sei etwas Ehrenwertes?

»Und wenn Sie mit Deena zusammen waren, waren Sie da auch ein guter Ehemann und Vater?«

»Es ging nur um eine einzige Nacht. Es sollte bloß ein One-Night-Stand sein, der niemandem wehgetan hätte: Sex, mehr nicht. Sachen, die Männer brauchen, aber nicht gern mit ihren Ehefrauen machen wollen. Eine Nacht wie viele andere auch. Aber ich konnte einfach nicht mehr aufhören. Sie hat mich verhext, geradezu infiziert. Es war wie eine Krankheit. Ich konnte nicht von ihr lassen, und eine Weile hielt ich es vermutlich sogar für Liebe. Und habe mir eingebildet, dass ich beides haben könnte.«

»Die dunkle und die Sonnenseite«, sagte Reece.

»Ganz genau.« Er lächelte betrübt. »Ich habe Deena alles gegeben, was ich konnte. Aber sie wollte immer mehr. Dinge, die ich ihr nicht geben konnte. Sie wollte, dass ich Debbie verlasse, meine Kinder im Stich lasse. Doch so etwas war für mich völlig ausgeschlossen. Wir haben uns gestritten, furchtbar gestritten. Und da bin ich aufgewacht. Man könnte sagen, dass ich aus einem langen, dunklen Traum aufgewacht bin. Ich habe sofort Schluss gemacht.«

»Aber das wollte sie nicht akzeptieren.« Wach auf, Brody, dachte sie verzweifelt. Wach auf und sag mir, was ich tun soll.

»Sie hat mich ständig angerufen. Sie wollte Geld, zehntausend Dollar, ansonsten würde sie meiner Frau alles sagen. Ich habe dieses Geld nicht und sagte ihr das auch. Sie meinte, ich solle es lieber auftreiben, wenn ich mein glückliches Zuhause behalten wolle. Und wie geht es Ihnen jetzt? Sind Sie schon etwas ruhiger?«

»Ich habe Sie gesehen, unten am Fluss. Ich habe gesehen, wie Sie sie umgebracht haben.«

»Ich wollte bloß mit ihr reden. Ich hatte mich dort mit ihr verabredet. Ich habe sie immer mit hergebracht, hier, in diese Hütte, als ich diesen langen, dunklen Traum träumte. Aber als sie dann da war, wollte ich nicht gleich an Ort und Stelle mit ihr reden, nicht hier, nicht schon wieder. Vielleicht sollten Sie lieber zwei von diesen Tabletten nehmen.«

»Sie haben sie zum Fluss mitgenommen.«

»Ich wollte spazieren gehen, mehr nicht. Ich habe das alles nicht geplant. Wir sind einfach spazieren gegangen, bis wir an den Fluss kamen. Ich habe ihr gesagt, dass ich vielleicht ein paar Tausender zusammenkratzen könne, ihr helfen könne, Wyoming zu verlassen. Aber schon während ich es sagte, begriff ich, dass das nicht funktionieren würde. Wer einmal zahlt, kann nie mehr damit aufhören. Sie sagte, sie würde sich nicht einfach so abspeisen lassen. Sie wollte das ganze Geld. Ich könne es schließlich von den Sparbüchern für die Kinder abheben. Keine Ahnung, warum ich ihr erzählt hatte, dass wir Geld für unsere Kinder zurücklegen, für ihre College-Ausbildung. Sie wollte dieses Geld. Und zwar nicht mehr nur zehntausend, sondern plötzlich fünfundzwanzigtausend Dollar. Fünfundzwanzigtausend Dollar oder ich stünde allein da. Ohne Frau, ohne Kinder, ohne guten Ruf. Ich habe sie eine Nutte genannt, denn genau das war sie auch, war sie immer gewesen. Und dann ist sie auf mich losgegangen. Und als ich sie zu

Boden geworfen und ihr gesagt habe, dass sie das vergessen könne, ging sie noch mal auf mich los und hat mich angeschrien. Sie haben ja gesehen, was dann passiert ist.«

»Ja, das habe ich.«

»Sie wollte mich ruinieren, hat geschworen, mich zu ruinieren. Egal, wie viel ich ihr zahlte – sie würde Debbie jedes noch so kleine schmutzige Detail über uns verraten. Irgendwann hörte ich sie gar nicht mehr. Mir brummte nur noch der Schädel. Aber sie lag auf dem Boden, unter mir, und meine Hände umklammerten ihre Kehle. Ich habe zugedrückt – so lange, bis das Brummen in meinem Schädel nachließ.«

»Sie hatten keine andere Wahl.« Reeces Stimme war absolut ruhig. »Sie hat Sie dazu gezwungen. Sie hat Sie angegriffen, Sie bedroht. Sie mussten sich schützen, sich und Ihre Familie schützen.«

»Und genau das habe ich auch getan. Sie war nicht mal real. Sie war nur ein Traum.«

»Das kann ich gut verstehen. Meine Güte, sie hat Ihnen förmlich die Pistole an die Brust gesetzt. Noch haben Sie nichts Schlimmes getan, Rick. Sie haben niemanden verletzt, der es nicht verdient hätte, nichts getan, was nicht absolut notwendig gewesen wäre. Wenn ich das alles früher gewusst hätte, hätte ich längst lockergelassen.«

»Aber Sie haben nicht lockergelassen. Egal, was ich getan habe. Alles, was ich wollte, war, dass Sie den Ort verlassen. Dass Sie weggehen und Ihr Leben leben, damit ich meines leben kann.«

»Das habe ich inzwischen begriffen. Ich stehe auf Ihrer Seite. Sie können mich und Brody einfach laufen lassen, und all das hat endlich ein Ende.«

»Ich wünschte, es wäre so, Reece. Und das ist die Wahrheit. Aber was geschehen ist, ist geschehen. Man muss das Beste draus machen und das, was einem noch geblieben ist, verteidigen. Ich glaube, eine von diesen Tabletten dürfte genügt haben. Jetzt will ich, dass Sie sich von ihm entfernen. Es wird Zeit, dass ich ihn aufwecke.«

»Wenn Sie das tun, haben Sie Ihre Frau und Ihre Kinder nicht mehr verdient.«

»Wenn das alles erst mal vorbei ist, brauchen sie nie etwas davon zu erfahren.« Er kam zu ihr, packte sie an der Bluse und zerrte sie von Brody weg.

Als er sich umdrehte, spannte Brody die Beinmuskeln an und erhob sich mitsamt seinem Stuhl. Er rempelte Rick mit aller Kraft an, sodass sich beide zappelnd auf dem Boden wiederfanden.

»Lauf!«, schrie Brody. »Los, lauf!«

Sie rannte, voller Angst und wie geblendet, befolgte seinen Befehl wie auf Knopfdruck. Sie spuckte die Tablette aus, die sie in ihre Backe geschoben hatte, und riss die Tür auf. Sie hörte das Klirren, die Flüche, das berstende Holz, während sie nach draußen floh.

Und während sie rannte, schwoll ein lauter Schrei in ihrem Kopf an, bis sie den Schuss hörte.

»Hast du das gehört?« Linda-Gail stütze einen Ellbogen auf. »Da war ein Schuss.«

»Und ich habe die Engel singen hören.«

Sie lachte und bohrte Lo einen Finger zwischen die Rippen. »Die natürlich auch. Aber ich habe jemanden schießen hören.«

»Wer hätte gedacht, dass mal jemand in den Wäldern von Wyoming schießt.« Er zog sie zu sich herab und kitzelte sie, um sie zum Lachen zu bringen.

»Hör auf, sonst ... hast du *das* gehört? Schreit da jemand?«

»Ich höre nichts weiter als mein Herz, das deines um weitere Gefälligkeiten anfleht. Jetzt komm schon, Liebling, lass uns ...«

Dieses Mal war es Lo, der plötzlich verstummte, als er den Lärm vor der Hütte hörte. »Rühr dich nicht vom Fleck.«

Er sprang auf und lief splitterfasernackt aus dem Schlafzimmer.

Als Reece hereingestürmt kam, konnte er nur schützend die Hände vor seine Kronjuwelen halten und sagen: »Herr im Himmel!«

»Er hat Brody. Er hat Brody. Er wird ihn umbringen.«

»Wie bitte, was? Was ist los?«

»Hilfe. Du musst Hilfe holen.«

»Reece?« Linda-Gail versuchte verzweifelt, sich in ein Laken zu hüllen, und stolperte aus dem Schlafzimmer. »Was um alles in der Welt geht hier vor?«

Keine Zeit, dachte Reece. Brody konnte längst am Verbluten, am Sterben sein. So wie sie damals. Sie entdeckte das Gewehr in dem Glasschrank. »Ist das geladen?«

»Das ist das Gewehr meines Großvaters Henry. Hey, Moment mal«, rief Lo, doch Reece raste bereits auf den Schrank zu. Sie riss an dem Riegel, der jedoch verschlossen war. Also wirbelte sie herum, schnappte sich die Bärenlampe und zerschlug damit das Glas.

»Um Himmels willen, meine Mutter wird uns umbringen!«

Als Lo einen Satz auf sie zu machte, riss Reece bereits das Gewehr heraus und wirbelte damit herum.

Lo erstarrte. »Süße? Bitte pass auf, wo du hinzielst.«

»Ruf Hilfe. Ruf die Bundesstaatspolizei!«

Reece ließ die beiden mit offenen Mündern stehen und rannte zur Tür.

Sie konnte nur hoffen, dass Los Gewehr geladen war. Wie es funktionierte, konnte sie sich später immer noch überlegen, auch wenn sie innerlich darum flehte, dass das nicht nötig sein würde.

Aber es war keine Angst, nicht dieses bekannte Brennen in ihrer Kehle und auch keine wilde Panik, weswegen sich ihr Magen verkrampfte. Es war Wut, eine überschäumende Wut, die ihr Blut zum Kochen brachte.

Diesmal würde sie nicht hilflos liegen bleiben und zusehen, wie ihr ein geliebter Mensch entrissen wurde. Diesmal nicht, nie mehr.

Sie hörte, wie Rick ihren Namen rief, und drängte die Tränen zurück, damit ihre Sicht nicht beeinträchtigt würde. Brody hatte ihn also nicht aufhalten können.

Sie blieb stehen, schloss die Augen und zwang sich, nachzudenken. Sie durfte nicht zur Hütte zurückrennen. Er würde sie hören, sie sehen. Und dann würde er die Sache beenden. Und Lo und Linda-Gail auch gleich noch umbringen.

Sie beschloss, im Kreis zu laufen. Er würde glauben, dass sie noch weiterrannte oder sich irgendwo versteckte. Er würde nie damit rechnen, dass sie zurückkam, um sich zu wehren.

»Du kannst nirgendwohin, Reece«, rief Rick. »Ich werde dich überall finden. Das hier ist mein Land, meine Welt. Ich kann deine Fährte genauso problemlos aufnehmen, wie ich auf der Straße in Angel's Fist hinter dir hergehe. Willst du, dass ich Brody gleich an Ort und Stelle erledige? Ist es das, was du willst? Soll ich ihm eine Kugel in den Kopf jagen, während du dich versteckst wie damals in Boston? Willst du das alles noch mal durchmachen?«

Vor der Hütte zerrte Rick einen blutenden Brody zu Boden und hielt ihm seine Pistole an die Schläfe. »Ruf sie zurück.«

»Nein.« Brodys Herz zog sich zusammen, als der Lauf fest gegen seine Schläfe drückte. »Denk doch mal nach, Rick. Würdest du so handeln, wenn das Leben deiner Frau auf dem Spiel stünde? Du hast getötet, um jemanden zu schützen, den du liebst. Würdest du nicht auch für sie sterben?«

»Du kennst sie erst seit ein paar Monaten und willst mir weismachen, dass du für sie sterben würdest?«

»Es dauert bloß eine Minute. Wenn man es weiß, dann weiß man es einfach. Sie ist die Frau für mich. Also drück ruhig den Abzug, wenn du nicht anders kannst. Trotzdem bist du jetzt auch geliefert. Denn was du da gerade in der Hand hältst, ist deine Dienstwaffe, nicht Joanies Pistole. Wie willst du bitte schön erklären, dass mich Reece mit deiner Dienstwaffe erschossen hat?«

»Ich werd mir schon was einfallen lassen, keine Sorge. Und jetzt ruf sie zurück. Sofort.«

»Hörst du mich, Reece?«, schrie Brody. »Wenn du mich hören kannst, dann lauf!«

Als Rick ihn zu Boden trat, fiel er auf den Arm, in dem bereits eine Kugel steckte. Er schrie.

»Ich habe keine andere Wahl«, sagte er zu Brody, mittlerweile totenbleich und schweißüberströmt. »Es tut mir leid.«

Er hob die Pistole.

Reece kämpfte gegen ihr Zittern an und stützte das Gewehr gegen ihre Schulter. Sie atmete scharf ein, hielt die Luft an und drückte den Abzug.

Es klang wie die Explosion einer Bombe. Und fühlte sich an, als sei diese direkt in ihren Händen losgegangen, als sie der Rückstoß traf. Sie fiel nach hinten, stürzte zu Boden, und weil sie platt auf dem Rücken landete, ging der Schuss aus Mardsons Pistole über ihren Kopf hinweg.

Sie rappelte sich wieder auf und sah, wie Brody und Rick auf dem Boden miteinander um die Pistole kämpften.

»Hört auf damit.« Sie rannte vorwärts. »Hört auf damit, hört auf damit.« Sie hielt den Lauf ihres Gewehrs gegen Ricks Kopf. »Hört auf damit.«

»Lass nicht locker«, stöhnte Brody. Er drehte sich, um die Pistole besser zu fassen zu bekommen. Rick ließ sich gegen Reece rollen und brachte sie zu Fall. Gleichzeitig gelang es ihm, die Pistole an sich zu reißen. Als er sie gegen seine eigene Schläfe hielt, verpasste Brody Rick einen Fausthieb mitten ins Gesicht.

»So einfach kommst du mir nicht davon«, murmelte er und kletterte über ihn hinweg, um nach der Pistole zu greifen, die Rick aus der Hand gefallen war. »Ziel irgendwo anders hin«, befahl ihr Brody.

Reece blieb eine Weile reglos sitzen, während ihre Hände nach wie vor das Gewehr umklammerten. »Ich bin gerannt.«

»Ja, das bist du. Ganz schön klug.«

»Aber ich bin nicht geflohen.«

Da er erschöpft und verletzt war und ihm außerdem schlecht war, setzte sich Brody einfach neben sie. »Nein, du bist nicht geflohen.«

Lo und Linda-Gail – Ersterer nur mit einer Jeans bekleidet und Letztere in ein flatterndes Laken gehüllt – kamen schon angerannt. »Was zum Teufel geht hier eigentlich vor?«, rief Lo. »Meine Güte, Brody, bist du angeschossen?«

»Ja.« Brody drückte eine Hand gegen seinen Arm und betrachtete seine Handfläche, die ganz nass war vor lauter Blut, um dann zu Reece aufzusehen.

»Jetzt haben wir noch was gemeinsam.«

Zwischen ihnen lag nach wie vor Rick, der die Hände vor sein Gesicht schlug und weinte.

Im Morgengrauen half Reece Brody aus dem Wagen. »Du hättest ruhig noch im Krankenhaus bleiben können. Sogar mehrere Tage.«

»Genauso gut hätte ich mir noch ein paar Stunden die Bettpfanne über den Schädel ziehen können. Und ich war weder auf das eine noch auf das andere scharf. Hast du die Krankenschwester gesehen, die sie da auf mich losgelassen haben? Die hatte ein Gesicht wie eine Bulldogge. Beängstigend.«

»Dann tu, was man dir sagt. Du kannst dich ins Bett oder aufs Sofa legen.«

»Und du?«

»Ich bin in der Küche. Und du wirst keinen Kaffee trinken.«

»Von Kaffee habe ich sowieso erst mal die Nase voll. Keine Ahnung, ob ich je wieder welchen trinken werde.«

Ihre Lippen zitterten, aber sie unterdrückte ein Schluchzen. »Ich mach dir etwas Tee und ein paar Rühreier. Bett oder Sofa?«

»Ich will in der Küche sitzen und dir beim Kochen zusehen. Das lenkt mich von meinen Schmerzen ab.«

»Du hättest keine Schmerzen, wenn du die Tabletten genommen hättest.«

»Ich glaube, von Tabletten habe ich ebenfalls die Nase voll. Vorhin, in Ricks Hütte, kam ich mir vor, als wäre ich aus Watte. Ich konnte euch reden hören, mir aber keinen Reim darauf machen, zumindest nicht am Anfang. Mir blieb nichts anderes übrig, als mich tot zu stellen und auf einen geeigneten Moment zu warten, um ihn zu Fall zu bringen.«

»Und das, während du an einen Stuhl gefesselt und mit Tabletten betäubt warst. Er hätte dich umbringen können.«

»Er hätte uns beide umbringen können, wovor er auch nicht zurückgeschreckt wäre. Aber du bist auch nicht auf und davon, als du die Chance dazu hattest.« Er stöhnte auf, als sie ihm auf einen Stuhl neben dem Küchentisch half. »Was für eine Nacht. Reece?«, sagte er, als sie ihm weiterhin den Rücken zukehrte und schwieg.

»Als ich losgerannt bin«, entgegnete sie schließlich, »konnte ich zunächst an gar nichts anderes mehr denken. Kampf oder Flucht? Flucht, nichts weiter. Ich wollte nur noch fliehen und mich verstecken. Aber dann ... hat sich das geändert. Ich weiß nicht mal genau, wann. Dann wollte ich rennen, um irgendetwas zu finden, mit dem ich kämpfen konnte. Ich glaube, Lo und Linda-Gail sind um Jahrzehnte gealtert, so sehr habe ich sie erschreckt.«

»Davon können sie noch ihren Enkeln erzählen.«

»Ja.« Sie setzte das Teewasser auf und holte eine Pfanne heraus.

»Du hast noch vor mir rausgefunden, wer der Mörder ist. Ich bin zwar Krimiautor, aber die Köchin hat's zuerst rausgefunden. Ich bin ihm direkt in die Falle gegangen.«

Er würde sein Lebtag nicht mehr vergessen können, wie er noch ganz betäubt von den Medikamenten ihre Stimme gehört hatte. Er würde diese durch Mark und Bein gehende Angst nie mehr vergessen. »Und nur, weil ich ihm in die Falle gegangen bin, wärst du beinahe umgebracht worden.«

»Nein, er hätte mich so oder so umgebracht. Du bist ihm in die Falle gegangen, Brody, weil er dein Freund war.«

»Ja, das war er.«

Sie holte die Butter aus dem Kühlschrank und gab ein Stück davon in die Pfanne. »Keine Ahnung, was jetzt aus Debbie und den Kindern wird. Ich weiß nicht, wie sie das durchstehen werden. Nichts wird für sie je wieder so sein wie vorher.«

»Nichts war je so, wie sie es sich vorgestellt haben, schon vorher nicht. Besser, man weiß Bescheid, oder?«

»Vielleicht. Darüber mache ich mir ein andermal Gedanken.« Sie schlug Eier auf und begann sie mit etwas frischem Dill und Pfeffer zu verquirlen. »Er war wirklich überzeugt von dem, was er da gesagt hat. Dass er sie beschützt hat, getan hat, was er tun musste. Dass ihm Deena keine andere Wahl gelassen hätte. Er hält sich für einen anständigen Mann.«

»Zum Teil ist er das ja auch. Aber ein Teil von ihm ist schwach geworden, hat sich mit jemandem eingelassen, mit dem er sich nie hätte einlassen dürfen. Und dafür hat er bezahlt, genau wie auch Deena Black dafür bezahlt hat.«

»Er hat sie umgebracht. Hat ihre Leiche vergraben, sämtliche Spuren verwischt und das Motorrad versteckt, bis er damit wieder zu ihrer Wohnung gefahren ist und ihre Sachen geholt hat – um auch diese Spur zu verwischen. Und er hat nicht mal die Nerven verloren, als wir ihn angerufen und ihm erzählt haben, was ich gesehen hatte.«

»Wenn er es geschafft hätte, dir Angst einzujagen oder dich zu verunsichern, wäre er damit davongekommen.«

»Wenn du mir nicht geglaubt hättest, wäre ihm das mit Sicherheit gelungen. Doch jetzt, wo ich das durchgemacht habe, bin ich vor dem Abgrund gerettet worden, der mich immer wieder wie magisch angezogen hat.«

Sie schöpfte das Rührei auf einen Teller, den sie ihm vorsetzte. Dann berührte sie sein Gesicht.

»Wenn du nicht mehr wärst, Brody, wäre ich hineingestürzt. Wenn er dich ermordet hätte, wäre ich hineingestürzt.« Sie beugte sich vor und gab ihm einen Kuss. »Danke, dass du am Leben geblieben bist. Und jetzt iss dein Rührei.«

Sie drehte sich um, damit sie seinen Tee aufgießen konnte.

»Auf mich hat auch ein Abgrund gewartet, weißt du das?«

»Ja.«

»Eine Frage: Warum übst du keinerlei Druck auf mich aus?«

»Was denn für Druck?«

»Du liebst mich – oder stimmt das etwa nicht mehr?«

»Doch.«

»Wir haben gerade eine Nahtoderfahrung hinter uns, und du hast höchstwahrscheinlich mit angehört, wie ich was von wegen ›ich würde für dich sterben‹, gesagt habe. Aber du übst keinerlei Druck auf mich aus.«

»Dinge, die ich nur mit Druck erreichen kann, interessieren

mich nicht.« Sie stellte seinen Tee auf den Tisch und runzelte die Stirn, als es an der Tür klopfte. »Jetzt schon«, murmelte sie. »Ich fürchte, wir werden uns auf jede Menge Besuch gefasst machen müssen, auf jede Menge Fragen von Leuten, die genau wissen wollen, was alles passiert ist.«

»Das dürfte unser geringstes Problem sein. Nein, ich geh zur Tür«, sagte er und hielt ihre Hand fest, bevor sie sich vom Tisch abwenden konnte. »Ist für mich.«

»Du sollst dich ausruhen.«

»Ich werde es wohl gerade noch schaffen, bis zu meiner eigenen Haustür zu gehen. Und deinen langweiligen Tee kannst du selbst trinken. Ich werd das verdammte Rührei mit Cola runterspülen.«

Sie schüttelte nur den Kopf, als er die Küche verließ, beschloss aber, ihm den Gefallen zu tun. Sie holte ein Glas heraus, gab Eiswürfel hinein und nahm dann eine Cola aus dem Kühlschrank. Nachdem sie ihm eingeschenkt hatte, griff sie nach dem Tee, den er verschmäht hatte. Sie wollte die Tasse gerade an den Mund führen und hielt inne, als er erneut die Küche betrat. In seinem unverletzten Arm hielt er einen Riesenstrauß Tulpen.

»Du hast mir nie gesagt, was deine Lieblingsfarbe ist, also hab ich alle Farben genommen.«

»Wow.«

»Das sind doch deine Lieblingsblumen, oder?«

»Ja. Woher sind die?«

»Ich habe Joanie angerufen. Wenn man wirklich etwas braucht, kann man sich immer auf Joanie verlassen. Willst du sie jetzt oder nicht?«

»Natürlich.« Strahlend nahm sie ihm den Strauß ab und vergrub ihr Gesicht in den Blumen. »Sind die schön, und wie die duften! Wie ein Regenbogen nach einem schlimmen Gewittersturm.«

»Und was für ein Sturm, Bohnenstange. Ich würde sagen, du hast dir diesen Regenbogen redlich verdient.«

»Wir beide haben ihn uns verdient.« Sie hob den Kopf und grinste ihn an. »Heißt das, du fragst mich, ob ich mit dir gehen will?«

Als er schwieg und nichts darauf sagte, begann ihr Herz immer lauter zu pochen.

»Ich habe vor, die Hütte zu kaufen«, sagte er.

»Ehrlich?«

»Sobald ich Joanie davon überzeugt habe. Und ich kann sehr überzeugend sein, wenn ich will. Aber ich habe vor, anzubauen. Ein größeres Büro, eine Dachterrasse. Und ich sehe zwei Stühle auf dieser Terrasse stehen und draußen Tulpen blühen – im Frühling, nicht wahr?«

»Ja genau.«

»Du kannst im Diner kochen oder deine eigene Küche leiten. Du kannst Kochbücher schreiben – was immer du willst. Aber du wirst bleiben müssen und früher oder später werden wir es offiziell machen.«

»Ach ja?«

»Liebst du mich jetzt oder nicht?«

»Ja, ich liebe dich.«

»Ich dich auch – na, wie gefällt dir das?«

Sie atmete stoßweise ein und aus. »Und wie gefällt dir das?«

Er legte eine Hand um ihren Nacken, zog sie an sich und küsste sie auf den Mund, während die Tulpen zwischen ihnen leuchteten. »Ich bin da, wo ich immer hin wollte. Und du?«

»Ich auch.« Alles in ihr entspannte sich, als sie den Kopf in den Nacken legte und ihm direkt in die Augen sah. »Genau da, wo ich immer sein wollte.«

»Aha. Du willst also irgendwann demnächst hier mit mir auf der Terrasse sitzen«, murmelte er, »und auf den See schauen, in dem sich die Berge spiegeln?«

»Und ob ich das will, Brody.« Sie schmiegte ihre Wange gegen die seine. »Und wie!«

»Wir beide schaffen das, du und ich.« Jetzt löste er sich von ihr. »Doch bis es so weit ist, solltest du dich um diese Blumen hier kümmern. Und dir dann eine zweite Gabel holen. Wir müssen uns dieses Rührei teilen.«

Der Vormittag kündigte bereits den Sommer an, der bis weit in den Herbst dauern würde. Und während eine Vase mit Tulpen in allen Regenbogenfarben auf der Theke stand, saßen sie am Küchentisch und aßen Rührei, das bereits kalt geworden war.